삼생삼세 보생연 1

• 고치 •

삼생삼세 보생연 1

•
고
치
•

당칠
장편소설

문현선 옮김

三
生
三
世
步
生
蓮
壹

문학동네

차례

『삼생삼세 보생연』의 세계

『삼생삼세 보생연』에는 중국 고서 『산해경』과 도교, 불교, 중국 고대 전설, 신화의 세계관이 혼합되어 있다. 세상은 사해팔황이라는 신선의 세계와, 인간의 세계인 속세로 나뉜다. 대천세계 수십억 개의 속세에서는 시간이 전부 다르게 흐른다. 이 밖에도 사해팔황과 속세 밖의 혼돈 속에 독립적으로 존재하는 명계가 있다.

『삼생삼세 보생연』의 배경과 등장인물

사해팔황

홍황시대, 원고시대, 상고시대, 현 시대로 이어지는 역사를 가지고 있다. 팔황에는 신족과 마족, 귀족, 요족 네 종족의 무수한 생령이 모여 산다.

조제 홍황시대 빛에서 태어난 진실의 신.

소관 홍황시대에 태어난 마족의 창조신. 팔황에서 생존하기 어려워하는 인간을 불쌍히 여겨 속세로 보낸다.

연송 현 시대 천족의 세번째 황자. 천계에서는 유명한 바람둥이로 통한다. 쇄요탑鎖妖塔에서 죽은 홍련선자 장의의 숨결을 따라 속세에 내려갔다가 성옥을 만나 매료된다.

속세

대희국 속세의 중원中原.

성균 대희국의 황제.

속급 대희국의 국사. 홍옥군주가 첫돌이 되었을 때 기이한 병에 걸려 목숨이 위태롭자 '높은 누각을 짓고 백화를 모아 열다섯 살까지 군주를 보필하면 병을 고칠 수 있다'라는 처방을 내놓았다.

성옥 희나라 정안왕부의 왕족 홍옥군주. 열다섯 살의 나이까지 온갖 꽃을 모아놓은 십화루十花樓에서 지낸다. 일찍 부모를 여의고 꽃의 요정인 화요花妖들의 손에 자란다.

주근 화요. 십화루의 집사.

계명풍 대희국 최남단에 위치한 여천왕부의 세자. 산적에게 납치되는 성옥을 구해준 뒤 그녀에게 호감을 느끼지만, 세자의 의무와 사랑 사이에서 고민한다.

청령 계명풍의 지시로 성옥의 호위를 맡게 된 비밀 호위무사. 문무를 겸비하여 성옥의 좋은 친구이자 든든한 보호자가 되어준다.

남염국 대희국 서남쪽에 위치한 부락국가. 남염국 사람들은 독충을 잘 쓰고 둔갑술에도 능하다.

맹진 남염 부족의 비서秘書가 숨겨진 고분을 열 수 있는 성녀聖女로, 낙호진이라는 이름을 쓴다.

북위 대희국과 원수지간. 대희국의 역대 황제들 모두 북위와 전쟁을 벌이는 한편 공주를 보내 화친을 맺었다.

명계

사후의 영혼들이 가는 곳. 해도 달도 없이 은색 별들만 빛나는 깜깜한 곳으로 영혼들은 몇 개의 관문들을 지나며 현생을 반추한다.

사화루 명계의 주인으로, 남동생 사고수와 함께 명계를 다스린다.
사고수 사화루의 동생으로, 누나와 교대로 명계를 다스린다.

일러두기

1. 주석은 모두 옮긴이주이다.
2. 문헌명은 『 』, 곡명은 〈 〉로 구분했다.

서장

쇄요탑鎖妖塔이 붕괴될 때 천지가 무너질 듯 요동쳤지만 제27천에는 죽은듯이 정적만 흘렀다. 신들은 탄식을 내뱉으며 줄줄이 자리를 피했고 누구도 9층 보탑 아래에 요지瑤池의 홍련선자紅蓮仙子가 깔렸다는 것을 알아차리지 못했다.

엄청난 고통에 정신이 들었을 때 그녀의 눈앞은 온통 핏빛이었다. 마력을 봉쇄하던 거석에 깔려 두 다리가 부러졌고 쇄요탑의 검은 잔해가 코앞에 가로놓여 있었다. 차갑고 고요한 달빛 아래에서 고통이 거미줄처럼 그녀를 칭칭 옭아매 마치 가를 수 없는 고치 속 번데기가 된 것 같았다.

신들이 미처 가두지 못한 요괴의 기운이 교룡처럼 동쪽 하늘을 떠다니면서 뿌연 연무를 망망한 핏빛 비로 만들어 별들과 구름 사이에 진홍색 비단길을 그었다.

붉은 비가 그녀의 얼굴로 떨어졌다. 얼음처럼 차가운 한기가 피부에 스며들자 이마에서 식은땀이 뚝뚝 떨어졌다. 꽉 잠긴 목에서는 아무 소리도 나오지 않았다.

고통이, 고통만이 쉴새없이 밀려들었다.

살려달라 빌어야 할지, 죽여달라 빌어야 할지 알 수 없었다. 누구에게 빌어야 할지는 더 알 수 없었다. 극심한 고통에 미동도 할 수 없었기에 스스로 끝낼 수도 없었다.

자욱한 안개비 속에서 그녀는 자신이 왜 이곳에 있게 되었는지 떠올랐다. 친구인 상적桑籍을 도와 쇄요탑에 갇힌 그의 연인을 구하러 왔었다. 쇄요탑에 난입하는 건 신선의 자격을 영원히 박탈당할 중죄임을 그녀가 모를 리 있겠는가. 그저 언제나 자신을 따라다니는 행운에 기대를 품어봤을 뿐이었다.

아무리 운이 좋아도 언젠가는 끝이 있는 모양이었다.

구출하려던 사람은 무사히 떠났지만, 운이 다한 그녀는 그들을 대신해 9층 보탑의 분노를 고스란히 받게 되었다.

쇄요탑이 무너질 때 탑 꼭대기에서 마력을 봉쇄하던 돌이 떨어져내렸다. 운석처럼 빠르게 떨어진 거석이 날카로운 도끼처럼 그녀 눈앞의 땅을 가르는 순간, 그녀는 돌아보지 말라는 말만 겨우 내뱉었다.

돌아보지 마요.

거석이 눈앞의 세상과 그녀를 갈라놓기 직전 마지막으로 본 광경은 상적이 여자를 안은 채 먼지와 돌 파편을 조심스럽고 빠르게 넘어가는 모습이었다. 그는 그녀의 말을 듣고 돌아보지 않았다.

제27천에서는 천궁이 보이지 않았다. 그들이 무탈히 벗어났는지 전혀 알 길이 없었다. 그들을 구하기 위해 그녀는 목숨을 내놓았다. 사실 이렇게 위험할 줄은 상상도 못하고 이번이 마지막이라고, 그들이 구중천에서 벗어나기만 하면 다시는 우정을 위해 위험을 무릅쓰는 일 없이 편안히 살 거라고 다짐했었다.

하지만 말이 씨가 될 줄 누가 알았겠는가. 정말로 이번이 마지막, 최후의 한 번이 되고 말았다.

신선이 쇄요탑에서 죽는 건 아무리 그녀라도 조금 창피한 일이라, 폐허에서 나가기 위해 피에 젖은 돌을 붙들며 조금씩 기었다. 움직일 때마다 무딘 칼 천만 자루가 몸을 다지는 듯했다.

그녀는 거석 아래에서 흘러나온 자신의 피가 거울 같은 번뇌해煩惱海로 흘러드는 것을 바라보았다. 피가 지나간 자리에 붉은 연꽃이 활짝 피어나 순식간에 제27천을 농염한 붉은빛으로 물들였다.

삼천세계 어느 곳의 홍련이든 마지막 순간에 피는 꽃은 전례 없이 아름다운 법인데 하물며 그녀는 사해팔황* 꽃의 신 가운데 가장 지위가 높은 화주花主 아니던가.

그녀가 죽음을 앞두자 온 하늘에 봄기운이 가득해졌다. 마지막으로 피는 꽃이었기 때문이다.

* 신선의 세상을 가리키는 말로 동해, 서해, 남해, 북해와 동황, 서황, 남황, 북황, 동남황, 동북황, 서남황, 서북황의 통칭.

하늘을 메우고 있던 요괴의 기운이 갑자기 거대한 사람 형태로 변하더니 사방의 지살조地煞罩*로 달려들면서 무시무시하고 나직한 포효를 내질렀다.

동틀 무렵은 마력이 강해지는 때였다.

누군가 구하러 와줄지 모른다는 희망은 진작 버렸다. 막 정신을 차렸을 때 잠깐 그런 희망을 품었지만, 쇄요탑이 무너지면서 온갖 요괴가 날뛰자 신들은 지살조로 제27천을 봉인하기 시작했다. 그건 수만 년 동안 갇혀 거대한 원한을 키워온 요물을 구중천의 누구도 제압할 수 없다는 뜻이었다.

그녀는 이미 운명을 받아들이고 있었다.

본디 신선으로 태어난 게 아니라 수련을 통해 신선이 된 영물이었던 그녀는 칠정과 육욕을 끊어야 했다. 이번에 요행히 살아난들 칠정과 육욕을 끊는 건 그녀에게 너무도 힘든 일이었기에 차라리 이런 결말이 더 낫겠다는 생각이 들었다.

이번 생에서는 어떤 희망도 품을 수 없었으니 쇄요탑에서 나가지 못한들 어떠하랴 싶었다. 나중에 농담거리가 되더라도 어차피 듣지 못할 테고 말이다.

편안한 마음으로 눈을 감으려 할 때 아득한 운해 속에서 피리 소리가 나직하게 들려왔다. 동쪽 하늘에 모여 있던 요괴의 기운이 급소에 칼을 맞은 짐승처럼 신경질적으로 울부짖으며 요동치기 시작했고, 그녀를 휘감았던 극심한 고통도 순식간에 사라져 그녀는 가

---

* 악귀를 막는 결계.

만히 눈을 떴다.

멀지 않은 하늘에서 거대한 흰 물결이 일렁이고 그 뒤로 은빛 찬란한 용이 선회하는 모습이 희미하게 보였다.

그녀는 눈을 문지르고 싶었지만 손을 들 힘조차 없었다. 천군만마가 몰려오듯 파도가 갈수록 높게 밀려들고, 파도가 지나는 곳에는 들끓던 요괴의 기운이 순식간에 사라졌다. 핏빛 비가 그 색을 잃고, 나직한 피리 소리가 은하 틈으로 울려퍼지며 제27천은 깨끗한 모습을 되찾았다.

피리 소리와 함께 이렇게 엄청난 광경을 만들어낼 수 있는 인물이라면 그녀는 사해팔황에서 단 한 사람밖에 알지 못했다. 하지만 그 사람은 지금 철갑을 두르고 마족의 근거지인 남황으로 출정을 나가 있었다.

더 생각할 새도 없이 시야에 새하얀 비단 장화가 들어왔다. 사방이 피범벅이었지만 장화에는 먼지 한 톨 묻어 있지 않았다. 남자의 차가운 음성이 그녀의 정수리에 울렸다. "고작 며칠 비웠을 뿐인데 이런 꼴이 되다니."

그녀는 간신히 고개를 들어 자기 앞에서 몸을 수그린 흰옷의 신군神君을 바라보았다. "이번에도…… 운이 좋을 줄……" 그녀는 창백한 얼굴로 쓴웃음을 지으며 입을 열었지만 말을 끝맺을 수 없었다.

뿌연 연무가 흩어지고 투명한 햇살이 지살조를 뚫고 들어와 제27천의 구석구석을 비췄다. 이미 그의 표정을 제대로 볼 수 없게 된 그녀는 자신의 얼굴을 쓰다듬는 차가운 손가락을 느끼며 그의 음성을 들었다. "정말로 전부 운이 좋아서였다고 생각했느냐?"

그에게서 이런 말을 들어보는 건 처음이었다.

죽음을 앞두면 그동안 깊이 생각하지 않았던 이상한 일들이 불현듯 이해되는 걸까. 신선이면서 운이 좋다고 믿었다니 우스웠다.

쇄요탑에 깔려 엄청난 고통에 시달리면서도 그녀는 눈물을 흘리지 않았다. 평생 울어본 적이 없었다. 강인해서가 아니라 천성적으로 눈물이 없어서였다. 상심이 깊으면 눈물 대신 피를 흘렸다. 피한 방울이 눈가에서 흘러나와 창백한 뺨을 타고 미끄러졌다.

그녀는 너무 늦게 깨달았다. 하지만 어떻게 대답해야 할지 알 수 없었다. 핏방울이 홍옥으로 굳어져 그의 손으로 떨어졌다. 그녀는 입을 벌리고 어떻게든 말을 끝맺으려 했다. "다음 생이 있다면 전하……"

그녀가 그의 손을 꽉 잡았다. "다음 생에는……" 하지만 마지막 순간이 닥쳐왔다. 사방에 가득했던 홍련이 순식간에 시들고 그녀의 말은 끝내 미완으로 남았다. 그녀의 창백한 손가락이 그의 손에서 미끄러져내릴 때 꽉 감은 눈가에는 작은 핏방울이 맺혀 있었다.

그는 고개를 숙인 채 그녀를 한참 동안 바라보다가 홍옥을 그녀의 차가운 손바닥에 올리고 꽉 쥐여주었다. "다음 생에는 어쩌겠다는 것이냐, 장의長依야."

번뇌해에서 푸른 파도가 높게 솟구치고 그 위로 우담화가 연달아 활짝 피어났다. 하얀 꽃들이 거센 빗줄기 속에서 이리저리 흔들렸다. 다음 생에는…… 신선에게 무슨 다음 생이 있단 말인가.

삼생삼세 보생연

1

三生三世步生蓮 壹

1장
국사의 처방문

경원 4년의 한여름, 여천麗川 만앵산장挽櫻山莊에 머무르던 정안왕부靜安王府의 홍옥군주가 황성인 평안성으로 돌아왔다.

얼마 전 승전보를 전해온 장군과 혼사를 정했으니 어서 귀경하라는 태황태후의 명이 떨어졌기 때문이다.

홍옥군주 성옥成玉은 어렸을 때 양친을 잃었다. 여섯 살 때 아버지 정안왕이 전쟁터에서 사망했고, 어머니 정안왕비가 그 충격을 이기지 못해 반년을 몸져누웠다가 성옥이 일곱 살 되던 해에 끝내 아버지를 따라갔다. 이후 커다란 정안왕부에 성옥 혼자 남았다.

어려서 부모를 잃고 일찌감치 철이 든 홍옥군주는 다른 공주들과 달리 군말 없이 태황태후의 뜻을 받아들였다. 다른 공주들은 부마 될 이가 어떤 사람인지 먼저 뒷조사를 했다. 상대가 마음에 들지 않으면, 총애를 받지 못했던 공주는 엉엉 울면서 혼인하고, 총애를 받았던 공주는 엉엉 울면서 혼인하지 않겠다고 황궁을 발칵 뒤집어놓았다.

홍옥군주 성옥은 그런 면에서 전혀 걱정을 끼치지 않았다. 소문 속 부마가 어떤지 따져보지도, 울지도 않았다. 두말없이 수틀을 들고 마차에 올라 담담하게 자신의 혼례복에 수를 놓으면서 하루도 빠르거나 늦지 않게 딱 맞추어 평안성으로 돌아왔다.

그 바람에 평안성으로 들어온 뒤에야 혼약이 깨졌음을 알았다. 전령이 황성을 떠난 뒤 길에서 어긋난 모양이었다.

궁에서 전해온 소식에 따르면, 혼례를 명받은 장군이 북위北衛를 정복하지 못한 상태에서 가정을 꾸리는 건 수치스럽다며 파혼을 청했다고 했다. 그러자 태황태후가 일신의 안락보다 대의를 우선하는 애국심에 크게 감동해 장군의 뜻을 받아들여 혼례를 없던 일로 했다는 거였다.

성옥의 시녀 이향梨響은 워낙 다혈질이라 그 얘기를 듣고 펄쩍펄쩍 뛰었다. "북위를 정복하지 못한 상태에서 가정을 꾸리는 건 수치스럽다고? 요 몇 년 북위가 엄청 강성해져 여러 차례 교전을 치르며 우리가 적잖은 피해를 입은 건 사실이지만, 북위가 별 볼 일 없던 태종 시절에도 북위 옥도천에 대희大熙 깃발을 간신히 꽂았잖아! 흥, 우리 군주와 결혼하기 싫어서 내놓은 핑계일 뿐이지!" 이향은 눈물까지 그렁거리며 탄식했다. "군주가 누각 꼭대기에 틀어박혀 이틀 밤낮을 나오지 않으시니, 치욕감에 떨고 계신 게 분명해. 어쩌면 좋아."

집사 주근朱槿이 무표정한 얼굴로 손에 든 약재를 훑어보며 대꾸했다. "걱정하지 마. 하루 세끼 남김없이 잘 드시고 밤에는 야식을 달라며 종까지 흔드시니까."

이항이 더 심하게 울었다. "슬퍼하는 것도 얼마나 힘든데. 많이 드시는 건 그만큼 마음을 많이 쓰신다는 뜻이고, 마음을 많이 쓰신다는 건 군주가 무척 슬프다는 뜻이라고. 우리 불쌍한 군주, 으흐흐흑……"

주근은 손을 멈추고 이항을 한참 쳐다보다가 묘한 투로 중얼거렸다. "그 말도 일리가 있네……"

이항이 말한 누각 꼭대기란 평안성에 있는 홍옥군주의 거처, 십화루十花樓의 꼭대기를 의미했다.

십화루는 평안성에서 제일 높은 건물이었다.

교외 사찰의 9층 탑보다도 한 층 더 높은 10층짜리 건물인데 낮이든 밤이든 항상 닫혀 있어 왜 지어졌는지 아는 사람이 없었다. 그렇게 시간이 흐르다보니 소문만 무성해졌다.

그중 가장 유명한 소문은 그곳이 '꽃 중에서도 가장 아름다운 꽃이 열 송이 있고 기이한 화초와 보물, 미인이 숨겨져 있는 속계의 천국'과 같다는 거였다.

속계의 천국이라는 말은 가당치 않았지만 기이한 화초와 보물, 미인이라면 실로 적지 않았다.

소문에 따르면 홍옥군주가 첫돌이 되었을 때 기이한 병에 걸렸는데 천하의 명의가 다 달라붙어도 고칠 수 없었다. 정안왕은 어린 군주의 목숨이 간당간당한 걸 보고 지푸라기라도 잡겠다는 심정으로 국사國師에게 도움을 청했다. 이에 국사는 '높은 누각을 짓고 백화를 모아 열다섯 살까지 군주를 보필하면 병을 고칠 수 있다'라는 처방을 내놓았다. 정안왕은 처방을 받자마자 부리나케 황제의 허락을 구하고 삼 개월 만에 10층 건물을 세운 뒤 백여 종의 화초를 모았다. 이것이 바로 기이한 화초가 많다는 소문의 유래였다.

그렇다면 보물은 무엇일까. 당시에 정안왕이 대희국 전역에서 수집해온 백여 종의 꽃나무 중 두 그루는 수행을 통해 인간의 모습을 갖추고 있었다. 황제의 황궁에서도 수행에 성공한 기이한 화초를 찾아보기 힘들었으니 값을 따질 수 없는 보물이라 할 수 있었다. 그 두 화요花妖는 성옥의 시녀인 배나무 이향과 십화루 대내외의 모든 일을 책임지는 집사인 불상화佛桑花 주근이었다.

마지막으로 미인에 대해 논하자면, 십화루에서 사람은 오로지 홍옥군주 성옥뿐이었다. 그런데 홍옥군주는 십화루 화초를 겸연쩍게 만들 만큼 아름다웠다. 한 사람의 미모가 백 가지 꽃에 필적할 정도이니, 이곳에 미인이 많다는 바깥소문이 헛소리가 아니라고 십화루에 있는 존재들은 진심으로 믿고 있었다.

미모로 일당백인 홍옥군주는 사흘째가 되는 날 아침, 눈 주위가 거무스름해진 상태로 방에서 비틀비틀 걸어나왔다. 밖을 지키고 있던 이향이 한걸음에 달려가 군주의 옥체를 세심하게 살피면서 분통을 터뜨렸다. "거지 같은 장군, 눈이 삐었지. 우리 군주와 엮일 복을 차버렸으니 그 작자가 손해지요. 어쨌든 마음 상해 초췌해질 사람은 군주가 아니라고요. 군주, 그런 작자 때문에 몸이 상하다니 말도 안 돼요!"

성옥은 이향의 반응에 신경쓰지 않고 졸린 눈으로 파란색 보따리를 건네주며 하품했다. "금수방錦繡坊에 가져가. 발등에 불이 떨어졌을 거야."

보자기를 푼 이항은 깜짝 놀랐다. "이건 군주의 혼례……"

성옥은 손으로 입을 가린 채 눈가에 눈물이 맺힐 정도로 길게 하품했다. "이거 고치느라 이틀이나 걸렸어. 열한번째 공주 치수에 맞추고 문양도 공주가 좋아할 만한 걸로 새로 수놓았어." 영문을 모르겠다는 이항의 표정에 성옥은 졸음을 참으며 설명했다. "열한번째 공주가 다음달에 혼인하잖아. 자기 솜씨는 수건 하나 겨우 수놓을 정도밖에 안 되면서 궁중 바느질은 성에 안 찬다고 금수방에 혼례복을 맞췄다더라고. 소 씨한테 만들어달라고 했다는데 소 씨는 지금 눈병에 걸려서 일을 못하거든. 금수방 사람들 전부 절절매며 애를 태우고 있을 거야." 그러고는 이항의 손에 들린 보자기를 툭툭 치면서 눈을 반짝였다. "급한 건 저쪽이니까 가만히 앉아서 값을 올려. 금화 오백 냥도 문제없을 거야."

이항은 잠시 입을 다물고 있다가 물었다. "그럼…… 요 며칠 파혼으로 슬퍼하신 게 아니에요?"

당황한 성옥은 하품을 멈추고 얼른 문틀에 기대며 손을 들어 머리를 짚었다. "슬퍼, 슬프지, 어떻게 안 슬프겠어. 그 장군, 아, 그…… 무슨 장군……"

이항이 담담하게 알려주었다. "연 장군입니다."

성옥이 멈칫했다가 대꾸했다. "아, 그래, 연 장군. 북위를 정복하지 않은 상태에서는 혼인하지 않겠다니, 야망도 있고 절개도 있는 늠름한 남자야. 그렇게 좋은 사람을 놓쳤으니 내 평생 한이 될 거야. 아, 나는 정말 복도 없다니까." 그런 다음 진심이라는 듯 탄식했다. 다만 탄식하자마자 더는 참지 못하겠다는 듯 또 길게 하품했다.

이항은 뭐라 할말이 없었다.

"이 얘기는 이제 그만하자." 군주는 영민하게도 그 시의적절하지 않은 하품에 그럴듯한 이유를 붙이며 낮잠 잘 좋은 핑계로까지 이용했다. "봐, 얼마나 슬프면 얘기를 꺼내기만 해도 내 몸이 피하고 싶다는 신호를 보내잖아. 이따 점심은 안 가져와도 돼. 깨면, 아니, 원통함이 좀 가시면 나와서 떡이라도 찾아 먹을게."

그렇게 말하며 이미 방안으로 한 발 들어섰던 성옥은 잠시 멈췄다 돌아나와 졸음 가득한 눈을 억지로 뜨고는 손가락을 흔들며 당부했다. "방금 그 일, 제대로 해야 해. 금화 오백 냥이라고. 그보다 낮게는 절대 안 돼, 알겠지?"

"……"

이향은 이리저리 궁리하다가 점심을 먹을 때 주근에게 솔직히 물어봤다. "군주가 너무 슬퍼서 이성을 잃으신 걸까, 아니면 전혀 타격을 입지 않으신 걸까?"

사골뭇국에서 고수를 골라내던 주근이 이향의 말에 눈을 흘기며 되물었다. "네가 보기엔 어떤데?"

이향은 턱을 괴며 생각에 잠겼다. "슬퍼하시는 것 같지는 않았어. 연 장군의 성조차 모르시더라고. 하지만 돌아오실 때는 한껏 신이 나서 혼례복에 수를 놓고 계셨는데……"

주근이 다시 고개를 숙이고 고수를 골라냈다. "북위 야만인한테 시집갈 필요가 없어졌으니 누구와 혼인하든 기쁘셨겠지." 대희국은 지난 이백여 년 동안 화친을 위해 북위로 공주 여섯 명을 시집보냈는데 하나같이 젊은 나이에 죽어 영영 돌아오지 못했다.

이향은 한숨을 내쉰 뒤 주근을 도와 고수를 골라내기 시작했다.

"하지만 군주는 연 장군처럼 좋은 사람을 놓쳐서 평생 한이 될 것 같다고도 하셨어. 별생각 없이 뱉으신 말인지, 정말 그렇게 생각하시는지는 모르겠지만, 내가 보기에는……"

주근이 심각한 표정으로 이향을 바라보았다. "궁에서 사람을 보내 군주가 어떻게 지내시는지 물어보면 최대한 처량하게 말해. 태황태후는 군주를 아끼시니까 이번 일로 죄책감을 안겨드리면 한동안 야만족에게 보내질 위험이 줄어들 거야…… 손가락 치워, 그건 고수가 아니라 파잖아. 내가 파를 얼마나 좋아하는데."

매달 말일쯤 되면 성옥은 자신이 무척 비참한 군주라는 생각이 들었다. 주근이 한 달에 한 번씩 주는 은자로는 말일까지 버티기 힘들어서였다. 아버지와 어머니가 살아 계실 때는 당연히 성옥도 부족함을 모르는 군주였다. 실제로 두 분이 돌아가시기 전까지는 은자 걱정 없는 좋은 시절을 보냈던 걸로 어렴풋이 기억했다.

물론 잘못은 성옥 자신에게 있었다. 은자를 조금이라도 쥐었다 싶으면 사기를 당했다. 툭하면 속아서 주근이 울화통을 터뜨릴 만한 물건들에 거금을 쓰곤 했던 것이다.

열두 살 때는 은자 오천 냥으로 뿔 달린 말을 샀는데, 잔뜩 신이 나서 집으로 데리고 오던 길에 말의 뿔이 길가 관목에 걸려 그대로 툭 떨어져버렸다.

열세 살 때는 은자 칠천 냥을 들여 부처의 연화대에 있었다는 천 년 묵은 연꽃 씨앗을 한 알 샀다. 씨앗은 바로 다음날 책상 위에서 싹을 틔웠고, 이향이 싹이 난 씨앗을 화분에 심어주었다. 성옥은 기대에 차서 두 달을 정성껏 돌보았다. 그런데 두 달이 지나고 화분에서 자라난 건 땅콩이었다.

그 외에도 자잘한 사기를 당한 게 한두 번이 아니었다. 비슷한 일이 자꾸 벌어지자 주근은 한동안 성옥만 보면 저도 모르게 주판을 놀리던 손을 덜덜 떨곤 했다.

다음에는…… '다음'은 없었다. 계속 이렇게 시달릴 수 없다고 판단한 주근이 성옥의 경제권을 몰수해버렸기 때문이다.

그래서 열네 살을 앞둔 그 무렵부터 성옥은 돈벌이를 진지하게 고민하기 시작했다. 두 달을 궁리한 끝에 가장 열기 쉬운 게 공주 자매들의 주머니임을 깨닫고 거기에 필요한 능력을 집중적으로 키웠다.

하늘은 스스로 돕는 자를 돕는다더니, 일 년이 지나자 홍옥군주는 천부적인 재능을 바탕으로 수를 놓거나 필적을 위조해 과제를 대필하는 방면에서 뛰어난 기량을 발휘할 수 있었다. 그렇게 평안성 최고의 의류점인 금수방과 평안성 최초의 과제 대행 불법 조직인 만언재萬言齋의 능력자가 되었다.

인생의 신산함을 맛보고 이제 사기꾼에게 은자를 뜯기는 일이 없어진 성옥은 나아가 은자를 더 많이 받아내는 능력까지 갖추게 되었다.

이튿날 오후, 이향은 정말로 금수방에서 금화 오백 냥을 받아 의기양양하게 돌아왔다. 성옥은 뛸듯이 기뻐하며 금화를 한 냥부터 오백 냥까지 세었다가 거꾸로 오백 냥부터 한 냥까지 또 세어본 뒤 전대를 꺼내 가득 채웠다. 그러고도 남은 돈은 낡은 나무상자에 담아 침대 밑에 밀어넣고 낡은 담요 두 장으로 덮기까지 했다.

성옥은 돈을 잘 숨긴 뒤 능숙하게 남장을 하고 마대를 가져와 책상 위에 있는 진귀한 모란인 요황姚黃 화분을 감싼 채 신나게 밖으로 나갔다.

오늘은 주근이 스무 곳 남짓한 가게를 둘러보며 장부를 확인하는 날이었고, 조금 전 이향도 성 서쪽 끝에 있는 떡집에 가서 떡을 사 오라고 내보냈기에 성옥은 아주 순조롭게 십화루를 빠져나갈 수 있었다.

임랑각琳琅閣에 도착하자 기생 어미인 서 어멈이 아름다운 여인과 하녀 둘을 데리고 젊은 공자를 배웅하고 있었다. 공자와 여인은 헤어지기 싫다는 듯 서로에게만 집중해 옆에 누가 있는지 전혀 신경쓰지 않았지만, 서 어멈은 예리한 눈으로 버드나무 아래에 서 있는 성옥을 곧바로 발견했다.

성옥을 보자마자 서 어멈의 늙은 얼굴이 놀라움과 기쁨으로 환해졌다. 서 어멈은 다른 사람들이 미처 반응하기도 전에 날듯이 성옥 앞으로 다가와 "옥 소공자" 하고 살갑게 부르면서 행여 성옥이 마음을 바꿔 돌아갈까봐 팔을 꽉 잡고 안으로 데리고 들어갔다.

"저, 저, 저 사람이 그 전설의 옥 소공자야?" 뒤쪽의 공자가 깜짝 놀란 듯 격앙된 음성으로 여인에게 묻는 소리가 성옥의 귀에도 희미하게 들렸다.

서 어멈에게 이끌려 안으로 들어간 성옥은 예전에 은자로 기루를 뒤집어놓았던 일을 떠올리며 한숨을 쉬었다.

옥 소공자는 평안성 기루에서 전설 같은 존재였다. 조금이라도 풍류를 즐기는 사람이라면 그 이름을 모르는 이가 없을 정도였다.

성옥은 열두 살 때 임랑각의 명기 화비무花非霧의 첫날밤을 은자 구천 냥에 샀다. 전무후무한 높은 액수였다. 그전까지 평안성에서 화류계 명기의 첫날밤 가격은 은자 오백 냥으로 유지되고 있었다.

옥 소공자는 단숨에 유명인사가 되었다. 다른 귀공자들처럼 자주 기루에 나타나지는 않아도 언제나 호탕하게 돈을 썼다. 주안상을 올리는 하녀한테도 다른 손님이 아가씨를 밤새 부르는 가격과 비슷한 은자 일고여덟 냥을 선뜻 내주었다. 성옥은 모두가 좋아하는 탕자가 되었다.

서 어멈은 옥 소공자를 옭아맬 만큼 능력 있는 아가씨가 수중에 없는 게 한스러울 뿐이었다. 그런 아가씨만 있으면 옥 소공자가 날마다 임랑각에서 와서 은자를 뿌릴 텐데. 그런 생각을 할 때마다 서 어멈은 피가 거꾸로 치솟으면서 자신이 사십 년만 젊었어도 직접 나섰을 거라며 원통해했다.

서 어멈과 회포를 풀고 나서 세상 물정 모르는 큰손한테 접근하려는 아가씨 몇 명까지 물리친 뒤 성옥은 익숙하게 2층에 올라 화비무 방으로 갔다.

화비무의 하녀 둘이 바깥방에 나와 있었다.

성옥이 하녀를 쳐다보며 물었다. "서 어멈이 알리지 않았어? 너희 아가씨는 어째 안 보여?"

두 하녀가 우물거렸다. "아, 아가씨는……"

그러자 사각 탁자에서 막 꽃을 피운 금전화가 말을 받았다. "작약은 화주께서 오신 것도 모릅니다. 방금 저들이 알리려 했는데 문가에 이르자마자 작약이 벼루를 휘두르며 내쫓았어요. 요즘 기분이 별로 안 좋습니다."

성옥은 우물거리는 하녀 둘을 내보낸 뒤 마대에서 요황을 꺼내 탁자에 올려놓았다. 그러고는 직접 냉차를 따르고 걸상을 가져다 앉은 다음 차를 마시면서 금전화와 잡담을 나누기 시작했다. "이런, 이번에는 또 누구한테 꽂혔는데?"

금전화가 온몸의 푸른 잎사귀를 호탕하게 흔들며 대꾸했다. "정말 영명하십니다."

작약인 화비무는 주근과 이향처럼 인간의 모습을 갖춘 화요였다. 사 년 전, 인간들 속에서 진정한 사랑을 찾겠다며 평안성에 왔다. 사람들에게 물어물어 인간계에서 여자가 당당하게 많은 남자를 만날 수 있는 곳이 기루라는 것을 알아냈다.

깊은 산속 출신이었던 화비무는 기루가 어떤 곳인지 몰랐다. 길에서 채소 장수에게 기루가 어디 있는지 묻자 그는 화비무를 위아래로 스무 번은 훑어보고 나서 임랑각을 가리켰다. 냉큼 달려가보니 아름다운 아가씨가 아주 많아서, 이곳이라면 뜻을 이루기에 적합하겠다고 생각했다. 어처구니없지만 화비무는 은자 삼십 냥을 받고 자신을 기루에 팔았다.

평안성 최고의 기루인 임랑각에 들어간 화비무는 이제 안정적인 의지처를 찾았다고 생각했다. 산속에서 처음 자리를 잡을 때 산꼭대기에 절을 하는 것처럼, 성에도 마땅히 그런 법도가 있으리라 생각해 수소문 끝에 황성의 화초계는 성북 쪽 10층짜리 건물 십화루에서 관리한다는 것을 알아냈다. 어둡고 바람 불던 밤, 화비무는 한껏 들뜬 마음으로 자신을 팔아 받은 삼십 냥을 들고 십화루에 찾아가 절을 올렸다.

때마침 지난날 성옥을 구하느라 긴 잠에 빠져 있던 십화루 꽃들의 제왕 요황이 십 년만에 깨어났다. 요황은 화비무의 어리석음에 끊임없이 탄식하면서도 뭐에 홀린 것처럼 그녀에게 반했다. 게다가 잠에서 깬 지 얼마 되지 않아 정신이 맑지 못한 탓인지, 열두 살 성옥에게 일을 맡겼다. 시골에서 온 그 바보 같은 아가씨를 임랑각에서 속량해달라고 부탁한 것이다.

열두 살 성옥이 기루에 대해 아는 건 여자 손님을 받지 않는다는 것뿐이었다. 다행히 성옥은 평소 말타기와 활쏘기, 축국을 좋아해 이향이 활동에 편한 남자옷을 많이 마련해줬다. 그중에서 대충 골라 입고 기루로 갔다. 임랑각에 들어가자 큰 행사라도 열리는지 향긋한 냄새가 풍기고 초롱과 오색천이 잔뜩 걸려 있었다. 무슨 일인지 궁금해진 성옥은 요황의 부탁을 해결하기 전에 구경 좀 해야겠다고 생각하며 자리를 잡았다.

차를 반쯤 마셨을 때 음악소리가 울리고 붉은 옷을 입은 화비무가 아래쪽 단상에 올라와 한바탕 춤을 추었다. 그러자 관중들이 여기저기서 열정적으로 값을 부르기 시작하더니 백 냥에서 순식간에 삼백오십 냥까지 올라갔다.

아, 원래 기루에서는 이런 식으로 속량하는구나. 성옥은 그렇게 생각했다.

당시 성옥은 주근한테 경제권을 박탈당하기 전이었다. 세상 물정 모르는 이 탕아가 머리에 방망이를 붙인 늙은 말도 오천 냥에 사지 않았던가. 그러니 화비무처럼 아름다운 정령, 심지어 십화루 꽃들의 제왕인 요황이 반한 화요의 몸값이 어떻게 삼백오십 냥밖에 안 되겠느냐고 생각했다.

그래서 성옥은 그때까지 나온 가격보다 이십 배나 높은 칠천 냥을 불렀다.

은자 칠천 냥이 나오자 단상 주위가 죽은듯 조용해지고 모두의 눈이 일제히 성옥에게 쏠렸다. 어리둥절해진 성옥은 주춤하다가 자신 없는 목소리로 물었다. "그, 그럼 팔천?"

사실 화비무도 은자에 대한 개념이 별로 없었다. 사람들이 한층 조용해지며 성옥을 더욱 뚫어져라 쳐다보자 무슨 말이든 해서 그를 도와야겠다는 생각에 고개를 치켜들며 대수롭지 않다는 듯 물었다. "얼마나 가지고 오셨지요?"

성옥이 은표를 꺼내 세어본 뒤 대꾸했다. "구천."

화비무가 고개를 끄덕였다. "아, 그럼 구천 냥으로 하지요. 호호호."

성옥은 얼결에 은자 구천을 내어주고 화비무의 첫날밤을 샀다.

소문은 삽시간에 퍼졌고, 임랑각은 그 구천 냥 덕분에 경쟁 관계인 몽선루夢仙樓를 제치고 평안성에서 누구도 넘볼 수 없는 최고 기루로 올라섰다. 서 어멈은 자신의 숙원이 이루어지자 기쁨을 참지 못해 기절하고 말았다.

서 어멈이 기절한 네 시진 동안 성옥은 화비무를 속량시킨 게 아니라 그저 하룻밤을 사는 데 구천 냥을 썼음을 알았다. 하지만 세상 물정을 몰랐기에 조금도 억울해하지 않았다. 오히려 십화루 꽃들의 제왕인 요황이 반한 정령이라면 이렇게 귀한 대접을 받는 게 당연하다고 흡족해하기까지 했다.

화비무를 속량하려면 얼마를 내야 하는지 묻자, 밤새 기절했다가 막 깨어난 서 어멈은 호구를 잡았다고 생각하며 냉큼 십만 냥을 불렀다. 성옥은 매우 타당한 금액이라 여겼지만, 그렇게 많은 돈이 없었기에 아침식사를 마친 뒤 돌아갔다.

일을 성사시키지 못하고 돌아왔지만 성옥은 요황 앞에서 당당히 설명했다. "너 눈이 아주 높더라. 네가 반한 정령이 얼마나 비싼지 하룻밤 사고 양고기탕을 함께 먹는 걸로 끝났어. 돈이 없어서 두번째 밤은 사지 못했고."

요황은 아무리 생각해도 이해할 수 없었다. "그렇게 멍청한데 비싸다고요? 기루에 삼십 냥 받고 들어갔다던데요."

성옥은 탄식을 내뱉었다. "네 눈에 띄면서 단숨에 귀해진 거지." 그러면서 손가락 여덟 개를 펼쳐 내밀었다. "이제는 하룻밤에 구천 냥이야. 개를 사느라 나는 이제 양고기탕 먹을 돈도 없다고."

그때 마침 농장에서 돌아온 주근과 이향이 그 말을 들었다. 이향은 주근의 손이 분노로 부들부들 떨리는 것을 보았다.

이후 열흘 동안 성옥은 주근에게 잡혀 십화루를 나갈 수 없었다.

성옥과 화비무, 화비무와 요황의 인연은 이렇게 꼬인 채 시작되었다.

2장
신족 최고의 바람둥이

세상 수천수만 종의 꽃과 나무는 화신花神, 화선花仙, 화요, 그리고 변신하지 못하는 화초, 이렇게 네 부류로 나뉘었다. 어떤 화초든 감각은 다 있지만 천지의 기운을 받아 수행에 성공하는 경우는 극소수에 불과했다. 기본 근골이 훌륭해 날 때부터 일족의 우두머리이거나, 신령한 기운이 가득한 좋은 장소에서 태어나 수시로 수행해야만 아름다운 정령으로 변할 수 있었다.

십화루에 있는 백 가지 화초는 전자에 해당했다. 성옥의 아버지가 심혈을 기울여 꽃들의 백여 족장을 물색해 십화루로 가져온 덕분에 성옥은 병사할 운명을 무사히 넘길 수 있었다. 하지만 성옥이 아니었다면 그 백 가지 화초는 십 년 전에 모두 정령으로 바뀌었을 테고, 그랬다면 십화루를 지키는 정령 또한 주근과 이향 둘로 그치지 않았을 터였다.

깊은 산속에서 나온 화비무는 후자의 대표적인 예였다.

화비무의 고향은 보통 산이 아니라 사해팔황 신선계의 신령한 안개로 뒤덮인 직월선산織越仙山으로, 삼천대천세계의 백억 산하를 주관하는 창이滄夷신군이 있는 곳이었다.

화비무는 창이신군의 뒤뜰 정자 옆에서 자랐다. 정자에서 차 마시는 것을 좋아하는 신군은 마시다 식은 차를 그녀에게 부어주곤 했다. 신군은 꽃에 차를 주면 안 되는 걸 전혀 몰랐다. 화비무도 명줄이 길어서 신군이 그렇게 많은 차를 부었는데도 죽지 않고, 무슨 연유인지 어느 날 갑자기 정령으로 변했다.

성옥은 그 부분이 무척 신기해 화비무에게 물었다. "신선의 거처에서 변했다면 화선이나 화신이 되어야 하는 거 아니야? 왜 화요가 되었어?"

화비무는 의기양양하게 설명했다. "화주가 돌아가셨으니 꽃은 전부 화요만 될 수 있어요. 이제 세상에는 화신이 없다고요."

"무슨 말인지 모르겠어."

화비무는 실은 자신도 잘 모른다고 겸연쩍게 인정하고는 코를 문질렀다. "모르면 뭐 어때요. 다들 그렇게 말하더라고요."

성옥이 더 캐물을까봐 화비무는 얼른 화제를 돌렸다. "여기 꽃들은 왜 당신을 화주라고 부르죠? 사해팔황에도 예전에는 화주가 있었어요. 원래 홍련이었고 화신 중 가장 존귀한 분이라 꽃들의 주인으로 받들어졌지요." 그러면서 손을 펼쳐 보였다. "어떻게 된 일인지는 몰라도 돌아가셨고요. 돌아가시기 전까지 세상에서 그분만 화주라고 불릴 자격이 있었대요."

당시 성옥은 열세 살에 불과했다. 열세 살 성옥은 화비무가 말하는 그 신선이 살았는지 죽었는지 별 관심이 없었고 자신의 호칭이 그 신선과 같은 것에도 신경쓰지 않았다. 얼마 전 주근에게 경제권을 몰수당했기에 앞으로의 '돈줄'을 걱정하느라 다른 걸 생각할 여력도 없었다.

성옥이 대꾸했다. "나를 화주라고 부르는 건 내가 십화루의 우두머리라서야. 그런데 진짜 우두머리가 아니야. 돈이 없거든. 주근이야말로 진짜 대장이지."

화비무가 조금 놀란 얼굴로 물었다. "그럼 오늘은 무슨 돈으로 나를 찾아왔어요?"

성옥이 멀리 하늘가를 올려다보며 담담하게 대꾸했다. "도박장에서 땄어."

하필 성옥을 급히 데리러 온 주근이 그 말을 들어서 성옥은 십화루로 끌려가 다시 열흘 동안 외출 금지를 당했다.

사랑하는 사람을 만나기 위해 인간계에 내려온 화비무는 기루 임랑각에서 일 년여를 보내고 나서야 유희만 즐기는 귀공자들 속에서는 진정한 사랑을 찾을 수 없음을 깨달았다.

그런 깨달음과 함께 화비무도 조금은 총명해져 자신의 소망을 이루려면 다른 방법을 찾아야 함을 절감했다.

하지만 화비무는 여전히 인간계에 대해 아는 게 별로 없었기에 한참을 생각하다가 결국 유일하게 친분이 있는 인간, 열네 살 성옥에게 조언을 구하기로 했다.

대희국의 딸 가진 부잣집들은 최대한 꼼꼼히 혼사를 챙기기 위해 아이가 열서너 살만 되면 준비를 시작했다. 화비무가 성옥에게 도움을 청하려 한 이유도 성옥이 마침 혼담이 오갈 나이니 당연히 인간계의 애정사를 잘 알 거라 여겨서였다.

하지만 성옥은 어려서 부모를 여의고 주근과 이향 두 화요 손에 자랐다. 그들은 성옥을 예법에 맞는 현숙한 군주로 기르는 대신 활발하고 건강한 소녀로 길렀다. 심지어 강건한 신체를 만들어주기 위해 주근까지도 성옥이 옥 소공자라는 이름으로 평안성 저잣거리를 돌아다니며 기운 넘치는 소년들과 활쏘기나 축국을 하는 걸 내버려두었다. 그렇게 성옥은 남자애처럼 컸다.

평안성의 다른 소녀들이 남몰래 미래 남편의 모습을 그려보고 있을 때 홍옥군주 성옥에게 가장 중요한 일은 어떻게 하면 돈을 많이 벌 수 있을까였고, 그다음으로 중요한 일은 어떻게 하면 다음번 축국 시합에서 공을 더 많이 넣을 수 있을까였다.

그래서 화비무가 서둘러 십화루로 달려와 자신의 연애를 도와달라고 했을 때도, 성옥은 막 끝낸 만언재의 대필 숙제 몇 편을 숨기는 데만 급급할 뿐이었다.

하지만 의리를 중시하는 성옥은 별로 어려운 일이 아닐 거라고 생각하며 화비무를 돌려보낸 뒤 문을 닫아걸고 신선이나 정령이 인간과 사랑에 빠지는 이야기책을 읽기 시작했다. 며칠을 집중해 읽고 나서 충분히 이해했다고 생각한 성옥은 다음날 곧장 임랑각으로 향했다.

성옥이 화비무에게 추천한 첫번째 묘책은 『백사전』에 나오는 '우산 빌려줬다 돌려받기'였다. 허선許宣은 침공정沈公井 골목의 찻집 처마 밑에서 백 낭자에게 우산을 빌려주고 이튿날 백 낭자 집으로 찾아가 우산을 돌려달라고 했다. 우산을 빌려주고 돌려받는 과정에서 호감이 생기고 정이 생겨 이야기가 탄생했다.

성옥은 화비무에게 장대비가 내리는 날 우산을 많이 챙겨 성북 나루터로 가보라고 했다. 나룻배에서 내리는 사람 가운데 우산이 없는 잘생긴 공자를 발견하면 빌려주라고, 곤란에 처한 그 사람과 인연이 맺어질지도 모른다고 말이다.

산속에서 나와 세상 물정을 모르는데다 책도 거의 읽어본 적 없는 화비무는 정말 대단한 방법이라고 감탄하며, 두번째 방법은 들을 생각도 하지 않고 잔뜩 흥분해 우산을 준비하러 갔다.

하늘도 도와주었다.

이튿날 바로 비가 내렸다.

화비무에게 이끌려 십화루를 나온 성옥은 성북 나루터에 이를 때까지 계속 졸았다.

두 사람은 나루터 옆 정자로 들어가 비밀스레 얘기를 주고받았다. 화비무가 방수포로 덮은 대바구니 두 개를 가리키며 초조한 목소리로 물었다. "우산을 스무 개 가져왔는데 충분할까요?"

성옥은 조금 멍한 표정으로 대꾸했다. "뭐?"

화비무가 손을 비비며 말했다. "혹시 오늘 배에서 내리는 공자들이 하나같이 준수해서 전부 마음에 들면 어떡하나 문득 그런 생각이 들더라고요. 그럼 우산 한두 개로는 부족하잖아요. 스무 개는 되어야 마음이 좀 놓이겠더라고요."

성옥은 쪼그려앉아 바구니 속 우산을 뒤적거리며 물었다. "이 우산을 전부 나루터로 들고 가자고? 내가 옆에서 지키고 있다가 네가 마음에 드는 사람을 발견하면 우산을 건네주고? 그럼…… 우리 둘이 우산 장수처럼 보일지도 몰라." 걱정스러운 표정으로 말리던 성옥이 좋은 생각을 떠올렸다. "오늘 같은 날씨에는 우산을 파는 것도 좋겠는데? 우리 그냥……"

화비무가 얼른 말을 끊었다. "그럼 화주는 여기서 바구니를 지키고 계세요. 제가 일단 몇 개만 가지고 가서 살펴볼게요. 배에서 내리는 사람들이 전부 괜찮으면 다시 와서 나머지도 가져가고요. 별로면 서너 개로 충분하겠지요."

성옥은 바구니에서 눈을 떼지 않고서 재빨리 알았다고 답했다.

정자를 막 벗어나던 화비무는 그제야 성옥의 말이 무슨 의미였는지 헤아리고 되돌아와 다짐을 놓았다. "화주, 여기 남은 우산을 팔지 않겠다고 약속하세요."

"……알았어." 성옥은 발로 바닥에 동그라미를 그리며 미적미적 대꾸한 뒤 고개를 들고 뻘쭘한 표정으로 화비무를 쳐다보았다. "그…… 얼마 이하로 팔면 안 되는데?"

화비무가 어금니를 깨물며 소리쳤다. "얼마든 안 판다고요!"

정자가 외진데다 앞쪽에 나무 두 그루까지 막고 서 있어 그곳까지 비를 피하러 오는 사람은 거의 없었다.

성옥이 우산 바구니를 지키며 졸고 있을 때 머리 위에서 남자 목소리가 어렴풋이 들려왔다. "우산 얼마인가?"

화들짝 놀라 눈을 뜨자 살짝 젖은 흰색 구름무늬 장화가 보였다. 좀더 시선을 들자 이번에는 살짝 젖은 새하얀 비단 두루마기 끝자락이 눈에 들어왔다. 성옥은 완전히 정신이 들지 않았는데도 본능적으로 화비무의 당부를 떠올리며 우물우물 대꾸했다. "아, 파는 것이 아닙니다."

정자 바깥은 빗소리가 요란했다. 후드득후드득 쏟아지는 빗속에서 남자가 담담한 음성으로 말했다. "정말로 사고 싶으니 아우님이 값을 불러보게."

성옥은 눈을 비비며 난감한 투로 대꾸했다. "가격 같은 거 없습니다."

"그래? 우산이 이렇게 많은데 하나도 흥정할 수 없다고? 재미있군." 살짝 높아진 목소리에서 그가 정말로 흥미로워하는 게 느껴졌다.

팔기 싫으면 안 파는 거지, 뭐가 재미있담, 성옥은 생각하면서 고개를 들어 상대를 쳐다보았다.

마침 남자도 성옥을 바라보아 두 사람의 시선이 마주쳤다. 성옥은 당황했고 남자는 다시 고개를 숙여 우산을 뒤적였다. 손가락이 길고 옥처럼 매끈했다. 남자가 시큰둥하게 말했다. "비가 이렇게 많이 오는데 좋은 일 하는 셈 치고 하나 팔게."

성옥은 대답도 못하고 멍하니 남자를 쳐다보기만 했다.

대희국의 옥 소공자는 미인을 보는 눈이 둘째가라면 서러울 정도로 뛰어났다. 후궁을 삼천 명이나 거느렸다는 선대 황제조차 이 방면에서는, 어려서부터 십화루에서 자라고 조금 큰 뒤로 툭하면 임랑각으로 달려가 얼굴도장을 찍는 옥 소공자를 따라올 수 없었다.

이 천부적인 심미관은 성옥이 미인들 속에서 살아 자연스럽게 만들어진 재능이었다. 또 성옥에게는 화초들만 알고 있는 비밀이 있었다. 성옥이 개화기의 식물을 보면 그 화초가 정령이 될 수 있는가의 여부와 관계없이, 아름다운 아가씨인지 준수한 공자인지 알아볼 수 있는 능력을 선천적으로 타고났다는 거였다.

가령 아직 정령이 되지 못한 요황의 경우, 개화기가 아닐 때는 모란으로만 보였지만 꽃을 피운 뒤로 성옥의 눈에는 더이상 모란으로 보이지 않았다. 대신 준수한 청년이 온종일 성옥의 책상 위에 앉아 방을 흘겨보는 걸로 보였다. 성옥은 너무 신경이 쓰여서 요황을 옆 주근의 방으로 옮겼다. 그러자 매일 그 둘이 한밤중까지 떠드는 게 들려왔다. 두 화요는 견문도 넓고 배우는 것도 좋아했다. 직각삼각형의 원리를 논하는 요황과 주근의 대화가 꿈속까지 따라온 적도 있었다. 생각만 해도 끔찍한 기억이었다.

그렇게 자란 성옥이었기에 '색色'에 관한 정력定力이 매우 높아, 지금껏 낯선 사람의 얼굴을 멍하니 쳐다본 일이 단 한 번도 없었다. 성옥은 별일이라고 생각하면서도 눈앞의 남자를 좀더 보고 싶다는 마음을 억누를 수 없었다.

남자는 머리카락과 옷이 비에 반쯤 젖었음에도 전혀 추레해 보이지 않았다. 빗속을 걸어왔으니 옷과 신발 모두 진흙투성이여야 맞는데 그의 하얀 옷과 장화에는 티끌 하나 묻어 있지 않았다.

빤히 쳐다보는 시선을 느꼈는지 남자가 성옥을 머리부터 발끝까지 훑어본 뒤 갑자기 웃음을 지었다. 눈속에만 머문 웃음이라 조금 차갑게 보였지만, 무심한 듯한 그 웃음이 오히려 멋스러워 보였다. 그토록 많은 미인을 본 성옥도 이처럼 모순적인 기질을 가진 사람을 만난 건 처음이었다.

비바람 소리가 잦아들었다. 남자가 살며시 눈썹을 치켜올렸다.

"아가씨였군."

지금껏 단 한 번도 남장한 걸 들켜본 적이 없던 터라 성옥의 머릿속에서 쿵 하는 소리가 울렸다. 하지만 남자가 무슨 말을 하는지는 별로 신경쓰이지 않았다. 온 마음이 남자의 얼굴에 쏠려 있어서였다. 눈썹을 치켜올리는 행위가 그의 차가운 얼굴에 생기를 불어넣으며 절정의 아름다움을 자아냈다.

성옥은 황홀한 기분까지 들었다. 하지만 그 얼떨떨한 와중에도 친구 화비무의 계획을 잊지는 않았다. 정말 모범적인 친구가 아닐 수 없었다.

성옥은 재빨리 머리를 굴렸다. 우연히 정자에 들어온 남자가 천하를 뒤흔들 정도로 잘생겼으니 화비무가 반하지 않을 리 없었다. 다만 인연을 맺어야 할 화비무가 이 자리에 없으므로 자신이 대신 나설 필요가 있을 듯했다.

"아가씨, 우산……"

남자가 다시 입을 떼자마자 성옥은 기다렸다는 듯 보라색 우산을 내밀고 눈을 반짝이며 말했다. "우산을 팔 수는 없어도 빌려드릴 수는 있습니다. 나중에 꼭 임랑각으로 가져다주세요." 그러고는 얼른 덧붙였다. "화비무에게요."

남자는 우산을 건네받고 만지작거렸다. "임랑각의 화비무?"

성옥은 남자의 얼굴에 시선을 고정한 채 고개를 끄덕였다. 남자가 또다시 성옥을 쳐다보았다. 눈빛이 따뜻하지는 않아도 눈동자 깊은 곳에서 재미있어하는 기색을 엿볼 수 있었다. 그의 시선이 성옥의 얼굴에 조금 오래 머문 덕분에 성옥은 그의 눈동자가 짙은 호박색임을 알 수 있었다.

"내 기억이 틀리지 않는다면, 임랑각은 기루인데. 반면 아가씨는 반듯한 집안의 소저 같고."

왜 우산을 임랑각에 돌려줘야 하느냐는 뜻이겠지만 설명하자면 길고 귀찮아 성옥은 대충 둘러댔다. "별 뜻 없어요. 그냥 제가 임랑각에 자주 놀러가거든요."

남자의 시선이 성옥의 두 눈에서 턱으로 옮겨가 잠시 머물렀다가 다시 아래로 조금 내려갔다. "놀러간다라." 남자는 그렇게 말하고는 웃으며 물었다. "기루가 뭐하는 곳인지는 아는가?"

성옥은 단숨에 답했다. "즐기는 곳이지요."

남자가 의미심장한 표정을 지었다. "그러니까 아가씨가 대체 기루에서 뭘 즐기지?"

성옥은 순간 말문이 막혔다. 성옥이 기루에서 뭘 즐길 수 있겠는가? 기껏해야 돈을 내고 화비무와 양고기탕을 먹을 뿐인데 그걸 어찌 사실대로 말하겠는가.

한참 우물거리던 성옥은 애매하게 대답했다. "술이나 좀 마시고 놀지요……" 그러다가 자신이 이 남자를 상대하는 이유가 화비무와 짝을 맺어주기 위함이라는 게 퍼뜩 떠올랐다. 자신에 대한 얘기는 굳이 할 필요가 없겠다는 생각에 얼른 화제를 화비무에게로 돌리고, 자신은 기루의 단골이라는 설정을 논리적으로 이어붙이려 진지하게 말했다. "그러니까 제가 임랑각의 명기 화비무와 아주 잘 아는 사이라는 건 믿으실 수 있겠지요."

남자가 답했다. "아."

'아'가 무슨 뜻인지는 잘 이해할 수 없었지만, 최소한 자신이 하는 말을 남자가 싫어하지 않는 눈치라 성옥은 부담감을 내려놓았다. 자신의 헛소리를 용서해달라며 천지신명께 속으로 사죄를 구하고는 가슴 앞에 두 손을 가볍게 모은 채 말했다. "우산을 왜 화비무에게 돌려줘야 하느냐고요? 실은 제 우산이 아니라 화비무의 우산이라 그렇습니다. 화비무로 말씀드리자면, 미모도 뛰어날 뿐 아니라 마음씨도 보살처럼 고와서, 비 오는 날이면 부두로 나와 비 맞는 사람을 돕지요. 그래서 우산을 팔지 않는다는 겁니다."

자신의 헛소리에 몰입한 성옥은 아주 그럴싸하다고 생각하며 제안까지 했다. "화비무는 우아하고 온화한데다 가무도 뛰어나니, 우산을 돌려주러 갈 때 시간이 되면 그녀의 청아한 노래와 아름다운 춤도 감상해보세요. 좌상서 댁 둘째 공자는 화비무의 노래를 들은 뒤 석 달 동안 넋이 나가 있었고, 임 나리는 화비무의 검무를 본 뒤 집안의 무희를 전부 내보냈다 하더라고요."

성옥은 신나게 이야기를 지어내면서 '대구법을 써서 화비무를 치켜세우다니!' 하며 자신의 문학적 재능에 감탄했다. 하지만 이내 자기 기억이 틀렸음을 깨달았다. 검무를 잘 추는 사람은 화비무가 아니었다. 화비무는 생김새가 예쁘고 목소리만 좋을 뿐, 다른 재주는 거의 없었다. 평안성에서 검무로 명성을 떨치는 기녀는 화비무의 앙숙이었다.

성옥은 실수를 만회하기 위해 얼른 덧붙였다. "다만 얼마 전에 화비무가 다리를 삐끗해서 춤은 보기 힘들 테니 아쉽네요." 그러면서 남자를 훔쳐보았다. 화비무를 잔뜩 치켜세웠으니 마음이 움직였을 거라고 생각하며 남자의 얼굴에 동요하는 기색이 나타나기를 기대했다.

하지만 남자는 고개를 숙여 손에 든 우산을 내려다볼 뿐 별 반응이 없었다. 그 바람에 성옥은 그의 표정을 읽을 수 없었다. 한참 뒤 남자가 물었다. "그래서 아가씨 이름은 뭐지?"

성옥은 당황했다. "네?"

남자가 우산을 펼쳤다. 탁 소리와 함께 우산이 펼쳐지면서 순간 그의 얼굴을 가렸다.

손잡이를 잡고 우산을 들어올리는 남자의 동작이 느린 건 아니었지만, 성옥은 그 동작에 따라 우산 아래에서 둥글고 차가운 턱이, 입술과 콧등이, 마지막으로 어떤 의미를 담고 있는지 알 수 없는 호박색 눈이 나타나는 걸 고스란히 볼 수 있었다.

남자가 우산 밑에서 나직하게 되풀이했다. "그러니까 아가씨 이름은 뭐냐고 물었네."

성옥은 한참 만에 헛기침을 내뱉은 뒤 말했다. "아, 저요. 저는 화비무가 좋은 일을 할 때 가끔 따라 나와 도와주는 호인일 뿐이라 군이 이름까지 아실 필요는 없습니다."

남자는 더 묻지 않고 웃으며 고맙다고 인사한 뒤 내일 꼭 우산을 임랑각에 돌려주겠다고 약속하고는 빗속으로 걸음을 옮겼다.

연송連宋이 성옥에게 빌린 우산을 들고 경산景山 별원別院으로 돌아갔을 때 시녀들은 이미 일색정一色亭의 온천을 말끔히 정리해둔 상태였다. 제일 높은 시녀인 천보天步가 재빨리 연송에게 다가와 우산을 받아들며 따뜻한 술로 몸부터 녹일 것인지, 곧장 온천에 들 것인지 물었다.

어느새 빗줄기는 잦아들고 마당의 배꽃이 촉촉히 물기를 머금고 있었다. 흰옷의 청년은 보슬비 속 배꽃을 바라보며 대답했다. "술을 온천으로 가져오거라. 그리고 이 우산은…… 내일 임랑각으로 보내거라."

대희국 조정의 관료 중에는 기이한 인물이 둘 있었다. 한 명은 황제의 총애를 듬뿍 받으면서도 고향으로 돌아가 떡집을 차리고 싶어하는 국사였고, 다른 한 명은 무장의 우두머리면서 전국의 문인을 모두 합친 것보다 더 고상하고 잘생긴 대장군이었다.

성옥의 목숨을 구해준 은인으로, 줄곧 떡집 주인을 꿈꾸는 국사는 속급粟及이라는 인물이었다. 고상하고 잘생긴 대장군은 성옥이 화비무와 잘 어울리겠다고 생각했던 흰옷의 공자, 연송 장군이었다.

연송은 명문가 출신으로 충용후忠勇侯의 셋째 아들이었다. 열네댓 살 때 아버지를 따라 전장에 나가 큰 공을 세웠고, 스물다섯 살에 대장군으로 올라 대장군부大將軍府를 맡게 되었다. 대희국 개국 이래 가장 젊은 정일품 대장군이었다.

눈이 높은 국사 속급은 평생 단 한 사람만을 칭찬했는데, 바로 그와 나란히 이름을 떨치는 대장군이었다. "연씨 가문의 셋째 연삼은 용맹하게 강적을 물리쳐 국가의 위상을 세웠고, 품성 또한 우아해 그림에 조예가 깊고 옥피리 연주도 일품이지. 마치 하늘에서 내려온 신선 같네."

속급은 신선의 기반을 조금 가진데다 수행도 반쯤 결실을 보고 있었다. 다른 사람들은 모두 그의 칭찬을 과장이라고 여겼지만, 그와 연송 두 사람만은 과장이 아님을 알고 있었다. 대장군 연송은 정말로 신선이었다.

대천세계에는 수십억 개의 속세가 있고 대희국은 그중 하나에 불과했다. 하늘은 인간에게 수십억 개의 속세를 터전으로 내주면서 수명을 제한했다. 한편 속세 밖에는 사해팔황이라는 신선의 세계가 있었다. 사해팔황의 신선세계에서 구중천 천군의 셋째 아들인 연송은 사해수군의 직책을 맡아 동서남북 사해의 물을 다스리는 팔황 최고의 수신水神이었다.

이렇듯 팔황 최고의 수신인 연송이 사해를 떠나 이 속세에 온 것은 또다른 신, 사십사 년 전 구중천의 제27천 쇄요탑에서 죽은 화신 장의 때문이었다.

온천물에 몸을 담근 연송은 비에 젖은 마당의 배꽃을 멍하니 바라보았다.

장의가 죽은 뒤 세상의 꽃과 나무는 색을 잃은 듯했다. 장의가 살아 있을 때는 속계의 비 맞은 배꽃을 볼 때마다 눈물을 가득 머금은 미인처럼 가련하다는 느낌을 받았지만, 지금은 구박받은 며느리가 빗속에서 떨고 있는 듯해 심란할 뿐이었다.

초봄의 차가운 비와 심란한 배꽃 풍경을 보고 있노라니, 왠지 모르게 장의와 처음 만났던 순간이 떠올랐다.

아주 오래전 일이었다. 칠백 년 전인지, 팔백 년 전인지 정확하지 않지만 대략 그쯤이었다.

당시에는 구중천 요지瑤池에 관리자가 없어서 세상의 꽃들한테도 화주가 없었다. 화주의 자리가 공석이어서 불편한 일이 많았지만 연송과는 아무 관련이 없는 일이었다. 그런데 어느 날 신선들의 적籍과 직급을 관장하는 친구 동화제군과 바둑을 두었다가 지고 말았고, 동화제군은 뜬금없이 요지 관리를 연송에게 넘기며 잠시만 맡아달라고 했다.

잠시 그 직책을 맡고 보니 화주 자리를 차지하기 위해 화신들이 암투를 벌이는 게 보였다. 아웅다웅하는 게 때로는 흥미롭기도 했지만 귀찮기도 했다.

사실 귀찮을 때가 대부분이었다.

셋째 전하 연송은 구중천에서 신족 최고의 바람둥이로 통했고 사해에서도 풍류가로 명성이 자자했다. 영준하고 높은 지위에 싸움을 잘하는데다, 천족 자체가 워낙 무를 숭상했기에 이 젊은 수신은 아가씨들 사이에서 인기가 높았다.

세상에는 달콤한 말과 따뜻한 관심으로 이루어진 다정한 풍류도 있지만, 무심함과 무관심으로 이루어진 무정한 풍류도 있다. 풍류라고 하면 흔히 다정한 풍류를 뜻하는데 특이하게도 셋째 전하는 무정한 풍류에 속했다.

그러다보니 팔황에서 소문난 바람둥이임에도 연송은 미인들에게 인내심이 별로 없었다. 화신들이 다투며 훌쩍이다못해 공정하게 판가름해달라고 소란까지 피울 때면 연송은 번번이 진저리를 쳤다.

게다가 셋째 전하는 천족의 예를 중시하는 두 형과 판이한 성격이어서, 누가 귀찮게 굴면 딱 잘라 외면하고 자리를 떠나버렸다.

그래서 연송은 구중천에서 신출귀몰하기로 유명했다. 어려서부터 쭉 그랬기에 천군은 진작 이골이 나 다른 두 아들에게는 예법을 지킬 것을 엄격히 요구해도 연송은 내버려두었다.

당시에도 연송은 시달림을 참을 수 없어 구중천을 빠져나왔다. 그리고 남황으로 가서 마족 칠대 군주인 상지緗之마군의 막내아들 청라淸羅군과 바둑을 두었다.

이만 년 전 귀족鬼族의 난이 평정되고 반란을 일으켰던 귀군 경창擎蒼이 봉인된 뒤, 사해팔황은 모처럼 평화를 되찾고 신족과 귀족도 관계를 회복해 화목하게 되었다. 상황이 이렇다보니 딴생각을 품었던 마족의 일곱 군주도 꿈틀거리는 욕망을 억누를 수밖에 없었다. 그래서 이만 년 동안 전반적으로 평화로운 나날이 이어졌고, 신족이 마족을 찾아가 바둑을 두는 것이 이상한 일은 아니었다.

청라군은 연회를 좋아해 조금만 좋은 일이 있으면 손님을 불러들였다. 심지어 워낙 낙관적이라 평범한 일상에서 언제나 좋은 일을 찾아낼 수 있다보니 결국 거의 매일 연회가 열렸다.

그런데 그날 연회에서는 청라군의 얼굴에 수심이 가득했다.

아랫자리에 앉은 둥근 얼굴의 청년이 히죽거리며 청라군의 상처를 들췄다. "청라군께서 상운相雲공주한테 문전박대를 당해 뼛속까지 시리니 수심이 겉으로 드러날 수밖에요."

상운공주는 마족 최고의 미인이었다. 마족들 사이에서는 그녀가 신족 최고의 미녀라 불리는 청구靑丘의 백천白淺에 뒤지지 않는다는 말이 있을 정도였다. 마족은 무슨 일이든 신족과 비교하고 겨루기를 좋아했는데, 백전백패하다보니 심리적으로 맺힌 게 많고 자기판단도 정확하지 못했다. 그래서 연송은 마족의 온갖 소문을 한 귀로 듣고 한 귀로 흘려버렸다.

둥근 얼굴의 청년 옆에 앉은 회색 장포 차림의 청년이 시큰둥하게 말을 받았다. "비지妃之마군이 쥐면 꺼질까 불면 날아갈까 애지중지 키워서 상운이 얼마나 눈이 높은데, 청라 자네가 어찌 감히 넘볼 수 있겠어." 청라군이 눈살을 찌푸리자 청년이 하하 크게 웃었다. "미모에 반한 거라면 장의의 시중을 며칠 받는 게 어때? 장의라면 눈치가 빠르니까 잘 통할 텐데. 물론 백택白澤을 내줘야겠지만. 다른 사람은 몰라도 청라 자네라면 백택을 좀 줄 수 있잖아."

자리에 있던 사람들이 모두 웃음을 터뜨렸다.

백택은 신선의 기운을 뜻했다. 팔황에는 신족과 마족, 귀족, 요족 네 종족의 무수한 생령이 모여 살았는데 종족마다 기운이 달랐다. 신족은 흰빛인 백택, 마족은 검은빛인 현택, 귀족은 푸른빛인 청택, 요족은 붉은빛인 비택을 가지고 있었다. 어느 종족이든 태어날 때는 체내에 여러 기운이 뒤섞여 있다가 자기 종족만의 수련을 거치면 순수한 기운으로 바뀌었다. 수련을 많이 할수록 체내의 기운이 순수해지므로 회색 장포를 입은 청년은 청라군이 마족의 황자임에도 백택이 많다고, 다시 말해 그가 무능하다고 비웃은 거였다.

청라군은 기골이 장대한 만큼 성격도 호탕했지만 고지식한 면도 있었다. 자기를 무능하다고 비웃는 것에는 크게 개의치 않았으나, 장의를 상운에 비교하는 것에는 매우 불쾌해했다. "장의라니, 어떻게 장의를 상운과 비교한단 말인가?"

고지식하고 진중한 성격의 청라군은 장의를 우습게 생각하면서도 각박하게 그녀를 깎아내리는 말은 입 밖으로 뱉지 않았다. 하지만 술자리란 온갖 유형의 사람이 모이는 곳이 아닌가. 눈치 빠른 사람이 재빨리 나서서 청라군이 하고 싶은 말을 대신해주었다. "황자님 말씀이 옳습니다. 주인 없는 화요는 귀인 앞에서 웃음을 팔아 그 연민으로 살아갈 뿐이지요. 그렇게 미천한 신분의 화요가 어떻게 상운공주와 비교될 수 있겠습니까?"

남황에는 요족과 마족이 함께 살았는데 요족은 약소해 예로부터 마족에게 종속되었다. 그러다보니 아름다운 화요들이 품계가 높은 마족의 후실로 들어가는 일이 많았다. 남황에는 주인 없는 요족이 적었고, 특히 주인 없는 화요는 거의 찾아볼 수 없었다.

그 말에 내심 수긍하면서도 청라군은 무고한 여인을 깎아내리는 게 내키지 않아 중얼중얼 대꾸했다. "장의를 그렇게까지 말할 건 없지. 장의는 말이야, 그러니까…… 음, 그러니까……" 하지만 '그러니까' 뒤에 말을 갖다붙이지는 못했다.

그때 옆에서 정교한 술잔만 쳐다보던 연송군이 평소와 달리 입을 열었다. "장의라……" 그러고는 청라에게 물었다. "장의라고 했나?"

천족의 셋째 전하는 청라군을 만나러 남황에 와서 온갖 술자리에 참석했지만, 늘 청라군 오른쪽 상석에 앉아만 있었다. 어쩌다 흥이 올라도 청라군과 몇 마디 나눌 뿐이었다. 그를 흠모해 대화하고 싶어하는 수많은 마족 공자 중 누구 하나 지금껏 말을 붙여본 적이 없었다.

뜻밖에도 셋째 전하에게 말을 걸 기회가 생기자 조금 전 청라에게 아첨했던 눈이 동그란 젊은이가 까만 눈동자를 굴리며 얼른 연송 쪽으로 몸을 기울이고는 알랑거렸다. "전하는 저희 남황 분이 아니시니 모르시겠군요. 장의는 원래 홍련인데 장애를 갖고 태어나 꽃을 피울 수 없습니다. 그래서 누구도 정원에 들이지 않았지요. 화요이면서 주인이 없다니, 비웃음거리가 될 수밖에요. 그런데 요즘 어디가 잘못됐는지 느닷없이 신선이 되겠다면서 사방에서 백택을 찾고 있습니다." 그러면서 비꼬듯 코웃음을 쳤다. "백택을 얻으려 웃음을 파니 속세의 기녀와 뭐가 다르겠습니까? 요족과 마족 가운데……"

턱을 괸 연송이 둥근 눈의 젊은이에게 물었다. "예쁜가?"

한껏 신나게 말하던 둥근 눈의 젊은이가 멈칫했다. "전하의 말씀은……"

연송이 웃었다. "아까 아름답다고 하지 않았나? 얼마나 아름답기에?"

남자들은 미인을 품평하기 좋아하고 특히 술기운이 오르면 더했다. 연회에 참석한 남자들은 연송의 말이 무슨 의미인지 생각하다 흘깃 주변을 훑어보았다. 그러고는 셋째 전하가 무슨 뜻으로 물었는지 알아차렸다는 듯 이후에는 장의의 미모에 관해서만 얘기했다. 더는 누구도 장의의 출신을 깎아내리지 않았다.

기껏 화두를 던져놓고 셋째 전하는 정작 말을 보태지 않았다. 흥미가 있는지 없는지 알 수 없는 표정을 하고는 철부채를 쥔 오른손으로 무심하게 탁자를 톡톡 두드릴 뿐이었다. 그건 신경이 다른 곳에 가 있다는 뜻이었다.

마침 남황은 봄기운이 완연했다. 맑은 하늘 아래 바다가 푸르고 꽃이 활짝 피어 경치가 무척 좋았기 때문에 연송은 며칠 더 머무르기로 했다.

팔황에서 연송이 풍류가라는 사실에 의문을 제기하는 사람은 아무도 없었다. 그런데 그 셋째 전하가 세상의 수많은 미인 가운데 어떤 유형을 좋아하는지 명확히 대답할 수 있는 사람도 없었다.

천군의 세 아들 가운데 첫째 앙착央錯은 단정하고 둘째 상적은 청렴해 둘에게는 절대 아첨이 통하지 않았다. 그나마 셋째인 연송한테 아첨이 통할지도 모른다는 희망이 보였지만, 문제는 그의 속내를 가늠하기 힘들다는 점이었다.

예를 들어, 셋째 전하 곁의 미인을 보고 저런 유형의 여인을 좋아하는구나 싶어 비슷한 미인을 대령해 환심을 사려고 했으나 이튿날에는 그의 옆에서 전혀 다른 유형의 미인을 발견하는 식이었다.

사해팔황에서는 셋째 전하가 풍류로는 최고가 아닐지 몰라도, 모시기 어렵고 갈피를 잡을 수 없기로는 최고라는 평이 나돌 정도였다.

그러던 중 연송이 연회에서 장의가 얼마나 아름답냐고 물었으니, 천족 황자에게 아첨하고 싶어하던 남황 귀족들은 일말의 희망을 발견한 기분이었다.

모두 적극적으로 나서 어떻게든 그 희망을 잡으려 했다. 그리고 사흘 만에 누군가가 장의를 연송의 방에 들여보냈다.

연송은 촛불이 밝혀진 방에서 장의를 만났다.

남황에 오면 연송은 주로 서풍산西風山 절벽의 작은 집에 묵었다.

밤늦도록 청라와 바둑을 둔 뒤 달빛을 밟으며 절벽 위 작은 집으로 돌아오던 연송은 중문을 지나 고개를 들었을 때 북쪽 방에 촛불이 켜진 걸 발견했다.

방 바깥에 있는 자귀나무의 깃털 같은 꽃이 달빛과 촛불에 불그스름한 금색으로 아름답게 빛났다. 자귀나무에는 방 안쪽까지 이어진 가느다란 줄이 묶여 있었다. 아침에 연송이 직접 방 화분대와 연결해 묶어두었다. 줄 위에는 연송이 무료함을 달래려 만든 편지지 수십 장이 매달려 있었다. 바람에 말리는 중이었다.

갑자기 세찬 바람이 불어 방안의 촛불이 흔들리고 줄에 걸린 종이도 나비처럼 펄럭거렸다. 연송은 살며시 손을 들어 나무와 바람을 조용히 가라앉힌 뒤 걸음을 옮겼다. 방안의 촛불이 점점 가까워졌다. 옅은 빛이 편지지를 통과하자 종이에 그려진 벌레와 새, 꽃이 살아 움직이는 듯 보였다.

연송은 줄에 걸린 종이를 무심하게 치우며 방안으로 들어갔다.

방안 가득 촛불이 밝혀져 있었다. 어떤 것은 등잔 받침에 올려져 있고 어떤 것은 바닥에 놓여 정교한 높낮이가 운치 있게 연출되었다. 그 촛불들 너머 안쪽에서 붉은 옷을 입은 여인이 살며시 고개를 들더니 "전하" 하고 그를 불렀다. 그림처럼 아름다운 얼굴이었다.

연송은 여인에게 시선을 주었지만 아주 잠깐뿐이었다. 사계절의 꽃이 그려진 편지지로 곧장 시선을 옮긴 뒤 심드렁하게 말했다.

"장의로구나."

여인은 살짝 놀란 듯 말했다. "제가 장의인 줄 어떻게 아셨습니까?" 부드럽고 조용한 목소리였다.

흔히들 천군의 세 아들 가운데 둘째 상적이 제일 총명하다고 했다. 아닌 게 아니라 상적이 태어날 때 오색조 서른여섯 마리가 학명준질산에서 구름 위로 날아올랐다. 이는 하늘이 정한 길조의 상징이었다. 이후 삼만 살에 상선에 오름으로써 뛰어난 신선임을 증명해 보였다. 그가 워낙 뛰어났기에 다른 두 형제는 자질로나 업적으로나 평범해 보였다. 하지만 그렇게 생각하지 않는 신선도 있었다. 가령 한때 천지를 모두 주관했던 동화제군이 그랬다.

동화제군은 자신이 태어날 때 천지에 기현상이 없었음에도 천지의 주관자가 되었기에 출생시 금빛이 솟았다든가, 새 몇 마리가 날아올랐다든가 하는 일로 누군가의 앞날이 창창할 거라고 무턱대고 믿지는 않았다. 그는 시종일관 연삼이야말로 대단한 기재라고 생각해, 연삼을 얻었으니 천군은 이제 아들을 그만 낳아도 되겠다고 여겼다. 더 낳아봐야 그보다 총명한 아들을 얻을 수는 없을 것이라고 말이다.

까다로운 동화제군한테 인정받은 그 지혜 덕분에 연송은 장의와 처음 만났을 때도 당연히 "너는 누구냐?" "장의입니다" "누가 너를 내 방으로 보냈느냐?" "아무개가 보냈습니다" "여기에서 무얼 하느냐?" "전하의 시중을 들기 위해 왔지만, 저는 기예를 팔지 몸은 팔지 않습니다" 같은 뻔한 말들을 생략할 수 있었다. 심지어 "제가 장의인 줄 어떻게 아셨습니까?"라는 간단한 질문에 대답하는 것조차 시간 낭비라고 여겼다.

연송은 사계절 꽃이 그려진 편지지를 살펴보다 줄에서 걷어 촛불에 비춰보며 말했다. "강요당했어도 싫었다면 오지 않았겠지. 그런데 그들은 너를 속인 거다. 본 군이 신선이니 백택이 얼마든지 있을 거라면서 본 군의 환심을 사면 백택을 많이 받을 거라고 하지 않더냐? 하지만 본 군은 지금껏 순결을 유지해왔거든." '순결'이라는 표현이 스스로도 우스웠는지 연송은 담담하게 웃고는 표현을 바꾸었다. "지금껏 수련에만 집중해 본 군의 체내에는 청택이 조금도 없다. 그런데 칠유동七幽洞의 날개 달린 호랑이에게 상처 입은 네 동생은 청택이 섞인 백택이 필요하지. 본 군의 백택은 네 동생에게 아무 도움이 되지 못한다는 말이다."

여인은 순간 낯빛이 달라졌지만 금세 평정을 되찾았다. 어린 나이임에도 천족의 황자 앞에서 조금도 겁먹지 않았다.

화요는 여전히 부드럽고 조용한 목소리로 말했다. "대단하십니다. 전하께서 이렇게 꿰뚫고 계시니 제가 어찌 속일 수 있겠습니까? 제가 원하는 것을 줄 수 없다 하시니 이만 가보겠습니다."

그러고는 몸을 일으켜 있지도 않은 먼지를 무릎에서 떨어내고 촛불 뒤에서 성큼성큼 걸어나왔다. 화요는 연송 앞에 이르렀을 때 발을 멈추고 잠시 생각에 잠기더니 가볍게 절하고는 진지하게 말했다. "전하, 밤이 깊었으니 어서 쉬십시오. 이 촛불은 제가 꾸민 것은 아니나 마음에 들지 않으시면 가기 전에 치우겠습니다. 제게 솔직히 말씀해주신 것에 대한 보답입니다."

연송은 그제야 고개를 돌려 장의를 바라보았다.

주변에서 수많은 미인이 서성대도 신경쓴 적 없는 연송이었다. 미인들의 판에 박힌 행동도 일이만 년을 보면서 익숙할 대로 익숙해졌다. 방금 같은 상황에서 보통 눈치가 빠른 미인은 "정말 재미있으시네요. 전하처럼 존귀한 분을 시중들 수 있다는 것만으로도 큰 복인데, 어찌 전하께 백택이니 청택이니를 얻으려 하겠습니까……" 하는 식으로 대답할 터였다. 눈치가 아주 빠르지 않아도 최소한 "전하, 제가 신선이 되기 위해서가 아니라 어린 동생을 위해 백택을 구하는 걸 어찌 아셨습니까? 이토록 예리한 안목을 가지셨다니 정말 탄복했습니다……" 같은 식으로 말했을 것이다.

연송은 이 어린 화요에 흥미가 일었다.

몇 걸음 앞에 서 있는 화요는 그의 답을 기다리는 듯했다.

연송은 손에 든 편지지의 꽃잎 색이 썩 마음에 들지 않아 가장 가까운 촛불로 편지지를 태웠다. "본 군이 듣기로 눈치가 아주 빠르다던데." 그러고는 편지지가 다 탔을 때야 살짝 눈을 들고 덧붙였다. "그런 것 같지는 않구나."

그 말이 무슨 의미인지 이해한 화요는 놀란 기색으로 연송을 바로 쳐다보았다. 그러고는 두어 걸음 물러나 진지하게 생각해본 뒤 다시 그를 바라보았다. "전하께서 가라고 하셔서 가는 것이고, 가기 전에 촛대를 치워드리겠다는 게 눈치가 없는 겁니까?"

이게 바로 장의였다.

뜻밖에도 칠팔백 년 전의 옛일이 여전히 세세하게 기억나 연송은 이마를 문질렀다.

천보는 제36천 연송의 원극궁元極宮에서 가장 유능한 선녀였다. 속세에 내려오면서 술법이 봉인되어 일을 처리하기 불편할 때가 많았지만 원극궁에 있을 때처럼 성실하고 세심하게 일했다. 멀리 온천에 몸을 담근 연송이 가볍게 술병을 흔드는 모습을 본 천보는 술병이 비었음을 빠르게 알아차리고는 화로에 준비해뒀던 술을 얼른 챙겨 갔다.

술병을 온천 가장자리에 놓았을 때 그녀의 주인이 느닷없이 물었다. "너도 연란烟瀾의 성격이 장의와 좀 다르다고 생각하느냐?"

천보는 잠시 생각해본 뒤 조심스럽게 대답했다. "연란공주는 장의 화주의 혼 일부가 환생한 것이지요. 어쨌든 속세에서 자랐고 하늘이나 남황에서의 일을 대부분 기억하지 못하니, 성격이 좀 다를 수밖에요." 그러고는 떠보듯 물었다. "전하…… 아쉬우신가요?"

연송은 몸을 온천 가장자리에 기대며 살며시 눈을 감았다. "조금 아쉽구나."

3장
평안성으로 돌아온 성옥

성옥과 화비무가 나루터로 우산을 들고 나간 이후로도 며칠 동안 비가 내려 두 사람은 줄곧 나루터에 나가 우산을 건네주었다.

하지만 둘 다 의욕만 앞선 나머지, 화비무의 마음에 든 공자와 서생에게 어디로 우산을 돌려줘야 하는지 깜빡하고 알려주지 않았다. 그래서 연송의 하인을 제외하고는 임랑각에 찾아와 화비무에게 우산을 돌려준 사람이 한 명도 없었다.

둘은 무척 낙담했다. 특히 직접 은자를 털어 우산을 산 화비무는 더욱 크게 실망했다.

그런데 그 일 이후, 비 오는 날이면 선녀 같은 아가씨가 나루터 일대에서 우산을 주며 행인을 돕는다는 소문이 온 성안에 자자하게 퍼졌다.

서낭당 입구에 좌판을 펼친 도사들은 그럴싸하게 우산 선녀님이라는 이름까지 지어주었다.

여지荔枝 골목의 한 원외랑은 우산 선녀님한테 은혜를 입었다며 며칠 뒤 금불상을 제작해 사당을 세우기까지 했다. 우산 선녀님의 이야기는 점점 미담으로 자리잡았다.

정작 화비무는 크게 낙담해 한동안 문을 나서지도, 손님을 받지도 않았기에 자신이 우산 선녀님으로 추앙받고 있다는 걸 전혀 몰랐다.

마음이 조금 진정된 뒤 어느 날, 화비무는 좋은 인연을 맺어달라고 빌기 위해 성옥을 데리고 월하노인의 사당을 찾았다. 사당 옆에 우산 선녀님 사당이 새로 세워진 걸 발견했지만 월하노인이 우산으로 젊은 남녀를 맺어주는 새로운 호법신을 찾았나보다고만 생각했다. 화비무는 월하노인에게 호법신이 있다니 이상하다고 의아해하기는커녕 두말없이 성옥을 끌고 들어가 무릎을 꿇고 큰절을 열 번이나 올렸다.

반면 성옥은 열네 살, 자신만만하고 자기 자신의 한계를 잘 모르는 나이였다. 자신이 못하는 일 따위는 세상에 없다고 생각해왔으니, 화비무의 인연 찾기 계획이 실패했다고 순순히 인정할 수 없었다. 꼬박 보름 동안 방에 틀어박혀 민간설화를 잔뜩 읽은 성옥은 화비무에게 사향노루 정령인 화고자가 은혜 갚는 이야기나 선녀가 목욕할 때 목동이 옷을 훔쳐 결혼하는 이야기 등을 따라 해보자고 했다.

하지만 화비무의 인연을 찾는 일은 쉽지 않았다. 성옥이 내놓은 방법을 전부 시도해봤지만 하나도 성공하지 못했다. 이것저것 해보는 동안 성옥은 어느새 열다섯 살이 되었다.

국사 속급의 소견에 따르면 홍옥군주 성옥은 열다섯 살을 넘긴 뒤에는 십화루에 갇혀 지낼 필요가 없었다. 능력만 되면 하늘에서 달을 따든 바다에서 자라를 잡든 성옥 마음대로 해도 된다고 했다.

한 살을 더 먹은 성옥은 인생을 새롭게 인식하게 되었다. 현재의 능력으로는 화비무의 인연을 제대로 맺어줄 수 없음을 받아들인 것이다. 그래서 열다섯번째 생일이 지나 평안성을 떠날 수 있게 된 바로 다음날, 화비무에게 신선과 정령의 연애소설 스무 권을 넘겨준 뒤 가벼운 마음으로 주근, 이향과 함께 세상을 경험하러 여천으로 떠났다.

여천에서 일 년 반을 머물렀다. 소녀였던 성옥은 열여섯 살 어엿한 아가씨가 되어 평안성으로 돌아왔다.

평안성에 돌아오자마자 제일 먼저 돈을 챙겨 임랑각으로 화비무를 만나러 갔다. 예상대로 화비무는 예전 그대로였다. 일 년 반이 흘렀는데도 여전히 진정한 사랑을 찾아 헤매고 있었다.

미시未時가 거의 지나갈 무렵이었다. 하늘빛이 흐렸고 태양도 어렴풋이 모습만 드러냈다. 요황과 금전화가 사각 탁자의 대부분을 차지해 성옥은 모서리 쪽에서 차를 마셨다.

오랜만에 성옥의 목소리가 바깥방에서 들려오자 잔뜩 흥분한 화비무가 신발을 끌며 나왔다.

성옥은 흥분한 화비무의 모습이 바로 자신과의 우정을 증명한다고 생각했다.

화비무는 성옥의 무릎에 엎드리더니 눈물을 글썽이며 말했다.

"내 단짝! 드디어 돌아오셨군요, 얼마나 기다렸는데요!"

보라, 화비무가 얼마나 나를 그리워했는가.

성옥은 자상한 어머니처럼 화비무의 귀밑머리를 쓰다듬었다.

화비무가 눈물을 그렁그렁 매달고 말했다. "마침 잘 돌아오셨어요. 도와주실 일이 있거든요. 꼭 도와주셔야 해요!"

그랬다. 성옥의 착각이었다. 화비무는 순수한 마음에서 성옥을 그리워한 게 아니었다. 성옥은 냉정한 아버지처럼 잠시 침묵에 잠겼다가 걸상에서 몸을 일으켰다. "주근이 시장에서 닭 두 마리를 사 오라고 했는데 잊고 있었네. 일단……"

화비무가 재빨리 성옥의 두 다리를 끌어안았다. "화주, 이런 순간에 닭이라니, 너무하세요. 우리 둘의 우정이 닭 두 마리만 못하나요!"

성옥은 조용히 화비무의 손가락을 떼어내려 했다. 하지만 아무리 해도 떼어낼 수 없자 하는 수 없이 운명을 받아들였다. "뭔데, 말해봐."

화비무가 냉큼 몸을 일으켜 성옥 옆에 앉았다. "제가 며칠 전에 한 공자한테 반했거든요. 정말이지 생김새가…… 학문은 또 얼마나……" 책이라고는 거의 읽은 적이 없는 화비무는 성어나 고전을 인용하려 하면 말문이 막히곤 했다. 성옥이 화비무를 도와 표현을 완성해주었다. "옥골 같은 풍채와 비범한 외모, 고금을 꿰뚫는 박학다식함."

화비무가 감탄스럽다는 듯 고개를 끄덕였다. "맞아요. 옥골 같은 풍채와 비범한 외모에 고금을 꿰뚫는 박학다식함을 지녔어요. 조금 뒤에 그 공자가 노래를 들으러 오시거든요. 그때 화주가 저를 독점하겠다고 해주세요. 질투심을 자극해서 저한테 집착하도록 만드는 거예요. 도와주실 수 있겠지요?"

성옥이 화들짝 놀라 화비무를 돌아보았다. "나, 나는 여자라고."

화비무가 대수롭지 않게 말했다. "진짜로 저를 차지하라는 게 아니라 그러는 척만 해달라고요. 화주는 오랫동안 임랑각을 드나들었어도 여자라는 걸 들킨 적이 없잖아요. 그만큼 연기를 잘한다는 뜻이지요."

성옥의 항변을 일축해버린 뒤 화비무는 길게 탄식을 내뱉었다. "원래는 기루에 드나드는 도령 중에서 인연을 찾을 생각은 없었어요. 하지만 연 장군 같은 훌륭한 공자는 정말 놓칠 수 없겠더라고요!" 그러고는 애석해하며 말을 이었다. "왜 연 공자는 보름에 한두 번만 올까요? 쾌록원快綠園의 향련香憐이나 몽선루의 환청歡晴, 희춘원戲春院의 전몽剪夢한테는 수시로 간다던데, 정말 속상해요……"

성옥은 화비무의 말을 대강 흘려들었다. 다만 연 장군이라는 호칭은 어디선가 들어본 듯 익숙했는데, 어디에서 들었는지는 생각나지 않았다. 어쨌든 그 연 장군은 황성의 기루마다 만나는 아가씨가 있다는 뜻이니 성옥은 진심으로 충고하지 않을 수 없었다. "주근이 이 여자 저 여자 만나는 남자는 바람둥이고 최악의 남자라고 했어. 내가 보기에 너는……"

화비무가 맞는다는 듯 고개를 끄덕였다. "책에서도 그런 사람을 바람둥이라고 했어요. 하지만 바람둥이를 어떻게 길들이는지도 적혀 있더라고요. 방탕하고 자유로운 바람둥이의 마음을 사로잡으려면 우선 질투심을 유발해야 한대요. 질투하면 불안해하고 걱정하게 되는데, 그러다가 마음에 새기고, 이어서 사랑에 빠지고, 그 사랑이 깊어지고……"

성옥은 사랑 같은 감정은 잘 이해할 수 없었기에 화비무가 부탁한 부잣집 도령 흉내를 어떻게 할지만 생각했다. 얼마든 들어줄 수 있는 간단한 부탁이었다. 열두 살 때부터 임랑각에 얼굴도장을 찍어온 성옥이니 기루에 빠진 도령 연기라면 주특기가 아닌가. 그럼에도 걱정스러운 점이 있었다. "연 공자가 장군이라고 했잖아? 화가 나서 나를 때리면 어떡해?"

화비무도 미처 생각해보지 않은 듯 우물거렸다. "설마요……"

성옥은 조금 망설여졌다. "아무래도……"

화비무는 마침내 자신이 화요라는 걸 떠올렸다. "세상에, 제가 화요잖아요. 요술을 부릴 수 있다고요. 공자가 때리려 하면 보호해드릴게요."

성옥이 중요한 문제를 지적했다. "나를 위해 싸우겠다고? 그럼 너를 싫어할지도 모르는데."

화비무가 한참 생각하다 대답했다. "그것도 그렇네요."

두 사람은 눈살을 잔뜩 찌푸렸다.

탁자 위에서 금전화가 맞은편 요황에게 야유하는 투로 물었다. "요제, 대체 작약의 어디에 반하신 겁니까? 매년 일부러 찾아와봐야 다른 남자한테 푹 빠져 있는데요. 이건 자학 아닌가요? 저는 도무지 이해할 수 없네요."

요황은 축 처진 잎을 흔들며 힘없이 대꾸했다. "왜 반했는지 그게 바로 수수께끼지. 그 수수께끼를 풀기 위해 매년 주기적으로 찾아오는 거고."

금전화가 궁금해했다. "그래서 수수께끼를 푸셨습니까? 답이 뭐였나요?"

요황이 절망적으로 대답했다. "내가 정신이 나간 거야."

화비무가 시키는 대로 위층에서 밖을 살펴보던 시녀가 종종걸음으로 다가와 연 공자의 마차가 오는 듯하다고 보고했다. 화비무는 곧바로 연기에 돌입해 병풍 앞 칠현금 탁자로 재빨리 가서 몸을 기울였다. 오랜 지인으로서 화비무와 호흡이 척척 맞는 성옥 역시 얼른 칠현금 앞으로 갔다.

두 시녀도 부리나케 한 명은 술을 따르고 한 명은 비파를 연주했다.

그러나 성옥이 문제였다. 큰손으로 명성이 자자하다보니 화류계의 누구든 성옥만 보면 저자세로 환심을 사려했다. 다시 말해, 성옥은 다른 사람의 환심을 얻으려 행동해본 적이 없었다.

성옥이 하는 양을 보고 걱정된 화비무가 말했다. "화주, 혼자서만 먹고 마시면 안 돼요. 술을 드시고 나면 저도 먹여주시고, 포도를 드셔도 제게 먹여주셔야 해요. 잊지 마세요. 화주는 저를 좋아하니까 제 환심을 사야 한다고요!"

성옥이 포도 껍질을 벗기다가 멈칫했다. "평소처럼 하면 안 되는 거야?"

화비무가 심각하게 고개를 끄덕였다. 요령을 좀더 가르쳐주려 했는데 문밖에서 발소리가 들려왔다. 화비무의 표정이 순식간에 굳었다.

성옥도 발소리를 똑똑히 들었다. 평소와 다르게 먹여줘야 한다고 했지만, 대체 어떻게 먹여줘야 하는지, 화비무처럼 다 큰 어른한테 왜 음식을 먹여줘야 하는지 혼란스러웠다. 성옥이 기루에 자주 들락거렸어도 거의 화비무의 방에만 있었기 때문에 남녀의 친밀한 행동을 제대로 본 적이 없었다. 성옥은 머릿속이 하얘져 저도 모르게 긴장했다.

그때 시녀가 시의적절하게 술을 건네주었다. 비파 소리 속에서 문 두드리는 소리가 두 번 나더니 살며시 문이 열렸다. 화비무는 기지를 발휘해 성옥의 품으로 달려들었다가 곧바로 밀어낸 뒤 지조 높은 아가씨처럼 말했다. "옥 공자님, 이러시면 안 돼요!"

성옥은 어리둥절했지만 화비무에게 맞춰줘야 한다는 걸 무의식적으로 감지하고 목청을 가라앉힌 뒤 대꾸했다. "누님이 너무 아름다워서 나도 모르게 그만." 대사는 자연스러웠으나 표정은 전혀 그렇지 못했다.

화비무가 손수건으로 얼굴을 가렸다. "옥 공자님의 진심은 가슴 깊이 새기겠습니다. 하지만 저는……" 여기까지 말한 화비무는 열린 방문과 문 앞에 서 있는 흰옷의 공자를 그제야 발견한 척, 하얗게 질린 얼굴로 교태롭게 소리쳤다. "연 공자님!"

성옥은 좀 더 연기할 필요가 있을 듯해 어색한 표정으로 화비무를 다시 휙 끌어당겼다. "누님, 빈말이 아니라 정말로……"

그러자 화비무가 날쌔게 탁자 옆으로 피하더니 몸을 일으켜 문 앞에 나타난 흰옷의 공자에게 달려갔다. 그 모습을 보며 성옥은 속으로 투덜거렸다. '뭘 그렇게 멀리 피해? 내가 정말로 어쩌려는 것도 아닌데.' 몸을 피하는 화비무를 따라 시선을 문 쪽으로 옮기던 성옥은 문 앞의 공자가 오른손에 쥐고 있는 쥘부채를 발견했다.

기루를 드나드는 공자가 부채를 지니는 건 특이한 일이 아니었다. 성옥 자신도 멋을 내느라 부채를 들 때가 종종 있었다. 하지만 그 부채는 전혀 달랐다. 보통은 나무로 부챗살을 만들었기에 부귀한 왕손

나리들이 간혹 들고 나오는 옥 부채도 꽤나 특이한 축에 속했다. 그런데 흰옷을 입은 이 공자의 쥘부채는 부챗살이 나무도, 옥도 아니었다. 전체가 새까맣고 반짝이는 게 금속 같았다. 부채가 접힌 상태여서 면이 어떤지는 몰라도, 자루의 검은 끈에 매달린 눈물 모양의 작은 홍옥을 제외하고는 아예 새까맸다.

성옥의 시선은 한동안 부채에 고정되었다가 이어서 부채를 쥔 손으로 옮겨갔다.

옥처럼 새하야면서 여자 손보다 더 가늘고 예뻤지만 한눈에도 남자 손임을 알 수 있었다. 부채를 느슨하게 잡은 모양이 살짝 여리여리해 보여도 선명한 뼈마디에서 힘이 느껴졌다.

바로 그런 손이어야만 그 기이한 검은 부채에 어울릴 듯했다.

손은 충분히 보았으니 이제 화비무의 혼을 쏙 빼놓은 흰옷의 공자가 대체 어떻게 생겼는지 볼 차례였다. 하지만 고개를 든 성옥은 이미 기회가 날아갔음을 발견했다. 화비무가 몸을 틀어 공자의 앞에 서는 바람에 얼굴이 대부분 가려진데다 공자가 뒤로 두어 걸음 물러나기까지 하면서 성옥의 시야에서 완전히 벗어났다.

성옥은 문밖에서 울리는 음성만 들을 수 있었다. "손님이 있었군." 목소리가 조금 차가웠다.

성옥은 어디선가 들어본 목소리라고 생각했다.

이제 심드렁해진 성옥과 달리 화비무는 여전히 연기에 몰입하고 있었다. 화비무가 눈물을 글썽이며 말했다. "옥 공자님이 갑자기 이러실 줄은……"

공자가 화비무의 말을 끊었다. "나중에 〈경별학驚別鶴〉을 들으러 다시 오겠네." 재미있어하는 투였다.

성옥은 공자의 생김새가 궁금해 미칠 지경이어서 살금살금 문쪽으로 걸어가 가만히 까치발을 들었다.

그때 마침 공자가 화비무를 위해 문을 닫아주고 있었다. 공자의 얼굴은 문짝에 가려져 조금밖에 보이지 않았지만 성옥은 그 가늘고 긴 봉의눈에서 강한 인상을 받았다. 한쪽밖에 보지 못했지만 눈꼬리가 살짝 올라가 무척 아름답고 위엄 있어 보였다. 눈빛도 예사롭지 않았다.

순간 성옥은 공자도 자신을 보고 있다는 걸 알았다. 공자의 눈이 살짝 둥글게 구부러졌다. 미세한 각도였지만 웃는 게 분명했다.

성옥이 무의식적으로 한 걸음 내디뎠을 때 문이 완전히 닫히면서 공자의 얼굴이 사라졌다. 멍하니 있는 성옥의 귀에 멀어져가는 발소리가 들렸다.

방안은 정적에 휩싸였다.

성옥은 잠시 입을 다물고 있다가 자신 없는 목소리로 칠현금 탁자 앞에 서 있는 화비무에게 물었다. "내 연기 괜찮았어?"

화비무도 긴가민가하면서 비틀비틀 성옥 옆으로 와 앉으며 말했다. "제가 보기에는 아주 좋았던 것 같아요. 우리 둘 다 잘한 것 같은데." 그러고는 시녀들에게 물었다. "아까 낯빛이 하얗게 질리는 부분에서는 정말 그럴듯했지?"

시녀들이 연달아 고개를 끄덕이자 마음을 놓은 화비무가 확신에 찬 목소리로 말했다. "책에서 봤는데 이렇게 하면 질투가 나서 안달복달한대요. 조금 전에는 그리 보이지 않았지만 집에 가면 틀림없이 안절부절못할 거예요……"

성옥은 안도의 한숨을 내쉬었다.

방에서 유일한 남자였던 모란 제왕인 요황은 화비무의 헛소리를 가만히 듣고 있을 수 없어서 냉소를 지으며 비아냥거렸다. "내 눈에는 전혀 안달복달하는 걸로 보이지 않던데. 애당초 질투 같은 건 하지도 않았다고. 나중에 노래를 들으러 다시 온다는 것도 치렛말에 불과해. 다음에 시간이 나서 네 노래를 들으러 올까 하다가도, 네가 바쁘고 다른 손님이 있을지도 모른다고 생각하면 오고 싶지 않을걸. 어쨌든 몽선루나 쾌록원, 희춘원에도 노래 잘하는 미인이 많을 테니까."

요황은 인간계의 국운 같은 대사에만 관심이 있는 고상하며 우아한 꽃들의 제왕이었다. 그런 자신이 뜻밖에도 황성의 유명한 기루 이름을 가보 외우듯 줄줄이 늘어놓자 심한 절망감이 밀려들면서 삶의 의욕마저 조금 떨어졌다.

요황의 비아냥이 구구절절 핵심을 찔렀기에 화비무는 확신을 잃고 긴장해서 말까지 더듬었다. "저, 정말이에요? 그, 그럼 어떡해요?"

요황은 절망스러운 한편 화비무가 안쓰럽기도 해 진심을 담아 알려주었다. "자주 만나고 싶으면 노래를 들으러 오게 만들어야지. 화주한테 공자를 쫓아가서 상황을 설명해달라고 해. 아직 안 늦었어. 지금 쫓아가면 따라잡을 수 있을 거야."

화비무가 반짝이는 눈빛으로 성옥을 쳐다보았다.

자기 임무는 끝났다고 생각해 포도를 입에 넣던 성옥이 화비무와 요황을 번갈아 쳐다본 뒤 자신을 가리키며 물었다. "또 나야?"

화비무와 요황은 무척 진지한 표정으로 각각 고개와 잎사귀를 끄덕였다.

성옥이 화비무에게 떠밀려 임랑각을 나설 때, 금전화는 참선하는 노승처럼 멀리 하늘만 쳐다보는 요황을 보며 고개를 갸우뚱했다. "저는 요제께서 작약을 좋아하시는 줄 알았는데 이렇게 적극적으로 다른 공자와 엮어주려 하시다니…… 혹시 작약이 행복해야만 요제께서도 행복하신 건가요? 작약에게 이토록 진심이시라니, 정말 감동적입니다!" 그러면서 금전화는 눈물까지 글썽였다.

요황은 한참 뒤에야 조용히 대답했다. "내가 정신이 나갔으니, 저 아이가 시집가지 못하면 결국 내가 데려올지도 모르잖나. 그나마 정신이 덜 나갔을 때 나 자신을 구하려고."

성옥은 임랑각 근처 골목 모퉁이에 앉아 잠시 시간을 보낸 뒤에야 어슬렁어슬렁 그 얼굴을 반쪽만 본 연 공자를 찾아 나섰다.

여자는 충직하고 성실한 낭군을 찾아야 한다고 주근이 말했는데, 온갖 곳에 여자를 둔 바람둥이는 절대 좋은 짝일 리 없다…… 성옥은 자갈을 발로 차며 탄식을 내뱉었다. 이렇게 느긋하게 쫓아갔는데도 그 장군을 따라잡을 수 있다면 화비무를 다시 한번 도와줄 작정이었다. 하지만 따라잡을 수 없다면…… 성옥은 하품을 한 번 하고 나서 자신이 일부러 선택한 인적 없고 외진 골목을 바라보며 웃음을 지었다. 화비무야, 네가 인연을 잘못 만나 고생할까봐 하늘이 내 손을 빌려 도와주시는 거야.

느릿느릿 쫓아가니 역시 따라잡을 수 없었다. 그러던 중 성옥은 골목에서 아주 흥미로워 보이는 수공예품 가게를 발견했다.

두 번 생각할 것도 없이 가게로 들어갔다.

낡고 오래된 수공예품 가게에는 뜻밖에도 신기한 물건이 많았다. 장식장에 놓인 흑단향 재질의 작은 무대만 해도 얼마나 정교한지, 무대의 작은 막을 젖히자 손가락만한 크기의 목각 배우가 나와 깜찍하게 손수건을 흔들었다. 가로세로 한 척 길이로, 푸른 연못에서 피리를 부는 상아 재질의 선녀도 사랑스러웠다. 연못의 연꽃 봉오리를 살짝 건드리자 선녀의 열 손가락이 움직이고 부드러운 음악소리가 울렸다.

성옥은 장식장에 바짝 붙어 눈도 깜빡이지 않고 피리 부는 선녀를 쳐다보았다. 도무지 시선을 뗄 수 없어 한참을 바라보다가 몇 푼 들지 않은 자신의 쌈지를 만지작거리며 서글픈 한숨을 내쉬었다.

그때 갑자기 옆에서 말소리가 들려왔다. "정말 정교하지?"

"맞아요." 성옥은 고개를 끄덕이며 대답하고는 목소리가 들려온 쪽으로 고개를 돌렸다. "지금 저한테 말씀……" 순간 성옥은 말문이 막혔다.

남자가 아주 가까이에 있어서 고개를 돌리자마자 길고 가느다란 봉의눈이 고스란히 시야에 잡혔다. 관상학에서 봉의눈은 위엄있으며 뾰족하게 시작해 점점 넓어지다가 눈꼬리가 살짝 올라가는 게 가장 표준적이고 아름답다고 했다. 아까 유심히 보았던 바로 그 봉의눈을 성옥은 한눈에 알아보았다.

"아, 방금 그분!" 성옥은 화들짝 놀라 장식장을 짚으며 소리쳤다. 마침내 남자의 얼굴을 똑똑히 볼 수 있었다. 한눈에 보아도 아주 잘생긴 얼굴이었다. 화비무가 반할 만했다. 하지만 이내 남자가 무심하게 몸을 돌려 장식장 위의 또다른 장난감을 만지작거리는 바람에 옆얼굴만 보여서 더는 자세히 볼 수 없었다. 남자의 얼굴이 낯익은 듯 느껴졌는데 어디서 보았는지는 생각나지 않았다.

몸을 숙인 남자는 불탑 모양의 청동 장난감을 자세히 살펴보고 있었다. 불탑 가장자리의 방울을 흔들자 작은 승려가 목어를 두드리며 누각에서 걸어나왔다.

방울을 두어 차례 건드린 뒤에야 남자는 성옥과 대화중이었다는 게 떠올랐다는 듯 입을 열었다. "내 기억으로는 화비무와……" 그는 어휘를 고르는지 잠시 멈췄다가 말을 이었다. "즐긴다고 했던 것 같은데." 스스로 한 표현이 우스웠던지 슬며시 올라가는 입꼬리가 성옥의 눈에도 똑똑히 보였다. "그런데 왜 나와 있나?"

"그게, 제가 왜 나왔느냐면……" 성옥은 머뭇거렸다. 설렁설렁 뒤쫓았는데도 이렇게 마주치다니, 상상도 못했다. 하늘은 정녕 화비무를 불구덩이로 내던지시겠다는 걸까?

어쩔 수 없었다. 아까 맹세한 대로 화비무의 소원을 들어주는 수밖에. 성옥은 차마 떨어지지 않는 입을 간신히 뗐다. "장군님을 쫓아 나왔어요."

남자가 눈썹을 치켜올렸다. "나를?"

"네." 성옥은 진지하게 고개를 끄덕인 뒤 숨을 깊게 들이마셨다. 속으로는 아미타불을 중얼거리면서 온갖 신에게 자신의 헛소리를 용서해달라고 미리 빌었다.

성옥은 모질게 마음을 다잡고 말을 이어갔다. "누님은…… 장군님을 사랑해요. 저는…… 저는 그러니까 짝사랑일 뿐이지요. 제가 계속 매달리는 거지, 사실 누님은 제 마음을 받아준 적이 없어요. 장군님을 좋아해서요……" 처음에는 더듬거렸지만 갈수록 몰입해 봇물 터지듯 말이 흘러나왔다. "장군님 같은 분은 가망 없는 사랑이 얼마나 서글픈지 모르실 거예요. 내가 사랑하는 사람이 다른 사람을 사랑해서 나한테는 일말의 여지도 주지 않는 이런 고통을 모르시겠죠. 그렇다고 저를 불쌍히 여겨달라는 뜻은 아니에요. 그저 누님한테 연민을 가져달라는 것뿐입니다. 저는 누님이 저와 같은 아픔을 겪지 않기를 바랄 뿐……"

가만히 듣고 있던 남자가 더는 참을 수 없었는지 말을 끊었다. "그러니까 자네가 화비무를 좋아한다고?"

신들에게 미리 용서를 구했기에 성옥은 두 눈을 똑바로 뜨고 거짓말해도 전혀 양심에 걸리지 않았다. 오히려 자신의 훌륭한 헛소리에 감탄까지 했다. 대충 지어내는데도 이렇게 감동적인 연애사가 나오다니! 스스로의 재능에 심취한 나머지 성옥은 남자의 질문을 제대로 듣지 못해 어리둥절한 표정으로 되물었다. "뭐라고 하셨죠?"

남자가 참을성 있게 다시 한번 말했다. "그러니까 자네가 화비무를 좋아한다, 이 말이지?"

자신의 연기에 몰입한 성옥은 나지도 않은 눈물을 훔치며 대답했다. "그렇지요! 하지만 제가 아무리 사랑한다 한들, 오늘 장군님을 뵈었더니 누님한테는 장군님이 더 잘 어울린다는 생각이 들었습니다. 두 분이 몹시 잘 어울려 제가 물러나야 한다고, 장군님과 맺어지는 게 누님에게 더 좋을 거라고 생각했지요. 다시는 누님을 귀찮게 하지 않을 테니 부디 장군님께서 잘 챙겨주세요. 두 분이……"

남자가 재미있다는 듯 쳐다보았다. "하지만 나는 자네를 아가씨로 기억하는데?"

"제가…… 어? ……네?"

불탑의 승려가 목어를 다 두드리고 누각으로 돌아가자 남자가 검지로 3층의 종을 건드리며 말했다. "자네는 여인이라고." 특별할 것 없는 담담한 목소리와 그 말을 성옥은 어디선가 들어본 적이 있는 듯했다. 남자가 고개를 돌리고 물었다. "왜 아무 말이 없지?"

탁탁탁 울리는 목어 소리 속에서 성옥은 천장과 바닥을 번갈아 쳐다보며 웅얼거렸다. "저, 어, 음, 그게……" 어떻게 말을 이어야 할지 갈피를 잡을 수 없었다. 한참 뒤 성옥은 재능의 한계를 느끼며 기어들어가는 목소리로 말했다. "지금껏 한 번도 남장을 들킨 적이 없는데……"

종을 건드리던 남자가 멈칫했다가 대꾸했다. "그럴 리가."

성옥은 남장에 무척 자신이 있었기에 남자의 말에 발끈해 그동안 있었던 성과를 하나하나 늘어놓았다. "정말이에요. 제가 여덟 살 때 개원방開源坊에서 축국을 시작해 지금은 축국대 우두머리인데, 아무도 제가 여자라는 걸 모른다고요. 열두 살 때는 친구 부탁으로 화비무를 속량하러 갔다가 지금껏 최고의 귀빈으로 임랑각을 드나들지만 한 번도 여자라는 걸 들킨 적이 없고요. 열세 살 때부터는 만언재에서 대필 숙제를 시작해 무능한 도령들의 필적을 수없이 모방해왔지만 아무도 제가 여자인 걸 모른다고요. 남장에 관한 한 나를 따라올 자는 없어요. 어디 하나 흠잡을 곳 없이 완벽하다고요. 들킨 적이 단 한 번도 없……"

남자가 성옥의 장황한 말을 끊으며 담담하게 말했다. "설마 잊은 건 아니겠지? 일 년 전, 나한테 들켰던 걸."

"네?"

고개를 돌려 성옥을 바라보던 남자가 낯빛을 굳히며 말했다. "정말 잊어버렸군."

그가 성옥에게 한 걸음 다가섰다. 키가 커서 살짝 고개를 숙여야 성옥의 얼굴을 볼 수 있었다.

성옥은 드디어 남자의 생김새를 자세히 살펴볼 수 있었다. 칼날처럼 반듯하게 깎인 귀밑머리와 비스듬히 올라간 눈썹, 그리고 예사롭지 않은 눈빛이 너무나도 잘 어울리는 봉의눈까지 몇 번을 보아도 감탄스러웠다. 가까이서 보니 눈동자도 똑똑히 보였다. 은은하게 빛나는 갈색 보석 같았다.

그래, 호박. 남자의 눈동자는 흔치 않은 호박색이었다.

가슴이 철렁하면서 성옥의 머릿속에 한 장면이 섬광처럼 떠올랐다. "나루터에서…… 우산…… 화비무…… 아, 그분이었군요!" 말을 뱉고 나자 눈앞에 있는 흰옷의 공자가 성옥의 기억 속 깊은 곳에 묻혀 있던, 반쯤 젖은 옷차림의 잘생긴 젊은이와 합쳐졌다. 이 흰옷의 공자가 왜 낯익었는지, 왜 그의 말들이 어딘가 익숙하게 느껴졌는지 성옥은 그제야 알았다. 일 년 전 나루터의 정자에서도 그는 성옥 앞에서 눈썹을 치켜올리며 '아가씨였군'이라고 말했다.

성옥이 머리를 치며 말했다. "화비무가 말한 연 장군이 공자였다니!"

"그래, 나였지." 어떻게 이제야 기억해낼 수 있느냐고 원망이라도 하듯 남자의 낯빛은 여전히 차가웠다.

성옥은 그 차가운 낯빛을 전혀 신경쓰지 않고 아는 사람을 다시 만났다는 생각에 반가워했다. "그러니까 화비무를 만나러 갔었군요." 거기까지 말하다가 우산에 생각이 미쳐 고개를 갸우뚱했다. "아니지. 공자가 임랑각에 왔었다는 소리는 듣지 못했는데요. 화비무한테 잘생긴 공자가 우산을 돌려주러 왔었느냐고 물어봤었는데 안 왔다고 했어요." 성옥이 의심스러운 눈빛으로 남자를 보다가 확신에 차 말했다. "우산을 돌려주지 않았군요."

"나에 관해 물어봤다고?" 남자가 물었다.

성옥이 고개를 끄덕였다. "화비무가 짜증낼 정도로 여러 번 물어봤어요." 그러고는 재차 확신하는 투로 말했다. "우산 안 돌려줬잖아요!"

남자의 낯빛이 부드러워졌다. 눈에는 웃음기까지 감돌았다. "옛일은 잠시 접어두지." 그는 아주 흥미롭다는 듯 성옥을 바라보았다. "방금 나를 쫓아왔다는 게 설마 우산을 돌려달라고 온 건 아니겠지?"

"아, 맞다!" 성옥이 원래의 목적을 기억해냈다. "어디까지 얘기했죠?"

남자가 부채 끝으로 성옥의 어깨를 톡톡 쳤다. "자네가 아가씨라는 것까지 말했지. 그래서 자네와 화비무는……" 거기까지 말한 남자가 웃음을 터뜨리고는 물었다. "어떻게 된 건가?"

"그, 그게……" 난처함에 성옥이 우물거렸다. 자신이 여자라는 사실을 들킨 마당에 더 무슨 말을 지어내겠는가. "저는 그냥 화비무를 도와준 거예요. 제가 화비무를 좋아하는 척해서 공자의 질투심을 자극하기로 했거든요……"

남자가 고개를 끄덕였다. "그래서?"

성옥은 식은땀을 흘리며 화비무를 위해 변명했다. "화비무가 그런 건 공자를 좋아하기 때문이에요. 진심으로 좋아해서요." 그러면서 열심히 화비무의 장점을 강조했다. "생각해보세요. 우리 화비무가 보통 미모예요? 그렇게 아름다운 여인이 열렬히 좋아하니 공자가 감지덕지해야 맞는 거 아닌가요?"

그때 상아 선녀의 피리 소리가 멈췄다. 남자는 인형 옆 작은 꽃봉오리를 손가락으로 건드려 또다른 곡을 연주하게 하면서 나직하게 말했다. "그래봐야 자네만 못하지."

성옥은 다시 피리를 부는 상아 선녀한테 정신이 팔려서 남자의 말을 듣지 못했다. 상아 선녀에게서 겨우 눈을 뗀 성옥이 물었다. "방금 뭐라고 하셨죠?"

남자는 웃으며 아까와는 다르게 말했다. "내가 감지덕지해야 한다니 어떻게 감사하면 되겠느냐고 물었네."

"아." 성옥은 전혀 의심하지 않고 잠시 생각한 뒤 자신의 혼을 빼놓은 상아 선녀를 가리키며 그럴듯하게 말했다. "화비무라면 제가 제일 잘 알죠. 이런 장난감을 아주 좋아해요. 마음을 전하고 싶으면 이걸 선물하세요. 그럼 정말 기뻐할 거예요!" 그러면서 또 양심에 찔려 슬며시 남자를 훔쳐보는데 뜻밖에도 눈이 마주치고 말았다. 성옥은 얼른 시선을 내리깔고 단정히 섰다.

남자가 성옥의 정수리 위에서 물었다. "자네가 아니라 화비무가 기뻐하는 게 확실한가?"

성옥은 화들짝 놀랐지만 아무렇지도 않은 척 대답했다. "그럼요, 화비무가 기뻐하는 거죠."

"그래?" 청년이 무심하게 상아 선녀의 옥피리를 건드렸다. "자네가 화비무의 친구니까 내가 이걸 선물하면 나중에 화비무가 자네한테 주려나 싶었지."

성옥은 남자가 어떻게 자기 속마음을 꿰뚫어보았는지 놀라웠다. 창피하기도 하고 기가 꺾이기도 해서 고개를 푹 숙인 채 자신의 빈

약한 쌈지를 만지작거리다 작은 소리로 말했다. "그, 그게 제가 거짓말했어요. 제가 갖고 싶은 게 맞아요. 하지만 저, 저도 속이려 했던 건 아니에요." 성옥은 고개를 들어 남자를 힐끗 본 뒤 다시 고개를 숙이고 쌈지를 만지작거렸다. "지금은 이걸 살 돈이 없지만 저는 돈을 정말 빨리 벌 수 있어요. 다만 제가 돈을 다 모을 때까지 이 선녀가 팔리지 않으리라는 보장이 없잖아요. 그래서 공자가 화비무에게 선물하면 나중에 빌릴 생각이었어요."

성옥을 보던 남자는 고개를 돌려 졸고 있는 가게 주인을 불렀다. 둘이 몇 마디 나누는가 싶더니 주인이 상아 선녀를 나무상자에 넣어 남자에게 건넸다.

남자는 상자를 성옥에게 주었다.

성옥은 뛸듯이 기뻐했다. "지금 당장 화비무에게 가져다줄게요. 화비무가 실컷 가지고 논 다음에 제가 며칠만 빌려 놀고요."

남자가 성옥의 말을 끊었다. "자네한테 주는 거야."

성옥은 크게 놀라서 상자를 떨어뜨릴 뻔했다. 남자가 재빠르게 붙들어줘 위기를 모면한 성옥은 상자를 꽉 끌어안고 물었다. "저한테요? 왜요? 이거 엄청 비싸잖아요."

남자가 눈을 치켜떴다. "내가 우산을 빌려놓고 안 돌려줬다며?"

성옥은 상자를 끌어안고 계속 만지작거렸지만 결국 도로 내밀었다. "우산이 이렇게 비싸지는 않아요. 심지어 제 우산이 아니라 화비무 거고요. 저는……" 성옥은 잠시 어떻게 표현할지 고민했다. "공로도 없이 녹을 받을 수는 없어요."

"공로도 없이 녹을 받을 수는 없다라." 남자가 천천히 따라 한 뒤 재미있다는 듯 물었다. "그럼 화비무에게는 내가 왜 사줄 수 있는 거지?"

성옥이 곧바로 답했다. "화비무는 공로가 있으니까요. 노래를 들려드리잖아요."

남자가 눈을 치켜뜨며 웃었다. "그럼 자네도 노래를 불러주면 되겠네."

성옥은 상자를 남자 앞으로 내밀며 아쉽다는 얼굴로 말했다. "저는 노래를 못해요."

남자가 부채를 들어 상자를 성옥의 품으로 밀었다. "그럼 누가 주는 선물이어야 그냥 받을 수 있지?"

"어른이 주시는 거요." 성옥이 손가락을 꼽으며 덧붙였다. "사촌오빠, 사촌언니가 주는 것도 받을 수 있고요."

남자가 잠시 생각한 뒤 답했다. "자네는 아직 어리고 나는 오라비라기에 충분한 나이지. 그럼 이건 윗사람이 주는 선물이 되고, 윗사람이 주는 건 사양할 수 없는 법이지. 이렇게 정리하면 되겠군."

성옥은 남자의 말을 곰곰이 곱씹어본 뒤 얼떨떨한 표정으로 말했다. "하지만 공자는 제 오라버니가 아니잖아요."

남자가 눈을 가늘게 뜨며 말했다. "오늘부터 오라비 하면 되지."

"하지만……"

뜻밖에도 남자가 조금 서늘한 웃음을 지으며 대꾸했다. "내가 오라비라고 하면 오라비인 거다. 이런 오라비가 거저 생겼는데 기쁘지 않다는 말이냐?"

성옥은 저도 모르게 일에 휘말려 문제의 본질을 놓치고 말았다. 본질은 오빠가 생겨 기쁘고 말고가 아니라 누군가 오빠가 되겠다고 해서 거저 될 수는 없다는 점이었다. 아무리 격식을 우습게 아는 시정잡배라도 의형제를 맺을 때는 돼지머리를 놓고 향을 태우며 하늘에 절하는 게 세상의 법도였다. 그런데 남자는 그런 격식을 논할 생각조차 없는 듯 무거운 눈빛으로 성옥을 부담스럽게 쳐다볼 뿐이었다.

성옥은 받아들이는 수밖에 없었다. "좋아요, 그럼 이제 공자는 제 오라버니예요." 이렇게 멋대로 가족을 만드는 걸 조상들이 불쾌해하면 어쩌나 하는 생각도 잠시 들었지만, 이 정도로 잘생긴 청년이라면 조상들도 불만이 없을 것 같았다. 조상들 마음까지 헤아리고 난 성옥은 이 뜻밖의 인연을 선선히 받아들이기로 했다. "그럼 오라버니, 성함이 어떻게 되세요?"

"나는 집에서 셋째여서 친한 사람들은 모두 연삼이라 부른다."

"아, 연삼 오라버니." 성옥이 잠시 생각한 뒤 말했다. "이제부터 연삼 오라버니라고 부를 테니, 오라버니는 저를 아옥이라고 부르세요. 이제는 정말 제 오라버니예요." 성옥이 진지하게 탁자를 두드리며 말했다. "그럼 결정된 거예요."

남자는 찬성한다는 듯 고개를 끄덕이고 나서 물었다. "어느 집의 아옥이지?"

어느 집의 아옥이냐고? 성가의 아옥이지만 세상에 성가는 황제 가문뿐이었다. 주근도 오래전부터 옥 공자의 이름으로는 밖에서 무슨 짓을 하든 상관없지만, 성가라는 건 철저히 감춰야 한다고 신신당부했다. 성옥이 밖에서 이렇게 말썽 피우는 걸 태황태후와 황제가 알면 혼일할 때까지 십화루에 갇히게 될 거라고 말이다.

그 생각에 성옥은 몸서리치며 잠시 고민하다가 중얼거렸다. "그냥 아옥이에요."

남자는 더 묻지 않았다. 정말 궁금했던 게 아니었거나, 성옥의 이름 자체에 별 관심이 없는 듯도 했다.

성옥도 남자의 반응 같은 걸 살필 여유가 없었다. 쭈뼛쭈뼛 남자를 바라보았다. "제 오라버니가 되었으니 미리 알려드려야 할 게 있어요." 성옥은 큰 결심을 하듯 진지하게 청년을 바라보다가 나지막이 한숨을 내뱉었다. "사실 저를 여동생으로 삼는 건 무척 손해 보는 일이에요."

남자가 흥미롭다는 표정을 지어 보였다. "자세히 말해보거라."

"제가 말썽을 많이 일으키거든요. 제가 벌인 일이 다 오라버니의 골칫거리가 될 수 있다고요. 지금껏 주근의 골칫거리였는데 앞으로는…… 흠."

"무슨 말썽을 일으킬 수 있는데?"

성옥이 동정하는 눈빛으로 남자를 보았다. "그건…… 차차 알게 될 거예요." 그러고는 상자를 안고 밖으로 나가면서 고개를 흔들었다. "하지만 오라버니가 자초한 일이니 어쩔 수 없어요."

연송은 가게 그늘 속에 서서 멀어지는 성옥의 뒷모습을 바라보았다.

푸른 비단 장포를 입은 뒷모습이 확실히 소년 같았지만 자세히 보면 소녀의 여리여리한 자태와 분위기가 드러났다. 저 옷 속에 감춰진 사람이 여인이라는 걸 어떻게 사람들이 알아보지 못하는지 의문이었다. 하지만 연송은 개의치 않았다.

길고 긴 신선의 삶 속에서 그의 곁을 오갔던 여자는 무수히 많았다. 이런 미모 저런 미모 다 보았고, 그중에는 불같은 미녀와 얼음 같은 미녀도 있었다. 하지만 그 모든 미녀들은 사실 그에게 아무 차이가 없었다. 한 명이 만 명이고 만 명이 한 명이었다.

여자는 그저 그런 존재였다.

다만 여동생은 처음이었다.

연송도 자신이 오늘 왜 그랬는지 조금 신기했다. 상아 선녀를 선물하기 위해 오라비를 자처하다니. 원래 그는 즉흥적으로 행동하는 성격이 아니었다.

옆에서 계속 조는 척하던 주인장이 마침내 눈을 뜨고 웃으며 말했다. "그 어린 아가씨 안목이 정말 대단하던데요. 공자님이 가장 만족스러워하는 작품을 한눈에 골랐으니까요. 그 상아 선녀를 만들 때 정말 공을 많이 들이셨지요."

연송은 오른손을 상아 선녀가 있던 자리로 가져가 부채로 두드리면서 아, 어쩌면 그래서였을 수도 있겠군, 하고 생각했다.

4장
황제 성균의 고민

대희국 황제 성균成筠은 매우 젊었다. 선황이었던 그의 아버지는 지나칠 정도로 풍류를 즐겨, 세상을 뜰 때 천하와 함께 수많은 미혼의 여동생도 남겨주었다.

선황의 후궁에는 한때 삼천 명의 가인이 있었다. 전부 선황의 여인이었다. 지금 성균의 후궁에도 삼천 명의 가인이 있지만 그들은 선황의 여인과 그 시녀들, 그리고 선황의 여인들이 낳은 그의 여동생들이었다.

한밤중에 잠에서 깰 때마다 성균은 자신이 비운의 황제라고 생각했다. 아버지의 천하를 물려받아 대희국의 수많은 백성을 보살피는 일은 어려서부터 제왕술을 배웠기에 그다지 어렵지 않았다. 문제는 그의 스승 누구도 아버지가 남긴 수많은 여동생을 어떻게 돌봐야 하는지 알려주지 않았다는 점이다. 순서대로 한 명씩 매일 출가시켜도 반년이 필요했다.

그보다 더 심란한 건 그의 아버지가 남긴 풍류의 빚을 죽기 살기로 비웃는 민요였다. "나무 위에서는 갈까마귀 울고 공주는 사방을 뛰어다니니, 천자는 매일 괴로워하며 눈썹 위에 슬픔을 쌓는구나. 백십 명의 누이를 언제 다 시집보낼까. 까마득한 혼수에 국고가 텅 비겠네."

공주들을 볼 때마다 골치가 아팠기에 성균은 이복 누이들보다 성옥 같은 종친의 딸을 훨씬 좋아했다. 결국 대부분은 공주라는 허울 좋은 이름밖에 누릴 수 없었다.

물론 예외도 있었다. 열아홉번째 공주 연란이 그랬다. 공주 누이라면 학을 떼는 성균조차 연란만은 다른 눈으로 보았다.

열아홉번째 공주 연란은 태어날 때부터 범상치 않았다. 연란이 태어나던 그해 대희국은 물난리로 산사태가 나고 강물이 범람해 평안성까지 홍수가 밀어닥쳤다. 그런데 열아홉번째 공주가 태어나 울음을 터뜨리자 며칠 연속 내리던 장대비가 갑자기 뚝 그치고 홍수도 저절로 잦아들었다. 연란공주가 글을 깨치기 시작한 서너 살 이후로는 더욱 놀라운 일의 연속이었다. 한 예로 연란공주가 그림 그리기를 좋아해 여섯 살 때 천상의 궁궐을 그렸는데, 그걸 본 국사 속급이 진짜 천상 궁궐의 모습이라고 판정했다. 그렇게 해서 연란공주는 또 한번 신선과 인연이 있는 귀인임이 증명되었다. 선황은 그날 바로 태안太安이라는 호를 내리고 연란공주를 왕조의 귀인으로 치켜세웠다.

연란이 복을 타고난 건 사실이지만 모든 면에서 복을 누리지는 못했다. 다리에 장애를 가지고 태어나 제대로 걸을 수 없는 것이나, 태어난 지 일 년도 되지 않아 어머니를 잃은 것이 그랬다.

하지만 어머니 연 숙비는 충용후의 친누이였기에 연란은 어머니를 일찍 여의긴 했어도 위세 등등한 외가가 있었다. 이백여 년 전 태조가 직접 봉한 개국공신들은 시대가 흘러 성균 때 이르러 대부분 허울뿐인 작위만 갖고 있었다. 그렇지만 충용후는 달랐다. 연란의 외가인 충용후부에서 스물다섯 살의 연송 대장군이 배출된 덕분이었다.

그랬다. 태안공주 연란은 일찍이 부모를 여의고 누이 공포증을 앓는 오빠 밑에 있었지만 대희국 전체에서 가장 영향력 있는 공주였다. 그 뒤에는 대장군인 사촌오빠가 든든하게 버티고 있었다.

오월 스무여드레 이른 아침, 연송은 연란을 데리고 소강동루小江東樓로 차를 마시러 갔다.

소강동루의 죽자헌竹字軒에서는 동쪽 거리가 내려다보였다. 거리 맞은편에는 선비들이 자주 찾는 서점과 문구점이 줄줄이 늘어서 있고, 문구점 뒤쪽의 방유호方遊湖 언덕에는 수양버들이 한들거리며, 백평주白萍洲라 불리는 물속의 작은 모래섬에는 기러기와 학이 수시로 내려앉았다.

소강동루의 고층에 위치한 죽자헌에서는 아름다운 경치가 훤히 내다보였다. 왕조의 귀인으로서 연란은 대희국에서 유일하게 출궁이 자유로운 공주였기에 연송은 매달 두어 차례 연란을 이곳으로 데려와 차를 마셨다. 연란이 이곳에서 내다보이는 사계절의 풍경을 무척 좋아하자 천보는 아예 일 년 통째로 죽자헌을 예약해두었다.

사시巳時 삼각, 연송이 죽자헌에서 연란에게 바둑의 진롱국珍瓏局

을 설명해주고 있을 때였다. 갑자기 거리에서 떠들썩한 소리가 들려왔다. 연란의 옆에 있던 시녀가 창문을 닫으려 했는데 연송이 창밖을 바라보고 있어서 감히 닫을 수 없었다. 그 모습에 연란도 연송의 시선을 따라 내다보았다.

별스러운 장면은 없었다. 소년 한 무리가 거리 북쪽에서 왁자지껄하게 걸어오고 있을 뿐이었다. 십여 명의 소년들 모두 이마에 띠를 두르고 소매가 좁은 축국복을 입고 있어서 한눈에도 경기하러 가는 축국대임을 알 수 있었다.

그때 점원이 새로 떡을 내왔다. 아직 일한 지 며칠 되지 않은 신출내기라 예의범절을 잘 몰랐기에 두 귀빈의 시선을 따라 창밖의 소년들을 쳐다보고는 저도 모르게 참견했다. "일진십두금日進十斗金입니다!"

시녀가 호통치려 할 때 연란이 손을 들어 저지하고는 조용히 물었다. "일진십두금이라니?"

점원은 그제야 눈치 없이 굴었음을 깨닫고 손님들을 둘러보았다. 방에는 시녀가 둘 있었는데 아가씨를 모시는 키 작은 시녀는 사나워 보이고 공자를 모시는 시녀는 상냥해 보였다. 아가씨는 한낱 점원에게도 부드럽고 조용히 말하는 것으로 보아 틀림없이 성격이 좋을 듯했다. 바둑판 앞의 공자는 바둑알을 만지작거리며 고개를 창밖으로 돌리고 있었다. 옆모습만 보였지만 점원이 참견할 때 아무 말도 하지 않은 것으로 보아 온화한 성격이 분명했다.

점원은 아가씨를 향해 손을 공손히 모으고 대답했다. "아마 부유한 집안 자제이실 테니 저희 같은 평민의 즐거움을 잘 모르실 겁니다. 평안성은 거리마다 축국대가 있는데 안락방安樂坊의 일진두금과 저희 개원방의 일진십두금은 한 치 양보도 없는 맞수입니다. 예전에 저희 일진십두금 대장인 옥 공자가 황성에 있을 때는 매달 일진두금이 시합을 청해왔지요."

점원은 자신의 우상인 축국의 패왕 옥 공자를 입에 올리자 쉽게 말을 멈출 수 없었다. "그러다 옥 공자가 유람을 즐긴다면서 황성을 떠난 뒤로 일진두금은 옥 공자 없는 일진십두금이 무슨 재미냐며 한 달에 한 번씩 하던 시합을 그만뒀습니다. 그런데 며칠 전에 들으니 옥 공자가 황성으로 돌아왔다는 겁니다. 아마 일진두금이 바로 도전장을 내서 오늘 겨루는 모양입니다!"

연란이 눈살을 찌푸리며 고개를 갸우뚱하고 조용히 물었다. "일진두금은 뭐고 일진십두금은 또 뭔가?"

점원이 다리를 치며 대답했다. "일진십두금은 저희 축국대 이름입니다!" 연란 뒤에 서 있는 키 작은 시녀가 못마땅한 표정으로 노려보는데도 점원은 못 본 척하며 설명을 이어갔다. "다른 축국대는 이름을 맹호나 늑대 같은 걸로 지었는데, 저희 개원방은 대장인 옥 공자가 그런 이름은 너무 평범해서 재미없다며 일진두금이라고 지었습니다. 날마다 금이 한 말씩 들어온다는 뜻이니, 얼마나 좋고 귀한 이름입니까! 그런데 사사건건 우리 개원방을 이기고 싶어하는 안락방의 대장 호상안胡常安이 그 이름을 훔쳐 시합에서 먼저 써먹었습니다. 옥 공자는 화가 나서 이름을 일진십두금으로 바꾸었지요. 일진십두금이면 안락방보다 금이 아홉 말씩 더 들어오는 거니까요!" 점원은 손가락 아홉 개를 펼쳐 내밀어 보이기까지 했다.

내내 말없이 듣고만 있던 공자가 검은 부채를 들고 거리의 소년들 쪽을 가리키며 물었다. "자네가 말하는 옥 공자가 제일 앞에 있는 저 아가씨인가?"

점원이 내다보고는 고개를 끄덕였다. "네, 저분이 저희 옥 공자입니다." 그러고는 발끈해서 항의했다. "저희 옥 공자가 매우 잘생기긴 했지만 계집애 같은 구석은 전혀 없는데, 왜 옥 공자더러 아가씨라고 하십니까? 공을 얼마나 매섭게 차는데요." 점원이 엄지를 내밀며 자신의 우상을 위해 열변을 토했다. "공차는 모습이 진짜 남자입니다! 남자 중에서도 상남자이지요! 공자님도 옥 공자가 공 차는 걸 보면 인정하실 겁니다. 세상에 이렇게 남자다운 남자가 있었나 하고 놀라실걸요!"

공자는 대꾸하는 대신 갑자기 웃음을 터뜨리더니 부채를 거두며 일어났다. "그럼 좀 봐야겠군."

누구든 남자라 믿어 의심치 않는 옥 공자가 소강동루 아래에서 연송과 마주쳤다. 그녀는 대나무처럼 마르고 키 큰 소년과 나란히 걸어가며 축국 전술을 진지하게 논의하고 있었다. "호상안은 덩치가 크니까 힘으로 겨룰 생각은 마. 문명인이 힘자랑을 왜 해? 어제 내가 일진두금을 정탐했거든. 어떻게 정탐했는지는 일단 상관하지 말고. 호상안은 여전히 뒷심이 딸리더라고. 그리고…… 저기, 죄송하지만 길 좀 비켜주세요……"

앞을 가로막은 흰옷은 비켜주지 않았다. 성옥은 자신이 피해 지나가면서 마른 소년과 논의를 이어갔다. 막 그 흰옷을 스쳐지나가는데 성옥의 팔이 갑자기 붙들렸다.

성옥은 짜증이 난 얼굴로 고개를 획 돌렸다가 자기 팔을 잡은 게 누구인지 발견하고는 깜짝 놀라 소리쳤다. "연삼…… 형님!"

성옥을 따라가던 소년들은 대장이 걸음을 멈추자 덩달아 멈추고는 대장이 잘생긴 공자를 형이라 부르는 걸 보고 과연 대장 집안의 사람은 다 잘생겼다고 감탄하며 일제히 예의바르게 인사했다. "연삼 형님!"

"우리 형이지, 너희들 형은 아니잖아." 성옥이 무리를 돌아보며 퉁을 놓자 소년들은 뒤통수를 긁적이며 서로의 얼굴만 쳐다보았다. 성옥은 멀리 떨어지라고 손짓한 뒤 '연삼 형님'이라는 말을 곰곰이 생각해봤다.

성옥에게는 친오빠도 없고 사촌오빠도 몇 명 없었다. 몇 안 되는 사촌오빠들과도 별로 친하지 않아 고종 오라버니, 외종 오라버니 하며 거리를 두고 불렀지 친밀한 호칭으로 불러본 적이 없었다. 대뜸 '연삼 형님'이라고 부른 게 신기하고 입에 계속 맴돌아, 저도 모르게 킬킬거리면서 괜히 또 불러봤다. "연삼 형님."

연송은 성옥의 팔을 놓고 위아래로 훑어보았다. "요즘 임랑각에서는 통 볼 수 없던데."

성옥이 생각해보니 확실히 요즘 시합 준비로 바쁘기도 하고, 지난번에 화비무가 요황 앞에서 연 장군에게 접근할 방법을 논해 요황이 상처받았기 때문이기도 했다. 이번 타격으로 최소한 석 달은 정신을 차릴 수 있겠다면서 요황이 석 달 동안 화비무를 보지 않겠다고 자신만만하게 선언했기에 성옥은 한동안 임랑각에 가지 않았다.

그렇다고 화비무와 요황의 일을 말할 수는 없어서 성옥은 다른 핑계를 댔다. "제가 수양을 시작해서 기루에 가는 걸 자제하고 있어요."

"흠. 화비무한테 듣기로는 한 달에 최소 여덟 번은 나를 임랑각으로 불러오겠다고 약속했다던데." 연송은 그렇게 말하고는 웃음을 터뜨렸다. "그래서 네가 불러주기를 계속 기다리고 있었지."

"제가 언제 그런……" 거기까지 말하던 성옥은 그만 입을 다물었다. 자신의 기억력이 원망스럽기까지 했다.

어렴풋이…… 그런 일이 있었던 것이 떠올랐다.

그날 수공예품 가게에서 연삼과 헤어진 성옥은 상아 선녀를 들고 화비무에게 돌아갔다. 요황도 챙겨 가야 했고 화비무에게 상황 보고도 해야 했다. 성옥은 일을 성사시키지는 못했어도 어쩌다보니 연삼을 오라비로 삼게 되었다고 알려주었다. 요황은 아주 냉정하게 결과를 받아들이며 자기 예상에서 전혀 빗나가지 않았다고 말했지만, 화비무는 크게 실망해 십오 년 묵은 계화주로 시름을 달래야겠다고 난리를 부렸다.

그렇게 해서 성옥은 화비무와 술을 주고받기 시작했고, 성옥이 거나하게 취했을 때 화비무가 눈을 반짝이며 뭐라고 말했다. 성옥은 한참 기억을 더듬은 뒤에야 당시 화비무가 대강 뭐라고 했었는지 떠올랐다. "화주가 연 장군의 누이가 될 줄은 상상도 못했네요. 이렇게 좋은 일이 생길 줄이야. 그럼 이제 정정당당하게 연 장군을 기루로 불러 술을 마실 수 있는 것 아니겠어요? 임랑각으로, 저한테로 부르는 거예요!"

이미 제정신이 아니었는지 성옥은 바보처럼 진짜 묘안이라고 맞장구쳤을 뿐 아니라 "그럼 한 달에 몇 번이나 불러올까?"라고 진지하게 묻기까지 했다. 화비무도 진지하게 손을 꼽으면서 "여덟 번이요"라고 대꾸했다. 성옥이 또 진지하게 "왜 여덟 번이야?" 하고 묻자 화비무도 진지하게 "여덟이 행운의 숫자잖아요"라고 대꾸했다.

그날의 장면이 선명하게 떠올랐다. 옆에 있던 요황이 못 봐주겠다는 듯 눈을 질끈 감던 것까지 기억났다.

그 기억을 전부 떠올린 성옥은 도저히 참을 수 없어 눈을 감았다. 곧이어 연삼의 담담한 목소리가 들려왔다. "아무리 기다려도 오지 않기에 네가 또 잊어버렸겠다는 생각이 들었지." 서늘한 음성이 바로 옆에서 들렸지만 어떤 기분으로 하는 말인지는 감이 잡히지 않았다. 어쨌든 성옥은 또 잊어버렸다고 인정하는 게 본능적으로 싫었다. 게다가 조금 의심스럽기도 했다. "정말로 저를 기다렸다고요?"

연삼이 눈을 치켜떴다. "왜?"

성옥이 우물거리며 대꾸했다. "오라버니와 기루에 놀러간다는 말은 딱 들어도 술주정 같잖아요."

"아, 술주정이었군. 나는 진짜로 받아들였지." 연삼은 애매한 투로 그렇게 말하고는 성옥을 힐끗 쳐다보며 덧붙였다. "오늘 이렇게 만나지 않았으면 나는 그게 술주정인 줄도 모르고 계속 바보처럼 기다렸을 테니, 이걸 어쩌지?"

성옥은 '바보처럼 기다린다'라는 말이 연삼과 전혀 어울리지 않는다고 생각했다. 또한 다른 사람이 자신을 기루에 데려가기를 바보처럼 기다린다는 것도 말이 안 된다고 여겼다. 하지만 만에 하나 연삼의 말이 모두 사실이고 정말로 오래 기다렸으면 어쩌나 하는 생각도 들었다.

성옥은 괜히 옆에 있는 자갈을 발끝으로 찼다가 뒤꿈치로 다시 가져왔다가 하면서 곤혹스러운 투로 말했다. "임랑각을 한 달에 여덟 번이나 가는 건 불가능해요. 그게…… 형제가 나란히 기루에 가다니 꼭 한집에 망나니가 둘이나 있는 것 같잖아요. 구천의 조상들까지 걱정하실 거라고요."

연삼이 지적했다. "우리 조상이 같은 건 아니지."

느릿느릿 돌을 굴리던 성옥은 획 고개를 들어 연삼을 쳐다보고는 한층 애절하게 말했다. "아, 그럼 두 집안의 조상이 걱정하시겠지요!"

연삼이 눈을 내리깔고 살며시 미소를 지었다. "그러니까 네 말은 우리가 같이 놀러 가면 조상들이 걱정하겠지만, 따로 가면 안심한다는 거냐?"

성옥은 머리가 지끈거리기 시작했다. 당연히 조상과는 상관없는 일이었다. 임랑각에 함께 놀러 가겠다고 약속할 수 없는 근본적인 이유는, 한 달에 한두 번은 몰래 가는 게 가능해도 여덟 번이나 갔다가는 주근한테 들켜 하루에 여덟 번씩 얻어맞을 것 같아서였다.

어떻게 그걸 사실대로 말하겠는가. 계속 우기는 수밖에 없었다. "그러니까 제가 지금은 개과천선해서 형님과 기루에 노래를 들으러 갈 수 없다고요. 아니면…… 맛있는 거 먹으러 가요!"

성옥은 이런 묘책을 떠올린 자신의 영민함에 감탄했다. "제가 요릿집에 모시고 갈게요. 한 달에 여덟 번, 아니 열 번으로 갚을게요. 어때요?" 성옥은 흥분해 여덟 손가락을 내밀었다가 연삼이 자기 손가락을 빤히 쳐다보는 걸 보고는 곁눈으로 훑어본 뒤 재빨리 두 개를 더 폈다.

연삼은 고민하는 듯한 표정을 짓긴 했으나, 긍정적으로 생각하는지 아닌지는 드러나지 않았다.

성옥은 눈치를 살피다가 좀더 성의를 보여야 할 듯해 얼른 덧붙였다. "아니면 오늘 당장 가요, 어때요?"

연삼의 시선이 성옥의 이마에 묶인 띠에서 축국복에 감싸인 가는 허리로, 또 뒤쪽에 몇 걸음 떨어져 있는 소년들에게로 옮겨갔다. "오늘 시합에 안 가도 되는 모양이지?" 연삼은 그렇게 말한 뒤 성옥이 미처 반응하기도 전에 팔뚝을 잡아끌었다. "좋아, 지금 바로 가지."

성옥은 어안이 벙벙했다. "저, 저는 시합하러 가야 해요."

연삼이 걸음을 멈추고 성옥을 쳐다보았다. 성옥은 연삼의 오른손에 붙들린 팔뚝을 빼내려 했지만 무리였다. 그리 세게 쥔 것도 아닌데 성옥이 아무리 힘을 써도 빠지지가 않았다. 성옥은 자기 정수리로 와서 꽂히는 연삼의 시선이 위압적으로 변하는 것을 느꼈다.

성옥은 곧장 자신의 시도가 부질없음을 깨달았다. 속이 부글부글 끓었지만 최대한 부드러운 목소리로 말했다. "이 시합에서 빠지면 저애들이 다시는 나랑 안 놀아줄 거예요!"

실랑이를 벌이는 사이, 먼 하늘에서 뜨거운 태양이 아침 기운을 몰아내며 기세 좋게 떠올랐다. 소강동루 간판의 금빛 글자들이 햇살 아래 찬란하게 반짝였다. 그때 성옥이 그럴듯한 제안을 내놓았다. "이렇게 해요! 형님이 먼저 소강동루에 가서 차를 마시고 계시면 제가 얼른 시합을 마치고 올게요. 어때요?"

성옥은 기를 쓰고 설득에 나섰다. "소강동루 정말 좋아요! 특히 죽자헌에서 보는 경치가 끝내주죠. 전에는 예약할 수 있어서 가끔 가서 차를 마셨어요. 거기 앉아서 창밖 경치를 가만히 쳐다보고 있으면 꼭 신선이 된 듯한 기분이 들거든요. 시간도 순식간에 획 흘러가고요!" 성옥은 '획'이라고 말할 때 정말 빠르다고 강조하기 위해 자유로운 손을 들어올려 허공에 휙 그어 보였다.

성옥이 슬쩍 곁눈질로 살펴보니 연삼은 생각에 잠긴 듯한 표정이었다. 성옥은 입술을 핥은 뒤 같은 동작을 되풀이하면서 입으로 "휘익!" 하고 소리까지 곁들였다.

연삼이 드디어 성옥의 손을 놓아주었다. "그럼 죽자헌에서 기다리지."

성옥은 안도의 한숨을 내쉬었다. 하지만 그 숨을 미처 다 뱉기도 전에 죽자헌을 예약할 수 없다는 사실이 떠올랐다.

성옥이 조심스럽게 말했다. "아, 죽자헌은 안 되겠네요. 귀인인지 뭔지가 독점해서 다른 사람은 아예 들어갈 수 없거든요." 그러고는 분하다는 듯 씩씩거렸다. "말이 나와서 말인데 왜 그렇게 돈을 헛되이 쓰는지 모르겠어요. 안 그래요? 좋은 장소는 다 같이 즐겨야죠!" 그 말을 할 때 성옥은 평안성에서 돈을 헛되이 쓰기로 둘째가라면 서러운 사람이 옥 공자임을 완전히 잊고 있었다.

연삼은 웃음을 참는 듯 묘한 표정으로 성옥을 쳐다보았다. "죽자헌이 그리 훌륭한 곳이라니 딱 좋구나. 나는 최고만 원하니까."

성옥은 골치가 아팠다. 연삼은 상대하기가 몹시 까다로웠다.

"예전에는 죽자헌을 제일 좋아했는데 매자헌梅字軒도 아주 좋더라고요. 거기서 기다리셔도 될 것 같아요." 성옥은 염치 불고하고 말을 바꾸었다. 어떻게든 매자헌을 치켜세우기 위해 소년들을 가까이 부른 뒤 목청을 가다듬고 눈짓으로 신호를 보내며 물었다. "내가 너희를 소강동루에 데려올 때마다 죽자헌 말고 매자헌도 아주 좋아했잖아. 그렇지?"

하지만 눈짓이 부족했는지 다들 성옥의 의도를 알아채지 못했다. 성옥 가장 가까이에 서 있던 키 작은 소년이 머뭇거리며 말했다. "대장을 따라 소강동루의 매란국죽 네 곳을 모두 들어가봤지만 매자헌이 어땠는지는 특별히 기억나지 않아. 대장은 죽자헌을 확실히 좋아했지. 죽자헌에서 보이는 풍경에 감탄하며 시까지 지었잖아. 그 뭐였더라, 백평주에서는 기러기 울고……" 소년은 잠시 생각에 잠겼다가 옆에 있는 뽀얀 얼굴의 소년을 끌어당기며 물었다. "백평주에서는 기러기 울고, 그다음은 뭐였지?"

성옥은 답답하다는 듯 소리쳤다. "나는 분명 매자헌을 엄청 좋아했다고!"

키 작은 소년이 얼굴이 뽀얀 소년을 툭 치며 채근했다. "어서 생각해봐. 백평주에서는 기러기 울고, 그다음은?" 소년은 다른 소년들에게도 말했다. "야, 너희도 생각해봐!"

성옥은 자포자기의 심정이 되었다. "내가 너희를 데리고 술이나 차는 마셨어도 시를 지은 적은 없어."

얼굴이 뽀얀 소년이 제일 먼저 그다음 구절을 생각해냈다. "백평주에서는 기러기 울고 소동강루에는 달빛 비추네. 청량한 바람은 근심을 풀어주고 푸른 버드나무는 봄 시름을 끊어주는구나. 이거 대장이 지은 거잖아."

성옥은 부인했다. "나 아닐걸……"

소년이 진지하게 상기시켜주었다. "대장이 열세 살 때 연말에 우리 데리고 죽자헌에 가서 술 마셨잖아. 이제 좋은 시절도 다 끝났다고 우는소리하면서 마지막으로 크게 낼 테니까 한바탕 즐기자고. 그때 소동강루 명주 취청풍醉清風을 혼자 세 단지나 마시고 울면서 시를 지었으면서……"

성옥은 전혀 기억나지 않았기 때문에 계속 부인했다. "그런 적 없다니까……"

키 작은 소년이 웃음을 참으며 죽자헌 바로 옆 백년 묵은 고목을 가리켰다. "대장이 저 나무에 올라가는 바람에 주근 형이 얼마나 놀랐는데. 주근 형이 아무리 집에 가자고 해도 대장은 죽어도 안 내려오겠다면서, 평안성에서 제일 부유한 옥 공자가 될 수 없다면 평생 나무에서 살겠다고 울부짖었잖아. 주근 형은 그럼 나무에서 살라면서 화를 내고 가버렸고."

성옥은 휘청거리는 몸을 바로잡았다. "그럴 리가……"

얼굴이 뽀얀 소년도 옆에서 거들었다. "그다음에 대장이 나무를 끌어안고 울면서 '청량한 바람은 근심을 풀어주고 푸른 버드나무는 봄 시름을 끊어주는구나. 시름 하나, 시름 둘, 시름 셋, 바다 같은 시름이 세상을 뒤덮네'라고 읊었어. 아무리 대장을 끌어내리고 싶어도 우리한테는 주근 형 같은 능력이 없잖아. 호생湖生이 나무를 제일 잘 타는데도 중간까지밖에 못 올라갔어. 대장은 꼭대기에서 가지를 끌어안고 바다 같은 시름을 읊조리고 있는데."

소년들이 화제를 점점 엉뚱한 곳으로 끌고 가자 성옥은 연삼을 매죽헌으로 보내려고 소년들을 불렀다는 원래의 목적을 까맣게 잊어버렸다. 귓불까지 달아오른 성옥은 한 손으로 이마를 누르며 연삼에게 말했다. "이, 이만 가야겠어요."

연삼은 성옥을 거들떠보지도 않았다. 소년들의 헛소리가 마음에 드는지 눈매가 부드러워져 표정도 평소처럼 그리 차갑지 않았다. 연삼이 흥미롭다는 듯 소년들에게 물었다. "그래서 밤새 나무 위에 내버려두었느냐?"

자신들이 다가와도 옆에서 조용히 쳐다보기만 하고 말 걸기도 힘들어 보이던 잘생긴 청년이 흥미를 보이자 소년들은 한층 흥분해 앞다투어 대답했다. "아니요. 저희가 아무리 달래도 안 내려왔어요."

"그런데 조금 있다 일진두금의 류안劉安이 귀뚜라미 자두紫頭 장군을 가지고 저희 호생을 찾아왔거든요. 그랬더니 대장도 귀뚜라미 싸움이 보고 싶어서 내려왔어요."

"주근 형도 도저히 마음이 안 놓였는지 나중에 나무로 다시 왔거든요. 그런데 대장이 없자 엄청 당황하다가 안에서 탁자에 엎드려 신나게 귀뚜라미 싸움을 구경하는 대장을 보고는 얼굴이 완전히 굳었지요."

성옥은 머리 꼭대기에서 연기가 날 지경이라 거의 체념 조로 말했다. "아, 그건 기억난다. 다 말했어? 그럼 이제 가자. 경기하러 가야지."

연삼이 성옥을 보며 웃음을 참는 듯한 표정으로 말했다. "네 바다 같은 시름은 빨리도 왔다가 빨리도 가는구나."

성옥은 얼굴이 새빨개졌지만 아무렇지도 않은 척 대답했다. "그때는 겨우 열세 살이었다고요." 그러고는 소년들을 내몰았다. "가, 어서 가. 시합에 늦겠다."

하지만 연삼이 불러세웠다. "가기 전에 어디서 만날지 정해야지."

패거리 때문에 정신이 혼미해진 성옥이 바로 알아듣지 못하자 연삼이 나직하게 웃었다. "나더러 정하라는 뜻이구나." 연삼이 웃는 모습은 만리를 품는 달빛 같고 색색의 꽃을 피우는 봄날 같았다. 뜻밖에 마주한 황홀한 웃음에 성옥이 아찔해진 순간 연삼이 결정해버렸다. "그럼 작래루雀來樓로 하자. 작래루에서 기다리마."

"작래루…… 평안성에서 제일 비싼 그 작래루요?" 성옥은 정신이 확 들었다.

"그래. 제일 비싼 그 작래루."

혼례복을 판 금화 오백 냥을 진작에 다 써버려 빈털터리 신세인 성옥군주는 인생이 왜 이리 고달플까 한탄하며 머리를 감싸고 따져봤다. 불현듯 오늘 친구 이목주李牧舟에게 자기의 승리에 판돈을 걸라고 했던 게 떠올랐다. 시합에서 이기기만 하면 작래루에서 대접할 돈이 생길 터였다. 성옥은 이를 악물고 연삼에게 말했다. "그럼…… 좋아요. 작래루에서 기다리고 계세요." 그러고는 이마의 띠를 꽉 당겨 묶었다. "이번 시합에서 지면 내가 다시는 평안성에서 안 논다!" 그렇게 외친 성옥은 살기등등하게 소년들을 이끌고 축국장을 향해 달렸다.

멀어지는 무리의 뒷모습을 바라보는 연송의 귀로 성옥이 소년들을 나무라는 말소리가 들렸다. 방금과 달리 타이르듯 자상한 말투였다. "아까 그게 뭐야. 앞으로는 그러지 마."

소년들이 어리둥절해하며 물었다. "뭘 그러지 마?"

성옥이 간곡하게 말했다. "그렇게 창피한 일을 어떻게 다른 사람한테 막 떠들 수 있어? 나만 창피하고 너희는 안 창피해?"

소년들이 반박했다. "하지만 대장네 형이잖아?"

성옥은 잠시 할말을 잃었다. 그들이 모퉁이를 돌아 사라지는 순간 연송은 성옥의 나직한 탄식을 들었다. "좋아, 형한테는 말해도 되지만 다른 사람한테는 절대 안 돼."

연송은 소강동루 간판 밑에서 부채를 흔들며 잠시 서 있다가 몸을 돌렸다. 하지만 죽자헌으로 되돌아가지 않고 어느 서점으로 들어갔다.

연란이 창밖을 내려다보던 시선을 거두었다. 잠시 불안한 마음으로 앉아 있다 조용히 옆에 서 있는 아름다운 시녀에게 말했다. "전하께서 국사 말고 다른 사람과 이렇게 오래 대화하시는 건 처음 봐."

천보가 웃으며 대꾸했다. "전하께서 보통 인간과 좀더 어울리시는 게 좋지 않나요?"

연란은 바둑알을 쥔 손에 살짝 힘을 주었지만 평정을 유지하며 말했다. "그래봐야 덜 자란 사내애인데 뭐가 재미있겠어." 그러면서 미심쩍은 투로 물었다. "혹시 하늘에 계실 때도 소년과 어울리기를 좋아하셨어?"

천보는 창가에서 조금 떨어져 있어 바깥에 어떤 소년들이 모였는지 보지 못했기에 웃음을 머금으며 물었다. "어떤 소년인데요?"

연란이 눈을 내리깔았다. "등지고 있어서 제대로 못 봤지만 뒷모습만 봐서는 평범하던데." 그러고는 눈살을 찌푸리며 덧붙였다. "그런데 말이 정말 많더라."

천보는 고개를 저었다. "전하는 수다스러운 사람을 제일 싫어하시는데요."

연란이 잠시 생각에 잠겼다가 멍한 눈빛으로 말했다. "전하 속을 모르겠어."

천보는 웃음만 머금을 뿐 더는 말을 하지 않았다.

연란이 말을 이었다. "그날 밤…… 쇄요탑에서 전하와 결별하던 상황이 기억나서 날이 밝자마자 찾아갔지. 그때 왜 나를 구하려 하셨느냐고 여쭤봤는데, 전하는 내가 그때 일을 기억해냈다는 사실에 전혀 놀라지 않으시더라. 기뻐하시는 것 같지도 않았고. 읽던 책에서 고개를 들고 나를 보며 웃으시더니 '내가 왜 장의를 구했느냐고 묻는 게냐? 특별한 이유는 없다. 어쨌든 내게 장의는 좀 남다르니까'라고 하셨어."

연란의 눈에 수심이 떠올랐다. "정말 이상한 말 아니야? 내 생각으로는 내가 장의거든. 전하도 내가 장의란 걸 아셔서 이 속세에 내려와 내 곁에 계신 거잖아. 하지만 전하는 나를 장의라고 부르신 적이 없어. 단 한 번도." 연란의 눈에 차오른 흐릿한 물기가 새까만 눈동자와 어우러져 애처로워 보였다. "쇄요탑에서 한 결별 외에 다른 것들을 기억해내지 못하니까 나를 장의라고 여기시지 않는 거야. 그런 거 맞지?" 연란이 천보를 보며 물었다.

천보가 조용히 답했다. "궁금한 게 있으시면 전하께 직접 여쭤보세요. 건강도 좋지 않으신데 너무 깊이 생각하지 마시고요."

연란은 한참 동안 침묵을 지키고 있다가 창밖으로 시선을 돌리며 천보에게 묻는 듯, 혼잣말을 하는 듯 중얼거렸다. "전하는 대체 장의를 어떻게 생각하시는 걸까? 또 나는 어떻게 생각하시고?"

천보는 속으로 탄식을 내뱉었다.

대천세계 수십억 개의 속세에서는 시간이 전부 다르게 흘렀다. 어떤 곳은 구중천보다 빠르고 어떤 곳은 느렸다. 이곳 대희국은 천상보다 훨씬 빠르게 시간이 흘러서 대희국의 일 년은 구중천의 하루와 같았다.

천보는 셋째 전하를 따라 이 속세에 처음 오던 때를 떠올렸다. 장의의 혼이 쇄요탑에서 흩어진 지 이십팔 년째 되던 해이자, 천군이 새로 얻은 손자 야화夜華군이 겨우 스물다섯 살이던 때였다.

인간의 스물다섯 살은 청년기에 속했지만 천상에서는 달랐다. 처음 천지가 생겼을 때 천상은 다섯 종족으로 나뉘었고, 힘이 약소한 종족일수록 수명이 짧고 성장 속도가 빨랐다. 한편 신족과 마족은 잉태가 쉽지 않고 성장도 더뎌 스물다섯이라고 해봐야 어린애에 불과했다.

구중천에서 어린 야화군의 생일잔치가 열렸을 때 천군이 셋째 전하에게 연회가 끝난 뒤 남으라고 했다. 셋째 전하의 표정으로는 천군이 무슨 말을 할지 눈치챘는지 아닌지 읽어낼 수 없었다. 어린 야화군이 엄숙하게 인사를 올릴 때, 셋째 전하는 재미있는 일을 꾸미려는지 야화군의 하얗고 작은 얼굴을 꼬집었다.

천상에는 어린 신선이 무수히 많았다. 천상에서 태어난 이들은 하나같이 영리하고 귀여웠다. 그중에서도 가장 존귀하고 준수하며 귀여운 신선이 바로 야화군이었다. 아직 어린데도 야화군은 함부로 웃거나 경솔하게 떠드는 법이 없었다. 다른 어린 신선이었다면 어른한테 얼굴을 꼬집혔을 때 어리광을 부렸겠지만, 야화군은 아무 반응 없이 예의바르게 천군과 셋째 전하에게 인사만 할 뿐이었다.

셋째 전하는 어린 야화군을 짓궂게 놀렸다. "네가 나중에 자라면 우리 신족의 최고 미녀인 백천과 결혼해야 하지. 백천이 너보다 나이가 훨씬 많아서 이렇게 어려서부터 나이든 척을 하는 거냐? 나중에 백천과 잘 어울릴 수 있게?"

어린애에게 할 말은 아니었다. 구중천의 다른 누가 감히 어린 천

손에게 그런 말을 했다면 천군은 당장 가죽을 벗기려 했을 것이다. 하지만 셋째 전하였기에 천군은 듣고도 못 들은 척했다.

어린 야화군만 하얀 얼굴이 조금 붉어졌다. 홍조가 금세 귀뿌리까지 번졌지만 얼굴은 그다지 붉어지지 않았다. 야화군은 단정하고 올곧은 얼굴로 "셋째 숙부, 말씀을 조심해주세요"라고 말했다.

셋째 전하는 웃음을 터뜨렸다.

그가 웃자 호박색 두 눈에서 낙엽이 휘날리는 듯했다. 그 아름다운 웃음에는 나뭇잎이 떨어지는 듯한 서늘함이 담겨 있었다. 셋째 전하는 늘 그랬다. 아무리 부드럽게 웃어도 가을의 쓸쓸함이 묻어났다.

셋째 전하가 몸을 굽히고 부채로 야화군의 작은 어깨를 치며 물었다. "무슨 말을 조심할까?"

야화군이 입을 삐죽거렸다. 어려운 질문은 아니어도 대답을 하는 순간 난감해질 터였다. 야화군은 천상의 어린 신선 중에서도 가장 총명해 그런 난감함을 잘 알았다. 그래서 귀뿌리가 붉어진 채 어쩔 줄 모르겠다는 모습으로 가만히 서 있기만 했다.

옆에 있던 천군이 적절하게 헛기침을 해주어 야화군은 냉큼 천군에게 큰절하고, 셋째 숙부가 괴물이라도 되는 양 총총히 물러났다. 그러고는 은사인 자항진인慈航眞人을 모시고 제17천 별궁으로 쉬러 갔다.

멀어지는 야화군을 바라보며 셋째 전하가 천천히 부채를 접을 때 보월광원寶月光苑의 무우수無憂樹 꽃이 희미하고 서늘하게 반짝거렸다.

천보가 느끼기에 천군 자정제慈正帝는 자신이 얼마나 사려 깊은지를 드러내기 위해 에둘러 말하는 걸 좋아했다. 하지만 야화군이 나가고 그들 부자와 멀지 않은 곳에서 시중드는 천보만 남게 되자, 자정제는 둘러 말하지 않았을 뿐만 아니라 천군의 허세도 내려놓았다.

자정제가 자애로운 표정으로 물었다. "네가 구한 홍련선자의 영혼 조각을 영보천존靈寶天尊이 이제 다 기웠다. 그날 아비가 했던 약속은 여전히 유효하지만, 이십팔 년이 흘렀는데 아직도 하계에 내려가 홍련선자 곁에 있고 싶으냐?"

천보는 그때 셋째 전하의 반응을 이해할 수 없었다. 천군이 이런 얘기를 할 줄 예측했던 것 같기도, 아닌 것 같기도 했다. 아니, 천군이 무슨 말을 하든 처음부터 개의치 않았던 듯도 했다.

"벌써 이십팔 년이 되었습니까? 그럼 가야지요. 그동안 속세에 오래 머물러본 적은 없습니다만, 어쨌든 요즘의 구중천보다 더 무료하지는 않겠지요."

천군은 셋째 전하를 한참 쳐다보다가 무거운 한숨을 내쉬었다. 휙 소매를 떨치며 몇 걸음 내디뎠다가 다시 돌아와 끝내 화를 참지 못하고 소리쳤다. "네 큰형이 작은형 자리를 대신하고 있지만 확실히 재능이 따라주지 못한다. 네가 큰형을 도와준다면 아비도 이리 바쁘지는 않을 것이야. 천궁에 일이 얼마나 많은데 무료하다고?"

셋째 전하는 천군이 생트집을 잡는다고 생각하는 듯했다. "저는 형님과 소임이 다릅니다. 자고로 우물물은 강물을 범하지 않는다고 했지요."

천군이 눈을 부릅떴다. "우물물은 강물을 범하지 않는다고? 짐이 내일 당장 네 큰형의 책임을 네게 못 넘길 것 같으냐?"

천보는 평소에 무척 무서운 천군이 셋째 전하에게 화낼 때만은 약간 귀엽게 느껴졌다.

셋째 전하는 고개를 들어 천군을 힐끗 쳐다본 뒤 체념하듯 웃었다. "방금 속세에 내려가겠느냐고 물으셔서 그러겠다고 대답했습니다. 존귀한 천군으로서 빈말하신 건 아니겠지요?"

천군은 말문이 막혀 아무 말도 못하다가 눈을 부라리며 나갔다. 셋째 전하는 예의바르게 그 자리를 잠시 지키고 나서, 천보에게는 따라오지 말라고 한 뒤 동화제군의 태신궁太晨宮으로 갔다.

천군이 언급한 약속이 무엇인지 천보는 알고 있었다.

천보가 속세에서 지낸 십팔 년과 천상에서의 이십팔 년을 더하면 되니, 그 일은 사십육 년 전에 발생했다.

사십육 년 전 천족의 세력을 키우고 마족과 귀족을 한층 경계하기 위해, 천군은 구미호족 백지제군白止帝君의 외동딸 백천에게 청혼하라며 둘째 아들 상적을 청구로 보냈다.

천족과 구미호족은 정말 어렵게 그 혼사에 동의했는데 뜻밖에도 상적이 백천의 시녀인 파사巴蛇 소신少辛과 사랑에 빠지고 말았다. 그 일을 알게 된 천군은 파사를 증오했다. 종족 강성이라는 자신의 대업을 위한 중요한 기회를 망치지 못하도록, 변명할 여지도 주지 않고 파사를 요물이 가득한 쇄요탑에 가두었다. 상적은 사랑하는 여인이 고통받는 걸 지켜볼 수 없어 쇄요탑으로 뛰어들었다. 덕분에 파사는 구출되었지만, 상적의 친구인 홍련선자 장의는 목숨을 잃었다.

그 일은 엄청난 파장을 일으켜 청구의 백천과 구중천 둘째 전하의 혼사는 끝내 무산되었다. 하지만 천군이 혼인이라는 좋은 기회를 날려버릴 리 있겠는가. 따라서 하늘이 정한 군주이자 향후 천군의 대통을 이을 야화군은 태어나자마자 청구 백천이라는 미래의 아내를 갖게 되었다.

당시 사달을 만든 둘째 전하 상적은 자기 몫이나 다름없던 태자 자리를 잃고 북해로 좌천되어 고작 수군밖에 되지 못했다. 파사는 사랑하는 남편 상적을 따라 북해로 갔다. 천군의 벌을 받았어도 두 사람은 사랑의 결실을 맺은 셈이었다. 그에 비해 홍련선자 장의는, 그 과거사를 아는 신선들이라면 다들 그녀가 억울하게 되었다고만 생각했다.

홍련선자 장의가 왜 상적과 함께 쇄요탑에 들어갔으며 어떤 연유에서 상적과 파사를 구하느라 목숨까지 버렸는지에 대해 천상의 신선들은 열심히 쑥덕공론을 펼쳤지만 상상력의 한계로 두 가지 가능성만 간신히 생각해냈다.

하나는 장의와 둘째 전하 상적이 매우 친한 친구라서 장의가 우정을 위해 용감하게 나섰다는 '의리론'이고, 다른 하나는 장의가 상적을 연모해 자기 목숨을 바쳐 상적의 사랑을 이뤄주었다는 '사랑론'이었다.

사랑론을 믿는 대범하고 감상적인 선녀들은 그 일을 언급할 때마다 장의가 어리석다는 말을 빼놓지 않았다. 요족에서 신선이 되었으니 감정을 버려야 하는 장의가 상적을 좋아한 것 자체가 금기를 어긴 행위이지만, 기왕 금기를 어길 바에는 왜 셋째 전하를 골라 사랑하지 않았느냐는 것이다. 둘째 전하는 오로지 파사만 사랑했으니 장의의 사랑은 공허할 뿐이고 셋째 전하야말로 진정한 짝이라고, 셋째 전하는 장의를 구하기 위해 남황에서 급히 돌아와 조금도 주저하지 않고 신력을 절반이나 버리면서 장의의 숨 한줄기를 구해냈다고 말이다.

선녀들 말대로 그날 장의의 영혼은 흩어졌다. 셋째 전하는 조금도 주저하지 않고 신력의 절반을 버리면서 장의의 숨 한줄기를 구해냈다. 셋째 전하는 장의의 숨을 구슬에 담은 뒤 천족의 성물인 결백등結魄燈으로 혼백을 모아 장의를 다시 신선으로 되살리려 했다. 바로 그래서 온갖 소문이 퍼지기 시작했다. 바람둥이로 유명한 셋째 전하가 그처럼 절절한 사랑을 하고 있을 줄 누가 상상이나 했겠는가.

절절한 사랑.

천군조차 셋째 전하가 장의를 절절히 사랑해서 한줄기 숨이나마 구해냈다고 믿었다.

홍련선자 장의가 멋대로 쇄요탑을 침범했으니 규율에 따르면 소멸되어야 마땅했다. 그런데 셋째 전하가 규율을 어기면서까지 장의를 살렸기에 천군은 크게 노했다. 천군은 원극궁에서 노기등등해 셋째 전하를 노려보며 말했다. "정이라는 건 하늘의 노을만큼 덧없는 것이다. 아무 흔적도 없고 믿을 수도 없지. 신력의 절반을 버릴 정도로 가치 있는 정은 세상에 없어. 언젠가 오늘 일을 후회하게 될 거다. 네가 팔황 곳곳을 돌아다니기에 그런 이치를 이미 깨달은 줄 알고 안심했는데, 그깟 정 때문에 해서는 안 되는 행동을 하다니 정말 실망스럽구나. 어찌 이리 경솔하단 말이냐!"

셋째 전하는 그때까지도 안색이 창백했지만 지금껏 늘 그래왔듯 천군의 분노를 대수롭지 않게 여겼다. "아바마마의 말씀이 옳습니다." 그러고는 웃으며 덧붙였다. "하지만 세상에는 후회하지 않거나 어떤 상황에서도 흔들리지 않는 참된 감정도 있겠지요. 저는 이전에는 한 번도 본 적이 없지만요." 거기서 말을 멈춘 셋째 전하는 자세히 얘기를 이어가는 대신 이렇게만 말했다. "때로는 정이 법보다 커서 법에 종속되지 않고 법을 깨뜨립니다. 후회할 게 없다는 듯이요."

천군의 얼굴에 놀라움과 노기가 동시에 떠올랐다. 늘 감정을 대수롭지 않게 여기던 셋째 전하가 그런 말을 할 줄 전혀 예상하지 못했던 듯했다. 천군은 한참 동안 셋째 전하를 쳐다보다가 더는 아무 말도 하지 않고 원극궁을 나갔다.

사실 천보는 천군이 셋째 전하에게 큰 기대를 품고 있다는 말을 들은 적이 있었다. 예전에 동화제군이 셋째 전하와 바둑을 둘 때 했던 얘기에 따르면, 천군이 오래전에 세상을 떠난 묵연墨淵상신의 직위를 셋째 전하에게 물려줘 천족의 전신戰神으로 세우려 한다고 했다. 실제로 전투에 관한 한 천족의 젊은 신군 가운데 셋째 전하를 능가할 자는 없었다.

천군은 감정에 흔들리지 않는 자만 위업을 이룰 수 있다고 생각하는 인물이었다. 천군이 큰일을 맡기겠다고 점찍은 이는 어떻게 하면 무정한 신군이 될 수 있는가부터 배워야 했다. 천군이 개인적으로 셋째 전하를 편애한 것도 바로 그런 이유에서였다.

단정한 첫째 전하와 청렴한 둘째 전하는 무정한 듯 보여도 정이 많은 이들이었다. 반면 바람둥이 셋째 전하는 정이 많은 듯 보이지만 정을 대수롭지 않게 여기는, 실은 누구보다 무정한 이였다.

이 영특한 막내아들, 전쟁터에서 패한 적 없는 젊은 신군은 조금 게으르고 온종일 무슨 생각을 하는지 알 수 없었지만, 무척 똑똑했고 무엇보다 세상 어떤 감정에도 흔들리거나 좌절하지 않았다. 그야말로 천족을 지킬 전신이라는 직책에 더할 나위 없이 적합했다.

그렇게 완벽했던 막내아들이 돌연 세상에는 후회하지 않거나 어떤 상황에서도 흔들리지 않는 참된 감정도 있다느니, 때로는 정이 법보다 크다느니 따위의 말을 한 것이었다.

천군은 뭔가 석연치 않다고 생각했다. 능소전凌霄殿에서 이틀을 고심한 뒤 셋째 날에 마음을 정하고, 셋째 전하의 몸 상태를 고려해 다시 원극궁으로 찾아왔다.

원극궁 옥좌에 앉아 천군은 담담하게 말했다. 자신이 직접 상청경上清境의 영보천존께 홍련선자 장의의 영혼을 복원해달라 청했으며 장의를 인간의 몸으로 속세에 내려보낼 것이라고.

인간은 수명이 한 갑자, 즉 육십 년에 불과했다. 천군은 셋째 전하에게 법력을 봉인한 상태로 속세에 내려가 홍련선자와 육십 년을 보내도 된다고 허락했다. 그 육십 년 동안 셋째 전하의 마음이 변하지 않으면 이 세상에는 후회하지 않거나 어떤 상황에서도 흔들리지 않는 참된 감정이 있음을 증명한 셈이니, '법보다 큰 정'을 인정하고 홍련선자를 다시 하늘로 불러와 신선의 대열에 합류시키겠다고 말이다.

하지만 장의에 대한 셋째 전하의 감정이 노을처럼 덧없어 육십 년도 이어지지 못하면 신력을 버리면서 장의를 구하려 한 게 한순간의 치기에 지나지 않는다는 뜻이니, 장의는 윤회 속에서 영원히 인간으로 살고 셋째 전하도 서천범경西天梵境의 석가모니 곁에서 칠백 년 동안 수련한 뒤 전신의 직위를 이어받아야 한다고 했다. 이게 천군이 셋째 전하에게 주는 가르침이라고 말이다.

이것이 바로 약속의 내용이었다.

당시 무척 놀란 셋째 전하가 한참을 멍하니 있다가 아무 변명도 하지 않고 천군의 뜻을 받아들였던 걸 천보는 아직도 기억하고 있었다.

천군은 오해를 해도 아주 단단히 했다.

장의와 둘째 전하, 셋째 전하 사이에 무슨 일이 있었는지 다른 사람들은 잘 모르겠지만 어려서부터 셋째 전하를 시중들어온 천보는 곁에서 지켜본 바가 있었기에 어느 정도는 상황을 알고 있었다.

구중천에서는 흔히들 태신궁에 은거하는 동화제군이 제일 신선다운 신선이라고 말했다. 수만 년을 한결같이 삼청三淸 선경에 머물면서 사계절이 잘못되거나 해와 달이 엇갈릴 때, 혹은 자연재해가 일어날 때만 관심을 약간 보인다는 것이 그 이유였다. 하지만 천보는 그처럼 제군이 소소한 세상사에 무심한 건 나이가 워낙 많아서이니 그리 대단할 게 없다고 생각하곤 했다. 천보 눈에는 아직 젊은데도 그런 면에서 제군과 비등한 셋째 전하가 더 대단해 보였다.

어쩌면 셋째 전하야말로 나면서부터 사해팔황에서 가장 신선다운 신선일지 몰랐다.

가령 셋째 전하와 나이가 비슷한 첫째 전하나 둘째 전하와 비교

해보자면, 모두 존귀한 신분의 젊은 신군이지만 두 형에게는 욕망이 있었다. 첫째 전하는 무슨 일이든 두 동생을 이기고 싶어했다. 둘째 전하는 첫째 전하보다 더 큰 욕망을 품어, 사해에 천족의 명성을 알리는 동시에 팔황에서 불세출의 공적을 쌓고 싶어했다. 반면 셋째 전하는 바람둥이처럼 주변의 미인을 훑어볼 뿐이었다. 그러다보니 욕망이 많은 듯 보였지만 사실 셋째 전하에게 세상 만물은 무의미했다. 셋째 전하의 마음에는 어떤 욕망도 없었다.

천보는 원래 '공空'이라는 글자에 대해 아무런 생각도 없었는데, 어느 날 셋째 전하가 제군과 차를 마시며 바둑을 두던 중 '공'에 대해 논하는 걸 들었다. 대화 내용이 심오해서 천보는 이해할 수 없었다. 셋째 전하는 진리를 구하는 마음을 높이 샀기에, 천보는 아무리 생각해도 이해할 수 없자 개인적으로 가르침을 청했다.

천보가 기억하기에 그때 셋째 전하 곁에 있던 미인은 의수義水신군의 막내딸 화혜和蕙신녀였다. 당시 구중천에서는 신녀가 사 개월 남짓 머무르는 것을 보고 셋째 전하가 화혜신녀에게 마음이 있다는 소문이 자자했다. 수천 겹 구름에 감싸이고 사슴과 학이 노니는 동해 운산의 정상에서 화혜신녀는 아름다운 자태로 만년 묵은 소나무에 기대앉아 부드럽게 칠현금을 연주했다. 그러다 가끔 셋째 전하를 바라볼 때면 두 눈에 사모의 빛이 가득했다.

옆에서 화혜신녀를 그리는 셋째 전하에게 천보가 '공'이란 무엇이냐고 묻자 셋째 전하는 붓을 멈추지도 않고 살짝 차가운 음성으로 말했다. "세상 만물은 모두 생과 멸을 되풀이하니, 변함없는 일도 없고 변함없는 사물도 없으며 변함없는 감정도 없다. 만사가 무상하니, 유는 반드시 무가 되고 무에서 다른 것이 만들어져 다시

유가 된다. 하지만 생과 멸의 순환에서는 무엇도 잡을 수 없고 무엇도 영원할 수 없지. 이것이 바로 공이다."

천보는 이해할 수 없어 바로 가까이에 있는 아름다운 신녀를 보며 조용히 물었다. "그럼 지금 바로 이 순간도 전하에게는 공입니까? 그럼 너무 지리한 것 아닌가요? 전하는 지금 지리하다고 느끼십니까?"

셋째 전하가 붓으로 먹물을 찍으며 무심하게 대꾸했다. "공이 지리하다고?" 그러면서 무료하다는 듯 담담한 웃음을 지었다. "지리한 게 아니야. 공은 황량한 느낌이다."

천보는 그날 "공은 황량한 느낌이다"라고 했던 셋째 전하의 말을 잊을 수 없었다. 전하는 신족의 뛰어난 미인을 보면서 붓끝으로 고스란히 그려냈다. 그 생생한 그림은 셋째 전하가 미인을 대충 보아 넘기지 않았음을 설명해주었다. 하지만 그때 전하의 표정은 세상 만물 모두 언급할 가치가 없다는 식의 한없는 무료함으로 가득했다.

그래서 셋째 전하가 신력을 버리면서까지 장의를 구한 일로 사랑꾼이라는 온갖 소문이 돌 때 천보는 우습다고 생각했다.

셋째 전하를 움직인 건 장의가 아니라, 칠백 년이나 한결같이 품고 있던 상적에 대한 장의의 마음이었다.

'덧없는 공' 때문에 감정이 황량해서인지 셋째 전하는 세상에서 '공하지 않은 것'을 본 적이 없었다. 그러다 상적을 향한 장의의 한결같은 마음을 보고 어쩌면 '공하지 않은 것'일지도 모른다는 생각이 들어 특별히 눈여겨보았던 것이다.

신력의 절반을 버리면서 장의의 목숨을 구한 것도 살아 있는 장의만이 세상에 '공하지 않은 것'이 실재할 가능성을 증명할 수 있어서였다.

신선의 삶은 길고 황량했으며 그 모든 것을 셋째 전하는 꿰뚫어 보고 있었다. 셋째 전하는 황량하고 긴 신선의 삶을 좋아하지 않는지도 몰랐다. 그래서 자신에게 장의가 남다르다고 중얼거리곤 했는지도 몰랐다. 확실히 셋째 전하에게 장의라는 존재는 달랐다. 하지만 다르다는 것일 뿐, 남녀의 사랑과는 무관했다.

날이 뜨거워지고 거리도 한층 더 시끌벅적해졌다. 이것이 바로 인간계였다.

천보는 근심어린 표정을 짓고 있는 눈앞의 소녀를 바라보았다. 원래도 생김새가 장의와 무척 닮았는데, 지금 표정은 상적 때문에 구석에서 몰래 가슴앓이하던 장의와 특히나 비슷했다.

하지만 지금 연란은 상적을 기억하지 못했다.

조금 전 연란은 셋째 전하가 장의와 자신을 각각 어떻게 생각하는지 물었다. 속세에 다시 태어난 장의가 셋째 전하에게 연정을 품을 줄은 상상도 못했다.

천보는 한숨을 내뱉었다.

연란이 셋째 전하에게 연정을 품는 건 결코 좋은 일이 아니었다.

속세에 떠도는 책에는 위대한 천신이 전생에 헤어진 사랑을 찾기 위해 속세에 내려와 온갖 고생을 한다는 낭만적인 이야기가 있었고, 이런 내용의 극이 무대에 올려지면 여자들은 한바탕 눈물을 쏟아냈다. 하지만 그래봐야 이야기에 불과했다. 사랑을 위해 천산

지산하는 그런 천신은 사해팔황의 젊은 수신, 구중천의 셋째 전하와는 거리가 멀었다.

5장
날아오는 검과 새까만 부채

일 년 반 전 성옥이 평안성을 떠난 이후로 개원방의 축국대 일진십두금은 정신적 기둥을 잃은 탓에 시합 때마다 비실비실했다. 그렇게 영 힘을 쓰지 못하니 당연히 황성의 축국 경기에서 이렇다 할 성과도 낼 수 없었다.

만년 2위였던 안락방의 일진두금은 그 덕분에 드디어 선두에 올라 일 년 내내 무패행진을 벌이며 황성 축국계를 주름잡았다. 또 반년 뒤에는 일진십두금한테 패했던 과거를 깡그리 잊어버리고 축국대 이름마저 홀로 승리한다는 뜻의 독고구패獨孤求敗로 바꾸었다. 그런데 이름을 바꾼 바로 다음날, 그들의 천적인 옥 공자가 황성으로 돌아왔다.

열흘이 지나고 옥 공자는 홀로 승리하겠다는 그들의 바람을 만족시켜주기 위해 일진십두금을 이끌고 도전장을 냈다.

그날 뜨거운 태양 아래, 일진두금의 영웅들은 15대 3이라는 팻말 밑에서 눈시울을 붉혀야 했다. 무심하게 옷자락을 들고 고개를 기울여 땀을 닦는 옥 공자의 동작과, 관중석의 아가씨들이 쇠까지 녹일 듯한 뜨거운 눈빛을 그에게 보내는 광경 속에서 그들은 끝을 보게 되었다.

평안성 젊은 여자들의 우상이자 축국계의 패왕인 옥 공자는 친구 이목주의 생약 가게에 앉아 이번 시합에서 벌어들인 은표를 한 장씩 세고 있었다. 그러다 자기 맞은편에서 함께 은표를 세는 이목주를 감개무량하게 쳐다보았다. "정말 피땀어린 돈이라고."

이목주가 고개를 끄덕였다. "너희가 일진두금을 열 점 차 이상으로 누를 줄 누가 예상했겠어? 과감하게 너한테 걸기를 정말 잘했어. 이 돈이면 삼 개월은 무료로 진료할 수 있겠어."

성옥은 고개를 숙여 잘 정리한 은표 중에서 세 장을 뽑은 뒤 나머지를 전부 이목주에게 건넸다. "자, 이제 일 년은 가능하겠네."

이목주가 의아해했다. "돈 없는 거 아니야?"

성옥은 은표 세 장을 잘 접어 쌈지에 넣고 툭툭 친 뒤 이마의 땀을 닦았다. "괜찮아. 나는 돈을 빨리 벌잖아. 일단 세 장이면 급한 불 끄는 데 충분해."

그때 가게 밖에서 익숙한 발소리가 들렸다. 성옥은 풀썩 바닥으로 엎드린 뒤 하얗게 질린 입술로 소리 죽여 말했다. "주근이 왜 왔지? 내가 너한테 대신 판돈 걸라고 한 걸 알았나?" 성옥은 감히 일어나지 못하고 뒷방 쪽으로 기어갔다. "큰일났네. 이제 맞아 죽었다."

이목주도 놀랐지만 금세 평정을 되찾았다. "너를 팔아넘기는 일은 없을 테니 안심해." 그러면서 재빨리 은표를 가슴 안에 챙겨넣고 성옥을 환자용 침상 밑으로 밀어넣은 뒤 발길질까지 한번 했다. 그런 다음 단정하게 침대 가장자리에 앉아 책을 펼쳐 들었다.

인안당仁安堂은 앞쪽에 가게가 있고 뒤쪽에 마당이 있는 구조였다. 가게에는 마당으로 통하는 작은 복도가 있는데, 복도 입구 쪽에는 중병을 앓는 환자들이 요양할 수 있는 공간이 마련되어 있었다. 문 대신 짙은 색 장막만 걸어놓은 작은 공간이었다.

주근이 앞에서 문틀을 두드린 뒤 장막을 걷어올리며 들어왔다. 이목주는 책에 완전히 집중하고 있는 척했다.

나무 걸상이 두 개 놓여져 있었지만 주근은 굳이 침대 가장자리에 앉았다. 침대 밑에 엎드린 성옥은 코앞에 있는 주근의 장화를 보면서 벌벌 떨었다.

주근이 부드러운 음성으로 말했다. "상처는 어떤지 보러 왔어."

성옥은 지난번에 밤길을 가다 강물에 빠졌던 일이 생각났다. 당시에 거의 죽을 뻔했는데도 주근의 목소리는 지금의 절반만큼도 부드럽지 않았다. 성옥은 이목주가 대체 어떤 중상을 입었는지 궁금해졌다.

마침 이목주도 의아하다는 듯 물었다. "상처요? 무슨 상처요?"

주근이 이목주의 소매를 걷어올렸다. "어제 약재를 다듬다가 여기를 베였잖아."

이목주의 왼손 검지에 상처가 있었다. 하지만 잘 보이지도 않을 만큼 작았다.

성옥은 온몸이 다 싸늘해지는 기분이었다.

주근이 상냥하게 물었다. "흉터가 남지 않을까?"

성옥은 이목주 대신 속으로 '아닐걸' 하고 차갑게 말했다.

이목주는 흉터 생각은 해본 적도 없다는 듯 가볍게 대답했다. "상관없어요."

주근의 묵직한 목소리가 들렸다. "어쨌든 한동안 무리하지 말고 약도 잘 발라." 이어 덧붙였다. "네가 썰려고 준비해둔 약재는 내가 다 썰어뒀으니까 마당에서 바쁘게 찾아다니지 말고."

일할 필요가 없다는 말에 이목주는 바보처럼 좋아하며 와, 하고 소리쳤다.

두 사람은 이목주가 정원에 심어놓은 여러 화초 이야기로 화제를 바꿔 대화를 이어갔다. 주근은 침대 밑에 엎드려 있는 성옥의 온몸이 마비되기 직전에야 밖으로 나갔다.

이목주가 얼른 성옥을 끌어냈다. "주근이 너를 찾으러 온 건 아닌 것 같아."

성옥은 천천히 이목주를 한번 훑어보고 무릎의 먼지도 마저 털고 [illegible] 복잡한 마음으로 말했다. "나도 그렇게 생각해."

이목주가 의아해했다. "너를 찾으러 온 게 아니라면, 요즘 한가한가? 그렇게 해도 아무 일 없이 와서 내 일까지 도와주고 갈 만큼 한가하단 말이야?"

성옥은 침대에 걸터앉아 열심히 머리를 굴렸다. "그러게, 주근이 이렇게까지 신경써주다니, 확실히 이상하긴 한데." 그러다 문득 끔찍한 생각이 떠올랐다. "너…… 혹시 무슨 불치병이라도 걸렸어?"

성옥은 인안당에서 쫓겨났다.

먼지를 뒤집어 쓴 채 인안당을 뛰쳐나온 성옥은 시간이 꽤 지난 걸 보고 얼른 작래루 쪽으로 달리기 시작했다. 하지만 워낙 구경거리를 좋아하는 성격인지라 사람들이 모여 있는 것만 보면 저도 모르게 걸음을 멈췄다. 마음도 여려 안타까운 상황을 목격하면 서슴없이 주머니를 열어 보태주었다. 걷다가 멈추고 선행까지 베풀면서 작래루에 도착한 성옥은 쌈지를 열어봤다가 십 냥짜리 은표가 한 장밖에 남지 않은 걸 발견하고 깜짝 놀랐다.

평안성에서 비싸기로 손꼽히는 세 주루酒樓 작래루, 몽선루, 임랑각 가운데 작래루는 다른 두 곳을 한참 능가했다. '돈이 없으면 작래루에 들어가지 말라'는 말이 있을 정도였다. 몽선루나 임랑각에서는 하룻밤 아가씨를 불러도 은화 칠팔 냥이면 거뜬했지만, 같은 돈으로 작래루에서는 요리 두 가지도 시킬 수 없었다. 그래서 점원의 안내를 받으며 2층 독실 문 앞까지 간 성옥은 안쪽 탁자에 음식이 잔뜩 차려져 있고 연삼이 그 옆에 앉아 은 화로에 골탄을 넣는 모습을 보았을 때, 운명의 가혹함과 자신의 무능함을 한탄하지 않을 수 없었다.

하지만 식사에 초대한 사람이 돈을 내는 게 대희국의 예법이었다. 돈도 없으면서 요릿집에 초대하면 그건 상대를 모욕하겠다는 뜻이었으므로 얻어맞을지도 몰랐다. 그렇다고 연삼을 바람맞히자니, 이대로 식사를 한 뒤 연삼이 계산하게 하는 것보다 더 못할 짓 같았다.

성옥은 이마를 문지르며 문 뒤에 숨어 자신이 처한 곤경에 대해 생각했다. 작래루는 외상이 불가능한 곳이었다. 십화루보다는 이목주의 인안당이 더 가깝지만 아무리 빨리 뛰어갔다와도 반 시진은 더 걸릴 테니, 그건 연삼을 바람맞히는 것과 다름없었다.

정말 속수무책이었다. 문틈으로 연삼 옆에 두 사람이 공손히 서 있는 게 보였다. 한 사람은 차림새를 보니 시녀이고 다른 한 사람은 작래루 최고의 요리사 문사文四였다.

문사가 고개를 숙이며 연삼에게 말했다. "갈치는 가시가 많은 생선인데 공자님 솜씨가 좋으십니다. 얇게 잘 썰면서 가시도 깨끗하게 제거하셨네요. 이제 화력을 잘 조절해 살을 백옥처럼 하얗고 단단하게 익히면 됩니다."

아름다운 시녀가 한숨을 내쉬었다. "살이 백옥처럼 하얀데 흩어지지 않을 정도로 단단하게 익었는지를 어떻게 알죠? 공자님도 저도 이 부분에서 좀…… 아, 지난번에도 여기에서 실패했지요!"

성옥은 연삼이 문사에게 요리를 배우는 중임을 알았다.

연삼이 요리라니, 영 어울리지 않는 것 같아 조금 당황스러웠다. 연삼을 화비무와 이어주려 계획하고 있긴 하지만, 연삼의 얼굴을 제대로 본 이후 그에게는 속세를 떠나 은거하는 삶이 훨씬 잘 어울리겠다고 생각했다. 밝은 달 아래에서 칠현금을 연주하고 그림이나 그려야 할 얼굴 아닌가. 하지만 되돌아보니, 처음 만났을 때 연삼은 나루터를 돌아다니고 있었고 재회했을 때는 기루에 있었으며 오늘 아침에는 거리를 어슬렁대고 있었다. 지금은 생뚱맞게 요리사에게 생선탕을 배우는 중이었다.

복도에서 갑자기 시끌시끌한 소리가 들리더니 건장한 남자 몇 명이 커다란 상자를 들고 올라왔다. 그들은 성옥 옆을 지나며 비켜달라고 예의바르게 청했다.

성옥은 상자가 연삼의 독실로 들어가는 모습을 의아한 눈길로 지켜보았다. 상자가 열리고 그 안에서 나온 일곱 척 높이의 커다란 장치가 무엇인지 똑똑히 보이자 성옥은 이마를 감싸쥐며 속으로 외쳤다. 세상에, 이럴 수가.

아름다운 시녀가 장치를 보며 기뻐했다. "공자님, 정말 좋은 생각이에요. 이번에는 절대 실패하지 않겠네요." 그러면서 얼떨떨한 표정을 짓고 있는 문사에게 부드럽게 말했다. "지난번에 생선살을 넣고 나서 더도 덜도 아니고 딱 반각만 끓이셨던 걸로 기억하는데, 맞죠?"

문사가 당황한 얼굴로 대꾸했다. "대략…… 반각일 듯싶은데, 정확히 반각인지는 저도 재본 적이 없어 확실하지 않습니다. 생선살의 빛깔을 보고 어림잡아 그쯤에서 꺼낼 뿐입니다."

시녀와 문사가 대화하는 동안 연삼은 작업에 착수했다. 길쭉한 나무 장치를 매만져 맞춘 다음 삽으로 화로의 탄불을 뒤적여 황금색 불꽃을 키우고, 자리에서 일어나 장치의 시동 자루를 잡아당긴 뒤 목제 톱니바퀴가 천천히 움직이는 것을 보고 나서 다시 음식이 차려진 탁자 옆으로 갔다.

톱니바퀴 움직이는 소리가 천천히 울리기 시작했다. 높았다 낮아졌다 하는 그 소리에서 뜻밖에도 고전적인 박자감이 느껴졌다. 시녀는 문사와의 대화를 멈추고 얼른 젖은 수건을 건넸다. 연삼은 수건을 받아 두 손을 꼼꼼히 닦고는 눈을 살짝 들며 문 쪽을 향해 말했다. "언제까지 거기에서 꾸물거릴 작정이냐? 생각 다 했으면 이만 들어오지?"

천보는 오늘 셋째 전하가 점심 약속이 있다고 해서 당연히 국사를 기다리는 줄로만 알았다. 전하와 약속할 수 있는 사람이라고는 나라 전체를 통틀어 국사뿐이었기 때문이다. 그런데 지금 전하는 국사를 대하는 투가 아니었기에 천보 역시 호기심에 고개를 들어 입구를 바라보았다.

제일 먼저 문틀을 꽉 잡은 손이 눈에 들어왔다. 아주 매끈한 손이었다. 곱고 자그마한 게 어린 소년이나 소녀의 손 같았다.

잠시 뒤 호리호리한 아이가 문 옆에서 조금씩 모습을 드러냈다. 까만 머리를 하나로 묶고 축국복을 입은 차림새로 보아서는 소년 같았다.

하지만 얼굴을 제대로 보았을 때 천보는 저도 모르게 숨을 헉 들이마셨다. 너무도 수려한 얼굴이었다. 옛날 전하 곁에 있던 화혜신녀가 사해팔황에서 유명한 미인이었는데 지금 이 소년의 용모는 화혜신녀보다도 훨씬 뛰어났다. 다만 아직 어려서 아름다움을 품은 꽃봉오리처럼 보일 뿐이었다. 나중에 완전히 피어나면 독보적이라고 할 만큼 아름다울 터였다.

천보는 어안이 벙벙해졌다.

성옥은 미적미적 문지방만 간신히 넘어섰다.

손을 다 닦은 연삼이 수건을 천보에게 건네면서 성옥에게 물었다. "들어오기 싫으냐?"

성옥이 문틀에 달라붙은 채 대꾸했다. "……네."

연삼이 물었다. "왜?"

성옥의 시선이 연삼 뒤쪽을 향했다. "저거 칠륜 모래시계죠?" 성옥은 문틀을 잡은 채 오른손목만 움직여 독실 절반을 차지하고 있는 나무 장치를 가리켰다.

남자들이 상자를 가져다 열었을 때 성옥은 칠륜 모래시계를 바로 알아보았다. 세상에서 가장 정교한 시계였다. 흘러내리는 모래로 움직이는 일곱 개의 톱니바퀴가 눈금판의 바늘을 밀어 시간을 표시하는 이 시계는 국사 속급이 흠천감欽天監 감정監正을 겸했을 때 발명한 것으로 전국에 몇 개밖에 없었다. 성옥은 태황태후의 침궁에 있는 것을 본 적이 있었다.

성옥이 한숨을 내쉬었다. "저게 슬프게 우는 거 안 들리세요?"

말없이 성옥을 관찰하던 천보는 자신이 잘못 들었나 싶었다. 잠시 침묵이 흐르고 연삼이 "그게 무슨 소리냐?"라고 물었을 때야 천보는 잘못 들은 게 아님을 알았다.

"칠륜 모래시계가 슬프게 우는 거 안 들리시느냐고요." 성옥이 다시 말했다. 말투가 무척 진지했다. "하찮은 일에 능력을 낭비한다고 생각하는지 정말 서럽게 울어요. 아시겠지만 저건 모래시계의 제왕이라고요. 선비를 죽일 수는 있어도 모욕할 수는 없는 법이에요." 성옥은 잠시 말을 멈췄다가 다시 이었다. "서럽게 우는 걸 듣고 있자니 제 마음도 찢어지는 것 같아요." 그러고는 마침내 그 논리를 하나로 연결해 왜 문틀을 붙잡고 들어오지 않느냐는 연삼의 물음에 대답했다. "그래서 들어가고 싶어도 들어갈 수 없어요."

성옥이 큼큼 목청을 가다듬고 말했다. "저는 누가 우는 소리를 정말 못 듣거든요." 그러고는 연삼의 안색을 살피며 말을 이었다. "저는 여기 앉아 있어도 되니까 아직 식사 안 하셨으면 어서 드세요. 저는 여기에 있을게요."

연삼 혼자 음식을 먹으면 미안해서 성옥에게 음식값을 내라고 하지 않으리라는 기대에 꾸며낸 말도 안 되는 연극이었다.

상대가 보통 인간이었다면 이런 허무맹랑한 말이 통했을지도 모르지만 성옥 앞에 있는 두 사람은 신선이었다.

천보 역시 신선으로서 불가사의한 힘에 관해 아주 잘 알았다. 이 모래시계는 정령이 될 조짐이 조금도 없었기에 눈앞의 잘생긴 소년이 무슨 말을 하는지 천보는 도통 이해할 수 없었다.

뜻밖에도 그녀의 주인이 소년에게 이렇게 물었다. "정말로 울고 있느냐?" 이어 "아주 서럽게 운다고?"라고 캐묻기까지 했다.

천보는 어리둥절하기만 했다.

"네. 심하게 훌쩍거려요." 소년은 자신만만하게 대답하면서 복도로 뒷걸음쳤다.

복도로 나간 성옥이 고비를 넘겼다고 생각하며 안도의 한숨을 내쉬는데 연삼이 말했다. "내가 언제 거기 있으라고 허락했더냐? 들어오거라."

성옥은 어리둥절한 얼굴로 대꾸했다. "제가 방금 말씀드렸……"

연삼이 성옥의 말을 끊었다. "그래, 네가 방금 선비를 죽일 수는 있어도 모욕할 수는 없다고 했지. 생선탕 시간을 맞추는 데 사용하니 이 모래시계가 훌쩍거린다면서, 그 울음소리를 참을 수 없어 들어오지 못하겠다고 말이다." '훌쩍거린다'는 표현은 셋째 전하가 도통 쓰지 않는 낯선 어휘라, 천보는 전하가 그 말을 할 때 미세하게 멈칫하는 걸 느낄 수 있었다.

연삼이 상황을 몇 마디로 요약하고 논리까지 정확히 짚어내자 성옥은 눈을 껌벅거렸다. "그럼 왜……"

연삼은 힐끗 모래시계를 쳐다보고서 담담한 투로 말했다. "너한테 생선탕을 만들어주려고 일부러 가져왔으니, 재가 울더라도 너는 들어와야 할 것 같구나. 먹으면서 울음소리를 듣도록 해라."

성옥은 말문이 막혔다. 얼른 머리를 굴려 이번에는 아픈 척 이마를 짚고 눈을 문질러 핏발을 세운 뒤 힘없이 말했다. "하지만 조금만 다가가도 머리가 아픈걸요. 가까이 앉기까지 하면 정말 견딜 수 없을 거예요." 그러면서 슬며시 연삼의 기색을 훔쳐보았다.

연삼은 얼굴에 웃음기가 떠올랐으나 여전히 담담하게 말했다. "그럼 들어와 앉아서 두통을 참으며 생선탕도 먹고 울음소리도 듣는 수밖에 없겠구나."

성옥은 또 말문이 막혔다.

이번에는 완전히 막혔다. 아무리 생각해도 더는 빠져나갈 말이 떠오르지 않아 잠시 조용히 있다가 말했다. "연삼 형님, 정말 잔인하시네요."

연삼이 고개를 끄덕였다. "조금 잔인해지지 뭐."

"……" 성옥은 지금껏 남들을 궁지로 내몰았으면 내몰았지 자신이 궁지에 몰려본 적은 한 번도 없었다. 문득 예전에 못살게 군 친구들한테 미안한 마음이 들었다. 성옥은 멍하니 문틀에 기댄 채 깊은 근심에 잠겼다. 그렇게 고민하고 힘들여 연기를 했는데도 결국 방에 들어가서 계산해야 한다니. 은자가 없단 말이다! 지금이라도 은자가 충분치 않다고 하면 용서받을 수 있을까? 우정을 계속 이어갈 수 있을까?

성옥은 눈을 들어 연삼을 바라보았다. 연삼도 성옥을 보고 있었다. 성옥은 아까부터 계속 뭔가 이상하다고 느꼈던 이유를 연삼의 얼굴을 보는 순간 마침내 깨달았다.

성옥은 잠시 침묵했다가 입을 열었다. "연삼 형님, 사실 제가 좀 똑똑하거든요."

"무슨 뜻이냐?"

"저한테 생선탕을 만들어주려고 모래시계를 가져온 게 아니잖아요." 성옥이 확신에 차 말했다. "제가 오늘 요릿집에서 대접하겠다고 작래루에서 기다리시라고 했더니 무료해서 그 생선탕을 다시 한번 시도하신 거잖아요. 방금 저를 속이신 거라고요." 말할수록 정말 그런 것처럼 느껴졌다. "지금껏 생선을 얼마나 끓여야 적당한지 알 수 없어서 늘 실패했기 때문에 모래시계를 가져온 거고요. 그러니까 형님이 생선탕을 제대로 끓여보고 싶어서 가져온 거지, 저하고는 아무 상관이 없다고요!"

"아. 네 말은 너를 위해 끓인 게 아닌 생선탕은 안 먹겠다는 거지?" 연송이 그렇게 묻고는 명쾌하게 결론을 내렸다. "뭐 어렵겠느냐. 당장 너를 위해 다시 끓여주마."

"그러니까 제가……" 성옥은 고개를 끄덕이다가 얼른 다시 내저었다. "그 말이 아니잖아요!" 그러다 이마를 문틀에 부딪혀 소리를 내질렀다. "아야!" 사실 아프지는 않았지만 맥락이 틀어져 머릿속이 꼬이는 바람에 성옥은 의아한 얼굴로 묻고 말았다. "제 말이 그런 뜻이라고요?"

연삼이 고개를 숙이고 있어 성옥은 그의 표정은 보지 못하고 그저 나직하고 쓸쓸한 목소리만 들을 수 있었다. "그래. 너를 위해 끓인 게 아니라고 싫어하다니."

천보는 옆에서 눈을 동그랗게 뜬 채 오래 살고 볼 일이라고 생각하며 상황을 지켜보았다.

"그런 뜻이 아니에요." 성옥은 더는 연송에게 휘말려들지 않고 투덜거린 뒤 이마를 문지르며 말했다. "제 말은 저를 위해 끓인 생선탕이 아니니까 저는 먹지 않아도 상관없다는 뜻이에요. 형님 혼자 드시라고요. 저는 여기서 함께 있어드릴게요." 성옥의 말이 끝났을 때, 마침 반각이 지났는지 모래시계 표시판의 짧은 바늘에서 엄지만한 목각 개똥지빠귀가 튀어나와 감미롭게 울었다.

연삼은 성옥을 힐끗 쳐다보고 더는 아무 말 없이 솥뚜껑을 열었다. 알맞게 끓여졌는지 곧바로 향긋한 냄새가 풍겼다.

문사가 천보에게 조용히 말했다. "생선살이 옥처럼 하얗고 단단한 게 이번에는 정말 잘 끓이셨습니다." 천보는 그렇다고 답하면서 셋째 전하가 오른손을 내미는 걸 보았다. 생각에 빠져 있던 천보였지만 충직한 본능에 따라 곧장 절지화가 그려진 금박 도자기 그릇을 건넸다.

성옥은 아침 일찍부터 제대로 먹지도 못하고 축국대 소년들에게 둘러싸여 축국장으로 가 오전 내내 뛰어다녔기에 상당히 배가 고픈 상태였다. 그러다 진한 생선탕 냄새를 맡으니 배에서 꼬르륵꼬르륵 요란한 소리가 울리기 시작했다. 성옥은 이제껏 이렇게 배가 고파본 적이 없어서 놀란 표정으로 자기 배를 내려다보았다.

이미 생선탕을 한 그릇 가득 담아낸 연삼도 성옥의 배를 쳐다보았다. "이제 모래시계도 울지 않을 텐데, 여전히 들어오기 싫으냐?"

성옥은 배를 움켜쥔 채 괜히 두리번거리며 더듬더듬 말했다. "제 귀에는, 그게, 어째 아직도……"

"내가 이미 계산해서 너는 돈을 내지 않아도 된다. 이제 들어올 테냐?"

성옥은 몹시 당황했다. "저, 저는 그게 아니라 그러니까……"

얼굴이 점점 달아오르며 말도 제대로 안 나왔다. "저기, 그게, 어떻게 아셨어요?"

연삼이 눈썹을 치켜올렸다. "은자가 없어서 자꾸 말도 안 되는 핑계를 댄 거 아니냐."

성옥이 얼른 변명했다. "일부러 가져오지 않은 게 아니에요. 형님을 얕보았거나 놀리려고 그런 게 아니라……" 성옥은 고개를 들어 연삼을 보고는 다시 고개를 숙였다. "화 안 나셨어요?"

"화 안 났다."

성옥은 정말 놀랐다. "화 안 나셨다고요? 지난번에 바람맞힌 것만으로 이미 큰 실례인데 이번에 또 이렇게 되었으니 진짜 죄송해요. 화 안 나신 거죠?"

연삼이 성옥을 힐끗 쳐다보았다. "미안한 줄은 아는구나."

성옥은 부끄러움에 고개를 숙이면서도 의아함을 감추지 못하고 물었다. "그런데 왜 화를 안 내세요?"

연삼이 다시 성옥을 힐끗 쳐다보고는 말했다. "네가 바보 같아서인가보다."

성옥이 말도 안 된다는 듯 눈을 동그랗게 떴다. "제가 바보 같다고요? 어디가요?"

"거짓말할 때마다 들키는데, 바보 같지 않다고 할 수 있느냐?"

"아, 제가 거짓말을 잘 못해요." 성옥이 머쓱해져 침울하게 대답하는데 배에서 또 소리가 났다. 성옥은 얼굴이 새빨개진 채 문 옆에서 배를 움켜쥐고 어쩔 줄 몰라했다.

연삼이 입꼬리를 살짝 올리며 방금 생선탕을 담은 그릇을 문 앞자리로 밀어주고는 부채로 가리켰다. "어쨌든 일단 먹거라."

성옥은 머뭇거리다 붉게 달아오른 얼굴로 꾸물꾸물 들어와 연삼이 지정한 자리에 얌전히 앉았다. 그러고는 손을 닦고 그릇을 들다가 역시 마음에 걸렸는지 나지막이 중얼거렸다. "저는 제가 똑똑하다고 생각해요." 성옥의 얼굴은 여전히 새빨갰다.

천보는 한참을 곱씹어 생각한 뒤에야 전하가 속계에서 의형제를 맺었다는 사실을 받아들일 수 있었다.

셋째 전하가 인간과 말을 섞는다는 것만으로도 놀라운데 오늘 전하는 이 소년과 많은 얘기를, 심지어 시시껄렁한 얘기를 나누고 있었다. 천보에게 가히 충격적인 모습이었다.

처음에는 소년의 미모 때문인가 생각했지만, 지난 수만 년을 돌아볼 때 전하는 그리 경박한 분이 아니었다. 따지자면 신족 최고의 미인이라 불리는 백천의 오라비 백진이 이 소년보다 더 잘생겼지만 셋째 전하는 그와 친분을 맺지 않았다.

평소와 달리 천보는 또 생각에 빠졌다.

그사이 두 사람은 식사를 거의 마쳤다. 둘의 얘기에 귀기울이지 않던 천보는 갑자기 들린 전하의 말에 정신이 번쩍 들었다. "내가 오늘은 종일 한가하거든." 천보는 눈꺼풀을 파르르 떨며 속으로 외쳤다. '전하, 오늘 전혀 한가하시지 않습니다! 서재에 처리하실 문서가 잔뜩 쌓였고, 국사가 오후에 찾아뵙겠다고 서신을 보내왔으며, 연란공주도 오후에 그림을 보여드리러 온다고 하셨잖습니까……' 두 사람이 나눈 얘기는 듣지 못했지만 천보는 전하가 왜 그렇게 말하는지 알 수 있었다.

성옥도 연삼의 의도를 눈치채고는 눈을 깜빡이며 생각했다. 오늘은 한가하니까 온종일 놀아주는 걸로 갚으라는 거구나. 그거야 안 될 것도 없지. 어쨌든 음식값을 내준데다 얻어먹었으니 보답하는 게 도리고. 문제는 은표가 한 장밖에 없다는 건데, 이 돈으로 뭘 하며 놀 수 있을까?

성옥이 생각 끝에 제안을 내놓았다. "그럼…… 조금 이따가 책 낭독을 들으러 갈까요?"

연삼은 천천히 탕만 마실 뿐 아무 대답도 하지 않았다.

"그럼 연극?"

여전히 대답이 없었다.

"구슬치기?"

"망까기?"

성옥은 심지어 "그네?"라고까지 제안했다.

연삼이 그릇을 내려놓고는 너 어디가 모자란 거 아니냐, 하는 표정으로 성옥을 쳐다보았다.

성옥은 머리를 긁적이다 머리띠가 풀리자 허둥지둥 다시 묶으면서 말했다. "전부 마음에 들지 않으시면…… 그럼 신기한 곳을 보여드릴게요." 성옥은 추억을 떠올리며 눈을 동그랗게 떴다. "형님이 아무리 까다로워도 그곳이라면 트집잡을 게 없을 거예요. 틀림없이 아주 좋아하실걸요!"

작래루에서 점심식사를 마친 뒤 천보는 전하의 명에 따라 돌아가고, 연삼은 성옥의 명에 따라 마차에 올라 기다렸다.

성옥은 드리워진 마차 휘장을 연신 힐끗거리면서 작래루 대각선에 있는 약재 가게로 들어갔다. 그러고는 얼른 웅황가루 반 근과 마늘 몇 개, 면포 몇 조각을 달라고 한 뒤 재빨리 반죽을 해 주먹만 한 면포 덩어리를 몇 개 만들었다.

성옥이 면포 덩어리를 새로 기름 먹인 튼튼한 봉투에 담아 막 가게 문을 나서던 참에 변고가 터졌다. 거리의 사람들이 사방팔방으로 달아나는 걸 볼 때만 해도 성옥은 무슨 일이 터진 건지 금방 파악하지 못했으나, 아까 지나온 화장품 노점과 장신구 노점이 전부 쓰러져 있는 것을 보고는 무슨 일인지 깨달았다.

황성의 치안은 좋은 편이었지만 천자 아래 귀공자는 왜 그리 많은지 툭하면 닭싸움, 개싸움, 계집 싸움이 벌어졌다. 칼 부딪치는 소리가 들려오자 성옥은 아, 오늘은 꽤 크게 붙었나보네, 칼까지 들었다니, 하고 생각했다.

사람들이 사방으로 흩어져 싸움터가 드러났을 때야 성옥은 눈앞의 싸움이 예사롭지 않다는 걸 알 수 있었다. 수십 걸음 앞의 거리 한가운데에서 복면을 쓴 사람들이 검은 옷의 청년을 공격하고, 청년은 멱리로 얼굴을 가린 하얀 옷의 여자를 보호하고 있었다.

복면 괴한 일고여덟 명은 치명적인 살수를 인정사정없이 펼쳤다. 다행히 검은 옷의 청년이 상당한 고수여서 여자를 보호하며 복면 무리에 맞서는데도 전혀 밀리지 않고 오히려 우세해 보였다. 그 몸놀림과 검술이 무척 빨라 성옥은 청년의 모습을 제대로 볼 수 없었다. 사실 구경할 마음도 없었다.

옥 공자는 말타기와 활쏘기, 축국은 잘해도 무예만은 젬병이었다. 자기 깜냥을 아는 성옥은 진짜 암살극이 벌어진 것을 알아보자마자 몸을 돌려 약재 가게로 돌아갔다. 그러고는 점원 옆에 자리를 잡고 얌전히 숨어 있었다.

거리의 행인도 어느새 절반이 사라지고 걸음이 느린 나머지 절반도 소리를 지르며 달아나고 있었다. 그때 인파에 밀려 한 노부인이 약재 가게 앞으로 넘어졌다. 그 난리통에서 행여 젊고 건장한 사람에게 밟히기라도 하면 목숨이 위태로울 판이었다.

칼날이 번득이는 상황은 무서웠지만 가만히 노부인을 보고 있을 수 없어 성옥은 종이봉투를 한쪽에 내려놓은 뒤 숨을 들이마시고 몸을 숙여 뛰쳐나갔다. 성옥이 노부인을 거의 끌다시피 부축해 가게로 들어가려 할 때였다. 기다란 칼이 빙빙 돌면서 성옥 쪽으로 날아오는 게 보였다.

성옥은 그대로 굳어버렸다.

성옥 쪽으로 시선을 돌린 계명풍季明楓도 몹시 당황했다. 성옥을 향해 칼을 피하라는 말을 내뱉을 새도 없이 손에 쥐고 있던 검을 날리고 곧바로 달려가기 시작했다.

복면 괴한 일곱 명은 계명풍의 손에 정리되어 세 명은 죽고 네 명은 중상을 입었다. 마지막 괴한이 쓰러지며 최후의 숨을 모아 계명풍 옆의 진소미秦素眉에게 무기를 날렸고, 계명풍이 황급히 몸을 돌려 그 칼을 쳐냈는데 칼이 날아간 쪽에 생각지도 못하게 사람이 서 있었던 것이다. 바로 성옥이었다.

계명풍은 성옥이 얼마나 영리한지 알고 있었다. 그가 아는 아가씨들 가운데 가장 영리한 사람이건만 위험에 처하자 날아오는 칼을 쳐다보며 제자리에서 꼼짝도 하지 못했다. 뒤따라간 검이 아무리 빨라도 앞선 칼을 따라잡기는 어려운 법. 계명풍은 온몸에서 오한이 났다.

성옥의 코앞까지 칼이 날아들었을 때 쥘부채가 날아왔다.

고리 장식의 붉은 구슬만 제외하면 아예 새까만 쥘부채였다. 성옥의 코앞까지 날아든 칼끝을 부채가 한 치의 오차도 없이 쳐냈다. 칼과 맞부딪힐 때 챙 하는 소리가 요란하게 난 걸 보아 부채는 금속 재질 같았다. 칼은 완전히 방향을 틀었다. 아무리 쇠로 만들어졌어도 부채란 긴 칼의 위력을 막아낼 수 있는 물건이 아니건만, 그 가벼운 물건이 이삼십 근은 될 칼을 쉽게 날려버렸다.

성옥이 아까 숨었던 약재 가게의 문에는 '신선의 산에 명약 없고, 저잣거리에 묘법 있다'라는 글귀가 새겨져 있었는데, 쥘부채를 맞고 날아간 무시무시한 칼이 '명약'이라는 글자에 가서 꽂혔다. 세 치 가까이 박힌 걸로 보아 부채를 던진 사람의 공력이 얼마나 대단한지 알 수 있었다.

그렇게 센 힘으로 부딪혔다면 저항력 때문에 되돌아 날아갈 수 없을 텐데, 어떻게 된 일인지 검은 부채는 힘차게 칼을 쳐낸 뒤 왔던 길 그대로 다시 날아갔다. 목적지는 길 건너편에 서 있는 화려한 마차인 듯했다.

부채가 가까이 이르자 마차의 휘장에서 손이 나왔다. 은백색 소매 밑으로 드러난 하얗고 긴 손이 환한 햇살 속에서 형언하기 어려울 정도로 우아해 보였다. 남자의 손이었다. 검은 부채가 손안으로 떨어지자 그 손은 무심하게 부채 자루를 쓰다듬은 뒤 마차 안으로 사라졌다.

뜨거운 태양 아래에서 코앞으로 긴 칼이 날아들자 성옥은 아무 생각도 할 수 없었다.

그러다 돌연 머릿속에서 남염국南冉國 고분의 산발적인 칼 그림자가 유령처럼 떠오르고 귓가에서 "괜찮아요, 군주, 두려워할 것 없어요" 하는 여자의 온화한 목소리가 조용히 울렸다. 곧 눈앞이 흐릿해지면서 성옥은 정신이 아뜩해졌다.

성옥의 부축을 받고 있던 노부인은 싸움터를 등지고 있었기에 칼이 날아오는 아슬아슬한 순간을 보지 못했다. 칼이 가게의 글귀에 꽂혔을 때도 무슨 일이 벌어졌는지 모른 채 성옥이 꼼짝 않는 것을 보고 성옥을 잡아당겼을 뿐이다. 다행히 약재 가게의 점원이 용기를 내 달려나와 우선 노부인을 안으로 데려갔다. 이어 성옥을 부축하려 했다.

성옥은 그제야 아스라이 감각을 되찾았지만 눈앞은 여전히 흐릿했다. 멍하니 두리번거리다가 열 걸음 밖의 검은 옷 청년과 자신만 텅 빈 거리에 있는 걸 발견했다. 하얀 옷을 입은 아가씨는 좀더 멀리에 서 있었다.

눈이 침침해 대략적인 형태만 보였지만 그 두 사람이 방금 복면 괴한에게 공격받은 남자와 여자이려니 생각했다. 성옥은 상황이 어떤지 파악하기 위해 일단 소매로 눈을 문질렀다.

그때 계명풍이 한 걸음 앞으로 다가왔으나 더 가까이 오지는 못하고 거리를 유지하며 말없이 성옥을 보기만 했다.

연송은 성옥이 놀라서 넋이 나간 줄 알고 마차 휘장을 걷었다가 성옥을 바라보는 계명풍이 선뜻 다가가지 못하는 모습을 보았다. 연송은 휘장을 젖혀 마차 안의 검은 옥고리에 걸고 아까 성옥을 기다리면서 뒤적이던 책을 다시 집어들었다. 하지만 책을 펼칠 마음이 들지 않아 손에 말아쥐고만 있었다. 담담한 눈길로 두 사람을 바라보며 오른손에 말아쥔 책으로 하릴없이 무릎을 톡톡 쳤다.

눈을 비비는 동안 성옥은 자신을 향한 누군가의 시선을 느낄 수 있었다. 마침내 밝아진 눈으로 고개를 들었을 때 계명풍과 시선이 마주쳤다. 성옥의 얼굴에 얼떨떨한 표정이 떠올랐다가 이내 하얗게 질렸다.

계명풍이 검을 꽉 잡으며 성옥을 불렀다. "아옥."

"공자……" 그렇게 답하던 성옥은 얼른 호칭을 바꾸었다. "아니, 계 세자." 그러고는 간신히 침착한 표정을 지으며 말했다. "여기에서 세자를 만날 줄은 몰랐어요. 지난달에 남염을 정복하셨다고 들었는데 대왕을 모시고 황성에 보고하러 오신 모양이지요."

계명풍이 대답했다. "남염 정복에는 군주의 공이……"

성옥은 그의 말을 끊은 뒤 멀지 않은 곳에 널브러져 있는 괴한 일곱 명을 쳐다보며 억지로 화제를 돌렸다. "그동안 황성은 계속 태평했는데 오늘은 무슨 일로 괴한들이 세자를 쫓아왔는지 모르겠네요. 무척 놀라셨겠습니다. 아, 순찰사가 오는군요. 바쁘실 테니 저는……"

계명풍은 성옥에게 시선을 고정한 채 말을 잘랐다. "그때 왜 아무 말도 없이 떠난 것이오?"

성옥은 전혀 생각지도 못한 질문이라는 듯 고개를 숙이고 가만히 있다가 미소를 지으며 고개를 들었다. 하얗게 질린 얼굴로 억지 웃음을 지은 채 작지만 분명하게 말했다. "아무 말도 없었다니요. 남겨야 할 것은 세자께 모두 남긴 걸로 기억하는데요."

계명풍은 입술을 꽉 오므렸다.

계명풍이 입을 다물자 성옥도 뭐라 해야 할지 난감해졌다. 표정은 그런대로 침착함을 유지하고 있었지만 실은 완전히 넋이 나간 상태였다. 왜 이곳에서 계명풍과 마주쳤는지 이해할 수 없었다. 여천왕부麗川王府와 관련된 사람이라면 그 누구도 다시는 만나고 싶지 않았는데 오늘 이곳에서 둘이나 만날 줄이야. 성옥은 조금 멀리 서 있는 하얀 옷의 여자, 세자빈을 힐끗 쳐다보았다.

머릿속이 웅웅 울리면서 두통이 밀려왔다. 성옥은 창백한 얼굴로 관자놀이를 누르며 어서 자리를 떴으면 좋겠다고 생각했다. 계명풍이 여전히 입을 다물고 있어서 성옥은 아까 했던 말을 조용히 되풀이했다. "세자도 바쁘신 것 같고 저도 바빠서요. 이만 가보겠습니다." 그러면서 정식으로 인사하려다 자신이 남장을 하고 있는 게 떠올라 무릎을 굽히는 대신 억지로 웃어 보이고는 약재 가게로 향했다. 하지만 성옥은 자신이 왜 약재 가게로 가는지 생각나지 않았다. 계속 머리가 어지럽고 아팠다.

계명풍이 마침내 입을 열었다. "이렇게까지……"

그때 갑자기 맞은편 마차에서 남자의 목소리가 흘러나왔다. "어디 가느냐? 방향을 잃었느냐?"

계명풍이 고개를 돌려 마차를 보았다. 그제야 성옥은 자신이 왜 약재 가게에 가는지 떠올랐다. 자신의 면포 덩어리가 아직 가게에 있었다. 계명풍에게 변명할 필요가 없었다. 성옥은 정말로 바쁜 일이 있었다. 연삼을 데리고 희귀한 장소, 성옥이 사랑하는 동굴로 갈 예정이었다.

성옥은 정신을 차리고 가게로 뛰어가면서 대답했다. "그럴 리가요. 가게에 물건을 놓고 와서 그러니 조금만 기다리세요."

약재 가게에 들어간 성옥은 품에서 작은 약병을 꺼내 환약 한 알을 덜어냈다. 눈살을 찌푸리며 약을 쳐다보다가 물도 없이 그대로 삼켰다.

성옥이 가게에 들어가 있을 때, 계명풍에게 상황을 묻던 우두머리 순찰사는 그가 변방의 세자임을 알고 예를 갖춰 인사했다. 진소미는 다시 계명풍 곁으로 다가와 섰고, 거리에도 사람들이 점점 많아졌다.

번화한 대로는 순식간에 원래 모습을 되찾았다. 작래루 옆 정교한 마차만 거리에서 소동이 일어나든 말든 시종일관 평온함을 유지하고 있었다. 마차의 마부는 말할 것도 없고 말까지도 사람들의 야단법석에 놀라 들썩이지 않았다.

종이봉투를 안고 뛰어나온 성옥은 잠시 멈칫했다가 계명풍과 순찰사가 대화중인 걸 보고는 안도의 한숨을 내쉬고 부리나케 마차 앞으로 달려갔다.

황성 한복판에서 엄청난 일이 터진 상황이었다. 복면 괴한 중 셋은 죽고 넷은 혼수상태에 빠졌으며, 변방에서 온 세자도 팔에 찰과상을 입었으니 보통 큰일이 아니었다. 순찰사는 일을 세심하게 처리하기 위해 눈치를 보지 않고 세자에게 거듭 질문을 했다.

계명풍은 질문에 빠짐없이 답하면서도 길 맞은편 마차에 신경을 쓰고 있었다.

성옥이 바람처럼 마차 앞으로 갔을 때 계명풍은 그 남자의 음성을 또 들을 수 있었다. "그렇게 빨리 달리다니, 다리에 힘이 풀릴 정도로 놀라지는 않은 모양이구나?" 차가운 투였지만 냉정하지는 않았다.

성옥이 얌전히 대답했다. "처음에는 좀 후들거렸는데, 아까 형님이 저를 부르시는 소리를 듣고 괜찮아졌어요."

남자가 또 물었다. "많이 놀랐느냐?"

성옥은 계속 얌전히 대답했다. "……아니요."

남자가 담담하게 말했다. "사실대로 말해야지."

성옥이 머뭇머뭇 인정했다. "……혼이 빠지게 놀랐습니다."

남자의 목소리에 웃음기가 실렸다. "바보 같아서지. 고집이 대단하더구나. 그 위험한 상황에서 피하지도 않다니, 무슨 생각이었던 게냐?"

성옥이 우물우물 대꾸했다. "얼어붙었지요. 누구나 심하게 놀랐을 때 꼼짝도 못하는 순간이 있기 마련이잖아요. 형님도 틀림없이 그럴 때가 있을 거면서 잔소리하기예요?"

"나는 그런 경우 없다."

성옥이 탄성을 질렀다.

남자가 또 물었다. "오늘 내가 없었다면 어떻게 됐겠느냐?"

성옥은 잠시 멈칫했다가 조용히 대꾸했다. "……다쳤거나 죽었겠지요."

계명풍은 검 자루를 꽉 쥐었다.

남자가 물었다. "그럼 앞으로 어떻게 해야 하지?"

이번에는 꽤 긴 침묵 끝에 성옥이 힘없이 입을 열었다. "앞으로는…… 제가 스스로를 지킬 수 없으니까 앞으로…… 거리에 나오지 않는 게 좋겠지요?"

계명풍은 가슴이 철렁 내려앉았다. 예전에 그가 성옥에게 한 말이었다. 분수를 좀 알라고, 자기 자신을 지킬 수 없으면 스스로를 위험으로 내몰아 남한테 폐를 끼치지 말라고, 그렇게 말했었다. 성옥이 떠나고 긴 시간이 흐른 뒤에야 계명풍은 그게 얼마나 상처가 되는 말이었는지 알았다.

남자가 헛웃음을 터뜨렸다. "역시 바보가 맞구나?"

성옥이 멍한 표정으로 중얼거리듯 대꾸했다. "자기 자신을 지키지 못해서 위험에 빠지면 남에게 폐를 끼치게 되잖아요. 그럼 안 되죠. 그러니까 앞으로는 거리에 덜 나와야겠지요. 남한테 폐를 끼치지 않게요. 이게 맞지 않나요? 오늘도 제가 잘못해서 형님한테 폐를 끼쳤잖아요……"

잠시 침묵이 이어진 뒤 남자가 입을 열었다. "예측할 수 없는 위험을 의외의 사고라고 한다. 거리를 오가는 건 위험하지 않아. 오늘 거리에서 만난 이런 일이 바로 의외의 사고지. 의외의 사고는 그 누구의 잘못도 아니다."

"그러니까, 제 잘못이 아니라고요?" 성옥은 크게 놀라며 물었지만 여전히 미궁에 빠진 듯한 표정이었다. "오늘 제가 거리에 나오지 않았다면 위험을 만나지 않았을 거잖아요. 형님도 위험에 처하지 않았을 거고요."

남자가 성옥에게 손을 내밀었다. "네 잘못이 아니다. 내게 폐를 끼친 것도 없고." 남자는 잠시 말을 멈췄다가 다시 이었다. "나는 그저 네가 나중에 또 의외의 사고를 만났을 때 좀더 잘 대처하기를 바랄 뿐이다."

계명풍은 남자가 성옥을 마차로 끌어올리는 것을 보았다. 하지만 남자의 모습은 끝내 볼 수 없었고, 남자의 말을 들은 뒤 성옥이 어떤 표정을 지었는지도 볼 수 없었다.

검 자루를 쥔 손에 힘이 꽉 들어갔다. 눈앞의 순찰사는 아직도 뭐라고 말하고 있었지만, 계명풍의 귀에는 하나도 들어오지 않았다. 갑자기 성옥이 예전에 자신을 어떻게 불렀는지 떠올랐다.

세자 오라버니. 그렇게 친근하게 불렀다.

아주 오래전 일 같았다.

계명풍은 그 자리에서 한참 동안 움직이지 못했다.

6장
위기일발의 상황에 놓인 소녀

평안성 아가씨들 가운데 기개를 논하자면, 최고는 숭무후부崇武侯府의 온 집안 무장들이 인정하는 제앵아齊鶯兒였다. 여리고 고운 이름과는 완전히 딴판인 아가씨였다. 제앵아는 출생 후 장군인 아버지를 따라 국경 지역으로 나갔었다. 전방에서 아버지가 적에 맞서 나라를 지키는 동안 제앵아는 후방에서 남자를 두려워하지 않는 여장부로 자라다가 그 모습에 깜짝 놀란 아버지에 의해 여덟 살 때 황성으로 돌아왔다. 변방에서 단련된 용맹함으로 제앵아는 스물여덟 근이나 나가는 커다란 칼을 자유자재로 휘두르고 늑대나 호랑이까지 상대할 수 있었다. 그런 연고로 평안성 명문가 규수 중 아주 독특한 인물로 꼽혔다.

평안성 명문가 규수 중 독특하다고 꼽히는 또다른 인물이 홍옥 군주 성옥이었다.

두 사람은 무척 친했다.

하지만 제앵아마저 '대범함'에서는 성옥을 당해낼 수 없다고 인정했다. 늑대나 호랑이, 곤충이나 쥐는 두려워하지 않았지만 제앵아는 뱀을 무서워했다. 또 괴력과 귀신을 무서워하고 조상들 사당에 모셔진 무시무시하게 굵은 몽둥이도 무서워했다.

반면 성옥은 두려워하는 게 없었다. 창이나 몽둥이도 휘두를 줄 모르고 칼도 쓸 줄 몰랐지만 아무것도 두려워하지 않았다.

제앵아는 홍옥군주에게 이끌려 교외 소요대산小瑤臺山의 은밀한 동굴에 갔을 때를 아직도 기억했다. 다리를 덜덜 떨며 간신히 동굴 입구까지 갔으나 그 이상은 도저히 무리였다. 석양빛이 비치는 동굴 속 멀지 않은 곳에서 팔뚝만큼 굵은 뱀 몇 마리를 발견했을 때, 제앵아는 너무 놀라서 성옥을 목 졸라 죽일 뻔했다.

성옥은 전혀 무서워하는 기색 없이 그저 기침을 몇 번 하고는 자기 목을 감은 제앵아의 손을 쳐내며 놀랍다는 듯 말했다. "세상에, 정말로 뱀을 무서워하는구나." 그러고는 탄식을 내뱉었다. "친한 친구라서 기껏 데려왔더니. 안쪽에 진짜 예쁜 게 있는데 정말 안 들어갈 거야?" 그러면서 용기를 북돋듯 제앵아의 손등을 토닥였다. "저 뱀들은 독이 없어. 무서워할 거 없다고."

제앵아는 칼을 땅에 꽂고 머리를 딸랑이처럼 흔들었다.

열네 살 반의 성옥은 조금 실망했다. "어떻게 하나같이 다 그러냐. 화비무도 무섭다고 하고 목주도 싫다고 하고 호생 개들도 무섭대. 그래서 네가 돌아오기를 얼마나 기다렸는데 너마저 이러다니."

스물여덟 근짜리 무쇠 칼에 기댄 채 제앵아는 이까지 덜덜 떨었다. "주, 주, 주, 주근을 데려오면 되잖아."

성옥은 제앵아를 부축해 동굴 앞에서 돌아나오며 침울하게 한숨을 내쉬었다. "그냥 관둘래."

그리고 정말 관두게 되었다.

그날 이후 성옥은 이 년 넘게 소요대산의 그 동굴에 갈 수 없었다. 제앵아를 데리고 다녀온 바로 다음달에 대요대산과 소요대산으로 몰래 탐방간 것을 주근한테 들키고 말았다. 타고나기를 명줄이 위태로운 사주인 성옥이 위험투성이 산을 돌아다녔다는 사실에 머리끝까지 화가 난 주근은 같이 죽자고 난리를 친 이후 반년 동안 엄하게 성옥을 단속했다.

반년이 지나 무사히 열다섯 살을 맞이한 뒤에는 또 주근에게 이끌려 여천으로 가느라 이 년 넘게 동굴을 찾아갈 수 없었다.

석양빛 속, 연삼은 동굴 입구의 바닥까지 늘어진 푸른 덩굴을 쥘부채로 젖힌 뒤 안쪽에서 똬리를 튼 구렁이 몇 마리를 쳐다보았다. 이끼가 가득한 동굴 벽도 둘러보고 음침한 안쪽까지 들여다보고 나서야 입을 열었다. "여기가 네가 말한 곳이냐?" 그러고는 아까 성옥이 했던 표현을 떠올려 덧붙였다. "아무리 까다로운 나라도 트집잡을 게 없는, 틀림없이 좋아할 신기한 곳?"

이어 고개를 갸우뚱하며 덧붙였다. "내가 왜 여기를 좋아해야 하는지 모르겠구나."

"여기가 아니에요. 뱀들이 지키고 있는 저기를 지나야 나와요." 성옥은 그렇게 설명하면서 뱀을 쫓으려고 만든 면포 덩어리를 몸에 묶었다. 자기 몸에 다 묶은 뒤 연삼에게도 묶어주려는데 연삼이 멀찍이 물러나며 말했다. "가까이 오지 마라. 안 묶는다."

성옥이 한숨을 내쉬며 좋은 말로 달랬다. “보기에는 그래도 뱀을 쫓는 데는 최고예요. 이걸 묶지 않으면 지나갈 수 없다고요. 이게 제일 안전하고 효과적인 방법이니 조금만 참으세요.” 그러면서 재빠르게 서너 발자국 다가갔다.

하지만 연삼은 곧바로 서너 발자국 물러났다.

성옥이 끈을 들고 사정하듯 말했다. “고집부리지 말고 좀 묶으세요. 이걸 매야 안전하다고요. 오라버니가 안 매겠다면 저 혼자 들어갈 거예요!”

연삼이 동굴을 쳐다보았다. “뱀들만 지나가면 된다 이거지?”

성옥은 연삼의 생각을 간파하고 얼른 말렸다. “그러지 마세요, 너무 위험해요!”

연삼이 고개를 끄덕였다. “그래, 아주 위험하지.” 그러고는 순식간에 성옥을 지나쳐 눈 깜짝할 사이에 동굴 속으로 사라졌다.

성옥은 머릿속이 하얘졌지만 정신을 차리고 허둥지둥 연삼이 사라진 쪽으로 쫓아갔다.

어두운 동굴 안에서 피비린내가 진동해 성옥은 몸을 제대로 가눌 수 없었다. 무엇의 피냄새인지 생각하고 싶지 않아 덜덜 떨면서 화절자火折子*를 꺼내 불을 켰다. 불꽃은 순식간에 동굴 입구를 밝혀주었지만 안쪽 깊숙한 곳은 망설이듯 밝혀주지 않았다.

성옥이 조심스럽게 발을 내딛자 불빛도 조심스럽게 나아갔다. 긴가민가하며 깊은 어둠을 향해 조금씩 나아간 끝에 안쪽에 있는 흐릿한 형체를 발견했다.

* 고대에 불을 붙일 때 쓰던 도구.

모호한 불빛 속에서 멀쩡하게 서 있는 연삼을 보았을 때야 성옥은 팽팽하게 곤두섰던 긴장감을 풀 수 있었다.

뱀 사체가 가득하고 피비린내가 진동하는데, 연삼이 서 있는 곳만 핏방울 하나 없이 깨끗했다. 희미한 불빛 속에서 연삼의 옷이 눈처럼 하얗게 빛났다. 연삼은 살짝 고개를 돌려 오른 소매를 정리하는 참이었는데 불빛에 비친 동굴 벽의 그림자까지 차분해 보였다.

그런 연삼의 모습에 성옥은 '아주 위험'하다는 연삼의 말이 어떤 의미였는지 알 것 같았다. 성옥은 연삼이 위험에 처한다는 뜻으로 말했지만, 연삼은 뱀이 위험에 처한다는 뜻으로 한 말이었다.

성옥은 뱀 사체를 다시 한번 둘러본 뒤 이마를 짚으며 속으로 중얼거렸다. '연삼 오라버니, 정말 너무 위험하네요.'

옷매무새를 가다듬은 연삼이 담담하게 물었다. "이제 뱀들은 다 지나왔는데 내게 보여주고 싶다는 건 어디 있느냐?"

성옥은 머뭇거리다가 뱀 사체가 없는 곳을 골라 폴짝폴짝 디디면서 손가락으로 앞쪽을 가리켰다. "저기 끝까지 가면 돼요." 화절자의 빛도 성옥과 함께 폴짝거렸다. 동굴 벽에 비치는 성옥의 폴짝이는 그림자가 발랄하고 귀여워서 참사 현장에 조금이나마 생기가 돌았다.

연삼은 성옥에게서 화절자를 건네받아 앞쪽을 비춰보고는 눈살을 찌푸렸다. 성옥도 고개를 내밀었다가 진흙 바닥과 동물 사체를 보고 겸연쩍게 말했다. "음산한 동굴이라면 어디나 이렇잖아요. 조금만 참으세요. 절경은 위험 끝에 나온다는 말도 못 들어봤어요? 이게 바로 그런 거죠!"

연삼이 앞쪽의 좁은 길을 보며 대답했다. "이건 위험한 게 아니라 더러운 거다."

"그게 그거죠." 성옥이 얼버무리면서 앞장서려고 발을 들었을 때였다. 성옥의 온몸이 연삼의 품에 안겼다.

이어서 성옥은 두 사람이 빠르게 그 좁은 길을 지나가는 걸 느낄 수 있었다. 번개같이 빨랐다. 가장 빠른 준마를 타고 가장 평탄한 대로를 달리는 것보다 더 빨랐다.

바람이 없는 동굴 속에서 바람이 느껴질 정도였다.

하지만 바람은 조금도 위협적으로 느껴지지 않았다. 오히려 여름밤 백옥천白玉川에서 불어오는 부드러운 바람처럼 초여름 특유의 편안한 온기를 품고 있었다.

온기가 느껴지는 곳은 성옥의 뺨과 이마였다.

연삼은 성옥이 빠른 속도를 견디기 힘들까봐 성옥의 이마와 뺨을 자기 가슴에 바짝 끌어안아 보호했다.

연삼의 가슴은 따뜻했다.

성옥을 내려놓으며 연삼은 잠시 그녀를 쳐다보았다. 화절자는 꺼진 지 오래였지만 동굴 끝에서 빛이 새어나오고 있었다. 연삼 가슴의 온기 때문인지 성옥은 얼굴이 불타듯 뜨거워진 것을 느끼고 손을 들어 문질렀다.

옥 같은 손가락으로 하얀 얼굴의 복숭아 같은 뺨을 문지르는 무심한 교태, 살짝 눈꺼풀을 들어올릴 때 몽롱하면서 초봄의 처음 눈 녹은 물처럼 촉촉한 눈동자. 순수하고 매력적이면서 부드러운, 너무도 아름다운 모습이었다.

성옥은 자신이 어떻게 보이는지는 알지 못하고 연삼이 조용해진

게 의아해 쳐다보았다. 그의 호박색 눈동자가 그윽해지고 자신을 어루만질 것처럼 오른손을 드는 게 보였다. 하지만 그의 손은 끝내 다가오지 않고 허공에 멈췄다가 되돌아갔다.

성옥은 그의 손가락이 다가오려 했던 방향을 따라 왼쪽 눈꼬리를 문질렀지만 시야가 밝아지지 않았다. "제 눈이 왜 이러죠?"

연삼의 입에서 가벼운 웃음이 새어나왔다. 성옥은 아무래도 눈에 뭐가 묻은 모양이라고 생각하며 더 힘껏 문질렀다. 연삼이 그러는 성옥의 손을 붙들었다. "아무것도 안 묻었다, 그냥 좀 붉어졌을 뿐이야."

"그래요?" 성옥은 손을 멈췄지만 안절부절못했다. "문질러서 부었어요? 보기 흉해요?"

연삼은 곧바로 대답하지 않고 잠시 멍하니 쳐다보다가 대답했다. "아니, 아주 예쁘구나."

성옥이 당황한 사이, 연삼은 어느새 화제를 돌려 자욱한 안개에 휩싸인 동굴을 훑어보며 물었다. "내가 틀림없이 좋아할 거라고 했던 곳이 이곳 맞느냐?"

성옥도 눈앞의 안개를 훑어보며 어리둥절한 표정으로 대꾸했다. "여기가 맞긴 한데 이렇게 안개가 낀 건 처음 봐요. 아마 조금 뒤에 안개가 걷히면……" 성옥이 생각에 잠겨 턱을 괴고 그렇게 말하는데 갑자기 바람에 구름이 흩어지듯 안개가 깨끗하게 걷히고 감춰졌던 풍경이 드러났다. 하지만 눈앞에 나타난 것은 성옥이 좋아하는 그 절경이 아니라 아름다운 궁전이었다. 눈길 닿는 곳곳마다 화려하고 즐겁게 노래하는 새소리도 은은하게 들려왔다.

분명 소요대산의 동굴인데 이렇게 화려한 궁전이 숨겨져 있다니, 어떻게 보아도 자연스럽지 못했다. 성옥의 얼굴이 조금씩 하얘졌다. 두려움이 발밑에서부터 온몸으로 퍼지기 시작해 포악한 손이 되어 성옥의 목을 사정없이 조르는 듯했다.

남염국 고분의 그 장면이 다시 떠올랐다.

연삼은 성옥의 표정 변화를 알아차리지 못했다. 그 역시 조금 놀란 상태였다. 그의 판단이 틀리지 않는다면 안개가 흩어진 뒤 나타난 것은 신선의 진陣이었다. 그것도 홍황시대의 진법으로, 동화제군의 태신궁에 소장된 서적에서나 찾아볼 수 있는 우무해憂無解였다.

온갖 번뇌가 절로 생겨나고 아무도 풀 수 없다는 진법, 우무해.

이곳은 속계였다. 신들이 아니라 인간들이 살아가는 공간이었다.

그런데 이곳에 홍황시대의 진이 있는 것이다.

성옥이 보여주려 했던 게 당연히 이것은 아닐 터였다.

우무해는 사람의 마음을 꿰뚫어보고 유혹한 뒤 가둬서 괴롭히는 미혹의 진이었다. 하지만 이 진은 살기가 있을 때만 발동되었다. 성옥은 늘 면포 덩어리를 잔뜩 가져와 동굴의 뱀들을 해치지 않았을 테니 지금까지는 이 진의 끝자락조차 건드리지 않았으리라고 연삼은 확신했다.

앞쪽의 붉은색 복도에서 소매가 넓은 옷을 입은 미인들이 사뿐사뿐 걸어왔다. 요염한 미인도 있고 청아한 미인, 단정한 미인, 우아한 미인도 있었다.

우무해는 연삼을 바람둥이로 여기는 게 분명했다. 하지만 워낙 종잡을 수 없는 인물이다보니, 마음을 파고들어 괴롭히는 진법조차 그가 대체 어떤 미인을 좋아하는지 몰라 온갖 유형으로 미혹하려는 듯했다.

미인들의 맨 앞에는 유난히 활발해 보이는 소녀가 있었다. 눈앞으로 나비가 지나가자 소녀는 눈동자를 반짝이면서 대열을 벗어나 나비를 쫓아갔다. 나비를 잡은 소녀는 환하게 웃으며 고개를 들어 멀리 떨어져 있는 연삼을 보았다. 그러다가 눈이 마주치자 사교성 좋게 눈을 깜빡여 보였다.

그 모습과 행동이 어딘가 성옥과 비슷했다. 연삼은 순간 멍해졌으나 잠시뿐이었다. 곧 우무해의 수법이 재미있다는 듯 입가를 살짝 올리고는 무심하게 눈빛을 거둔 뒤 손에 든 부채만 탁탁 가볍게 두드렸다.

바로 그 순간 화원에서 갑자기 수많은 나비가 날아올라 미인들이 깜짝 놀라 소리를 질러댔다. 나비떼가 연삼 쪽으로 날아가자 미인들의 왁자지껄한 소리도 연삼 쪽으로 따라갔다. 나비가 나풀나풀 날고 색색의 옷도 나풀나풀 날렸다. 살랑이는 옷 사이사이로 수줍음과 두려움, 거절, 환영 같은 여러 감정의 눈빛이 살짝살짝 드러났다.

처음 연삼에게 눈을 깜빡인 소녀가 제일 대담했다. 나비를 쫓는 척 연삼 곁으로 다가온 소녀는 고개를 까딱이며 천진한 표정으로 말했다. "오라버니, 저기 파란 나비 좀 잡아주세요."

소녀는 역시 성옥을 그대로 흉내냈다. 연삼이 웃으며 손을 흔들자 쥘부채 끝에 파란 나비가 날개를 펼치고 앉았다. 연삼은 그걸 소녀 앞으로 내밀었다.

정말 아름다운 여인들과 멋진 광경이었다. 하지만 눈을 동그랗게 뜨고 이 광경을 바라보는 성옥의 가슴에는 두려움만 가득했다.

성옥은 세상 물정 모르는 철부지가 아니었다. 열다섯 살에 여천에 간 이후 세상을 많이 접했고, 피를 부르는 위험일수록 아름다운 곳에 숨어 있음을 알게 되었다.

눈앞의 아름다운 미인들이 화장한 해골처럼 보여 성옥은 점점 두려워지고 다리까지 후들거렸다. 그러다 파란 나비를 잡은 소녀가 연삼의 품에 안기려는 듯 다가오는 것을 보고는 정신을 바짝 차리고 소녀보다 먼저 연삼의 뒤로 다가갔다. 소녀가 수줍게 연삼의 품으로 달려들 때 성옥은 손을 들어 연삼의 눈을 가리려 했다.

하지만 연삼의 키가 너무 커서인지 아니면 성옥이 너무 조급해서였는지, 성옥이 뒤꿈치를 들었는데도 두 손은 고작 연삼의 턱에 닿았을 뿐이었다.

얼음처럼 차가워 보이는 연삼의 얼굴은 막상 손이 닿고 보니 따뜻했다.

예상치 못한 따뜻함에 성옥의 손가락이 움츠러들 때 연삼의 손가락이 올라왔다. 연삼은 어리둥절한 듯 자기 턱에 있는 성옥의 손가락을 가볍게 건드렸다. "뭐하느냐?"

그 손가락도 따뜻했다.

성옥은 살며시 떨면서 뒤꿈치를 더 높이 들었다. 하지만 균형을 잃는 바람에 연삼의 등에 찰싹 달라붙고 말았다.

순간 연삼의 몸이 경직되었지만 성옥은 알아차리지 못했다.

연삼은 보기보다 키가 훨씬 컸다. 성옥은 알 수 없는 긴장감을 느끼며 두 손으로 연삼의 얼굴을 되는 대로 가리고는 잔뜩 겁에 질린 목소리로 말했다. "연삼 오라버니, 듣지 마세요. 보지도 말고,

말하지도 마세요."

연삼은 망연히 서 있었다.

그리고 한참 만에야 정신을 차렸다. 성옥이 우무해에 미혹되기는커녕 맑은 정신으로 자기에게 위험을 알려주리라고는 생각도 못했다. 보통 인간이 우무해에서 제정신을 유지하려면 평생 즐겁게 살아 가슴속에 일말의 고통이나 근심이 없어야 했는데, 그건 실상 불가능한 일이 아닌가.

연삼은 조금 의아했지만 지금은 그럴 때가 아니었다.

그는 무의식적으로 자기 얼굴에 닿아 있는 성옥의 손가락을 또 건드렸다. 그러자 성옥은 연삼이 자신을 떼어내려는 줄 알고 다급하게 몸을 더 밀착시켰다. 연삼의 눈을 가리는 것은 포기하고 손을 내려 연삼의 허리를 꽉 감싸안았다.

성옥은 두 팔로 연삼을 꽉 끌어안은 채 뺨까지 연삼의 등에 바싹 가져다대고 입을 열었다. "연삼 오라버니, 제 말 잘 들으세요." 다급한 목소리는 떨리기까지 했다. "여기 전부 가짜예요. 그다지 좋은 곳도 아니고 저 아름다운 아가씨들도…… 보지 말고 생각하지도 마세요. 위험한 존재예요!" 연삼이 더는 벗어나려 하지 않는다고 느꼈는지 성옥은 팔을 느슨하게 풀었다. 한 손은 여전히 연삼의 허리를 안은 채 다른 한 손은 자신의 옷깃 깊숙이 집어넣었다.

연삼은 움직이지도, 말하지도 않았다.

나비를 잡아달라고 부탁했던 그 활발한 소녀는 조금 전 성옥이 연삼을 안았을 때 짜증스럽다는 듯 옆으로 비켜섰다가, 성옥이 별로 대단해 보이지 않았는지 다시 연삼에게로 천천히 몸을 기대왔다. 소녀는 연삼을 꽉 안고 있는 성옥을 무시한 채 섬섬옥수 같은 손을 소매 밖으로 내밀어 부채를 쥔 연삼의 손을 부드럽게 어루만졌다. "아까 잡아준 파란 나비는 놀라서 날아갔어요. 오라버니, 다시 잡아주실래요?" 소녀의 손길이 봄밤보다 다정다감하고 눈빛은 가을 물보다 나긋나긋했다. 소녀가 환하게 웃으며 연삼을 올려다보았다.

연삼의 눈이 아래를 향했다. 그의 시선이 향한 곳은 소녀의 유혹하는 손이 아니라 허리를 감싸고 있는 또다른 손이었다. 자줏빛 소매에서 뻗어나와 살짝 떨리는 손목이 눈부실 정도로 하얬다. 어찌나 힘을 주었는지 뼈가 도드라져 보였다. 긴장한 듯 팽팽하고 투명한 피부가 작고 섬세한 뼈를 덮고 있었다. 부서질 듯 아름다운 손목이었다. 이유 없이 아름다웠다.

그 옥 같은 손이 갑자기 움직였다. 하얗고 연약하며 아름다운 그 손이 허리를 떠나 연삼의 한쪽 손을 잡았다. 그러는 동시에 성옥의 다른 쪽 손이 다가와 연삼의 손을 조금씩 펼쳤다. 따뜻하고 부드러운 감촉에 연삼은 온몸이 굳을 정도로 긴장했지만, 성옥은 전혀 눈치채지 못한 듯 그의 손바닥에 뭔가를 쥐여주었다. 연삼이 손을 펴보니 부적이었다. 막 품에서 꺼냈는지 온기가 남아 있었다.

"듣지도 말고 보지도 마세요. 연삼 오라버니." 성옥의 두 손이 미끄러지듯 다시 연삼의 허리를 감쌌다. 물처럼 부드럽고 옥처럼 매끄러우며 얄미울 정도로 천진했다. 성옥이 나지막이 같은 말을 반복했다. "듣지도 말고 보지도 마세요." 가볍게 떨리는 목소리에서 성옥이 지금 얼마나 두려워하는지 전해졌다. "이 부적은 정말 영험해요. 예전에도 몇 번이나 재앙을 피할 수 있게 저를 도와주었어요. 이 미녀들은 제가 막을 테니 오라버니는 왔던 길로 돌아나가세요. 동굴에서 무사히 나갈 수 있도록 부적이 보호해줄 거예요."

성옥은 두려워하는 와중에도 어떻게든 연삼이 빠져나갈 수 있게 도우려 했다. 성옥의 허술한 계책이 우무해 같은 진에는 효력이 없겠지만 연삼은 성옥의 마음 덕분에 새로운 세상을 보는 듯했다.

계속 교태를 부리던 소녀가 마침내 빈 곳을 찾아 연삼 쪽으로 몸을 기울이고는 환심을 사려는 듯 웃으며 "오라버니, 노란 나비를 잡아주세요" 하고 졸랐다. 연삼이 부채를 입술에 대며 조용히 하라는 신호를 보냈다. 아주 느린 동작이었다. 느려서 더욱 우아했기에 그 동작을 보며 소녀는 잠시 넋을 잃었지만 곧 더 달라붙었다. 소녀가 입을 열려는 순간 그녀의 낯빛이 크게 변했다. 소녀는 하얀 손가락으로 자신의 목을 감싸며 믿을 수 없다는 표정으로 연삼을 올려다보았다. 연삼의 표정에는 별다른 변화가 없었다. 상황을 알아챈 소녀는 다른 한 손을 들어올려 연삼을 잡으려 했다. 연삼은 피하지 않고 입가만 살짝 들어올린 뒤 고개를 저었다. 섬섬옥수 같은 손이 허공에서 멈추더니 곧이어 소녀의 온몸이 순식간에 조각상처럼 얼어붙었다.

연삼은 눈을 들어 먼 하늘의 구름을 바라보았다. 부채를 쥔 손이 자신의 허리를 감싼 성옥의 팔로 향했지만 끝내 닿지는 않았다. 연삼은 생각에 잠긴 듯 가만히 서 있었다.

성옥은 이 모든 상황을 전혀 알지 못했다. 활발한 소녀가 오라버니, 오라버니 하고 연삼을 유혹하는 소리를 들으면서 아무 말 없는 연삼이 바람둥이라는 소문을 떠올렸을 뿐이다.

바람둥이라면 품안으로 뛰어드는 미인을 마다할 리 없을 터. 뼈마디마저 나긋나긋할 아름다운 여인들을 연삼이 버텨낼 수 있을지 낙관할 수 없다는 생각이 들자 성옥은 연삼을 더 꽉 끌어안으며 그의 영혼이 미혹되지 않기를 빌었다.

성옥은 연삼이 정신을 차릴 수 있도록 계속 속삭였다. "오라버니, 정신 좀 차리세요. 오라버니를 여기 데려오는 게 아니었는데. 전에는 한 번도 이런 일이 없었거든요. 이런 사달을 만들면 안 됐는데." 성옥은 의혹과 슬픔이 섞인 망연한 표정을 지었다. "세자 말이 옳아요. 저는 겁도 없이 주제넘은 짓만 벌여요. 그렇게 잘못을 반복하고도 뉘우칠 줄 모르니, 전부 제 잘못이에요." 성옥은 심히 자책하며 안절부절못했다. "저는 늘 문제를 일으키지요. 지난번에도 청……" '청'이라는 글자를 내뱉은 순간 성옥은 흠칫하더니 그대로 굳었다. 한참 뒤에야 정신을 차린 성옥은 조금 전의 말을 잇는 대신 스스로에게 맹세하듯 나지막한 목소리로 말했다. "반드시 오라버니를 이곳에서 내보낼 거예요. 이번에도 누군가 죽어야 한다면 제가 죽을 거예요. 오라버니는 꼭 무사히 내보낼 거예요."

연삼은 눈살을 찌푸렸다. 등뒤의 성옥이 지금 조금 이상하다는 걸 감지했지만 자세히 살필 여유가 없었다. 성옥은 어느새 그를 밀쳐내고, 나비를 쫓으며 웃는 미녀들에게 달려들었다.

싸움은 할 줄 몰라도 꽃들의 공양을 받아 자랐기에 성옥의 피는 요물을 유인할 수 있었다. 성옥은 미인들에게 달려들며 머리의 은비녀를 뽑아 재빨리 손목을 그었다. 새빨간 피가 흘러나오자 가까이에 있던 한 여인이 홀린 듯 성옥의 손목을 잡고 날카로운 이를 드러냈다.

그런데 각오하고 있던 통증이 느껴지지 않았다. 날카로운 이가 피부에 닿기 전 갑작스러운 돌풍이 일어 미녀와 나비 속에서 성옥을 낚아챘기 때문이다. 성옥이 눈을 뜨려는 순간 머리가 가볍게 눌리면서 단단한 가슴에 닿았다.

"듣지도 말고 보지도 말고 말하지도 말아라." 서늘한 음성이 성옥의 머리 위에서 장난스레 울렸다. 그건 조금 전 성옥이 했던 말이었다.

성옥은 당황한 채 그의 품에 기댔다. 코끝에서 은은한 향기가 느껴졌다. 향기마저 달빛 아래를 흐르는 산속의 냇물처럼 서늘했다. 저녁 내내 그게 어떤 향인지 생각나지 않았는데 갑자기 떠올랐다. 침향 중에서도 최고로 꼽히는 백기남白奇楠 향이었다. 연삼의 소매 안에서 나는 듯했다.

성옥은 목이 답답해 머리를 들려고 애쓰며 물었다. "미혹되지 않은 거 맞죠?"

연삼은 대답 대신 성옥의 머리를 가볍게 쓰다듬었다. "움직이지도 마라."

성옥은 가슴을 억누르던 돌이 치워진 듯했지만 여전히 안심하지 못했다. "연삼 오라버니, 정말로 미혹되지 않았는지 어디 좀 봐요."

연삼이 손바닥으로 성옥의 뒤통수를 감싸며 완전히 품안에 가두었다. 성옥은 시야가 캄캄해진 채 나직한 음성을 들었다. "안 돼."

성옥이 머뭇거리며 물었다. "오, 오라버니, 아직 정신이 안 돌아온 거 아니죠?"

연삼이 조용히 웃었다. "아니다, 그냥 이 세계가 지금은…… 좀 무섭구나. 아옥, 일단 잠깐 자고 있거라."

성옥은 마지못해 고개를 끄덕이다가 방금 연삼이 처음으로 자기 이름을 불렀다는 걸 깨달았다. 아옥이라는 이름을 연삼의 입으로 들으니 묘하게도 성옥은 자신이 진짜 보석이 된 듯, 천연의 광택을 품은 듯한 기분이 들었다.

하지만 더 생각할 새도 없이 졸음이 밀려와 순식간에 깊은 잠에 빠졌다.

연삼은 성옥의 잠든 얼굴을 잠시 내려다보다가 얼굴에 붙은 머리카락을 귀 뒤로 넘겨준 뒤 고개를 들어 동쪽 하늘을 쳐다보며 말했다. "우무해는 마음을 읽을 수 있는 진법인 줄 알았는데. 본 군의 마음에서 본 게 이렇게 시시한 것이더냐?"

그러자 조금 전까지 평화롭고 화려하게 서 있던 궁전이 우르르 무너졌다. 꽃도 순식간에 시들며 나비는 삽시간에 재로 변했다. 한껏 차려입은 미인들도 자기 몸이 썩어가는 걸 지켜보아야 했다. 그토록 아름다운 미모가 일그러지자 미인들이 두려움에 떨며 울부짖었지만 소리는 전혀 나지 않았다.

동굴 밖은 이미 술시戌時라 달이 높이 떠 있었다. 연삼이 하계에 내려가는 걸 허락할 때 천군은 정말로 그의 법력을 봉인했다. 하지만 구중천의 셋째 전하는 천하의 물을 다스리는 수신이었다. 물은 음에 속하고 달도 음에 속했다. 속세의 맑은 달은 음의 기운이 무척 강해 마찬가지로 음의 기운이 강한 물에서 도화선처럼 힘을 끌어낼 수 있었다. 그래서 달밤에는 천군의 봉인조차 연삼의 법력을 완전히 억누를 수 없었다.

이 모든 파괴의 과정이 소리 없이 이루어졌다. 그 때문에 더욱 무섭고 기이해 보였다. 하지만 흰옷의 공자는 자신이 초래한 그 천지의 요동에 눈썹 하나 까딱하지 않았다. 유일하게 무너지지 않은 풀밭에서 깊이 잠든 자주색 옷의 소녀를 한 팔에 감싸안은 채 서 있을 뿐이었다.

웅장한 궁전과 여리여리한 미인들이 먼지로 변하고 만물이 사라져 천지가 조용해진 순간, 어둠 속에서 갑자기 한줄기 빛이 뻗어나왔다. 이어 빛이 퍼져나가며 진법이 새로운 형태로 변하더니 일망무제의 사막이 펼쳐졌다. 하늘에 밝은 달이 떠 있고 서늘한 바람이 불어 연삼 가까이까지 모래 먼지가 휘몰아쳤다.

무심하고 황량한 기운이 떠도는 광경이었다. 사방을 둘러본 연삼이 눈을 내리깔며 웃었다. "사막이라고?" 그러고는 담담하게 덧붙였다. "재미있구나."

품안의 성옥이 손을 들어 얼굴을 긁었다. 바로 앞에서 휘날리는 모래 먼지 때문에 괴로운지 입을 찡그리며 얼굴을 연삼의 품으로 더 깊이 묻었다. 그래도 불편한 듯 자꾸 뒤척이며 자세를 바꾸었다. 연삼은 그런 성옥을 내려다보다가 쥘부채를 흔들었다. 그러자 부채가 구름처럼 커지더니 깊이 잠든 성옥을 태우고 허공으로 떠올랐다.

맑은 달과 서늘한 바람, 황폐한 사막, 휘몰아치는 모래, 흰옷의 공자, 부채 위의 소녀. 시작도 끝도 없는 듯한 그 세상에서 황량한 감정이 작은 벌레처럼 살갗을 파고들어 수심을 끌어내고 슬픔을 일으켰다. 깊이 잠든 성옥마저 수시로 눈살을 찌푸리며 괴로운 표정을 지었다. 수많은 걱정이 밀려오면 정신이 멀쩡할수록 더 괴로워지는 법인데, 연삼은 아무렇지도 않아 보였다.

성옥은 부채 위에서도 여전히 연삼의 소맷자락을 잡고 있었다. 연삼은 성옥의 꽉 쥔 주먹에서 소매를 빼내며 눈앞의 허공에 대고 말했다. "팔황에서 마음을 꿰뚫어보는 진법은 네가 최고라 할 만하구나. 네가 용케 내 마음이 황량한 건 알아냈다만, 네 무한한 슬픔으로는 가슴속에 사막만 있는 사람을 괴롭힐 수 없을 듯하구나."

연삼이 옅은 웃음을 지으며 말을 마치자 바람이 질풍으로 바뀌고 모래 먼지가 온 하늘을 뒤덮었다. 이어 동쪽 하늘에서 갑자기 먹구름이 피어오르더니 여자 목소리가 어렴풋이 들려왔다. "우무해는 수만 년 동안 신선을 맞이하지 못했습니다. 귀공은 훌륭한 식견으로 제가 팔황 최고의 진임을 알아보셨습니다. 그런데 제게 시간을 되돌리는 능력도 있음을 아십니까? 아무리 사막 같은 가슴이라도 간절히 바라는 일이 있기 마련이지요. 귀공이 바라는 것은 혹시……" 천지가 다시 요동치더니 순식간에 요기 충만한 제27천으로 변했다. 핏빛 비가 붉은 비단처럼 흩날리는 그곳에서 쇄요탑이 바닥부터 흔들리고 있었다. 이제 곧 무너지려는 징조였다.

눈앞의 광경에 연삼이 눈을 가늘게 뜨자 여자 목소리가 웃음을 터뜨리고는 가벼운 투로 말했다. "제 짐작이 맞았지요? 이것이 귀공을 유혹하려는 환상인지, 아니면 시간을 되돌려 소망을 이룰 기회를 주는 것인지 맞혀보시겠습니까?"

동쪽 하늘에서 요기가 거대한 구렁이처럼 요동쳤다. 먹구름 뒤에서 장난기 가득한 기이한 여자 목소리가 들려왔지만 누가 숨어 있는지는 보이지 않았다. 그저 묵직한 시선과 거대한 눈동자만 느껴질 뿐이었다.

연삼은 먹구름 뒤에 숨은 게 누구인지 신경쓰지 않았다. 홍황시대에 태어나지는 않았어도 늘 동화제군의 장서각에서 시간을 보냈기에 연삼은 홍황 때의 일을 꽤 많이 알고 있었다. 그래서 여자의 목소리를 듣자마자 우무해의 정령임을 알아차렸다.

반고盤古가 도끼로 천지를 가르고 신족과 마족이 차례로 세상에 나온 뒤 팔황에서는 용맹을 다투려 끊임없이 전쟁이 벌어졌다. 진법을 통한 전투는 우아하고 흥미로워 신들이 선호하는 방식이었기에 홍황시대에는 법력이 높은 신들이 뛰어난 진법을 창조해 우열을 가리곤 했다. 그러다 일정 경지에 이르면 진법이 생명을 얻고 진법을 수호하는 정령까지 생겨났다.

연삼은 망망한 핏빛 속에 서 있었다. 펼쳐진 부채가 그의 앞에 떠 있는데 부채 위에 있던 성옥은 보이지 않았다.

눈앞의 광경은 사십육 년 전 그날로 돌아간 게 분명했다. 다만 그때 연삼이 황급히 남황에서 돌아왔을 때는 쇄요탑이 이미 무너져내린 뒤였다. 지살조 속에서 요괴들이 날뛰고 피가 비처럼 흩날리는 가운데 장의는 쇄요탑 낙석에 깔려 마지막 숨을 고르는 상태였다. 활짝 핀 홍련이 끝없이 아득한 번뇌해 쪽으로 길게 이어지고 있었다.

홍련의 만개는 죽음을 예고했다. 연삼이 아무리 전능해도 되돌릴 수 없다는 뜻이었다.

하지만 지금은 달랐다. 쇄요탑이 아직 무너지지 않았으니 장의도 낙석에 깔리기 전이었다. 지금 뛰어들면 장의를 사지에서 구해낼 수 있을 터였다. 하지만 우무해의 정령이 말한 것처럼 실제로 시간을 거슬러 사십육 년 전으로 돌아간 상황이라야 가능했다.

망망하게 흩날리는 선혈 속에서 연삼은 한 걸음을 내디뎠다.

순간, 그리 멀지 않은 곳에서 쇄요탑이 더욱 흔들리고 벽에 금이 갔다. 이윽고 문이 열리더니 준수한 청년이 상처 입은 하얀 옷의 여자를 안고 탑에서 떨어지는 돌을 피하며 정신없이 빠져나왔다.

연삼과 눈이 마주치자 그 청년이 기쁜 기색을 드러냈다. "아우야, 어서 가서 장의 좀 구해줘!" 바로 그때, 탑 꼭대기가 무너질 듯 흔들리고 이어 "돌아보지 마요!" 하는 날카로운 외침이 흘러나왔다. 결연함과 처연함이 섞인 목소리였다. 청년이 저도 모르게 획 뒤를 돌아보자 여자의 외침이 다시 들려왔다. "돌아보지 마요!" 청년은 잠시 고민하다가 "장의는 네게 맡기마"라고 다급하게 말한 뒤 현장을 빠져나갔다.

몇 걸음 밖에 서 있는 연삼은 장의를 구하러 들어가지 않았다.

탑 꼭대기 바로 밑에서 마력을 봉쇄하고 있던 돌이 떨어져내렸고 여자의 고통스러운 비명이 나직하게 울렸다. 그후로는 아무 소리도 들리지 않았다. 탑에 갇혀 있던 요괴들이 풀려나 사방에서 구중천을 집어삼킬 듯 요기가 일어나자 얼마 뒤 하늘에서 지살조가 내려와 요기를 가두었다. 그 모든 과정이 사십육 년 전과 똑같았다. 요기가 하나로 뭉쳐져 거대한 사람 형상을 하고는 지살조를 맹렬하게 공격하기 시작했고, 요괴들이 날뛰는 쇄요탑의 폐허 속에서 여인의 고통스러운 신음이 흘러나왔다. 꾹 참으며 나직하게 뱉는 장의의 신음이었다.

하지만 연삼의 얼굴에는 아무런 표정 변화가 없었다.

절멸을 앞둔 홍련이 번뇌해에서 활짝 피어나고 장의의 희미한 신음은 허무로 돌아갔다. 흩날리는 붉은 빛속에 코를 찌르는 피비린내가 섞여 있었지만 연삼은 여전히 미동조차 하지 않았다. 심지어 예전처럼 탑으로 들어가 죽어가는 장의를 보지도 않았다. 그저 모든 것이 끝났을 때 반쯤 고개를 들어 얼음처럼 차가운 눈으로 동쪽 하늘에 떠 있는 먹구름을 쳐다보았을 뿐이다.

먹구름 뒤의 정령이 웃음을 터뜨렸다. "귀공이 누구신지는 모르겠지만 통제력이 정말 대단하시군요. 시간을 되돌린 게 아니라 환상이라는 것을 알아차렸더라도 쉽지 않았을 텐데 말입니다. 통제력이 최고라고 정평이 난 음악과 전쟁의 신 묵연상신도 이 수법에 영향을 받아 평정을 잃은 적이 있지요. 귀공의 통제력이 묵연상신보다 뛰어날 줄은 몰랐습니다."

연삼은 냉담한 눈빛을 거두고 전부 시시하다는 듯 대답했다. "본군을 어찌 감히 묵연상신에 비할 수 있겠는가. 그때 상신은 감정이 있었겠지만 본 군은…… 그래서 내가 아까 가슴속에 사막만 있는 사람을 어떻게 괴롭힐 수 있겠느냐고 묻지 않았는가." 연삼이 웃음을 지었다.

그 말이 정령을 자극했는지 피비린내나는 제27천이 순식간에 사라지고 황량한 절벽이 나타났다. 절벽에는 늙은 소나무가 비스듬히 뻗어 있고 그 위에 깊이 잠든 소녀가 걸려 있었다. 소나무 가지와 절벽이 소녀의 가는 허리를 받치고 있는 상태였다. 절벽 아래에는 굶주린 호랑이떼가 먹이를 기다리고 있었다.

정령이 조용히 웃었다. "제27천이 환상이라는 것을 귀공이 어떻게 알아냈는지는 몰라도 이번에는 자세히 보십시오. 지금 이게 진짜일까요, 아니면……"

정령의 말이 끝나기도 전에 호랑이떼가 웅크리고 있는 절벽 밑으로 거센 물살이 밀려들더니 누군가 화살을 쏜 것처럼 맹수를 줄줄이 꿰어 멀리 휩쓸어갔다. 연삼 앞에 펼쳐져 있던 부채는 주인의 마음을 읽은 듯 소나무에 위태롭게 걸린 성옥에게로 날쌔게 날아가 소나무 가지가 부러지는 순간 성옥을 안정적으로 받아냈다.

정령이 또 환상을 만들려 하자 사방팔방에서 거대한 물줄기가 치솟았다. 정령은 그 사이에서 발버둥치며 궁궐을 만들었다가 사막을 만들고, 다시 절벽을 만들어냈다. 하지만 절벽이든 궁궐이든 사막이든 전부 물기둥에 무너져내리고 거침없는 물살에 밀려 하나도 남아나지 못했다.

한순간에 천지가 하얀 물결에 뒤덮이고 연삼은 제일 높은 물기둥 위에 올라섰다. 부채가 성옥을 데려오자 연삼은 부채 위에서 곤히 자는 옆얼굴을 힐끗 내려다본 뒤 소매를 흔들어 부채를 뒤로 보냈다. 그러고 나서 고개를 들어 거대한 물줄기에 묶여 꼼짝도 못하는 정령을 보며 물었다. "다른 재주도 있느냐?"

정령이 분노로 몸부림쳤다. "잔챙이 주제에 잘난 척은!" 정말로 크게 화난 듯했다. 성질이 별로 안 좋다는 전설처럼 정령은 몸을 움직일 수 없게 되자 극도로 난폭해졌다. "애송이 놈, 나를 제압할 수 있을지는 몰라도 무성적無聲笛 없이 내 우무해에서 빠져나갈 수 있을 것 같으냐? 네 놈이 나를 언제까지 제압할 수 있을지 보자!"

연삼은 느긋하게 정령의 욕설을 듣고 있다가 살짝 눈을 치켜떴다. "소관少綰의 무성적 말인가?" 연삼이 오른손 손바닥을 펼치자 백옥 피리가 나타났다. "그러니까, 이것 말이지?"

"그게 어떻게……" 정령은 말을 잇지 못했다.

연삼이 살며시 미소를 지었다. "속세에 오래 갇혀 있었던 모양이구나. 소관이 떠나기 전에 이 피리를 새로운 수신에게 준 것도 모르다니. 본 군이 바로 새로운 수신이다."

곤한 잠에서 깨어났을 때 성옥의 눈에 제일 먼저 들어온 것은 연삼의 턱이었다. 연삼이 한쪽 다리를 접어 성옥이 베도록 내주고 한 손으로 뒤통수까지 받쳐준 덕분에 성옥은 깨어났을 때 머리가 전혀 아프지 않았다.

눈을 깜빡이며 연삼을 바라보면서 성옥은 자신이 왜 잠들었는지 떠올려봤다. 하지만 뿌연 안개가 낀 듯 기억이 흐릿했다. 연삼이 더러운 길을 걷기 싫다며 자신을 데리고 경공법으로 순식간에 동굴 안까지 들어왔던 건 기억났다. 그런데 예전과 달리 동굴 속이 안개로 자욱했었다.

안개가 걷힌 뒤에 절경이 아직 남아 있는지 확인하려 했지만, 안개가 최면을 걸었는지 얼마 뒤 벽에 기대어 잠들고 말았다.

아, 분명 그렇게 됐던 거야, 성옥은 생각했다.

성옥의 인기척을 느낀 연삼이 고개를 숙이고 내려다보았다. "깼느냐?"

"안개가 걷혔어요?"

"그래."

성옥이 고개를 들어 돌아보니 정말로 안개가 걷혔다. 동굴 천장에 촘촘히 박힌 야광주 덕분에 모든 것이 선명하게 보였다. 성옥의 시선이 작은 연못으로 향했다. 동굴 제일 안쪽의 한 모퉁이를 차지한 연못은 사랑스러울 정도로 물이 맑고 파랬다. 제일 기이한 것은 연잎 사이에 떠 있는 연꽃 아홉 송이였다. 옥 쟁반처럼 커다란 꽃들이 각각 다른 색으로 반짝였다.

성옥은 정신이 번쩍 들어 펄쩍 뛰듯 일어났다. 잔뜩 흥분해 연못 앞으로 뛰어가서는 두 눈을 반짝이며 손짓했다. “여기가 바로 제가 말했던 곳이에요. 연삼 오라버니가 틀림없이 좋아할 거라고 했던 신기한 장소요. 이 작은 연못의 연꽃들, 정말 예쁘지 않아요?”

세상의 어떤 화초든 꽃이 필 때면 성옥의 눈에는 전부 인간의 형상으로 보였는데, 이 연못의 연꽃만은 줄곧 연꽃의 모양새였다. 성옥은 약간 이상하다고 생각했지만 위험하게 느껴지지 않아서 주근과 이향에게 말하지 않았다.

성옥은 애정이 듬뿍 담긴 눈길로 연꽃을 바라보았다. “사람들이 ‘연꽃은 진흙에서 자라도 더러움에 물들지 않고 맑은 물에 씻겨도 요사스럽지 않다’라고 하잖아요. 연꽃은 그만큼 청아한 아름다움을 지니고 있지요. 제가 보기에 이 연못의 연꽃은 난꽃보다 진하고 모란보다 화려하며 매화보다 청아해요.”

난꽃도 모란도 매화도 실제로 보지 못하고 그림으로만 접했던 성옥은 아무렇게나 과장해 말했다. 그러면서도 스스로의 말에 도취되어 확신에 차서 말했다. “이건 정말 보기 힘든 절경이라고요. 이 세상에 여기를 싫어하는 사람은 있을 수 없을 거예요. 연삼 오라버니, 그렇죠?”

연삼이 무성의한 투로 답했다. “그럴지도 모르지.”

심히 도취된 성옥은 개의치 않았다. 아홉 송이 연꽃을 어루만지며 얼굴을 가까이 대고 절절한 속마음을 담아 “오랫동안 그리워하며 기억하고, 순간순간 수도 없이 떠올렸네”라든가 “그대 때문에 옷이 헐렁해질 정도로 야위었지만 후회 없네” 같은 시구를 외웠다.

"하늘에서는 날개를 맞추며 날고, 땅에서는 한 가지로 자라길 바라네"라고 읊었다가 적당하지 않다는 생각이 들었는지 작은 손을 내저었다. "아, 이건 아니야. 다른 걸 외워볼게."

옆에서 듣고 있던 연삼은 연꽃이 잠들었기에 망정이지, 아니었으면 참지 못하고 일어나 성옥을 한 대 때렸을지도 모르겠다고 생각했다.

그랬다. 이 연못의 연꽃에는 혼이 깃들어 있었다.

전설에 따르면 홍황시대 동해 황무지의 대언산大言山 정상에서 자라는 아홉 빛깔의 연꽃은 한 뿌리에서 나왔지만 색이 각각 다르고 쓰임새도 다르다고 했다. 붉은색 연꽃으로는 술을 빚을 수 있고, 보라색 연꽃으로는 약을 만들 수 있으며, 흰색 연꽃으로는 독을 만들 수 있고, 노란색 연꽃으로는 또 무엇을 할 수 있다는 식이었다. 대언산은 해와 달이 뜨는 곳으로 영기가 충만했기에 그 아홉 빛깔 연꽃은 얼마 지나지 않아 인간의 형상을 갖추게 되었다. 그러다 대언산을 지나가던 조제祖媞 신한테 교화를 받아 상화霜和라는 이름을 얻고 조제의 신사神使가 되었다.

눈앞의 아홉 빛깔 연꽃을 조제 신의 신사인 상화라고 보아도 무리가 없을 듯했다. 사실 우무해는 당시 소관 신이 조제 신의 폐관을 돕기 위해 만든 진법이었다.

우무해와 아홉 빛깔의 연꽃 상화가 수십만 년 뒤 속세에 나란히 나타난 게 이상하긴 했지만 불가능한 일은 아니었다. 어쨌든 조제 신이 인간을 보호하기 위해 무로 돌아가면서 선택한 곳이 선계가 아닌 사해팔황을 벗어난 속계였으니 말이다.

조제 신은 세상의 첫번째 빛에서 만 년 동안 잉태된 뒤 태어난 진실의 신, 소관 신은 마족의 창조신이었다. 둘 다 홍황시대에 태어난 여신으로, 천지의 주관자인 동화, 곤륜허의 묵연, 청구국의 백지, 십리도림의 절안과 동시대를 살았다. 원고시대의 신들이 겁운을 겪은 뒤인 상고시대에 태어난 연삼 같은 신들은 이들에 비하면 까마득한 아랫세대였다. 요컨대 천지가 처음 열렸을 때가 홍황시대이고, 홍황 이후가 원고시대, 원고 이후가 상고시대, 상고 이후가 현재였다.

이 위대한 홍황시대의 두 여신은 역사책에 많이 기록되었겠지만 실제로 찾아볼 수 있는 기록은 많지 않았다. 소관 신에 관한 기록은 대부분 전쟁의 신 묵연이 사사로이 곤륜허로 가져갔다고 하고, 조제 신에 관한 기록은 어디 있는지 알려지지 않았다.

세상에는 조제 신이 소관 신을 도와 인간을 속세로 보내던 과정에서 소멸했다고 알려져 있었다.

당시 인간은 약소한 종족이라 팔황에서 생존하기 매우 힘들었다. 이를 불쌍히 여긴 소관 신은 자신의 신력을 소진하면서 속세와 연결된 약목문若木門을 열어 인간을 속세로 보냈다. 당시 십억 개의 속세에는 인간이 생존하기 적합한 사계절과 산천이 없었기에 소관 신이 조제 신에게 도움을 청했고, 조제 신은 홍련 천만 송이로 길을 열었다. 자신을 혼돈에 바침으로써 인간이 살 수 있는 만물을 만들어낸 것이다.

빛에서 탄생한 진실의 신 조제는 그렇게 속세에서 무로 돌아갔다. 그날 육계六界에는 홍련이 만개했고, 나중에 천만 송이 홍련은 천지개벽 초기의 빛이 되어 황무지 사이로 사라졌다.

연삼은 연못의 아홉 빛깔 연꽃을 한참 쳐다보다 가까이 다가가 붉은 꽃잎의 이슬을 손에 받아 마셨다. 연못가에 엎드려 있던 성옥도 연삼을 따라 이슬을 마셔보고는 깜짝 놀라 외쳤다. "술맛이 나요." 그러고는 연삼을 올려다보며 물었다. "신기하네요. 이거 술이에요? 아주 좋은 술맛이 나는데요?"

연삼이 성옥을 내려다보았다. "네가 소강동루의 취청풍을 혼자 세 단지나 마실 수 있다는 사실을 잊을 뻔했구나."

성옥은 순간 말문이 막혀 고개를 숙이고는 투덜거렸다. "뭐 좋은 일이라고, 그런 건 뭐하러 기억해요?"

연삼은 성옥을 쳐다보며 잠시 딴생각에 빠졌다. 아까 잠든 성옥의 영혼을 들여다보았을 때는 분명 혼백이 인간의 모습이었다. 성옥이 보통 인간이라는 뜻이었다. 그런데 어떻게 우무해 앞에서 아무 영향도 받지 않았을까? 우무해가 홍황의 진법이어서 인간은 미혹시키지 않는 것일까? 어쩌면 그것도 가능할 듯싶었다.

성옥은 연삼이 딴생각에 빠진 줄 모르고 붉은 연꽃의 이슬을 맛본 뒤 아주 자연스럽게 다른 꽃의 이슬도 맛보려 했다. 그때 마침 연삼이 정신을 차리고 제지했다. 이 아홉 빛깔 연꽃은 상화가 틀림없었다. 그렇다면 술을 빚을 수 있는 붉은색 꽃과 약이 되는 보라색 꽃을 제외하면 다른 꽃들은 신선도 감당하기 어려운 것들인데 일개 인간인 성옥이 어떻게 견뎌내겠는가.

연꽃은 잎이 푸르고 꽃이 풍성했다. 방금 맛본 술도 오래 묵은 느낌이 없었다. 그러니까 상화는 살아 있다는 뜻이었다. 몹시 쇠약해지고 잠이 필요해서 본체를 이 외진 동굴에 숨겨놓았을 뿐이었다.

연삼의 가슴속에 작은 물결이 일었다.

상화는 신사였다. 신들이 겁운을 겪은 뒤 새로운 시대가 시작되었을 때 신사라는 직책은 사라졌다. 신사는 피의 계약을 맺고 주인과 운명을 같이했는데, 세번째 천군이자 연삼의 아버지인 자정제는 그것이 옳지 않은 술법이라며 천군에 즉위한 뒤 바로 신사 직을 폐지했다. 신사와 주인의 운명이 연결된다는 말은 주인이 죽으면 신사도 죽고, 그 반대 역시 마찬가지라는 의미였다. 따라서 조제의 신사인 상화가 인간 세상에 나타났다면 진실의 신인 조제도 소멸하지 않았을 가능성이 있었다.

조제 신은 빛에서 태어났고, 전설에 따르면 인간을 보살펴 가꾸기 위해 걸음걸음 연꽃을 피운 뒤 빛이 되어 사라졌다고 했다. 그건 조제 신이 소멸했다는 증거처럼 보였다. 하지만 빛이란 불생불멸의 존재로 혼돈에서 태어나 혼돈으로 돌아가지 않는가. 이미 사라진 빛이라도 어느 날 혼돈 속에서 되살아날 수 있었다. 그렇게 자연적으로 생겨나고 신비로운 조화를 부리기에 홍황 신들의 운명과 인연은 가늠하기 어려웠다.

연삼은 동굴을 꼼꼼히 둘러보았지만 다른 신의 흔적은 찾을 수 없었다. 그러다 문득 돌아보니 놀다가 지친 성옥이 연못가에서 졸고 있었다. 연삼은 연못에서 붉은색 연꽃을 딴 뒤 성옥을 안고 동굴을 나왔다.

조제가 정말로 되살아난 듯했지만 상화가 아직 잠들어 있으니 조제도 신성을 회복하지 못했다고 봐야 했다. 신성을 회복했다면 조제 신은 당연히 상화를 불러들였을 터였다.

인간의 모신母神인 조제는 만물을 양육할 수 있을 뿐 아니라 시간을 되돌릴 수도 있었다. 그건 누구나 갖고 싶어하는, 하늘에 반하는 능력이었다. 조제가 돌아오면 사해팔황은 지금 같은 모습을 유지하기 어려울 게 분명했다.

밤바람이 서늘했다. 평안성은 산자락에서 별로 멀지 않았기에 성내에서 가물거리는 등불이 한눈에 들어왔다. 천지가 개벽하고 팔황에 처음 인간이 생긴 후, 소관과 조제가 힘을 모아 속세로 보낼 때까지 인간의 번식과 생존은 녹록지 않았다. 그때 속세에는 튼튼한 수목이나 푸른 산, 화려한 집, 부드러운 불빛 같은 게 없었다. 인간들은 지금처럼 편안하게 살지 못했다.

두 여신이 지금 속세의 모습을 보며 기뻐할지는 알 수 없었다.

연삼은 눈앞의 것들을 무표정하게 바라보았다.

이곳이 바로 속세였다.

중천의 달빛 아래 잠시 서 있던 연삼이 성옥을 데리고 산을 내려가기 시작했다. 고개를 돌려보니 그의 가슴에 기댄 성옥이 눈을 반쯤 뜨고 있었다. 연삼이 걸음을 멈추자 성옥이 정신을 차리는 듯했다. 곧 눈을 완전히 뜬 성옥은 까만 눈동자를 반짝이다가 눈살을 찌푸렸다.

연삼의 품에서 내려온 성옥이 씩씩거리며 연삼에게서 멀찍이 떨어지더니 입술을 삐죽였다. "생각났어요!"

연삼은 변화 없는 얼굴로 성옥을 바라보았다. "뭐가 말이냐?"

성옥이 불만스럽게 말했다. "기루에 가려고 내내 기다렸는데 제가 오지 않았다고 했잖아요? 그래서 제가 엄청 미안해했고요. 그런데 생각해보니 수공예품 가게에서 헤어질 때 오라버니는 어디에 사는지 알려주지 않았어요. 즉 오라버니는 제가 오기를 기다렸을

리 없다는 거죠. 속인 거예요. 저는 거기에 완벽히 말려들었고요!"

연삼은 잠시 머리가 혼란스러웠다. 조금 전까지 조제의 부활이라는 엄청난 일에 몰입해 있다가 갑자기 이런 얘기나 듣게 되다니. 하지만 그런 대비가 재미있었다.

연삼이 성옥에게 한 걸음 다가갔다. "정말로 기다렸다." 그러고는 잠시 멈췄다가 말했다. "임랑각에서."

성옥이 의심스럽다는 듯 눈을 가늘게 떴다. "설마 매일 임랑각에서 기다렸다고요?" 그러고는 입술을 꾹 다물고 잠시 생각해본 뒤 확신에 차 말했다. "또 거짓말이죠. 화비무에게 물어볼 거예요!"

"네가 임랑각에 왔을지도 모르겠다는 생각이 들 때마다 임랑각에 가서 기다렸다. 화비무에게 물어보거라. 그때 이후 내가 몇 번이나 왔는지." 연삼은 또 한 걸음 다가갔다.

성옥은 순간 어떻게 맞받아쳐야 할지 몰랐다. 그건 애당초 반박할 수 없는 문제였다. 연삼이 왜 임랑각에 갔는지는 연삼 본인만 아는 일 아닌가. 이쯤 되니 성옥은 탄복하지 않을 수 없었다. 연삼은 평소 말수가 적지만 일단 입을 열면 도저히 반박할 수 없는 말만 내뱉었다. 성옥은 생각에 잠겼다. "그, 그게……"

연삼 손에 있는 쥘부채 자루가 갑자기 성옥의 어깨에 와닿았다. 성옥은 부채가 펼쳐진 걸 본 적이 없었다. 이 순간에는 약간 펼쳐지고 연삼의 엄지가 벌어진 두 부챗살 위에 놓여 있었다. 살짝 드러난 새까만 부채 면에 달빛이 비쳐 무기처럼 날카롭고 차가운 은빛이 번뜩였다.

그와 달리 연삼의 동작은 부드러웠다. 어깨에 닿은 부채에 천천히 힘을 주면서 몸을 낮추더니 성옥의 귓가에 입술을 가까이 가져다 댔다. "엉뚱한 생각 하지 마라, 오해도 하지 말고." 아주 가까운 거리였기에 성옥은 귓속말 같은 그 말을 똑똑히 들을 수 있었다.

성옥은 연삼이 나직하게 웃고 있다고 생각했다. 이어서 그가 덧붙이는 말이 갈고리처럼 성옥의 귀에 꽂혔다. "사람 마음 아프게." 성옥은 연삼의 목소리가 좋다고 생각하는 한편 어떻게 해야 좋을지 갈피를 잡을 수 없었다. 순간 부채가 탁 하고 접혔다. 연삼이 부채 자루로 성옥의 어깨를 쓸면서 원래 자리로 물러났다. 담담하게 성옥을 쳐다보는 연삼의 눈동자에 웃음기가 서려 있었다.

연삼은 물러갔지만 '사람 마음 아프게'라는 말은 귓가에서 여전히 뜨거운 온도로 성옥의 귀뿌리를 데우고 있었다. 멍해진 성옥은 무슨 상황인지 판단이 서지 않았다. 연삼이 무슨 뜻으로 그런 말을 했는지 이해할 수 없었다. 성옥 자신을 원망하는 것 같다고만 느껴졌다. 자신이 연삼의 마음을 아프게 했다는 걸 믿을 수 없었지만…… 성옥은 귓불을 만지다가 한참 뒤 어정쩡하게 물었다. "오라버니, 지금 저 놀리는 거죠?"

"네 생각은?"

'네 생각은?'이라니, 성옥은 무슨 뜻인지 갈피를 잡지 못하고 멍하니 고개를 들었다. 하지만 연삼의 뒷모습만 보일 뿐이었다. "자꾸 왜 그래요?" 성옥은 힘없이 불평하는 수밖에 없었다.

"그럼 어떻게 해야 하는데?" 연삼이 뒷모습을 보인 채 물었다.

성옥은 진지하게 생각해봤지만 어떤 모습이 연삼다운 건지 알 수 없었다. 연삼은 냉담할 때도 있고 온화할 때도 있고 까다로울 때도, 갈피를 잡을 수 없을 때도, 사람을 몰아붙이거나 화를 돋울 때도 있지만 성옥에게 잘해줄 때도 있었다.

성옥은 한숨을 푹 내쉰 뒤 애매하게 대답했다. "저도 모르겠어요. 어떤 모습이든 전부 오라버니겠지요." 그러면서 얼른 연삼을 뒤따라갔다.

연삼이 더는 대꾸하지 않았기에 성옥은 그 대답에 연삼이 만족했는지 알 수 없었다. 연삼을 따라잡은 성옥은 아까 동굴에서 본 붉은색 연꽃이 그의 손에 들린 걸 발견했다. 분명 이미 뿌리에서 꺾여나온 꽃인데 기이하게도 꽃술에 물기가 차올랐다. 어두운 밤빛 속 그 꽃이 슬픔의 눈물을 흘리는 듯 보여 성옥까지 조금 슬퍼졌다.

7장

어쩔 줄 모르는 군주와 분노하는 여천의 왕세자

이튿날 성옥은 주근에게 외출 금지를 당했다. 기루에서 노느라 밤새 돌아오지 않은 부도덕한 행동을 했다는 이유에서였다.

전날 저녁 소요대산에서 돌아오는 길에 성옥은 연삼의 마차에 누워 그대로 잠들었다. 평안성에 도착했을 때 연삼은 성옥을 깨우는 대신 임랑각의 화비무에게 데려다주었다.

화비무는 성옥을 받으면서 십화루로 시녀를 보내, 오랫동안 화주를 뵙지 못해 무척 그리웠으니 하룻밤 자기 거처에서 얘기를 나누겠다고 전하게 했다.

인간계에서 사 년 남짓을 보낸 화비무는 이제 세상 물정이나 예의범절에 대해 빈틈없이 깨쳤다고 생각하며 이번 일도 잘 처리했다고 흐뭇해했다. 그래서 집에 돌아간 성옥이 감금되었다는 말을 들었을 때 도저히 이해할 수 없었다. 화비무는 호숫가에 놀러 가자고 청하는 상서尙書공자를 내팽개치고 십화루로 달려갔다.

그러다 성옥이 인안당에 갇혔다는 말을 듣고 얼른 이목주의 인안당으로 발길을 돌렸다.

이번 외출 금지에 대해 옥 공자는 의외로 담담했다. 심지어 의연하기까지 했다.

옥 공자는 인안당 뒤뜰의 대나무 누각에서 공책을 펼쳐놓고 개발새발 같은 해서체로 『고문상서』를 베껴쓰고 있었다. 필사 장사를 하려는 게 분명했다.

화비무가 성옥 옆에 앉아 주근을 욕했다. "화주가 제 거처에서 밤을 보내는 게 싫었으면 어젯밤에 사람을 보내 모셔갔으면 될 것을, 왜 밤새 참고 있다가 기루에서 논다는 죄명을 씌워요? 기루는 뭐고, 노는 건 또 뭐람? 화주가 여자인 걸 뻔히 알면서 어떻게 그런 말을 하느냐고요. 화주의 진짜 오라비라고 해도 이건 좀 지나친데, 하물며 화주의 친오라비도 아니잖아요! 정말 너무 심하다고요!"

평소라면 진작 맞장구쳤을 성옥이 이번에는 한참이나 우물쭈물하다 대꾸했다. "주근한테 뭐라고 하지 마. 사실 주근이 툭하면 나를 감금하는 건 그저…… 이목주를 좀더 자주 보고 싶어서 그러는 것뿐이야."

화비무가 당황해서 외쳤다. "네?"

성옥은 모호하게 말했다. "예전에는 주근이 왜 그렇게 나를 인안당에 가두려 하는지 몰랐거든."

"주근은 화주를 감시할 시간이 별로 없는데 목주는 매일 인안당에 있으니까 감시하기 편해서 아니에요?"

성옥이 화비무를 힐끗 쳐다보고는 목소리를 낮췄다. "여기 가둘 때마다 주근이 매일 나를 보러 왔어. 아침 일찍 와서 오후까지 있을 때도 있고 밤을 보낸 날도 있다니까." 성옥은 거기서 잠시 말을 끊고 화비무의 입이 사발만큼 벌어졌을 때 다시 말을 이었다. "이렇게 하면 나를 십화루에 가두는 것보다 더 신경을 써야 하는데 말이지. 네가 보기엔 어때?"

화비무는 아무 생각이 없어서 입을 다물고 가만히 있었다.

그때 아래층에서 발소리가 들려왔다. 대나무 누각은 방음이 잘 되지 않았기에 두 사람은 숨을 죽였다. 이목주의 음성이 울렸다. "예전에는 이튿날이면 빠져나가려고 기를 썼는데 이번에는 달라요. 세 번 가봤거든요. 그때마다 책을 읽거나 글을 쓰고 있더라고요. 자기 잘못을 아는 모양이니 올라가서 야단치는 시늉만 하고 웬만하면 풀어주세요." 이목주가 성옥을 두둔했다. 그런데 그런 말을 누구에게 하겠는가. 성옥은 화비무와 눈길을 주고받으며 약속이라도 한 듯 동시에 숨을 들이마셨다.

과연 곧이어 주근의 음성이 들려왔다. "아옥 일은 뭐…… 급하지 않아. 오늘 바람이 좋으니 나랑 좀 앉아 있을래?"

"제가 아직 일이 있어서요. 차를 내올 테니 혼자서라도 드시겠어요?"

주근은 잠시 망설이다 대답했다. "방금 들어올 때 보니까 네가 새로 캐온 약초 중에 내가 모르는 게 많던데. 그냥 앉아 있느니 너를 도와 약재를 썰 테니까 한가해지면 나한테 설명해줘. 어때?"

이목주의 문제는 가르치기를 좋아한다는 거였다. 주근이 가르침을 청하자 그는 가슴이 들떠서 기꺼이 그러겠다고 동의했다.

두 사람이 얘기를 나누며 멀어졌다.

화비무가 성옥을 보며 말했다. "화요인 주근이 속계의 약초 중에 모르는 게 어디 있어요? 분명 거짓……" '거짓말'이라는 말을 다 내뱉기도 전에 어쨌든 사 년 남짓 기루에서 쌓은 경험이 있어서인지 화비무는 불현듯 상황을 파악하고 화들짝 놀랐다.

성옥이 물었다. "왜 그래?"

"세상에."

"진정해."

"세상에, 세상에."

성옥은 화비무를 진정시키려고 냉차를 따라 건넸다.

화비무가 찻잔을 받으며 말했다. "주근은 이목주가 몽선루의 새진아賽珍兒를 연모해서 속량시킬 몸값을 모으고 있다는 걸 모르나 봐요?"

성옥이 소리쳤다. "세상에."

화비무가 성옥을 잡았다.

성옥은 계속 중얼거렸다. "세상에, 세상에."

이번에는 성옥의 손에 냉차가 건네졌다. 성옥이 탁자를 짚으며 털썩 주저앉았다. "그럼 우리 주근은 어떡해?"

두 사람은 침울하게 서로를 쳐다보기만 했다.

주근은 성옥에게 보름간의 금족령을 내렸다.

성옥은 인안당에서 글을 쓰거나 그림을 그리고, 때로는 그녀를 찾아온 화비무와 나란히 앉아 주근이 불쌍하다고 소곤거리며 별로 힘들지 않게 시간을 보냈다. 그러다보니 눈 깜짝할 사이에 열흘이 지나갔다.

열하루째 되던 날, 아침 일찍 이향이 다급히 인안당을 찾아왔다. 천자가 군신을 이끌고 황성 밖 행궁인 곡수원曲水苑으로 피서를 가는데 태황태후가 성옥이 마음에 걸린다며 함께 갈 것을 친히 명해 아침에 십화루로 소식이 왔다고, 태황태후 마마 덕분에 외출 금지가 일찍 풀렸다고 말했다.

성옥은 하품을 하며 한쪽에서 옷을 챙겨 입고, 이향은 성옥의 옷가지와 돈벌이 수단인 수틀, 필사본 등을 챙겼다. 성옥은 그다지 기쁘지 않았다. 행궁에서 태황태후 곁에 있는 것과 여기에 감금된 것 중 어느 게 더 나은지 비교하기 힘들었다.

성옥은 지난밤 늦게까지 책을 베껴쓰고 오늘은 또 일찍 일어났더니 무척 피곤했다. 이향을 따라 대나무 누각을 나선 뒤 이목주가 진료하는 대청에 이르렀을 때까지도 눈을 제대로 뜰 수 없었다.

이미 진료를 시작할 시간이 되어 이목주는 대청에서 노인 환자를 진맥하고 있었다. 앞장선 이향이 다가가 감사했다고 인사를 할 때, 성옥은 뒤에서 졸다가 문발에 걸려 버둥거렸다.

그때 누군가 다가와 문발 고리에 걸린 단추를 풀어주었다. "감사합니다." 덕분에 발에서 벗어난 성옥은 대충 공수하며 은인을 보려고 고개를 들었다. 그 순간 졸음이 싹 가셨다.

열흘 전 작래루 앞 대로에서 계명풍 세자와 함께 있었던 바로 그 사람, 하얀 옷을 입은 세자빈 진소미였다.

성옥이 자신을 알아본 걸 보고 진소미가 방긋 웃으며 입을 열었다. "얼마 전 주자가朱字街에서 군주를 만났을 때 인사를 드려야 했는데, 상황이 특수하고 급박했습니다. 뜻밖에 오늘 여기에서 군주를 만났으니 약식이나마 인사드립니다. 지난 반년 동안 안녕하셨는지요?"

여천왕이 인정한 온화하고 지혜로운 인물의 표본인 진소미는 말이나 행동 모두 항상 친절하고 나무랄 데 없었다. 하지만 아무리 그렇다 해도 세자빈이라는 신분에 비해 지나치게 겸손한 투였다.

물론 성옥은 거기까지 신경쓰지 못했다. 여천과 관련된 사람은 누구와도 아는 척하고 싶지 않았기에 진소미의 인사에 저도 모르게 눈살을 찌푸리며 답했다. "관심 가져주셔서 감사합니다. 저는 매사 평안합니다. 부인도 잘 지내셨겠지요. 아까는 감사했습니다. 그런데 제가 급한 일이 있어서 먼저 실례하겠습니다." 말을 채 끝내기도 전에 성옥은 이미 걸음을 내디뎠다.

진소미는 놀란 표정을 지었지만 몸을 돌린 성옥은 그녀의 표정을 보지 못했다. 성옥의 등뒤에서 진소미가 묻는 소리가 들려왔다. "군주는 정말 여천에게 조금의 미련도 남아 있지 않습니까?"

성옥은 순간 멈칫하면서도 걸음을 멈추거나 진소미의 말을 부정하지 않고 계속 나아갔다. 고개를 푹 숙인 채 인안당을 나서던 성옥은 누군가와 부딪혔지만 고개도 들지 않고 옆으로 비켜서며 사과한 뒤 바로 밖으로 빠져나왔다.

성옥은 자신과 부딪힌 사람이 계명풍인 줄 몰랐다.

인안당으로 들어오던 계명풍은 누군가가 정면으로 부딪혀오자 본능적으로 오른손을 들어 상대를 붙잡아주었다. 잠시 뒤에야 누구인지 알아챈 계명풍은 그대로 얼어붙었다가 성옥이 한참 멀어지고 나서야 눈을 들어 그녀의 뒷모습을 바라보았다.

며칠 전 진소미가 다리를 다쳐 치료차 인안당에 찾아온 터였다.

아직 한쪽 다리가 불편한 진소미가 천천히 계명풍 옆으로 다가와 그의 안색을 살피며 조용히 말했다. "군주가 저를 약간 오해하시는 것 같아요. 어쩌면 정말로 급한 일이 있어서 저리 총총히 가시는 건지도 모르고요. 저나 세자를 피하는 게 아니라요."

계명풍은 진소미에게 답하는 대신 눈을 가늘게 뜨고 멀어지는 성옥의 뒷모습만 바라보았다. 왠지 그 뒷모습이 왜인지 절벽에 서 있는 나무처럼 한없이 쓸쓸해 보였다.

성옥은 서둘러 임랑각으로 향했다. 연삼에게 한 달 동안 요릿집에 열 번을 데려가겠다고 약속한 게 생각나서였다. 갇혀 있는 동안에는 매일 화비무를 만나 주근과 이목주를 걱정하느라 그 일을 까맣게 잊고 있었다. 연삼은 까다롭고 맞춰주기도 어려운데다 성격마저 좋지 않은데, 열흘 내내 성옥에게서 아무 소식이 없었으니 이를 갈고 있을 게 틀림없었다. 그렇게 생각하자 가슴이 바짝 타들어갔지만 어디로 가야 그를 찾을 수 있을지 알 수 없었다. 그저 임랑각만이 연삼과 연결고리가 있는 곳이라는 생각이 들었다.

인안당에서 지내는 동안에는 연삼을 떠올린 적이 거의 없었는데, 밖으로 나와 오랜만에 거리 풍경을 보자 뜻밖에도 소강동루 앞에서 연삼이 길을 막아 섰던 일이 제일 먼저 떠올랐다. 성옥이 고개를 들었을 때 미소를 머금고 있던 연삼의 모습이.

왠지 모르게 가슴속이 뒤숭숭해졌다. 성옥은 탄식하며 걸음을 빨리하는 한편 예전처럼 운좋게 거리에서 그와 마주치기를 바랐다.

뜻밖에도 이번에 길에서 마주친 사람은 연삼이 아니라 연삼의 시녀였다. 인안당에서 오백여 걸음 떨어진 비단 가게 앞에서였다.

순간 둘 다 조금 당황했다.

천보는 성옥을 처음 보았을 때도 놀랐지만 다시 보았을 때도 놀랐다. 다만 이번에는 지난번과 다른 점에서 놀랐다. 천보는 성옥을 위아래로 세 번쯤 훑어보고 나서야 천천히 입을 열었다. "옥······ 소저?"

성옥은 오늘 하얀 치마를 입고 머리도 거추장스럽지 않도록 땋아 백옥 비녀만 하나 꽂았다. 아주 단출한 차림새였지만 누가 보아도 소년이 아니라 소녀였다.

성옥은 천보가 자신을 알아보자 기뻐하며 주변을 얼른 둘러보았다. 하지만 연삼이 보이지 않자 조금 실망하며 물었다. "연삼 오라버니는 같이 안 계세요?"

천보가 예의바르게 대답했다. "공자는 안 계십니다. 저 혼자 비단 가게에서 물건을 고르는 중이었지요. 무슨 일로 저희 공자를 찾으시는지요?" 그러면서 속으로, 소녀였구나 하고 감탄했다. 지난번 작래루에서 성옥을 본 뒤 내내 무거웠던 마음이 비로소 가벼워졌다. 그때 천보는 성옥을 대하는 연삼의 태도가 남다르다는 걸 눈치챘다. 셋째 전하가 소년에게 그렇게 특별한 걸 보고 충복으로서 지난 며칠 동안 심히 마음을 졸였는데 소년이 아니라 아가씨였다니, 이 얼마나 고마운 일인가!

성옥은 그 짧은 순간 천보의 마음이 크게 요동치는 건 전혀 모른 채 잠시 생각하다가 말했다. "원래는 연삼 오라버니를 찾으러 임랑각에 가려 했는데 여기에서 언니를 만났으니, 죄송하지만 오라버니에게 말 좀 전해주세요. 제가······" 성옥은 거기까지 말한 뒤 민망함에 검지로 뺨을 문질렀다. "제가 열흘 동안 외출 금지를 당했다가 오늘 풀려났거든요." 성옥이 눈을 들어 천보를 보았다가 다시 눈꺼풀을 내리깔고 우물쭈물 말했다. "그래서 내일 오라버니와 요릿집에 갈까 하는데 시간이 되실지 모르겠네요."

천보는 성옥의 작은 동작에 완전히 시선을 빼앗겼다. 소년이 아닌 소녀의 차림새, 생동감어린 눈매까지. 저도 모르게 빠져들어 생각했다. 이렇게 예쁘니 전하가 남다르게 대하지. 그럴 만하고말고. 일개 인간이라는 신분이 전하와는 어울리지 않지만. 그럼 신녀들은 신선이면서 인간보다 아름답지 못한데 신선이라는 이유만으로 전하에게 어울릴 만한가? 아니, 그렇지 않지.

속으로 혼자서 한바탕 논쟁을 벌이면서도 천보는 성옥의 말을 똑똑히 들었기에 조리 있게 답했다. "최근 며칠 동안 무척 바쁘셔서 잘 뵙지 못했습니다. 내일 시간이 되실지 모르겠네요. 공자께 여쭤봐야 할 것 같은데, 제가 여쭤본 뒤 답을 받아서 알려드려도 될까요?"

성옥은 잠시 멈칫했다가 실망스러운 듯 대답했다. "연삼 오라버니가 시간이 없다는 얘기로군요." 그러고는 눈살을 찌푸린 채 잠시 생각해본 뒤 말을 꺼냈다. "그럼 날짜를 내일로 정하지 않는 게 좋겠어요. 언니도 오라버니께 물어보고 제게 또 알려주려면 촉박해서 힘들 것 같아요. 제가 며칠 뒤에 저희…… 할머니를 뵈러 가거든요. 그때까지 네댓새 정도 시간이 있으니 오라버니가 언제든 한가할 때 사람을……" 성옥은 또 잠시 생각하다가 고개를 돌려 인안당 편액을 보고는 아침 햇살 아래의 의원을 가리키며 말했다. "인안당으로 사람을 보내 제게 전해달라고 해주세요."

스스로 생각해도 꽤 좋은 방법이라 성옥은 입꼬리가 절로 올라가 천보를 향해 웃으며 말했다. "그럼, 연삼 오라버니한테 그렇게 전해주세요."

이향은 비단 가게 근처에서 자신의 군주를 기다리고 있었다. 성옥과 천보의 말소리가 나지막하긴 했어도 이향은 화요였기에 보통 사람보다 청력이 좋았다.

대희국은 여황제가 다스렸던 때도 있었고 지금의 천자인 성균의 아버지 때는 권세 높은 여자 관리도 꽤 많았다. 비록 성균의 아버지는 여자 관리를 전부 후궁으로 삼았지만, 지금까지도 대희국에서는 여자의 지위가 여전히 높고 남녀가 교제할 때도 서로 구속하지 않고 개방적이었다.

그래서 이향은 자기 집 군주가 어느 귀공자를 새로 사귄 듯해도 별로 개의치 않았다. 그보다는 인안당 문 앞에 쓸쓸한 나무처럼 서 있는 계명풍 때문에 눈살을 찌푸렸다.

"여천왕부의 세자 아니십니까?" 이향은 계명풍 앞으로 두어 걸음 다가가 건성으로 인사를 올렸다.

이향이 멀어질 때까지 진소미는 일개 시녀가 그리 무례하게 구는 걸 계명풍이 용인했다는 사실에 놀라움을 금할 수 없었다.

대희국은 개국 초기에 성씨가 다른 여섯 명을 번왕藩王으로 봉했는데 지금까지 남은 번왕은 계씨 일족뿐이었다.

계명풍은 현재 여천왕이 가장 신임하는 적자이자 여천 계씨의 14대손이었다.

진소미는 아버지가 왕부의 고관이었기에 어려서부터 계명풍과 함께 지냈고 철이 든 이후에는 그를 숭배했다. 진소미의 마음속에서 계명풍은 문무를 갖춘 준수하고 우아한 인물이자 세상에서 가장 뛰어난 인재였다. 심지어 여천의 충만한 영기가 전부 계명풍 한 사람에게 집중되었다고 느껴질 때까지 있었다. 다만 그가 세상에 올 때 태양의 온기를 조금 덜 받았는지 태생적으로 성격이 얼음 같았다.

아버지가 정 때문에 일을 그르쳐서인지 얼음처럼 차가운 계명풍은 여자로 인해 일이 틀어지는 걸 몹시 싫어했다. 여색을 멀리하기가 승려 못지않았다. 계명풍에게 가까이 다가갈 수 있는 여자는 진소미가 아는 한 그녀 자신과 홍옥군주 성옥, 낙호진諾護珍까지 세 사람뿐이었다.

홍옥과 세자의 인연은 지난해 봄에 시작되었다. 여천을 유람하다가 강도를 만나 일행과 헤어진 홍옥군주가 마침 지나가던 세자의 도움을 받아 목숨을 구하고 여천왕부까지 따라오게 되었다.

진소미의 기억에 홍옥군주는 구출된 뒤 오랫동안 세자를 흠모했다. 세자가 어디를 가든 뒤를 졸졸 따라다니며 세자 오라버니, 세자 오라버니, 하고 끊임없이 불러댔다. 세자가 거들떠보지 않아도 별로 신경쓰지 않았다.

그렇게 쉬지 않고 매달려서인지 나중에는 세자도 친근하게 대해주는 듯했지만 그 시간은 오래가지 못했다.

얼마 뒤 세자가 다른 종족의 아가씨 낙호진을 구해온 뒤 남다른 시선으로 대하기 시작하면서 홍옥군주와 점점 멀어졌다. 군주는 크게 상심한 듯했다.

그러던 중 남염 고분 사건이 벌어졌다. 홍옥군주가 무슨 일을 했는지 몰라도 남염을 정복하고 싶어하던 세자는 크게 분노했다. 세자가 그렇게 화를 내는 건 진소미도 처음 보았다. 세자는 사달을 일으킨 군주를 왕부에 가둬버렸다.

그후 홍옥군주는 말도 없이 떠났다.

진소미는 마음이 편안해졌고 계명풍이 성옥에게 다른 생각을 품었었다고 여기지도 않았다. 처음에는 정이 들었을지도 모르지만 어쨌든 성옥이 여천을 떠날 때는 계명풍이 약간 질리기까지 했다고 생각했다. 그렇지 않다면 성옥이 말없이 떠난 걸 안 그 밤에 어떻게 아무 표정 없이 담담했겠는가? 또한 그날 이후 세자는 성옥을 찾으려 하지도 않았고 여천왕부에서 반년을 머물렀던 홍옥군주에 대해 언급조차 하지 않았다.

이번에 황성에서 홍옥군주와 재회했을 때 진소미는 세자의 태도를 보고 가슴이 철렁 내려앉았다. 과거에 뭔가 일이 있었는데 자신이 유념하지 않았거나 유념했음에도 아마 충분히 파악하지 못했을 거라는 생각이 들었다.

진소미의 머릿속에 방금 그 아름다운 시녀가 고압적으로 쏟아낸 말이 또다시 떠올랐다.

"저희 군주께서 여천에서 낭패를 당했을 때 세자께서 구해주시고 여천왕부에서 반년 동안 돌봐주신 점에 대해 저희 십화루는 매우 감사하고 있습니다. 저희가 후한 대접을 해야 마땅하겠지요. 하지만 남염 고분의 일에 대해 귀 왕부에서는 마땅한 대처를 하지 않으셨고, 의지할 곳 없는 저희 군주를 모진 말로 모욕하고 권위로 압박하며 깔보셨지요. 그러니 서로 비긴 것으로 하시지요. 저희 십화루에서도 더는 따지지 않겠습니다. 다만 세자께서는 앞으로 저희 군주를 다시 만나더라도 오늘처럼 모르는 척해주시기 바랍니다. 저희 군주께서도 여천 사람들과는 그리하고 싶어……"

세자는 화를 내는 대신 시녀의 말을 중간에서 잘랐다. "나와 모르는 척하고 싶어한다고?"

그 입심 좋은 시녀가 냉소를 지었다. "저희 군주께서 저기 앞에 계시니, 제 말을 믿지 못하시겠으면 직접 확인해보시겠습니까?"

세자는 한참을 가만히 있었다. 비단 가게 앞에 있던 성옥은 대화를 마치자 뒤를 돌아보지 않고 곧장 앞쪽 모퉁이를 향해 나아갔다. 시녀도 콧방귀를 뀌고는 종종걸음으로 따라갔다. 계명풍은 한 마디도 하지 않았다.

계명풍과 진소미는 그 자리에서 오랫동안 성옥과 시녀가 사라진 모퉁이를 바라보았다. 한참 뒤에야 계명풍은 진소미를 데리고 의원으로 들어갔다.

세자와 홍옥군주 사이에 무슨 일이 있었는지 자신이 잘 알고 있다고 생각해온 진소미는 불현듯 갈피를 잡을 수 없었다.

애초에 그 둘 사이에는 아무 일도 일어나지 않았는지 모른다.

갈피를 잡을 수 없는 건 계명풍의 태도뿐이니까.

집으로 돌아간 천보는 연란공주가 찾아와 서재에서 전하와 바둑을 두고 있다는 하녀의 말을 듣고 조금 당황했다.

방금 비단 가게 앞에서 성옥에게 한 말은 거짓이 아니었다. 최근 며칠 동안 전하는 무슨 일로 그렇게 바쁜지 밤낮으로 나가 있었고 오시 무렵에 한 시진 정도만 집에서 쉬었다. 그간 연란공주도 몇 번이나 찾아왔지만 번번이 헛걸음만 하고 돌아갔다. 그런데 오늘 이 시간에 전하가 집에 계시다니, 천보는 고개를 갸우뚱했다.

서재에서 시중들던 시녀가 차를 바꾸러 나왔다가 조용히 천보에게 상황을 보고했다. 연란공주가 나비와 꽃이 그려진 '접련화'를 가져와 공자에게 글을 적어달라고 부탁하면서 흥이 올랐는지 먹까지 갈아주자 공자도 흥미롭다는 듯 글을 적어주었다고 했다.

시녀는 자신이 글을 몰라 공자가 뭐라고 적었는지는 모르겠지만 용이 꿈틀대듯 힘있고 아름다운 글씨였으며 네 줄이나 적어서 공주가 무척 기뻐할 줄 알았는데, 공주가 그 글귀를 읽고 나서 갑자기 낯빛이 나빠지더니 조용히 그림을 받아 챙긴 뒤에는 차만 마시고 또 마셨다는 것이다. 뭔가 말하고 싶은 눈치였지만 끝내 아무 말 하지 않고 공자한테 바둑을 두자고 청했으며, 연란공주의 부탁을 거절하는 법이 없는 공자인지라 지금까지 바둑을 두고 있다는 얘기였다.

시녀는 낭송하듯 보고를 마친 뒤 자기 주인을 편들며 투덜거렸다. "공주가 해달라는 대로 공자께서 다 해주셨는데도 공주는 내내 안색이 좋지 않았어요." 그러고는 넌지시 덧붙였다. "공주의 성격이 갈수록 이상해지는 것 같아요."

천보는 한숨을 내쉬었다. 시녀의 보고를 들어보니 연란이 그림으로 마음을 전한 게 틀림없었다. 하지만 떨어지는 꽃에는 뜻이 있을지 몰라도 흐르는 강물에는 뜻이 없는 법이니 꽃은 상처받았을 터였다. 천보는 문득 옛 기억이 떠올랐다.

상적을 연모하던 장의가 고목처럼 마르고 속이 까맣게 타들어갈 정도로 참고 또 참다가 어느 날 '봄날 규방에서 우는 꾀꼬리' 그림을 그려 상적에게 글을 적어달라고 부탁했다.

'봄날의 꾀꼬리'로 상적을 향한 마음을 표현한 것인데 지나치게 함축적이라 상적은 숨은 뜻을 알아차리지 못했다. 결국 '봄 꾀꼬리 파랗게 돋는 버들가지 반기고, 새벽바람 불어와 푸른 하늘을 하얗게 바꾸네'라고 적어주었다.

장의는 시구를 이렇게저렇게 해석해봤지만 자신의 고백이 담긴 그림이 상적의 웅장한 의지만 자극한 것 같았다. 새벽바람처럼 팔황을 정화해 청명한 세상을 재건하겠다고 말이다. 장의는 무척 상심했다.

잠시 옛일을 떠올리던 천보는 속으로 감탄하며 중얼거렸다. 속세에 내려와 다른 건 전부 잊고 성격도 많이 변했으면서 그림으로 고백하려는 것 만은 잊지 않았구나.

연란은 아직 셋째 전하와 함께 서재에 있었다.

속세에 온 뒤 셋째 전하는 천보에게 연란을 잘 살피라고 명했다. 천보는 그 말을 연란의 일거수일투족을 모두 파악하라는 뜻으로 여겼기에, 오늘도 연란이 어떤 그림을 가져왔고 전하가 무슨 글귀를 적어주었는지 알아야 할 것 같았다.

시녀가 옆에서 우물우물 말했다. "그때 시중든 건 난문蘭問 언니에요." 난문은 셋째 전하의 필묵 시녀였다.

난문이 천보한테 다가와 복잡한 얼굴로 사정을 설명했다. "그게…… 연란공주가 그림을 펼치고 공자께 글을 적어달라고 청했어요. 나비와 추해당이 어울려 노는 '접련화'로, 전대 류자륭劉子隆 재자의 대작이었지요. 공자는 그림을 내려다보시고는 잠시 아무 말이 없으시다가 공주에게 어떤 글을 원하느냐 물었고, 공주는 이 그림에 대한 함축적인 해설이면 된다고 대답했어요."

천보가 고개를 끄덕였다. "'접련화'의 주해라면 당연히 나비가 어떻게 가을꽃을 사랑하는지에 관한 시구여야지." 그러면서 속으로 연란에게 탄복했다. 이렇게 대담한 암시라니. 연란의 성격이라면 분명 여러 날 용기를 끌어모아 행동으로 옮겼을 것이다. 천보는 전하가 대체 어떤 글을 적어주었기에 연란의 안색이 변했는지 궁금했다. "네가 옆에서 시중들었으니 공자께서 뭐라 적으셨는지 봤겠지?"

난문이 의미심장하게 물었다. "제가 방금 추해당이 그려져 있었다고 말씀드렸나요?"

천보가 의아한 얼굴로 되물었다. "말했어. 그런데 추해당이 무슨 상관이지?"

난문이 무표정하게 읊었다. "추해당은 여러해살이풀로 음력 칠월에 꽃이 피고 팔월에 열매를 맺는다. 줄기는 약재로서 객혈, 코피, 타박상 치료에 많이 쓰인다."

천보의 낯빛이 점점 무거워졌다. "그게 설마……" 천보는 차마 말을 잇지 못했다.

난문은 잠시 아무 말 없다가 말하기 괴롭다는 표정으로 입을 열었다. "공자께서 그림에 적어주신 글귀입니다. 그래서 공주의 안색이 안 좋아지셨지요."

"……" 천보는 끝내 대꾸할 말을 찾지 못했다.

이제 천보가 돌아왔으니 셋째 전하의 시중은 당연히 천보가 맡았다. 두 사람에게 따뜻한 차를 새로 올렸을 때 마침 바둑이 끝나서 공주가 돌아갈 뜻을 밝혔다. 천보는 작별을 고하는 공주의 표정에서 서운함을 읽었다.

무척 안됐다는 생각이 들었다. 미련 가득한 눈빛으로 셋째 전하를 바라보며 서운한 표정을 짓는 걸 보니 연모의 정이 몹시 깊은 모양이었다. 천보는 만약 자신이라면, 하늘의 규율을 어기면서까지 누군가를 좋아해 그림으로 마음을 고백했는데 상대가 '추해당이 타박상 치료에 효과적'이라고 적어준다면, 천군이 둘을 갈라놓을 필요도 없이 자기가 먼저 정을 끊어낼 거라고 생각했다.

연란이 돌아간 뒤 연송은 무심하게 바둑판의 형세를 훑어보며 차를 달라고 손을 내밀었다. 천보는 연송에게 다가가 차를 따라준 뒤 보고했다. "오늘 비단 가게에 갔다가 옥 소저와 만났습니다."

연송은 고개를 숙인 채 차를 마시다가 잠시 멈췄다. 계속 말하라는 의미였다.

천보가 천천히 말을 이었다. "옥 소저가 저를 알아보고 전하께 말씀을 전해달라고 했습니다. 지난 열흘 동안 외출 금지를 당했다가 오늘에야 풀려났다면서 전하를 모시고 요릿집에 가고 싶다기에, 전하께서 요즘 자리에 안 계실 때가 많다고 사실대로 말씀드렸더니, 전하의 의중을 알아봐달라고 했습니다. 며칠 뒤에 조모를 뵈러 성을 나가는데 그전까지 네댓새 정도 여유가 있으니, 전하께서 시간을 내실 수 있으면 횡파가橫波街의 인안당으로 사람을 보내 알려달라고 했습니다."

연송은 찻잔을 내려놓고 무슨 생각을 하는지 눈살을 살짝 찌푸리더니 잠시 뒤 평소와는 다른 투로 물었다. "치마를 입었더냐?"

방금 천보가 전한 얘기와 전혀 관련 없는 질문 같았다.

'옥 소저는 아가씨 아닌가? 아가씨가 치마를 입은 게 그리 희한한 일인가?' 천보는 속으로 그렇게 생각하며 머뭇머뭇 반문했다. "옥 소저가…… 치마를 입으면 안 됩니까?"

연송은 이마를 짚은 채 바둑판을 보면서 오른손으로 검은 바둑알을 놓을 듯 말 듯하다가 담담하게 말했다. "나는 본 적이 없거든." 그러고는 바둑알을 놓은 뒤에 또 물었다. "어떻더냐?"

남의 의중을 잘 헤아린다고 자부하는 천보였지만 셋째 전하 앞에서는 자신감이 뚝 떨어질 때가 많았다. 질문의 속뜻을 이해하지 못한 천보는 앵무새처럼 조심스럽게 물었다. "뭐가…… 어떻냐는 말씀이십니까?"

연송이 천보를 힐끗 쳐다보았다. "치마 입은 모습이 어떻더냐?"

천보는 잠시 기억을 되짚었다. "예뻤습니다."

연송이 다시 바둑판을 보며 물었다. "그리고?"

천보는 또 생각해본 뒤 자신만만하게 대답했다. "하얀 치마를 입었는데 무척 아름다웠습니다."

연송이 바둑판에서 고개를 들더니 무표정하게 바로 옆 책꽂이에서 책을 한 권 꺼내 천보 앞으로 툭 던져주었다. "가져가서 잘 읽어보아라."

천보가 내려다보니 표지에 '수사법의 모든 것'이라고 적혀 있었다. "그럼…… 옥 소저와의 약속은 어찌하시겠습니까?" 천보가 책을 들고 머뭇머뭇 물었다. 이런 게 바로 충복으로서 감당해야 할 난제였다. 화제가 이 지경까지 샛길로 샜는데도 처음의 화제를 잊지 않아야 했다.

연송은 대답이 없었다.

천보는 과거에 미인들이 셋째 전하를 초대하면 전하가 어떻게 답했는지 기억을 더듬어봤다. 하지만 누군가가 셋째 전하를 초대한 기억이 떠오르지 않았다. 아무리 고귀한 신녀라도 셋째 전하 옆에 있을 때는 대부분 원극궁에서 전하가 시간이 나기를 기다렸다가 뵈었을 뿐이다. 물론 꾀를 내는 신녀들도 있었다. 꾀병으로 병문안을 오게 만든 뒤 연민을 자극해 붙들어두는 식이었다. 그런 건 초대라고 할 수 없었다. 전하가 그런 행동을 좋아했는지도 가늠하기 어려웠다. 정말로 찾아갈 때도 있었지만 귀찮아할 때도 많았다. 어쨌든 셋째 전하가 무슨 생각을 하는지는 헤아리기 어려웠다.

그런데 전하가 옥 소저를 대하는 모습이 과거 신녀들을 대할 때와 조금 달라 보였다. 천보는 잡생각을 떨친 뒤 옥 소저를 도와줄 생각으로 좋게 말했다. "옥 소저가 네댓새 비는 시간을 전부 전하께 맞춘다니 아무때나 시간을 잡아주시지요. 제가 보기에 진심으로 전하를 뵙고 싶어하는 듯했습니다."

소박해도 감동적인 말이라 천보는 전하도 틀림없이 받아들일 거라고 생각했다. 하지만 목석 같은 셋째 전하는 조금도 흔들리지 않았다.

연송은 그러겠다고 말하는 대신 천보를 힐끗 쳐다보았다. "너를 속인 거다."

천보는 깜짝 놀랐다. "……무슨 말씀이신지요? 옥 소저가 왜 저를 속입니까?"

"나를 속인 거지." 연송이 담담하게 말했다. "갇혀 지낸 열흘 동안 화비무를 통해 나한테 연락하는 걸 잊어버렸으니 내가 화났을까 걱정한 게다."

"그게……" 천보는 불현듯 연송이 소요대산에서 돌아온 뒤 나흘 연속으로 임랑각에 갔던 게 떠올랐다. 그게 다 옥 소저 때문이었다니.

천보는 깜짝 놀랐다가 가만히 생각해본 뒤 말했다. "하지만 요며칠 전하께서 계속 바쁘셨다고 했더니 무척 낙담한 듯 보였는데요." 그러면서 또 곱씹어봤다. "전하를 뵙고 싶다는 말이 거짓 같지 않았습니다. 정말 그렇게 생각하는 듯했습니다."

"그래?" 연송이 시선을 바둑판에 고정한 채 입꼬리를 올렸다.

천보가 떠보듯 물었다. "그럼 전하…… 소저를 만나러 가실 겁니까?"

연송은 한참 뒤에야 입을 열었다. "됐다." 그러고는 웃으면서 만지작거리던 검은 바둑알을 내려놓고 담담하게 덧붙였다. "자기도 한번 기다려보라고 해."

8장
홍련 씨앗의 행방을 찾는 연송

눈 깜짝할 사이에 나흘이 지나고 국사가 고른 길일이 하루 앞으로 다가왔다. 바로 내일이면 황제의 어가는 서쪽으로 떠날 터였다. 성옥은 인안당에서 연삼의 소식이 들려오기만 학수고대하며 십화루를 지키고 있었다. 하지만 나흘이 지나도록 아무 소식이 없어서 완전히 낙담한 상태였다.

그나마 이목주 쪽에서 사고가 터져 주의를 돌릴 수 있게 되었다.

그 사고란 기생과 관련된 일이었다. 몽선루에서 비파를 연주하는 새진아가 전날 갑자기 출가해 비구니가 되었다. 화류계에는 인안당의 이목주가 두 해 가까이 새진아를 연모해 속량시킬 돈을 모으고 있다는 소문이 돌지 않던가.

화비무는 이목주가 엄청난 충격을 받았을까봐 일부러 십화루에 찾아와 성옥에게 그를 들여다보라고 권했다. 성옥도 화비무의 걱정에 일리가 있는 듯해 주근 몰래 인안당으로 갔다. 이목주와 거리를 돌아다닐 생각이었다. 이리저리 다니다보면 답답함이 풀릴지도 몰랐다.

인안당에는 환자가 별로 없고 이목주의 하얗고 잘생긴 얼굴에는 확실히 근심이 가득해 보였다. 그는 성옥을 보자 찾아올 걸 미리 알았다는 듯 말 한 마디 없이 곧장 문을 닫고 밖으로 나섰다.

두 사람은 임안문臨安門에서 청하가淸河街까지 나가 채의항彩衣巷으로 꺾어 들어갔다. 채의항 끝에 있는 큰 건물이 바로 몽선루였다.

성옥은 이목주와 몽선루 앞에 잠시 서 있었는데 찬바람에 재채기가 났다.

이목주가 건물 한쪽의 자귀나무를 보며 말했다. "걷다보니 여기까지 왔구나."

성옥은 상심한 이목주가 마음을 털어놓으려는구나 생각하며 정신을 가다듬고 바짝 다가섰다.

이목주는 성옥을 힐끗 보고는 자귀나무를 쓸쓸하게 가리켰다. "재작년 정월대보름에 저기에서 진아 소저를 처음 만났어. 그때 부잣집 도령 하나가 소저를 붙들고 저 나무 아래에서 〈비파행琵琶行〉을 연주해달라고 치근덕대고 있었지."

성옥은 귀를 쫑긋 세운 채 아무 말 없이 듣고만 있었다.

이목주가 말했다. "너도 뭐라고 말 좀 해봐."

성옥은 축국을 좋아하는 운동 소녀라서 음풍농월에는 젬병이었고, 이렇게 우울하고 슬픈 상황에 무슨 말을 해야 할지는 더더욱 몰랐다. 그래서 한참을 고민하다가 억지로 말을 짜냈다. "음, 이야기책에서 그런 내용을 봤어. 늘 영웅이 미인을 구해주는 걸로 시작하더라고…… 진아 소저가 괴롭힘을 당해서…… 네가 도와준 뒤에 친해졌구나?"

이목주가 멀리 하늘가를 쳐다보았다. "아니. 그 부잣집 도령이 내 친구였어. 우리도 모처럼 만난 거여서 함께 진아 소저에게 졸라 〈비파행〉을 듣고 〈꽃보라〉도 연주해달라고 졸랐지. 솜씨가 정말 뛰어나서 그뒤로 연주를 들으러 자주 갔어." 이목주가 추억에 잠긴 얼굴로 마무리했다. "나는 진아 소저의 음악을 숭배할 뿐이고, 소저와 친하다고는 할 수 없지."

성옥은 말문이 막혔다. "그러니까…… 책에 나오는 재자가인 이야기들과는 전개가 좀 다르네……"

"그렇다고 해서 전혀 특별한 게 없어." 이목주가 겸손하게 말한 뒤 잠시 침묵하다가 화제를 성옥에게 돌렸다. "내 생각이 틀리지 않았다면 오늘 네가 찾아온 건, 어떻게 너희 주근을 위로할지 물어보고 싶어서지?"

"어…… 뭐?"

이목주가 심오한 표정으로 말했다. "내가 주근에게 진아 소저의 비파 연주가 훌륭하다고 했더니 그뒤로 내가 몽선루에 올 때마다 따라왔어. 그래서 주근이 진아 소저한테 남다른 감정을 가진 걸 알아차렸지. 내가 눈썰미가 좀 좋잖아." 이목주는 고개를 끄덕이며 자화자찬하고는 성옥을 보았다. "이번에 진아 소저가 출가한 일로 주근이 많이 상심했지? 어휴. 주근은 준수하고 진아 소저도 재색을 겸비했으니 두 사람이 맺어졌으면 좋았을 텐데. 하지만 가끔은 말이야, 속세의 인연이라고 반드시 맺어질 수 있는 건 아니거든. 내가 보기에 진아 소저는 불가의 부름을 받아 출가한 거야. 불가와 인연이 있다면 속세의 인연은……" 그러면서 안됐다는 듯 고개를 저었다. "사실 나도 어떻게 주근을 위로해야 할지 모르겠어. 너희가 며칠 따라다니면서 그가 마음을 잘 추스르는지 살펴봐."

성옥은 잠시 입을 다물었다가 우물거렸다. "그게, 나는 그동안 네가……"

이목주가 하늘을 올려다보았다. "의원을 오래 닫아둘 수 없으니 먼저 돌아갈게." 그러고는 성옥에게 다시 한번 당부했다. "주근이 너무 힘들지 않게 한동안 신경 좀 써줘. 내가 마음을 고쳐줄 수는 없지만 한바탕 괴로워하고 나면 다 지나갈 거야." 성옥이 여전히 어리둥절한 표정을 하고 있자 이목주는 의견을 내놓았다. "혹시 정말로 비파 연주를 좋아하는 거라면 이렇게 하자. 며칠 뒤 내가 시간 날 때 주근을 쾌록원에 데려가 비파 선녀 김삼랑金三娘을 소개해줄게. 주근은 실연당한 거잖아, 하하, 술로 치유할 수 없는 실연이 어디 있어?"

"내 생각에 이 일은……"

이목주가 손을 내저으며 성옥의 말을 잘랐다. "주근은 심지가 강해서 한 번으로는 힘들 거야. 하지만 단언하건대 열 번이면 충분해. 열 번을 마시자고, 하하, 그러자!" 그러면서 성옥의 어깨를 툭 치고 자신의 친구를 위해 한숨을 내쉰 뒤 걸음을 옮겼다.

성옥은 이목주의 뒷모습을 보며 생각에 잠겼다. 주근한테 술을 열 번 대접하겠다는 이목주가 사랑에 눈이 멀어 기생의 몸값을 모은다는 건 가능성이 없는 얘기 같았다. 이목주는 주근이 새진아한테 빠졌다고 철석같이 믿고 있었지만, 오늘 십화루를 나올 때 보니 주근은 요황과 대희국의 백 년 뒤 국운을 논하면서 무척 안타까워하고 있었다. 주근이 새진아를 좋아한다면 그런 안타까움은 본인한테 쏟아야지, 무슨 대희국의 국운을 놓고 혀를 찬단 말인가.

주근과 이목주, 새진아의 삼각관계를 성옥은 이해할 수 없었다. 하지만 어쨌든 이 일로 서운해하는 사람도 없고 죽겠다고 난리를 치는 사람도 없었다. 누군가의 목숨이 걸리지 않은 일이라면 아무 문제도 없다는 뜻이었다.

생각을 정리한 성옥은 십화루로 돌아가려다 골목 어귀가 시끌시끌한 걸 발견했다. 두 다리가 저도 모르게 그쪽으로 향했다.

골목 어귀에서 노인이 원숭이를 데리고 묘기를 보이고 있었다. 재주를 부리는 영리한 원숭이 두 마리를 사람들이 에워싸고 구경하는 중이었다.

성옥 역시 끼어들어 구경했다. 원숭이가 나무 바퀴를 다 탔는지 노인이 밀짚모자를 들고 구경삯을 요구했다. 그제야 소매를 만져본 성옥은 전대를 가져오지 않았음을 알았다. 장난스러운 표정의 원숭이에게 억지로 웃어준 뒤 성옥은 터덜터덜 십화루 쪽으로 발길을 옮겼다.

하늘이 작심하고 놀리는 건지 오늘따라 평소에 보이지 않던 흥미로운 물건들이 즐비했다. 채의항 골목을 빠져나오자 신출귀몰한 인형 제작자 조 씨가 펼쳐놓은 노점이, 그 옆에는 황성에서 몇 달 동안 보이지 않던 설탕 과자의 장인 장 씨의 매대도 보였다. 한 달에 몇 번만 문을 여는 진 씨네 목기점에서는 열두 개의 나무조각으로 만들어진 맞춤식 자물쇠인 12방 자물쇠를 제작해 선보였다.

성옥은 당장 돌아가 돈을 챙겨 와야겠다고 생각했지만 주근의 눈을 피해 빠져나올 자신이 없어 포기했다.

성옥은 인형 매대를 미적미적 지나면서 축구선수 인형을 보고 또 보았다. 설탕 과자 매대를 지날 때도 축구 그림이 그려진 과자를 보고 또 보았다. 진 씨의 목기점에도 들어가 12방 자물쇠를 보고 또 보았다. 이곳저곳을 구경하다가 피곤해져 근처 냉차 가게까지 어기적어기적 걸어갔다. 성옥을 잘 아는 주인장이 냉차를 마시라고 내주었다.

성옥이 시무룩한 채 차를 반쯤 마셨을 때, 열두세 살쯤 되어 보이는 소년이 다가오더니 어떤 사람이 전해주라고 했다면서 파란 보따리를 성옥 옆 탁자에 내려놓았다.

성옥은 무슨 일인가 싶어 보따리를 풀어봤다. 정교한 상자가 겹겹이 쌓여 있었는데 그중 하나를 열어본 순간 눈을 동그랗게 떴다. 축구선수 인형이 들어 있었다. 다른 상자를 열자 축구 그림이 그려진 설탕 과자가 나왔다. 부들부들 떨면서 좀더 큰 상자를 열었더니 장미목으로 제작된 12방 자물쇠가 들어 있었다. 조금 전 성옥이 만지작거리느라 묻은 지문까지 보이는 듯했다. 이어 다른 상자도 열어봤다. 하나같이 성옥이 이 가게 저 가게를 돌아다니면서 보거나 만지작거린 물건들이 들어 있었다.

성옥은 깜짝 놀라 고개를 들었다. 소년에게 물어볼 생각이었는데 이미 사라지고 없었다. 찻집 주인장이 하하 웃으며 길 저쪽을 가리켰다. "방금 그 아이는 공자가 상자를 열어볼 때 맞은편 음식점으로 가던데요. 나오는 걸 못 봤으니 아직 거기에 있겠지요!"

성옥은 왼손에 축구선수 인형을 든 채 서둘러 감사인사를 한 뒤 상자들을 맡아달라고 부탁하고는 허둥지둥 가게를 나와 맞은편 음식점으로 갔다.

찻집을 나오자마자 성옥은 맞은편 건물 2층 창가에 앉은, 흰옷을 입은 청년의 옆모습을 발견했다.

마침 구름이 뜨거운 햇살을 가려주었다. 맑고 푸른 하늘 아래 고풍스러운 음식점이 단아한 미인처럼 맵시 있게 자리하고, 건물 앞 봉황나무의 가지 하나가 2층 난간까지 뻗어 있었다. 청년은 살짝 고개를 들어 그 울뚝불뚝한 외로운 가지를 바라보는 중이었다. 나뭇가지에 얼굴이 반쯤 가려졌는데도 성옥은 한눈에 그 사람을 알아보았다.

성옥이 잔뜩 흥분해 손을 흔들었다. "연삼 형님!"

청년은 당황한 듯 멈칫했다가 성옥을 내려다보았다. 잠시 뒤에야 뺨을 괸 채 올라오라는 입 모양을 해보였다.

성옥이 빙긋 웃으며 답했다. "기다리고 계세요!"

연송은 매우 느긋해 보였지만 사실 근 열흘 만에 얻은 반나절의 여유였다.

애당초 환생한 장의를 보살피기 위해 속세에 내려왔기에 연송은 여러 차례 공을 세워 대장군이라는 직위에 올랐다. 대장군이란 병사를 이끌고 적에 맞서는 한편 귀경하면 정사에도 참여해야 하는 자리인지라 한가할 새가 없었다. 최근에는 정무 외에 새로운 일까지 생겨서 밤마다 교외 지역을 돌아다니느라 더 바빴다.

새로운 일이란 진실의 신 조제의 흔적을 찾는 것이었다.

끼어들고 싶지 않았지만 조제 신에 관한 일이라 아무리 귀찮아도 모르는 척할 수 없었다.

조제 신에게는 시간을 되돌리는 능력이 있었다. 그런데 신성을 아직 회복하지 못했으니 신족이든 귀족이든 마족이든 심지어 요족까지 조제 신을 찾기만 하면 쉽게 제압할 수 있을 터였다. 어느 종족이든 지금의 조제를 찾아 제압하면 팔황은 재난에 빠질 게 분명했다.

조제를 손에 넣는다는 건 시간을 되돌릴 수 있는 능력을 얻는다는 의미였다. 마족이라면 틀림없이 홍황시대로 돌아가려 할 것이었다. 소관 신이 마족을 이끌고 남황을 제패해 동쪽으로는 신족을, 서쪽으로는 귀족을 억압해 최고의 영광을 누리던 시기로. 귀족이라면 이만여 년 전으로 되돌릴 게 뻔했다. 경창이 봉인되기 전, 신족과 대등한 지위를 누린 귀족 최고의 시간이었다. 신족은 지금이 가장 막강한 시기이지만 일단 조제를 얻으면 야심만만한 자정제가 새로운 계획을 모색할 게 분명했다.

팔황을 통틀어 조제와 사해를 사심 없이 보호할 인물은 태신궁의 동화제군과 십리도림의 절안상신, 홍황시대의 두 신뿐이었다. 그리고 이 일에서 믿음직한 건 역시 동화제군이었다.

연송이 일을 처리하는 방식대로라면 화근을 발견하자마자 동화제군에게 넘기고 빠졌겠지만 지금은 자신이 하계下界의 신이라 동화에게 직접 말을 전할 수 없었다. 게다가 시간을 따져보니 제군 역시 폐관에 들었을 때라 직접 맡는 수밖에 없었다.

열흘을 찾아다녔어도 연송은 아무 소득을 얻지 못했다. 그러다 오늘 아침 국사 속급의 쪽지를 받았는데 거기에 생각지도 못한 실마리가 들어 있었다. 국사가 최근에 책을 입수했는데 한 번도 들어본 적 없는 고대 신에 관한 기록이 있으니 찾아뵙고 가르침을 청하고 싶다는 내용이었다.

연송은 반나절 시간을 내서 국사를 만나기로 했다.

그러다 길에서 성옥을 보았다.

아주 가까이에 있었는데도 성옥은 인형 매대 앞에 앉아 정신없이 구경하느라 연송을 전혀 알아차리지 못했다.

연송은 눈을 가늘게 뜨고 성옥을 쳐다보며 생각했다. 대체 누가 나랑 요릿집에 가고 싶어 집에서 꼼짝 않고 소식을 기다린다는 거지? 역시 믿지 않기를 잘했군.

성옥은 축국선수 인형이 무척 마음에 들었는지 자단목 비녀를 만지작거리며 인형 장수 노인에게 물었다. "이 비녀랑 축국선수 인형이랑 바꾸면 어때요?" 노인은 비녀의 가치를 알아보지 못하고 힐끗 쳐다본 뒤 상대하지 않았다.

성옥이 좀더 다가가 또 물었다. "그럼 이 비녀를 드릴 테니 축국선수 인형을 만져봐도 될까요?" 노인은 귀찮다는 듯 비녀를 쳐다보고 대꾸했다. "손때 타서 안 돼요."

연송은 성옥 몇 걸음 뒤의 수양버들 아래에 서 있었다. 연송은 성옥의 옆얼굴만 보고도 속상해하는 걸 알 수 있었다. 성옥은 몸을 일으킨 뒤에도 인형에서 시선을 떼지 못한 채 한참을 쳐다보고, 발을 옮겨 터덜터덜 걸어가면서도 돌아보고 또 돌아보았다.

오늘 성옥은 연두색 남자옷에 머리카락은 높이 묶어 올렸고 흰 테두리의 연두색 끈을 이마에 묶고 있었다. 진짜 소공자처럼 얼굴에 분도 바르지 않았다. 하지만 버들가지 같은 눈썹과 별처럼 빛나는 눈동자, 꽃송이 같은 낯빛, 앵두 같은 입술을 가진 미모가 분을 바르지 않았다고 묻힐 건 아니었다. 그런 얼굴로 서러운 표정을 짓고 있으니 외면할 수 없었다.

지금껏 연송은 스스로가 목석처럼 무심해 '외면할 수 없다'라는 말은 자기 사전에 없다고 생각해왔다. 그런데 품에 상자를 가득 안고 서 있는 자신을 발견하고는 순간 망연해지면서 뭘 하고 있었는지 이해되지 않았다.

성옥 뒤를 따라가며 인형과 설탕 과자, 12방 자물쇠를 비롯해 성옥이 보고 만진 모든 것을 산 듯했다.

사람들로 북적이는 거리 한쪽에 서서 연송은 처음으로 스스로에게 의문이 들었다. 성옥이 좋아한 물건들은 전부 허접스러웠다. 연송이 만든 불탑의 승려나 목각 배우, 상아 선녀에 비해 한참 떨어졌다. 무엇보다 연송 자신의 품성을 생각할 때 이런 걸 왜 성옥에게 사주려 하는지 그 자체가 수수께끼였다.

마침 소년이 지나가기에 연송은 눈을 감고 그만두자, 보지 않으면 마음에 걸리지도 않겠지, 라고 생각하며 소년을 불렀다. 심부름값을 주며 품에 안고 있던 엉망진창 물건들을 전부 성옥에게 가져다주라고 시켰다.

2층까지 뛰어올라온 성옥은 연삼의 탁자 앞에 도착하자 숨이 차 헐떡거렸다.

성옥 손에 들린 축국선수 인형을 보자 연삼은 저도 모르게 눈썹이 올라갔다. 성옥은 연삼의 짜증 섞인 기색을 알아차리기는커녕 잔뜩 신이 나 연삼의 눈앞에서 인형을 한 바퀴 돌리고는 환한 얼굴로 말했다. "그 물건들 전부 형님이 사주신 거죠?"

연삼은 무표정하게 뒤로 물러났다. 그 허접한 물건에 돈을 썼다는 사실을 정말이지 인정하고 싶지 않았다. 그래서 답하는 대신 되물었다. "어째 너는 만날 때마다 돈 때문에 고민하고 있는 게냐?"

성옥은 인형을 들고 연삼 옆에 앉아 잠시 생각하다가 솔직하게 털어놓았다. "형님과 마주칠 때만 그런 게 아니에요. 저는 늘 돈 때문에 골머리를 앓거든요. 열세 살 때부터 쭉 그랬어요." 이어 온갖 풍파를 겪은 노인처럼 한숨을 내쉬었다가 짐짓 세상살이가 힘든 걸 잘 안다는 듯한 투로 말했다. "하지만 그게 인생이니 어쩌겠어요?" 성옥은 잠시 침묵했다가 덧붙였다. "사는 게 참 힘들어요. 안 그래요?"

연삼은 성옥을 가만히 쳐다보다가 소매에서 한 치 두께는 되는 은표 뭉치를 꺼내 성옥 앞에 놓았다. 성옥이 멍한 얼굴로 감히 손을 뻗지 못하자 연삼은 몸을 기울여 친히 성옥의 소매에 넣어주기까지 했다. "인생은 나도 잘 모르겠다. 뭐가 힘든지도 잘 모르겠고. 이걸 쓰면서 천천히 생각해보거라."

성옥은 소매를 들춰 안쪽에 든 은표를 쳐다본 뒤 우스꽝스러운 동작을 해 보이며 의아한 투로 물었다. "이거…… 저한테 주는 용돈이에요?"

연삼이 직접 차를 따르며 대답했다. "그래."

성옥은 은표가 든 소매를 만지작거리며 믿을 수 없다는 표정을 지었다. "제 진짜 사촌 오라비들과 주근은 용돈을 이렇게 많이 준 적이 없는데요!"

연삼은 찻주전자를 탁 소리가 나도록 내려놓고 눈살을 찌푸리며 말했다. "그 사람들은 대체 왜 네가 돈 걱정을 하도록 내버려두는 거냐?"

성옥은 자기 주변 사람들이 인색하다고 연삼이 오해한 듯해 기를 쓰고 변호했다. "그게 다 제가 호구라서 그럴 거예요. 워낙 돈을 아무렇게나 써대니까 미리 차단한다고나 할까요." 그러면서 더듬더듬 말했다. "그런데…… 연삼 형님, 이 돈은, 너무 많아요. 제가…… 받아도 될지……"

연삼이 찻잔에서 눈을 들었다. "좀 익숙한 대화로구나."

성옥은 상아 선녀를 줄 때 강경했던 연삼이 떠올랐다. "하지만……" 연삼을 떠보듯 입을 열던 성옥은 예상대로 그의 눈빛이 차가워진 걸 발견했다.

성옥은 고민스러웠다. "제가 늘 이러면 안 좋지 않나요?"

"늘 어쩌는데?"

성옥이 우물우물 말했다. "오라버니 것을 먹고 쓰고, 지금은 받기까지……"

연삼이 성옥을 힐끗 쳐다보았다. "그럼 너한테 돈이 있느냐?"

성옥은 갇혀 있는 요 며칠 동안 얼마나 모았는지 계산해보며 애매하게 대답했다. "조, 조금 있어요."

"조금이라면 없다는 뜻이로구나." 연삼은 담담한 투로 답하고는 성옥이 계속 손에 쥐고 있는 인형을 쳐다보았다. "내가 사준 물건들은 마음에 들었고?"

성옥은 솔직하게 고개를 끄덕였다. "마, 마음에 들어요."

연삼은 계속해서 담담한 투였다. "그래, 무척 마음에 들었구나. 그리고 그걸 전부 돌려주고 싶고?"

성옥은 이번에는 대답하지 않았다.

연삼이 성옥을 보며 말했다. "돈은 없지만 좋아하는 건 많구나. 다 누리고 싶으면 내 것을 먹고 쓰는 것 외에 네가 할 수 있는 게 뭐가 있지?"

성옥은 마땅히 대답할 말이 없어 탄식을 내뱉었다. "그래서 제가 사는 게 힘들다고 한 거예요."

연삼이 확실하게 마침표를 찍었다. "그럼 이럴 수밖에."

아무리 그래도 적절하지 않다는 생각이 들어 성옥은 고개를 숙인 채 생각하다가 탁자에 엎드리며 물었다. "그럼…… 형님은 뭐 특별히 좋아하는 거 없어요?" 그러고는 고개를 돌려 연삼을 보면서 조용히 말했다. "저는 뭐든 아주 빨리 배우거든요. 형님이 좋아하는 게 있으면 제가 배워서 선물할게요."

연삼은 성옥을 한참 쳐다보았다. "노래를 배울 수 있겠느냐?"

성옥은 잠시 입을 다물었다가 대답했다. "그것만은 아무리 해도 불가능하니 다른 걸로 바꿔주세요."

연삼은 성옥의 뜻에 따라주었다. "춤은?"

이번에도 성옥은 잠시 침묵을 지켰다. "노래와 춤은 어떻게 해도 안 되더라고요. 다른 거요."

"칠현금?"

세번째 침묵이 이어졌다. "노래와 춤, 칠현금만은……"

연삼이 황당하다는 듯 말을 잘랐다. "뭐든 빨리 배운다고 하지 않았느냐?"

성옥은 연삼을 힐끗 보았다가 도로 고개를 숙이고 발끝으로 걸상 밑에 동그라미를 그렸다. "아무리 똑똑한 사람이라도 단점이 있거든요……"

"너는 단점이 아주 많구나."

성옥은 화를 낼 수도, 대꾸를 할 수도 없어 한참 생각하다가 제안했다. "제가 활을 잘 쏘거든요. 토끼를 잡아드릴게요."

연삼이 웃었다. "활은 나도 잘 쏜다. 호랑이도 잡아줄 수 있지."

성옥은 말문이 막혔다. "그…… 그럼, 저는, 한 번 본 건 잊어버리지 않아요."

연삼이 눈썹을 치켜올렸다. "기억력이 좋은 줄은 몰랐구나."

성옥은 자신이 연삼 앞에서 얼마나 많은 걸 잊어버렸는지 떠올렸다. 만날 때마다 그와 관련된 뭔가를 잊었다고 지적받았다. 화제를 계속 이어가기 어렵다고 생각한 성옥은 힘없이 변명했다. "그건…… 제가 신경을 써야만 잊어버리지 않는데 아마 대부분…… 별로 신경쓰지 않았나봐요……"

"아, 별로 신경쓰지 않았다고?"

성옥은 또 말실수한 걸 깨닫고 어떻게든 만회하려 했다. "아니면 제가 취했거나 다른 중요한 일을 생각하느라……"

연삼은 더 따지고 드는 대신 너그럽게 물었다. "네가 정말로 기억력이 좋다고 해도 나한테 무슨 소용이 있지?" 무척 실질적인 질문이었다.

비위 한번 맞추기 힘들다고 생각하면서 성옥은 머리를 쥐어짜다가 마침내 자신의 또다른 특기를 떠올렸다. "그럼 저…… 저는 수를 놓을 수 있어요!" 제대로 된 특기를 떠올린 성옥은 뛸듯이 좋아했다. "형님은 못하시죠!"

그 말을 내뱉기가 무섭게 연삼이 성옥을 휙 잡아당겼다. 방금까지

나른하게 탁자 위에 엎드려 온몸의 힘을 빼고 있었기에 연삼이 팔을 세게 잡아당기자 성옥은 어리석은 나방이 불로 뛰어들 듯 자기 의지와 상관 없이 속수무책으로 연삼의 품에 안겼다.

잠시 뒤에야 소동이 벌어진 걸 알았다. 음식을 가져오던 점원이 뒤쪽의 탁자를 지날 때 의자에 발이 걸리면서 들고 있던 음식을 모두 바닥으로 쏟았다. 성옥이 통로 쪽에 앉았기에 연삼이 잡아당기지 않았다면 옷에 국물이 다 튈 뻔했다.

성옥은 그 난리통 속에서도 연삼이 이렇게 묻는 소리를 들었다.

“수를 놓을 수 있다고?”

그제야 성옥은 연삼과 너무 가까이 붙어 있다는 걸 알았다. 이어서 자신이 연삼의 다리 위에 앉아 있는 것을 보고 화들짝 놀랐다. 성옥은 새우처럼 몸을 둥글게 만 채 한 손으로 연삼의 오른팔을 꽉 쥐고 있고, 연삼의 왼손은 성옥의 등을 안정적으로 받치고 있었다.

민망하다는 생각이 들기도 전에 성옥의 얼굴이 먼저 달아올랐다. 본능적이고 무의식적으로 달아올라 약간 멍청해보일 정도였다. 얼굴은 월계화처럼 붉어지고 칠흑처럼 까만 눈동자에는 당혹감이 서려 부끄러워하는 듯도 보였다. 천진한 부끄러움이었다.

연삼의 다리 위에 앉아 있으면서도 성옥은 잊지 않고 대답했다.

“네, 그것도 아주 잘 놓아요.” 목소리가 얼마나 촉촉한지 조금만 비틀어도 물이 나올 듯했다.

성옥은 자신의 부끄러운 마음이 당혹스럽고 난감해 헛기침을 내뱉은 뒤 조용히 말했다. “이제 내려주세요.”

하지만 연삼은 성옥을 내려주지 않고 호박색 눈동자로 성옥을 포박했다. 호랑이가 꽃사슴을 사냥하는 듯한 그 눈빛에 성옥은 본능적으로 두려움을 느끼며 버둥버둥 몸을 일으켰다. 그러자 연삼의 오른손이 성옥의 허리를 꽉 잡았다.

성옥은 그의 행동이 무슨 의미인지 알 수 없어 눈만 동그랗게 떴다. 버둥거리며 허리를 똑바로 펴 앉았기 때문에 연삼을 올려다보지 않고 정면으로 눈을 마주할 수 있었다. 미묘하게 달라진 눈높이 덕분에 성옥은 더이상 자신이 호랑이 앞의 꽃사슴처럼 느껴지지 않았다.

연삼의 얼굴에는 뜻밖에 아무 표정도 없었으나 성옥이 바라본 순간, 그 무표정한 얼굴에 돌연 웃음기가 번졌다. 이내 따뜻한 숨결이 성옥의 귓가에 닿았다. "그렇게 수를 잘 놓는다면 향낭을 하나 수놓아다오."

"하지만……" 성옥은 너무 부끄러워서 본능적으로 목소리를 낮추며 원망하듯 투덜거렸다. "제가 아무것도 모르는 어린애인 줄 아세요?" 성옥이 연삼을 살짝 밀었지만 연삼은 밀리지 않았다. 성옥이 나직한 목소리로 진지하게 설명했다. "오라비에게는 신발이나 모자를 선물하는 법이에요. 향낭은 정인에게 주는 거라고요. 그러니 향낭이 아니라 신발을 선물해야죠."

연삼은 준수한 눈에 웃음기를 띤 채 여전히 오른손으로 성옥의 허리를 안고 그녀처럼 나직하게 말했다. "하지만 나는 향낭을 원하는데." 안 그래도 서늘한 목소리인데 낮추어 말하니 달밤에 들려오는 시냇물 소리처럼 어디에서 들려오는지 알 수 없게 모호해졌다. 형언할 수 없는 묘한 느낌이 들었다.

넋을 홀리는 듯한 목소리에 성옥은 어떻게 해야 할지 몰라 가볍게 연삼을 밀었다. "억지 부리지 마세요."

연삼은 자신을 밀어내는 성옥의 손을 꽉 잡았다. 성옥이 가볍게 떨면서 어떻게 대응할지 난감해할 때 마침내 연삼이 성옥을 놓아주었다. "내가 기다리던 사람이 왔구나." 연삼은 웃으면서 성옥을 옆쪽 의자에 내려놓고 구겨진 소매까지 정리해주었다. "나가서 구경 마저 하거라." 그러면서 어수선한 틈에 바닥으로 떨어졌던 인형을 주워 아무 일도 없었다는 듯 건네주었다.

음식점에서 냉차 가게로 꿈속을 걷듯 돌아온 뒤에야 성옥은 정신을 차릴 수 있었다. 그러고 나자 문득 자기 자신한테 의아해졌다. 연삼 오라버니는 오라버니일 뿐이잖아. 나를 도와줬을 뿐이고 내가 조심성 없이 오라버니 품에 안겼던 거야. 전부 의외의 사고였을 뿐인데 왜 얼굴이 붉어졌을까?

눈살을 찌푸린 채 자신에게 묻고 또 묻다가 성옥은 냉차 가게에 손님이 많아지면서 주인장이 눈치를 줄 때쯤 허울만 좋은 결론을 내렸다. 그래, 그때 오라버니 품에 새우처럼 앉았기 때문이야. 무의식중에도 그 자세가 유치하고 창피하게 느껴진 거지.

말도 안 되는 핑계였지만 성옥은 스스로 설득당해 개운한 마음으로 안도의 한숨을 내쉬었다. 과연 연애 경험이 전혀 없는 무지한 소녀였다.

연송이 기다리던 사람은 국사였다. 성옥이 나가고 국사가 올라오기를 기다리며 연송은 원래대로 냉정하고 단아하게, 홀로 차와 꽃을 감상하며 반나절의 여유를 즐기는 사람으로 돌아왔다. 하지만 이따금 맞은편 냉차 가게로 시선을 던졌고, 국사가 앞에 앉은 이후에야 완전히 눈길을 거두었다.

속급은 선황제가 봉한 국사였다. 국사는 사십 년 전에 자기 스승한테 속아 선황제를 보좌하러 하산했다. 선황제도, 국사도 소년일 때였다. 이제 선황제 무덤가의 소나무 묘목이 세 장 높이까지 자랐으니 국사도 나이든 모습이어야 마땅했다. 하지만 그는 지금도 청년의 모습을 유지하고 있어, 조정의 문무 대신들은 하나같이 그를 경외했다.

그의 얼굴을 보면 경외심이 들지 않을 수 없었다.

국사가 스승을 따라 산에서 수행을 시작했던 해에는 큰 가뭄이 들어 기근이 심했다. 당시 국사는 그저 따뜻한 밥과 잠자리를 얻기 위해 입문했지, 도를 깨쳐 신선이 되겠다는 생각은 없었다. 타고난 기질이 워낙 뛰어났고 수행 과정도 더할 나위 없이 순탄해 결국 성과를 낼 수 있었다. 이에 국사는 그만 하산해 고향에 떡집을 열고 싶으니 허락해달라고 스승에게 여러 차례 청했지만 끝내 허락받지 못했다.

그러던 어느 날 스승은 그의 간청이 성가셨는지 느닷없이 그를 선황제의 국사로 보내버렸다.

선황제는 매우 두서없는 황제였다. 조정에 현명한 문신과 용맹한 무관이 적지 않았는데 선황제는 현명한 여성 문신과 용맹한 여성 무관을 전부 후궁으로 삼아버렸다. 그런 황제 밑에서 나라와 조정을 평화롭게 유지하려면 현학玄學을 믿는 수밖에 없어 다들 국사에게 의지했다.

때문에 국사는 늘 일에 치이고 정신적 압박도 많이 받았다. 조정에서는 그의 성격이 별로 좋지 않다는 소문이 파다했는데, 그건 사실이었다. 국사의 성격은 선황제가 승하한 뒤에야 조금 온화해졌다.

이후 성균이 제위에 오른 뒤 대희국에는 새로운 기풍이 자리잡았다. 젊은 천자는 공정하고 능력이 있었다. 나라 안팎의 고질병을 고치고 문제를 바로잡는 데 능력을 발휘했다. 엄숙한 분위기 속에 조정이 서서히 깨끗해졌고 국사도 즐겁게 노년을 보낼 수 있게 되었다. 매일 고서를 보고 떡을 연구하면서 성균의 시대에 적응해갔다. 선경에 오를 기회를 만나지 못했다면 진작에 고향으로 돌아가 떡집을 열었을 터였다.

지금의 천자는 사려가 깊어 국사의 취미를 잘 알았다. 국사가 떡집을 열도록 직접적으로 도와주지는 못해도 진귀한 고서를 선물하곤 했다. 최근 여천왕이 황성에 보고차 들어오면서 남염의 진귀한 보물과 고서를 많이 가져왔는데 천자는 새로 얻은 남염의 고서 중 몇 권을 국사에게 보냈다.

국사가 오늘 연송에게 가져온 역사서도 그중 하나였다.

국사는 책을 연송 앞에 펼쳐놓고 손마디로 톡톡 두드리며 말했다. "바로 이 부분입니다." 그러고는 책에 적힌 남염 문자를 해석해 읽었다. "……인간의 조상 아포탁阿布托은 종족을 이끌고 이 세계로 옮겨왔는데 처음에는 천지가 컴컴하기만 했다. 계절도 없고 곡식도 없으며 살아 있는 생물도 없었다. 그 광경에 종족들은 눈물을 뚝뚝 흘리면서 '우리는 이곳에서 죽겠구나'라고 울부짖었다. 그때 갑자기 빛 속에서 신녀가 내려왔다. 붉은 옷을 입고 발에 금방울을 매단 신녀는 노을빛 속 아침 구름처럼 아름답고 겨울 달처럼 환했다. 아포탁은 신녀를 조상신 나란다那蘭多로 받들며 모두와 함께 절을 올렸다……"

국사는 몇 줄을 뛰어넘어 계속 읽었다. "제삿날, 나란다는 비와 바람으로 호법의 깃발을 만들고 흰 구름으로 하늘에 오를 다리를 만들었다. 바람 깃발이 흔들리고 하늘 다리가 솟아난 뒤, 갑자기 다리 가운데에서 천만 개의 칼이 빗살처럼 빽빽하게 튀어나왔다. 검은 머리카락을 늘어뜨리고 붉은 옷을 입은 조상신 나란다는 맨발로 칼 위를 걸어갔다. 걸음을 내디딜 때마다 금방울이 울리고 홍련이 피어나며 혼돈 속에서 빛이 생겨났다. 하늘 다리 백 리에 홍련 만 송이가 피어났다. 다리 끝에 이른 나란다는 홀연히 하늘가의 빛으로 변했다. 봉황이 날개를 드리우듯 빛이 세상을 감싸자 컴컴하던 세상이 갑자기 밝아지고 계절이 생기며 초목이 돋아나고 새가 노래하고 짐승이 뛰어다니기 시작했다. 팔황과 다를 바 없었다. 이에 종족들 모두 울부짖으며 조상신 나란다의 희생을 애도했다. 인간의 조상인 아포탁은 크게 슬퍼하며 조상신의 유해를 석 달 동안 찾아다니다 홍련의 씨앗을 얻었다……"

거기까지 읽은 뒤 국사는 연송에게 질문을 던지기 위해 멈췄다. 연송은 직접 책을 넘겨 다음 장을 보려 했지만 그 뒤는 공백이었다. 다시 한 장을 넘기자 글이 나왔으나 내용이 달랐다. 연송이 미간을 찌푸리며 눈을 들었다. "여기 나오는 나란다가 누구냐고 묻고 싶은 것이겠지?"

속급이 대답했다. "맞습니다."

"남염어의 나란다는 내 생각에." 연송은 잠시 생각한 뒤 말을 이었다. "조제로 번역될 수 있을 거네."

조금 전 속급이 그 단락을 읽었을 때 연송은 깜짝 놀랐다. 조제에 관한 이토록 온전한 기록은 팔황에서도 찾아볼 수 없었다. 이 책을 동화에게 가져가면 제군도 다른 눈으로 볼 듯했다. 이 책을 오래 살펴보고 연송에게 읽어주기까지 한 속급은 조제라는 말을 듣고도 별로 놀라지 않았다. 오히려 조금 시들해 보였다.

연송은 망연한 표정의 국사를 보며 말했다. "아무래도 자네는 조제 신의 존함을 들어본 적이 없나보군. 틀림없이 나란다도 들어본 적이 없고."

"들어본 적이 없습니다." 속급이 나직하게 답한 뒤 의문을 표했다. "이 글에 따르면 아포탁이라는 군왕이 어딘가에서 인간을 이 세상으로 데려왔습니다. 그때 이곳은 무척 황량했고요. 나란다가 목숨을 바친 뒤에야 세상에 계절과 오곡이 생겼고 인간이 살아갈 수 있게 되었습니다. 그렇다면 나란다는 인간의 모신이라고 할 수 있습니다. 하늘이 어떻게 생겼고 인간이 어디에서 왔는지는 종족별로 각기 다른 전설이 있는데, 이런 전설은 한 번도 들어본 적이 없습니다. 중원에서 정통으로 여기는 전설은 반고가 하늘을 열고 복희와 여와 남매가 화합해 인간을 낳았다는 것입니다. 저희 인간을 위해 비바람을 조정하고 오곡을 풍요롭게 한 것도 그들 두 신이고요."

잠시 침묵이 흐른 뒤 연송이 입을 열었다. "내가 아는 복희와 여와는 인간을 낳은 적이 없네. 반면 남염족이 말한 이 나란다는, 그러니까 이 조제 신은 우리 신족이 줄곧 떠받들던 존엄한 신이었지. 인간들의 모신인 것도 확실하고."

속급은 매우 놀랐다.

연송이 책을 몇 쪽 넘겨보며 말했다. "먹물도 새것이고 종이도 오래되지 않은 걸 보니 원본이 아니고 필사본이군." 그러고는 빈

곳을 두드리며 물었다. "여기는 왜 누락되었나? 원본을 내게 빌려 줄 수 있겠나?"

속급은 선황제를 재위 기간 내내 보좌했다. 선황제는 머릿속에 든 게 별로 없는데도 끊임없이 왜냐고 묻는 황제였다. 그런 선황제에게 삼십여 년을 시달렸기에 국사는 뭐든 의문이 하나 생기면 그것과 관련된 수만 가지 질문을 대비하는 습관을 오래전부터 갖고 있었다.

그래서 연송이 묻자마자 대답할 수 있었다. "말씀대로 이건 필사본이지요. 하지만 황제가 애초에 제게 하사하신 게 이 필사본이었습니다."

연송이 더 묻기 전에 국사가 미리 말했다. "역대 여천왕은 모두 남염국을 정복하고 싶어했습니다. 남염은 여천과 국경을 맞대고 있지요. 서남의 이민족 중 가장 신비한 남염국 일족은 독충을 잘 쓰고 둔갑술에도 능하다고 합니다. 또 남염국에는 산과 강이 무척 많고 비밀스러운 함정도 많지요. 그러다 이번에 여천왕부의 세자가 남염의 한 고분에 들어갔는데 거기에 남염의 산천 지리와 기이한 술법을 기록한 고서가 많았다고 합니다. 이에 세자는 사람을 보내 고분에서 가장 중요한 책 몇 권을 베끼게 했다지요. 지피지기면 백전백승이라고요." 국사는 기다란 손가락으로 탁자 위의 책을 가리켰다. "이것은 그날 베껴쓴 책 중 하나입니다. 비술이 걸렸는지 원본은 바람을 쐬자마자 먼지로 변했다고 합니다. 그러니 세상에 원본은 없고 필사본만 있을 뿐이지요."

연송은 책의 공백을 쳐다보며 잠시 생각한 뒤 물었다. "그러니까 여기에 뭐가 적혀 있었는지 알려면 베껴쓴 사람을 찾아 물어보는 수밖에 없다?"

속급이 고개를 끄덕였다. "여천왕은 아랫사람들을 매우 엄격하게 단속하기에 필사한 사람이 누구인지 그의 왕부에서는 확인할 수 없었습니다. 그런데 이 글씨가 보면 볼수록 익숙한 겁니다. 아무래도 제가 아는 군주의 손에서 나온 듯합니다. 무척 총명해 어린 나이에도 여러 종족의 언어를 할 수 있지요. 어느 해인가 열세 종류의 문자로 경서를 필사해 태황태후의 복을 빌었는데, 그 문자들 속에 남염의 글도 있었습니다. 더군다나 이 군주가 얼마 전 여천에 있었고요."

연송은 손가락으로 '인간의 조상인 아포탁은 크게 슬퍼하며 조상신의 유해를 석 달 동안 찾아다니다 홍련의 씨앗을 얻었다'라는 문장을 톡톡 치면서 담담하게 말했다. "그럼 그 군주에게 가서 '홍련의 씨앗을 얻었다'는 글 뒤에 무슨 내용이 있었으며 왜 필사하지 않았는지 물어보세."

그때까지 막힘없이 대답하던 국사가 이번에는 뭔가 곤란한 듯 헛기침을 했다. "그게……"

연송이 눈썹을 치켜올렸다.

국사가 또 헛기침을 내뱉은 뒤 말했다. "그게…… 전하께서 이 일을 궁금해한다는 사실은 안 알려지는 편이 좋겠습니다. 군주가 알게 되면 제가 찾아가 물어봐도 알려주지 않을 테니까요."

연송이 눈살을 찌푸렸다. "성격이 별로인가보군."

"군주는…… 사실 성격이 아주 좋지만, 전하께는 아마……"

연송이 의아해하며 물었다. "나는 조정에 상주하는 신하도 아닌데 규방의 군주와 무슨 원한이 있을 수 있는가?"

국사가 잠시 침묵했다가 대꾸했다. "전하께서 혼담을 파하셨으니까요."

"내가 언제……" 연송은 그제야 그런 일이 있었던 게 생각났다. 막 장안으로 돌아왔을 때 태황태후가 혼인을 명했으나 천신인 그가 인간과 무슨 혼인을 하겠는가. 당연히 거절했고 곧 잊어버렸다.

연송이 눈살을 찌푸리고 잠시 생각하다가 말했다. "파한 게 아니라 거절한 거네."

속급이 한숨을 내쉬고는 솔직하게 말했다. "그게 그거입니다."

9장
언제부터인지 여인으로 보이는 그녀

황성의 서쪽 교외 지역에 있는 곡수원은 경명산景明山을 끼고 정원 두 곳과 별채 열여섯 채로 구성되었다. 동쪽과 서쪽의 두 정원에는 기암괴석으로 이루어진 석가산과 온갖 꽃이 피어난 아름다운 화단이 있고, 앞뒤의 열여섯 개 별채에는 웅장한 정자와 누각부터 소박하고 단아한 방까지 두루 갖춰져 있었다. 그중 특히 신묘한 곳은 마지막 별채인 접수원接水院에 있는 커다란 저수지였다. 경명산에서 끌어들인 물이 열여섯 별채를 두루 지나고 수십 개의 물줄기가 정원을 관통하거나 에두르는 모습은 마치 용이 꿈틀대는 듯 웅장한 운치가 있었다.

황성의 황궁조차 따라잡을 수 없는 웅장한 기세와 정교함 때문에 한눈에도 선황제의 작품이라는 걸 알 수 있었다. 거침없이 국고를 쓰는 선황제가 아니고서야 그런 행궁을 짓겠다고 패기를 부릴 자가 또 있겠는가.

곡수원에 들어간 뒤 성옥은 보름 내내 조모인 태황태후의 시중을 들었다.

태황태후는 나이가 지긋해 바깥출입을 하는 일이 드물었고 떠들썩한 것도 좋아하지 않았다. 두 사람은 열여섯 별채 가운데 하나인 송학원松鶴院에서 조용히 책을 읽거나 필사를 하거나 불경을 논하며 시간을 보냈다. 그 바람에 성옥은 황제가 신하들을 위해 개최한 연회는 물론 유람이나 연극 감상 등 오락거리를 하나도 즐길 수 없었다. 성옥이 무척 좋아하는 것들이었다.

불도에 정진하는 태황태후 때문에 송학원에 채식만 나오는 것도 성옥에게는 고역이었다. 그나마 다행히 친한 친구인 숭무후부 장군의 적녀 제앵아도 자기 조모와 함께 곡수원에 와 있어서 매일 기회를 엿보고 닭 다리나 오리 목을 가져다주었다. 그렇지 않았으면 견디지 못했을지도 몰랐다.

열여섯째 날 성옥은 드디어 송학원에서 빠져나올 수 있었다. 황제가 송학원에 찾아와 태황태후에게 청한 덕분이었다. 황제의 말에 따르면, 오나소국烏儺素國의 왕태자가 동생과 사신을 데리고 방문했는데, 술자리에서 자기네 여자 사신들이 격구擊毬를 무척 잘한다고 자랑하며 시합을 청했다는 거였다. 황제가 거기에 응하면서 며칠 뒤 대희국과 오나소국의 시합이 잡혔고, 대희국의 출전 선수는 심 환관이 이미 선발했으나 사고가 생길 경우를 대비해 교체 선수가 필요하니 격구에 뛰어난 홍옥군주를 잠시 빌려달라고 했다.

태황태후는 허락했다.

황제를 따라 송학원에서 나올 때 펄쩍펄쩍 뛸 만큼 신이 난 성옥은 평소보다 말이 많아졌다.

황제가 물었다. "오나소국과의 격구 시합에 왜 너를 교체 선수로 내달라고 태황태후께 청했는지 아느냐?"

평소의 성옥이라면 "제가 우매하여 알지 못합니다"라고 대답하고 주도권을 양보한 뒤 황제가 무얼 말하든 가만히 듣고 있었을 것이다. 궁중에서는 그처럼 누구나 할말도 꾹 눌러 참고 살았다.

하지만 이번에 성옥은 무척 활발하게 대답했다. "이 동생을 불쌍히 여기셔서겠지요!" 그러고는 생글생글 웃으며 말을 이었다. "제 격구 실력이 얼마나 뛰어난지 모르실 테니 정말로 저를 교체 선수로 요청하신 건 아니겠지요. 제가 황조모 곁에서 보름 동안 경전을 읽으며 고생하는 걸 알고 일부러 그런 이유를 들어 구해주러 오신 거죠? 정말 감동했습니다!"

황제가 눈썹을 치켜올렸다. "그럼 짐이 왜 일부러 너를 구해줬는지 아느냐?"

성옥이 환하게 웃으며 진심으로 말했다. "제가 영리하고 분별 있으니까요!"

황제가 어이없다는 듯 웃었다. "네가…… 영리하고 분별 있어? 말도 안 되는 소리!"

성옥은 재빨리 잘못을 인정했다. "그럼 제가 잘못 알았습니다."

황제는 화난 기색은 전혀 없이 성옥을 가만히 쳐다보다가 헛기침을 하고는 본론을 꺼냈다. "짐이 너를 구해줬으니 너도 짐을 도와다오. 조금 뒤 대장군을 만나거든 부디 성질을 부리지 마라. 그렇게 해주면 네가 정말 분별 있는 거니 짐도 기쁠 것이다."

성옥은 황제가 왜 갑자기 대장군 얘기를 꺼내는지 알 수 없었지만, 성옥의 의견을 구한다기보다 명령인 것 같아 토를 달지 않고 순순히 고개를 끄덕였다. "네, 알겠습니다."

황제가 탄식했다. "네가 억울한 건 알지만 대장군은 나라의 기둥이야. '북위를 정복하지 못한 상태에서 가정을 꾸리는 건 수치스럽다' 같은 말은 너를 괴롭히기 위해 내뱉은 것이 아니라 장군의 큰 결심이지. 짐도 감동할 정도이니 너도 존중하거라."

북위를 정복하지 못한 상태에서 가정을 꾸리는 건 수치스럽다…… 어디선가 들어본 말 같았다.

성옥은 기억을 헤집어봤다. 그러자 번쩍하며 그 일이 떠올랐다. 혼례 때문에 평안성으로 불려 돌아왔을 때 상대 장군이 혼인을 파하며 했던 말이었다.

성옥의 어머니인 정안왕비가 세상을 뜰 때 불사佛事를 맡았던 노승이 성옥의 운명을 점쳐보고는 이번 생에 병과 소명, 사랑에 관한 세 가지 겁운을 겪는다고 말해주었다. 병과 관련된 겁운을 넘기면 소명과 관련된 겁운이 오고, 그걸 넘기면 사랑과 관련된 겁운이 올 거라며, 꼬리를 물고 이어지는 어느 겁운이든 자칫하면 생명이 위험할 거라고 경고했다. 그 세 겁운을 모두 넘겨야 평안하고 순조롭게 살 수 있다고 말이다. 노승은 그중에서 특히 사랑의 겁운을 주의하라고 당부했는데 화친을 위해 멀리 시집가게 되면 군주의 목숨도 끝이라고 일렀다.

그래서 성옥은 화친만 아니면 좋은 혼사라고 생각해 혼인에 대해 별로 따지지 않았다. 그런 이유로 처음 태후가 짝을 정해줬다고 했을 때 성옥은 운명이 마침내 살길을 열어주나보다 생각했다. 그러다 나중에 장군이 거절했다는 말을 들었을 때도 길길이 날뛰는 이향과 달리 아무렇지도 않았다. 그저 하늘의 뜻은 칼날 같다고, 운명은 역시 운명이라고 느꼈을 뿐이었다.

성옥은 그 일이 자신에게 대단히 큰일이라고 생각하지 않아서 마음에 두지 않았다. 심지어 두 달도 되지 않아 아예 잊어버렸다. 지금 황제가 거론해 다시 떠올리고보니 실은 아주 대단한 일이었던 듯했다.

성옥은 황제 앞에서 자신이 장군에게 파혼당해 원망을 품은 소녀여야 함을 영리하게 감지했다. 그 장군이 곡수원까지 동행했고, 황제는 성옥이 무슨 일이라도 벌여 황가의 체면을 깎을까봐 미리 타이르는 게 분명했다.

어쨌든 성옥에게 미안한 마음도 있으니 이처럼 완곡하게 타이를 터였다.

이건……

이건 진짜 좋은데!

성옥은 곧장 연기에 들어가 슬픈 표정으로 눈물을 훔치며 훌쩍거렸다. "그게…… 파혼당한 군주라니…… 정말이지 남들 보기가 너무 부끄러워요…… 하지만 소란을 피우지 말아달라고 하시니…… 제가 꼭 참도록 할게요." 성옥은 좀더 흐느낀 뒤 연기를 이어갔다. "며칠 전 폐하께서 신하들을 위해 연회를 열었을 때, 극단 공연이 온갖 근심을 다 잊을 정도로 훌륭했다고 들었습니다. 제 괴로움도 연극을 보면 좀 풀릴까요……"

평소 누이 공포증이 있는 황제는 자기 앞에서 누이가 우는 걸 극도로 싫어했다. 성옥이 울먹거리자 황제는 파르르 눈을 떨며 서

둘러 걸음을 옮겼다. "그렇다면 네 앞에서 몇 번 더 공연하라고 하마."

성옥은 눈가를 훔치며 빠르게 나아가 황제 앞을 가로막고 계속 훌쩍였다. "제 말이 아직 끝나지 않았습니다." 그러면서 잠시 흐느꼈다. "이맘때는 연극을 보면서 남쪽에서 진상한 참외를 먹는 게 제격이지요. 껍질은 얇고 속은 두툼하면서 달고 과즙이 많은 참외지요. 올해는 공물이 얼마나 올라왔을지……"

황제는 두피가 저릿저릿할 지경이라 얼른 대꾸했다. "마침 오늘 아침에 올라왔으니 조금 뒤에 두 개를 보내주마."

성옥은 한 손으로 눈가를 훔치고 다른 한 손을 들어 손가락을 모두 펼쳤다. "다섯 개요."

황제는 조금도 지체하고 싶지 않았다. "그래, 다섯 개."

송학원에서 풀려난 성옥은 황제가 보내준 참외를 먹고 황제가 성옥을 위해 특별히 열어준 세 번의 공연을 즐기며 한가롭게 시간을 보냈다. 공연에 질렸을 때야 성옥은 자신이 교체 선수임을 떠올리고 오나소국과 겨룰 대희국 격구대에 얼굴을 내밀어야겠다고 생각했다.

격구는 말을 타고 공을 치는 경기였다.

성옥은 어려서부터 축국과 격구를 즐겼다. 십화루 뒤뜰에 주근이 격구장을 만들어줘서 늘 말을 타고 뛰어다닌 덕분에 열네 살 무렵에는 달리는 말 위에서 다양한 자세를 취하며 공을 집어넣을 수 있었다. 여자 중에서 격구 실력이 매우 뛰어난 편이었지만 궁궐에서는 한 번도 한 적이 없어서 황제는 성옥의 실력을 몰랐다.

심 환관이 심혈을 기울여 선발한 격구대는 모두 여섯 명이었다. 성옥과 제앵아 외에 명문가 규수 한 명과 궁녀 세 명이 더 있었다.

시합이 코앞이라 며칠째 강도 높은 연습이 이어졌다. 성옥은 이름만 올려놓아서 연습할 기회가 없었지만 사실 옆에서 구경만 하는 게 낫다고 생각했다. 이들 수준을 보니 성옥이 나섰다가는 제앵아 정도나 감당할까, 다른 네 명은 괜히 자신감만 잃을 듯해서였다. 격구대 전체에 좋은 일이 아니었다.

제앵아도 다른 네 명보다 실력이 월등하게 높아서 똑같은 부담을 느끼고 있었다. 그래서 연습장에 거의 가지 않았고 가더라도 늦게 가거나 일찍 끝내고 대충 연습했다. 나머지 시간은 대부분 얼굴에 책을 덮어놓은 채 성옥 옆에서 낮잠을 잤다. 성옥은 상관하지 않았고 심 환관도 뭐라 할 수 없었다. 심 환관은 정말 힘들다고 생각했다.

그렇게 며칠 연습하다보니 어느새 시합 날이 되었다.

미시가 끝나갈 무렵, 명월전明月殿 앞 격구장은 황제가 신하들을 이끌고 들어오면서 관중석이 가득찼다. 이곳은 시합이 있을 때만 문을 열었다.

연송은 국사 옆에 앉아 있었다.

지난 며칠 동안 황명을 받들어 교외 지역에서 병사를 훈련시키다 지난 밤에야 곡수원으로 온 터였다. 각각 자리를 잡은 오나소국 사신들은 물론 태황태후나 태후의 초청을 받아 피서를 온 대희국의 명문가 아가씨들도 대부분 그가 누구인지 몰랐다. 하지만 그렇게 멋지고 준수한 공자가 국사의 오른쪽인 상석에 앉아 있으니 한 눈에도 지위 높은 사람임을 알 수 있었다. 부러움과 호기심에 가득 찬 눈길이 연송에게 쏠렸다.

연란은 멀리서 연송을 바라보았다. 연송은 격구장으로 눈길도 주지 않고 고개를 기울여 국사의 말만 듣고 있었다. 별다른 대답도 없이 손에 든 쥘부채로 의자 팔걸이만 툭툭 쳤다.

연란은 가슴이 철렁했다. 꿈결처럼 흐릿한 구중천의 기억에서도 그런 연송을 볼 수 있었다. 구중천에서는 각종 연회가 자주 열렸는데 연송은 거들먹거리는 일 없이 중요한 연회마다 참석했지만 언제나 저런 모습으로, 연회에 별로 집중하지 않은 채 심드렁한 표정을 짓고 있었다.

언제 어디에서든 셋째 전하는 늘 그랬다. 도무지 속을 알 수 없지만 연란은 셋째 전하에게서 헤어나올 수도 없었다.

그때 누가 팔을 툭 쳐서 연란은 옆을 돌아보았다. 연란 옆에는 열일곱째 공주가 앉아 있었다. 공주는 손수건으로 입을 가리며 연란 쪽으로 바싹 몸을 기울여 말했다. "오랜만에 뵙는데 대장군은 여전하시네." 그러고는 연란의 대답을 기다리지 않고 계속해서 귀엣말을 하듯 작은 목소리로 말했다. "방금 열여덟째와 얘기하다가 대장군이 네 사촌오빠라는 게 생각나더라고. 그러니까 속사정 같은 거 잘 알 거 아니야. 황조모가 홍옥과 대장군을 혼인시킬 생각이셨던 거 맞지?"

연란은 아무 말도 하지 않았다.

열여덟째 공주가 소매를 잡아당기는데도 열일곱째 공주는 개의치 않고 말했다. "자매끼리 물어보지 못할 일도 아니잖아?" 그러고는 연란에게 재차 물었다. "그 일에 관해 대장군한테 들은 거 있어?"

연란은 잠시 뒤에야 입을 열었다. "언니는 소식이 정말 빠르네요. 저는 오라버니한테 아무 말도 못 들었어요."

열일곱째 공주가 믿지 못하겠다는 듯 눈썹을 치켜세우며 연란을 바라보았다. 하지만 연란이 아무 말도 하지 않자 더 캐묻기 민망했는지 물러났다. "대장군이 홍옥의 체면을 지켜주느라 그랬나보네. 의협심이 있는 사람이니까. 황조모가 홍옥을 너무 편애해서 이렇게 난처한 일이 벌어진 거야. 혼인이 얼마나 중대한 일인데, 매일 놀기나 좋아하고 아무것도 모르는 계집애가 대장군 같은 사람에게 가당키나 해? 그래서……" 거기까지 말한 열일곱째 공주는 입을 가리고 웃었다.

소심한 인상의 열여덟째 공주가 연란과 열일곱째 공주를 번갈아 쳐다보다가 입술이 하얗게 질려 열일곱째 공주를 말렸다. "언니, 이상한 소리 마요. 공주 다음으로 군주의 신분이 제일 높잖아요. 대장군은 중신이라 공주와 혼인할 수 없으니 황조모께서 대장군에게 혼사를 정해주려면 당연히 홍옥과 맺어줘야지요. 이건 황조모가 누구를 편애하고 말고의 문제가 아니에요……"

열일곱째 공주가 또 뭐라 말했지만 연란은 더는 귀기울이지 않고 시선을 경기장으로 돌렸다. 겉으로 아무렇지 않은 척했지만 실은 가슴이 철렁했다. 태황태후가 연송과 홍옥의 혼인을 주선하고 연송이 거절한 일은 확실히 들은 적이 있었다.

연란이 알기로 홍옥군주라면 정안왕이 남긴 유일한 혈육이어서 태황태후가 정안왕에게 쏟았던 사랑을 군주에게 이어가고 있었다. 이제 열여섯 살인데 경국지색이라 할 정도로 아름답고 성격도 무척 활발해 황제도 홍옥을 꽤 좋아했다. 하지만 연란은 홍옥과 대화를 해본 적이 거의 없었다.

태황태후가 혼사를 내렸다는 말을 처음 들었을 때 연란은 놀라긴 했지만 연송이 거절할 것이라 예상했다.

미모가 뛰어난 구중천의 선녀들도 연송의 시선을 끌지 못했는데 홍옥이야 말해 뭐하겠는가. 그럼에도 태황태후의 명이어서 연송이 혼사를 받아들일까봐 연란은 심히 마음을 태웠다.

연송의 혼사에 관해 생각할 때마다 연란은 마음이 무겁게 가라앉았다. 열여덟째 공주의 말처럼 조정의 관례에 따르면 중신은 부마가 될 수 없으므로, 태황태후가 연송을 공주와 맺어줄 리 없었다. 연란은 연송과 맺어질 어떤 가능성도 없다는 뜻이었다.

그나마 다행이라고 할 수 있는 것은 이 세상의 그 누구도 연송과 맺어질 가능성이 없다는 점뿐이었다.

이곳은 속세라 그들 눈앞의 존재는 모두 보통의 인간이었다. 이 세상에서 연송의 마음을 흔들어 그가 천궁의 금기를 깨면서까지 아내로 맞이하고 싶을 인간은 없을 터였다.

최근 연란은 과거가 점점 더 많이 떠올랐고 기억이 많아질수록 연송이 겉으로만 바람둥이일 뿐 실은 누구보다 무정했다는 게 선명해졌다.

그가 무정한 편이 더 나았다.

결국 그 무정함으로 이 세상에서는 그에게 장의만이 특별할 터였다.

장의는 연란의 전생이었다.

연란은 다시 한번 대각선 쪽의 연송에게 시선을 돌렸다. 수많은 시선이 그를 향했지만, 그는 누구에게도 눈길을 주지 않았다.

그걸로 족했다.

오늘 연송은 격구 경기를 보러 온 게 아니라 중요한 일을 처리하러 온 것이었다.

최근 그에게 중요하다고 할 수 있는 일은 조제를 찾는 것뿐이었다. 조제에 관한 실마리는 남염국의 역사서에서 언급된 홍련 씨앗이었다.

씨앗의 행방을 홍옥군주가 알지도 몰랐다.

국사가 홍옥군주를 만나 얘기하기로 했지만 곡수원에 온 뒤 군주가 송학원에 갇히고 말았다. 송학원은 태황태후의 거처이고 태황태후는 불교 신자인데 국사는 도사였다. 불교와 도교가 유별하니 태황태후와 국사는 서로를 곱지 않은 눈으로 볼 수밖에 없었다. 결국 국사는 성옥을 만나기는커녕 송학원의 대문 근처에도 갈 수 없었다.

국사가 난감한 상황인 걸 알고 연송은 국사의 숨통을 틔워주기 위해 마침 빈 시간을 이용해 대신 해결하러 왔다. 오늘 격구 시합에 홍옥군주가 선수로 나온다는 소식을 듣고 기다리는 중이었다.

경기 시작을 알리는 징이 울렸는데도 홍옥은 경기장에 나타나지 않았다. 상황을 알아보라고 보낸 사람이 잠시 뒤 돌아와 국사의 귀에 대고 한참을 보고했다.

국사가 눈살을 찌푸리며 연송에게 전했다. "전하, 오늘 헛걸음하신 듯합니다. 군주가 말썽을 부려서 황상의 서재에 꿇어앉아 있다고 합니다. 환관 넷이 감시중이고요. 황상이 세 시진 뒤에 내보내주라고 명했다니 이번 경기에는 출전할 수 없을 겁니다."

연송이 경기장으로 향한 시선을 거두지 않고 물었다. "무슨 말썽을 부렸기에 경기에도 못 나오게 한다던가?"

국사가 잠시 망설이다가 대답했다. "어제 오후에 마당에서 새를 굽다가 황상한테 들켰다고 합니다."

"새를 굽다니?" 연송이 마침내 국사를 돌아보았다.

"말 그대로 새를 구웠답니다." 국사는 생생하게 몸짓까지 곁들였다. "불을 피우고 깃털을 뽑은 뒤 기름을 발라 굽고 조미료를 뿌리고…… 그런 거 말입니다."

연송은 조금 의아해졌다. "장난이 좀 심한 것 같지만 큰 말썽으로 보이지는 않는데, 황제가 왜 그런 벌까지 내렸지?"

국사는 이번에도 잠시 망설이다 대답했다. "군주가 구운 새가 황상이 늘 데리고 다니면서 애첩이라 부르는 애완조였다고 합니다."

연송은 다시 경기장으로 고개를 돌린 뒤 한참 후에야 대답했다. "……아."

국사가 좀더 자세히 설명했다. "황상이 도착했을 때 두 애첩이 막대기에서 맛있게 구워지는 중이었다고 합니다. 군주는 잔뜩 신이 나서 친구한테 한 마리는 맵게, 다른 한 마리는 맵지 않게 먹자며 고춧가루는 체를 써야 골고루 뿌려진다는 얘기를 하고 있었고요."

연송이 고개를 끄덕였다. "제대로군."

"……" 국사는 잠시 말을 잃었다가 다시 이었다. "하지만 황상에게는 너무도 잔인한 행동이었지요. 황상이 대노해 간이 배 밖으로 나왔느냐고 호통을 치시고는 직접 애첩을 묻은 뒤 군주에게 벌을 내렸다고 합니다." 설명을 끝낸 국사는 연송에게 물었다. "군주는 못 오실 텐데 계속 보시겠습니까?"

연송이 빰을 괴며 대답했다. "잠시 앉아 있지."

성옥은 억울했다. 마당으로 새가 날아들기에 얼씨구나 하고 구웠을 뿐이지 그게 황제의 애첩이리라고는 꿈에도 생각 못했다. 경기가 치러지는 내내 황제의 서재에서 꿇어앉아 있었지만 다행히 어려서부터 무릎을 꿇는 일이 많았기에 그다지 힘들지는 않았다. 그저 무릎만 조금 아팠다.

성옥이 풀려났을 때는 경기도 막 끝난 뒤였다. 지름길로 달려온 성옥은 멀리에서 황제가 신하들을 이끌고 관중석에서 나가는 걸 보았다. 성옥은 경계하듯 울타리 부근 나무 밑에 웅크리고 있다가 구경꾼이 거의 사라졌을 때야 울타리를 넘어 경기장으로 들어갔다.

방금 경기했던 선수들과 말이 여전히 경기장에 남아 있었는데 뭔가 말다툼을 벌이는 듯했다. 제앵아는 약속한 대로 사람들과 조금 떨어진 경기장 한쪽에서 대추색 준마와 함께 성옥을 기다리고 있었다.

성옥은 눈을 반짝이며 날듯이 제앵아 쪽으로 달려갔다. 말다툼 중인 선수들 옆을 지날 때 무슨 일로 다투는지 언뜻 들었는데, 오나소국이 오늘 경기 결과에 불복하는 내용이었다. 어제 오나소국 대장이 음식을 잘못 먹고 배탈이 나는 바람에 오늘 출전하지 못해서 졌다고 항의하고 있었다.

대희국이 이기다니, 성옥은 기뻐했을 황제를 떠올리는 동시에 이번 경기는 별 재미가 없었겠다고 생각했다.

태양이 서산으로 기우는 유시酉時 삼각 무렵, 관중석에는 이제 한 두 명밖에 남지 않았으나 경기장 양쪽에는 아직도 두 무리의 사람과 말이 있었다. 오나소국과 대희국 선수가 한 무리이고 성옥과 제앵아, 제앙아의 충복 소도小刀가 다른 한 무리였다.

황혼이 내리는 고요한 시각이었지만 경기장은 고요하지 못했다. 양쪽 선수들이 여전히 말다툼을 하고 있었다. 성옥과 제앵아가 말을 살필 때도 싸우고 있었고, 말에 올라 경기장 절반을 내달릴 때도 싸우고 있었으며, 일각 동안 열 번 연속 공 넣기에 도전했을 때도 싸우고 있었다. 성옥과 제앵아가 일각 동안 열 번 연속 공을 넣은 뒤에야 말다툼 소리가 마침내 줄어들었다. 그러다 성옥이 '동전 날리기' 놀이를 시작했을 때 소도는 놀랍게도 경기장이 조용해진 걸 발견했다. 조금 전까지 말다툼하던 선수들이 소도 옆으로 몰려들고 몇 명은 아예 소도 앞에 자리를 잡았다.

성옥과 제앵아는 양쪽 선수들이 마음껏 싸울 수 있게 충분한 공간을 내주느라 경기장 절반만 사용하고 있었는데, 동쪽 끝에 있던 선수들이 갑자기 몰려오자 제앵아는 연유를 몰라 일단 안전을 위해 충고했다. "군주가 치는 동전이 엉뚱한 곳으로 날아가기도 하니 멀찍이 물러나요. 다치지 않게."

성옥은 경기장이 조용해진 것도 모르고 오로지 자신이 타고 있는 준마와 손에 든 막대, 말 왼쪽에 쌓아놓은 동전 다섯 개에만 집중하고 있었다.

'동전 날리기'란 경기장에 동전을 쌓아놓고 말을 타고 달려가면서 막대기로 동전을 한 번에 하나씩 치는 거였다.

어느 왕조인지 몰라도 어느 격구 천재가 경기장에 동전 열 개를 쌓아놓고 말을 달리면서 한 번에 하나씩, 다른 동전을 건드리지 않고 쳐냈다는 전설이 있었다. 심지어 쳐낸 동전은 모두 같은 방향으로 날아갔으며, 날아간 거리도 더도 덜도 아닌 일곱 장씩 똑같았다고 했다.

성옥은 그 천재의 신기를 동경해 혼자서 오랫동안 연습했지만 그런 경지까지는 줄곧 이르지 못했다. 성옥이 제앵아와 이 놀이를 마지막으로 한 것은 여천에 가기 전이었다. 동전 다섯 개에 도전해 한 번에 하나씩, 다른 동전은 건드리지 않고 쳐내는 데는 성공했었다. 하지만 이리저리 거리도 다 다르게 날아갔다. 오늘 정말 어렵게 선황제가 거금을 들여 조성한 명월전 앞의 화려한 경기장에 들어왔으니, 성옥은 동전 다섯 개를 같은 방향으로 날리는 도전에 성공하고자 온 정신을 집중하고 있었다.

눈치 빠르게 이미 멀찌감치 물러나 있던 소도는 성옥의 집중한 얼굴을 보고는 조심스럽게 몇 걸음 더 물러난 뒤 오나소국 선수들에게 경고했다. "저희 군주가 힘을 쓰시면 동전이 일고여덟 장은 거뜬히 날아갑니다. 맞으면 정말 아프니까 좀 물러나는 게 좋을 거예요."

소도 바로 앞에는 오나소국의 공격수와 수비수가 있었다. 키가 작은 수비수가 두어 걸음 물러나 소도 옆으로 다가왔다. 수비수는 소도에게 말을 걸고 싶었지만 조금 전까지 대희국 선수와 말다툼을 벌였던 터라 갑자기 친한 척하기 민망해 이상하게 일그러진 표정을 짓고 있었다. 소도가 걱정이 되어 물었다. "속이 불편하세요?"

수비수가 도리질을 쳤다. "아니, 아닙니다."

"네." 소도가 고개를 끄덕였다.

수비수가 망설이다가 떠보듯 물었다. "동전 날리기 놀이라고 했는데 그게 말을 타고 막대기로 바닥의 저 동전을 친다는 건가요? 저게 조준 연습에 도움이 되나요?"

소도는 계속 성옥의 기색에 집중하고 있었다. 군주의 표정이 점점 심각해지는 것을 본 소도는 과거의 경험을 교훈삼아 두어 걸음 더 물러났다. 그러느라 방금 수비수가 뭐라고 했는지 제대로 듣지 못해 애매하게 대꾸했다. "그렇죠, 조준을 잘해야 칠 수 있지요."

소도가 잘 맞춰준다고 생각했는지 수비수가 마음놓고 얘기하기 시작했다. 말투가 은근히 자랑조였다. "우리 대장도 늘 저런 걸 연습해요. 저 동전 뭉치는 너무 큰 것 같네요. 조준 연습을 하려면 더 작은 걸로 도전하는 게 좋을걸요. 우리 대장은 포도알만큼 작은 공으로 연습하거든요. 시력도 좋고 기술도 뛰어나 말을 타고 달려가면서 한 번에……" 순간 바닥이 흔들려 소도는 수비수를 뒤로 확 잡아당겼다. 두 사람이 제대로 섰을 때, 말을 타고 구문으로 돌진하던 하얀 옷의 소녀가 기민하게 말머리를 돌렸다.

말과 동전 다섯 개가 일직선에 놓인 듯 보인 순간, 소녀가 몸을 숙이더니 막대기를 든 채 말에 박차를 가했다. 말이 쏜살같이 바람을 가르며 달려와 순식간에 동전 기둥 앞에 이르렀다. 눈 깜짝할 사이에 막대가 휘둘러지고 동전 하나가 날아갔다. 말은 멈추지 않고 그대로 구문을 향해 내달렸다. 그리고 반 바퀴를 다시 돌아 남은 네 개의 동전 쪽으로 달려왔다.

엄청난 속도의 유성이 똑같은 궤적으로 하늘을 다섯 번 지나가듯 동전 다섯 개가 차례로 날아갔다.

드넓은 경기장에 말이 황혼을 밟고 서 있었다. 말에 박차를 가한 뒤부터 동전 다섯 개를 모두 쳐낼 때까지 전혀 멈추지 않았기에 경기장에 있는 사람들은 그 아름다운 소녀가 말 등에서 다섯 번 막대를 휘두른 게 순식간처럼 느껴졌다. 그리고 바람을 가르는 듯한 말발굽 속에서 유일하게 볼 수 있었던 것이라고는 하얀 옷의 소녀가 다섯 번 막대를 휘두르는 모습과 날아간 동전이 마지막에 떨어진 자리뿐이었다.

동전 기둥을 출발점으로 다섯 개의 동전은 모두 일곱 장 거리의 정동 쪽에 떨어졌다. 더도 덜도 아닌 일곱 장으로 나란히 일자를 그리고 있었다.

경기장이 정적에 휩싸였다.

성옥은 구문 앞에 말을 세우고 저멀리 일자로 놓인 동전을 보면서 습관적으로 앞섶을 들어 땀을 닦으려다 남자들 축국복이 아닌 걸 발견하고는 소매로 대충 문질렀다. 조금 전의 통쾌한 순간에 아직도 흠뻑 빠져 있느라 성옥은 경기장이 갑자기 조용해진 것도 인식하지 못했다. 그저 이마의 땀을 닦은 뒤 막대를 흔들며 느릿느릿 제앵아 쪽으로 말을 몰았다.

제앵아는 성옥이 자기 쪽으로 다가올 때야 정신을 차리고 환호했다. "훌륭해!"

대희국 선수들도 하나둘 정신을 차렸다. 다들 압도되었던 듯 숨을 죽인 채 성옥을 뚫어져라 쳐다보았다.

반면 동전 날리기를 하는 성옥을 이미 여러 차례 보았던 소도는 놀라기는 했지만 군주가 언젠가는 이런 신기를 완성할 줄 예상했기에 자기 주인인 제앵아처럼 침착하게 오나소국의 수비수와 대화를 이어갈 수 있었다. "아, 방금 그쪽 대장에 대해 얘기하던 것 같았는데 잘 못 들었어요. 무슨 얘기였죠?"

수비수는 얼굴이 붉게 달아올랐다가, 하얗게 질려서는 말없이 소도를 쳐다보았다가, 마침 앞에 있던 자기네 공격수가 붉으락푸르락하는 얼굴로 자리를 뜨는 걸 보고는 얼른 따라갔다.

성균이 제위에 오른 뒤 국사는 일선에서 물러났지만 가끔 황제의 부름을 받아 공무를 논할 때도 있었다. 오늘 황제는 흥이 올랐는지 격구 시합이 끝난 뒤 국사를 불렀다. 국사가 서재에 들어가니 두 환관이 홍옥군주의 동향을 황제에게 보고하고 있었다. 군주가 체벌 시간을 채우자마자 뛰어나갔는데 따라가보니 격구장이었다는 얘기였다.

황제는 고개만 끄덕이고 짐작했다는 듯 아무 말도 하지 않았다.

군주의 동향을 알았으니 어서 쫓아가야겠다는 생각에 국사는 차만 한 잔 마신 뒤 기회를 잡아 다급히 격구장 관중석으로 돌아갔다.

이미 노을이 서쪽 하늘을 물들이고 있었다. 관중석으로 돌아간 국사는 연송이 아직도 그 자리에 앉아 있는 걸 보고 깜짝 놀랐다.

경기장이 아직 닫히지는 않았지만 경기가 남아 있는 것도 아니었다. 경기장 서북쪽에 소녀 몇 명과 말 몇 마리가 남아 있을 뿐이었다. 소녀들은 무언가 얘기를 나누는 중인 듯했다.

연송 옆에 앉은 국사는 그의 시선을 따라 눈길을 돌렸다. 대추색 준마를 탄 하얀 옷의 소녀가 보였다.

홍옥군주를 알아본 국사는 조금 놀랐다.

오랫동안 만나지 못했지만 그렇다고 잊어버릴 수 있는 얼굴은 아니었다. 몇 년 전까지 꽃망울 같았던 미모가 이제 꽃봉오리를 터뜨리고 보일 듯 말 듯 피어오르고 있었다. 홍옥군주가 어느새 성년으로 접어든 것이다.

국사가 잠시 생각하다가 물었다. "전하, 홍옥군주를 알아보셨습니까?"

연송이 국사를 돌아보며 엉뚱한 말을 했다. "붉은 치마를 입었어야지."

국사는 잘못 들었나 싶어 멍한 얼굴로 물었다. "무슨…… 말씀이신지요?"

연송은 대답 없이 턱만 괴고 있었다. 무슨 생각을 하는지 알 수 없는 표정으로 경기장과 홍옥군주만 바라보고 있어서 국사는 연송이 어떤 심오한 일을 생각하는지 가늠할 수 없었다.

하얀 치마도 괜찮지만 새빨간 옷을 입었어야지. 연송은 그런 생각을 하고 있었다. 심오함 같은 건 없었다. 경기장 거리가 꽤 멀었지만 연송은 하얀 옷을 입은 성옥을 똑똑히 알아볼 수 있었다.

준마가 두어 걸음 걷자 성옥의 발 옆으로 늘어뜨려진 새하얀 비단 자락도 달빛 아래의 새하얀 파도처럼 층층이 나풀거렸다. 물보라가 위로 계속 올라가 가는 허리를 감싸고 이어 성옥을 전부 감쌌다. 아침 안개 속 하얀 동백꽃을 감싼 듯한 그 하얀 비단이 성옥에게 잘 어울렸다. 하지만 성옥을 세상 물정 모르는 천진한 어린애처럼 보이게 만들어 아름다움을 흐리게 했다. 흰색 때문에 성옥은 너무 천진해 보였다.

그러니 새빨간 색으로 감싸는 게 훨씬 나았을 거라고 연송은 생각했다. 붉은색 옷을 입으면 훨씬 여성스러울 터였다. 연송은 성옥의 얼굴로 시선을 옮겼다.

핏빛 석양 아래 뺨이 발그레하고 이마에는 살짝 땀이 맺혔다. 미간에 붉은 매화가 그려진 것으로 보아 아침에 정성껏 화장까지 한 듯했는데 지금은 거의 지워지고 눈썹만 조금 진하게 남아 있어 연송은 아쉽다고 생각했다. 그래도 이마의 땀 때문에 피부가 분홍빛을 띠어 연지를 바른 것보다 훨씬 아름다웠다.

그때 성옥 옆에 있는 사람이 말을 걸었다. 성옥은 살짝 고개를 돌려 진지하게 듣고는 웃음을 지었다. 그 웃음에 맞추어 풍성한 속눈썹이 살짝 내려가 닫혔다가 천천히 올라갔다. 화려한 날개를 가진 나비가 인색하게 날개를 모았다가 조금씩 펼치며 장난을 걸고 유혹하는 듯한 웃음이었다.

문득 연송의 눈빛이 그윽해졌다.

분명 비범한 미모를 가졌지만 아직 어려서 세상 사람들은 성옥을 어린애로만 여기는 듯했다. 연송도 성옥을 처음 만났을 때는 무척 아름다운 아이라고만 생각했다. 그런데 언제부터인지 몰라도 더는 아이가 아니라 매력적인 여자로 보이기 시작했다. 솔직히 성옥이 매력을 발산하는 경우는 많지 않았고, 그렇다 하더라도 늘 성옥 자신은 자각하지 못했다. 하지만 저도 모르게 발산되는 매력이 더 매혹적인 법이었다.

연송이 한참 동안 아무 말 없자 국사는 군주의 일에 관해 묻고 싶어 슬그머니 연송을 불러보았다. "전하?"

연송은 성옥에게서 눈길을 거둔 뒤에도 한참 동안 멍하니 있다가 느닷없이 웃음을 지었다. 그러고는 의자 팔걸이를 부채로 톡톡 치면서 물었다. "저 화장을 뭐라고 하는지 아는가?"

국사는 영문을 알 수 없었다. 어떻게 하면 군주에게서 홍련 씨앗의 행방을 캐낼 수 있을지 의논할 줄 알았는데 연송이 갑자기 십만 팔천 리는 떨어진 질문을 하니 어리둥절할 뿐이었다. 한참 뒤에야 국사는 설마하는 심정으로 물었다. "홍옥군주의…… 화장을 말씀하시는 겁니까?"

연송이 음미하듯 그 이름을 읊었다. "홍옥."

국사는 얼떨떨한 표정으로 멀리 떨어진 군주를 잠시 쳐다보고는 삼천 후궁을 거느렸던 선황제를 보좌할 때 키운 식견으로 답했다. "매, 매화장 같은데요?"

"매화장? 눈처럼 하얀 비단은 혼백 같고 담담하게 퍼지는 향기는 흔적 없구나. 연지색 한 점 매화가 겨울에 봄을 빌려주니." 그렇게 읊은 연삼이 웃음을 지었다. "아주 잘 어울리는군."

국사는 도사였지만 문학적 소양도 풍부해 방금 들은 게 매화가 아니라 사람을 노래하는 시라는 걸 알아챘다. 다시 군주를 바라본 국사는 눈을 휘둥그레 떴다. 피부가 눈보다 하얗고 미간에 새빨간 매화가 그려져 있으니, 붓으로 그려내기 힘든 눈 같은 얼굴에 봄기운을 더한 것 같지 않은가?

연송이 자리에서 일어나 그대로 몸을 돌렸다.

국사가 또 눈을 휘둥그레 뜨며 저도 모르게 벌떡 일어나 간곡히 말했다. "전하, 군주의 미모를 칭찬하러 오신 것은 아니지 않습니까? 이렇게 오래 계셨던 것도 군주를 만나 자초지종을 묻기 위해서 아니신지요?"

연송은 뒤도 돌아보지 않았다. "다음에 하지."

이미 세상을 뒤덮은 황혼 속에 국사 홀로 멍하니 서 있었다.

10장
고분의 북소리와 무수한 독충

밤에 연회가 열렸지만 성옥은 참석하지 않았다. 처음부터 피서와 유흥을 목적으로 곡수원에 왔기에 황제는 수시로 연회를 열고 곡예와 노래, 춤으로 흥을 돋우었다. 그런 걸 좋아하는 성옥이 나타나지 않자 황제는 어이없다는 듯 웃으며 심 환관에게 말했다.

"짐을 피할 줄도 아는군."

심 환관이 성옥 편을 들었다. "군주도 창피한 걸 아십니다."

이튿날 태황태후가 연극을 보러 오라며 공주와 부인들을 부르고, 황제와 신하들한테도 공무가 끝날 무렵 사람을 보내 초대했다. 황제는 신하 몇 명과 건너가던 중 여천 왕세자를 만나 그에게도 함께 가자고 청했다.

공연장에 도착해 관람석을 살펴보던 황제는 이번에도 성옥이 보이지 않자 의아해하며 심 환관에게 말했다. "짐을 피하는 것 같지는 않군. 연극도 보러 오지 않다니, 이 말썽꾸러기가 갑자기 왜 이러지?"

심 환관은 자신이 잘 모르는 일에 관해서는 함부로 떠들지 않는 세심한 성격이라 조심스럽게 답했다. "소인이 가서 알아볼지요?"

황제를 따라 연극을 보러 온 사람으로는 여천 왕세자 외에 아까 공무를 논했던 대장군과 좌승상, 우승상, 이부상서, 예부상서, 공부상서, 그리고 국사가 있었다.

현 황제는 가정사도 깔끔했다. 가정사라고 해봐야 공주들을 혼인시키는 일뿐이라 황제는 가정사를 논할 때 신하가 있어도 피하지 않았다. 신하들도 황제의 가정사에는 끼어들지 않았기에 그런 대화는 심 환관만 조금 거들 뿐이었다.

그런데 뜻밖에도 오늘은 대장군이 끼어들었다. "어디 아픈 거 아닙니까?"

조정 대신들 모두 대장군이 열아홉째 공주 연란의 사촌 오라비임을 알고 있었다. 늘 듣기만 하고 좀처럼 입을 열지 않던 대장군이 갑자기 그렇게 묻자 신하들은 방금 황제가 거론한 사람이 연란 공주라고 생각했다.

황제도 그렇게 받아들였다. "걱정 마시게. 연란은 아무 일도 없네."

장군이 황제를 보며 의아하다는 듯 물었다. "황상께서 말씀하신 건 홍옥이 아닙니까?"

줄곧 옆에서 조용히 있던 여천 왕세자가 놀란 표정으로 연송을 바라보았다. 연송에게 질문을 받은 황제도 당황한 기색으로 대답했다. "짐은 홍옥을 말한 게 맞지만." 그러고는 궁금하다는 표정으로 물었다. "그런데 어떻게 알았는가?"

"추측했을 뿐입니다." 장군은 담담하게 대꾸한 뒤 덧붙여 말했다. "군주는 연회를 좋아하고 연극도 좋아하는데 어젯밤 연회에도, 여기 연극 공연에도 그림자조차 보이지 않으니 병이 난 게 아닌가 싶었습니다." 장군은 그렇게 말하며 시선을 떨어뜨렸다.

여천 왕세자와 황제가 동시에 눈살을 살짝 찌푸렸다. 그러나 두 사람이 같은 이유로 눈살을 찌푸리지는 않은 듯했다. 황제가 말했다. "어제 오후에 말을 타고 경기장을 뛰어다녔네. 아픈 기미는 전혀 보이지 않았으니……"

장군은 장미목 의자에서 몸을 일으키며 말했다. "신이 대신 살펴보고 오겠습니다."

여천 왕세자 역시 손으로 의자 팔걸이를 짚었지만 일어나지는 않았다.

전체 판도를 살필 줄 아는 세자였기에 이런 장소에서 무엇을 하고 무엇을 하지 말아야 하는지 잘 알았다.

좌중의 신하들은 왕세자의 그 작은 동작을 눈치채지 못했다. 다들 눈을 동그랗게 뜬 채, 자리에 앉아 중얼거리는 황제와 멀어지는 장군을 번갈아 쳐다보며 황제와 장군의 대화가 무척 새로웠다고 생각했다. 그들의 기억에 장군은 거의 말이 없었다. 공무를 논할 때도 황제와는 물론 그들과 대화를 섞지 않는 게 보통이었다. 그러니 장군이 그들 앞에서 황제와 여자에 대해 얘기하는 날이 올 줄은 상상도 못했다. 더군다나 그 대상이 홍옥군주라니.

홍옥군주와 장군 사이에 무슨 일이 있었는지 태황태후가 더는 언급하지 말라고 금했지만…… 당시 대장군은 북위를 점령하지 않고 어떻게 가정을 꾸리느냐는 명분까지 내세우면서 혼사를 거절하지 않았던가…… 신하들은 가슴속에 이는 의구심을 억누르며 서로의 얼굴만 쳐다보았다.

대신들만큼이나 황제도 의문이 들었지만 황제로서 내색할 수 없었다. 그래서 신하들이 떠난 뒤에야 심 환관에게 살며시 물었다. "연송과 홍옥은 어떻게 된 건가?"

심 환관은 재치 있는 사람이라 웃으며 대답했다. "폐하는 장군과 군주 사이에 무슨 일이 있기를 바라십니까, 없기를 바라십니까?"

황제가 차를 들어 한 모금 마셨다. "연송이 혼인하지 않겠다면 그것도 좋아. 혼인한다면 성가의 강산을 위해 우리 성가의 여인과 혼인하는 게 최상이고." 황제는 평생 처음으로 누이를 혼인시키는 일이 부담으로 느껴지지 않았다. 하지만 그 사촌누이의 행실을 떠올리자 또 기운이 빠졌다. "홍옥도 이제 열여섯인데 날마다 말썽만 부리니 원. 말을 타질 않나 나무에 오르질 않나, 그걸로도 모자라 이제는 새까지 구워 먹질 않나." 그 일을 떠올리자 또 가슴이 아파 황제는 잠시 숨을 골라야 했다. "그래도 얼굴은 볼 만하지. 이런 때는 연송이 좀 얄팍한 성품이면 좋겠군. 성옥의 얼굴을 본 뒤에 맹세를 깨고 혼인하면 좋겠어."

심 환관이 걱정스러운 목소리로 말했다. "제가 알기로 대장군은 얄팍한 사람이 아닙니다."

황제는 가슴이 또 쥐어짜듯 아팠다.

심 환관이 황제에게 바짝 다가와 조용히 말했다. "어제 군주가 경기장에서 '동전 다섯 개 날리기'라는 신기를 선보여 오나소국 선수들의 탄복을 자아냈다고 합니다. 매력적인 자태로 생기를 뿜어 관중석에 있던 대장군도 감탄했다는 듯합니다. 제 추측에 장군이 오늘 군주한테 관심을 보인 것도……"

황제는 격구를 잘하지 못해서 '동전 다섯 개 날리기'가 뭔지 이해하지 못했고, 자연히 어제 성옥이 얼마나 대단한 주목을 받았는지도 이해하지 못했다. 그저 심 환관이 '매력적인 자태'라고 말하자 희망이 사라진 것만 같았다. "매력적인 자태로 생기를 뿜었다는 것도 결국은 용모 얘기잖나. 홍옥이 담을 넘고 새를 구워 먹는 걸 보고도 연송이 홍옥한테 반할 수 있겠는가?"

심 환관은 내시인데도 그런 아가씨를 좋아할 남자를 상상할 수 없어서 조용히 입을 다물었다.

황제도 한참 동안 입을 다물고 있다가 물었다. "연송은 평소에 어떠한 여인들과 어울리는가?"

심 환관은 예전에 국사가 선황제를 시중들 때처럼 막힘없이 대꾸했다. "나긋나긋 부드럽게 말하고 바람에 하늘거리는 버드나무처럼 사뿐사뿐 걷는 차분한 아가씨를 좋아하는 듯합니다. 또 재주 많은 아가씨를 좋아하는지 장군과 어울리는 여인들은 모두 그림을 잘 그리고 칠현금 연주도 잘한다고 합니다."

'여인들'이라는 말에 황제가 탄식했다. "홍옥이 연송과 혼인하는 게 그애한테 좋은 일인지 아닌지 모르겠군."

"정말 자애로우십니다."

하지만 황제의 자애로움은 얼마 가지 않았다. 차를 한 잔 다 마시기도 전에 황제는 성옥을 연송에게 떠넘기기로 마음먹고 고개를 들었다. "연송이 칠현금과 그림을 좋아한다면 궁에서 스승을 선발해 홍옥을 가르치게. 다행히 머리가 좋으니 뭐든 빨리 배울 거야."

심 환관이 황제의 뜻을 알아채고 웃으며 대답했다. "어떻게 말하고 걷는지를 가르칠 궁녀도 보내겠습니다."

성옥은 정말로 병이 났다. 오랜 지병인 계병悸病이 어젯밤에 도져 계속 가슴이 두근거리고 불안했다.

얼마 전 십화루에서 자우담紫優曇이 잠에서 깨어나 주근은 그 옆을 떠날 수 없었다. 우담화의 족장이 깨어난 건 큰 사건이라 성옥은 이향에게도 십화루에 남으라고 했다.

그런 까닭으로 이번에 홀로 곡수원에 들어온 성옥에게 태후는 궁녀 몇 명을 보내주었다. 하지만 누가 따라다니는 것을 싫어하는 성옥을 태후의 궁녀들이 어찌 이향처럼 살뜰히 따라다닐 수 있겠는가. 궁녀들은 어젯밤 연회장으로 가다가 성옥을 놓치고 말았고, 결국 제앵아가 정신 잃은 성옥을 안고 돌아왔다. 마침 이향이 십화루의 일을 마치자마자 찾아온 덕에 이 일이 태황태후와 황태후, 황상에게 전해지는 걸 막을 수 있었다.

날이 이미 어두웠지만 이향은 서둘러 성안으로 돌아가 막 옷을 벗고 잠자리에 누웠던 이목주를 질질 끌다시피 해 데려왔다. 이목주는 눈을 감고도 성옥을 치료할 수 있었다. 이향에게 끌려온 이목주는 성옥에게 침을 몇 대 놓아주고 하품하며 환약 몇 개를 향로에 섞었다. 성공적으로 일을 마친 뒤에는 다시 이향한테 질질 끌려 성으로 돌아갔다.

잠든 성옥은 자신이 아프다는 것도, 혼수상태라는 것도 몰랐다. 혼수상태로 꿈속에서 헤매는데도 꿈을 꾸는 줄 몰랐다. 모든 게 너무도 생생해서였다.

꿈속에서도 성옥은 '동전 다섯 개 날리기'에 성공했다. 대희국 격구대 수비수인 태후의 친정 조카 류사柳四가 다시 한번 보여달라고 했고 두번째도 멋지게 성공했다. 하지만 기력과 집중력을 많이 소모해 날이 어두워지자마자 졸음이 쏟아졌다.

그런데 제앵아가 행궁 곡예단에 축하인사를 할 수 있는 사자가 두 마리 있으며 오늘밤 연회에 나올 거라고 했다. 신기한 구경거리라면 절대 놓칠 수 없어서 제앵아와 반 시진 뒤 접수원의 석가산 옆에서 만나 함께 연회에 가기로 하고 헤어졌다.

성옥은 옷을 갈아입기 위해 졸면서 송학원으로 향했다. 그러다 명월전 뒤쪽의 회랑을 지날 때 회화나무 아래에 서 있는 계명풍을 발견했다.

어느새 마지막 남은 노을빛까지 어둠에 잠겨 등불이 회랑을 비추고 있었다.

성옥은 모퉁이에 서서 반은 어스름에 잠겨 있고 반은 등불 밑에 드러난 검은 옷차림의 계명풍을 바라보았다. 바람을 타고 회화나무 향이 날아왔다.

성옥은 누군가가 그려준 그림으로 회화나무꽃을 본 적이 있는데 그 모양이 꼭 한 무리로 연결된 작은 방울 같았다. 여천의 어린애들은 손목과 발목에 그런 작은 방울을 즐겨 달았다. 딸랑딸랑 방울이 울리면 아이들 웃음소리도 함께 울렸다. 청령蜻蛉이 성옥에게도 하나 선물해주었다. 은으로 만든 작은 방울을 손목에 묶자 움직일 때마다 딸랑딸랑 가볍게 울렸다. 청령이 빙긋 웃으며 말했다. "군주가 좋아하실 줄 알았습니다."

밤바람이 불어와 성옥은 눈을 깜빡였다. 순간 방울소리가 들리는 듯해 손목을 만져봤지만 아무것도 없었다.

남염 고분.

방울이 사라지고 청령도 사라졌다.

졸음이 순식간에 가시고 성옥은 창백한 얼굴로 한참을 서 있었다. 등롱을 든 궁녀들이 사뿐사뿐 지나가다가 계명풍을 보고 멈춰서 인사할 때야 적막이 깨지고 끊임없이 울리던 방울소리도 사라지면서 현실로 돌아왔다.

정신을 차린 성옥은 계명풍이 자신을 못 보았을 수도 있다고 생각하며 모퉁이의 계수나무 옆으로 두어 걸음 물러섰다. 길을 돌아 피해가려는 생각이었다. 그때 갑자기 계명풍의 목소리가 들려왔다. "나를 피하는 겁니까?"

성옥은 얼어붙었다. 계명풍이 천천히 성옥 쪽으로 걸어왔다. 등롱을 든 하얀 옷의 궁녀들도 성옥 옆까지 걸어와 걸음을 멈추고 인사한 뒤 줄줄이 지나갔다. 흔들리며 멀어지는 등롱 불빛이 바다 위로 부서지는 새벽 별 같았다. 굳어 있던 성옥이 대답했다. "그런 거 아니에요."

계명풍이 지그시 성옥을 바라보았다.

거짓말이 서툰 성옥은 계명풍의 시선 속에서 침묵을 택했다.

성옥은 물론 계명풍을 피하는 것이었다. 당시 주근을 따라 여천왕부를 떠날 때 성옥은 아주 잠깐 계명풍을 떠올렸다. 하지만 그 짧은 순간 떠올린 것은 계명풍의 마지막 말이었다. "정말 겁도 없이 주제넘은 짓만 벌이는군요. 그렇게 잘못하고도 뉘우칠 줄 모르고요. 오늘은 청령이 군주 때문에 죽었고 내일은 여천의 더 많은 남자가 군주 때문에 목숨을 잃을지도 모릅니다. 이 많은 목숨을 감당할 수 있습니까?" 고통을 주기에 충분치 않다고 생각했는지 계명풍이 덧붙였다. "군주는 귀한 몸이라 그들의 목숨을 하찮게 여기는 거겠지요. 얼마나 많이 죽든 전혀 개의치 않는 것 아닙니까?"

때문에 성옥은 계명풍이 자신을 보고 싶어할 리 없다고 생각했다. 아무리 사람의 감정을 잘 몰라도 그건 알 수 있었다. 그러니 서로를 위해 남남으로 돌아서는 게 최선이라고 생각했는데, 일부러 기다리고 있었던 듯한 계명풍을 보자 조금 의아해졌다.

다시 만나서 무슨 좋은 말을 하겠는가. 아니면, 누군가의 목숨을 빚졌다고 계속 일깨워주려는 걸까.

성옥은 난간에 기댄 채 망연한 표정으로 계명풍을 바라보며 생각했다. 그래, 그래서 나를 기다린 거야.

성옥이 오랫동안 입을 다물고 있자 계명풍도 한참을 조용히 있었다.

결국 계명풍이 먼저 침묵을 깨고 나직하게 말했다. "아까 친구들과 격구하는 걸 봤는데 정말…… 잘 치더군요. 여천에 있을 때는 그런 활동을 좋아하는 줄 몰랐습니다. 계명춘季明椿이 초대해도 들은 척도 안 했잖아요." 계명춘은 계명풍의 형이었다. 측실 태생의 탕아로 매일 놀고먹으며 주색잡기에만 빠져 있었다. 계명풍이 느릿느릿 말을 이었다. "그때는 책만 좋아해 두 달도 안 되어 내 서재의 책들을 두 번이나 봤지요. 지금의 군주는 그때보다 훨씬 활발하군요." 서글픔과 그리움이 묻어나는 투였다.

성옥은 말없이 고개를 숙인 채 회랑의 나무 그림자만 쳐다보았다.

성옥의 시선을 따라 계명풍도 가볍게 흔들리는 그림자를 한참 쳐다보다가 탄식을 내뱉었다. "아옥, 이렇게 오랜만에 만났는데,

나한테 하고 싶은 말 없어요?"

성옥은 여전히 입을 꾹 다물고 있었다.

계명풍이 잠시 후 살짝 눈살을 찌푸리며 말했다. "그때는 차분했어도……"

마침내 성옥이 계명풍의 말을 끊고 입을 열었다. "그때라…… 세자가 자꾸 그때를 상기시키려 하는 것은 제가 즐겁게 지낼 자격이 없다고 생각하기 때문이겠지요."

계명풍이 아연한 표정을 지었다.

선선한 바람이 불어오자 성옥은 또 방울소리가 들리는 듯했다. 몇 번을 시도한 끝에 마침내 성옥은 그 이름을 입 밖으로 꺼냈다. "저는 청령을 잊지 않았습니다."

성옥은 계명풍을 보지 않고 멀리 구불구불 이어지는 회랑 한쪽을 쳐다보았다. "그때 세자는 제멋대로인 제 성격 때문에 많은 사람이 죽을 거라고 했지요." 성옥은 잠시 말을 멈췄다가 다시 이어갔다. "정말로 그리되지는 않았지만 내내 명심하고 있습니다. 어쨌든 청령을 죽음으로 내몬 건 사실이니까요." 성옥은 금방이라도 울음을 터뜨릴 듯한 표정이었지만 흔들림 없는 목소리로 계속 말했다. "제가 귀한 몸이라서 목숨을 하찮게 여긴다고도 하셨지요. 믿지 않으실지도 모르지만 저는 사실……" 성옥은 눈을 깜빡였다. 눈꼬리가 조금 붉어졌다. "그렇게 많은 목숨은커녕 한 사람의 목숨도 감당할 수 없는 사람입니다." 성옥은 울음이 터지지 않도록 입술을 꽉 깨물었다.

서늘한 밤을 예고하듯 갑자기 바람이 거세지면서 계수나무의 작은 잎들이 쏴아 요란한 소리를 내며 흔들렸다. 계명풍이 그윽한 눈빛으로 한 걸음 다가왔다. "내가 그렇게 말한 건……"

성옥은 한 걸음 물러났다. "세자와 모르는 사이로 돌아가고 싶습니다. 하지만 제가 그런 희망조차 품으면 안 된다고 생각하시는 거 압니다. 하고 싶은 말이 없느냐고 물으셨지요. 이번 생에 세자를 다시 만날 거라고는 예상하지 못해서 어떻게 말해야 할지 모르겠습니다. 저는……" 성옥은 곤혹스러운 표정으로 막막한 듯 잠시 멈췄다가 말을 이었다. "세자를 볼 때마다 괴롭습니다. 세자는 제가 당연히 괴로워해야 한다고 생각할지 모르겠지만……"

성옥은 시선을 계명풍에게 돌렸지만 아무것도 보이지 않았다. 그저 머릿속에서 방울소리만 점점 커지고 누가 바늘로 찌르는 듯 가슴 깊은 곳이 아플 뿐이었다. 성옥이 조용히 말했다. "세자, 저를 불쌍히 여겨주세요."

계명풍의 얼굴이 순식간에 창백해졌다. 하지만 성옥은 보지 못했다. 눈앞이 흐릿해져 계명풍이 검은 그림자로만 보였다. 눈이 시큰거리고 아파와 손을 들어 문지르는데 문득 계명풍이 다가오는 게 느껴졌다. 성옥은 그가 왜 다가오는지 몰라 본능적으로 피했다.

성옥은 황급히 작별인사를 건넸다. 그때도 계명풍의 표정은 보지 못했다. 그는 빠른 걸음으로 떠나는 성옥을 잡지 않았고 뒤따라오지도 않았다.

성옥은 반쯤 정신이 나간 채 송학원으로 돌아와 안정제를 두 알 먹고 멍하니 앉아 있었다. 그러다 문득 제앵아와의 약속이 떠올라 궁녀를 데리고 문을 나섰다. 하지만 옷을 갈아입는 걸 잊어버려 땀에 젖은 하얀 옷을 그대로 입고 나왔다. 거기에 차가운 밤바람까지 맞자 얼마 안 가 재채기가 나기 시작했다. 결국 궁녀는 외투를 가지러 돌아가고 성옥은 바람이 없는 곳에서 기다리기로 했다.

무료함에 이리저리 둘러보던 성옥은 멀지 않은 곳에서 일렁이는 불빛을 발견했다. 성옥의 기억에 그곳은 호수였으니 누군가 연등을 띄우는 게 분명했다. 성옥은 어슬렁어슬렁 그쪽으로 걸어갔다.

호숫가에는 돌 등잔대가 무척 많았다. 일곱번째 등잔대를 지날 때 물에 연등을 띄우는 소녀들이 어렴풋이 보였다. 초대를 받고 피서를 즐기러 온 명문가 아가씨들 같았다.

바람이 거세지고 아가씨들 사이에서 돌연 다투는 듯한 소리가 들려왔다. 잘 들리지는 않아도 다급하고 매서운 소리였다. 성옥은 싸움 구경에 흥미가 없었기에 몸을 돌려 왔던 길로 되돌아가려 했다. 그런데 그때 날카로운 비명이 들렸다. "사람 살려, 우리 아가씨가 물에 빠졌어요!"

성옥이 본능적으로 돌아보니 호수에서 허우적대는 사람이 보였다. 당황해서 마구 내젓는 팔에 하얀 물보라가 일었다. 뭔가 선명하지 않은 화면이 둔중한 망치처럼 성옥의 머리를 내리치면서 순간 눈앞이 캄캄해졌다. 이어 호수에서 허우적대던 하얀 팔이 순식간에 성옥에게 다가와 눈앞의 검은 막을 힘껏 찢어냈다.

봉인이 풀렸다.

섬뜩한 어둠 속에서 성옥은 또 남염의 고분을 보았다. 독초가 널린 무덤 속 작은 길로 돌아간 듯했다.

청령이 성옥의 손을 잡고 그 작은 길을 쏜살같이 달렸다. 고분 안쪽에서 둥둥 두둥 북소리가 울리자 무수한 독충이 두 사람 뒤를 바싹 쫓아왔다. 바로 앞이 화골지化骨池였다. 뼈까지 녹이는 그 연못의 출렁다리를 건넌 뒤 다리를 끊어 독충을 막으면 두 사람은 살 수 있었다.

단편적인 기억이 숨쉴 수 없게 옥죄어와 성옥은 가슴이 꽉 막혔다. 손을 뻗어 옆에 있는 월계수를 잡고 벌벌 떨며 자신에게 경고했다. 떠올리면 안 돼. 하지만 오랫동안 굶주린 호랑이가 먹잇감을 발견하고 공세를 펼치듯 해제된 기억은 성옥을 집어삼킬 기세로 밀고 들어왔다.

성옥은 월계수 옆에 쓰러졌다.

"군주, 어서 도망쳐요!" 끝없는 정적 속에서 뒤쪽의 청령이 외치는 소리가 들렸다. 휙 고개를 돌리자 지금보다 어린 자신이 끊어진 출렁다리 옆에 넘어져 있고 앞쪽 연못에서 물보라가 몇 장 높이로 솟구치는 게 보였다. 하얀 물보라가 일었다. "청령!" 성옥은 정신없이 청령을 부르는 자신의 목소리를 들었다.

몸을 일으킬 수 없었다. 등줄기를 타고 어깨까지 올라온 절망감이 촘촘한 그물처럼 뇌수를 쥐어짜는 것 같았다. 성옥은 청령의 이름을 애타게 부르며 연못으로 기어갔다. 그 차갑고 끔찍한 순간, 갑자기 손 하나가 뻗어나와 성옥의 손등을 살며시 감싸쥐었다. 무척 따뜻한 손이었다.

성옥이 눈을 떴다.

희미한 불빛이 보였다. 남염 고분의 장명등인 인어등人魚燈처럼 어슴푸레한 빛이었다. 하지만 머리 위로 침대 휘장이 보이는 걸 보니 남염 고분일 리 없었다. 별들이 수놓인 휘장을 보면서 성옥은 몽롱하긴 해도 자신이 춘심원春深院의 자기 방, 자기 침대에 누워 있으며 조금 전까지 꿈을 꾸었음을 알았다.

눈을 크게 뜨고 조금 전의 꿈을 떠올려보았다. 모든 게 다 진짜 같았다. 분명 계명풍을 보았고 정말로 감기에 들었으며 호숫가에서 연등을 띄우던 소녀가 물에 빠진 것도 확실히 보았다. 그런 다음…… 그 순간의 두려움을 참지 못하고 월계수 옆으로 쓰러졌다.

빗장이 풀린 기억을 다시 봉인하기는 어려웠다. 쓰러지는 순간 떠오른 그 두려운 기억이 또다시 성옥의 머릿속으로 파고들었다. 그 기억들 모두 진짜였지만 딱 한 가지만은 아니었다. 무시무시한 고분에서 미친듯 연못으로 기어갈 때, 그 절망적인 순간에 아무도 성옥에게 손을 내밀어주지 않았다.

그것만 가짜였다.

성옥은 천천히 몸을 일으켜 앉은 뒤 망연하게 앞을 바라보았다.

발소리가 나고 여섯 쪽짜리 병풍에 남자 그림자가 비쳤다. 이렇게 깊은 밤 성옥의 방을 드나들 남자는 주근밖뿐이므로 성옥은 깊이 생각하지 않았다.

주근이 촛불을 키웠는지 방이 아까보다 밝아졌다. 성옥은 고개를 숙이고 눈을 문질렀다. 성옥이 눈을 비비는 사이 주근이 병풍을 돌아와서 침대 옆 작은 탁자에 등을 놓았다.

성옥은 힘없이 무릎을 끌어안은 채 고개를 숙이고 아무 말도 하지 않았다. 혼자 있고 싶다는 뜻이었다. 하지만 주근은 물러나지 않고 침대 가장자리에 앉아 젖은 수건을 성옥의 얼굴에 가져다 댔다.

성옥은 고개를 숙인 채 그 손길을 피하며 말했다. "내가 일부러 떠올린 게 아니라 보였어…… 봉인이…… 풀렸어. 저절로 풀렸어." 수건을 든 손은 성옥이 말하는 사이 물러나 잠시 뒤 수건을 반듯하게 접었다.

주근한테는 그렇게 우아한 습관이 없었지만 성옥은 거기까지 생각할 여유가 없었다. 성옥이 힘겹게 숨을 고른 뒤 말을 이었다. “네가 봉인해줘서 지난 일 년 동안 내가 그 일을 떠올린 적은 없잖아. 한동안 아무 걱정 없이 지낼 수 있었는데. 나는 그렇게 걱정 없이 살면 안 되나봐……”

성옥이 울먹이며 오른손으로 눈을 가렸다. “청령이 너무 보고 싶어. 딱 하룻밤만이라도…… 봉인하지 마. 혼자 있게 해줘. 하룻밤만이라도.”

네모반듯하게 잘 접힌 수건이 탁자 위 등롱옆에 놓였다. 그때 등롱 안쪽에서 불꽃이 타닥 요란한 소리를 냈다. 주근은 아무 대꾸도 하지 않고 조용히 침대 머리맡의 자그마한 서랍을 열고서 은 가위를 꺼냈다. 등갓을 열어 심지를 자르자 순식간에 빛이 밝아졌다. 그제야 성옥은 상대의 목소리를 들었다. “주근이 뭘 봉인했다는 거지?” 무척 익숙하지만 지금 여기에 나타날 리 없는 서늘한 그 음성이었다.

성옥이 고개를 번쩍 들었다. 침대 가장자리에 앉은 청년은 가위를 내려놓고 고개를 숙인 채 성옥의 눈물을 닦아주려던 수건으로 손을 닦고 있었다. 시선을 느낀 그가 고개를 들어 성옥을 보았다.

다음 순간 그가 손을 뻗어 엄지를 성옥의 눈에 가져다 댔다. 성옥이 피하리라고 예상한 듯 다른 한 손으로는 성옥의 어깨를 잡아 살며시 당겼다. 부드러운 힘이었지만 성옥의 몸은 견디지 못하고 앞으로 기울어졌다. 성옥은 손으로 그의 가슴을 미는 것밖에 할 수 없었다.

성옥이 멍한 눈으로 그를 올려다보았다. 그는 자기 가슴에 딱 붙어 거절의 뜻을 드러내는 손바닥을 못 느끼는 듯, 성옥의 눈에 닿은 엄지를 부드럽게 움직여 눈가를 따라 눈물 자국을 닦아주었다.

눈물을 닦아주려던 것임을 인식하자마자 성옥은 직접 닦으려 손을 들었다. 하지만 그에게 가로막혔다.

"내가 닦아주마."

그의 엄지가 성옥의 눈 밑을 반복해서 오갔다. 입술을 살짝 오므린 표정이 지나칠 정도로 진지해 보였다.

반면 성옥의 얼굴은 점점 창백해졌다. 방금 울면서 중얼거린 말이 생각나서였다. 주근이 봉인을 해준 일은 비밀이었다. 성옥은 긴장감에 온몸이 떨리는 듯했다. "연삼 오라버니…… 실은……"

연삼은 성옥의 눈꼬리에 마지막 남은 눈물 자국을 닦아준 뒤 나직하게 말했다. "네 의식 속 뭔가를 주근이 봉인했다고 내게 말할 생각은 없었다, 그 말이지?"

성옥은 잠시 멈칫했지만 이내 반박했다. "그런 게 아니라 제가 아까 말한 봉인은 사실…… 그게 실은……"

"일종의 법술이지." 연삼이 성옥의 촉촉한 눈을 바라보며 말을 이었다. "종실에서는 홍옥군주가 십화루의 백여 꽃에 의지해 병을 고쳤다고 알고 있지. 홍옥군주를 키운 시종은 정안왕이 찾아온 비범한 사람이고. 비범한 사람이 법술을 하는 건 이상한 일이 아니야."

성옥은 경직된 표정으로 고개를 숙였다. 성옥의 얼굴이 마침내 연삼의 손가락에서 벗어났다. 이번에는 연삼도 잡지 않았다. 한참 뒤에야 성옥이 고개를 들고 조용히 물었다. "연삼 오라버니…… 제가 홍옥인 줄 언제 알았어요?"

"어제."

성옥은 잠시 조용히 있다가 무릎을 끌어안고 더듬더듬 해명했다. "속인 게 아니라 말하지 않았을 뿐이에요. 오라버니도 묻지 않았고……" 그러다 문득 연삼이 어느 집 아옥이냐고 물었던 게 생각나 얼른 말을 바꾸었다. "오라버니도 그리 캐묻지는 않았고요."

연삼이 웃었다. "나도 내가 누구인지 알려주지 않았으니 비긴 셈이지."

성옥은 고개를 흔들었다. "오라버니가 장군인 거 알고 있어요."

그 말은 확실히 사실이었지만 성옥은 연삼이 어떤 장군인지는 신경쓰지 않았고 알 필요도 없다고 여겼다. 지금 가만히 생각해보니, 대희국은 군영 열일곱 위衛에서 백만 병사를 통솔하는데 그중 네 위가 평안성에 주둔하고 있었다. 그 외에 황성을 떠나지 않는 군사는 황제의 친위대인 천무天武, 원무元武, 위무威武의 세 군이 있었다. 늘 성안 거리에서 연삼과 마주쳤으므로 연삼은 평안성 내부의 3군 4위에 속한 장군일 가능성이 컸다.

연삼이 탄식했다. "너는 내가 누구인지 몰라."

"하지만 누구여도 상관없어요. 오라버니가 장군이라는 정도만 알면 됐죠." 성옥이 단호하게 말했다.

연삼이 얼떨떨한 표정으로 잠시 생각한 뒤에 물었다. "대장군이라도 상관없다는 거냐?"

평안성의 3군 4위는 대부분 귀족 자제 중에서 선발했고 연씨는 대희국의 다섯 명문가 성씨 중 하나였다. 대희국 각 군과 위마다 대장군과 장군의 직위가 있으니, 일곱 명의 대장군 중에 연씨가 있는 건 기이한 일이 아니었다.

그래도 성옥은 조금 놀랐다. "대장군이라고요?" 3군 4위의 일곱 대장군은 모두 정삼품인데 이렇게 젊은 연삼이 벌써 정삼품의 대장군이라니, 성옥은 놀라 탄복하는 동시에 조금 영문을 알 수 없었다. "대장군이면 또 무슨 상관인데요?"

연삼이 성옥을 잠시 쳐다보다가 입을 열었다. "너는 내가 3군 4위의 대장군이라고 생각하는구나."

성옥이 고개를 갸우뚱했다. "그럼…… 3군 4위 말고…… 다른 13위의 장군이라고요?" 성옥은 잠시 생각해보다가 고개를 내저었다. "거짓말 마세요. 다른 13위의 장군이 지금 황제를 따라 행궁에 올 확률은 거의 없다고요."

"17위 위에 또다른 대장군이 있지는 않고?" 연삼이 물었다.

17위 정삼품의 대장군 위에는 확실히 또다른 대장군, 그러니까 대장군 이상의 인물이 있었다. 황성 안팎 자제들의 숙제를 대신해주고 용돈을 버는 성옥은 다른 군주들보다 대희의 군사제도에 대해 훨씬 많이 알았다. 정삼품의 대장군 위에는 종이품의 진국대장군과 정이품의 보국대장군, 어부魚符로 백만 병사를 지휘하는 정일품 대장군이 있었다. 그랬다. 그들은 대희국 무장의 최고 관료지만 아래 관료들처럼 화려한 수식어가 앞에 붙지 않고 그냥 대장군으로 불렸다.

대장군. 성옥은 아, 하고 반응했다. 어린 나이에 종군해 북위를 일곱 차례 격퇴한 제국의 보배, 그 대장군도 연씨라는 게 불현듯 떠올랐다.

성옥은 침대 가장자리에 앉아 있는 연삼을 멍하니 쳐다보았다. "오라버니가…… 그 대장군이군요."

연삼이 고개를 끄덕였다. "그래."

그 대장군은 제국 유일의 연 대장군이자 성옥과의 혼사를 거절한 연 대장군이었다.

너무 놀라 멍해진 성옥을 보고 연삼이 잠시 침묵했다가 물었다. "나한테 하고 싶은 말은 없느냐?"

"아, 있어요." 성옥이 침을 꿀꺽 삼키고 떠보듯 물었다. "오나소국 사신들이 오라버니의 생김새를 보고 우리 대희국의 미래를 걱정하지는 않았을까요?"

연삼이 웃음을 터뜨렸다. "내가 이렇게 건강한 걸 봤으니 오나소국의 미래가 더 걱정스러워졌겠지."

"아. 그럼 안심이네요." 성옥이 무덤덤하게 대답했다.

연삼이 차분하게 성옥을 바라보았다. "다른 하고 싶은 말이 있을 텐데."

"없어요."

"있잖느냐."

"없…… 맞아요. 있어요. 오라버니가 제게서 무슨 얘기를 듣고 싶은지 알아요." 성옥이 눈빛을 흐리며 주저하다 말했다. "그때 오라버니가 저와의 혼사를 거절했을 때 제가 원망했는지, 지금 혼사를 거절한 사람이 오라버니라는 걸 알게 됐으니 다시 오라버니가 원망스럽지는 않은지 궁금한 거죠?"

연삼이 대답하지 않을 걸 안다는 듯 성옥은 무릎을 끌어안고 고개를 돌려 연삼을 바라보았다. "그 일은 단 한 번도 마음에 담아둔 적 없어요. 혼사를 거절한 사람이 오라버니인 걸 몰랐던 그때도 화나지 않았고, 지금은 더욱 그렇고요." 그러고는 우습다는 듯 입을 삐죽였다. "하지만 황조모 등쌀에 저와 혼인할 뻔했던 사람이 연삼 오라버니라는 건 조금 재미있네요." 성옥이 무릎 위에 뺨을 대고 저도 모르게 실소를 지었다. "오라버니와 혼인이라니, 틀림없이 이상했겠죠. 연삼 오라버니는 오라버니이니까요."

성옥이 웃음을 터뜨리는데 연삼이 차가운 음성으로 말했다. "나는 네 오라비가 아니다."

촛불을 등진 채 침대 가장자리에 앉아 있는 연삼의 얼굴에는 표정이 전혀 없었다.

성옥은 당황했다. "하지만……"

"똑똑히 듣거라." 연삼은 반박할 틈을 주지 않고 그렇게 말한 뒤 야속할 정도로 차갑게 성옥을 쳐다보았다. "나는 네 오라비가 아니다."

성옥은 눈을 깜빡였다. 연삼이 화난 듯 보였지만 그 이유를 알 수 없었다. "하지만 오라버니가 제 오라버니라고 말했잖아요."

연삼이 돌연 웃음을 터뜨렸는데 그 웃음조차 차가웠다. "내가 말하면 다 그렇게 되는 것이냐?"

성옥은 뭐라 말해야 할지 갈피를 잡지 못하고 한참을 생각하다가 대답했다. "그런 거 아니에요?"

연삼이 눈을 치켜떴다. "그럼 내가 네 낭군이라고 말하면 낭군으로 받아들이는 게냐?"

성옥은 거의 넋이 나갈 지경이었다. "……그럴 수는 없죠……"

연삼이 성옥을 내려다보았다. "내가 오라비라고 했다고 오라비는 시켜주면서 왜 낭군은 안 된다는 거냐?"

성옥은 여전히 얼떨떨한 채 답했다. "제가 바보는 아니거든요.

오라버니와 낭군이 어떻게 같아요?"

"뭐가 다른데?"

성옥의 머리가 재빠르게 반응했다. "만약 같다면 오라버니는 왜 오라버니인지 낭군인지를 따지는데요?"

"네 말대로 아주 바보는 아니로구나." 연삼이 실소를 터뜨렸다.

성옥의 질문에 연삼이 진지하게 답하지는 않았지만 성옥도 답을 원한 건 아니었다. 성옥은 잠시 생각한 뒤 말했다. "제 생각에 연삼 오라버니가 그때 혼사를 거절한 건 제 오라버니가 될 운명이었기 때문이에요. 하늘이 일찌감치 우리 두 사람을 남매의 인연으로 정해놓았던 거죠." 성옥은 다시 생각해봐도 그럴듯하다고 여기며 고개를 들었다가 연삼의 차가운 눈빛과 마주쳤다. 연삼은 성옥을 힐끗 쳐다본 뒤 더이상 상대해주지 못하겠다는 듯 고개를 돌리고 냉소를 지었다. "하늘이 정하긴. 운명이 뭔지 네가 알기나 하느냐?"

이번에는 연삼이 정말로 화난 듯 보여 성옥은 가슴이 철렁 내려앉았다.

성옥은 조금씩 침대 가장자리의 연삼에게로 다가가 떠보듯 그의 팔을 잡았다. 연삼은 눈을 내리깐 채, 이상하게 구는 성옥의 손을 쳐다보았지만 뿌리치지는 않았다. 자신감이 붙은 성옥은 용기를 내 좀더 다가가 뺨을 가까이 들이밀었다. 그러고는 연삼의 팔을 살살 건드리면서 고개를 들고 그를 바라보며 나긋나긋하게 말했다. "연삼 오라버니, 화내지 마세요. 제가 잘못했어요."

성옥은 자신이 뭘 잘못했는지 몰랐지만 이렇게 말하면 연삼의 화가 풀릴 거라 믿었다. 태황태후도 성옥이 잘못한 뒤 그렇게 애교를 부리면 항상 용서해주었다.

성옥은 연삼의 팔이 순간 딱딱해지는 걸 느꼈다. 그런 경직이 무슨 의미인지 모르는 성옥은 연삼이 용서하지 않는다는 신호를 보이는 거라고 생각했다. 그래서 연삼의 팔을 좀더 세게 흔들다가 팔을 타고 내려가 연삼의 손바닥에 뺨을 가져다 댔다.

연삼의 손바닥이 이미 펼쳐져 있어서 성옥은 다른 수고를 할 것도 없이 왼쪽 뺨을 아주 쉽게 연삼의 따뜻한 손바닥에 가져다 댈 수 있었다. 성옥은 연삼의 손바닥에 뺨을 문지르며 고개를 돌려 말했다. "오라버니, 우리 지금껏 사이좋게 지냈잖아요."

연삼은 여전히 아무 대꾸도 하지 않았다. 하지만 시선은 성옥에게 고정되었고 눈빛도 그윽해졌다.

성옥도 이렇게 애교를 부린 건 무척 오랜만이었다. 어쨌든 애교라는 무기가 통하지 않은 적이 없었기에 연삼도 곧 화를 풀 거라고 성옥은 자신만만했다.

연삼의 시선 속에서 성옥은 눈을 감고 살며시 미소를 지었다. "정말로 화난 건 아니라는 거 알아요. 우리는……" 거기까지 말했을 때 성옥의 왼쪽 뺨과 맞닿아 있는 연삼의 손바닥이 움직였다.

성옥은 눈을 번쩍 떴다. 연삼의 손가락이 이미 턱을 잡고 부드러운 힘으로 성옥을 똑바로 일으켜 앉혔다. 둘의 얼굴이 가까워졌다.

"뭘 잘못했는데?" 연삼이 귓속말처럼 낮게 물었다. 그렇게 가까이 있으니 성옥은 모든 주의력이 그의 얼굴로 쏠려 머릿속이 멍해졌다. 뭘 잘못했느냐고, 내가 그걸 어떻게 알아!

"잘못했다고 생각하지도 않으면서 왜 사과를 하지?" 연삼이 계속 추궁했지만 아까처럼 차가운 투는 아니었다. 애교가 먹혔구나, 역시 사과를 하거나 애교를 부려야 해, 성옥은 속으로 생각했다.

그때 연삼의 손이 턱선을 따라 귓불로 옮겨가는 게 느껴졌다.

마치 공예품을 감상하며 손가락으로 침향목의 둥근 곡면을 어루만지듯, 성옥의 피부를 따라가며 감상하고 평가하는 듯한 움직임이었다. 성옥은 연삼의 손가락에 무슨 감정이 실렸는지 알 수 없었다. 귓불이 간질간질했지만 어째선지 몸을 꼼짝도 할 수 없어 손을 들어 가려움을 달랠 수도 없었다.

연삼의 그윽한 눈빛 아래에서 성옥은 현실감을 잃어버린 듯 중얼거렸다. "연삼 오라버니……"

연삼이 웃으며 둘의 뺨이 거의 닿을 정도로 가까이 다가와 성옥의 귓가에 대고 나직하게 말했다. "잘못했다고 생각하지는 않지만 애교로 넘어가겠다는 게냐?" 둘 사이의 거리가 너무 가깝다고 생각하는 순간 성옥은 연삼의 몸에서 나는 백기남 향에 살짝 현기증을 느꼈다. 연삼이 얼굴을 돌려 정면으로 마주보자 성옥에게는 연삼의 두 눈밖에 보이지 않았다.

무척 아름다운 눈이었다. 성옥은 무수한 비유법으로 그 봉의눈과 눈빛을 묘사할 수 있을 것 같았다. 절제되고 매혹적인 눈빛은 부드러운 수액이 나비를 품으려는 것처럼 성옥이 잘못해서 빠지면 영원히 가두려고 기다리는 듯했다. 호박이 바로 그렇게 만들어지지 않던가.

성옥은 압박감에 눈을 감으면서도 잊지 않고 연삼의 질책에 대꾸했다. "저는 잘못 말한 게 없어요. 전부 운명이라고요." 그러고는 잠시 생각한 뒤 조용히 덧붙였다. "설마 황조모가 다시 혼사를 내리면 오라버니는 생각을 바꿔 저랑 혼인할 거예요?"

그 말을 내뱉은 순간 성옥은 연삼의 호흡이 멈칫하는 걸 느끼고는 속으로 생각했다. 항상 숨이 멈출 만큼 놀라는 건 나였는데 내 말에 오라버니가 놀라 말문이 막힌다고? 이게 웬일이람.

이 상황이 우스워 성옥은 방금까지 느낀 압박감을 잊어버렸다. 그래서 가만히 한쪽 눈을 뜨고 이어서 다른 쪽 눈도 떴다.

당황한 듯한 연삼의 표정이 눈에 들어왔다.

"저랑 혼인하지 않을 거잖아요." 성옥이 조금 우쭐한 목소리로 말하고는 웃었다. "오라버니도 이상하죠? 저를 만난 뒤 줄곧 누이로 여겼으니까요."

연삼의 멍한 눈빛이 마침내 초점을 되찾고 성옥의 얼굴로 향했다. 그리고 조금씩 성옥을 풀어주었다.

연삼은 성옥을 한참 바라보았지만 성옥의 말에 동의도 반대도 하지 않았다.

등불 심지에서 또 불똥이 튀었다. 연삼은 잠시 뒤 몸을 일으켜 가위를 들고 심지를 잘랐다. 그러고는 침대 옆으로 오지 않고 학 모양 등 옆에 서서 잠시 생각하다가 입을 열었다. "그럼 내가 처음 물었던 문제로 돌아가도록 하지."

연삼이 화내지 않자 성옥은 기뻐하며 재차 확인했다. "그러니까 오라버니, 화 풀린 거 맞죠?"

연삼이 성옥을 흘겨보았다. "내가 언제 화를 냈느냐."

성옥이 치맛자락을 만지작거리며 퉁명스럽게 말했다. "좋아요, 화 안 냈어요. 그러니까 처음 질문으로 돌아가서……" 그러고는 잠시 생각하다가 안색이 점점 변했다. 처음 질문이 뭐였는지 떠올랐다. 연삼은 주근이 무엇을 봉인했느냐고 물었다.

"말하고 싶지 않아요." 성옥은 나직하게 대꾸하며 오른손을 들어 신경질적으로 가슴 앞섶을 움켜쥐었다. 눈에도 다시 물기가 어렸다. 엄청난 고통을 가져오는 무언가가 성옥의 모든 활력과 색깔을 순식간에 집어삼키는 듯했다. 이제 봉인이 깨졌으니 시시각각 죄책감을 불러오는 그 끔찍한 기억에 시달릴 수밖에 없음을 성옥은 잘 알고 있었다.

성옥은 창백해진 낯빛으로 눈앞의 연삼을 보며 조용히 부탁했다. "강요하지 마세요, 연삼 오라버니."

11장
담담한 표정 뒤에서 일어나는 광풍

춘심원은 태황태후의 송학원 바로 옆에 있어서 출입 통제가 무척 엄격했다. 성옥의 방 밖에 있는 계명풍을 보고 국사 속급은 놀라지 않을 수 없었다.

이 시간에 경비가 삼엄한 문으로 들어왔을 리는 없으니, 세자도 국사와 마찬가지로 담을 넘었을 확률이 높았다. 국사는 소문에 밝지는 않아도 추리가 뛰어난 사람이었다. 멀리에서 계명풍을 보았을 때 국사는 홍옥군주가 여천에서 일 년 남짓 머물렀던 걸 떠올렸다. 오후에 황제 곁에 있던 자신을 연송이 불러내 잠시 이향을 따돌려달라고 했을 때 세자 역시 홍옥군주가 정말로 아프다는 얘기를 들었다.

세자는 술에 취해 길을 잘못 든 게 아니라 병문안을 온 게 확실했다.

한밤중에 혼인도 안 한 군주의 처소에 멋대로 들어오는 건 군자가 할 행동이 아니었기에 세자는 국사를 보고 잠시 입을 열지 못했다. 국사는 다 안다는 듯 담담하게 고개를 끄덕였다. "그렇게 멀리 계시면 아무것도 안 보이실 텐데요?"

"……"

"장군께 들킬까 걱정할 필요는 없습니다. 저나 세자가 마당에 들어서자마자 장군이 알아차리셨을 텐데, 아무 반응이 없다는 건 괜찮다는 뜻이니까요. 가까이 계시든 멀리 계시든 상관없으니, 홍옥 군주를 제대로 보고 싶으시면 좀더 가까이 오시는 게 좋습니다."

"……"

세자는 의심과 경계의 눈초리로 국사를 바라보았다. "저는 홍옥을 보러 왔습니다만, 도사인 국사께서는 이 한밤중에 왜 홍옥의 방까지 오셨습니까? 걱정이 돼서 찾아왔다는 말은 하지 마십시오."

국사는 '나는 너 같은 보통 사람과 다르다'라는 통달한 표정을 유지하면서 속으로는 눈을 마구 흘겼다. '너도 알다시피 나는 도사라고!' 겉으로는 담담하게 고개를 끄덕이며 조심스러운 투로 말했다. "개의치 마십시오. 저는 장군을 도와드리러 왔을 뿐입니다."

곁채는 문도 창문도 모두 열려 있었다.

문 앞까지 갔을 때 셋째 전하의 목소리가 들려왔다. "내 잘못이다. 말하기 싫으면 하지 말거라." 전하가 누군가에게 잘못을 인정하는 걸 평생 처음 들은 국사는 깜짝 놀랐다.

셋째 전하의 목소리가 이어졌다. "여태껏 아무것도 못 먹었을 텐데 뭐 먹고 싶은 것은 없느냐?" 상대가 거절하는 듯했지만 전하는 별로 개의치 않았다. "그럼 같이 나가서 좀 돌아다니도록 하자. 접수원에 자미화 군락지가 있는데 잘 가꿔놔서 산책하기 좋더구나."

셋째 전하가 누군가를 달래는 것도 생전 처음 들어봤기에 국사는 다시 한번 놀랐다. 아무래도 지금은 들어가지 않는 게 좋겠다고 생각하며 걸음을 창가 쪽으로 옮겼다.

마침내 국사는 여인의 목소리를 들을 수 있었다. "행궁에는 돌아다닐 만한 곳이 없어요." 울었는지 힘이 없고 잠긴 목소리였다. 약간 귀찮아하는 듯한 투였다. 틀림없이 홍옥군주일 거라고 국사는 생각했다.

군주가 대담하게 덧붙였다. "혼자 있고 싶어요. 나가기 싫어요."

이제 그만 돌아가달라는 의미였다. 국사는 눈을 깜빡이며 군주에게 탄복했다. 감히 전하를 쫓아내는 사람은 처음 보았다.

방안이 정적에 휩싸였다. 조금 뒤 전하가 천천히 입을 열었다. "지금 나를 내쫓는 거냐?"

군주가 더듬더듬 대답했다. "그게…… 그냥 잠시……"

"잠시?"

군주가 힘없이 말했다. "네, 잠시요."

셋째 전하가 느긋한 투로 말했다. "이런 꼴로 혼자 있고 싶다니. 아무리 잠시라도 내가 동의할 것 같으냐?" 그 차근차근 타이르는 말투에 국사는 귀를 문지르지 않을 수 없었다.

군주가 맥없이 대꾸했다. "……아니요."

"행궁 밖으로 나가자."

셋째 전하의 제안에 군주가 놀란 목소리로 물었다. "네?"

"오늘이 마침 칠월 칠석이라 거리가 떠들썩할 거다. 너는 그런 걸 좋아하지 않느냐." 인내심 있는 전하의 태도를 믿을 수 없어 국사는 또 귀를 문질렀다.

한참 뒤 군주가 조용히 대답했다. "그럼 길쌈하는 여인들이 많겠네요." 전하의 제안이 솔깃한 모양이었다.

셋째 전하가 무덤덤하게 말했다. "그래, 재미있겠지."

하지만 군주는 망설였다. "그렇지만 황제 오라버니가 허락하지 않을 거예요."

전하는 이해할 수 없다는 투로 물었다. "왜 황제에게 알려야 하지?"

군주의 낙담한 목소리가 이어졌다. "말하지 않고 나갔다가 들키면 어떡해요?"

"……그럼 내 탓으로 돌리거라."

"오라버니 탓으로 돌리면 황제 오라버니가 질책하지 않을까요?"

전하가 담담하게 대꾸했다. "네가 아니라 나를 질책하겠지."

군주가 내키지 않는 듯 머뭇거렸다. "그건……"

셋째 전하의 태연한 목소리가 이어졌다. "나는 국사 탓으로 돌릴 거다."

귀를 문지르던 국사는 순간 화들짝 놀라 휘청하고는 간신히 창턱을 잡고 서서 어떻게든 침착함을 유지하려 애썼다.

셋째 전하와 군주의 뒤를 따라 행궁을 나온 국사는 야시장이 열려 한창 북적이는 보루가寶樓街에 이르자 어디까지 따라가야 할지 고민했다.

반 시진 전 셋째 전하가 군주를 데리고 춘심원을 나올 때, 국사는 이항을 서쪽 정원의 석가산에 재워두었으며 아침 닭이 울 때야 깨어날 거라고 보고할 생각이었다. 그런데 지금 그 일을 보고하겠다고 전하를 방해하자니 선뜻 내키지 않았다. 어쨌든 전하가 군주를 데리고 밤새 돌아다니지는 않을 테니 보고하든 말든 중요하지 않을 것 같다는 생각에 국사는 이쯤에서 물러나기로 마음먹었다.

그런데 계명풍도 따라온 줄은 몰랐다. 세자의 안색이 안 좋은 걸 보고 국사는 무슨 일이 날까봐 계속 따라가는 수밖에 없었다.

칠석날 밤의 평안성은 무척 떠들썩했다.

하늘에는 초승달이 떠 있고 술집과 거리마다 사람들이 넘쳐났다. 거리 곳곳에 등롱과 비단이 걸려 명절 분위기가 물씬 풍겼다.

평소에도 흔히 볼 수 있는 고기나 과일, 떡을 파는 노점 외에 칠석 맞이 물품을 파는 노점도 많았다. 진흙으로 빚고 금구슬로 장식한 아기 인형, 밀랍을 입혀 물에 뜨도록 만든 장난감, 싹을 틔워 붉고 푸른 비단실로 한 단씩 묶어놓은 콩, 화려한 조각품으로 변신한 수박 등 칠석 즈음에만 파는 흥미로운 물건들이 가득했다.

연삼은 며칠 전 길거리에서 재미있는 물건을 정신없이 구경하던 성옥을 우연히 만났을 때를 떠올렸다. 지금도 걷다가 서기를 반복하며 여기저기를 둘러보고 있었지만 성옥은 그날과 완전히 다른 사람 같았다. 눈빛에도 그때 같은 광채가 없었다.

앞쪽에 농가 모형물을 파는 노점이 있었다. 인파를 따라 매대 앞에 도착한 성옥은 그중 제일 큰 모형을 한참 쳐다보았다. 쌀을 쪼아먹는 병아리 모형이었다. 평소와 달리 들뜬 기색도 없고 조용한 성옥을 대신해 연삼이 먼저 침묵을 깨고 물었다. "갖고 싶은 게냐?"

성옥은 막 잠에서 깬 사람처럼 멍하니 있다가 엉뚱한 대답을 했다. "아, 다른 것도 보러 가요." 그러고는 몸을 돌려 인파를 따라 다른 노점으로 향했다.

연삼은 미간을 찡그리고 그 뒷모습을 가만히 응시하다가 성옥을 불렀다. "아옥."

옆 노점에 서 있던 성옥이 멍하니 고개를 돌리자 연삼이 손을 내밀었다. "손잡거라. 인파에 휩쓸려 떨어지지 않게."

거리에 사람이 많긴 해도 그 정도는 아니었지만 성옥은 아무 의심 없이 순순히 돌아와 연삼의 손을 잡았다.

성옥이 연삼의 손을 잡는 그 순간, 거리에 갑자기 광풍이 휘몰아쳤다.

어리둥절한 표정으로 고개를 든 성옥의 눈에는 연삼의 백옥 같은 얼굴과 빛나는 눈동자만 보였다.

그 호박색 눈은 그윽하지만 어떤 감정도 품고 있지 않았다. 입술을 자연스럽게 오므린 얼굴도 평온하고 심드렁해 보였다. 그렇게 평온한 얼굴과 대조적으로 연삼의 뒤쪽에서는 새까만 밤을 뒤흔드는 광풍이 일었다. 모든 것을 집어삼킬 듯한 광풍의 위세와 위용은 두렵기까지 했다. 성옥은 문득 태황태후가 궁전에 모신 옥 신상이 떠올랐다. 이 순간의 연삼은 아름답고 장중하면서 동시에 무심해 보였다.

성옥은 연삼의 어깨 너머로 심해처럼 변하는 야시장을 보았다. 거리의 등롱들이 바다 위에서 가물거리는 고기잡이배의 등불처럼 바람에 밝아졌다 어두워지기를 반복했다. 성옥은 머릿속이 몽롱해져 자신이 현실 속에 있는지 꿈속에 있는지 구분되지 않았다. 사방이 순식간에 혼탁해지면서 성옥은 자신이 이 밤, 심해와 하나가 되는 듯한 기분을 느꼈다. 캄캄한 어둠 속에서 뭔가가 성옥의 의식 속으로 들어왔다. 자신의 몸안에 두 사람이 있는 듯한 느낌에 저도 모르게 덜덜 떨면서도 무섭다는 말을 입 밖으로 내지 않았다.

연삼이 호박색 눈을 거두고 손으로 성옥을 감싸 안고는 귓가에 나직하게 말했다. "내가 있으니 두려워할 것 없다." 성옥은 연삼의 표정을 볼 수 없어서 그 준수한 얼굴이 아까처럼 무표정한지 알 수 없었지만, 자신을 안심시켜주는 음성과 어깨를 꽉 잡아 품에 완전히 안아주는 그 손에서 안전하다는 느낌을 받을 수 있었다.

다만 연삼이 성옥에게 안정감을 주는 건지 두려움을 주는 건지는 알 수 없었다.

광풍 때문에 성옥이 연삼을 꽉 잡은 순간, 연삼은 성옥의 머릿속으로 들어갔다. 투시술이었다. 성옥이 무슨 일로 평소와 다른지 알려주지 않으니 연삼은 자신의 방법을 사용했다.

연삼은 성옥이 얼버무리면 넘어가주는 이목주나 제앵아 같은 사람이 아니었다. 예전에 성옥이 말한 것처럼 연삼은 까다롭고 거역을 용인하지 않는 유형이었다. 이 세상에 거리낄 게 전혀 없는 수신이니, 무엇이든 알고 싶은 게 있으면 얼마든지 알아낼 수 있었다.

성옥처럼 무사태평한 소녀의 내면은 과연 어떤 모습일까. 성옥의 심리 방어벽을 넘어간 연삼은 눈앞에 펼쳐진 푸른 하늘과 풀밭, 그 위를 뛰어다니는 활기찬 동물들을 보면서 예상과 별반 다르지 않다고 생각했다.

봄이라는 걸 알 수 있었다. 하지만 한 바퀴를 다 둘러봐도 성옥의 모습은 보이지 않았다. 성옥은 거기에 없었다.

앞쪽에서 커다란 산이 솟아났다. 협곡 입구를 지나자 아까의 봄날이 새로운 모습으로 바뀌었다. 뜨거운 태양 아래 나무가 무성하고 새들이 감미롭게 노래하는 여름이었다.

성옥은 거기에도 없었다.

골짜기를 나가자 붉게 물든 단풍나무가 시야 가득 들어왔다. 연삼은 그제야 성옥의 내면이 자신의 예상보다 훨씬 복잡하다는 것을 알았다. 성옥은 가슴 깊은 곳에 사계를 동시에 품고 있었다.

수만 년 동안 연삼은 남의 마음에 흥미를 느껴본 적이 없어서, 투시술도 어린 시절 처음 배웠을 때나 몇 번 사용해봤을 뿐이었다.

원극궁에서 심부름하는 신선, 동화제군을 짝사랑하는 어린 선녀, 제27천 쇄요탑에 갇힌 요괴의 의식을 들여다본 정도였다. 그때 가장 큰 난관은 심리 방어벽을 넘는 것이었다. 그들의 방어벽은 온 의지를 총동원해 타인을 막으려는 듯 무척 높아서 넘어가기 힘들었다. 하지만 일단 넘어가면 아무리 교활한 요괴라도 그 내면에서 곧장 본질을 찾아낼 수 있었다. 반면 성옥은 방어벽은 쉽게 뚫렸지만, 그 얇은 방어벽 뒤에서 사계절로 자신을 감추고 있었다.

심리 방어벽은 원래 타인의 침입을 막기 위해 존재하는데, 성옥의 방어벽은 마치 자기 자신을 막기 위한 것 같았다.

눈앞의 가을빛을 지나자 민둥산과 긴 강줄기가 보였다. 산을 지난 뒤에는 하얀 눈에 덮인 사막이 나왔다. 눈 덮인 사막은 산보다 훨씬 더 적막하고 쓸쓸해 보였다. 그건 성옥과 전혀 어울리지 않았지만 확실히 성옥의 가슴속 풍경이었다.

그곳에도 성옥은 없었다.

연삼은 얼어붙은 강가에서 한참을 서 있다가 나직하게 "아옥" 하고 불렀다. 이곳은 성옥의 영토이니 주인을 찾을 수 없다면 연삼을 찾아오게 하는 수밖에 없었다.

그의 음성이 바람 속으로 흩어지자 사계절 풍경이 순식간에 사라지고 현실 속 오늘밤과 같은 야시장이 그림처럼 천천히 펼쳐졌다. 마침내 성옥이 보였다.

연삼에게 아무 경계심이 없는지 성옥의 잠재의식은 그 순간의 솔직한 내면을 보여주었다.

성옥은 거리에 홀로 서 있었다. 방금 전 바로 그 거리였다. 여전히 등롱이 걸려 있고 칠석 맞이 물품도 그대로 매대에 놓여 있었지만, 잔뜩 붐비던 인파는 어디로 갔는지 보이지 않고 성옥 혼자였다.

"오늘은 명절이잖아." 성옥은 추운지 손을 비비며 조용히 말했다. 현실과 달리 여름이 아니었다. 성옥이 손을 문지르는 사이 북풍이 불어오고 밤하늘에서 가랑눈이 흩날리기 시작했다.

"아, 칠석이었지." 성옥은 걸으면서 혼자 중얼거렸다. "칠석에는 뭘 해야 하더라? 맞아, 집을 오색 비단으로 장식하고 진흙 인형이랑 과일, 술, 옷감을 차려놓은 뒤에 부모님이랑 같이 바느질을 잘하게 해달라고 빌어야지. 칠석이라…… 어머니는 손재주가 좋았는데. 청령의 손재주는 어머니보다……" 성옥은 갑자기 걸음을 멈췄고 바람도 성옥의 발걸음을 따라 움직이는 듯 잠잠해졌다. 가랑눈을 맞으며 흔들리던 등롱 사이에서 갑자기 어떤 목소리가 울리더니 성옥에게 날카롭게 경고했다. "생각하지 마. 생각해서는 안 돼!" 성옥의 잠재의식이었다.

고개를 숙인 성옥은 빨갛게 언 손으로 얼굴을 반쯤 가리고 한참 동안 가만히 있다가 그 경고를 따르듯 다시 걸음을 내디디며 혼잣말을 했다. 눈가가 붉어지고 코끝도 빨간데다 목소리가 덜덜 떨렸지만 아까와 달리 슬픈 기색은 없이 아무 얘기나 떠들었다. 주근방에 있는 서화에 대해 말하다가 이향의 요리 솜씨를 논하더니 돌연 요황의 꽃 피는 시기에 대해 떠들고, 이어서는 이목주의 약초밭 같은 것들을 얘기했다.

성옥의 혼잣말은 그리 오래 이어지지 않았다. 북풍이 거리의 등롱을 모두 꺼뜨리자 성옥은 다리를 끌어안고 쪼그려앉았다. 연삼이 좀더 다가가자 성옥의 가느다란 흐느낌이 들려왔다. "떠올리기 싫어. 나를 두고 떠난 아버지와 어머니, 청령 모두 떠올리기 싫어. 생각하라고 하지 마. 부탁이야. 떠올리라고 하지 마. 으흐흑……" 고독과 고통을 억누르는, 절망에 젖은 목소리였다.

연삼은 성옥이 그런 목소리를 낼 수 있을 줄 몰랐다. 연삼이 아는 성옥은 단순하고 천진하며 작은 일에 기뻐하고 연연하는 사람이었다. 열여섯 살이나 되었어도 영원히 자라지 않는 아이처럼 세상의 고통에서 동떨어진 듯 보이던 성옥이었다.

인간은 생로병사를 비롯해 미운 사람과 만나는 고통, 사랑하는 사람과 헤어지는 고통, 원하지만 얻지 못하는 고통, 집착으로 인한 고통 등 여덟 가지 고통에서 벗어나지 못했다. 연삼은 날 때부터 신선이어서 인간의 고통을 겪어본 적이 없기에, 타고난 지혜로 인간이 왜 그런 여덟 가지 고통에서 헤어나지 못하는지 꿰뚫어보기만 할 뿐 결코 공감할 수는 없었다.

그래서 성옥이 악몽 속에서 통곡하는 것을 보았을 때도 그녀의 가슴 깊은 곳에 고통이 봉인되어 있음을 인지했을 뿐 그리 심각하게 받아들이지는 않았다. 냉철한 천신인 그에게 인간의 고통은 별로 대단하게 느껴지지 않았다. 세상의 고통은 전부 공허했다.

연삼의 시선이 성옥에게 고정되었다. 눈 오는 밤에 홀로 쪼그려 앉아 마음속 응어리로 괴로워하는 모습을 보노라니, 꽃잎을 전부 모아도 찬바람의 기세를 막을 수 없는 작고 약한 우담화가 떠올랐다. 성옥이 겪고 있는 고통이 어떤 것이든 찬바람을 견딜 수 없는 우담화의 고통과 별 차이가 없음을 연삼은 알고 있었다.

하지만 그 고통이 우습거나 하찮게 느껴지지 않았다.

성옥이 눈물을 뚝뚝 떨어뜨리며 서럽게 우는 걸 보니 그 눈물이 흙바닥으로 흡수되는 게 아니라 연삼의 가슴속으로 가라앉는 듯했다. 그 눈물 또한 공허함으로 치부할 수 없었다. 그토록 절절한 성옥의 눈물이 가슴 밑바닥으로 녹아들 때, 그 눈물이 얼마나 뜨거운지도 느껴질 정도였다. 연삼으로서는 처음 해보는 경험이었다.

연삼은 한참을 멍하니 서 있다가 결국 손을 내밀었다.

연삼이 손을 내미는 순간, 눈 내리는 밤이 순식간에 사라지고 겨울의 사막과 가을의 단풍, 여름의 녹음, 봄의 푸르름도 쏜살같이 지나갔다. 성옥 가슴속의 네 계절을 통과한 연삼은 현실의 여름밤으로 되돌아왔다.

성옥은 얌전히 연삼의 가슴에 기대어 있고 왼손도 여전히 그의 손을 잡고 있었다. 연삼은 성옥의 보드랍고 하얀 손이 빗속에 놓인 백설의 탑처럼 금방이라도 녹아 사라질 것처럼 느껴졌다.

연삼은 성옥을 놓아주었지만, 성옥은 여전히 연삼을 붙잡은 채 고개를 들어 몽롱한 표정으로 바라보았다. 소나무를 감고 올라가는 등나무처럼 완전히 연삼에게 의지해 손가락을 꽉 붙들었다. 연삼은 성옥이 단지 몸을 기대고 있을 뿐임을 알았다. 반면 성옥은 화들짝 놀라 갑자기 자유로워진 손을 주체하지 못하겠다는 듯 괜히 자신의 칠흑 같은 머리카락을 쓸어올렸다. 성옥이 버둥거리려 하자 연삼이 품에 안으며 나직이 말했다. "두려워하지 말거라." 그러고는 성옥의 머리카락을 쓰다듬으며 따뜻한 음성으로 달랬다. "바람이 멎었으니 괜찮다."

실제로 바람이 멎었고 거리 양쪽의 어둑한 등불 사이로 행인들이 다시 북적이기 시작했다. 성옥은 연삼의 어깨에 기댄 채 오른손을 그의 가슴에 가져다 댔다. 중앙에서 조금 왼쪽, 바로 심장 위치였다. 성옥이 놀란 눈으로 연삼을 올려다보며 신기한 듯 중얼거렸다. "연삼 오라버니, 심장이 정말 빨리 뛰네요."

연삼이 펄쩍 한 걸음 물러나는 바람에 성옥의 손은 갈 곳을 잃었다. 성옥은 휘청하며 의아한 눈으로 자기 손을 보았다가 다시 연삼을 보았다. "연삼 오라버니, 왜 그래요?"

"아무것도 아니다." 연삼이 다급히 부인했다.

"그럴 리가…… 심장이 정말 빨리 뛰던데요." 성옥이 믿지 못하겠다는 듯 말했다. 그때 앞쪽 골목에서 펑 하는 소리가 나더니 일곱 빛깔 불꽃이 하늘을 수놓았다. 성옥은 고개를 돌려 불꽃을 쳐다보았지만 연삼한테 더 신경이 쓰여서 다시 그에게 시선을 돌렸다. 하지만 연삼은 이미 몸을 돌려 피한 뒤였다. 성옥에게는 연삼의 얼굴이 보이지 않고 애써 아무렇지 않은 척하는 목소리만 들렸다. "네가 좋아하는 불꽃놀이로구나. 가까이 가서 보자." 말을 마치자마자 연삼은 성큼성큼 골목 어귀로 걸어갔다.

성옥이 쫓아가며 걱정스러운 목소리로 말했다. "오라버니, 말 돌리지 마요. 심장이 그렇게 빨리 뛰는데 어디 아픈 거 아니에요?"

국사와 세자는 연삼과 성옥에게서 어느 정도 거리를 두고 있는 데다 중간에 소란스러운 인파까지 끼어 둘의 얘기를 들을 수 없었다. 국사는 셋째 전하와 군주 사이에 특별한 교분이 있음을 눈치챘지만 깊이 생각하지는 않았다.

아까 바람이 일 때 앞쪽이 너무 붐벼서 국사와 세자는 버드나무 고목 옆에 잠시 서 있었다.

세자는 나무에 기대어 주저앉더니 어디에서 났는지 술병을 꺼내 마시기 시작했다.

잠시 술만 마시고 있던 세자가 갑자기 물었다. "대장군은 아옥을 싫어하지 않았습니까?"

국사는 잠시 생각하다가 되물었다. "지금 저한테 남녀 사이의 일을 물으시는 겁니까?" 세자는 침묵으로 인정했다.

국사는 자기 인생에 회의감이 들었다. 최근 유행하는 이야기책을 보면 전부 국사가 나라의 화근이었다. 귀비와 한패가 되거나 그녀의 아비와 한패가 되어 황제를 해쳤다. 국사들은 보통 그런 큰일을 했지, 남녀 사이의 문제를 상담해주지는 않았다. 심지어 귀비에게도 그런 상담은 해주지 않았다.

국사는 대꾸하지 않음으로써 거부 의사를 밝혔다.

세자가 한 모금씩 술을 마시다가 잠시 뒤 또 물었다. "제가 늦은 걸까요?"

"뭐가 말입니까?"

이번에는 국사도 호기심을 느끼고 물었으나 세자는 대답하지 않았다.

두 사람이 그런 대화를 주고받는 사이 기이한 바람이 그쳤다. 국사는 광풍의 발원지를 잘 알고 있었다. 달밤은 셋째 전하의 천하였다. 다만 셋째 전하가 광풍을 일으킨 이유는 알 수 없었다.

세자가 고개를 젖혀 술병을 비운 뒤 말했다. "황성에 오기 전에는 아직 늦지 않았다고 생각했습니다."

국사는 세자의 처량한 모습과 단편적인 말에서 뭔가 사연이 있음을 직감했다. 하지만 어떻게 대꾸해야 할지 몰라 신선처럼 나뭇가지 위에 선 채 실의에 빠진 세자 옆을 지키는 한편 앞쪽 두 사람의 동향을 주시했다.

앞쪽에서 셋째 전하가 군주를 데리고 사람들이 북적이는 거리를 빠져나가고 있었다. 유제품 가게, 고기 가게, 찻집을 지난 그 둘은 등롱과 비단으로 장식된 작은 골목으로 들어갔다.

잠시 생각에 잠겼던 국사가 말했다. "제가 도사인 거 아시지요?"

살짝 술기운이 도는 세자는 국사가 왜 그런 걸 묻는지 몰라 멍하니 앞만 쳐다볼 뿐 대답하지 않았다.

국사가 개의치 않고 혼잣말처럼 말했다. "사실 저는 법술을 쓰지 않으면 길치에 가깝습니다."

세자는 여전히 대답하지 않았다.

"황성에 오신 뒤 기루에 가보셨습니까?"

세자의 얼굴에 마침내 표정이 좀 생겼다.

"……"

"황성에서 제일 유명한 홍등가는 채의항, 백화가, 유리항 세 곳입니다. 아름다운 여인이 가득하지요. 그중 백화가와 유리항이 이 근처에 있습니다."

"……"

국사는 자기에게만 들릴 만한 목소리로 중얼거렸다. "하지만 아가씨를 데리고 그런 곳을 돌아다니는 건 선황제도 안 하셨는데……" 길을 잘 모르는 국사는 확실하지 않다는 듯 세자를 보며 말했다. "방금 장군이 군주를 데리고 들어간 저 골목이 그 세 유흥가 중 하나인 유리항 같지 않습니까?"

국사는 세자의 대답을 들을 수 없었다. '유리항'이라는 말이 떨어지기가 무섭게 세자가 식겁하며 몸을 날려 그 골목으로 따라들어가서였다.

국사는 풍류와 관계가 멀어도 풍류를 즐기는 선황제를 섬겼기에 그쪽으로는 모르는 게 없었다. 국사는 세자의 심정도 이해할 수 있을 것 같았다. 그러다 문득 자신은 세자 편이 아니라 셋째 전하 편이라는 게 떠올라 흠칫하며 얼른 뒤를 따라갔다.

셋째 전하는 정말로 군주를 데리고 유흥가에 갔다. 기루까지 들어갔다.

기루를 들락거리는 건 그 둘에게는 일상적인 일이었다.

하지만 그런 광경을 처음 본 국사는 정신을 차릴 수 없었다. 두 사람을 따라가다가 쾌록원 담장에서 몇 번이나 떨어질 뻔한 세자를 지켜보면서 국사는 세자도 충격을 받은 게 틀림없다고 생각했다. 무척 안쓰러웠다.

성옥은 쾌록원의 백옥천 옆 우아한 대나무 누각에 앉아 비파 선녀 김삼랑의 명곡 〈해청나천아海青拿天鵝〉를 들었다. 치마를 입고 기루에 들어온 게 이상하다는 생각은 전혀 하지 않았다.

아까 연삼과 유리항에서 불꽃놀이를 구경한 뒤 고개를 들었을 때 옆쪽 건물의 편액이 눈에 들어왔다. 녹나무에 금색으로 적힌 '쾌록원'이라는 글자를 보자 성옥은 문득 비파를 잘 탄다는 기녀 김삼랑이 떠올랐다. 그래서 연삼에게 물어봤는데 뜻밖에도 안으로 데리고 들어와주었다.

오늘밤 내내 성옥은 집중하지 못했다. 거리에 칠석 맞이 물품을 파는 노점들도 흥미롭다는 듯 구경했지만 정작 마음은 딴 곳에 있었다. 지금도 쟁쟁한 비파 소리에 귀를 기울이고는 있으나 영 몰입할 수 없었다.

명절이면 그렇지 않아도 쓸쓸한데 오늘밤은 봉인까지 풀렸다.

성옥은 눈을 감았다.

아직 만 열일곱은 안 되었어도 혼인은 할 수 있는 나이였다. 적지 않은 나이인데다 워낙 총명하고 예민해 성옥은 주변에서 자신을 어떻게 보는지 다 알고 있었다. 그들은 전부 성옥의 신분이 높다는 것만 생각했다. 고아지만 태황태후의 총애를 받으니 성옥의 머리에 찍힌 '고아'라는 글자에 거의 신경쓰지 않았다. 오히려 성옥 같은 인생이라면 걱정이나 고생과는 거리가 멀 테니 평소 그들이 보는 성옥의 자유분방한 모습을 당연시했다.

하지만 성옥은 여섯 살에 아버지를 여의고 일곱 살에 어머니를 잃었다. '고아'라는 글자는 머리에만 찍힌 게 아니었다. 사람들은 선열의 후예인 홍옥군주가 나라를 위해 '고아'가 되었으며 이런 '어린 고아'를 영광의 상징으로 여겼지만, '고아'라는 글자는 성옥의 가슴속 깊숙이에 새겨졌다. 아버지와 어머니가 없다는 게 어떤 의미인지 성옥은 잘 알았다. 온 가족이 모이는 명절에 사당의 위패 앞에 꿇어앉아 있는 일이 얼마나 서럽고 쓸쓸한지 익히 경험했다.

열여섯 살이 될 때까지 근심 걱정을 모르고 살아온 게 아니었다. 슬픔과 고통, 외로움이 무엇인지 성옥은 그 누구보다도 절절히 알고 있었다. 남염 고분에서 청령이 성옥을 위해 죽었을 때 성옥은 열다섯 살이었다. 자기로 인한 죽음을 받아들이기에는 어린 나이였다. 후회와 죄책감, 자괴감이 무엇인지 성옥은 잘 알게 되었다.

그윽한 칠석의 밤은 얼마나 아름다운가. 하지만 성옥은 마음이 스산하기만 할 뿐 조금도 즐겁지 않았다. 그나마 다행이라면 오늘 밤은 곁에 연삼이 있었다.

연삼이 곁에 있는 게 왜 다행인지 성옥은 따져보지 않았다. 그저 누군가 오늘밤에 함께 있어준다면 반드시 연삼이어야만 이렇게 평온할 거라고 느낄 뿐이었다. 왜 그런지는 생각해보지 않았다. 춘심원에서 눈을 떠 연삼을 보았을 때는 연삼이 평소처럼 성옥한테 엄격하고 까다롭게 굴거나 놀릴지도 모른다고 생각했다. 그러나 오늘밤 연삼은 성옥이 하는 모든 말을 귀담아들어주었다. 비록 여전히 담담한 표정일지라도 무엇 하나 성옥의 말에 토를 다는 것 없이 부드럽게 대해주었다.

고요하게 흐르는 백옥천 옆, 청명한 달 아래 등불이 빛나고 아름다운 여인과 연주 소리가 눈과 귀를 즐겁게 해주었다. 하지만 성옥은 전혀 흥이 나지 않았다. 비파 연주 두 곡을 들은 뒤 냇물 건너편에서 시작된 불꽃놀이에 시선을 빼앗겼고, 김삼랑이 들어와 술을 따라줄 때는 슬그머니 누각을 빠져나왔다.

연삼은 막지 않았다. 성옥이 대나무 누각을 나간 뒤, 반쯤 닫힌 창문을 쥘부채로 젖히고 부채를 왼쪽에서 오른쪽으로 가볍게 움직였을 뿐이었다. 그러자 갑자기 백옥천 위로 안개가 피어올랐다. 안개는 위로 올라가지 않고 수면에 딱 붙어 넓게 퍼지더니 순식간에 냇가 풀밭을 뒤덮었다.

연삼은 안개에 깜짝 놀란 성옥이 발목을 휘감은 하얀 안개를 장난치듯 툭툭 차다가 무심하게 냇가에 앉는 것까지 지켜보고는 시선을 거둔 뒤 탁자 위의 백자 잔을 들어 가볍게 한 모금 마셨다.

근처 느티나무 가지에 앉아 있던 계명풍은 성옥이 냇가에 혼자 앉아 있는 것을 보고는 바로 뛰어내리려 했다. 하지만 함께 앉아 있던 국사에게 붙들렸다. 국사가 오른손으로 세자의 왼팔을 잡자 세자는 장검을 잡아 칼집에 든 그대로 국사의 목에 가져다 댔다.

세자가 침울한 눈빛으로 소리쳤다. "기루 후원이라 난봉꾼이 수시로 출몰합니다. 아옥을 기루에 데려온 것만으로도 잘못인데 혼자 내버려둔다는 것은 더 말이 안 됩니다!"

국사는 오늘밤 셋째 전하를 따라나선 것 자체가 크게 잘못된 결정이었다고 생각했다. 그렇다고 지금 철수하기도 이미 늦어버린 듯했다. 어쩌면 국사가 뒤에서 수습하고 있는 걸 알기 셋째 전하가 이렇게 거리낌없이 행동하는지도 몰랐다.

군주 주변에 깔린 안개는 토지신에게서 강압적으로 끌어낸 강력한 결계였다. 국사는 '안개'를 바라보며 욕설을 삼켰다. 세자가 군주한테 다가가게 두었다가 어떻게 해도 안개 속으로 들어갈 수 없다는 걸 발견하고 국사한테 물어보면, 이 신기하고 기묘한 현상을 어떻게 설명해줘야 한단 말인가.

세자가 무력을 쓰려는 걸 보고 국사는 다른 방법이 생각나지 않아 어쩔 수 없이 인계를 맺어 움직임을 봉쇄했다. 세자는 믿을 수 없다는 듯 분노에 찬 얼굴로 입을 열었다. "당신이……" 국사는 하는 수 없이 또 인계를 맺어 세자의 목소리까지 막아버렸다.

세상이 마침내 조용해졌다. 국사는 움직이지도, 말할 수도 없게 된 세자에게 솔직하게 말했다. "제가 보기에 군주는 혼자 있고 싶으신 듯합니다. 세자께서 무턱대고 다가갔다가 군주가 역정이라도 내시면 어떡합니까? 안 그렇습니까?"

말할 수 없는 상태가 된 세자는 아니라는 반박도 할 수 없었다.

국사가 계속 해명했다. "세자께서도 줄곧 군주가 걱정돼서 따라왔지 화를 돋울 생각은 없으셨잖습니까? 그래서 제가 도와드리는 겁니다. 일단 진정하세요. 군주의 안위는 제가 살피겠습니다." 그러고는 잠시 뒤 또 한마디 덧붙였다. "저도 진정할 필요가 있고요."

말을 마친 국사는 나뭇가지에 앉아 셋째 전하와 군주가 어떤 관계인지 따져봤다.

눈이 멀지 않은 이상 연송의 이번 행보에서 성옥에게 강한 호감을 가지고 있다는 점을 눈치채지 못할 수 없었다. 하지만 연송은 인간이 아니라 신선이었다. 신선이 어떻게 인간을 좋아할 수 있단 말인가?

전설에 따르면 태초의 혼돈에서 태어난 신들은 칠정도 없고 육욕도 없었다. 천지의 질서를 확립하기 위해 만들어진 그들은 사계절을 구분 짓고 해와 달을 번갈아 밝히며 만물을 공존하게 할 뿐이었다. 이치를 깨달은 성인들은 신령에 대해 이렇게 말했다. "천지는 인자하지 않아서 만물을 지푸라기 정도로 여긴다."

이 세상 최초의 신들에 대해 말하자면, 확실히 인자함과는 거리가 멀었다. 그들은 인간을 짐승이나 벌레와 동급으로 보았다. 인간은 자신이 아주 특별하다고 생각하며 짐승이나 벌레보다 월등히 뛰어난 줄 알지만 그건 인간의 착각에 불과했다. 신선은 인간을 짐승이나 벌레처럼 보았고 짐승이나 벌레를 인간처럼 보았다. 셋째 전하가 후세에 태어난 신이기는 해도 기본 성격은 최초의 신들과 다르지 않았다.

그런 전하가 일개 인간을 좋아할 것이라고 국사는 상상할 수 없었다. 황제가 종을 뛰어넘어 꾀꼬리를 사랑할 수 있겠는가? 그러다 국사는 성옥이 구워버린 황제의 애첩 두 마리를 떠올렸다. 됐어, 황제도 정상은 아니니까.

국사는 망연해졌다. 세계관과 가치관이 동시에 타격을 받을 때 느껴지는 망연함이었다.

쾌록원 앞뜰은 꾀꼬리와 제비 소리, 구성진 현악기 소리 덕분에 노래로 가득찬 듯했다. 반면 김삼랑 혼자 지내는 뒤뜰 모퉁이는 대나무 누각과 꽃밭, 모밭, 울타리로 막힌 백옥천 일부뿐이어서 무척 한가해 보였다.

백옥천 맞은편에서 쏘아올린 마지막 불꽃이 흩어진 뒤에야 연삼은 몸을 일으켜 냇가로 갔다.

불꽃놀이가 끝났는데도 성옥은 기슭 풀밭에 팔베개를 하고 누워 하늘을 올려다보고 있었다. 하늘에는 초승달과 드문드문한 별 몇 개, 연기처럼 가물가물한 구름뿐이라 볼 것도 별로 없었다.

연삼은 성옥을 내려다보다가 옆에 앉았다.

성옥이 고개를 돌려 연삼을 힐끗 쳐다보았다.

연삼은 성옥 옆에 똑같이 팔베개를 하고 누워 눈을 감았다.

"조금 전 불꽃은 멋있었느냐?"

성옥이 하늘을 보며 대답했다. "그런대로요."

"그런대로?" 연삼은 여전히 눈을 감고 있었다.

성옥은 불꽃놀이를 좋아했다. 본디 불꽃놀이를 좋아한 건 성옥이 아니라 어머니 정안왕비였다.

가족을 잃으면 슬픔을 달래기 위해 무의식적으로 그 사람의 행동을 따라 하고 그 사람이 좋아하던 것을 좋아하는 사람들이 있다. 성옥이 바로 그런 경우였다. 정안왕비가 세상을 뜬 뒤에야 성옥은 불꽃놀이를 좋아하기 시작했다. 여름밤, 부잣집 아이들이 왁자지껄 불꽃놀이를 할 때 멀찍이서 지켜보기만 할 뿐 동참하지는 않았다.

성옥은 불꽃이 예뻐서 구경하는 게 아니었다. 예쁘고 안 예쁘고는 상관없었다.

성옥은 조용히 있다가 중얼거렸다. "더 아름다운 불꽃도 봤는걸요. 어렸을 때 어머니 생신날 아버지가 십화루에서 불꽃을 쏘셨어요. 봄의 벚꽃과 여름의 연꽃, 가을의 국화, 겨울의 동백이 평안성 하늘에서 화려하게 피어나 황성 절반을 밝혔지요. 정말 아름다웠어요. 그보다 더 아름답고 화려한 불꽃은 본 적이 없어요."

한 소절만 듣고 전체를 파악하는 데 연삼보다 뛰어난 사람은 없였다.

성옥은 어렸을 때, 라고만 말했지만, 연삼은 그게 어느 해 어느 밤의 일인지 바로 알아차렸다.

그런 밤이 있었다. 구중천 선경에 필적할 만큼 아름다운 불꽃이 황성 하늘에 쏘아올려졌다. 심지어 천보까지도 인간의 불꽃이 대라천 청운전靑雲殿에 만다라화가 내릴 때와 같은 신비한 운치를 만들어낼 수 있다니 인간을 우습게 보면 안 되겠다고 칭찬했을 정도였다.

하지만 이튿날, 불꽃을 쏜 사람에 대한 상소가 올라왔다. 교만하고 사치스러운 행동이라면서 종실이 이처럼 호사스러운 행동을 하는 것은 선조의 유훈을 어기는 일이라는 내용이었다. 당시 제위에 있던 선황제는 누구보다 사치스러웠지만 그렇게 화려한 불꽃은 자신도 쏜 적이 없었기에 언관의 말에 따라 그 종실을 감금하고 반년치 녹봉을 삭감했다. 그 종실이 바로 정안왕이었다.

그해에는 확실히 많은 일이 있었다. 북위의 새로운 왕이 군사를 이끌고 남하해 희나라 국경 지역을 강탈하자 정안왕이 출정했다. 북위를 퇴각시키는 데는 성공했지만 정안왕은 재형파梓蘅坡에서 패배해 목숨을 잃었다. 부부간의 정이 깊었던지라 정안왕비는 그 충격을 견디지 못하고 시름시름 앓다가 얼마 안 가 세상을 떴다. 결국 정안왕부에는 어린 딸 하나만 남았다. 충용후까지 그 아이가 가엾다고 한탄했었다.

하지만 충용후는 탄식했을 뿐이고 연삼도 그렇게 듣고 넘겼을 뿐이다. 연삼에게 그런 일은 곧 흩어질 한줄기 연기에 불과했다.

지금 그 아이가 연삼 옆에 누워 있다.

성옥은 그날 밤을 담담하게 언급했지만 연삼은 이미 성옥 내면의 사계절을 본 뒤였다.

지금 성옥이 그 내면의 어느 계절에 숨었는지 알 수 없었다. 그런 모습이 안쓰러웠다.

연삼이 손을 들었다.

호각 같은 청명한 소리와 함께 흐린 먹물을 칠해놓은 듯한 하늘에 수만 개의 빛 구슬이 나타나더니, 빛 구슬 터지는 소리가 세상을 뒤덮고 온 하늘의 구름까지 다 흩어놓았다. 그 엄청난 소리 속에서 일곱 빛깔의 만다라화가 남쪽 하늘에서 활짝 피어났다. 일곱 빛깔 만다라화가 순식간에 피어났다 시든 뒤에는 그 흔적을 따라 우담화가 차례로 피어났고, 이어 금바라화와 구소마화 등 온갖 기묘한 꽃들이 연달아 꽃망울을 터뜨렸다. 십 년 전 그 봄날보다 더 성대한 불꽃놀이였다.

느티나무에서 셋째 전하의 동향을 살피던 국사가 나뭇가지에서 떨어졌고 그 바람에 세자도 덩달아 떨어졌다.

불꽃을 본 보통 사람들은 예고 없이 또 한번의 성대한 불꽃놀이가 열려 황성 전체를 순식간에 밝혔다고만 생각하며 정말 멋지다고 감탄할 터였다. 국사가 보기에 이 불꽃은 황성만 밝힌 게 아니라 인간계 전체를 밝힌 듯했다. 흠천감 관리들도 공밥을 먹는 건 아니니 알아채지 못했을 리 없다.

성옥은 그 아름다운 광경에 압도당해 하늘의 꽃비를 올려다보며 감탄을 내뱉었다. "세상에……"

국사도 성옥과 같은 말을 내뱉었다. "세상에……" 선황제가 승하한 뒤 누군가 때문에 '세상에'라는 말을 내뱉은 건 이번이 처음이었다.

불꽃은 누가 보아도 인간의 작품으로 보이지 않았다. 내일 흠천감의 보고가 올라가면 황제는 길조로 생각해 국사에게 물어볼 게 틀림없었다. 국사는 황제가 어떻게 물어볼지도 잘 알고 있었다. 하늘에서 이런 길조를 내리다니, 이건 무슨 계시인가? 거기다 대고 하늘의 계시가 아니며 신선들도 살다보면 아름다운 아가씨의 환심을 사야 할 때가 있어 생긴 일일 뿐이라고 어떻게 답할 수 있겠는가.

국사는 울적한 마음으로 조금 전 세자의 입을 막아둔 게 천만다행이라고 생각했다. 아니었으면 세자가 물을 때 뭐라고 대답했어야 좋을지 도무지 생각나지 않았다.

국사는 저도 모르게 세자를 쳐다보았다. 눈빛으로 의사소통을 하는 재주가 있는지 세자는 눈빛으로 아주 분명하게 '이게 뭡니까'라고 묻고 있었다.

머리가 아팠다. 국사는 잠시 생각하는가 싶더니 천으로 세자의 눈도 가려버렸다.

성옥은 처음에만 놀랐을 뿐 이내 순수한 기쁨에 빠졌다. 떨어져 내리는 빛 조각을 잡으려 손을 내밀면서 고개를 갸우뚱했다. "하늘에서 신선이 생일잔치라도 하는 걸까요? 거창하기도 하네요."

연삼은 무표정하게 응, 하고 대답했다.

생일이라고 이렇게 거창한 판을 벌이는 신선은 없었다. 언젠가 천군이 생일에 불가의 꽃 환영을 보고 싶다며 백화를 관장하던 연삼한테 특별히 명한 적은 있었다. 그때도 이 정도로 거창한 판을 벌이지 않았다. 아버지의 청이었는데도 제32천 보월광원에서 성의

만 표했을 뿐이었다.

연삼은 멍하니 자기 손가락을 쳐다보았다. 방금 이 손은 왜 떨렸을까?

쓸쓸한 내면에서 헤어나오지 못하는 성옥을 끄집어내기 위해 맞은편 기슭에 작은 불꽃만 터뜨릴 생각이었다. 그런데 마침 미풍이 불어왔고 두 사람이 너무 가까이 있어서 밤바람에 날린 성옥의 머리카락이 연삼의 오른뺨에 닿았다. 그 간질간질한 느낌에 연삼은 가슴이 철렁하면서 술법을 행하던 오른손을 움찔하고 말았다.

지난 삼만여 년 동안 술법을 행할 때 한 번도 실수한 적이 없던 연삼이 이런 하찮은 술법을 쓰면서 실수를 하고 말았다.

그 실수는 엄청난 반향을 일으켰다.

시든 불꽃이 무수한 빛으로 조각나 인간계에 떨어졌다. 반딧불처럼 작아도 색색으로 빛나는 빛 조각들은 의식을 가진 듯 허공에서 쫓고 쫓기는 장난을 쳤다. 성옥은 그것들을 잡아보려 손을 뻗었지만 살아 있는 반딧불보다 훨씬 잡기 힘들었다. 대신 성옥은 빛 조각들이 자신의 치맛자락에 연연하는 걸 발견했다.

성옥의 치마 옆으로 모여든 빛 조각들은 성옥이 걸음을 옮길 때마다 살아 있는 오색 띠처럼 하늘거리며 치맛자락을 따라 움직였다. 성옥이 빨리 움직이면 그것들도 빨라지고 성옥이 느리게 움직이면 그것들도 덩달아 느려졌다.

성옥이 거기에 푹 빠져서 치마를 잡고 빙빙 돌기 시작하자 치맛자락이 파도처럼 오르락내리락 춤추었다. 점점 속도를 높여 나중에는 아주 빠르게 돌았더니 성옥을 따라 돌던 빛 조각들이 그 속도를 견디지 못해 어지러운 듯 저절로 흩어졌다. 성옥은 기분이 좋아져 큰 소리로 웃었다.

그 웃음소리에 연삼이 정신을 차렸다. 고개를 드니 온 하늘을 메운 우담바라 밑에서 하얀 옷을 입은 소녀가 치마를 잡고 신나게 돌고 있었다. 불꽃이 사그라지면서 남은 빛 조각이 한껏 부풀어오른 치맛자락에 달빛을 수놓은 듯 붙어 있었다.

성옥은 춤 솜씨가 형편없어서 내키는 대로, 빛 조각들에서 벗어나려는 듯 빙빙 돌기만 했다. 얇은 공단을 덧댄 흰 치마가 물보라처럼 성옥과 부드럽게 어우러졌다. 연삼은 흰색 때문에 성옥이 너무 순진하게 보인다고 생각했는데 지금은 바로 그 흰색 덕분에 유치한 움직임이 아름답게 보였다.

성옥이 어지러운 듯 갑자기 멈춰서 이마를 짚고 치맛자락의 빛 조각들이 우수수 바닥으로 떨어지는 걸 내려다보았다. 암초에 부딪힌 물보라가 물안개로 변하는 것 같았다. 성옥은 진심으로 즐거운 듯 다시 한번 소리 내 웃었다. "정말 재미있네!" 하얀 비단과 공단을 겹쳐서 만든 성옥의 치마는 여전히 발목 옆에서 잔잔한 파도처럼 부드럽게 일렁이고 있었다.

파도라면 물보라에 푸른빛이 좀 부족했다. 연삼은 자각도 하지 못한 채 부채를 들어올렸다.

성옥은 눈을 동그랗게 뜨고는 아까 흩어졌던 빛 조각들이 푸른빛으로 한데 모여 천천히 치마를 타고 올라오는 것을 신기하게 바라보았다. 하얀 치마가 밑에서부터 천천히 푸른빛으로 변했다. 푸른빛은 바다, 흰빛은 파도처럼 보였다.

성옥은 잠시만 놀랐을 뿐, 이내 저도 모르게 또 몇 바퀴를 빙빙 돌았다. 그러다 멈췄을 때 흰색과 푸른색의 경계에서 은빛 조각들이 물고기 꼬리를 만들어내는 걸 발견했다. 진짜 물고기가 파도 속에 숨은 듯했다.

놀란 눈으로 치마를 한참 내려다보던 성옥은 그 아름다운 꼬리를 잡아보려고 손을 뻗었다. 그러자 뜻밖에도 은빛 물고기가 치마에서 튀어오르더니 성옥의 손가락을 감으며 손바닥으로 미끄러져 들어왔다.

잔뜩 흥분한 성옥은 두 손으로 은빛 물고기를 조심스럽게 감쌌다. 연삼에게 자랑하려고 서둘러 무릎을 꿇다가 그만 치맛자락을 밟고 말았다. 오늘밤 몇 번이고 딴생각에 빠져 있던 연삼은 이번에도 정신을 팔고 있다가 성옥이 넘어지는 걸 보고는 반사적으로 손을 뻗어 허리를 받쳐주려고 했다.

다음 순간 연삼은 성옥의 무게에 바닥으로 쓰러졌다.

연삼이 바닥에 누운 채 오른손으로 성옥의 허리를 감쌌기 때문에 성옥은 정확히 연삼의 몸 위로 엎어졌다. 성옥의 두 손은 두 사람의 가슴 사이에서 은빛 물고기를 잡고 있었다. 무슨 일이 벌어졌는지 깨달은 성옥은 일단 물고기가 멀쩡한지부터 확인했다. 그런 뒤에야 그 우스운 자세로 고개를 들었다.

여름이라 옷이 얇아서 연삼은 자신을 누르고 있는 그 육체를 오롯이 느낄 수 있었다. 따뜻하고 부드럽고 달콤한 기운이 전해졌다.

성옥은 손안의 물고기가 놀랄까봐 몸을 일으키지도 않고 조심스럽게 물고기를 보여준 뒤 천진난만한 표정으로 물었다. "진짜 신기하죠?"

연삼이 성옥을 쳐다보기만 할 뿐 아무 대꾸도 하지 않자 성옥은 실망한 듯 웃음을 거두었다. 몸을 일으키기 전에 먼저 물고기를 풀밭 한쪽에 조심스럽게 내려놓고 상반신을 일으키려는데 연삼의 오른손이 느닷없이 성옥의 허리를 꽉 잡았다.

성옥은 순간 놀라 멍하니 있다가 이내 알겠다는 투로 말했다. "아, 제가 넘어지면서 오라버니까지 넘어뜨려서 다쳤어요? 제가 지금 상처를 건드린 거죠?"

연삼의 눈속에 회오리가 일었지만 그는 이내 평정을 되찾고 담담하게 말했다. "아니다."

"거짓말." 성옥은 섣불리 움직일 수 없어서 잠시 생각에 잠겼다가 그 자세 그대로 손만 뻗어 연삼의 몸을 더듬더듬 만져보기 시작했다.

하얀 손가락이 조금 뻣뻣하게 연삼의 어깨로 올라왔다. 탐색하듯 건드리고 더듬는 손놀림이 무척 부드러웠다. 하지만 그 탐색은 치명적인 유혹과도 같았다. 연삼의 어깨를 지나 쇄골을 향하던 성옥의 손이 무심하게 목을 건드렸다. 맨살에 성옥의 손이 닿으니 마치 불꽃이 피부를 스치는 듯했지만 연삼은 꾹 참고 꼼짝도 하지 않았다. "진짜 다친 데 없어요?" 성옥이 걱정스러운 목소리로 묻고는 계속 손가락을 움직여 연삼의 목과 가슴을 지나 등으로, 마지막에는 허리로 옮겨갔다.

성옥의 손놀림뿐만 아니라 얼굴도 마치 연삼을 유혹하는 듯했다. 땀이 송골송골 맺힌 이마, 빛 조각들과 노느라 불그레해진 미간과 뺨. 연삼의 눈빛 때문에 곤혹스러운 듯 살짝 깨물자 더욱 붉어진 입술. 땀이 살짝 밴 눈썹과 눈가, 그리고 입술. 이 모든 것이 연삼의 코앞에 있었다. 절색이었다. 연삼의 눈빛이 어두워졌다.

성옥이 절색인 줄은 진작부터 알고 있었다.

연삼은 성옥과 처음 만났던 때를 떠올렸다.

이 년 전 초봄, 호수를 유람한 뒤 돌아왔을 때 갑자기 비가 쏟아졌다. 나루터 옆 작은 정자에 우산 장수가 보여 그리로 갔더니 성옥이 우산 옆에서 졸고 있었다. 처음에는 별로 주의를 기울이지 않았는데 졸고 있던 그녀가 몽롱하게 깨어나 눈을 뜨고 자신을 바라보았을 때, 그 반짝이는 눈동자 때문에 연삼은 정자 밖 초봄의 비에서 그녀에게로 시선을 돌렸다. 정자 바깥은 비바람이 몰아쳤지만 안쪽은 고요했다. 살며시 고개를 들고 쳐다보는 성옥의 얼굴은 앳되긴 해도 무척 아름다웠다. 연삼은 아뜩해졌다. 이 얼굴, 이 사람이 어느 날 자신을 이처럼…… 혼란스럽게 할 줄은 몰랐다.

눈을 들었다 성옥과 시선을 마주한 순간 연삼의 마음은 속절없이 가라앉았다. 성옥의 손놀림과 얼굴이 그를 유혹하고 있었지만 두 눈동자만은 더할 나위 없이 맑았다.

천진하고 단순하고 세상 물정 모르는 맑은 눈동자였다.

연삼이 느닷없이 성옥을 밀어냈다.

성옥은 어리둥절했다. 천천히 몸을 일으키고 입을 꾹 다문 채 소매를 정리하는 연삼을 지켜보면서 성옥은 본능적으로 연삼이 화가 났다고 느꼈다. 성옥은 평소에도 워낙 감정 기복이 심한 연삼을 단 한 번도 두렵다고 느낀 적이 없었다. 그가 왜 화를 내는지 알 수 없어서 답답할 뿐이었다. 성옥은 살짝 눈살을 찌푸리며 떠보듯 물었다. "제가 건드려서 아팠어요?"

연삼은 한참을 가만히 있다가 담담하게 대답했다. "아니다." 그러고는 몸을 돌렸다.

성옥은 거의 본능적으로 연삼의 소매를 잡았다. "오라버니, 어디 가시게요?"

연삼은 돌아보지 않고 가만히 있다가 엉뚱한 대답을 했다. "오늘밤 혼자 있고 싶다는 너를 내가 너무 오래 따라다닌 것 같구나. 분명 귀찮겠지."

"그런 거 아니에요." 성옥이 놀란 듯 대꾸하면서 연삼의 소매를 더 꽉 잡았다. 그러고는 사심 없는 얼굴로 연삼을 올려다보며 물었다. "저 혼자 여기 내버려두고 어디 가려고요?"

"누각으로 돌아가서 앉아 있으려는 것뿐이다." 연삼이 손을 뻗어 자신의 소매를 움켜쥔 성옥의 손가락을 풀려고 했다.

하지만 성옥은 놓아주지 않고 더 세게 붙잡으며 중얼거렸다. "오라버니가 귀찮은 거겠지요."

"뭐라고 했느냐?" 연삼은 제대로 듣지 못했다.

성옥이 고개를 번쩍 들고는 억울하다는 듯 큰 소리로 다시 한번 말했다. "제가 귀찮은 게 아니라, 오라버니가 귀찮은 거겠죠!"

연삼의 손이 멈칫했다.

"오늘밤 제가 스스로를 제어하지 못하고 내내 우울해하니까 귀찮아진 거잖아요."

연삼은 확실히 좀 귀찮은 마음을 느꼈고 그런 감정 자체가 낯설었다. 하지만 오늘밤 성옥이 여러 차례 입을 다물었기 때문에 귀찮은 게 아니었다. 성옥이 남한테 보이기 싫은 고통 속에 파묻혀서도, 흐느낌과 눈물을 억지로 참고 있어서도 아니었다. 연삼은 무엇이 문제인지 잘 알고 있었다. 결국 탄식을 내뱉으며 이렇게 대답했다. "너 때문이 아니야."

"그럼 누구 때문인데요?" 성옥은 정말로 의아한 듯 천진한 눈빛을 되찾았다. 언제나 그렇게 천진난만했다. 십화루의 화요들 손에서 자라 때묻지 않고 총기가 흘렀다. 지금도 누가 흉내조차 낼 수 없는 순수한 눈빛을 하고 있었다. 처음에 연삼은 성옥의 이런 천진함이 좋았다.

하지만 요즘은 그 눈빛 때문에 화가 났다. 성옥이 눈을 깜빡이며 이해할 수 없다는 듯 채근했다. "연삼 오라버니, 그럼 누구 때문이에요?"

연삼은 한층 화가 나 말을 바꿔 차갑게 대꾸했다. "그래, 너 때문이다." 그러고는 억지로 성옥의 손을 풀어 소매를 빼낸 뒤 대나무 누각으로 돌아가려 했다.

성옥이 목청을 높였다. "가지 마요!"

그러나 연삼의 걸음을 막을 수 없었다.

성옥의 목소리가 불안하고 다급해졌다. "나도 알아요. 우거지상을 지으며 슬퍼하는 저를 좋아해주는 사람은 아무도 없다는 거. 그런데 오늘밤은 통제가 안 돼요. 나는……"

연삼이 걸음을 멈췄다. 성옥이 울기 직전이라는 게 느껴졌다. 목소리가 떨리는 건 목구멍까지 올라온 흐느낌을 억누르고 있어서였다.

하늘에서 마지막 우담바라가 시들자 백옥천 옆 반딧불 같은 빛 조각들도 사라지기 시작했다. 청명한 달빛 아래 인간계가 고요를 되찾았다. 대나무 누각에서 울리는 비파 소리가 고요해진 밤을 그윽하게 만들었다.

성옥이 울음을 삼키고 다시 입을 열었다. "제가 아무것도 말해주지 않아서 오라버니가 짜증난 거잖아요. 맞아요. 저 때문이에요."

연삼이 몸을 돌렸다. 성옥은 눈가가 촉촉하고 코끝이 붉었지만 기어코 울음을 삼키고 두 주먹을 꽉 쥐고 있었다. "주근이 뭘 봉인했는지 알고 싶은 거죠? 하지만 그 일은 말하고 싶지 않아요. 떠올리기 싫거든요."

엄청난 용기를 내는 듯 성옥은 두 주먹을 더욱 꼬옥 쥐었다. "되돌릴 수 없는 일들은 가슴속 깊이, 아주 깊이 봉인하고 싶어요. 그걸 떠올릴 용기가 도저히 생기지 않아요. 오라버니에게 말하다가 너무 괴로워서 분명 울어버릴 거예요. 그럼 오라버니는 더 귀찮다고 느끼겠죠. 저도 그런 스스로가 싫은걸요."

성옥이 천천히 고개를 들었다. "하지만 오라버니가 꼭 알아야겠다면 알려드릴게요."

성옥은 연삼이 화난 이유를 잘못 짚었다.

그러나 연삼은 성옥을 바라보기만 할 뿐 그게 아니라고 말해주지 않았다. 빙빙 돌다가 최초의 그 문제로 되돌아왔기 때문이다. 연삼은 성옥 내면의 사계절 속에서 주근에게 봉인된 과거를 찾지 못해 다른 방법을 써야겠다고 생각했는데, 성옥이 먼저 나서서 알려주겠다고 할 줄은 예상하지 못했다. 엉뚱한 성과였다.

연삼이 한숨을 내쉬며 물었다. "얼마나 알려줄 건데?"

"전부요." 성옥이 입술을 깨물었다.

연삼의 시선이 성옥의 얼굴에 한동안 머물다가 꽉 쥔 두 손으로 옮겨가 한참을 머물렀다. 연삼은 성옥의 꽉 쥔 주먹을 풀어준 뒤 두 손으로 살며시 잡고는 성옥의 눈을 바라보며 말했다. "그 일을 알려달라는 건 너를 괴롭히기 위해서가 아니야. 네가 정면으로 마주했으면 좋겠다고 생각해서야."

"저는……" 성옥은 목이 메었다. 손으로 눈을 가리고 싶었지만 그럴 수 없어서 눈을 감았다. "마주할 수가 없어요." 성옥의 눈가에 매달려 있던 눈물방울이 결국 흘러내렸다.

12장
날렵하고 당당하면서 산들바람 같은 소녀

성옥이 마주할 수도, 떠올릴 수도 없는 과거는 사실 그렇게 오래된 일이 아니었다. 지난해 가을의 두번째 달, 여천에서 계월桂月이라 부르는 달에 일어난 일이다.

선황제 때 여천 출신의 유명한 재인이 '계월에는 슬픔이 없으니, 깊은 시름 한강에 잠기네'라는 시를 남긴 뒤 여천 사람들은 계월을 '슬픔 없는 달'이라 불렀다. 계월 동안 여천 경내에 머물면 나쁜 일이 절대 일어나지 않는다는 의미였다.

청령이 성옥에게 알려준 이야기다.

하지만 청령은 계월에 죽었다. 나쁜 일이 절대 일어나지 않는다는 슬픔 없는 그 달에.

여천의 왕세자 계명풍에게는 열여덟 명의 비밀 호위무사가 있었다. 청령은 그 비밀 호위무사 중 유일한 여성이자 가장 뛰어난 호위였다.

대희국 최남단에 있는 여천은 남염, 말도末都, 제간諸澗 등 이민족의 소국과 국경을 맞대고 있었다. 그렇게 이민족과 수백 년을 뒤섞여 살아서 여천의 풍습과 분위기는 중원과 무척 달랐다.

여천왕부에서 머무른 반년 동안 성옥은 여천의 옛 풍습에 관해 절반은 계명풍 서재에 있는 책에서 배웠다. 계명풍의 서재에는 산천 지리를 그려놓은 색색의 지형도와 오래된 풍습을 다룬 수많은 필담록을 비롯해 온갖 책이 가득했다. 나머지 절반은 청령에게서 들었다. 청령은 길거리 괴담부터 이민족 비화까지 모르는 게 없는 진정한 만물박사였다.

여천에서 보낸 시간을 성옥은 입 밖으로 꺼낼 수 없었다. 연삼에게 말한 것처럼 용기가 나지 않아서였다. 이루 말할 수 없는 슬픔과 죄책감 때문에 기억을 떠올릴 때마다 엄청난 고통이 밀려왔다. 주근이 봉인술로 그런 감정을 가슴 깊숙이 억눌러주지 않았다면 정상적인 생활이 불가능했을지도 몰랐다.

지금의 성옥은 더이상 열다섯 살 때처럼 낙천적이고 자유분방하지 않았다. 그때와 변함없는 척 가장하고 있을 뿐, 실제로는 전혀 그렇지 못했다.

청령이 죽은 그 계월에는 자책으로 하루하루를 보냈다. 대체 왜 이렇게 멀리 나왔을까, 왜 평안성에서 여천까지 왔을까? 분명 즐거웠던 여정이 왜 이렇게 잔혹하게 끝났을까?

세상의 비극은 행복과 기쁨에서 꽃을 피웠다가 잔혹한 열매로 끝맺음하는 경우가 대부분이었다. 시작의 기쁨이 없었다면 결말의 슬픔이 어떻게 있겠는가? 세상 사람들이 깨달아야 할 하늘이 정해 놓은 진리였지만 그때의 성옥은 전혀 몰랐다. 어리고 가본 곳도 적은데다 만나본 사람도, 겪어본 일도 별로 없었다. 십화루에서 자란 십오 년 동안 성옥은 진짜 세상을 엿본 적이 단 한 번도 없었다. 진짜 세상에는 슬픔과 고통, 이별이 수없이 많았다.

모든 일은 작년 봄, 경원 3년 정월 대보름 밤에 시작되었다.

하늘에서 복을 내린다는 정월 대보름날이면 궁중은 물론 황성 곳곳에서 연등회가 열렸다. 천자와 백성이 함께 즐기는 날이었다. 그런 경삿날 바로 다음날이 홍옥군주의 생일이었다. 정월 열엿새에 성옥은 만 열다섯 살이 되었다.

성옥은 원래 큰 병에 걸릴 운명을 타고났다. 국사는 자미성과 북두칠성과 오성의 운행을 살펴본 뒤 군주가 만 열다섯 살이 지나면 그 겁운을 넘기니 십화루에서 나와도 된다고 말했다. 성옥의 운명은 다른 사람들과 달리 상황에 따라 크게 변했다. 정안왕이 세상을 뜬 뒤 개인적으로 만날 일이 없어진 국사는 성옥의 운명을 다시 살펴볼 수 없었다. 정월 열이레가 되자 이제 겁운에서 벗어났다고 생각한 주근은 성옥과 이향을 데리고 황성을 나와 남쪽으로, 성옥이 늘 갈망하던 수려한 고장인 여천으로 떠났다.

날이 예년보다 추운데다 평안성은 북쪽에 자리하다보니 등롱 축제가 끝난 뒤에도 나무들이 잔설의 스산함에 파묻혀 있었다. 하지만 남쪽으로 갈수록 푸른빛이 조금씩 많아지면서 봄기운이 눈에 띄게 드러났다. 특히 남북을 가로지르는 산맥을 넘은 뒤로는 언덕이나 강가 곳곳에서 절색의 미녀를 볼 수 있었다. 차례차례 피어나는 봄꽃이었다.

열다섯 해 만에 난생처음 평안성을 나온 성옥은 수려한 산과 기이한 산을 넘고 느린 강과 빠른 강을 건넜으며 번화한 도시와 적막한 도시를 지났다. 그러고 나자 책에서 보았던 '천 봉우리가 품은 비취색'이 무슨 색이고 '인간 세상으로 떨어지는 폭포 소리'가 어떤 소리이며 '들쑥날쑥한 십만 가옥'이 어떤 풍경인지 알 수 있었다. 길에서 만나는 모든 것이 신기해 성옥은 날마다 활기에 넘쳤다.

온갖 다양한 광경을 처음 접한 옥 공자는 물 만난 물고기, 고삐 풀린 말, 새장을 나온 새와 같았다. 그러니 어찌 자유로움 그 자체만으로 만족할 수 있겠는가. 흥을 주체하지 못해 며칠 만에 동전 두 닢만 남기고 한 달 치 용돈을 모두 써버렸다. 화가 난 주근이 말을 섞지 않는데도 아랑곳하지 않고 성옥은 한술 더 떠서 비취 팔찌를 전당포에 맡긴 뒤 박학다식한 이야기꾼 노인을 불러다 이야기를 들었다. 머리끝까지 화가 난 주근은 이항에게도 성옥과 말을 섞지 말라고 했다. 하지만 성옥은 개의치 않고 금방 갈아입은 가죽옷을 팔아 이민족 술집으로 달려가서는 노래와 연주를 감상했다. 화를 내다 지쳐 자포자기의 심정이 된 주근은 더는 신경쓰지 않았다. 그러자 한층 기가 산 성옥은 간 크게도 주근의 명마를 저당잡히고 그 돈으로 가난한 수재를 이민족 술집에서 속량시켜주었다.

주근은 성옥 뒤를 따라다니며 팔찌와 가죽옷, 자신의 명마를 연달아 되찾아왔다. 전당포에서 하나씩 찾아올 때마다 대체 자신이 왜 이 골칫덩이를 평안성에서 데리고 나왔을까 하늘에 묻고 자신에게 물었다. 그 골칫덩이가 아무렇지 않게 고구마를 먹는 스물네

가지 방법에 대해 이야기꾼 노인과 신나게 떠들 때는 그녀를 당장 내다버리고 관계를 끊고만 싶었다.

그런데 뜻밖에도 주근이 성옥을 내버린 게 아니라 성옥이 주근을 내버리게 되었다.

이월 보름밤이었다.

그날 밤 세 사람은 '달빛 속의 옥' 같은 경치를 감상하기 위해 기라산綺羅山의 야벽애夜壁崖로 놀러갔다.

그 고장에 떠도는 소문에 따르면 기라산의 깊은 산속에는 정령과 요괴가 많아서 속성으로 수행하려는 도승들이 많다고 했다. 정령과 요괴를 잡아다 단약을 만들어 도력을 높인다는 거였다. 하지만 산야의 정령과 요괴, 수행용 단약 같은 것들은 보통 사람들의 생활과는 거리가 멀어서 소문을 진짜로 받아들이는 이는 없었다. 우는 아이를 달래려고 지어낸 호랑이 이야기처럼 옛날 사람들이 지어낸 것으로만 여겼다. 성옥 일행도 대수롭지 않게 생각했다.

하지만 야벽애에 올랐을 때 성옥 일행은 정말로 요괴를 사냥하러 온 도사 무리와 마주치게 되었다.

어중이떠중이 도사들과 달리 제대로 된 기질을 갖추고 높은 수행 경지에 이른 도사들이었다. 그들은 한눈에 이향의 진짜 모습을 간파하고 주근의 비범함을 알아챘다. 심성도 사악해 요괴의 선악을 따지지 않았다. 이향과 주근의 풍부한 영력을 보고 백 년에 한 번도 만나기 힘든 훌륭한 사냥감임을 간파한 그들은 즉시 포획 진법을 펼쳤다.

성옥 눈에 전지전능해 보이는 주근이었지만 그 역시 약점이 있었고 성옥도 그걸 알았다. 주근의 약점은 보름밤이었다. 수백 년 전에 크게 다친 상처가 완전히 낫지 않은 탓이었다. 평소에는 별 지장이 없었지만 회복을 꾀하는 보름밤이 되면 주근은 모든 법력을 잃었다.

결과가 뻔한 대결이었다. 주근이 중상을 입은 뒤 세 사람은 필사적으로 달아나고 도사들은 끈질기게 따라붙었다.

중상을 입은 주근은 혼수상태에 빠졌는데 이향의 법력은 두 사람의 영력을 감추는 수준밖에 되지 않았다. 주근을 업고 성옥을 챙기면서 이향이 할 수 있는 건 도사들에게 끈질기게 추격당하는 잠시 동안 세 사람의 목숨을 보존하는 것뿐이었다. 이향도 힘이 점점 떨어져 기를 쓰고 달아나봐야 죽음을 면할 수 없을 듯했다.

그렇게 절망적인 순간, 어린애로만 알았던 성옥이 웬일로 침착해지더니 재빨리 주근의 피 묻은 옷을 벗겨 자기 몸에 걸치고는 이향에게 나직이 말했다. "내가 세 가지 임무를 줄게." 성옥이 손가락을 하나하나 펼치며 말했다. "첫째, 나를 주근의 모습으로 바꿔줘. 둘째, 향이 한 대 탈 시간만큼 버틸 수 있는 말을 만들어줘. 셋째, 내가 저 도사들을 유인하는 동안 주근을 안전한 곳으로 데려가. 할 수 있지?" 성옥의 목소리는 무척 차분했다. 창백한 안색이었지만 눈빛에는 흔들림이 없었다.

이향이 가쁜 숨을 몰아쉬며 필사적으로 성옥의 소매를 잡자 성옥이 단호한 눈빛으로 말했다. "우리가 살길은 이것뿐이야. 저 도사들이 나를 잡아봤자 보통 인간인데 어쩌겠어? 기껏해야 분풀이나 좀 할 뿐이겠지. 달이 지고 주근이 깨어나면 나를 구하러 와." 그러고는 이향을 떼어놓고 살금살금 은신처를 나와 숲속 깊은 곳으로 내달렸다.

성옥은 이항을 잘 알았다. 이항은 주근처럼 고집스럽지 않고 이렇게 큰일에 대처할 수완도 없으니, 어쩔 수 없는 상황이 되면 시키는 대로 할 터였다.

아니나 다를까 삼나무 숲을 내달리던 성옥은 자신의 몸집이 순식간에 주근만큼 커지는 걸 똑똑히 느낄 수 있었다. 이내 달빛 아래의 수풀에서 새하얀 준마가 용맹하게 뛰어나왔다.

성옥이 무술은 못해도 승마술만은 종실 자제들 가운데 가장 뛰어났다. 소리에 의지해 날듯이 말에 올라타자 검을 휘두르며 언덕을 넘어 달려오는 도사들의 모습이 보였다. 희미한 도깨비불에 드러난 무시무시한 얼굴을 보자마자 성옥은 한 치의 망설임도 없이 말머리를 돌려 기라산 깊은 곳으로 내달렸다.

도사들은 잠시 당황했지만 곧 검을 휘두르며 빠르게 따라왔다.

십화루의 요괴들과 어울려 자란 성옥은 요괴의 습성을 잘 알고 있었다. 사람들은 요괴를 선한 요괴와 악한 요괴로 구분했지만, 요괴는 자신들을 품격 있는 요괴와 그렇지 못한 요괴로 구분했다. 품격 있는 요괴 중에는 사람을 먹는 요괴도 있었는데 단순히 배를 채우기 위해서가 아니라 수련을 위해서 도사의 몸을 삼켰다. 그러니 법력을 가진 승려나 도사 같은 사람을 먹지, 법력이 없는 보통 사람은 먹지 않았다. 법력을 따지지 않고 닥치는 대로 입으로 집어넣는 것은 품격 없는 요괴였다. 품격이 높은 요괴일수록 인적이 드문 깊은 숲속에 살았다. 성옥이 말을 깊은 숲으로 몰아간 이유가 바로 거기에 있었다.

종실의 군주라는 점 때문에 사람들은 성옥이 장군 집안의 자제라는 사실을 잊어버리곤 했다. 어려서부터 병법서를 많이 접한 성옥은 삼십육계 중에 언제든 사용할 수 있는 좋은 계책이 많다는 걸 잘 알았다. 작은 것을 과감히 포기한다든가, 적의 힘으로 아군의 위세를 과장한다든가, 남의 칼을 빌려서 해치운다든가 하는 계책이 그랬다.

원래 산토끼였던 하얀 준마는 산속으로 들어간 뒤 익숙한 산길을 막힘없이 내달렸다. 예상했던 대로 깊은 산속에는 수행자만 잡아먹는 요괴가 무척 많았다. 성옥이 바랐던 대로 도사의 기운을 느낀 요괴들이 줄줄이 모습을 드러내 살수를 펼치니 도사들의 추격이 막혔다.

준마가 계속 내달려 다른 쪽으로 산을 벗어나자 요괴들과 도사들의 싸움 소리가 등뒤에서 점점 희미해지다가 아예 들리지 않게 되었다.

성옥은 계획이 성공하지 못할 수도 있다고 생각했었다. 기라산 같은 황야의 산이라면 품격 있는 요괴뿐만 아니라 품격 없는 요괴도 있을 터여서, 요괴를 이용하려 산속으로 들어간 건 사실 목숨을 건 모험이었다. 이향에게는 유일한 살길이라고 말했어도 성옥은 자신이 죽을 수도 있음을 잘 알고 있었다. 위급한 순간에 하늘과 도박을 한 거였다.

열다섯 살 성옥은 그랬다. 천하에 두려운 것 없는 평안성의 옥공자는 마음 가는 대로 살면서 도박에서 이기기도 하고 지기도 했다. 성옥은 오늘밤의 도박이 아주 훌륭했다고 생각했다. 가슴 앞 쌈지 속의 불상화 꽃잎이 생생한 걸 보니 주근도 무사한 듯했다.

준마와 기라산 뒤쪽의 대로에 다르자 성옥은 마침내 안도의 한숨을 내쉬었다.

하지만 숨을 다 내뱉기도 전에 대각선 방향에서 칼과 몽둥이를 든 사내들이 튀어나왔다. 바로 옆에 있는 안운산安雲山에서 활동하는 산적이었다.

하필 산을 나오자마자 이향이 걸어준 변신술이 풀려 산적들 눈에 성옥은 젊은 남자가 아니라 아리따운 소녀로 보였다.

연극 대본을 보면 혼자 떨어지게 된 미인이 강도를 만나는 경우 모두 산으로 끌려가 산적의 부인이 되었다. 성옥은 화비무와 함께 그런 대본을 많이 보았기에 아주 잘 알았다.

세간에서는 무지만이 두려움의 대상이라고 했다. 성옥은 자신이 무척 총명하다고 믿으며 세상을 만만하게 여겼고, 지략으로 요괴와 도사에게서 벗어났으니 보통 사람은 무섭지 않다고 생각했다.

산적 무리에게 손발을 묶였을 때도 성옥은 전혀 두려워하지 않고 이런 생각을 했다. '사실 이 산적들은 본분 있는 산적이라 정도에서 벗어난 일은 하지 않을 거야. 성실하고 근면하게 약탈하고, 재물을 빼앗을 수 없을 때만 여자를 데려가겠지. 툭하면 사람을 잡아먹는 요괴보다 훨씬 낫다고. 어쨌든 내가 잘 아는 분야이기도 하고. 보통 사람을 상대하는 건 쉽지. 그리고 평범한 사람 중에 나보다 똑똑한 사람이 있을까? 아마 없을걸.'

밤새 긴장한 탓인지 좀 피곤했다. 당장은 머리를 짜낼 수 없어서 성옥은 일단 정신을 가다듬으며 쉬기로 마음먹었다. 그러면서 오늘밤은 정말 멋지다고 뿌듯해했다.

열다섯 살 성옥은 이토록 두려운 걸 모르고 무모한데다 자부심이 강했다.

그날 밤의 절정은 그 이후에 시작되었다.

성옥처럼 아름다운 미인을 손쉽게 잡아서 돌아가게 되자 의기양양해진 산적들은 무리수를 두고 말았다. 성옥을 들쳐 메고 산으로 돌아가다가 홀로 있는 청년을 발견한 산적들은 상대의 차림새도 잘 살펴보지 않고 약탈하러 우르르 몰려갔다.

불행히도 그 공자는 검을 차고 있었다.

성옥을 들쳐 멘 졸개 둘이 무리의 제일 끝에 있었기에 성옥은 청년의 얼굴을 볼 수 없었다. 청년이 허리에서 검을 들어올릴 때 손잡이에서 번쩍이는 푸르스름한 빛만 보였다.

성옥은 달밤에 그런 빛을 낼 수 있다면 엄청나게 비싼 보석이겠다고 생각했다. 그때 밤하늘의 보름달이 구름에 가려 시야가 어두워졌다. 그 순간, 칼날이 맞부딪치는 소리가 둔탁하게 울렸다.

달빛이 사라진 어둠에 적응하기 위해 성옥은 눈을 재빨리 깜빡였다. 청년이 검을 뒤쪽으로 들고 있는 게 보였다. 산적의 포위망은 이미 뚫렸고 청년 뒤로는 산적들이 진흙밭에서 뽑힌 무처럼 줄줄이 쓰러져 있었다. 모든 일이 순식간에, 흘러가는 구름이 달빛을 가린 그 짧은 순간에 벌어졌다.

뒤쪽에 있던 산적과 성옥을 지키던 졸개 둘이 그제야 현실을 파악했다. 저승사자를 건드렸음을 알아챈 일당은 으악 소리를 지르며 숲으로 달아나기 시작했다. 청년은 쫓아갈 생각이 없는지 그대로 서서 쳐다보고만 있다가 검을 거두었다.

성옥은 손발이 아직 묶인 채라 혼자 남겨지면 위험하므로 일단 청년에게 도움을 청해야 한다는 걸 떠올리지 못했다.

너무 놀라 멍하니 있는 성옥 옆에서 작은 소리가 들려왔다. "봤어요? 저 사람은 처음부터 끝까지 검을 뽑지 않았어요. 최고의 검객은 상대의 피가 자기 검을 더럽힐 자격이 없다고 생각하면 검을 뽑지 않고 대결한다더니, 정말이었네요."

성옥은 그제야 정신을 차리고 길가의 자귀나무에게 물었다. "지금 나한테 말하는 거야?"

자귀나무가 웃었다. "쉿, 고수는 청각도 아주 예민하대요. 저 사람은 제 말은 못 듣고 당신 목소리만 들을 수 있다고요. 이런, 이쪽으로 오네요."

청년이 성옥 앞까지 다가왔을 때 달이 마침 구름에서 벗어나 밝은 달빛 아래로 모든 광경이 선명하게 드러났다.

성옥이 살며시 고개를 들었다. 환한 달빛 속에서 청년이 고개를 살짝 숙여 핏자국이 묻은 성옥의 얼굴을 내려다보았다.

성옥은 마침내 청년의 얼굴을 똑똑히 볼 수 있었다. 성긴 눈썹과 빛나는 눈동자, 오뚝한 코와 얇은 입술이 무척 준수한데 표정이 없어 조금 차가워 보였다. 하지만 그 차가움은 남한테 관심 없는 주근의 차가움과는 다르게 느껴졌다. 거리를 두면서 날카로움을 유지하는, 삭월을 스치는 북풍 같고 검을 비추는 설광 같았다.

어려서부터 십화루에서 자라 아름다운 용모에 워낙 익숙한 홍옥군주는 미색에 유혹되는 일이 없었다. 그래서 청년의 얼굴과 차가운 눈빛을 보고도 다른 생각 없이 도움만 요청했다.

"죄송하지만 줄 좀 풀어주시겠어요." 성옥은 줄에 묶인 새하얀 손목을 청년 앞에 내밀며 주근한테 간청할 때만 쓰는 깜찍한 웃음을 지었다.

청년은 곧장 줄을 풀어주는 대신 물었다. "무섭지 않아요?"

성옥이 고개를 갸우뚱하며 반문했다. "뭘 무서워해야 하는데요?"

"저도 나쁜 사람일 수 있잖아요."

됐거든, 너 같은 보통 인간이 나빠봤자지. 성옥은 속으로 그렇게 생각했다. 그때의 성옥은 단순해서 사람이 요괴보다 더 지독하다는 것을 몰랐다. 아무리 나쁜 요괴라도 사람의 육체만 잡아먹을 뿐 혼은 남겨준다. 그러나 사람은 혼을 망가뜨릴 수 없으면 살 수도, 죽을 수도 없게 만든다.

성옥은 그가 나쁜 사람이 아니라고 생각하면서도 이렇게 대답했다. "나쁜 사람이라면 저를 도로 산적한테 잡아다주겠지요. 설령 제가 달아날 수 없어도 당신처럼 생긴 사람한테 잡히면 그다지 손해 같지는 않고요." 진심으로 그렇게 생각해서 말했던 것이지 놀릴 의도는 전혀 없었다. 자신의 말이 경망스럽게 들릴 수도 있다고는 생각하지 못했다. 그런데 청년이 눈살을 찌푸렸다.

"계 세자는 왜 그리 쉽게 화를 내십니까?" 성옥은 자기의 어떤 말이 청년의 심기를 건드렸는지 몰라 조금 곤혹스러웠다.

청년이 눈썹을 치켜올렸다. "저와 만난 적이 있습니까?"

성옥이 줄에 묶인 두 손으로 청년의 허리에 매달린 옥패를 가리켰다. "경원 초년에 새 황제가 등극하셨을 때, 백려국百麗國에서 보낸 공물 중 독산獨山의 옥으로 만든 옥패가 무척 눈에 띄었지요. 그 옥수청운패玉樹青雲佩를 보자마자 마음에 들어서 황제께 달라고 청했었습니다. 그런데 황제께서는 군자에게나 어울리는 옥패라면서 여천의 왕세자가 인품이 고결하고 용모가 뛰어나니 옥수청운패와 아주 잘 어울릴 거라고 하셨고, 후에 왕세자에게 하사하셨지요."

성옥이 살며시 웃음을 지었다. "세자와 만난 적은 없지요. 그러나 세자의 옥패를 보았고, 저는 마음에 들었던 물건은 평생 기억하거든요. 따지고 보면 저와 세자가 인연이 있는 셈이니 ……" 성옥이 하얀 손목을 앞으로 내밀며 귀엽게 웃었다. "줄을 좀 풀어주시지요."

계명풍은 표정 하나 변하지 않고 한참을 쳐다보다가 물었다. "어느 군주십니까?"

"십화루의 홍옥입니다." 성옥은 손을 들고 있기 힘들어 좀더 높이 올려 보였다. "이 줄 좀."

"홍옥, 성옥." 계명풍이 나직하게 중얼거리면서 차가운 입꼬리를 들어올렸다. 동시에 몸을 숙였기 때문에 성옥은 순간 그의 입가에 떠오른 옅은 미소를 보지 못했다.

성옥은 그렇게 여천의 왕세자 계명풍을 알게 되었다.

주근을 기다릴 안전한 장소가 필요하다고 하자 계명풍은 성옥을 여천왕부로 데려갔다.

그날 밤 '달빛 속의 옥' 같은 경치를 구경하자며 기라산에 성옥을 데려온 사람은 주근이었지만, 정작 야벽애를 지나면서 밝은 달빛 아래의 절경을 함께 감상한 사람은 계명풍이었다.

성옥의 지근거리에서 걸어가는 계명풍의 그림자를 달빛이 야벽애로 길게 늘어뜨렸다. 고요한 밤빛 속에서 옥수청운패가 그의 움직임에 맞추어 듣기 좋은 소리로 가볍게 울렸다.

군자가 수신할 때 옥을 지니는 것은 옥 소리를 통해 스스로를 일깨운다는 의미였다. 옥을 찬 사람이 조급하게 행동하면 옥에서 조급한 잡음이 나고 너무 느긋하게 움직이면 귀에 거슬리는 바스락 소리가 났다.

달빛 속에서 계명풍을 훑어보니 옆얼굴이 무척 차가워 보였다.

아주 훌륭한 검객이면서 몸과 마음을 잘 수행한 군자로구나, 성옥은 생각했다. 그동안 만난 검객 중에 이렇게 단정히 예의를 갖춘 사람은 거의 없었고, 예의를 갖춘 이들 중에 이렇게 무예가 출중한 사람도 없었다.

성옥은 무척 감탄하며 황제 오라버니의 말이 맞았다고, 여천 왕세자는 정말로 뛰어난 인재라고 생각했다.

계명풍에게 감탄한 성옥은 친분을 쌓고 싶은 마음이 굴뚝같아, 주근을 어떻게 설득해야 여천왕부에서 좀더 머물 수 있을지 고민했다.

그런데 뜻밖에도 왕부에서 이틀을 보내도록 주근은 찾아오지 않고 사흘째 되던 날 이향의 서신만 도착했다.

주근의 이번 부상이 예전의 병을 건드렸는데 심각하지는 않아도 몸조리에 신경을 많이 써야 하며, 여천왕부 근처에는 영기를 모을 적합한 장소가 없기에 옥호설산玉壺雪山에 가려 하지만, 인간인 군주는 급행길의 피로와 추위를 견디기 힘들 테니 여천왕부에서 반년 정도 머물고 있으면 주근이 몸을 회복한 뒤 데리러 오겠다는 내용이었다.

편지를 읽은 뒤 성옥은 가슴의 불상화 꽃잎을 만져봤다. 꽃잎이 멀쩡한 것으로 보아 주근은 무탈했다. 성옥은 가만히 따져봤다. 주근은 화요니까 어디에 가든 진심으로 나를 데려가고 싶으면 방법이 없을 리 있겠어? 오는 길에 나한테 질려서 일부러 내버리는 거지.

그런 생각을 하던 성옥은 깡충깡충 뛰며 좋아했다.

자유로구나, 이렇게 갑자기 자유를 얻을 줄이야! 생각지도 못한 선물인데. 좋아, 해보자!

성옥의 예상대로 주근은 일부러 성옥을 왕부에 버려둔 것이었다. 다만 성옥 때문에 화가 나서는 아니었다.

사실 주근은 위험에서 벗어난 이튿날 바로 왕부를 찾아왔었다. 은신술로 몇 걸음 떨어져 성옥을 관찰하다가 조용조용 부드럽게 말하고 천천히 얌전하게 행동하는 모습을 보았다. 주근과 이향이 옆에서 간섭하지 않으니 뜻밖에도 의젓하게 행동하는 모양이었다. 주근은 아주 좋은 기회라고 기뻐하며 성옥을 왕부에 혼자 떨어뜨려놓으면 철이 좀 들지도 모르겠다고 생각했다.

오해였다. 성옥이 얌전해진 이유는 주근과 이향이 없어서가 아니라 오로지 계명풍과 친해지고 싶어서였다.

왕부로 따라오는 길에 보니 계명풍은 말수가 극도로 없었다. 성옥이 아무리 말을 붙여도 몇 마디 끄집어낼 수 없을 정도였다. 그런데 여천왕부에 도착해서는 진소미라는 우아하고 정숙한 아가씨와 말을 꽤 잘 섞는 게 아닌가.

성옥은 계명풍이 차분한 아가씨에게 좀더 우호적임을 깨달았다.

또래 아가씨들처럼 예민한 감성이 없었던 성옥은 자신이 우아한 척하면 진짜 성격을 감추는 것이니 세자가 관심을 가진다고 해도 진정한 자신을 좋아하는 건 아니라고 생각하지 못했다. 자신은 하늘도 오를 수 있다고, 스스로의 출중한 능력으로 누구든 완벽하게 조종할 수 있다고만 여겼다. 성옥은 어떤 모습이든 전부 자신이라고 생각했다.

혼자 여천왕부에 머물게 되었어도 성옥은 아주 잘 적응했다. 다만 처음 며칠은 기후가 맞지 않아 고생했다. 흔히들 아프면 고향 생각이 많이 난다고 하는데 성옥은 그런 우아한 약점이 없어서 앓을 때조차 원기 왕성했다.

계명풍은 매일 찾아와 들여다보며 환자임을 고려해 성옥이 아무렇게나 떠들어도 무시하지 않았다. 여전히 침묵을 금처럼 여기면서도 몇 마디는 답해주었다.

성옥은 왕부 전체에서 세자가 시시콜콜한 대화를 나누는 여자는 둘뿐이며, 그중 한 명은 온화한 성품의 진소미이고 다른 한 명은 몸져 누운 자신이라는 결론을 내렸다. 몸이 다 나으면 세자를 만나기조차 어려울 테니 대화는 기대하기 힘들 것 같았다. '병'이 자신에게 얼마나 중요한지 깨달은 성옥은 다 나은 뒤에도 며칠 더 침대에 누워 있었다.

하지만 기후가 맞지 않는다는 핑계로 며칠을 더 누워 있을 수는 없었다. 곧 꾀병을 접어야 할 판이었다.

어떻게 하면 세자와 친해질 수 있을지 고민하고 있을 때, 세자가 성옥이 지내는 춘회원春回院으로 청령을 데려왔다. 왕부라고 다 안전하지는 않아서 호위를 데려왔다며, 문무를 겸비한 청령이 성옥의 좋은 친구이자 든든한 보호자가 되어줄 거라고 했다.

추위가 아직 가시지 않은 음력 이월 말이라 춘회원에는 스산한 기운이 가득했다. 반짝이는 눈으로 계명풍을 바라보는 성옥은 여우 모피를 입고 있는 반면, 청령은 기이하게도 얇은 홑겹 옷만 입고 대나무 담뱃대를 들고 있었다.

그때까지 청령에게 주의를 기울이지 않았던 성옥은 세자가 호위를 언급하자 정신이 번쩍 들었다.

성옥이 눈웃음을 지으며 말했다. "호위 언니를 붙여주신다니, 세자 오라버니는 정말 세심하시네요. 그런데 요즘 드는 생각으로는 제가 무술을 좀 익히고 나가는 게 좋겠더라고요. 그날 밤 세자 오라버니가 세 척짜리 검을 절묘하게 다루는 걸 보고 감명받았습니다. 물론 제가 하루아침에 세자 오라버니처럼 검술을 펼칠 수 있을 거라고는 생각하지 않아요. 깊게 배우겠다는 것도 아니고요." 그러고는 빙그레 웃으며 덧붙였다. "세자 오라버니가 검을 연마할 때 제게 기초를 좀 가르쳐주시면 좋을 듯합니다. 그럼 내일 연습하실 때 찾아갈게요!"

그랬다. 성옥은 열흘도 안 되어 계명풍을 세자 오라버니라고 부르기 시작했다. 또 '호신용으로 검술 몇 초식만 가르쳐주시면 안 될까요?'라고 묻지 않고 곧바로 내일 찾아가겠노라고 했다.

성옥은 천진난만한 얼굴을 하고 계명풍을 바라보았다.

계명풍은 성옥의 잔꾀에 넘어가지 않았다. "청령의 검술이 저에 버금갑니다. 배우고 싶으면 내일부터 당장 가르쳐달라고 하세요. 굳이 저를 찾아올 필요 없습니다."

성옥은 속으로 한숨을 내쉬며 확실히 계명풍다운 대답이라고 받아들였다. 정말 상대하기 어려운 사람이라는 생각도 들고, 뛰어난 사람일수록 상대하기 어려운가보다 하는 생각도 들었다. 상관없었다. 이목주와 제앵아도 처음에는 상대하기 어려웠지만 결국 친한 친구가 되었으니까. 시간은 많았다.

성옥은 순순히 고개를 끄덕였다. "세자 오라버니가 바쁘면 청령한테 배우면 되지요." 그렇게 대꾸한 뒤 체면을 되찾기 위해 덧붙였다. "세자 오라버니의 비밀 호위무사니까 검술은 말할 필요도 없겠지요. 틀림없이 잘 가르쳐줄 거예요."

계명풍이 의아하다는 듯 쳐다보았다. "제가 청령이 비밀 호위무사라고 말했던가요?"

성옥이 고개를 끄덕였다. "네."

"말한 적 없는데요." 계명풍이 조용히 부인했다.

성옥 역시 의아하다는 얼굴로 힐끗 쳐다본 뒤 중얼거렸다. "아까 직접 그랬잖아요."

"그래요? 제가 뭐라고 했습니까?"

성옥이 눈살을 찌푸렸다. "청령 언니가 호위이며 문무를 겸비하고 검술이 세자 오라버니에 버금갈 정도로 뛰어나다고 했잖아요?"

내내 조각상처럼 조용히 서 있던 청령이 입을 열었다. "그 말만 듣고 제가 세자의 비밀 호위무사인 걸 어떻게 아셨습니까?"

그게 물어볼 만한 일인가?

성옥은 엄격한 스승한테 훈련받은 적은 없어도 십화루에서 자랐고, 바로 옆방에는 인간 세상의 국운을 위해 태어난 모란 제왕인 요황이 있었다. 주근은 매일 성옥을 훈계하고 단속하는 것 외에는 대부분의 시간을 요황과 술잔을 기울이며 시를 읊거나 바둑을 두거나 인간 세상의 국운을 논하는 것으로 보냈다.

성옥이 과제를 베끼는 동안에는 옆방에서 북위가 어쩌고저쩌고 논하고, 비단 손수건에 수를 놓을 때는 오나소가 어쩌고저쩌고 논했으며, 축국 전술을 짜는 동안에는 남서쪽 오랑캐가 어쩌고저쩌고 논했다. 날마다 그런 얘기를 끊임없이 듣다보면 아무리 멍청해도 천하의 시국을 어느 정도 이해할 수 있을 텐데 하물며 성옥은 멍청하지 않았다.

계명풍이 있는 남서쪽 변경에서 이민족이 지금 어떤 상태인지 완전히는 몰라도 팔 할 정도는 성옥도 꿰고 있었었다.

여천과 맞붙은 남서쪽 땅에는 열여섯 부족의 이민족이 있었다. 대희국을 세우고 논공행상할 때 태조는 백전백승의 장군 계위季葳를 여천의 왕으로 봉하면서 함성菡城에 주둔하며 열여섯 이민족을 안정시키라고 명했다.

태조 이후 계위의 자손은 13대에 이르도록 여천왕을 세습하며 열세 부족을 정복했다. 하지만 세력이 제일 큰 남염국만은 공략하지 못했다.

남염은 인척 관계인 참업參業, 곽도霍塗 두 부족과 함께 구문산九門山의 험난한 지세를 이용해 남쪽의 향료 생산국인 몽일국蒙日國으로 가는 유일한 육로를 차단하고 다른 열세 부족까지 수시로 괴롭혔다. 그래서 역대 여천왕들의 골칫거리였다.

이번 대의 여천왕과 왕세자는 남염 정복과 열여섯 부족의 통일을 최대 과업으로 정했다.

주근은 워낙 신중한 성격이라 여천으로 떠나기에 앞서 자료조사를 철저히 했고 당연히 여천왕부를 빼놓지 않았다. 남염국은 산과 강, 기이한 숲과 험한 택지가 많은데다 독충술과 무술에 능했다.

이에 여천왕부는 남염을 무너뜨리기 위해 십오 년 전부터 비밀 호위무사를 육성하기 시작했다. 온갖 비밀 훈련으로 배출해낸 인재들은 남염과 열다섯 부족의 비밀을 캐내 왕부에 보고했다. 또한 현재 왕세자 밑에는 열여덟 명의 비밀 호위무사가 있는데, 이들은 호위무사라기보다 여천왕이 심혈을 기울여 만든 예술 작품에 가까웠다. 황궁에서도 그런 인재들은 찾아보기 힘들었다.

답이 뻔했다. 청령이 어떻게 알았느냐고 물었을 때 성옥은 눈이 멀지 않은 이상 다 보이는 아주 쉬운 문제라고 생각했다.

"세자 오라버니가 청령 언니를 호위라고 하면서 문무를 겸비하고 검술이 뛰어나다고 했잖아요. 가냘픈 아가씨가 이렇게 추운 날에 홑옷만 입고 한참을 서 있는데도 전혀 흔들림이 없고요. 황궁에도 이런 평범한 호위는 없다고요. 그렇다면 청령 언니는 평범한 호위가 아니겠지요."

성옥 나름대로의 추론이었다. 왕부에서 보통 호위가 아니면 비밀 호위무사일 테고 가장 우수한 비밀 호위무사는 모두 계명풍 밑에 있으니, 청령이 그렇게 유능하다면 세자의 비밀 호위무사일 게 틀림없었다.

계명풍과 청령은 아무 말도 하지 않았다. 성옥은 두 사람의 반응에 미간을 찡그렸다. "혹시 제가 틀렸나요?" 그렇다면 다른 특이한 인사人士일 수도 있을 듯했다. 뭐, 틀렸으면 틀린 거지. 성옥은 그렇게 생각하며 아무렇지도 않다는 듯 어깨를 으쓱했다. "제가 마음대로 추측한 거예요."

계명풍의 얼음 같은 얼굴에는 아무 표정도 드러나지 않았다. 성옥의 얼굴을 잠시 쳐다보던 계명풍이 고개를 돌려 청령을 보며 말했다. "그럼 네게 맡기마. 앞으로 어떻게 해야 하는지는 내가 굳이 말하지 않아도 되겠지."

청령은 성옥이 그동안 보아온 호위들과 달랐다. 주군에게 깍듯이 예의를 차리며 무릎 꿇어 충성을 표시하지는 않았다. 그저 빙그레 웃으며 부드러운 음성으로 대답했다. "앞으로 군주가 위험에 처하면 목숨을 걸고 보호하겠습니다."

십화루에서는 목숨을 거느니 마느니 하는 말을 들을 일이 없어서, 어쩌다 그런 맹세를 들으면 성옥은 심장이 철렁 내려앉을 만큼 놀라곤 했다. 하지만 이번에는 잠깐 놀라고 금세 잊어버렸다.

청령의 대답이 만족스러웠는지 계명풍은 고개를 끄덕이고는 다시 성옥을 힐끗 쳐다본 뒤 아무 말 없이 그대로 돌아서 나갔다.

성옥은 계명풍의 뒷모습을 바라보며 허탈하게 한숨을 내쉬었다. 그의 뒷모습이 마당 문을 지나 더는 보이지 않을 때야 성옥은 앞으로 자신과 함께 지낼 청령에게로 시선을 돌렸다.

청령은 여전히 웃음을 띤 채 성옥을 보고 있었다. 성옥은 그제야 청령이 웃을 때 무척 아름답다는 걸 발견했다. 다만 한쪽 눈은 반짝반짝하고 촉촉한데 다른 한쪽 눈은 텅 빈 거울처럼 공허했다. 손에 든 대나무 담뱃대에는 오래된 물건처럼 보이는 벌꿀 색의 옥 장식이 달려 있었다.

성옥이 말을 꺼내기 전에 청령이 먼저 입을 열었다. "조금 전 군주의 추론으로 귀족 아가씨에 대한 제 시선이 바뀌었습니다. 군주에 대한 세자의 판단을 믿게 되었고요."

과연 성옥이 핵심을 파악한 모양이었다. "어? 내가 맞혔군요."

청령이 빙그레 웃었다. "궁금한 게 또 있습니다. 왕부의 많고 많은 능력자 중에 군주를 위해 세자가 굳이 저를 선택하신 이유를 아시는지요?" 그러면서 청령은 살짝 고개를 숙여 하얗고 긴 손가락으로 담뱃대의 백옥을 무심하게 만지작거리며 살며시 미소 지었다. 활기와 풍류가 넘치는 모습이었다. 매서운 꽃샘추위에 놀라 깨어난 옥 조각상을 보는 듯했다.

성옥은 이 왕부의 사람들은 하나같이 멋지다고 생각하며 미소 띤 얼굴로 고개를 저었다. "그건 모르겠어요. 언니가 알려줘요."

청령이 한층 환하게 웃었다. "세자는 군주가 모르는 게 없다며 왕부에서 군주와 말이 통하는 사람은 만물박사인 저밖에 없을 거라고 하셨습니다. 제가 함께 있어야 군주가 싫어하지 않으실 거라고요."

청령은 그렇게 당당하게 성옥 앞에 서 있었다. 흘러가는 구름처럼 날렵한 자태와 바람처럼 부드러운 음성에 성옥은 어느새 청령과 친해지고 싶어졌다.

그게 성옥과 청령의 첫 만남이었다.

청령은 스물일곱 살이었다.

성옥은 나중에야 청령이 계명풍의 열여덟 비밀 호위무사 가운데 가장 우수한 사람이고 임무 중 한쪽 눈을 다치는 바람에 이전 직책을 맡을 수 없어서 성옥의 호위로 파견된 걸 알았다.

청령이 죽은 뒤, 성옥은 청령을 처음 만났던 그때를 자주 떠올렸다. 처음 만난 순간부터 성옥은 청령을 좋아하게 되었다.

여천왕부에서 머무는 동안 성옥은 계명풍을 제일 좋아했고, 계명풍이 보내준 청령을 두번째로 좋아했다.

13장
세자에게서 시선을 떼지 못하는 성옥

검술 수업은 애당초 세자 옆에서 알짱거리기 위한 핑계였을 뿐이다. 성옥은 처음에만 청령한테 배우는 척하다 며칠 뒤 재능이 없다는 핑계를 대고 그만둘 작정이었다.

이튿날 성옥이 검을 들고 찾아가자 마당 연못 옆에서 학에게 먹이를 주고 있던 청령이 놀란 표정을 지었다. "지금 저한테 검을 배우겠다고 오신 건 아니죠?"

성옥은 영문을 알 수 없었다. "내가 너무 일찍 왔나요? 그럼 학 먹이를 다 줬을 때쯤 다시 올게요."

성옥이 검을 챙겨 떠나려는데 청령이 불러 세웠다. "군주, 정보에 빠른 비밀 호위무사가 곁에 있으면 뭐가 좋을 것 같으세요?" 성옥이 곧바로 대답하지 못하자 청령이 말했다. "세자의 거처에는 남쪽과 북쪽 두 곳에 서재가 있습니다. 북쪽 서재는 공무를 논의하는 곳이라 거상원拒霜院 제일 안쪽에 있고 경계가 삼엄해 접근하기 어렵지요. 남쪽 서재는 왕부에서 책이 제일 많은 곳으로 앞에는 연우호煙雨湖가 있고 뒤에는 송도각松濤閣이 있습니다. 중요한 서류를 보관하지 않아서 북쪽 서재처럼 경비가 삼엄하지 않고요. 세자는 한가하실 때 주로 그곳에 계십니다."

청령이 눈웃음을 지으며 덧붙였다. "오늘 세자는 많이 한가하십니다. 요즘 들어 한가하신 편이고 앞으로도 한동안 한가하실 듯합니다."

멍하니 있던 성옥이 눈을 크게 떴다. "어?"

청령은 날개를 펼친 학에게 물고기를 던져주며 웃었다. "뭘 그리 놀라십니까? 설마 진심으로 검을 배울 생각이셨습니까?" 그러고는 고개를 돌려 성옥의 작고 예쁜 얼굴을 훑어본 뒤 웃음을 지었다. "하나만 여쭤보겠습니다. 지금 제게 검을 배우고 싶으십니까, 아니면 세자께 가고 싶으십니까?"

성옥이 겸연쩍게 대꾸했다. "다 눈치챘군요."

청령이 싱긋 웃었다.

성옥은 검으로 바닥에 동그라미를 그리며 말했다. "세자 오라버니와 놀고 싶지만 얼음처럼 차가우니, 지금 오라버니가 서재에 있다는 걸 알아도 아무 이유 없이 찾아가면 보나마나 쫓겨날 거예요. 왜 검술을 배우지 않느냐고 캐묻겠지요. 상대하기가 너무 어려워요." 성옥이 탄식했다.

성옥의 어린애 같은 말투와 천진한 표정이 재미있었는지 청령이 입을 삐죽이며 손가락으로 자기 이마를 톡톡 쳤다. "바보같이. 전략이 없으니 어렵지요."

자기와 천성적으로 잘 맞는 사람을 만나면 흔히들 '처음 보는데도 오래된 친구 같다'든가 '죽이 잘 맞는다'라고 한다.

성옥은 자신과 청령이 바로 그렇게 잘 맞는다고 생각했다. 정안왕부의 유일한 생존자로 오빠나 언니는 물론 동생도 없는 성옥은 어려서부터 언니가 있으면 좋겠다고 바랐었다.

상상 속의 언니는 아름답고 총명하며 왕부를 다스리는 것은 물론 주근까지 제어할 수 있고, 성옥을 끔찍이 여겨서 아낌없이 돈을 쓰는데다 자신을 가두는 법이 없으며 무슨 고민이든 들어주고 해결책을 제시해주는 사람이었다.

청령은 돈을 막 쓸 수는 없어도 총명한 머리로 성옥의 고민을 이해하고 해결책을 찾아주려 했다. 그래서 성옥은 청령을 호위가 아니라 언니처럼 여겼다.

여천왕부에서 머무는 동안, 계명풍과 어떻게 하면 잘 지낼까 하는 것 외에 성옥에게는 다른 고민거리나 소망이 없었다. 그러다보니 청령의 도움은 한 가지 주제, 세자와 어떻게 친해질 것인가에 집중되었다.

본디 계명풍의 비밀 호위무사였으니 청령은 세자에 대해 잘 알았고 무엇보다 정보 수집에 능했다. 청령은 성옥에게 계명풍을 팔아넘기기로 마음먹고 나자 아주 철저했다.

성옥은 계명풍에 관한 한 천군만마를 얻었음을 확실히 알 수 있었다.

서재에서 계명풍과 얽히는 전략만 해도 무척 유용했다.

"검술을 배운다는 핑계는 어떻게 하냐고요? 간단합니다. 서재에서 세자를 만나면 전부 제 탓으로 돌리세요. 제가 한두 초식 가르쳐본 뒤 군주한테 정말 재능이 없어서 가르치기 싫다고 했다 말하는 겁니다. 재능이 없다는 말에 포기했지만 춘회원에 가만히 있기도 지루해 책이나 몇 권 빌리고 싶어서 왔다고 하세요.

당연히 세자는 두세 권 빌려주시겠지요. 이때 서재에서 보고 싶다고 말하면 안 됩니다. 책을 가지고 돌아왔다가 두 시진쯤 뒤에 다시 가서, 워낙 빨리 읽어서 벌써 다 봤으니 몇 권 더 달라고 하세요. 책을 받으면 반 시진 뒤에 또 가서 이번에 골라준 책은 마음에 들지 않는다고, 몇 쪽 읽었는데 흥미가 생기지 않으니 바꿔달라고 하는 겁니다.

물론 세자는 바꿔주실 거고요. 그때 바꾼 책을 그 자리에서 몇 쪽 읽어보는 척하며 재미있는지 아직 모르겠다, 그런데 가져갔다가 영 재미가 없으면 또 이 먼 길을 돌아와야 하니 너무 귀찮다, 그러면서 서재에서 잠시 보겠다고 하는 겁니다."

청령의 말대로 하자 성옥은 과연 계명풍의 서재에서 한 자리를 차지할 수 있었다.

이튿날 또 남쪽 서재에 가서 책을 고른 뒤 자연스럽게 전날 앉았던 반원형 의자에 앉아 읽을 때도 세자는 쫓아내지 않았다. 성옥을 힐끗 쳐다본 뒤 손에 든 서신으로 눈길을 돌렸을 뿐이다.

청령은 세자가 쫓아내지 않아도 곧장 마음을 놓아서는 안 된다며, 며칠 동안은 절대 말을 걸지 말고 진심으로 책을 읽는 척해야 오랫동안 서재에 있을 수 있고, 오래 있을수록 기회가 많아진다고 조언했다. 잔머리나 잔꾀는 세자에게 통하지 않으며 '인내'만으로 세자의 시선을 끌 수 있다고, 세자가 먼저 말을 걸 때가 바로 적기이니 참을성 있게 기다리라고 당부했다.

성옥은 청령의 조언이 옳다고 생각했다. 성옥이 입을 열지 않는 이상, 의지가 강한 성격답게 서재가 온종일 침묵에 잠길 만큼 계명풍이 입을 다물고 있어도 기어코 말하고 싶은 욕망을 억눌렀다.

처음 이틀은 확실히 힘들었지만, 사흘째 날 성옥은 모르는 글자로 된 책을 몇 권 발견하고 호기심이 일어 어떻게든 읽어봐야겠다고 마음먹었다. 가짜 학구열이 저도 모르는 사이에 진짜 학구열로 바뀌어 성옥은 예닐곱 날이나 공부에 몰입했다.

이레째 되던 날 성옥이 서재에 온 목적을 잊을 만큼 독서에 집중하고 있을 때, 청령이 말한 기회가 조용히 찾아왔다.

막 신시申時가 되었을 무렵, 진소미가 백합과 연자를 넣어 끓인 당밀탕을 가지고 사뿐사뿐 남쪽 서재로 들어왔다.

이틀 전에야 자신이 연구하는 글자가 곽도 부족의 고문인 걸 알아낸 성옥은 자료를 찾느라 대부분의 시간을 들보에 이를 만큼 높은 책꽂이와 사다리 위에서 보내는 중이었다. 누가 밖에서 들어와도 성옥을 발견하기는 어려웠다. 진소미도 성옥을 보지 못했다.

진소미가 세자에게 당밀탕을 따라주며 상냥하게 말했다. "요즘 서재에서 책만 보신다고 들었어요. 세자를 모시는 두 시종은 세심하지 못하니 세자가 봄에 당밀탕을 즐겨 드시는 걸 모를 것 같더라고요. 책을 보실 때 방해받는 걸 싫어하시는 줄 알지만 각오하고 왔지요. 세자의 기호대로 끓이려고 제가 딴 연자와 직접 기른 백합도 넣었어요. 주방에 미리 지시했다고 해도 이런 맛을 내기는 힘들 거예요. 드셔보세요."

계명풍이 한 모금 마시자 진소미가 나지막이 물었다. "맛이 괜찮아요?"

"좋네."

"정말요? 그럼 내일 이맘때 또 끓여올게요." 진소미의 목소리가 확실히 밝아졌다. 하지만 곧 작게 탄식했다. "아, 내일 왕비님과 보은사에 가기로 했는데 깜빡할 뻔했네요. 모레나 끓일 수 있겠어요."

"시간 날 때 편히 해."

진소미가 웃으며 물었다. "그럼 모레도 연자와 백합을 넣을까요?"

성옥은 진소미의 나긋나긋한 목소리가 마치 봄기운을 전하는 춘풍처럼 상냥하고 편안하다고 생각했다.

여천왕부에 들어온 뒤 진소미를 여러 번 보았지만 이렇게 가까이에서 목소리를 들은 건 처음이었다. 말수가 적은 계명풍이 진소미와 대화를 많이 나누는 이유를 알 것 같았다.

진소미는 은쟁반에 옥구슬 굴러가는 듯 아름다운 목소리를 갖고 있었다.

성옥은 속으로 감탄하는 한편, 사다리 꼭대기에 서서 서가 제일 높은 곳으로 손을 뻗었다. 거기에 곽도 고어로 된 시집이 있었다. 그러다 손이 미끄러지는 바람에 커다란 책 한 권이 바닥으로 떨어지며 요란한 소리를 냈다.

진소미가 놀라며 물었다. "누구세요?"

성옥은 사다리에서 내려가 책을 챙기고 대답하려 했다. 그런데 계명풍의 담담한 목소리가 들려왔다. "쥐가 있나보군."

쥐? 성옥은 사다리의 마지막 칸을 헛디뎌 쿵 하고 떨어졌다. 다행히 지면에서 가까운 높이라 떨어져도 아프지는 않았다.

머리통을 문지르며 몸을 일으켜 앉은 성옥은 분하기도 하고 믿기지도 않았다. 쥐라고? 내가? 쥐?

바로 그때 계명풍의 음성이 뒤에서 들려왔다. "쥐라고 했더니 바닥을 굴러 증명하는 겁니까?"

성옥이 고개를 돌리자 계명풍이 책꽂이 첫째 줄을 돌아 다가오고 있었다. 계명풍은 한 손으로 바닥에 떨어진 시집을 집으면서 다른 손으로는 성옥의 손을 잡아당겨 일으켜주었다.

계명풍이 자신을 쥐로 취급했다는 사실에 무척 화가 났지만 그렇다고 화를 낼 수도 없어서 성옥은 뒤쪽 사다리를 가리키며 작게 반박했다. "뭘 어쨌다고 쥐라고 해요? 일부러 소리를 낸 것도 아닌데. 그 바람에 사다리에서 떨어져서 아프잖아요."

"온종일 서재에서 바스락바스락 돌아다니니 쥐가 맞지요." 계명풍은 성옥을 위아래로 훑어보며 덧붙였다. "정말 아프면 돌아가서 청령에게 의사를 불러달라고 하세요."

돌아갈 마음이 추호도 없는 성옥은 냉큼 대답했다. "아, 뭐 그렇게 아프진 않아요." 그러고는 입을 삐죽이며 손목을 문질렀다. 그제야 놀란 얼굴을 하고 책꽂이 옆에 서 있는 진소미가 눈에 들어왔다.

성옥과 눈이 마주치는 순간 진소미의 얼굴에서 놀란 기색이 감쪽같이 사라졌다. 진소미가 예의바르게 미소를 지으며 부드러운 목소리로 말했다. "군주도 계신 줄 모르고 실례했습니다."

성옥이 코를 문지르며 대꾸했다. "실례라니요. 제가 책을 꺼내다 떨어뜨려서 두 분의 대화를 방해했네요. 저는 신경쓰지 마시고 계속 얘기 나누세요. 저는 찾을 책이 더 있거든요."

계명풍이 물었다. "무슨 책을 찾습니까?"

“『곽도어 뜻풀이』요. 그런데 진 소저가 세자 오라버니한테 할 얘기가 있던 거 아닌가요?”

계명풍이 시선을 돌리자 진소미도 계명풍을 쳐다보았다. 진소미는 순간 얼굴빛이 하얗게 변했지만 얼른 제 안색을 되찾은 뒤 부드럽게 웃으며 성옥을 바라보았다. “특별한 용건은 없습니다. 가려던 참이었는데 여기에서 소리가 들려서 좀 지체했을 뿐이에요. 세자와 군주의 독서를 그만 방해하고 물러가겠습니다.” 그러면서 몸을 숙여 인사하고는 출입문 쪽으로 향했다. 시종 부드러운 미소를 잃지 않았지만 누구든 자세히 보았다면 웃음이 어색하다는 걸 눈치챘을 것이다.

성옥은 진소미의 안색까지는 신경쓰지 않았다. 진소미가 서재 문을 닫는 소리가 들리고 계명풍은 책꽂이 저 높이에 꽂힌 두꺼운 책을 꺼내 성옥에게 건네주었다. 양피 표지에 ‘곽도어 뜻풀이’라고 적혀 있었다.

성옥은 고맙다고 인사하고는 조심스럽게 먼지를 떨어낸 뒤 책을 안고 계명풍과 함께 책꽂이를 돌아 외실로 나왔다. 그러고는 늘 앉는 반원형 의자에서 책을 읽기 시작했다.

스무 쪽쯤 읽었을 때야 성옥은 이렇게 책만 읽고 있을 게 아니라는 생각이 들었다. 서재에 왔던 원래의 목적을 떠올린 성옥은 오늘 세자가 평소와 달리 자신에게 말을 걸었다는 것도 떠올렸다.

분명 청령이 세자가 먼저 말을 붙이는 날이 오면 친근하게 말을 걸어도 쫓겨날 정도는 아니라는 의미이니 잔꾀를 부리며 접근해도 된다고 했었다.

성옥은 저도 모르게 책을 탁 덮었다. 창가에 앉은 계명풍이 그

소리에 고개를 돌렸다.

아, 경거망동하면 안 돼. 성옥은 헛기침을 한 번 하고는 아무 일도 없었다는 듯 『곽도어 뜻풀이』를 들어 얼굴을 반쯤 가렸다. 계명풍이 시선을 거둔 뒤에야 성옥은 책 가장자리 너머로 그를 힐끗 훔쳐보았다.

계명풍은 당밀탕을 마시며 창가에서 책을 읽었다.

창문 앞의 회화나무와 버드나무가 비취색 새 가지를 늘어뜨려 창문에 푸른 발이 드리워진 듯했다. 나른한 햇살이 그 사이로 비집고 들어와 딱딱한 서재에 부드러운 봄기운을 불어넣었다.

방안을 가득 메운 따사로운 봄기운 덕분에 평소 얼음 같은 계명풍조차 접근하기 힘들 정도로 차가워 보이지는 않았다. 성옥은 그러다 눈빛을 숨겨야 한다는 걸 깜빡하고 말았다.

향이 반쯤 탔을 때 계명풍이 고개를 들었다. "마시고 싶어요?"

성옥은 눈을 깜빡였다. 계명풍이 자기 앞의 사발과 성옥을 번갈아 보았다.

쭈뼛쭈뼛 다가간 성옥은 계명풍과 대화할 기회를 놓치고 싶지 않아 친한 척 자연스럽게 입을 열었다. "세자 오라버니, 당밀탕을 마셔봐도 된다는 거죠?" 그러면서 숟가락으로 직접 반쯤 덜어내기까지 했다. "감사합니다. 그럼 저도 맛 좀 볼게요!"

성옥의 거리낌없는 행동과 막힘없는 말에 계명풍은 잠시 생각한 뒤 말했다. "마셔보라는 말은 하지 않은 것 같은데요?"

성옥은 그대로 굳어버렸다. 이미 덜었는데…… 성옥은 손에 든 사발을 바라보며 억지웃음을 짓고는 너스레를 떨었다. "헤헤, 이미 덜었는걸요. 그래봐야 당밀탕인데 너무 쩨쩨하게 굴지 마세요." 하지만 한 모금 마시자마자 눈살을 찌푸렸다. "세상에, 너무 달잖아요!"

계명풍이 힐끗 쳐다보았다. "딱 좋은데요."

"이렇게 단데 딱 좋다고요?" 성옥은 그제야 진소미가 세자의 기호대로 끓였다고 했던 말이 떠올랐다. 그렇다면 계명풍은 이렇게 진저리날 정도의 단맛을 좋아한다는 의미였다. 세자가 어린애나 좋아할 지독한 단맛을 좋아할 줄이야.

신대륙이라도 발견한 듯 신기한 기분이 들었다. 성옥은 사발을 들고 계명풍 코앞까지 바싹 다가갔다. "세자 오라버니, 이렇게 단 걸 좋아하다니 좀 귀여운데요!"

"……"

성옥은 뒤로 물러나 두 모금만 마신 당밀탕을 쟁반에 내려놓았다. "세자 오라버니는 귀여운 입맛을 가졌지만 저는 어린애 입맛이 아니라서요. 너무 달아서 안 마실래요. 그래도 잘 마셨어요."

그토록 많은 말을 해도 세자가 아무 대꾸도 하지 않자 성옥은 세자한테 자신과 하루에 나눌 대화의 양이 정해져 있나보다고 생각했다. 오늘은 이미 한도를 다 채워서 더는 상대하기 싫은 모양이었다. 성옥은 그래도 크게 실망하지 않고 앞으로 남은 날은 많다고 스스로를 다독이면서 다시 책을 보러 가려고 했다.

뜻밖에도 세자가 성옥을 붙들었다. "다 마셔요."

성옥의 첫번째 반응은 '어, 오늘 한도는 끝난 거 아니었나?'였고 두번째 반응은 "네? 뭘 마셔요?"였다.

세자가 손마디로 사발 앞쪽을 두드렸다. "군주가 덜어놓은 당밀탕이요."

성옥은 당밀탕을 쳐다보다 거절했다. "이렇게 단 건 별로예요."

"알아요." 계명풍은 고개를 들어 성옥을 보며 차가운 표정으로 입꼬리를 살짝 올렸다. "싫어한다니까 마시라는 거예요. 안 마실 거면 내일은 책 보러 오지 마세요."

"그게……" 성옥은 당황했다. 혼란스럽던 정신을 수습한 뒤 성옥은 눈살을 찌푸리며 물었다. "제가 싫다는데 기어코 마시라는 건 세자 오라버니한테 귀엽다고 말해서인가요? 그래서 이걸 들이켜라는 거예요? 하지만 귀엽다는 건 칭찬이잖아요. 저는……"

세자가 말을 끊었다. "한 잔 더 마시고 싶어요?"

성옥은 얼른 고개를 저었다.

세자가 담담하게 말했다. "마시기 싫으면 안 마셔도 돼요. 대신 내일은 서재에 오지 마세요."

성옥은 머리가 아팠다. "어떻게 이럴 수 있어요?"

세자는 거들떠보지도 않았다.

잠시 주저했지만 결국 성옥은 사발을 들고 코를 막은 채 들이켰다. 그러고는 곧장 찻주전자의 차를 통째로 들이켜 단맛을 가라앉혔다.

그런 와중에도 역시 승복할 수 없어 성옥은 작게 중얼거렸다. "하지만 귀여운걸요. 좋은 말이잖아요. 다들 칭찬할 때 귀엽다고 말하지 않나요? 좋은 말을 듣고도 저를 괴롭히다니 세자 오라버니는 진짜 쩨쩨해요."

세자가 책을 한 장 넘겼다. "역시 한 잔 더 마시고 싶은가보군요."

성옥은 참지 못하고 얼굴을 찡그렸다. "그걸로 위협하지 마세요. 이제 남은 것도 없으니까요. 세상에, 정말 막무가내네요." 성옥은 고개를 저으며 투덜거렸다.

세자가 책을 내려놓고 성옥을 쳐다보았다. "소미에게 더 끓여 오라고 할 수 있어요." 세자의 시선이 텅 빈 쟁반으로 향했다. "아까보다 더 달게 만들어오라고 해서 마시게 할 수 있다고요."

성옥은 당황스러웠다. "그럴 수는 없죠!"

"그럴 수 있어요. 나는 정말로 막무가내니까요." 세자는 담담한 표정이었다.

"그런……" 성옥은 고개를 푹 숙였다.

"저랑 계속 논쟁할 거예요?"

성옥은 푹 숙인 고개를 흔들었다.

세자가 만족스럽게 고개를 끄덕였다. "그럼 가서 책이나 봐요."

그날 남쪽 서재에서 둘은 내내 책만 읽었다. 어느새 유시 이각이 되어 등불이 켜졌다.

거상원을 나온 성옥은 오후에 자기가 했던 행동을 떠올리며 오랫동안 반성했다.

그후 계명풍은 성옥에게 말을 걸지 않았다. 조금 전 성옥이 서재를 나오면서 인사를 건넸을 때도 네, 하고 대꾸한 게 전부였다.

계명풍의 심기를 불편하게 만든 듯했다. 성옥은 뭐가 문제였는지 금세 알았다.

단 음식을 좋아하는 걸 귀엽다고 해서는 안 되었다.

계명풍은 팔 척 장신의 늠름한 청년이고 매사에 빈틈이 없었다.

그런 청년한테 귀엽다고 말하면 누가 좋아하겠는가.

에잇. 성옥은 답답한 마음에 머리를 긁적였다.

진소미는 세자를 무척 잘 아는 듯했다. 아까는 진소미의 말이 특별한 줄 몰랐는데 이제 생각해보니 구구절절 세자 마음에 쏙 드는 말만 했다.

세자가 책을 읽을 때 방해받는 걸 싫어하는 줄 알아서 각오하고 왔다고 표현했다. 성옥이 계속 얘기를 나누라고 했을 때도 세자가 책 찾는 걸 도와주겠다고 하자 진소미는 웃으며 독서를 방해하지 않게 물러가겠다고 먼저 말했다.

둘이 나누는 대화를 많이 들어보지는 않았지만 진소미라면 세자와 말다툼하거나 세자가 싫어하는 말로 미움을 사지 않을 게 틀림없었다.

그에 비해 성옥은 골치 아픈 사람이었다.

오늘은 어차피 이렇게 됐으니 내일 좀더 분발하는 수밖에 없었다.

하지만 내일 계명풍을 보면 또 무슨 말을 하고, 하지 말아야 할지 성옥은 감이 잡히지 않았다. 대체 세자가 무슨 말을 좋아하는지 알 수 없었다.

성옥은 수심에 가득차 잔뜩 찌푸린 얼굴로 거상원을 나왔다.

거상원 밖의 벚나무에 누워 술을 마시며 성옥을 기다리던 청령은 그 표정을 놓치지 않았다.

성옥은 종잡을 수 없는 세자와 남의 마음을 헤아리지 못하는 자신 때문에 걱정이라고 청령에게 털어놓았다. 물론 핵심은 종잡을 수 없는 세자였다.

청령이 손에 든 호리병을 흔들었다. "제가 보기에는 오늘 더할 나위 없이 훌륭했습니다. 군주는 세자께 하고 싶은 대로 다 말하고 행동하세요. 진 소저처럼 비위를 맞출 필요 없습니다. 세자는…… 군주가 진 소저처럼 행동하기를 원치 않을지도 모르거든요." 청령이 빙그레 웃었다.

청령의 말이 잘 이해되지 않았지만 성옥은 깊게 생각하지 않았다. 자신만만한 청령의 모습을 보니 덩달아 자신감이 생겨나 신나게 춘회원으로 돌아갔다.

이튿날 아침 성옥은 평소와 달리 거상원에 가지 않았다. 전날 밤 술을 마실 때 청령이 함성 교외의 청작산장青雀山莊에서 꾀꼬리 울음소리를 들어야 여천 최고의 봄 경치를 감상한 거라는 얘기를 꺼내서였다. 속세가 아닌 듯한 그곳으로 해마다 재자가인이 얼마나 많이 찾아오는지 모른다고 했다.

청령은 말수는 적어도 말솜씨가 뛰어났다. 청령의 묘사를 듣고 있자니 직접 그곳을 거니는 듯했다. 술을 마시며 시를 주고받는 문인들, 현악기로 화답하는 아름다운 여인이 선하게 그려졌다.

성옥은 시를 짓는 문인한테는 흥미가 없어도 노래하는 여인들에게는 관심이 많았다. 청령의 묘사를 듣고 있자니 가슴속이 간질간질해진 성옥은 이튿날 아침 일찍 청령과 함께 청작산장으로 꾀꼬리 노래를 들으러 갔다가 신시 이각에야 돌아왔다.

워낙 운동을 즐겨 연약한 여인들과는 거리가 먼 성옥은 반나절을 걷고 놀았는데도 별로 피곤하지 않았다. 왕부로 돌아온 뒤 평소 유시까지 책을 읽던 걸 생각하고는 지금 가도 계명풍을 볼 수 있겠다 싶어서 별생각 없이 거상원으로 향했다.

날이 좋았다. 성옥이 거상원으로 들어가자 멀리 계명풍이 보였다. 남쪽 서재 옆에 있는 연우호 주변이 울창한 버드나무와 그 사이에 드문드문 있는 살구나무로 푸르게 반짝이고 짙은 살구꽃 향이 봄날의 운치를 더해주었다.

좀더 가까이 다가가자 푸른 옷을 입은 계명풍이 손에 책을 들고 창가에 앉은 게 보였다. 주변 풍경과 어우러져 더욱 준수해 보였다. 그런데 세자의 시선은 책에 있지 않았다. 눈살을 찌푸린 채 멀리 호수를 바라보며 뭔가 생각에 잠겨 있었다.

성옥이 멀리에서 손을 흔들었다. "세자 오라버니!"

그 목소리에 계명풍이 조금 당황하며 시선을 돌렸다. 하지만 응답하는 대신 성옥을 잠시 쳐다보고는 호수로 시선을 옮겼다.

성옥은 코를 문지르며 아무렇지도 않다는 듯 서재로 향했다. 세자한테 무시당하는 건 워낙 흔한 일이라 전혀 신경쓰이지 않았지만, 세자가 눈살을 찌푸리며 호수를 바라보는 것은…… 아무래도 기분이 좋지 않은 듯했다.

그렇다면 방해하지 말까? 오늘은 혼자 내버려둬야 하지 않을까? 기분이 나쁘면 다들 혼자 있고 싶어하잖아? 하지만 이미 왔는데 그냥 돌아서서 가기도 이상하지. 일단 서재에 들어가서 인사한 뒤에 핑계를 대고 나올까? 그래, 그러는 게 좋겠어.

성옥은 서재 문을 열고 인사한 뒤 전용 반원형 의자 앞에서 쭈뼛거리다가 갑자기 생각난 듯 말했다. "아, 청령 언니랑 양면 자수를 놓기로 했는데 왜 서재로 왔을까? 세자 오라버니, 중요한 일이 있어서 오늘은……"

"그게 무슨 중요한 일이라고." 계명풍이 성옥을 힐끗 쳐다보며 무람없이 말을 자르고는 탁자 위를 가리켰다. "와서 당밀탕 드세요."

성옥은 어리둥절했다. 계명풍 책상에 백자 주전자와 사발이 놓여 있었다. 그렇다고 왜 느닷없이 당밀탕을 마시라는 건지 이해할 수 없었다. 설마 어제 귀엽다고 한 게 아직도 괘씸해서 내가 싫어하는 당밀탕을 준비해놓고 기다렸나? 그 정도로 속이 좁은 사람은 아니겠지……

성옥이 꺼림칙한 얼굴로 다가가니 계명풍은 당밀탕을 따라 성옥 쪽으로 밀어놓고는, 붓을 들어 조금 전까지 읽던 책에 주석을 달기 시작했다.

성옥이 힐끗 쳐다보자 시선을 느낀 계명풍이 고개를 들었다. 성옥은 얼른 시선을 돌려 꾸물꾸물 좌우를 둘러보다가 계명풍의 글씨를 칭찬했다. "부드러운 붓으로는 해서체를 정갈하게 쓰기 힘들다던데 세자 오라버니는 멋지게 잘 쓰네요. 정말 대단해요!"

계명풍은 들은 척도 하지 않고 오른손으로 계속 글을 쓰면서 왼손 검지로는 당밀탕이 담긴 백자 사발을 가리키며 간결하게 말했다. "마셔요."

성옥은 또 한참을 쭈뼛거리다 입을 열었다. "세자 오라버니, 저는 단 음식을 안 좋아해요……"

계명풍이 붓을 멈추고 고개를 들었다. "그래서요?"

"그러니까 저는……" 세자의 찡그린 미간을 보자 성옥은 오늘 그의 기분이 안 좋다는 게 떠올랐다. 어제 반성했잖아? 진 소저처럼 뜻을 잘 헤아리지는 못할망정 이런 때 심기를 건드리면 안 되지. 성옥은 하려던 말을 삼키고 억지로 웃으며 말머리를 돌렸다. “그러니까 저는…… 평소에는 단 음식을 좋아하지 않지만…… 이건 세자 오라버니가 주는 당밀탕이잖아요. 일부러 챙겨주시는데 까탈스럽게 굴면 안 되죠.” 성옥은 계명풍 눈치를 보면서 사발을 들었다. 그가 시선을 떼지 않아 도저히 눈속임을 할 틈이 생기지 않자 성옥은 어쩔 수 없이 입을 가져다 댔다.

당밀탕이 입술에 닿았을 때 성옥은 조금 당황했다. “왜 이렇게 차가워요?”

계명풍이 담담하게 대꾸했다. “군주가 늦게 와서 식었습니다. 이게 당밀탕 잘못인가요?”

“제 잘못입니다.” 성옥은 재빨리 잘못을 시인했다. 그래도 역시 마시기는 싫었다.

한참을 망설이다가 성옥은 짐짓 진지한 표정을 지으며 핑계를 댔다. “하지만 이미 식었으니 마시지 않는 게 좋겠어요. 세자 오라버니를 위해서예요. 왜냐하면.” 성옥은 좀더 가까이 다가가 논리적으로 설득하려 했다. “생각해보세요. 식어버린 당밀탕을 마셨다가 제가 탈이라도 나면 누군가 절 돌봐야겠죠. 그 귀찮은 일은 당연히 세자 오라버니 몫이 될 거고요. 그럼 오라버니한테 폐를 끼치는 게 아니겠어요?”

계명풍은 성옥에게 시선도 주지 않고 붓에 먹물을 묻히며 담담하게 대꾸했다. “그건 제 몫이 아니에요. 의사의 거처가 군주의 거처 바로 옆이고 배탈을 아주 잘 치료하거든요.”

성옥은 가슴이 철렁 내려앉는 듯했다. 아, 너무 방심했어. 화비무나 이향처럼 속이기 쉬운 상대가 아닌데. 산적 틈에서도 태연자

약하고 하루 밤낮을 세자와 함께 산길에서 움직여도 아무렇지 않았던 군주가 차가운 당밀탕을 먹고 탈이 난다고? 그걸 누가 믿어.

성옥은 백자 사발을 들고 심드렁하게 말했다. "그럼 마실게요."

막상 마시자 무척 맛있어서 성옥은 놀란 얼굴로 계명풍을 보았다. "오늘은 왜 안 달죠? 진 소저에게 달지 않게 끓이라고 한 거예요? 아니지. 진 소저는 오늘 절에 갔잖아요?"

계명풍이 붓을 멈췄다. "이 세상에서 진소미만 당밀탕을 끓일 줄 아나요?"

"아. 그렇지만 진 소저가 아니면 누가 끓였는데요?" 홀짝홀짝 마시면서 물었는데 계명풍이 대답하지 않자 성옥은 농담을 건넸다. "설마 세자 오라버니는 아니죠?"

계명풍이 고개를 획 들었다. "왜 나는 아니라는 거죠?"

성옥은 바로 대답할 수 없었다. 사레가 들어서였다. 성옥이 콜록콜록 기침을 하면서 되물었다. "세자 오라버니가 저를 위해 끓였다고요?"

계명풍은 대답하지 않았다.

성옥은 기침을 가라앉히려 가슴을 탁탁 쳤다. "저, 정말이에요?"

계명풍이 도저히 못 참겠다는 듯 대답했다. "내가 마시려고 끓이다가 너무 많이 끓였어요."

마침내 기침이 가라앉은 성옥이 고개를 갸우뚱하며 말했다. "하지만 세자 오라버니는 아주아주 단 걸 좋아하는 귀여운 입맛이잖아요."

계명풍이 눈썹을 치켜올렸다. "또 귀엽다고 해봐요."

성옥은 입을 다물었다.

계명풍이 담담하게 말했다. "오늘은 그렇게 단 게 싫었어요. 됐어요?"

성옥이 고개를 끄덕였다. "그렇겠지요. 그럼 됐어요."

하지만 세자 입맛에 대한 궁금증이 풀리지 않아 성옥은 결국 참지 못하고 또 물었다. "세자 오라버니는 달게도 마시고 덜 달게도 마시는군요. 그럼 둘 중 어느 게 더 좋아요?"

오늘 세자는 성옥과 말하는 게 싫지 않은지 반문했다. "군주는 어느 쪽이 좋은데요?"

"당연히 이게 좋죠." 성옥은 백자 사발을 들며 그렇게 대답하고는 얼른 덧붙였다. "지금껏 당밀탕 하면 우리 이향이 최고인 줄 알았는데 세자 오라버니도 아주 잘 끓이네요."

계명풍은 다시 고개를 숙이고 책에 글을 적었다. 그러다 성옥이 당밀탕을 다 마셨을 때 무심한 목소리로 물었다. "그럼 내가 끓인 것과 군주의 시녀가 끓인 것 중 어느 게 더 나아요?"

"당연히 이향이……" 그렇게 대답하던 성옥은 계명풍의 안색이 별로인 걸 보고는 재빠르게 말을 바꾸었다. "이향이 끓인 건 세자 오라버니 것만 못하죠."

계명풍이 붓을 멈추고 빤히 성옥을 쳐다보았다. 성옥은 속으로 자기 입을 때리며 욕했다. 세자가 바보도 아니고, 그런 말은 멍청한 화비무를 홀릴 때나 가능하지, 어떻게 세자를 속여?

계명풍의 차가운 얼굴을 보며 성옥은 속으로 한탄했다. 오늘도 불쾌하게 만들었네. 하여튼 나는 사람 심기 건드리는 재주가 좋다니까. 됐어, 일단 돌아가자. 청령한테 배워서 내일 좀더 분발해보자고. 성옥은 사발을 돌려주고 계명풍의 차가운 시선 속에서 고개를 숙였다. "그럼, 저는 다른 일이 있어서 이만……"

"앉아서 책 봐요." 계명풍이 차갑게 대꾸하며 조금 전 주석을 달던 책을 던져주었다. 그러고는 고개를 숙인 뒤 더는 성옥을 쳐다보지 않았다.

두꺼운 책을 가슴에 안은 성옥은 왠지 익숙한 느낌이 들어 책을 뒤집어 표지를 보았다. 며칠 동안 잊고 있던 『곽도어 뜻풀이』였다. 대충 넘겨보니 어려운 부분에 계명풍이 해서체로 주석을 달아놓은 게 보였다. 하나하나 살펴보던 성옥은 감탄이 나와 저도 모르게 입을 열었다. "세자 오라버니……"

계명풍이 냉랭하게 말을 잘랐다. "곽도어를 배우고 싶으면 열심히 공부해야지, 꾀꼬리를 보러 가고 자수를 놓으면서 대체 언제 배울 수 있겠어요?"

성옥은 어리둥절했다. "재미로 배우는 거라 그렇게까지……"

계명풍이 근엄한 눈초리로 쏘아보았다. "배우려면 제대로 배워야지, 재미로 배우다니요?"

성옥은 세자의 속뜻을 파악하려 애쓰다가 의아하다는 듯 물었다. "세자 오라버니의 말은 제가 지금…… 못 간다는 건가요?"

계명풍이 미간을 문질렀다. "좋은 질문이군요. 군주 생각은요?"

성옥이 잠시 입을 다물었다가 또 물었다. "그럼 내일도…… 일찍 와야 하나요?"

계명풍이 무표정하게 대꾸했다. "열심히 공부하는 게 어떤 건지 군이 일깨워줄 필요 없겠지요? 새벽 별을 본다든가, 송곳으로 허벅지를 찌른다든가, 벽에 구멍을 뚫어 이웃집 불빛을 빌린다든가, 반

덧불과 하얀 눈빛을 이용한다든가 하는 고사를 군주도 숱하게 들어봤을 테니까요."

성옥은 멍하니 고개를 들었다. 머릿속이 뿌예졌다. "새벽 별은 관두고 첫닭이 울 묘시卯時에 와도 세자 오라버니는 없을 거잖아요. 학당에 다니는 것도 아닌데 그렇게 일찍부터 와서 혼자 공부하는 건 너무 바보 같고요."

계명풍이 다른 책을 꺼내 들여다보며 몇 장 넘겼다. "왜 내가 없을 거라고 생각해요?"

"남쪽 서재는 세자 오라버니가 한가할 때 시간을 보내는 곳이잖아요. 묘시부터 한가한 사람이 어디 있어요?"

계명풍이 무심하게 대꾸했다. "한가할지도 모르지요. 어디 한번 해볼까요?"

성옥은 잠시 입을 다물었다. 어디 한번 해보자니, 세자에게 이길 수 없을 게 뻔해서 포기했다. "역시 안 할래요……" 그러고는 잠시 생각해본 뒤 조금 뻔뻔하게 우겼다. "세자 오라버니는 정무로 바쁘니 더 많이 쉬어야 해요. 일찍부터 무리할 필요가 없으니……"

계명풍이 몇 장 넘겨보던 책을 덮고 성옥에게 건네주었다. "군주가 이 책을 줄줄 꿰게 되면 그때 다시 조건을 얘기해요."

성옥이 내려다보니 '곽도부 천년 고사'라고 적힌 책이 있었다. 제목만으로 곽도 부족의 천년 역사를 기록한 책임을 알 수 있었다.

성옥은 엄지와 검지로 책의 두께를 가늠해봤다. 족히 세 치는 되었다. 천년이라는 시간에 마땅한 두께라고 생각하면서 여천의 제본술에도 진심으로 감탄했다.

성옥이 멍하니 왼손 엄지와 검지를 바라보고 있는데 계명풍이 물었다. "왜요?"

성옥은 심란한 마음으로 대답했다. "이 두께라면…… 전부 고대 곽도어이기도 하고…… 금방 읽을 수 없을 것 같아서……"

계명풍이 당연하다는 듯 고개를 끄덕였다. "그러니까 분발해야지요."

"……"

그날 성옥은 등불이 켜진 뒤에야 계명풍의 허락을 받고 서재를 나올 수 있었다.

이후 성옥은 매일 동쪽 하늘의 샛별을 보며 거상원 남쪽 서재에 가서 온종일 공부하는 끔찍한 생활을 하게 되었다.

성옥을 아는 사람들은 홍옥군주가 엉뚱한 부분이 많아도 무척 총명하다는 걸 잘 알았다. 한 살 때 말을 시작했고 두 살 때 글자를 읽었으며 세 살 때는 정안왕이 가르쳐주는 문장을 외울 수 있었다. 십화루에서 지내느라 서당에 다니지 못하고 주근에게 글을 배웠지만 여덟아홉 살에 십화루의 천여 권 책을 모두 읽었다. 그뒤에는 궁에 들어가 황가 장서고인 원원각源遠閣에서 역대 황제들이 모아놓은 책을 빌려다 읽었다. 남들은 한 글자씩 읽을 때 성옥은 한 번에 열 줄씩, 한 장씩 팍팍 넘기는데도 잊어버리는 법이 없었다.

한마디로 홍옥군주는 공부에 관한 한 타의 추종을 불허하는 천재여서, 계명풍이 공부하라고 압박했을 때 사실 별로 겁먹지는 않았다. 다만 늦게 자든 일찍 자든 아침 늦게 일어나는 버릇이 몸에 배어 진시辰時 전에 기상한 적이 없었다. 샛별이 어떻게 생겼는지 아예 모르는 사람한테 기어코 샛별을 보며 서재에 나오라니, 성옥은 그게 두려울 뿐이었다.

네댓새 동안은 청령의 다그침 속에서 일찍 일어났다. 성옥이 청령에게 이끌려 서재에 도착하면 계명풍은 이미 창가에 앉아 책을 보고 있었다. 탄복하지 않을 수 없었다.

일찍 일어난 탓에 성옥은 툭하면 졸았다. 계명풍은 성옥이 서재에 오는 시간은 칼같이 따지면서도 조는 것에는 상관하지 않았다. 책상 앞에서 반나절을 졸아도 가타부타 말이 없었다. 언젠가는 한참을 졸다가 침을 닦으며 일어났더니, 마침 차를 따르던 계명풍이 성옥에게도 한 잔 따라주기까지 했다.

계명풍이 따라주는 차를 받으며 성옥은 도저히 이해할 수 없어서 물었다. "세자 오라버니, 조금 전에 제가 조는 거 봤죠?"

계명풍이 힐끗 쳐다보았다. "무슨 말을 하고 싶은 거죠?"

성옥은 용기를 내어 솔직하게 물었다. "사실은 아침마다 책상에서 졸거든요. 그것도 다 봤죠?"

"그래서요?"

"그래서……" 성옥이 잠시 생각하다 말했다. "어차피 졸아도 신경쓰지 않으시니 묘시에 와도 상관없을 것 같아서요. 매일 새벽같이 오느라 잠이 너무 부족해요. 졸고 있는 저를 보면 왜 이리 일찍 오라고 했나 후회되거나 죄책감 같은 게 들지 않아요?"

계명풍이 웃었다. "내가 후회하거나 자책하는 것 같아요?"

"……아니요."

계명풍이 고개를 끄덕였다. "알면 됐어요." 그러고는 성옥을 힐끗 쳐다보았다. "왜 그러고 있어요? 얼른 책상으로 가서 열심히 공부해요."

한참을 꾸물거리다가 자기 책상으로 돌아온 성옥은 『곽도부 천년 고사』를 펼치면서 포기가 안 된다는 듯 탄식했다. "한 시진이나 반 시진만 늦게 오는 건요? 일찍 일어나는 건 너무 힘들어요!"

계명풍이 눈을 내리깔고 차를 마시면서 담담하게 대답했다. "손에 들고 있는 그 책을 줄줄 꿰게 될 때 다시 협상하자고 하지 않았나요?"

계명풍의 말에 성옥은 고해에서 벗어날 한줄기 희망을 발견한 듯했다.

이후 며칠 동안 성옥은 아침 일찍부터 밤늦도록 공부에 전력을 쏟았다. 서재에서는 물론이고 처소로 돌아온 뒤에도 열심히 책을 읽었다. 다행히 왕부에는 등불이 충분해 이웃집 불빛이나 반딧불의 도움을 받을 필요는 없었다.

그 모습을 보고 청령이 웃으며 일깨워주었다. "바보. 세자는 군주한테 정말로 공부를 시키시려는 게 아니에요. 아침 일찍 서재로 부를 핑계를 찾으시는 거지요. 곽도 부족에 관한 그 고서를 완벽하게 숙독하라는 것도 농담일 뿐이라고요. 곽도어를 처음 배우니 군주가 아무리 똑똑해도 몇 개월 만에 그 두꺼운 책을 줄줄 꿸 수 없다는 걸 세자도 잘 아실 텐데, 그걸 진심으로 받아들이다니요."

성옥은 청령의 의미심장한 지적에 망연해져 붓끝을 입에 물고 쳐다보았다. "왜 일찍 부르고 싶은데요? 내가 서재에 조금 일찍 가든 늦게 가든 무슨 차이가 있다고?"

반원형 탁자에서 술을 데우던 청령은 빙그레 웃으며 연잎 모양의 비취색 잔을 성옥 앞으로 밀었다. 따스한 촛불 아래에서 흠 하나 없이 반짝이는 잔을 보자마자 성옥은 그것이 청령이 아끼는 술잔임을 알아보았다.

청령이 입을 삐죽이며 말했다. "제게는 술잔이 많지만 즐겨 쓰는 건 이것뿐이지요. 왠지 아십니까?" 성옥이 대답하기도 전에 청령은 빈 잔을 창가로 가져가 한번에 촛불과 달빛을 받도록 했다.

영롱한 달빛 아래에서 푸르스름하게 빛나는 잔을 보며 청령이 말했다. "이 잔이 너무나 정교하고 아름다워서예요. 등불 아래에서도, 달빛 아래에서도, 햇빛 아래에서도 똑같죠. 이 잔을 볼 때마다 흐뭇해지고 자꾸만 보고 싶어져요." 그러고는 웃으며 성옥을 바라보았다. "군주는 똑똑하시니까 무슨 말인지 이해하시죠?"

성옥은 한참을 멍하니 있다가 대답했다. "세자 오라버니가 나를 무척 좋아하고 보고 싶어해서 아침 일찍 서재로 부른다는 뜻인가요?"

청령이 웃었다. "역시 똑똑하시네요."

성옥은 탁자에 엎드려 이리저리 생각해봤다. "나도 세자 오라버니와 친해지고 싶어요. 그런데 언니의 말은 우리가 이미…… 친하다는 뜻이잖아요? 우리가 친구라고?" 한참을 생각해보던 성옥이 고개를 저었다. "아니, 친구라면 이목주 같아야지요. 나는 이목주에게 차를 마시거나 연극을 보자고, 또 거리를 돌아다니거나 과일을 먹자고 청할 수 있어요. 수다를 떨거나 장난을 치고…… 우리는 대등한 관계로 어울린다고요. 하지만 세자 오라버니와는…… 오라버니가 하라는 대로 해야 해요. 의견을 내거나 반박할 수 없고, 감히 차를 마시거나 연극을 보자고, 거리를 쏘다니거나 과일을 먹자고 청할 수 없어요. 수다를 떨거나 농담하는 건 더 말할 필요가 없고……"

청령이 턱을 괴고 성옥을 바라보았다. "그럼 내일 한번 해보세요. 차를 마시고 연극을 보고 거리를 쏘다니고 과일을 먹자고, 이 목주에게 하는 그대로 세자에게 청해보세요. 농담도 시도해보시고요." 청령이 적극적으로 격려했다.

성옥은 한참 생각한 뒤 걱정스럽게 말했다. "그러다 한 대 맞기라도 하면 어떡해요? 예전에 그저 얘기나 나누고 싶어 와달라고 청했는데 안 된다고 했어요. 더 조르면 때릴 기세였고."

청령은 잔뜩 찡그린 성옥의 표정에 웃음을 터뜨리며 장담했다. "그건 예전이고 내일은 아닐 거예요." 비밀스러운 표정으로 덧붙였다. "앞으로도 아닐 거고요." 성옥이 계속 찡그리고 있자 청령은 탁자를 보며 말했다. "아니면 저랑 내기하실래요? 이 비취 잔을 걸게요."

성옥은 책을 덮었다. 내기라니, 성옥에게 무척 익숙한 말 아닌가.

그럼 어디 내기해보지.

성옥은 이튿날도 남쪽 서재로 가서 공부했다.

지난밤 청령이 일깨워줘서인지 오늘 계명풍을 만났을 때 성옥은 반갑기도 하고 긴장도 되어 평소와 달리 졸지 않았다. 대신 뒤숭숭한 마음으로 책을 붙들고 몰래몰래 계명풍을 훔쳐보았다.

책에 집중하지 못하고 힐끗거리던 성옥은 결국 계명풍에게 들켰다. 조금 쑥스러웠지만 난감해하는 대신 당당하게 웃음을 지었다. 계명풍은 모르는 척했다. 이후에도 성옥은 계속 계명풍을 훔쳐보았고 들키면 머리를 긁적이며 환하게 웃었다.

계명풍은 영문을 알 수 없었다. "오늘은 너무 좋아서 머리가 이상해지기라도 했어요? 왜 그렇게 웃어요? 무슨 꿍꿍이라도 있어요?"

성옥은 무슨 말이냐는 듯 반문했다. "꿍꿍이라뇨?" 그러고는 느릿느릿 말했다. "오늘따라 세자 오라버니가 친근하게 느껴져서요. 여기 앉아 오라버니가 책 읽는 모습을 보니 아주 멋있어서 자꾸 눈길이 가네요. 그러다 들켜서 웃었을 뿐이고요."

성옥은 계속해서 천진하게 속마음을 드러냈다. "세자 오라버니가 요즘 저한테 잘해주셔서 무척 기뻐요. 특히 오늘은 왠지 더 기분이 좋네요. 오라버니도 저를 보면 틀림없이……" 그 순간 계명풍의 표정이 이상해져 성옥은 말을 끝맺지 못했다.

계명풍은 성옥을 보고 있었지만 그 눈빛이 성옥을 향한다기보다 꿰뚫고 지나가는 듯했다. 다른 데 정신이 팔린 듯도 보였다.

성옥이 떠보듯 불렀다. "세자…… 오라버니?"

계명풍은 대꾸하지 않았다.

성옥은 무슨 일인지 살펴보려고 머뭇머뭇 일어나다가 둥글고 작은 물건을 밟고 미끄러졌다. 허둥대며 팔을 쭉 뻗어 계명풍의 책상을 짚으려 했는데 엉뚱하게 책상 위의 벼루를 잡고 말았다. 퍽 하며 벼루가 떨어졌다. 털썩 성옥도 넘어졌다.

그제야 계명풍은 정신을 차리고 뜻 모를 눈빛으로 성옥을 내려다보다가 책상을 돌아 성옥 앞으로 왔다. 눈살을 찌푸린 채 먹물이 튄 소매를 살펴보던 성옥의 눈에 계명풍의 검은 장화가 들어왔다. 이어서 눈에 들어온 것은 그 고급스러운 장화 옆에 반 토막 난 채 떨어져 있는 벼루였다.

이런, 저 부처 모양 벼루는 엄청 귀한 거잖아. 넘어지면 넘어지는 거지 벼루는 왜 떨어뜨렸냐고. 성옥은 고개를 푹 숙인 채 가만히 앉아 계명풍의 훈계를 기다렸다.

한참이 지나도 계명풍은 야단치지 않았다.

성옥은 참을 수 없어 고개를 들었다가 계명풍과 눈이 마주쳤다.

계명풍은 생각에 잠긴 채 성옥을 내려다보고 있었다. 아무 말도 하지 않았지만 화를 내는 것 같지도 않았다. 성옥은 조금 마음이 놓여 먼저 사과했다. "벼루를 깨서 정말 죄송해요. 우리집에 똑같은 벼루가 있으니 나중에 배상할게요."

성옥은 손가락으로 소매를 비비 꼬면서 말을 이었다. "하지만 아까 세자 오라버니가 잡아줬으면 벼루를 떨어뜨리지 않았을 테고, 저도 크게 넘어지지 않았을 거라고요." 성옥이 잔꾀를 부렸다. 분명 자기 잘못이었건만 두 사람 모두에게 잘못이 있는 척하며 동정심을 자극했다. 계명풍이 야단치면 쩨쩨한 사람이라고 몰아갈 작정이었다.

오랫동안 주근 밑에서 살면서 터득한 생존 요령이었다. 하지만 성옥도 억지임을 알아 양심에 걸리는데다 계명풍이 계속 답이 없자 초조해졌다.

이미 자기 술수를 간파한 계명풍이 상대해주지 않는 건가 싶어서 조마조마했다. 불안해진 성옥은 크게 넘어져 아프다고 투덜거리고는 얼른 저자세를 취하며 말을 바꾸었다. "하, 하지만 많이 아프지는 않아요. 넘어졌을 때만 아팠지, 이제 아무렇지도 않아요." 말도 안 되는 억지 같은 건 부린 적도 없다는 듯 혼자 얌전히 일어났다.

계명풍은 여전히 조용했다. 주근의 압박 속에서 성옥이 혼자 터득한 요령은 몇 가지뿐이었다. 그걸 다 쓰고 나니 무엇을 더 할 수 있을지 생각나지 않아 성옥은 난감한 마음에 가만히 서 있었다.

한참을 기다려도 계명풍에게서는 아무 반응도 돌아오지 않았다. 성옥은 작게 헛기침을 하고 말했다. "그, 그럼 저는 가서 책 읽을게요."

그제야 계명풍이 입을 열고 뜻밖의 질문을 던졌다. "내가 아까 왜 그렇게 웃느냐고 물었을 때 뭐라고 대답했었죠?"

성옥은 영문을 알 수 없어 속으로 중얼거렸다. 큰 소리로 말했으니 뭐라고 했는지 못 들었을 리가 없잖아. 그런데도 차가운 얼굴로 굳이 묻는 건, 내 말과 행동이 예의에 어긋나고 버릇없었다고 알려주는 건가?

그렇게 생각하자 성옥은 가슴이 무겁게 가라앉고 당황스럽기까지 했다.

오늘 좀 예의 없이 행동한 건 청령의 말을 철석같이 믿고 이제 계명풍과 가까워졌다고 생각해서였다. 어젯밤 청령의 말이 틀렸을 줄이야. 청령은 계명풍을 잘못 봐도 한참 잘못 보았다. 계명풍은 성옥을 별로 좋아하지 않았고 친구로 생각하지도 않았다. 계명풍은 성옥과 장난치며 놀 수 있는 사람이 아니었다.

새벽바람에 촛불이 흔들렸다. 성옥은 후회스럽고 서러워 더듬거렸다. "저, 저도 뭐라고 했는지 잊어버렸어요. 오, 오늘 제가 또 듣기 좋지 않은 말을 했나봐요. 하, 하지만 저는 원래 헛소리를 많이 하니까, 농담으로 생각해주실래요?"

촛불이 또 흔들렸지만 다행히 여명이 밝아오고 있어 불빛이 없어도 방안의 물건을 구분할 수 있었다. 다만 늦봄이라 새벽에는 여전히 옅은 안개가 창문을 넘어 들어왔다. 아직 물러나지 않은 어둠과 봄 안개가 어우러져 방안을 흐린 먹빛으로 물들였다.

희미한 여명 속에서 주변이 흐릿해졌다.

그 모호함 속에서 성옥한테 또렷한 대상은 계명풍의 늠름한 형상뿐이었다. 성옥이 말하는 동안 그 몸이 경직되는 듯했지만 확실하지는 않았다. 성옥이 다시 고개를 들어 쳐다보았을 때 계명풍은 달라진 점이 하나도 없었다. 이어진 질문도 딱히 특이한 게 없었다.

"농담으로 여기라고요?"

주근과 줄다리기할 때마다 마주하는 익숙한 질문 방식이었다. 그럴 때 성옥은 무조건 그렇다고 대답해야 했다. 그러면 주근은 이렇게 일단락지었다. "제가 농담으로 받아들이거나 화를 내지 않기를 바란다면 자기 스스로를 단속할 줄도 알아야지요. 다음부터는 봐주지 않겠습니다. 감금실에서 벌 받으세요."

성옥이 고개를 숙인 채 그런 생각에 잠겨 있노라니 계명풍이 채근했다. "농담으로 받아들이라는 거 맞아요?"

"네, 맞아요. 버릇없이 지껄인 헛소리였으니 절대 진심으로 여기지 말아주세요."

성옥은 얼른 대꾸한 뒤 얌전히 고개를 숙이고 계명풍의 질책이 이어지기를, 그렇게 사태가 정리되기를 기다렸다. 하지만 계명풍은 주근이 아니었다. 계명풍은 질책하지 않았고 사태도 이대로 마무리되지 않았다. 계명풍은 성옥을 한참 쳐다보다가 쉰 목소리로 물었다. "뭐가 헛소리죠?"

성옥은 망연한 표정으로 계명풍을 바라보았다.

계명풍이 성옥에게 한 걸음 다가섰다. "내가 멋있어서 나를 보는 게 좋다는 말이, 나를 보고 있으면 기분좋다는 말이 헛소리라고요?" 그의 목소리는 특별히 높아지거나 낮아지지 않고 아까와 똑같은 어조에 똑같은 속도였다. 하지만 왠지 어렴풋한 분노가 느껴졌다.

조금 아까 성옥은 분명히 그런 의미의 말을 했다. 정확히는 애교까지 잔뜩 넣어서 이렇게. "오늘따라 세자 오라버니가 친근하게 느껴져서요. 여기 앉아 오라버니가 책 읽는 모습을 보니 아주 멋있어서……" 다시 생각해보니 조금 경박스러운 것 같았다.

어렸을 때부터 화요들 틈에서 자란 성옥은 친한 사람에게 격의 없이 말하는 버릇이 있었다. 계명풍은 예의와 몸가짐을 중시하는 군자였으니 성옥의 말을 무례하고 당돌하다고 받아들였을지도 몰랐다.

성옥은 무척 송구했다. "제 말이 세자 오라버니에게……"

평소 참을성 많은 계명풍이 이때는 참을성이라고는 전혀 없는 사람처럼 무거운 음성으로 성옥의 말을 잘랐다. "대답하기 힘든 질문도 아니고 길게 논의할 필요도 없는 질문이니, 그러한지 아닌지만 대답하세요."

성옥은 조금 떨면서 대꾸했다. "제가 잘못했어요. 선을 넘은 헛소리였어요."

계명풍은 아무 말도 하지 않았다.

"세자 오라버니, 저 미워하지 마세요. 전부 헛소리였어요. 죄송해요. 다시는 그러지 않을 테니 화내지 마세요." 성옥은 아주 작은 소리로 반복해서 사과하고는 입술을 깨물었다.

사과로 만회할 수 있을지, 이 정도로 계명풍의 화를 누그러뜨릴 수 있을지 몰라 안절부절못하던 성옥은 계명풍의 얼음처럼 차가운 눈빛을 보고서 어림도 없음을 알았다. 다만 이미 최선을 다했기에 더 어떻게 사과해야 좋을지 알 수 없었다.

성옥은 계명풍 앞에서 고개를 푹 숙인 채 꾸짖음을 기다렸지만, 한참 뒤 성옥의 머리 위에서 울린 말은 밑도 끝도 없는 몇 마디뿐이었다. "나는 원래……" 계명풍은 그렇게만 내뱉고는 잠시 뒤 또 분노에 차 "나도 왜……" 하고는 입을 다물었다. 말을 삼키는 모양이 무척 실망한 듯했다. 성옥은 그가 왜 실망했는지 이해할 수 없어 답답했다.

서재가 침묵에 휩싸였다. 한참 뒤에 계명풍이 성옥의 봉호를 불렀다.

"홍옥군주." 평소의 담담함을 되찾은 음성이었다. "군주는 제 옆에 있으려 온갖 방법을 모색했습니다. 그걸 몰랐던 게 아닙니다. 그렇게 공들여 매일 저를 만나러 오고 제 옆에 있는 의도가 대체 무엇입니까?" 진심으로 궁금하다는 투였다.

"저는……" 성옥은 고개를 들었다가 계명풍의 차가운 눈빛을 마주하고는 오들오들 떨었다. "의도 같은 거 없어요. 그저……"

"솔직히 말씀하세요." 계명풍이 성옥의 말을 끊고는 짜증스럽다는 듯 미간을 문질렀다.

"친구가 되고 싶어서요." 성옥이 작게 말했다.

"친구라." 계명풍이 되풀이했다. 그러고는 창밖을 내다보며 잠시 입을 다물었다. 어느새 진시가 되어 창밖 호수 옆 버드나무가 선명해졌는데 안개가 호숫가의 비취색을 살짝 가려서 더 낭만적으로 보였다.

잠시 뒤 계명풍이 물었다. "어떤 친구요?" 아무 감정도 실려 있지 않은 목소리였다.

성옥이 고개를 숙였다. "같이 놀 수 있는 친구요."

계명풍은 여전히 창밖을 보고 있었다. "그런 친구가 몇 명이나 있나요?"

성옥도 여전히 고개를 숙이고 있었다. "많지 않아요. 몇 명 정도요."

"나 하나쯤 더해져도 그만, 아니어도 그만으로 들리는군요."

성옥이 얼른 고개를 들고 변명했다. "아니요. 그렇지 않아요. 세자 오라버니는……"

"군주." 계명풍은 또 성옥의 말을 자르고는 시선을 연우호에서 거두고 담담하게 말했다. "군주는 친구가 되고 싶은지 몰라도 저는 아닙니다."

성옥은 당황했다. "하지만 세자 오라버니, 지난 며칠 동안 저를 귀찮아하지 않았잖아요. 청령도 오라버니가 저를 보고 싶어한다고 했어요. 오늘은 그냥, 그냥……" 성옥은 한참 동안 다음 말을 잇지 못했다.

계명풍이 조용히 바라보다가 성옥의 말을 받았다. "그냥 오늘부터 군주가 귀찮아졌어요."

계명풍이 서재에서 나간 뒤에도 성옥은 그 자리에 남아 있었다. 진정으로 놀란 상태였다.

옥 소공자는 무척 담대해 사나운 말을 닭 다루듯 쉽게 다루고 뱀 소굴을 찻집처럼 드나들며 요괴도 두려워하지 않았다. 천적이라면 주근 정도였지만 진심으로 두려워하는 건 아니었다. 그런데 오늘 계명풍 때문에 성옥은 조금 두려워졌다.

계명풍이 화낼까봐 전전긍긍하던 성옥은 그가 정말로 화를 내자 한층 두려워졌다. 왜 그리 화를 내는지 이해할 수 없었다. 성옥이 잘못한 게 맞더라도 그토록 큰 잘못으로는 느껴지지 않았다.

계명풍의 화를 풀어주려고 성옥은 마지막 질문에 사실대로 대답했다. 솔직히 말했지만 계명풍의 화가 풀리지 않아서 무척 당혹스러웠다.

성옥은 지금껏 누군가의 마음을 조심스럽게 헤아리고 신중하게 비위를 맞췄던 적이 한 번도 없었다. 이렇게 다루기 힘든 친구를 사귄 적도 없고 이토록 가슴 졸이며 다가간 적도 없었다.

물론 계명풍이 다가가기 힘든 사람이라는 건 처음부터 알았다. 그래서 그토록 공을 들였건만 오늘 한 걸음 잘못 내딛는 바람에 관계가 원점으로 돌아간 듯했다.

성옥은 슬프고 맥이 풀렸다.

온종일 서재에서 우두커니 앉아 있던 성옥은 돌연 이런 결론을 내렸다. 나하고 친구가 되기 싫다면 관두라지, 뭐. 아쉽지만 어때. 내가 아주 좋아해도 사귈 수 없는 친구가 평생에 한둘은 있을 수 있잖아. 성옥은 노련하게 스스로를 위로하기까지 했다. 인생이란 원래 아쉬움이 많은 법이야.

잠시 뒤에는 또다른 생각이 떠올랐다. 그래도 이렇게 빨리 포기할 수는 없지 않아? 세자도 홧김에 그런 거 아닐까. 처음 만났을 때부터 나를 귀찮아하긴 했지만 서재에 온 지 보름 만에 싫어하지 않게 됐잖아. 책에 주석도 달아줬고. 그래, 이게 증거야. 오늘 내 말

실수로 싫어진 모양인데 내일 화가 가라앉으면 생각이 바뀔 수도 있어.

느닷없이 희망에 부풀었다가 또 느닷없이 절망에 빠지는 식으로 온종일 생각에 생각을 거듭하던 성옥은 마침내 낙관론을 택했다. 고민 끝에 스스로에게 던진 질문 때문이었다. 내가 정말로 그렇게 밉상이면 나를 제일 싫어하는 사람이 어떻게 세자겠어? 주근이지. 하지만 주근은 하루에 세 번씩 혼을 내는 한이 있어도 나를 버리지 않잖아. 결국 내가 사랑스럽다는 뜻 아니겠어?

성옥은 스스로에게 설득당해 계명풍도 홧김에 그런 말을 한 게 틀림없다고 생각했다.

유시 말에야 서재를 나서면서 성옥은 천천히 계명풍을 구슬리기로 마음먹었다. 하지만 춘회원에 돌아와보니 계명풍 거처의 노집사가 기다리고 있었다.

노집사 뒤의 시종이 책 한 무더기를 성옥에게 내밀었다. 오늘 서재에서 가져오지 않은 『곽도어 뜻풀이』가 제일 위에 놓여 있었다. 노집사가 오랜 흡연으로 꽉 잠긴 목소리로 쉬엄쉬엄 설명했다. "최근 군주께서 보시던 책을 전부 가져다드리라고 세자께서 분부하셨습니다. 내일부터는 서재에 오실 필요가 없으며 책이 필요하시면 청령을 보내 가져가라고 하셨습니다."

성옥은 멍하니 있다가 떠보듯 물었다. "그럼…… 세자 오라버니의 화가 풀린 뒤에야 제가 서재에 갈 수 있다는 뜻인가요?"

노집사가 잠시 침묵했다가 조심스럽게 말했다. "세자 말씀은, 이제 군주께서 서재에 오시지 말라는 의미 같습니다."

그 일은 청령의 눈을 속일 수 없었다. 그날 서재에서 있었던 소동도 마찬가지였다.

성옥 역시 청령을 속일 마음 자체가 없었다. 혼자 여천왕부에 들어와 아는 사람도 없이 지내다가 청령과 보름 남짓 붙어 있으면서 언니처럼 생각할 정도로 친해졌다. 성옥은 무슨 고민이든 청령에게 말하고 싶었고 지혜로운 청령은 여천왕부에서 꿰뚫어보지 못하는 일도, 풀지 못하는 난제도 없었다.

과연 청령은 계명풍의 분노를 대수롭지 않게 여기며 등불 아래에서 웃음을 참는 듯한 얼굴로 성옥을 바라보았다. "세자가 화를 내신 이유는 분명……" 그러다 입을 도로 다물고 하얀 손가락으로 느긋하게 왼뺨을 괴었다. "세자가 서재에 오지 말라고 하셨으니 일단 이틀 정도 그렇게 하세요. 별일 아닙니다. 화낼 시간을 드려 고비를 넘긴 뒤에 제가 가서 세자의 속마음을 떠보지요. 군주가 어떻게 사죄하기를 바라시는지 알아보겠습니다. 그럼 군주도 괜히 헛걸음할 필요 없으니 좋지 않습니까?" 그러고는 뭔가 생각났는지 웃음을 터뜨렸다. "세자가 그렇게 성질을 내셨다니 재미있네요."

성옥은 청령 같은 통찰력과 배짱이 없어서 계명풍의 분노가 전혀 우습지 않고 무섭기만 했다. 그래도 침착한 청령의 모습을 보니 계명풍이 결국 화를 풀 것이라는 확신이 강하게 들었다.

물론 일말의 불안감도 없는 것은 아니었다.

그 일말의 불안감 때문에 사흘째 되던 날 아침 성옥은 어서 거상원에 가서 세자를 만나보라고 청령을 재촉했다. 청령이 문을 나서자마자 안달복달하다가 더 생각할 필요가 없다는 듯 청령을 쫓아갔다.

먼발치에서 꼬리처럼 청령을 따라가는 동안 성옥은 세자가 그때보다 안색이 좋아졌는지 아닌지 훔쳐보리라 마음먹었다.

청령은 거상원 입구에서 세자와 마주쳤다.

청령이 뭐라 말할 때 세자가 고개를 들어 성옥 쪽을 힐끗 쳐다보았다. 너무 순식간이라 성옥은 반응할 수 없었다. 세자는 곧장 몸을 돌려 앞쪽의 육각정으로 향했고 청령도 따라갔다.

성옥도 느릿느릿 뒤따라갔지만 감히 가까이 갈 수 없어 정자 앞 잔디길 끝에서 걸음을 멈췄다. 그 거리에서는 두 사람의 목소리도 잘 들리지 않고 모습도 잘 보이지 않았다. 더 가까이 가면 세자가 싫어할 것 같아서 성옥은 한숨을 내쉬고는 쪼그려앉아 풀뿌리를 뽑으며 기다렸다.

두 사람의 대화는 길지 않았다. 차 한 잔 마실 정도의 시간이 지나고 계명풍이 정자를 나왔다. 성옥은 손에서 풀뿌리를 얼른 내던지고 일어나 길가에 똑바로 섰다. 계명풍이 가까이 다가왔을 때 성옥은 침을 삼키고 기어들어가는 목소리로 말을 걸었다. "세자 오라버니, 제가……" 하지만 계명풍은 눈길조차 주지 않고 무표정하게 성옥을 지나쳐갔다.

성옥은 당황했지만 곧바로 몸을 돌려 계명풍의 등뒤에 대고 외쳤다. "세자 오라버니!" 계명풍은 걸음을 멈추지 않았다. 조금 전에 아무것도 보이지 않는 척했듯 이번에는 아무것도 들리지 않는 척했다.

계명풍이 거상원으로 들어간 뒤에야 청령이 다가왔다. 평소 늘 웃는 얼굴이던 청령이 미간을 잔뜩 찡그리고 있었다. 청령의 찌푸린 얼굴을 처음 본 성옥은 가슴이 철렁 내려앉아 잠시 뒤에야 입을 열 수 있었다. "세자 오라버니는 정말로 내가 싫어졌나보네요. 잠시도 나를 보려 하지 않으니 사과할 여지도 없는 거 맞죠?"

성옥은 청령이 아니라고 해주기를 바랐다.

하지만 청령은 아무 대답도 하지 않았다.

성옥은 가슴이 답답하고 숨이 막히는 기분이었다.

속상해하는 성옥을 보고 청령이 얼른 부드럽게 위로했다. "이렇게 똑똑하고 귀여운 군주를 세상 어떤 사람이 싫어하겠어요?"

그렇지만 청령도 성옥이 몇 마디 치켜세운다고 곧장 근심을 떨쳐버리는 세 살짜리 어린애가 아님을 잘 알기에 조심스럽게 설명했다. "군주가 세자와 친해지고 싶다고 하셨을 때 제가 도와드린 이유는 세자가 정말로 군주를 남다르게 생각하셔서예요. 세자는 군주를 좋…… 군주한테 나쁜 감정이 없으세요. 세자는 친구가 적고 성격도 무척 차가우시지요. 그래서 활발하신 군주라면 세자의 성격을 부드럽게 만들어주실 수 있을 테니 친구가 되면 좋겠다고 생각했어요. 하지만…… 두 분 성격이 너무 다르니 어쩌면 친구로 적합하지 않을지도 모르겠네요."

청령이 억지로 웃어 보이며 덧붙였다. "너무 고민하거나 집착하지 마세요. 세자를 친구로 사귀지 않은들 또 어떻습니까?"

성옥은 한참 입을 다물고 있다가 침울한 표정으로 말했다. "그게 뭐 어떻다는 건 아니지만 그저…… 세자 오라버니 옆에 있고 싶었을 뿐이에요. 친구가 될 수 있다면 더 좋을 것 같았고."

청령이 어두운 표정으로 물었다. "군주는 세자 곁에 있고 싶지만 세자는 군주와 친구가 되기를 거부하시지요. 그럼, 세자빈은 세자 곁에 계속 있을 수 있는 신분이란 걸 생각해보셨나요?"

성옥이 고개를 번쩍 들었다. "세자빈?"

청령이 성옥을 가만히 쳐다보다가 고개를 저으며 쓴웃음을 지었다. "못 들은 걸로 해주세요. 제가 너무 많이 나갔네요."

성옥은 무척 놀랐다. "세자 오라버니의 친구도 못 되는데 세자빈이 가능하다고 생각해요? 말도 안 되죠. 친구로도 싫다는데. 더군다나…… 나는 군주잖아요. 나중에 화친을 위해 혼인할 가능성이 크니 이곳 여천부의 세자빈은 불가능해요."

청령이 억지웃음을 지었다. "방금 그 말은 제 생각일 뿐이니 무시하세요. 세자도…… 군주를 세자빈 감으로 생각하지는 않으시고요."

성옥이 고개를 끄덕였다. "나도 그렇게 생각해요."

청령이 한숨을 내쉬었다. "이번에 세자는 정말 좀……"

"괜찮아요." 성옥이 입술을 깨물며 조용히 덧붙였다. "때로는 누군가가 아무 이유도 없이 싫어질 수 있으니까."

성옥의 눈시울이 살짝 붉어졌다. 꿈에서 막 깨어나 구름 속에 놓인 듯 멍하고 황홀한 상태에 있다가, 잠시 뒤 현실을 깨닫고 실망과 슬픔에 빠진 듯한 기분이었다. "내가 그렇게 싫어졌다면 더는 매달리지 말아야지요. 아니면 더 미워할 테니까."

청령은 성옥의 붉어진 눈시울과 물기가 차오른 두 눈을 보며 다시 한번 한숨을 내쉬었다. "세자는……" 그러나 이내 눈살을 찌푸리고는 화제를 돌렸다. "군주, 생각을 바꿔보세요. 이제 세자 생각은 버리는 거예요. 여천에는 재미있는 풍물이 많거든요. 내일 제가 모시고 나가 구경시켜드릴게요. 며칠 지나지 않아 기분이 좋아지실 거예요." 그러고는 하얀 손가락으로 성옥의 축 늘어진 입꼬리를 살짝 들어올리며 나긋한 목소리로 위로했다. "세상에 자기 뜻대로 되는 일이 얼마나 있겠어요? 인연이 닿는 대로 멋지게 사는 게 최고예요. 세자를 만나기 전까지는 군주도 그렇게 살지 않으셨나요?"

14장
모란 제왕이 만든 반지 희성

그후 며칠간 왕부에서는 성옥과 청령의 모습을 보기 힘들었다.

청령은 성옥을 데리고 매일 밖으로 나갔다.

동쪽 산 높은 누각에 올라 성옥에게 경치를 보여주며 청령은 십팔 년 된 여아진女兒陳 술을 개봉했다. 둘은 마주앉아 술을 마시면서 느긋하게 경치를 즐기고 간간이 불어오는 바람을 느꼈다. 마음이 여유로워졌냐고 청령이 물었을 때 성옥은 그렇다고 생각했다.

청령은 성옥을 데리고 서쪽 교외의 호수로 가 배도 타고, 호수 한가운데에서 떠온 물로 연자차蓮子茶를 끓이며 근처 놀잇배에서 들려오는 가희歌姬의 노래도 들었다. 은은한 차 향기 속에서 청령이 즐겁냐고 물었을 때 성옥은 정말 그렇다고 생각했다.

독특한 취향과 사고방식을 가진 청령은 성옥을 데리고 돌아다니며 곳곳에서 재밋거리를 찾아냈다. 성옥은 차츰 계명풍을 떠올리지 않게 되었다.

눈 깜짝할 사이에 열흘이 지나갔다. 열흘 뒤에야 성옥은 계명풍의 소식을 다시 들었다.

안개가 자욱하게 낀 새벽이었다. 춘회원의 학을 쫓아다니다 계집종 둘이 석가산에서 속닥거리는 걸 우연히 들었다. 며칠 전 세자가 외출했다가 옥처럼 아름답고 달처럼 우아한 손님을 데려왔는데 무슨 이유에서인지는 몰라도 그 손님을 지나칠 정도로 싸고돈다는 얘기였다.

성옥은 두 달 전 계명풍이 기라산에서 자신을 데려왔던 일을 떠올렸다. 그러고 두 달이 지나 어딘가에서 또 아가씨를 구해준 모양이었다. 겉으로는 서리처럼 차갑고 고지식해 보이는 세자가 어려운 상황에 놓인 사람을 곧잘 구해줄뿐 아니라 툭하면 아가씨도 데려온다니 뜻밖이라는 생각이 들었다.

머리 위에서 새가 크게 날갯짓했을 때야 성옥은 정신을 차리고 계속 학을 쫓아갔다.

사월 초이레였다.

성옥이 열흘 만에 세자에 관한 얘기를 들은 그다음날, 뜻밖에도 성옥은 세자를 만나기까지 했다.

사월 초파일, 석가탄신일이었다. 예불을 드리고 제사를 지내고 승려에게 시주하고 교외 절의 관불회에 참석해야 하는 날이었다.

하지만 올해는 황성에 있지 않으니 그런 일들을 할 필요가 없었다. 성옥은 거리에서 어슬렁거리며 시간을 보냈다. 내내 돌아다니다 해가 서산으로 떨어질 때쯤, 초여름은 새 술이 익는 시기이며 함성의 술집 스물네 곳에서 오늘 술시 일각에 동시에 새 술을 내놓는다는 말을 들었다. 술집마다 맛이 다를 터라 성옥은 한껏 흥이 올라 청령을 끌고 술집이 늘어선 거리로 달려갔다.

둘은 한 집씩 돌아다니며 술을 마셨다. 열두번째 가게의 술을 맛본 뒤 청령은 멀쩡했지만 성옥은 조금 어지러워져 바람을 쐬러 나갔다. 그때 눈살을 잔뜩 찌푸린 채 옆쪽 장신구 가게 문 앞에 앉아 있는 진소미와 마주쳤다.

"군주!" 진소미는 성옥을 보자마자 두 눈을 반짝이며 몸을 숙여 인사했다. 인사하는 자세가 어딘가 부자연스러워 보였다.

진소미가 외출한 건 월북재越北齋에서 차를 마시는 세자에게 우산을 가져다주기 위해서였고, 인사할 때 부자연스러웠던 건 급하게 걷다가 오른발을 접질려서였다. 세자에게 대신 우산을 가져다주거나 자신을 의원에 데려다줄 사람이 없어서 평소 잘 아는 장신구 가게에 앉아 걱정하던 참에 성옥을 본 것이다. 진소미는 구세주를 만난 듯 반가워하며 세자가 돌아갈 때 비를 맞지 않도록 우산을 대신 전해달라고 몇 번이나 부탁했다. 일은 그렇게 벌어졌다.

하늘을 올려다보니 자욱한 먹구름이 달을 가리고 있었다. 비가 올 징조였다.

그러겠다고 대답한 뒤 성옥은 청령에게 알리는 걸 깜빡한 채 바로 월북재로 향했다.

정신이 맑았다면 그런 식으로 대처하지 않았겠지만 성옥은 몽롱한 상태였다. 계명풍이 자기를 만나기 싫어하는 줄 알면서도 술기운을 빌려 합리화했다. 눈에 거슬리려고 일부러 찾아가는 게 아니라 진 소저 대신 우산을 전해준다는 확실한 명분이 있으니 세자도 이해해줄 거라고.

성옥은 우산을 안고 청원가清遠街로 들어가 두 번이나 길을 잃고 헤맨 끝에 월북재에 도착했다. 안내하는 시녀가 계명풍이 있는 독실에 알릴 테니 아래에서 기다려달라고 했지만 성옥은 기다리기 귀찮아 시녀를 따라 2층 제일 끝에 있는 난실蘭室로 갔다.

시녀가 난실 문을 두드리자마자 성옥은 우산 두 개를 안고 성큼 다가가 한 손으로 반쯤 열린 문을 잡고는 눈살을 찌푸렸다. "내가 세자 오라버니와 언제부터 이렇게 소원해졌어요? 진 소저의 부탁으로 우산을 전해주러 왔을 뿐이니 몇 단계씩 거칠 필요 없어요."

하지만 아무 대답도 들리지 않았다.

계명풍은 늘 성옥을 거들떠보지 않았고 열흘 전에도 투명 인간 취급했으니 지금의 이런 반응도 예상 못했던 바는 아니었다. "세자 오라버니 이럴 필요까지 없어요. 나는……" 성옥은 이마를 문지르며 고개를 들었다가 그만 입을 다물었다.

안쪽에 서 있는 사람은 계명풍이 아니라 아리따운 아가씨였다. 하얀색 대희국 옷을 입었지만 오뚝한 코와 깊은 눈, 초승달 같은 눈썹, 새빨간 입술, 요염한 얼굴을 보니 대희국 사람이 아니었다. 이민족 여인이었다.

"아, 잘못 찾아왔네요." 당황해 고개를 돌리던 성옥은 옆에 조용히 서 있는 시녀를 보고는 재차 당황했다. "아니지, 이리로 데려오길래 따라온 건데, 잘못 데려온 건가?"

시녀가 대꾸하려는데 하얀 옷의 여인이 먼저 입을 열었다. "홍옥 군주이신가요?"

"아가씨는……" 성옥이 여인에게로 고개를 돌리는데 검은 옷을 입은 잘생긴 청년이 안쪽에서 천천히 걸어왔다. 그는 여인의 앞을 막아선 뒤 차가운 눈빛으로 성옥의 얼굴을 훑어보고는 일말의 망설임도 없이 문을 닫으려 했다. 성옥은 얼른 몸 절반을 문틈으로 밀어 넣었다. "세자 오라버니, 지금 문을 닫으면 제가 끼어 죽을걸요."

방안이 조용해졌다. 계명풍은 억지로 문을 닫으려 하지도, 성옥을 무시하지도 않았다. 대신 차갑게 가라앉은 목소리로 물었다. "해백海伯이 분명하게 전하지 않았나요?" 해백은 거상원의 노집사였다.

밑도 끝도 없는 말이었지만 성옥은 바로 알아들었다.

자신을 더는 투명 인간으로 취급하지 않으니 일종의 발전이라고 생각하는 한편 계명풍의 말이 너무 적대적으로 들려서 성옥은 고개를 들어 그를 쳐다보았다. "세자 오라버니……" 계명풍도 성옥을 쳐다보았다. 처음에는 아무 감정 없는 눈빛이었으나 세자 오라버니라는 말을 듣고는 눈살을 찌푸린 채였다. 성옥은 조금 두려워졌다. 아무리 술기운으로 버티고 있어도 아까처럼 고집을 부리기가 어려웠다. 성옥은 힘없이 고개를 숙이고 우물거렸다. "해백은 남쪽 서재에 오지 말라고만 했어요. 그래서 다시는 안 갔고요."

"군주는 총명하니까 하나를 들으면 열을 알 겁니다. '다시는 남쪽 서재에 오지 말라'는 말이 어떤 의미인지 알 거예요."

성옥은 당연히 그 말의 의미를 알았지만 진지하게 고개를 저었다. "저는 총명하지 않아서 몰라요."

이번에는 계명풍이 잠시 입을 다물고 있다가 성옥을 똑바로 바라보며 말했다. "내 앞에 다시는 나타나지 말라는 말이 그렇게 이해하기 어렵습니까?"

월북재는 성옥이 평안성에서 자주 다니던 찻집들과 크게 다른 점이 하나 있었다. 무척 조용하다는 것이었다. 대청 없이 독실로만 구성되었고 손님들도 시끄럽게 떠들지 않는데다 점원들까지도 큰 목소리를 내지 않고 오갔기에 대화가 끊기면 2층 대나무발 뒤에서 연주하는 칠현금 소리밖에 들리지 않았다. 그때 성옥의 귀에는 〈추풍사秋風詞〉를 연주하는 칠현금 소리만 들렸다.

계명풍은 여전히 담담한 눈빛으로 성옥을 바라보고 있었다.

계명풍은 그렇게 이해하기 어렵냐고 물었다.

총명한 성옥은 계명풍이 무슨 뜻으로 말했는지 잘 알고 있었다.

그럼에도 성옥은 "이해하기 어려워요"라고 중얼거리고 나서 진지하게 다시 한번 말했다. "이해하기 어렵다고요." 성옥의 말에 계명풍이 눈살을 잔뜩 찌푸렸다. 계명풍이 눈살을 찌푸린다는 건 짜증스럽고 못마땅하다는 의미였다. 순간 그의 찌푸린 얼굴이 흐릿해졌다. 성옥은 자신이 울고 있음을 알았다.

왜 우는지도 분명히 알 수 있었다. 계명풍이 자신을 더는 보기 싫어할 거라고, 어쩌면 마주치기도 싫어할 거라고 생각해왔지만, 생각만 했을 뿐이지 체감한 적은 없었다. 그러다 계명풍한테 직접 그런 말을 듣자 순식간에 생겨난 현실감이 무수한 바늘로 변해 사정없이 가슴을 찌르는 것 같았다. 그 갑작스러운 통증을 참을 수 없었다. 아픈 것이라면 질색하는 성옥은 결국 울음을 터뜨렸다.

계명풍은 성옥의 슬픔을 이해하지 못하는 게 틀림없었다. 그가 잠긴 목소리로 질책했다. "어린애처럼 굴지 마세요. 마음대로 안 된다고 울음을 터뜨리다니, 그 나이에 부끄럽지도 않아요?"

그렇구나. 내가 싫어지니까 내 슬픔도 참을 수 없는 모양이구나.

성옥은 돌연 화가 났다. 비록 청령에게는 때로 아무 이유도 없이 갑자기 누군가가 싫어질 수도 있는 거라고 짐짓 다 안다는 투로 말했지만 실은 성옥도 알고 싶었다. 세자가 왜 갑자기 일말의 기회조차 주지 않을 정도로 자신을 싫어하게 되었는지를. 계명풍이야말로 정말 어처구니없는 사람이었다.

전례 없던 분노가 성옥을 자극했다. 성옥은 들고 있던 보라색 우산 두 개를 계명풍 앞으로 거칠게 내던진 뒤 있는 힘껏 소리쳤다.

“그래요, 나는 어린애고 멍청해요! 세자가 지금 무슨 말을 하는지 도무지 모르겠다고요! 슬픈데 울지도 못해요?”

성옥은 자기가 무슨 말을 하는지도 모른 채 두서없이 마구 쏟아냈다. 계명풍은 성옥의 기세에 놀랐는지 아무 대꾸도 하지 못했다.

하염없이 떨어지는 눈물에 눈앞이 흐려서 성옥은 계명풍의 표정을 제대로 볼 수 없었다. 그때까지도 성옥은 일말의 기대를 품고 있었다. 어쩌면 계명풍의 속마음은 이게 아닐지도 모른다고, 그 속마음이 표정에 드러날지도 모른다고 말이다. 성옥이 슬퍼하는 모습에 마음 아파하는 것까지는 바라지 않더라도, 늘 낙관적이고 금방 괜찮아지는 성옥을 위해 조금의 연민이라도 보여주기를 바랐다.

성옥은 소매를 들어 힘껏 눈물을 훔치고 또 훔쳤다.

눈물을 닦고 나자 앞에 서 있는 두 사람의 표정이 똑똑히 보였다. 먼저 눈에 들어온 사람은 계명풍 옆에 있는 하얀 옷의 여인이었다. 탐색하듯 성옥을 살펴보는 여인의 눈에는 무시와 연민이 반반씩 섞여 있었다. 이어서 계명풍의 표정이 눈에 들어왔다. 여전히 눈살을 찌푸린 채였다. 성옥이 울음을 멈춘 걸 보고 계명풍이 손으로 관자놀이를 문지르며 말했다. "오늘밤은 충분히 소란을 피웠으니 이만 돌아가세요."

내 앞에 다시는 나타나지 마요.

어린애처럼 굴지 마세요.

오늘밤은 충분히 소란을 피웠으니 이만 돌아가세요.

멍하니 있던 성옥은 문득 오늘밤의 모든 상황이 무의미하고 짜증스럽게 여겨졌다. 지금까지는 아무 걱정 없는 철부지여서 세상 모든 것이 좋게만 느껴지고 짜증스럽다는 게 뭔지 몰랐는데 오늘밤 이런 심정을 두고 짜증난다고 표현하는 것임을 불현듯 깨달았다.

침묵이 흐른 뒤 성옥이 맥없는 목소리로 말했다. "아, 이만 돌아가야겠어요. 제가 우스운 꼴을 보였습니다. 이렇게 매달리다니 실례가 많았어요. 오기 전에 술을 좀 마셔서 그런가봅니다." 그러고는 고개를 들고 말을 이었다. "이제 술이 깼으니 세자께서는 걱정하실 필요 없습니다. 오늘밤은 제가 세자와 아가씨께 실례를 범했습니다." 애교스럽거나 거침없는 투가 아니라 전에 없이 어른스럽고 예의바른 투였다.

계명풍은 뭐라 말하려는 듯 입술을 달싹였지만 끝내 아무 말도 하지 않았다.

성옥은 계명풍이 주저하는 모습은 보지 못하고 잠시 생각에 잠겼다가 심드렁하게 말했다. "그런 줄 알고 이만 가보겠습니다."

몸을 돌린 성옥이 계단 앞까지 갔을 때 뒤에서 계명풍의 목소리가 들려왔다. "그런 줄 안다는 게 무슨 뜻이지요?"

성옥은 걸음을 멈췄지만 뒤를 돌아보지는 않고 고개를 들어 들보를 바라보며 대답했다. "세자가 원하시는 대로요." 그러고는 계단을 내려갔다. 지체 높은 여인들이 걸을 때면 응당 그렇듯 빠르지도 느리지도 않은 발소리가 탁, 탁, 탁 일정한 속도로 울렸다.

성옥은 그 이후 다시는 계명풍을 세자 오라버니라고 부르지 않았다.

나중에 주근을 따라 평안성으로 돌아온 뒤에는 그 호칭 자체를 까맣게 잊어버렸다.

그날 밤 내내 함성에는 비바람이 몰아쳤다. 삼경이 지나서야 왕부로 돌아온 성옥은 청령이 멀지 않은 거리에서 따라오는 걸 발견했다. 폭우에 둘 다 흠뻑 젖은 상태였다.

문을 연 시종이 당황한 얼굴로 성옥을 쳐다보다가 시선을 아래로 떨어뜨리고는 너무 놀라 말도 제대로 하지 못했다. "구, 군주, 이, 이게……" 성옥이 시종의 시선을 따라 내려다보니 치마에 흙탕물이 잔뜩 튀고 비단 신발도 진흙투성이였다. 신발코에 붉은 꽃이 붙어 있었는데 시종이 든 초롱 불빛에 꽃이 화사해 보였다.

아까 청원가에서 넘어졌던 게 떠올랐다.

초여름 비는 순식간에 내리기 시작해 월북재를 나온 지 얼마 되지 않아 양동이로 퍼붓는 것처럼 쏟아졌다. 청원가를 빠져나온 뒤에야 성옥은 반대 방향으로 온 걸 알고 되돌아갔다.

월북재 근처에 다시 이르렀을 때 하얀 옷의 여인을 데리고 찻집을 나오는 계명풍의 모습이 보였다. 성옥은 빗속에서 걸음을 멈췄다. 계명풍이 보라색 대나무 우산을 들고 처마에서 나온 뒤 우산을 기울이자 하얀 옷의 여인이 한 손으로 치맛자락을 살짝 들어올리며 우산 밑으로 들어갔다. 대희국 복장이 아직 익숙하지 않은 듯했다. 계명풍의 우산이 여인 쪽으로 더 기울어졌다. 둘은 우산 하나를 같이 쓰고 장대비 속에서 천천히 멀어졌다.

성옥은 빗속에서 몸을 부르르 떨면서도 그들이 조금 멀어진 후에야 걸음을 옮겼다. 차가운 빗물에 떨다가 걸음을 옮긴 탓인지 발을 헛디뎌 넘어지고 말았다. 길가 양쪽의 석류꽃이 사월의 비를 이기지 못하고 우수수 땅에 떨어져 있었다.

석류나무는 빗물에 처량하게 젖은 소년과 소녀의 모습으로 보였다. 성옥의 눈에 꽃으로 보이는 것은 바닥에 어지러이 떨어진 붉은 꽃잎들뿐이었다. 그 광경에 한층 더 쓸쓸해져 땅바닥에 한참을 앉아 있었다. 자기가 무슨 생각을 하는지조차 알 수 없었다. 그러다 재채기가 났을 때야 몸을 일으켜 방향을 살피고 왕부 쪽으로 걸어갔다.

그때 신발코에 꽃잎이 붙은 모양이었다.

그날 밤 청령은 뜨거운 물로 성옥을 씻기고 생강탕도 한 사발 먹였다. 마음을 안정시키는 데 효과적인 향까지 피워주었다. 성옥은 밤새 푹 자고 이튿날 사시가 되어서야 눈을 떴다.

창문을 때리는 차가운 빗소리가 들렸다. 청령이 침대 앞에 앉아 성옥을 바라보며 조용히 말했다. "'어제의 모든 것은 어제처럼 죽고 오늘의 모든 것은 오늘처럼 태어난다'라고 하지요. 어제 겪은 억울한 일은 한바탕 울음과 빗물에 씻겨나갔는데, 군주는 어제의 모든 것이 살아 있기를 바랍니까, 아니면 죽었기를 바랍니까?"

성옥은 늘어지게 하품한 뒤 담담하게 대답했다. "어제의 모든 것이 어제처럼 죽었기를 바라지요."

천자의 성가 집안사람들은 남녀를 막론하고 성격이 강했다. 가끔은 새로 들어온 며느리까지 강할 때도 있었다. 그중 제일 대쪽 같은 사람은 이십여 년 전의 예종睿宗 황제였다. 대희국은 이백여 년 전 개국했을 때부터 북위와 원수지간이라, 역대 황제들 모두 북위와 전쟁을 벌이는 한편 공주를 보내 화친을 맺었다. 오직 예종 황제만이 타협하지 않고 죽을 때까지 북위와 싸웠다. 예종 황제가 재위할 때는 왕자만 희나라 변경에 뼈를 묻었을 뿐 왕녀는 한 명도 시집가지 않았다. 그 정도로 강인한 예종 황제가 성옥의 할아버지였다.

홍옥군주 성옥은 할아버지를 가장 존경하고 그다음으로 아버지를 존경했다. 할아버지의 성품을 이어받은 성옥은 만 열여섯 살도 되지 않았지만 한번 정색하면 대쪽 같은 성격을 여지없이 드러냈다. 어제의 모든 것이 어제처럼 죽었다고 말하자 그것은 정말 되살릴 수 없을 정도로 깨끗하게 죽었다.

어제가 모두 지나갔다고 선언한 성옥은 며칠 동안 방에서 책만 보았다. 어느 구석에서 찾았는지 꾸깃꾸깃 구겨진 『유산책幽山冊』에는 함성 밖 여러 산속의 신기한 동굴들에 관해 적혀 있었다. 성옥은 도취된 듯 완전히 빠져서 책을 읽었고 다 읽은 뒤에는 청령을 끌고 탐험에 나섰다.

사월 내내 두 사람은 깊은 산과 숲을 돌아다니며 자연에 맞서고 늑대나 호랑이 같은 맹수를 잡았다. 비밀 호위무사였던 청령은 그게 잘못된 행동이라고는 전혀 생각하지 않았다. 하지만 그달 말 계명풍이 청령을 찾아와, 또 홍옥군주와 위험한 행동을 하러 나가면 숲속의 맹수들에게 살길을 내주는 셈 치고 둘 다 감금하겠다고 경고했다.

초파일 밤 이후 성옥은 계명풍과 부딪힌 적이 없었다. 청령이 세자의 뜻을 전했을 때 성옥은 고개를 끄덕이며 손님으로 있는 이상 주인의 명을 존중해 예를 다하겠다고 답하고는, 정말로 얌전히 화원에서 책을 읽거나 물고기에게 먹이를 주며 시간을 보냈다.

성옥의 그런 모습을 처음 본 청령은 무척 신기했다. 눈앞의 군주가 자유로운 화요들 손에 자라기도 했지만 근엄한 황가의 속박도 받았기에, 천진할 때는 무척 천진하고 제멋대로일 때는 무척 제멋대로 굴다가도 격식을 차릴 때는 누구보다 깍듯해진다는 걸 몰랐기 때문이다.

오월이 되었다. 성옥은 계속 왕부 화원에서만 시간을 보냈기에 계명풍과 그가 데려온 이민족 아가씨를 몇 차례 마주쳤다. 계명풍은 늘 같은 태도로 성옥을 지나쳤는데 하얀 옷을 즐겨 입는 이민족 아가씨는 조금 달랐다.

세자와 함께 있을 때는 이민족 아가씨도 성옥을 없는 사람 취급하며 눈길조차 주지 않았는데, 혼자일 때는 성옥이 물고기 먹이를 주는 정자 앞으로 와서 무심한 척 슬쩍 훑어보았다.

성옥은 모든 명절을 황궁에서 보내야 하는 불운한 군주였고, 황궁에 차고 넘치는 것이 바로 여자들 꿍꿍이였다. 이민족 아가씨의 눈에 담긴 탐색과 멸시를 성옥은 단번에 읽어낼 수 있었다. 하지만 그걸 탓할 수도 없었다. 누가 그날 밤 월북재에서 체통 없이 울라고 했단 말인가.

하얀 옷 아가씨의 내력을 둘러싸고 왕부에서는 여러 소문이 분분했다.

하인들이 수군거리는 판본에 따르면 아가씨 이름은 낙호진諾護珍이며, 계명풍이 열세 부족 중 하나인 월령부月令部에 갔을 때 마적의 손에서 구해왔다고 했다. 마적이 아가씨 집안을 모두 죽여 세자가 불쌍하다며 왕부로 데려왔고, 세자를 잘 모시면 첩이 될 거라고도 했다.

성옥은 세자가 친구는 그렇게 따지면서 첩은 쉽게도 들인다고 생각했다.

하지만 청령의 의견은 달랐다. 세자가 혹시 모를 사태를 대비해 연막을 쳐서 그런 소문이 났을 거라며, 세자는 친구를 사귈 때 엄격한 만큼 첩도 쉽게 들이지 않는다고 했다.

성옥은 금화 오십 냥을 걸고 청령과 내기했다.

금화 오십 냥을 위해 청령은 재빨리 또다른 소문을 찾아왔다. 낙호진이라는 아가씨는 세자가 월령부에서 데려온 것이 맞지만 마족에게서 구해온 게 아니라, 네 명의 비밀 호위무사가 칠 년 동안 노력한 결과로 데려오게 되었다는 소문이었다.

낙호진은 십오 년 전 남염국 정변 때 유일하게 살아남은 선왕의 핏줄이었다. 남염은 맹씨의 후예이므로 그녀는 맹씨였고 진짜 이름은 맹진孟珍이었다. 세자는 남염 고분에 있는 남염 부족의 천년 지혜가 담긴 고서를 위해 그녀를 데려왔다.

남염 사람들은 독충을 잘 쓰고 둔갑술에도 능해, 십오 년 전 정국이 크게 흔들렸을 때도 여천왕은 남염을 정복할 수 없었다. 만약 남염 고분에서 고서를 가져와 기이한 술법을 깰 수 있는 방법을 찾는다면 남염 정복은 시간문제일 터였다.

남염 고분을 열기 위해서는 성녀聖女의 피가 필요하고, 남염국의 성녀는 하늘이 정한다고 했다. 남염국의 이번 성녀는 월령부에 은거하며 낙호진이라는 이름을 쓰는 맹진공주였다. 그게 바로 계명풍이 맹진에게 심혈을 기울이는 이유였다.

십오 년 전 형을 시해한 뒤 왕위에 오른 지금의 남염왕도 줄곧 실종된 성녀를 찾고 있었다.

청령은 이 정보를 성옥에게 알려준 뒤 세자가 한발 앞서서 다행이라고 감탄했다. 그러고는 세자가 곧 남염 고분으로 갈 준비를 시작할 거라고 예측했다.

청령이 말을 마쳤을 때 성옥은 놀라 입을 가렸다. 청령이 금화 오십 냥 때문에 일말의 망설임도 없이 세자를 팔아넘길 줄은 상상도 못했다. 청령이 걱정되기까지 했다. "세자가 알면 언니를 가만두지 않을까 무섭지도 않아요?"

"무섭죠. 원래 아는 게 많을수록 빨리 죽는다고 하잖아요." 청령이 성옥을 그윽하게 바라보며 다음 말을 덧붙였다. "이제 군주도 저와 똑같이 아는 게 많으니……"

성옥이 울상을 지었다. "나는 그렇게 많이 알고 싶지 않았는데. 아무것도 못 들은 걸로 해도 이미 늦었을까요?"

청령이 피식 웃음을 터뜨렸다. "군주는 영민하시지요." 그러고는 무척 의미심장하게 말했다. "맹진 아가씨가 어느 날 군주를 도발해도 신경쓰지 마세요. 세자가 얼마나 심혈을 기울이는지 아셨잖아요. 군주가 맹진 아가씨와 다투면 세자는 대업과 대국을 위해 군주가 옳더라도 군주 편을 들지 않을 거라고요. 세자는 큰일을 하시는 분이잖아요."

성옥은 잠시 고개를 갸우뚱했다. 이어 세자가 대업을 중시하는 것이나 맹진을 보호하려는 뜻도 알겠고 맹진이 자신을 무시하는 것도 이해할 수 있지만, 왜 자신을 도발할 수 있다는 건지는 이해가 가지 않는다고 말했다.

청령이 조용히 생각한 뒤 물었다. "설마 맹진 아가씨가 군주를 강적으로 여기는 게 안 보이세요?"

성옥은 맹진이 왜 자신을 강적으로 보는지 의아할 뿐이었다.

청령은 어리둥절한 표정의 성옥을 가만히 쳐다보다가 안타깝다는 듯 성옥의 머리를 쓰다듬었다. "이해할 필요 없어요. 그냥 제 말대로만 하세요."

성옥은 청령의 총명함은 물론 사람 보는 눈에도 늘 감탄해왔지만, 맹진에 대한 예언만은 가슴에 담아두지 않았다. 적어도 나흘 동안은 그랬다.

나흘 뒤 아침, 성옥은 머리를 하나로 묶고 이마에 남색 띠를 두른 채 뒤뜰 정자의 푹신한 의자에 비스듬히 기대앉아 있었다. 손에 쥔 연갈색 부채로는 바로 앞에서 붉은 옷을 입은 가희가 부르는 노래에 박자를 맞추었다.

며칠 동안 비가 이어져 성옥은 뒤뜰을 돌아다닐 수 없었다. 보통 사람들은 비에 젖은 꽃이 운치 있다고 생각할지 몰라도 성옥의 눈에는 빗물에 초라해진 미인들로만 보일 뿐이었다. 청령이 옆에서 "보슬비 속에서 수줍게 핀 사계해당화가 정말 아름답네요……"라고 감탄할 때 성옥은 며칠 연속 내린 찬비에 주황색 옷을 입은 미인이 기절할 듯 떨고 있는 모습을 보았다. 그 고통은 하늘만 알 것 같았다. 다행히 청령이 왕부에서 노래 잘하는 가희를 몇 명 데려왔고 지금 있는 정자 주변에는 화초가 없었다. 성옥은 그 정자에서 나흘을 보냈다.

“진귀한 꽃송이 목이 꺾여 차가운 향기 모두 사라지고, 서풍은 무정한 밤을 향해 부는구나.” 붉은 옷의 가희가 비파를 타며 노래할 때였다. 성옥과 아무 교분이 없는 맹진이 들어왔다.

가희의 노래가 끝난 뒤 성옥은 몸을 똑바로 일으켜 앉아 웃음을 지으며 입을 열었다. “연음憐音 언니의 노래가 뛰어나다는 말을 듣고 소저도 흥이 올라 찾아오셨나요……” 그러다가 맹진이 버드나무처럼 뻣뻣하게 서 있는 걸 보고는 물었다. “왜 그렇게 서 계세요?”

맹진이 눈썹을 치켜올리며 차갑게 쳐다보았다. “희나라의 군주이시면서 왜 미천한 광대를 언니라고 부릅니까?”

성옥은 부채를 이마 앞에 댔다. 사실 성옥은 가희뿐 아니라 시녀도, 평안성 기루의 아가씨들까지도 전부 언니라고 불렀다. 말씨도 다정하고 돈도 물 쓰듯 하는 성옥을 아가씨들은 보기 드문 호구라고 생각하며 하나같이 좋아했다. 지금껏 아무 문제가 없었던 일을 처음으로 지적받자 성옥은 당황했다.

맹진이 계속 말했다. “근 한 달 동안 군주는 꽃이나 새를 구경하고 낚시만 즐기더군요. 오늘은 광대와 어울려 놀고요. 계속 이렇게 지낼 생각입니까?”

성옥은 요즘 자신이 지나칠 정도로 열심히 수양하고 있다고 생각했기에 맹진의 말에 동의할 수 없었다. 평안성에서 이렇게 지내면 주근은 날마다 향을 피울 정도로 기뻐할 터였다. 성옥이 웃으며 물었다. “이렇게 지내면 좋지 않나요?”

맹진이 경멸스럽다는 듯 성옥을 위아래로 훑어본 뒤 살며시 눈썹을 치켜세웠다. "이렇게 지내고 싶으면 여천왕부에 계시면 안 되지요. 여천왕부는 황성의 왕부와 달라서, 세상 물정 모르고 유유자적하는 부유한 군주까지 품을 수 없습니다. 군주가 이런 식으로 계시면 조만간 세자에게 누가 될 테니 하루빨리 정안왕부로 돌아가세요. 그게 군주와 세자에게도, 왕부에도 모두 좋습니다."

성옥은 부채 끝으로 턱을 괴었다.

"잘 생각해보시기 바랍니다." 맹진은 담담하게 말한 뒤 성옥의 대답을 기다리지도 않고 정자 밖 보슬비 속으로 멀어졌다.

붉은 옷을 입은 가희가 현을 대충 튕긴 뒤 조금 전의 곡조를 다시 연주하기 시작했다. 성옥은 부채로 턱 끝을 괸 채 골똘히 생각하다가 말했다. "청령 언니 말로는 맹 소저가 도발하러 올 거라고 했는데, 연음 언니, 아무리 봐도 이건 도발하는 게 아니라 왕부에서 쫓아내려는 것 같은데요?"

연음이 미소를 지으며 대답했다. "군주, 쫓아낸다는 표현은 별로 좋지 않습니다. 완곡하게 '권한다'라고 표현하면 더 듣기 좋을 듯합니다."

성옥이 풍류가처럼 쥘부채를 좍 펼쳐 얼굴을 반쯤 가리고는 조용히 탄식했다. "다들 내가 떠나기를 바라는구나."

연음이 비파를 안고 조용히 노래했다. "진귀한 꽃송이 꺾여 차가운 향기 사라지고, 서풍은 무정한 밤을 향해 부는구나." 그러고는 빙그레 웃으며 말했다. "군주, 시와 노래를 주고받으며 저와 즐기시면 되지, 왜 다른 일에 마음을 쓰십니까? 군주가 고른 곡은 원래 슬픈 곡조인데 군주의 그 가사를 그대로 붙이려니 너무 애절해져

서 제가 살짝 바꿔봤습니다. 이제 그렇게 쓸쓸하지는 않지요?"

성옥이 부채를 접으며 반색했다. "연음 언니는 과연 대가네요. 가사를 제대로 쓸 줄 알아요."

성옥은 왕부를 떠나는 것에 대해 진지하게 생각해봤다.

여천왕부에 머무는 이유는 성옥이 세자와 친해지고 싶어했고, 마침 성옥한테 짜증이 난 주근이 그걸 핑계로 데리러 오지 않아서였다.

주근은 반년 뒤에 데리러 오겠다고 했다. 왕부에 처음 왔을 때가 이월인데 이제 겨우 오월이었다.

세자와의 관계가 무의미해졌으니 왕부에 더 있을 필요는 없었다. 하지만 여천은 평안성처럼 태평하지 않아서 무턱대고 왕부를 떠났다가 무슨 일이 생기면 황제는 어떨지 모르겠지만 주근은 여천왕부를 박살내버릴 게 틀림없었다. 그러면 여천왕 부부에게 얼마나 큰 폐가 되겠는가.

성옥은 역시 가만히 기다리는 게 좋겠다고 생각했다.

이후 성옥은 맹진과 만날 때마다 '왜 아직도 안 떠나는 거야?'라는 눈빛을 읽었지만 매번 못 본 척했다.

하루는 화원 폭포로 날아든 오색나비를 잡으려고 살금살금 따라가다가 바위 너머에서 맹진이 시녀와 남염어로 떠드는 소리를 들었다. 둘은 성옥에 관해 얘기하고 있었다.

시녀가 말했다. "세자 전하가 이번달 내내 하루도 빠짐없이 화원에 오셨습니다."

맹진은 대답하지 않았다.

시녀가 씩씩거리며 말했다. "홍옥군주는 왜 안 떠날까요? 아가씨가 알아듣게 잘 얘기했는데도 왜 왕부에 남아 쓸데없이 세자 전하를 물고 늘어질까요? 아가씨 말이 무슨 뜻인지 못 알아들은 걸까요, 아니면……"

"분명히 알아들었어." 맹진은 그렇게 말한 뒤 담담하게 덧붙였다. "중원 여자라 줏대가 없을 뿐이지."

대화를 나누며 바위를 돌아 나온 두 사람은 성옥과 마주쳤다. 둥근 얼굴의 시녀는 당황한 기색이 역력했지만 맹진은 침착한 표정으로 눈살을 찌푸리기까지 했다.

성옥은 싱긋 웃으며 조용히 하라는 뜻으로 손가락을 입술에 대고 새빨간 불상화에 내려앉은 나비를 가리킨 뒤 살금살금 불상화로 다가갔다. 먹이를 노리는 매처럼 나비에게 휙 달려들었던 성옥이 몸을 일으키며 안타까워했다. "쳇, 이런 식으로는 못 잡겠네!" 그러고는 날아가는 나비를 뒤쫓아갔다.

부드러운 바람 속에서 둥근 얼굴의 시녀가 안도하며 말하는 게 들려왔다. "남염어를 몰라서 다행이네요."

"알면 또 어때? 저렇게 놀기나 좋아하는 어중이인데!" 맹진이 짜증이 섞인 투로 말했다.

나비를 쫓는 성옥의 발걸음은 조금도 늦춰지지 않았다.

평안성에서 누군가 감히 자신에게 줏대 없다고 했으면 성옥은 상대를 반신불수가 되도록 패주었을 것이다. 이민족 공주는 말할 것도 없고 희나라 공주라도 살려두지 않았을 것이다. 하지만 지금은 여천왕부에 있고 청령의 말대로 맹진은 계명풍에게 쓸모가 많았다. 비록 이런 상황이 되었지만 어쨌든 계명풍은 성옥의 목숨을 구해주었고 여천왕부는 성옥을 석 달 동안 극진하게 돌봐주었다. 더군다나 주근은 자기가 한 말을 지키는 사람이었다. 반년 뒤에 데리러 오겠다고 했으니 틀림없이 반년 뒤에야 데리러 올 터라 여천왕부에서 석 달은 더 머물러야 했다.

여하튼 여천왕부는 성옥에게 은혜를 베풀고 있었다.

성옥은 그 은혜를 위해 맹진의 알 수 없는 적의를 감당할 작정이었다.

여름철 삼복더위가 기승을 부렸다. 화원에 있기에는 날이 너무 더워 청령은 성옥을 데리고 이야기를 들으러 나가곤 했다. 그러다 보니 맹진과 마주칠 일이 거의 없었다. 청령은 요즘 왕부에 일이 많아서 세자가 무척 바쁘다고 말을 꺼냈다가 성옥이 별로 궁금해하지 않자 더는 언급하지 않았다. 둘은 이야기꾼이 해주는 이야기를 듣고 연극을 보면서 빈둥빈둥 시간을 보냈다.

그러던 중, 그달 말에 일이 터졌다.

계명풍이 정예병을 이끌고 남염 고분에 갔다가 일행 열여덟 명 중 두 명만이 살아 돌아왔다. 한 사람은 맹진이었고, 다른 한 사람은 맹진을 구하느라 심히 중독된 계명풍이었다.

계명풍은 생사의 고비를 넘나들었다. 어쩌면 계명풍과 성옥의 관계가 회복될 좋은 기회였다.

고금의 이야기책을 수도 없이 읽은 청령은 세자가 아무리 두 사람 사이에 절대 넘을 수 없는 골짜기가 있다고 믿어도 군주가 울면서 세자의 병상 옆을 떠나지 않으면, 병약해진 세자도 끝내 버티지 못하고 받아들일 거라고 믿었다.

청령이 그동안 옆에서 냉정하게 지켜본 바로 군주는 생각이 트인 사람이었다. 군주가 어린애처럼 천진해 앞날을 함께할 수 없다고 생각하는 사람은 세자였고, 그래서 군주를 한사코 밀어내는 사람도 세자였으며, 생각이 꽉 막혀 가슴앓이하는 사람 역시 세자였다. 청령은 자신의 계획이 세자를 위해서도 좋다고 생각했다.

문제는 세자가 지나치게 자제력이 강하고 손쓸 수 있는 방법도 많다는 거였다. 청령은 세자의 중독 소식을 사흘이 지난 뒤에야 들었다. 그걸 계기로 군주와 세자의 얼어붙은 관계 회복을 위한 큰 그림을 그렸을 때는 세자가 해독되었다는 소식이 들려왔다.

확실히 이야기책에 나온 대로, 준수한 공자가 사경을 헤맬 때 아름다운 여인이 극진히 간호하고 통곡했다. 다만 그 여인은 성옥이 아니었다.

세자를 위해 해독제를 만든 사람은 맹진이었다.

세자의 침상 옆에서 시중든 사람도 맹진이었다.

세자가 깨어났을 때 그 앞에서 배꽃 떨어지듯 운 사람도 맹진이었다.

청령은 세자와 군주가 이제 완전히 끝났다고 생각했다.

성옥이 세자의 소식을 들은 건 세자가 왕부로 돌아온 지 이레째 되는 날이었다. 청령한테 들은 게 아니라 거상원 문 앞의 벚나무한테 먼저 듣고 청령에게 재확인했다.

성옥은 서재에 잠시 앉아 있다가 상자를 다 뒤져 며칠 전 넋을 놓고 읽었던 『유선책』을 꺼냈다. 거기에는 성옥이 해서체로 빽빽하게 필기해놓은 내용이 있었다. 성옥이 가봤던 평안성 외곽의 수많은 기이한 산을 책 속의 함성 지역과 대응시킨 거였다. 청령도 읽어보고는 무척 재미있다고 했다.

성옥은 책을 챙겨 청령과 함께 거상원으로 문병을 갔다.

내실에 알리라고 한 뒤 두 사람이 바깥채에서 기다리고 있을 때 안에서 약사발을 든 맹진이 나왔다. 맹진은 그 둘을 보고 눈살을 찌푸렸지만 말없이 바깥채를 나갔다. 얼마 뒤 시종이 두 사람을 안으로 안내했다. 청령은 시종을 따라 두어 걸음 옮겼을 때야 뒤에서 성옥의 기척이 들리지 않는 걸 알고 돌아보았다. 성옥은 왼손에 찻잔을 들고 의자 팔걸이에 올린 오른손으로는 이마를 짚은 채 시선을 아래로 떨구고 있었다. 무슨 생각을 하는지는 알 수 없었다.

"군주." 청령이 부르자 그제야 성옥은 정신을 차린 듯했지만 몸을 일으키지는 않았다. 이마를 짚었던 오른손을 천천히 뺨으로 옮기면서 아래로 향했던 눈을 담담하게 들었을 뿐이었다. 느린 동작과 침묵이 평소와 다른 아름다움을 자아냈다. 조금 찌푸린 눈매는 서늘해 보이기까지 했다.

청령은 자신이 세자라면 이런 경국지색의 미모 때문에라도 군주를 밀어내지 못할 거라고 속으로 탄식했다.

"내가 경솔하게 찾아온 것 같아요." 성옥이 가라앉은 음성으로 느릿느릿 입을 열었다. "세자가 나를 싫어한다는 걸 깜빡했네. 나만 보면 화를 내는데 병상에 누워 조용히 몸조리해야 할 사람이 화를 내면 안 되잖아요."

성옥이 멈칫했다가 말을 이었다. "아까 맹 소저 얼굴에 걱정하는 기색이 없었으니까 고비는 지난 것 같아요. 그래도 기왕 왔으니 청령 언니는 들어가봐요. 나는 바깥에서 정원을 둘러보며 기다릴 테니.” 찻잔을 내려놓고 몸을 일으키려던 성옥은 옆에 두었던 『유선책』을 멍하니 바라보았다.

청령이 성옥의 속마음을 눈치채고 말했다. “세자가 병상에서 무료하실 텐데 군주 대신 전해드릴까요?”

성옥은 잠시 생각하다가 책을 들어 말아쥐었다. “내 손을 거친 물건도 틀림없이 싫어할 테니 됐어요.” 그러고는 밖으로 나갔다.

청령은 성옥의 뒷모습을 빤히 지켜보다가 작게 한숨을 내쉬었다.

계명풍의 거상원은 거상화拒霜花가 워낙 많아서 붙은 이름이었다. 하지만 그곳의 거상화는 개화 시기가 보통 거상화보다 늦어 아직 꽃이 피지 않았다. 그래서 성옥은 자신이 거상원에 들어선 줄도 모르고 엉뚱하게 헤매다가 비밀스러운 장소를 찾은 줄만 알았다.

걷다가 멈추기를 반복하며 내키는 대로 돌아다니느라 성옥은 버드나무 그늘 뒤쪽에 반쯤 가려진 창문을 발견하지 못했다.

창문 뒤에서 나직한 음성이 들려왔다. “공적인 일은 여기까지 하고 다른 일을 말씀드리겠습니다.” 청령의 목소리였다. 성옥은 걸음을 멈췄다. 청령의 음성이 계속해서 들려왔다. “전하를 걱정하고 계십니다.”

모처럼 펴졌던 성옥의 미간이 다시 찌푸려졌다. 창문 뒤가 계명풍의 내실이고 청령과 대화하는 사람은 계명풍일 터였다.

“여기까지 오고도 왜 안 들어오시는지는 아마…… 전하도 알고 계시겠지요. 지금 이 상황이 전하가 원하셨던 바입니까? 실은 이런 상황을 원치 않으시지요?”

성옥은 당황했다. 청령이 누구 얘기를 하고 있는지 성옥도 당연히 알았다.

계명풍은 혼수상태에서 깨어난 지 얼마 되지 않은 몸이니 성옥이 밖에 있는 걸 모를 수도 있지만, 청령처럼 예민한 비밀 호위무사는 바깥의 버드나무 그늘 속에 성옥이 있다는 걸 모를 리 없었다. 그럼에도 기어코 얘기를 꺼낸 건 성옥이 무공도 못하고 거리도 조금 떨어져 있어 두 사람의 대화를 듣지 못하리라 생각해서일 터였다. 하지만 성옥의 청력은 보통 사람보다 훨씬 좋았다.

성옥은 어서 자리를 떠야 한다고 생각했다. 세자와의 관계가 이 지경에 이르렀으니 저 둘이 무슨 일로 자신에 대해 얘기하는지, 계명풍이 속으로 자신을 어떻게 생각하는지 모르는 게 나을 듯했다.

하지만 발길을 돌리는 순간 창문 너머에서 계명풍의 살짝 잠긴 목소리가 들려왔다. "천진난만하고 세상 물정 모르는 군주잖아. 나는 그런 군주로는 안 되고." 계명풍이 기침을 억누르며 말을 이었다. "왕부의 미래를 함께할 능력이 없으니 빨리 떠나는 게 나아."

성옥은 걸음을 멈췄다.

방안은 잠시 침묵에 잠겼다.

한참 뒤 청령이 다시 입을 열었다. "그럼 맹진은 왕부의 미래를 함께할 수 있는 사람입니까?"

계명풍은 대답하지 않았다.

청령이 낮게 탄식했다. "쓸데없는 참견이겠지만, 전하가 줄곧 저를 친구로 생각해주셨으니 오늘 주제넘게 한말씀드리겠습니다. 세상사가 그렇습니다. 전하께 적합한 것은 전하께서 원하시는 바가 아닐 수 있고, 전하께서 원하시는 것은 전하께 적합하지 않을지도 모릅니다. 하지만 기어코 이런 선택을 하시겠다면 그저 영원히 후회하시지 않기를 바랄 뿐입니다."

웬일인지 계명풍이 이번에는 침묵하지 않았다.

한바탕 기침을 한 뒤 계명풍이 말했다. "홍옥과 나는…… 특별한 사이가 아니야. 그러니 너도 앞으로 이 일 때문에 고민할 필요 없어. 홍옥은 왕부에 오래 머무르지도 않을 거고." 계명풍은 거기까지 말한 뒤 잠시 멈췄다가 목소리를 낮추고 혼잣말처럼 중얼거렸지만 성옥은 그 말도 다 들을 수 있었다. "홍옥이 여기를 떠나면 다시 만날 가능성도 별로 없어."

침묵이 이어진 뒤 청령이 작게 물었다. "아쉽지 않으십니까?"

계명풍이 평소처럼 담담한 투로 반문했다. "뭐가 아쉽지?"

아무것도 아쉽지 않다는 뜻이었다.

성옥은 살며시 눈을 내리깔고 조용히 그곳을 벗어났다.

계명풍과 청령의 대화 중에는 성옥이 이해할 수 없는 부분이 있었다. 전하께 적합한 것은 전하께서 원하시는 바가 아닐 수 있고, 전하께서 원하시는 것은 전하께 적합하지 않을지도 모른다는 청령의 말이 그랬다. 그게 친구를 의미한다면 친구를 사귈 때 그렇게 많은 걸 따질 필요가 없다는 뜻 같았다. 반면 계명풍의 말은 모두 이해할 수 있었다.

계명풍이 돌연 성옥을 싫어하게 된 이유는 '천진난만하고 세상 물정을 몰라서'였다. '천진난만하고 세상 물정을 모르는 군주'는 계명풍에게, 또 형세가 복잡한 여천에 아무 도움도 되지 않으며, 도움이 되지 않는 친구는 사귀지 않겠다는 뜻이었다.

계명풍은 약하고 무능한 성옥을 못마땅하게 여겨 성옥이 여천 왕부에 오래 머물기를 바라지 않으며, 각자의 신분 때문에 다시 못 만나도 전혀 아쉽지 않다고 생각하는 게 분명했다.

아, 나를 이렇게까지 귀찮아했구나. 앞으로 더 볼 사이도 아니니 당연히 아쉬울 것도 없겠지.

그동안 성옥은 계명풍이 자신을 이렇게 생각하는 줄 전혀 몰랐다. 하지만 알았다고 해서 달라질 것도 없었다.

그런데 아까 왜 걸음을 멈췄더라?

'실은 이런 상황을 원치 않으시지요?' 청령이 계명풍에게 그렇게 물어서였다. 솔직히 계명풍이 어떻게 대답할지 짐작이 가서 계속 엿들을 필요는 없었다. 과연 계명풍의 대답은 성옥이 생각한 그대로였다.

아무리 알고 있다 해도 직접 귀로 들으면 마음이 괴로울 수밖에 없다.

그런데도 걸음을 멈췄다.

힘들 걸 뻔히 알면서도 왜 멈춰 섰을까? 설마 나를 싫어하는 데 피치 못할 고충이 있을지도 모른다고 기대했던 걸까?

거상화 숲을 빠져나온 성옥은 『유선책』으로 이마를 세게 탁 때리고는 스스로를 질책했다. "대체 무슨 헛된 꿈을 꾸는 거야?"

어느새 땅거미가 내리고 있었다. 거상화는 아직 피지 않았지만 정원에는 꽃이 만개한 나무가 있었다. 온종일 내리쬔 강렬한 여름 햇살 뒤로 황혼의 서늘한 기운이 내려오자 그 열기와 냉기 사이로 짙은 향기가 퍼졌다. 백란 향기였다.

성옥은 앞쪽 숲에 하늘을 찌를 듯 높게 자란 백란나무가 있던 걸 떠올렸다. 몇십 년만 더 지나면 정령으로 변할 수 있는 천년 된 고목이었다. 성옥은 남쪽 서재에 갈 때마다 그 나무에 꽃이 피면 얼마나 아름다운 미인이 될지 궁금했었다. 성옥은 청령과 만나러 서둘러 바깥채로 돌아갈 필요는 없을 듯해 짙은 꽃향기를 따라 백란 쪽으로 걸음을 옮겼다.

또 무언가 엿들을 일이 생길 거라고는 정말 상상도 못했다.

백란의 나풀거리는 옷자락이 어렴풋이 보였을 때 익숙한 사람 둘이 멀지 않은 곳에서 성옥의 시선을 가로막았다. 뒷짐을 지고 서 있는 맹진과 부삽으로 뭔가를 파고 있는 둥근 얼굴의 시녀였다. 지난번 성옥이 폭포에서 나비를 쫓을 때 마주쳤던 그 시녀였다.

두 사람은 이번에도 남염어로 성옥에 관해 얘기하는 중이었고 둥근 얼굴의 시녀는 이번에도 성옥을 심하게 비난했다.

세자가 큰일을 할 때는 전혀 도움이 되지 않고 세자의 목숨이 간당간당할 때는 코빼기도 보이지 않더니 세자의 병세가 호전되자 걱정하는 척 병문안을 왔다며, 천진난만하고 아무것도 모르는 얼굴로 세자한테 매달리는 게 정말 밉살스럽다는 얘기였다.

전에 두 사람의 대화를 우연히 들었을 때 맹진이 본인의 신분 때문에 성옥에 대한 비난을 자제하려 한다는 걸 눈치챘었다. 하지만 이번에는 그때와 달리 못 참겠다는 듯 맹진도 함께 흉을 봤다. "중원 여자가 다 그렇지. 나약하고 쓸모없어. 중원에 영웅이 많은 건 사실이지만, 남자들은 대체로 감탄스러운데 여자들은 남자들 부속품 같아. 남자한테 보호받는 데 익숙해져서 하나같이 폐물이 된 거야. 천자 집안의 아가씨도 다를 바 없어. 어려서부터 존귀한 대접만 받았을 테니까." 그러고는 차갑게 비웃으며 경멸 섞인 투로 덧붙였다. "뭐, 얼굴은 반반하니 폐물까지는 아니고 애완동물쯤 되겠네. 거론할 가치도 없으니까 앞으로 더는 얘기하지 마."

둥근 얼굴의 시녀가 옳다고 맞장구쳤다. "중원 여자들은 확실히 기개가 없어요. 남자들에 견줄 만한 여자를 본 적이 없는 것 같아요. 똑같이 고귀한 신분인데, 왕부에서 떠받드는 그 군주가 어디 아가씨에 비할 수나 있겠어요? 세자가 하늘을 나는 매가 되면 아가씨도 매가 되고 세자가 숲을 호령하는 호랑이가 되면 아가씨도 호랑이가 될 수 있는데, 얼굴만 반반한 그 게으른 군주는 정말이지 거론할 가치도 없어요." 득의양양한 투였다.

맹진은 그 말에 미소를 지으며 더는 성옥을 욕하지 않고 시녀에게 약초 뿌리가 상하지 않게 잘 캐라고만 당부했다.

성옥은 봉황목 옆에 잠시 서 있다가 두 사람이 금방 숲을 나갈 것 같지 않자 코를 문지르며 다른 길을 택했다. 달빛 아래에서 옷자락을 날리며 자신을 부르는 백란 고목을 향해 성옥은 차분히 걸어갔다.

성옥은 남염 공주가 뒤에서 자신을 무시하고 경멸하는 걸 두 번이나 보니 조금 당혹스러웠다. 이전에는 신경쓰지 않았지만 오늘은 달랐다.

세자가 성옥을 어떻게 보는지 마침내 알았기 때문이다. 세자와 맹진의 견해는 기본적으로 일치했다. 그러니 맹진의 말이 세자 마음을 대신하는 듯 여겨져 성옥은 한 글자 한 글자 귀담아들었다.

평안성에서 아무 걱정 없이 홍옥군주나 옥 공자로 지낼 때 성옥은 옆에서 누가 뭐라고 하든 개의치 않았다. 한량 취급을 당해도 그들의 어리석음을 비웃으며 우둔한 자들이 뭐라고 생각하든 중요하지 않다고 여겼다.

하지만 계명풍은 성옥이 인정하고 신경쓰는 사람이었다. 그런 존재는 성옥의 삶에서 다섯 손가락 안에 꼽을 수 있을 만큼 적었다. 성옥은 그들의 말에 언제나 귀를 기울였고 한마디 한마디를 신경썼으며 한 글자 한 글자 가슴에 새겼다. 그렇게 소중히 여겼기에 그들로 인해 상처를 입으면 몹시 괴로워했다.

성옥에게 상처를 입힐 수 있는 사람은 많지도 않았다.

그렇기에 난감하고 화도 났다.

먹고 노는 걸 좋아하고 산만한 성옥을 사람들은 어중이 취급하며 순국한 아버지 덕분에 편안히 부귀를 누린다고 여겼다. 그들은 군주가 백여 족의 화요가 있는 십화루의 화주라는 것을, 순국한 아버지에 의지해서는 대희국의 군주만 될 수 있을 뿐 백여 화요들의 화주는 될 수 없음을 몰랐다.

화요들이 어찌 보통 인간을 화주로 인정해주었겠는가. 팔자가 좋다고 화주로 인정받을 수 있는 게 아니었다. 화요는 가장 온순한 정령이긴 해도 어쨌든 정령이기에 세속에 구애받지 않고 제멋대로 행동했다. 그런 화요들이 어린 군주를 애지중지하는 건 절대 주근과 이향이라는 방패막이 때문도 아니었다. 그들은 성옥의 새끼 매 같은 천진함과 용맹함, 새끼 호랑이 같은 강건함과 대범함을 사랑했다. 성옥의 무궁한 담력과 놀라운 기백을 사랑하고 뛰어난 결단력을 사랑했다.

성옥은 눈앞에 닥친 일을 질질 끄는 법 없이 늘 과감하게 실행으로 옮기는 성격이었다.

어두운 달빛 아래 평범한 수양버들 옆에서 성옥은 노란 옷의 미인으로 변한 백란을 바라보다가 오른손 엄지의 옥반지를 돌리며 웃음을 지었다. "이 반지를 본 적은 없어도 분명 들어본 적은 있을 거예요."

호기심 가득한 눈빛으로 무람없이 성옥을 내려다보던 백란은 성옥이 말을 걸자 깜짝 놀랐다. "지, 지금…… 저한테 얘기하는 건가요?"

성옥은 자세를 바꿔 수양버들에 기댄 뒤 고개를 들어 백란을 쳐다보았다. "언니는 정말 예쁘네요." 그러고는 왼쪽 손가락으로 오른손 엄지의 매끈한 옥반지를 쓰다듬으며 무심하게 두어 바퀴 돌렸다. "이 반지의 이름은 모란 제왕인 요황이 지어주었어요. 희성希聲이라고. 큰 소리는 들리지 않는다는 뜻이지요."

땅에서 세 척 높이에 떠 있는 백란은 두 눈을 동그랗게 뜬 채 성옥의 반지를 멍하니 바라보며 "모란…… 요제, 희성" 하고 중얼거리다가 한참 뒤에야 놀란 눈빛을 천천히 성옥에게로 돌렸다.

함성은 칠백 년밖에 되지 않았지만 백란은 이천여 년 세월을 이 자리에서 수행하고 있었다. 아직 인간형으로 변하지는 못했어도 오래전에 지각을 얻어 세상사에 꽤 밝았다.

보통 인간들은 천자天子가 하늘을 대신해 속세의 권력을 갖는다고 생각하며 천자를 높이 떠받들었다. 온 천하의 땅은 천자의 땅이고, 그 땅에 사는 자는 모두 천자의 신하라고 말했다. 하지만 그건 인간들의 생각일 뿐이었다. 속세에 사는 정령에게는 인간에게 왕이 있든 말든, 이들에게 무슨 큰일이 발생하든 말든 아무 상관이 없었다. 정령에게도 자신들만의 왕이 있고 큰일이 있었다.

여러 정령 가운데 화요 일족의 상황은 조금 특수했다. 세상의 정령들 모두 왕이 있는데 화요만은 왕이 없어서, 속세 곳곳의 천만 꽃과 나무 가운데 영성을 가진 족장 백 명이 선출되어 왕권을 가지고 화주의 직무를 대행해왔다.

백란이 들은 바에 따르면 원래는 화요에게도 왕이 있었다고 했다. 화요는 정령이 아니라 신선의 지위에 있었고 역대로 화주가 둘 있었다.

초대 화주는 그들 종족 속에서 선출되지 않았지만 신분이 무척 높았다. 구중천 천군의 아들이자 천하의 물을 다스리는 수신이었는데, 구중천 요지의 총책을 받아들이는 김에 화주 자리까지 맡았다.

그다음 화주는 신분이 그리 대단하지 않아도 무척 독특한 배경을 가지고 있었다. 마족 속에서 자라나 마성이 강한 홍련이었다. 마성이 강한데다 심지어 붉은 연꽃이어서 신족의 호감을 얻지 못했기에 본디 수행을 통해 신선이 되는 게 거의 불가능했지만, 기어코 신선이 되어 요지를 맡았고 모든 화신과 화선, 화요의 지배자가 되었다. 그녀는 구중천 열두 곳에서 수천 송이 꽃을 피워냈는데 장소별로 다채로운 광경을 연출해 신선들 책에까지 기록되었다. 또 제36천의 칠백이십 곳에 만다라 꽃비를 내려 까다롭기로 유명한 동화제군의 칭찬을 받았으며, 그녀가 직접 기른 오백 종의 꽃과 나무 덕분에 약군藥君이 일만 삼천여 약방문을 새로 만들어 육계 백성에게 무한한 공덕을 베풀 수 있었다. 그녀가 화주 자리에 있을 때는 세상의 꽃과 나무가 매우 존중받았다.

구중천 열두 곳에서 피어난 수천 송이 꽃과 칠백이십 곳의 만다라 꽃비는 칠백이십 년 동안 유지되었다.

칠백이십 년간 화주 자리에 있었던 그녀는 제27천의 쇄요탑에서 친구를 구하다가 목숨을 잃었다. 진노한 천군은 죽은 그녀에게서 화주 직위를 박탈한 뒤 새로운 화주를 세우려 했으나, 꽃들이 이에 불복하며 차라리 정령으로 강등될지언정 죽은 주인을 끝까지 따르겠다고 맞섰다. 천군은 한층 더 격분해 꽃을 아예 없애버리려 했다. 다행히 동화제군이 말려 꽃들은 신선 자격을 박탈당한 뒤 추방되는 것으로 마무리될 수 있었다.

이후 세상에는 화선과 화신이 사라졌고 꽃과 나무는 아무리 수행해도 정령밖에 될 수 없었다. 구중천에서는 더이상 그들을 신경쓰지 않았다. 화요들은 속세에서 그 긴 세월을 지내오는 동안에도 새로운 화주를 세우지 않았다.

그러다 십오 년 전 속세에서 족장 백 명이 새로운 주인을 맞이하게 되었다.

새 화주는 그들 정령과 아무 관련도 없는 인간이었다.

이건 외부 종족은 모르는, 꽃과 나무 일족만 아는 비밀이었다.

새로운 화주는 인간의 몸이어도 비범하게 태어났다. 갓 태어난 인간의 몸이 체내의 비범한 능력을 견딜 수 없자 백 명의 족장은 천 년의 수행력을 합쳐 힘을 봉인하는 반지를 만들어 어린 화주가 늘 지니도록 했다.

족장 가운데 가장 명망 높은 모란 제왕인 요황이 직접 결인해 반지를 만들고 그 이름을 희성이라 지었다.

백란은 눈앞에 있는 하얀 옷의 소녀를 바라보았다. 달빛 아래 살며시 눈을 내리뜬 옆얼굴이 조금 차가워 보여도 무척 아름다웠다. 화주 자격을 가진 보통 인간이라면 이렇게 아름다워야 마땅할 듯했다.

소녀가 살며시 고개를 들고 눈을 깜빡였다. 어린 나이에 걸맞은 천진한 눈빛이 아니었다. 웃는 듯 아닌 듯하면서도 무척 깊은 그 눈빛에 백란은 가슴이 철렁 내려앉았다. 강한 압박감을 지닌 아름다움에 백란은 저도 모르게 허공에서 바닥으로 내려와 꿇어앉은 뒤 입술을 덜덜 떨며 말했다. "화주께서 여기에……"

소녀가 살며시 손을 흔들며 온화하게 말했다. "격식 차릴 필요 없어요. 『여천지麗川誌』와 『십칠도주十七道注』 『유산책』 『적몽록寂夢錄』 등 여천의 지리와 풍물에 관한 책을 보니 언니가 남쪽 전체에서 가장 오래 수행한 꽃나무더군요. ……아직 인간화되지 못해 뿌리내린 곳을 떠날 수는 없어도 수천 년 동안 바람에 날려온 씨앗과 남쪽에서 온 새들을 통해 많은 걸 알고 있겠죠."

백란이 정신을 가다듬고 주저 없이 말했다. "화주, 분부하시지요."

소녀가 빙그레 웃었다. "남염 고분에 대해 알고 있어요?"

백란이 잠시 생각하다가 답했다. "이백 년 전 남염족에 변란이 생긴 이후 그 고분 안쪽까지 들어간 사람은 한 명도 없습니다. 여기 왕부의 주인도 고분의 고서를 얻으려다가 책은 얻지 못하고 목숨만 버린 것으로 알고 있습니다."

소녀가 눈썹을 치켜올렸다. "그럼 나는 얻을 수 있을까요?"

백란이 깜짝 놀랐다. "화주라도 엄청난 공력을 들여야 할 겁니다. 그런데 인간들의 무료한 다툼에 왜 끼어들려 하십니까?"

"여천왕부에 은혜를 입었거든요." 소녀가 무심하게 대답하고는 시선을 멀리 던졌다. "그 은혜를 갚아야겠어요."

15장
성옥을 위해 목숨을 바치는 청령

청령은 거상원에 문병을 다녀온 뒤 성옥이 달라졌다고 느꼈다.

말수가 줄고 웃음도 준데다 온종일 움직이려 하지 않았다.

열흘 중 일여드레 동안 비바람이 불 정도로 날씨가 좋지 않았던 지난달에도 조금 늘어지긴 했지만 지금 같은 모습은 아니었다. 그때는 청령이나 가희 등과 어울려 책을 보거나 바둑을 두거나 노래를 들으면서 보통 공자나 아가씨처럼 시간을 보냈다.

반면 지금은 혼자 눈을 감은 채 수양할 때가 많았다. 가부좌를 틀고 앉아 뺨을 괸 채 살짝 눈을 감고 반나절 내내 꼼짝도 하지 않기 일쑤였다.

청령은 그런 일을 계명풍에게 일일이 보고했다.

계명풍은 침대에 기대어 서신을 보면서 대꾸했다. "위험하지 않으면 보고할 필요 없어."

그렇게 혼자 열흘 가까이를 보내더니 돌연 밖에 나갈 마음이 들었는지 성옥이 조계漕溪에 가고 싶다고 말했다.

조계현은 여천 남쪽의 취담산醉曇山 앞에 있고 취담산을 넘으면 바로 남염이었다.

천하의 유명한 벼루는 태반이 조계에서 생산되니 평소에 글쓰기를 즐기는 성옥이 그곳에 가보고 싶어하는 건 전혀 이상한 일이 아니었다.

조계는 마차로도 이틀을 가야 할 만큼 멀리 떨어진데다 남염과 가까운 곳이라 청령은 당장 위험하지는 않아도 위험한 일이 생길 수도 있다고 판단해 계명풍에게 보고했다.

계명풍은 잠시 생각해보고는 말했다. "원래도 유람하러 온 것이니 나가서 기분 전환을 하는 것도 좋겠지. 이인李仁 등 네 명한테 몰래 따라가라고 하거라."

청령은 말을 타고 성옥은 마차에 올라 조계로 출발했다.

이틀 내내 날이 좋아서 성옥은 마차 휘장을 걷어두었다. 청령이 마차 창문으로 들여다보니 성옥은 방석 위에 가부좌를 틀고 앉아 한 손으로 뺨을 괴고 살며시 눈을 감고 있었다. 왕부에서 수양할 때와 똑같은 자세였다.

수양중인 성옥을 청령이 가까이에서 살펴보는 건 처음이었다. 무언가 이상했다. 수양을 하는 게 아니라 숨을 참으며 뭔가에 귀를 기울이는 듯한 모습이었다.

귀가 밝은 청령은 성옥처럼 눈을 감고 귀를 기울여봤다. 먼 마을에서 들려오는 여인들의 노동요와 근처 산과 들에서 지저귀는 새 울음소리가 들릴 뿐 다른 특별한 소리는 없었다.

조계현에 도착한 성옥은 처음 여천왕부에 왔을 때처럼 매일 밖으로 나갔다.

처음 이틀은 유명한 벼루 제작자 몇 명을 찾아가고 사흘째에는 벼룻돌이 나는 고개에서 계곡 풍경을 감상했다. 나흘째에는 취담산에 가겠다고 했지만 청령이 안전하지 못하다며 말리자 산기슭에서 낮잠을 잔 뒤 마을로 돌아왔다.

이후 며칠 동안 성옥은 날마다 거리를 쏘다니며 하루는 야명주 몇 개와 금 탄환 한 항아리를 사고, 또 하루는 새총과 비단 두 필, 또 하루는 비수 한 자루와 신발 몇 켤레를 샀다. 눈에 띄는 대로 무엇이든 마구 사는 것 같았다.

그러던 어느 날은 맹진이 독을 잘 만들고 해독도 잘하느냐고 청령에게 물었다. 그렇다고 대답하자 성옥은 바로 다음날 어디에서 독과 관련된 책을 가져와 맹진과 겨룰 듯 밤낮없이 읽었다. 두 사람이 투숙하는 객잔 부근의 약방도 성옥이 자주 찾는 장소가 되었다. 성옥이 약방에서 약재를 가져와 만지작거리는 모습이 수시로 보였다.

청령은 아무것도 의심하지 않았다.

청령도 속으로는 계명풍의 의견에 완전히 동의해서였다. 그녀 역시 성옥을 천진난만하고 세상 물정 모르는 군주로 보았다. 성옥이 취담산 아래까지 왔는데도 청령은 이 천진난만한 어린 군주가 남염 고분을 탐험하러 왔으리라고는 상상도 못했다.

이 어린 아가씨가 취담산에 남염 고분이 있다는 사실을 알 가능성은 없었다. 설령 성옥이 어떤 인연 덕분에 고분 위치를 알았다

하더라도, 계명풍이 데려간 열여섯 명의 고수가 목숨을 잃은 위험한 고분에 성옥 혼자 무턱대고 들어갈 가능성은 없었다. 게다가 성녀의 피가 없으면 무덤의 문을 열고 들어갈 수 없었다.

청령은 모든 일을 상식적인 기준에 따라 판단해 일생에서 가장 어리석은 실수를 범하고 말았다. 바로 눈앞에서 성옥이 느긋하게 남염 고분으로 들어갈 도구와 약재를 모으는데도 전혀 알아차리지 못했던 것이다.

팔월 초이튿날 밤. 성옥은 계화주를 챙겨 객잔의 동쪽 담장에 올라가 누워 술을 마시며 달을 감상했다.

화요들은 화주의 대범함을 사랑했다지만 사실 성옥은 무모하게 덤비는 유형이 아니었다. 계명풍이 고분에서 입은 타격을 보고 고분의 위험성을 확실히 인지했기에 이번에는 더욱 신중을 기했다. 주저 없이 희성까지 손가락에서 뺐다.

백란 고목과 대화한 뒤 곧바로 뺐으니 딱 한 달 전이었다.

그래서 한 달 동안 성옥은 잠을 편히 잘 수 없었다.

운명을 점쳤을 때, 성옥의 삶에 겁운이 세 번 있는데 첫번째는 병고라고 했다. 첫돌에 병을 앓기 시작했을 때, 국사는 그게 무슨 병인지는 몰라도 백여 종의 꽃을 모아 누각을 세우고 공양하면 치료할 수 있음을 알아냈다. 그러고 나서 성옥의 아버지가 찾아냈는지 아니면 직접 찾아왔는지는 몰라도 주근이 왔고 백 명의 족장도 줄줄이 십화루로 모여들면서 상황이 정리되었다.

성옥이 대체 무슨 병에 걸렸는지 성옥의 부모는 끝내 알지 못했다. 단순히 액운이 낀 줄로만 알았다.

성옥도 나이가 든 뒤에야 주근한테 들어서 알게 되었다.

병이 아니었다. 화주가 지닌 비범한 능력이 깨어난 것이었다. 천하 모든 꽃과 나무의 말을 알아들을 수 있는 능력이었다. 꽃과 나무 일족은 그것을 전지적 힘이라 불렀다.

남의 사생활에 관심이 없는 성옥은 꽃과 나무의 소리를 들을 수 있는 능력이 무슨 쓸모가 있나 싶었다. 능력을 직접 고를 수 있었다면 더 속된 재능을 택할 것 같았다. 검술이나 비행술 같은 재능도 아니고 성옥은 돌을 은표로 만들 수 있는 능력을 원했다. 하지만 안타깝게도 선택할 수 있는 게 아니었다. 하늘은 그렇게 쓸모없고 고생스러운 전지적 힘만 성옥에게 허락했다.

성옥은 어리고 연약했던 첫돌 무렵을 어렴풋이 기억하고 있었다. 그 능력이 깨어나자 천만 개의 목소리가 수천수만 리를 넘어 귓가에서 울리더니 머릿속으로 들어오고 마음을 어지럽혔다. 피할 수도 받아들일 수도 없었다. 다행히 주근과 요황이 재빨리 희성을 만들어준 덕분에 성옥은 숨이 넘어가기 직전에 아슬아슬하게 살아날 수 있었다.

희성은 봉인이었다. 체내의 기이한 능력을 억눌러주었기에 성옥은 평안하게 자랄 수 있었다.

희성은 수행 도구이기도 했다. 성옥이 언젠가 화주의 전지적 능력을 장악할 수 있도록 희성이 매일 백화 족장들의 영력을 흡수해 성옥의 육체 속에서 화주의 영체를 만들었다.

주근은 이 영력을 장악하면 희성을 뺀 뒤 천만 가지 소리가 마음으로 들어와도 고통스럽지 않고 오히려 자유롭게 즐길 수 있을 거라고 했다. 천만 가지 꽃과 나무가 동시에 천만 가지 말을 해도 순식간에 듣고 판별해 깨달을 수 있다고 말이다. 더 많이 알고 싶으면 만 리 바깥의 꽃이나 나무와도 마음속으로 대화할 수 있으니 암실에 있어도 천하의 일을 모두 알 수 있다면서 진정한 전지적 능력이라고 했다.

희성이 화주의 영체를 만들기 위해서는 백여 꽃의 영력을 십오 년 동안 흡수해야 했다.

그래서 성옥은 십오 년 동안 평안성을 떠날 수 없었다.

정확히는 희성을 떠날 수 없었다.

희성이 십화루를 벗어날 수 없었기에 성옥도 십화루를 벗어날 수 없었다.

백자 주전자 주둥이에 걸린 희성은 성옥이 계화주를 마실 때마다 성옥의 입술과 부딪혔다.

거상원의 백란은 확실히 고분에 대해 아는 게 많아 독이 묻어 있는 장벽이나 함정에 대해서도 하나하나 세세하게 알려주었지만, 믿을 수 없는 구석이나 기억하지 못하는 부분도 있었다. 남염 고분의 전모를 파악하기 위해 성옥은 다양한 의견을 구하고 다각적으로 준비했다.

희성을 처음 빼낸 날 밤, 역시 천만 가지 소리가 들려와 성옥은 머리가 터지는 줄 알았다. 그래도 희성이 성옥의 체내에 만들어놓은 화주의 영체 덕분에, 귀가 울리고 머리가 아프고 눈이 충혈되는 정도였지 어렸을 때처럼 기절하지는 않았다.

고생고생하며 며칠을 버티자 성옥은 천천히 그 소리들이 무슨 말을 하는지 분별할 수 있게 되었다.

지금도 희성을 빼면 머리가 아프고 기껏해야 사방 백 리의 꽃과 나무가 전해주는 소식만 이해할 수 있었지만 처음에 비하면 엄청난 발전이었다. 남염 고분에 관한 얘기도 충분히 들을 수 있었다.

한 달 동안 고생한 결과 남염 고분 안쪽이 어떤 형태인지 파악하게 되었다. 이제 성옥에게 남은 문제는 맹진에게서 어떻게 성녀의 피를 얻어 고분 문을 여는가 하는 것뿐이었다.

계명풍이 얼마나 철저히 맹진을 보호하는지, 왕부에서 스무날 동안 기회를 엿보았음에도 성옥은 손을 쓸 수 없었다. 벼루를 감상한다는 핑계를 대며 조계에 온 목적도 부근 백 리의 꽃과 나무에게 고분으로 들어갈 다른 방법이 없는지 알아보기 위해서였다.

큰 기대는 하지 않았다. 알아보다가 안 되면 다시 왕부로 돌아가 장기적인 작전을 세울 생각이었다. 그런데 뜻밖에도 문제가 아주 빠르게 해결되었다.

그날 취담산 기슭에서 낮잠을 잘 때 고분 옆 늙은 측백나무와 산속의 소나무가 방법을 알려주었다. 음력 초하루는 한 달의 시작이자 기운이 생기는 때이니 매달 음력 초하룻날 자정 전까지 고분을 중심으로 팔괘八卦의 여덟 방위에서 자연이 만들어낸 순서에 따라 강과 호수, 계곡의 물을 떠 한데 합치라고 했다. 단, 반드시 달빛을 받은 물이어야 했다. 그걸 수신의 열쇠라고 하는데 그걸로도 고분의 문을 열 수 있다고 했다.

어제가 마침 음력 초하루라 성옥은 청령이 잠든 사이 일을 끝마쳤다. 지금 성옥의 왼손에 들린 푸른 병 속에 그 대단한 고분을 열어젖힐 열쇠가 들어 있었다.

며칠 동안 몹시 바빴던 성옥은 그 측백나무와 소나무에게 머릿속으로 말을 걸 틈도 없었다. 이제 필요한 물품도 모두 준비하고 내일 산에 들어갈 일만 남아 조금 한가해졌다. 그래서 그들에게 고분에 들어갈 수 있는 이 신비한 방법을 어떻게 알았는지 물어보기로 했다.

수많은 소음 속에서 성옥은 측백나무의 소리를 찾아냈다. "화주, 여덟 방위의 물로 어떻게 고분을 열 수 있는지 궁금하다는 말씀입니까? 나란다 신의 남편이 천하의 물을 다스리는 수신이기 때문입니다."

성옥은 나란다 신이 무엇인지 몰랐다.

측백나무는 사람의 마음을 헤아릴 줄 알았다. "나란다 신에 관해 못 들어보셨습니까? 뭐, 그럴 만도 하지요. 지금의 인간들은 오래전에 신앙을 바꾸었으니까요. 정령 중에도 그 고대 전설을 기억하는 자가 많지 않습니다."

측백나무의 설명이 이어졌다. "고대 전설에 따르면 나란다 신은 인간의 모신이자 이 속세에서 최초로 인간의 공양을 받은 신입니다. 최초의 인간 군왕은 이름이 아포탁이라 인주人主 아포탁으로 불렸는데, 나란다 신의 신사였지요. 취담산 고분은 남염족 선조의 무덤이라기보다 인간족 선조의 무덤입니다. 그 안에 아포탁의 유해가 있거든요. 그후 천년만년……"

성옥은 측백나무의 설명을 따라잡을 수 없어 인상을 썼다. "조금만 천천히 말해줘."

측백나무가 속도를 늦췄다. "그후, 천년만년의 시간이 흐르면서, 인간들은 그 무덤에 누가 묻혔는지는 잊어버리고, 그곳이 성지라는 것만, 기억하게 되었습니다……"

성옥은 두통을 억누르며 속도를 따라갈 수 있게 되자 손가락을 튕겼다. "그렇게까지 느리게 말할 필요는 없고."

"……"

측백나무가 원래의 속도로 말했다. "그곳을 성지로 인식한 인간들이 수도 없이 정비하고 재건하면서 후대에 와서는 고분의 구조와 기능이 엉망으로 변했습니다. 그렇지만 무덤을 여는 방법만은 바꿀 수 없었지요. 아포탁의 후손이거나, 초하룻날 여덟 방위에서 모은 달빛 받은 물이 필요합니다. 전설에 따르면 무덤을 여는 이 두 가지 방법은 인주 아포탁이 살아 있을 때 직접 정했다고 합니다……"

일단 측백나무의 속도를 따라잡자 성옥은 머리를 빠르게 굴리며 핵심을 파악할 수 있었다. "아포탁이란 사람 무척 재미있네. 이 무덤이 나란다의 무덤이라면 수신의 열쇠로 들어갈 수 있는 게 타당해. 수신은 나란다의 남편이니까. 하지만 이곳에 묻힌 건 아포탁이잖아. 그런데도 수신의 열쇠가 필요하다니, 설마 아포탁이 수신을 좋아했나?"

책임감 강한 측백나무가 참지 못하고 끼어들었다. "화주, 아까 아포탁도 남자이고 수신도 남자라고 말씀드리지 않았습니까?"

"둘 다 남자였지. 깜빡했네. 남자가 남자를 좋아할 수는 없겠지."

박학다식한 측백나무는 성옥의 뒤떨어진 관점에 반사적으로 반박했다. "화주, 그런 관점은 옳지 않습니다…… 아포탁이 수신을 좋아할 수 없었던 건 나란다 신을 좋아했기 때문입니다. 정말 사랑했다고 합니다."

"……그런 사생활까지 다 알아?"

"우연히 들었을 뿐입니다." 측백나무가 겸손하게 말한 뒤 화제가 빗나간 듯하자 헛기침을 하고 원래 주제로 돌아왔다. "아포탁의 유해가 묻혔으니 인주의 무덤이라 할 수 있겠지만, 이 무덤이 만들어진 자리 자체가 나란다 신이 무로 돌아간 장소라고 합니다. 나란다는 빛에서 탄생한 신이라 인간을 위해 목숨을 바친 뒤에도 하늘가의 빛이 되어 혼돈 속으로 사라졌습니다. 아포탁은 신사로서 오랫동안 나란다 신을 모셨습니다. 나란다 신이 무로 돌아간 뒤 아포탁은 계속 그녀를 그리워했고 그녀가 생전에 했던 말을 책으로 기록했습니다. 그 책에 나란다 신이 무덤에 관해 당부한 내용도 적혀 있습니다. 나란다 신은 인주에게 '나를 위해 무덤을 짓겠다면 무덤에 들어오는 사람 모두 수신을 존중하게 만들어라. 그러면 내가 무로 돌아가도 내 마지막 불멸의 빛이 무덤에 내려올 것이다'라고 말했습니다."

정보량이 너무 많아서 성옥은 바로 반응하지 못하고 한참을 곱씹어본 뒤에야 정리할 수 있었다. "그러니까 이 무덤은 아포탁 혼자만의 무덤이 아니라는 거네. 아포탁의 무덤이 아니라 그의 유해를 수습해놓은 장소에 불과하달까. 진짜 주인은 나란다라는 거잖아. 아포탁이 나란다를 위해 만든 무덤."

성옥은 의아해졌다. "아포탁은 무로 돌아간 나란다가 언젠가 자기 유해가 있는 이 무덤으로 마지막 불멸의 빛을 내려보낼 거라고 기대했다, 그런 말이지?"

측백나무가 훌쩍거렸다. "인주는 애정이 깊었습니다."

성옥이 중얼거렸다. "나를 위해 무덤을 짓겠다면 무덤에 들어오는 사람 모두 수신을 존중하게 만들어라. 그러면 내가 무로 돌아가도 내 마지막 불멸의 빛이 무덤에 내려올 것이다…… 아포탁이 그렇게 사랑했는데 나란다는 수신을 좋아했다는 거고?"

측백나무가 의미심장하게 말했다. "누가 알겠습니까? 인주의 기록에 따르면 나란다 신이 무로 돌아갈 때 남편인 수신은 아직 태어나지도 않았답니다."

성옥은 자신이 상상한 삼각관계를 허무하게 지워버리며 어리둥절한 얼굴로 물었다. "수신 집안에서 나란다 신과 미리 혼사를 정해둔 건가? 네 말에 따르면 나란다도 엄청난 고대 신인데 어떻게 태어나지도 않은 아이를 남편으로 받아들일 수 있지?"

이번에도 측백나무는 막힘없이 대답했다. "나란다 신에게 혼사를 강요할 수 있는 자는 아무도 없었습니다. 온전히 나란다 신 자신의 예지력에 따른 것이었습니다. 인주의 기록에 따르면 나란다 신이 꿈을 꾸고 나서, 수만 년 뒤에 태어날 수신이 자기 남편이 될 것이라 말했다고 합니다."

"봉건 미신의 폐해로군." 성옥은 그렇게 탄식한 뒤 물었다. "그런데 왜 나란다는 뭐든 다 인주에게 말했을까?"

성옥이 남다른 각도에서 질문하자 측백나무도 이번에는 어떻게 대답해야 할지 몰라 한참을 고민하다 답했다. "인주 말고는 다른 친구가 없었을지도 모르지요……"

"아…… 그럼 나란다 신은 대체 무슨 꿈을 꾸었대?"

측백나무는 이번에도 어떻게든 대답해주려 애썼다. "무슨 꿈인지는 인주가 기록하지 않았습니다. 화주는 무로 돌아간다는 게 어떤 뜻인지 모르셔서 그런데, 이 이야기의 핵심은 나란다 신이 무슨 꿈을 꾸었는지가 아닙니다. 천신이 무로 돌아간다는 건 영혼이 완전히 소멸되어 다시는 되살아날 수 없다는 뜻입니다. 인간을 위해 무로 돌아가기 전에 나란다 신은 훗날 수신과 혼인한다는 예지몽을 꾸었습니다. 그 말은 무로 돌아갔음에도 되살아난다는 뜻이지요. 그래서 아포탁이 무덤을 만든 겁니다. 마지막 불멸의 빛만 구하는 게 아니라 나란다 신을 이 무덤에서 부활시키려 했지요."

성옥은 잠시 침묵에 잠겼다가 다시 한번 정리했다. "남염 고분이 지금껏 저기 멀쩡하게 남아 침입자를 막는다는 건, 나란다가 아직 부활하지 못했다는 뜻이겠네."

그러다가 갑자기 떠오른 듯 물었다. "그렇다면 나란다가 남편으로 정해둔 수신은 태어났어?"

측백나무가 한참을 조용히 있다가 의미심장하게 말했다. "화주는 저희 일족의 역사를 제대로 숙지하지 못하셨나봅니다. 저희의 초대 화주가 수신인 걸 모르십니까?"

성옥은 술병을 비우고 측백나무의 옛이야기를 다 들은 뒤 동쪽 담장에서 내려와 다시 희성을 손가락에 꼈다.

그러고 나서 잠잘 준비를 했다.

희성을 반 시진만 빼도 침대에서 최소 한 시진 반은 뒤척거린 뒤에야 겨우 잠들 수 있었고 그나마도 깊이 잠들지 못했는데, 오늘은 측백나무의 예사롭지 않은 전설에 푹 빠져 희성을 한 시진이나 빼고 있었다.

아무래도 오늘밤은 잠들기 힘들겠다고, 침대에서 눈만 감고 있겠다고 예상했는데 성옥은 뜻밖에도 아주 빠르게 잠들었다. 잠들기 전, 나란다의 말이 다시 한번 떠올랐다.

'나를 위해 무덤을 짓겠다면 무덤에 들어오는 사람 모두 수신을 존중하게 만들어라. 그러면 내가 무로 돌아가도 내 마지막 불멸의 빛이 무덤에 내려올 것이다.'

무척 재미있는 말 같았다. 애정이 듬뿍 담긴 듯하지만, 나란다는 수신을 만난 적이 없었다. 정중하면서 다정한 그 말이 조금 아쉽게도, 슬프게도 들렸다. 성옥은 나란다가 그때 대체 무슨 꿈을 꾸었을까 생각하다가 잠들었다.

그러고 나서 꿈을 꾸었다.

성옥은 자신이 꿈속에 있음을 알았다. 하지만 꿈에서 깨야겠다는 생각은 들지 않았다.

어렴풋한 감각 속에 어둡고 긴 복도를 걸어갔다. 아무것도 보이지 않았지만 어떻게 해야 복도 끝에 닿을지 알았다. 한참을 걸어간 뒤 마침내 자그마한 하얀빛이 보였다. 다음 순간 성옥은 맨발로 사막 위에 서 있었다.

거친 모래를 밟아 발바닥이 아린 게 실제처럼 느껴졌다.

크고 둥근 달이 하늘에 걸려 있었다. 하늘이 얼마나 가까운지 온 사막이 은빛으로 덮였다. 밤인데도 백양나무 숲은 햇빛을 머금은 듯 황금색으로 빛났다. 숲에서 불어오는 바람이 성옥의 얼굴을 어루만지고 치맛자락을 휘날렸다. 따뜻하고 부드러웠다.

늦가을의 사막이었다. 사막에 가본 적이 없는데도 성옥은 늦가을 사막의 밤바람이라면 이렇게 부드러울 리 없다고 생각했다. 변방의 시인들은 인적 없이 황량한 변경을 늘 칼날처럼 차갑고 날카롭다고 묘사했다. 성옥의 머릿속에 있는 사막도 무리를 떠난 외로운 짐승처럼 사납고 쓸쓸할 뿐이었다. 그런데 지금의 달과 황금색 백양나무 숲, 그 사이에서 초목의 향기를 좇는 부드러운 바람은 봄날의 평안성보다 더 따스하고 매력적이었다.

부드럽고 따스한 모든 것이 치맛단 옆을 맴돌며 성옥의 맨발을 간지럽혔다.

달도, 바람도 부드러웠다. 사막 전체가 누군가에게 길들여진 듯했다.

성옥은 저도 모르게 눈을 감았다. 그 순간 누군가에게 속삭이는 듯한 자신의 목소리가 들렸다. "그럼 어떻게 보상해줄 건데요?" 무척 작고 부드러우며 원망하는 듯도 하고 아닌 듯도 한 목소리였다.

성옥은 예전에 그런 말을 한 적이 없었고 지금도 분명 입을 열지 않았다. 하지만 성옥의 목소리가 틀림없었다.

성옥은 눈을 번쩍 떴다. 눈앞에 멋있는 통나무집이 있었다.

통나무집 안에서 남자가 그 원망 섞인 말에 나직하게 답했다. "시를 선사하지, 어때?" 약간 잠기고 차가웠지만 감미로운 목소리였다. 성옥이 들어본 적 없는 목소리였다.

"무슨 시요?" 성옥의 목소리가 그 통나무집에서 흘러나왔다.

남자가 나직하게 웃었다. "밝은 달이 홍옥 그림자를 비추니, 연꽃 씨앗은 소매 밑으로 향기를 감추네."

"놀리지 마요." 역시 성옥의 목소리였다. 가볍고 부드러우면서 고양이처럼 간질간질한 목소리가 통나무집 안에서 울리고 있었다.

성옥은 더는 참을 수 없어서 문을 밀었다.

문이 천천히 열리면서 안쪽 광경이 똑똑히 드러났다. 희미한 등

불과 커다란 침대, 침대 머리맡의 은 고리에 느슨하게 걸린 겹겹의 하얀 휘장…… 열린 문으로 바람이 불어들어와 희미한 등불이 흔들렸다. 하얀 침대 휘장도 미풍과 촛불을 따라 살랑거렸다.

어둑한 방안에 감미로운 분위기가 돌았다.

침대의 새하얀 비단 위에 누운 두 사람은 갑자기 열린 문과 그 앞에 서 있는 성옥을 발견하지 못한 듯했다. 느닷없이 불어들어온 부드러운 늦가을 밤바람은 더 말할 것도 없었다.

성옥은 문틀에 기댄 채 아래쪽에 누운 여자를 멍하니 바라보았다. 여리여리한 몸을 감싼 새빨간 치마에서부터 시작해 점점 위로 옮겨가던 시선이 하얀 목덜미에서 멈췄다.

새하얀 얼굴이 있었다. 매일 아침 화장할 때마다 거울에서 보는 성옥 자신의 얼굴이었다. 익숙한 얼굴이지만 자연스럽게 느껴지지 않았다.

그런 모습의 자신을 본 적이 없어서였다.

등불이 어찌나 희미한지 달빛이 오히려 더 밝았다.

밝은 달빛 속에서 살구처럼 큰 눈동자가 촉촉히 젖어 있고 눈꼬리가 살짝 붉은 게 보였다. 그 옅은 홍조는 눈썹 위까지 번져 있었다. 촉촉한 두 눈이 홍조와 어우러져 마치 갈고리로 사람 마음을 낚아채듯 시선을 끌었다.

성옥의 심장이 쿵쿵 뛰었다.

하얀 비단 위에 누운 그녀가 살며시 아랫입술을 깨물었다 놓았다. 아랫입술만 깨물었는데 윗입술과 아랫입술 모두 석류꽃처럼 붉어졌다. 성옥은 석류꽃을 본 적이 있었다. 바닥에 떨어져 빗물에 젖은 모습이 순결하면서 방자해 보이던 석류꽃을.

성옥의 심장이 또 쿵쿵 뛰었다.

그녀가 자기 몸 위에 엎드린 청년을 오른손으로 살며시 밀어냈다. 그러고는 입을 살짝 오므리며 천진하게 말했다. "놀리지 말라니까요." 화가 난 듯 보였지만 그런 척하는 것에 가까웠다.

놀리지 마요.

놀리지 말라니까요.

한 글자 한 글자, 한 호흡 한 호흡이 전부 사람을 낚아채는 갈고리 같았다.

성옥은 얼굴이 새빨개졌다. 문틀에 기대지 않았으면 서 있기도 힘들 듯했다. 반면 침대에 누운 그녀는 아주 자연스럽게 그런 자세를 취하고 있었다.

위쪽에 엎드린 청년의 나직한 음성이 들려왔다. "놀리다니." 청년의 하얀 손가락이 그녀의 귓가를 쓰다듬자 작은 귓불에서 명주 귀걸이가 반짝였다. "명월." 청년이 나직이 말하며 잠시 손을 멈췄다가 천천히 아래로 내렸다. 바로 그 순간 성옥은 세상이 빙빙 도는 듯했다. 다시 정신을 차리자 성옥이 청년 밑에 누워 있었다. 침대에 있던 여자의 몸으로 성옥이 들어온 모양이었는데 왠지 시야가 흐릿했다.

성옥은 청년의 손가락에서 전해지는 온기를 느낄 수 있었다. 몸이 부르르 떨릴 정도로 뜨거웠지만, 그가 뜨거운 건지 자기 몸이 뜨거운 건지 알 수 없었다. "홍옥영紅玉影." 손가락을 목덜미로 옮겨가며 청년이 나직하게 말했다. 청년 때문에 달아오른 목덜미에서 서늘한 기운이 느껴졌다. 목걸이의 감촉이었다.

명월, 홍옥영. 밝은 달이 홍옥 그림자를 비추니.

이어서 손가락이 성옥의 손끝으로 미끄러져내려와 약지를 살짝 쥐었다. "연심蓮心." 청년의 말을 듣고 고개를 돌리니 반지가 보였다.

성옥의 손가락과 청년의 손가락이 뒤엉켰다. 청년의 손가락이 더 하얬다. 백자처럼, 옥처럼 하얀 손이었다. 성옥의 하얀 손가락은 청년의 손길에 붉어져 연분홍색을 띠고 있었다.

청년이 성옥의 손가락을 쥐었다가 오른손을 성옥의 소매로 살며시 집어넣고 손목뼈를 더듬었다. 번뜩 느껴지는 팔찌의 촉감에 성옥이 먼저 입을 열었다. "수저향袖底香."

연심, 수저향. 연꽃 씨앗은 소매 밑으로 향기를 감추네.

밝은 달이 홍옥 그림자를 비추니, 연꽃 씨앗은 소매 밑으로 향기를 감추네.

조금 전 청년이 선물한 시였다. 아니, 애당초 시가 아니라 장신구 이름이었다.

"우리 아옥은 정말 똑똑해." 청년은 키득거렸지만 손길을 멈추지는 않았다. 불꽃처럼 붉은 치마 위에서 성옥의 허리와 다리를 타고 발목까지 내려간 손가락은 드러난 복숭아뼈를 어루만졌다. 청년이 성옥의 발목을 잡았다. 뜨거운 손바닥에서 힘이 느껴졌다.

성옥은 자기 몸이 상대보다 열 배는 더 뜨거운 것 같았다. 금방이라도 울음이 터질 듯해 힘껏 입술을 깨물고 소리를 삼켰다.

성옥이 살며시 오른쪽 다리를 움직이자 방울소리가 가볍게 울렸다. 발목에 가느다란 줄이 느껴졌다. 어리둥절해진 성옥이 잠긴 목소리로 물었다. "시에는 장신구가 네 개뿐인데 이 발찌는 이름이 뭐예요?"

청년의 손가락이 드디어 성옥의 몸에서 멀어졌다. 성옥을 내려다보려는 듯 청년이 왼손으로 성옥의 오른쪽 어깨를 잡았다. 성옥이 고개를 돌리자 청년의 하얀 소매가 보였다. 은실로 수놓은 단아한 구름 문양까지 똑똑히 보였지만 막상 소매를 따라 시선을 조금씩 올렸을 때는 눈앞의 얼굴이 선명하게 보이지 않았다.

눈을 아무리 크게 떠봐도 청년의 입술과 턱만 보였다. 하얀 피부가 옥처럼 서늘하고 입술 윤곽도 차가워 보였다. 웃음을 짓는지 입술 끝이 살짝 올라갔을 때야 서늘한 기운이 가셨다.

그 정도만 보고도 성옥은 청년이 아주 잘생겼을 거라 짐작할 수 있었다.

청년이 몸을 숙여 성옥의 귓가에 얼굴을 붙이고 뜨거운 숨을 내뱉으며 살짝 잠긴 목소리로 말했다.

"이건…… 보생연步生蓮이야."

순간 성옥은 잠에서 깨어났다.

이튿날은 팔월 초사흘이었다.

청령은 오늘 성옥이 유난히 일찍 일어났다고 생각했다. 세자와 틀어져 서재에 갈 필요가 없어진 뒤 군주는 더이상 묘시에 일어나지 않았다. 그런데 오늘은 웬일인지 샛별이 아직 동쪽 하늘에 떠 있고 멀리 취담산도 어슴푸레한 여명 속에 잠긴 시각에 마당에 나와 차를 마시고 있었다.

"군주, 어젯밤에 편히 못 주무셨습니까?"

성옥은 생각에 잠겼는지 멍한 눈빛이었다. 촉촉하게 젖은 두 눈이 안개에 덮인 듯 보였다. 청령의 말에 성옥이 눈살을 찌푸리며 느릿느릿 대꾸했다. "꿈을 꾸었어……"

"무슨 꿈이었는데요?"

"그리 좋은 꿈은……" 성옥은 거기까지만 말하고 입술을 오므리며 살짝 짜증 섞인 투로 말했다. "아무것도 아니에요. 나는 좀더 앉아 있을 테니까, 이따가 같이 아침 먹어요."

청령은 더 묻지 않았다.

성옥은 마당에 좀더 있었다.

지난밤에 자다가 화들짝 놀라 깨어난 성옥은 한참을 침대에 앉아 있었다. 손이 심하게 떨리고 가슴도 몹시 두근거렸다.

삼경부터 새벽까지 내내 진정이 되지 않아서, 바람이라도 쐬면 나아질까 싶어 마당으로 나와 돌아다녔다. 새벽바람을 반 시진 정도 쐬고 나서야 손 떨림이 멈추고 두근거림도 좀 가라앉았지만 얼굴은 여전히 화끈거렸다.

성옥은 이런 불편함을 일으키는 꿈이라면 좋은 꿈일 리 없다고 생각했다.

꿈에서 본 장면이 모두 세세하게 기억났고 조금만 떠올려도 호흡이 흐트러졌다. 주근과 이향은 이런 걸 가르쳐주지 않았다. 누구도 세상에 그런 일이, 그런 꿈이 있다고 성옥에게 알려주지 않았다.

화비무가 곁에 있었다면 그런 꿈을 춘몽이라 부르며 나이가 든 아가씨들이 종종 꾸는 꿈이니 별것 아니라고 말해줬을 터였다.

하지만 이때는 화비무가 곁에 없어서 성옥은 이 꿈이 별것 아닌 줄을 몰랐다.

어쨌든 바람을 쐰 효과가 있었다.

햇볕이 새벽바람을 달구기 전, 성옥은 정신을 차리고 늘 가지고 다니는 불상화 꽃잎으로 청령에게 차를 끓여주었다.

청령처럼 견문이 넓은 비밀 호위무사는 가장 강력한 미약에도 취하지 않을 수 있었다. 하지만 성옥이 늘 가지고 다니는, 주근의 몸에서 얻은 꽃잎은 미약은 아니지만 정신을 잃게 만드는 효과가 있었다. 훌륭한 비밀 호위무사는 같은 함정에 두 번 빠지지 않는다지만 성옥의 행위는 불가사의한 범주에 들어갔기에 청령은 아무 방비 없이 또 함정에 빠졌고, 차를 마신 뒤 곯아떨어졌다.

날이 밝는 것을 보고 성옥은 지난 며칠 동안 사들인 물건을 주머니에 불룩하게 담은 뒤 청령의 말에 올라탔다. 청령의 말은 무척 빠른 대신 성질이 난폭했지만 성옥이 워낙 말을 잘 다루기에 힘들이지 않고 금세 적응할 수 있었다. 그보다는 몰래 따라다니는 호위 네 명이 더 골칫거리였다.

청령한테서 계명풍이 사람을 붙였다는 말을 들어 성옥은 늘 유념하고 있었다.

무술을 못하니 성옥이 호위들을 이길 수 없을 건 자명했다. 하지만 취담산의 깊은 숲은 진법을 펼치기 맞춤했다. 무술은 못해도 글이나 현묘한 일에는 자신 있는 성옥이었다. 어렸을 때는 뭐든 빨리 배우는 자신이 선녀일지도 모른다고 생각했을 정도였다. 열흘 만에 현묘한 진법 하나를 익히는 건 일도 아니었다. 과연 성옥은 네 명의 호위를 취담산 기슭에 묶어둘 수 있었다.

모든 일이 성옥의 계획대로 진행되는 듯했다. 고분에 들어갈 기회는 이번뿐이고 실패하면 두 번 다시 들어갈 수 없을 터였다. 계명풍이 두번째 기회를 줄 리 만무했다. 이렇게 순조로운 것도 절반은 철저한 준비 덕분이고, 절반은 계명풍이 성옥을 대수롭지 않게 여긴 덕분이었다.

성패는 이번 한 번에 달려 있었다.

신시 삼각, 남염 고분이 눈앞에 나타났다. 하늘을 찌를 듯 높이 솟은 고목이 즐비하게 늘어서 있었다. 거대한 가지들이 뒤엉켜 산이 들쑥날쑥한 녹색 융단에 덮인 듯했다. 햇살도 드문드문 들어올 뿐이라 묘지 부근은 음산해 보였다.

산을 등진 고분은 성옥이 상상했던 것처럼 은폐되어 있지는 않았다. 문 앞에 우락부락한 동물 석상 두 개가 이곳에 남염족 선조의 유해가 있다는 사실을 누가 알아도 상관없다는 듯 당당하게 서 있었다.

문 앞의 움푹 파인 홈에 수신의 열쇠를 붓자 무덤 옆 측백나무가 성옥을 알아보고 사스락사스락 진중한 당부를 늘어놓았다. "이백 년 전, 남염족의 유명한 장인이 고분을 고친 뒤 남염 궁궐에 변고가 생겼습니다. 고분의 함정에 관한 비밀도 그 변고 때 유실되어, 지난 이백 년 동안 고분을 열었던 인간 중 마지막 묘실까지 들어간 이는 한 명도 없었습니다. 저희가 알려드린 고분의 비밀도 전부 이백 년 전의 것이라 완벽하지 않으니 화주…… 조심하십시오. 상황에 따라 기민하게 대처해 살아서 돌아오십시오!"

'살아서 돌아오라'는 말이 귓가를 스칠 때 성옥의 오른손이 덜덜 떨렸다. 청자병에서 마지막 한 방울이 돌의 홈으로 떨어지자 고분 문이 벌컥 열렸다.

성옥은 어깨에 멘 자루에 병을 도로 넣었다. 평온한 표정이었다.

이제 문으로 들어가면 살거나 죽거나, 둘 중 하나임을 잘 알았지만 조금도 주저하거나 망설이지 않았다. 고개조차 돌리지 않았다. 문틈으로 비춰든 가냘픈 불빛은 침입자를 집어삼키려고 고분이 핏빛 아가리를 벌리고 있는 것처럼 보였다.

어떻게 해야 고분에서 살아남을 수 있을까?

일단 횃불은 사용할 수 없었다. 작은 열기도 고분 벽에 칠해진 독소에 영향을 미칠 수 있어 야명주를 사용해야 했다. 무덤 밑바닥에 잠든 독충을 깨우지 않기 위해서는 살금살금 걸어야 했다.

이백 년 전 그 장인이 무덤에 어떤 새로운 장치를 추가했는지 아무도 모르니 주변의 모든 것에 세세히 신경써야 했다.

그러고 나서는 묘도墓道를 따라 나아갔다.

삼분의 일쯤 가자 뼈까지 녹일 수 있는 연못이 나왔다. 연못 위 나무로 된 출렁다리를 건너며 성옥은 특히 더 주의를 기울였다.

다리를 건너자 묘도 양쪽으로 다양한 색깔의 부조 거석이 늘어서 있었다. 거석을 만지거나 불을 가까이 들이밀면 안 되었다. 거석의 염료는 강한 독성과 휘발성을 지녀서 피부로 침투할 수 있고, 온갖 독이 한꺼번에 체내로 들어오면 치료도 불가능했다. 야명주가 묘도를 밝혀주었지만 성옥은 부조 가까이로 다가가지는 않았다. 그 아름다운 문양이 혼을 빼앗고 마음을 어지럽힐 수 있었다.

곳곳에 위험이 도사리는 거석 통로를 무사히 지나자 일렬로 늘어선 다섯 개의 동굴이 나왔다. 성옥은 가운데 동굴을 택했다. 다른 동굴을 선택하면 무엇이 나오는지는 나무들이 알려주지 않아서 성옥도 몰랐다. 나무들의 기억에 따르면 고분에서 살아나온 사람은 예외 없이 가운데 동굴을 선택했다.

동굴을 지나면 마당이 나온다고 했다.

성옥은 눈앞의 높은 담장을 자세히 살펴보았다. 나무들 말에 따르면 마당이 나올 차례였고, 그 거대한 마당이 고분 전체에서 가장 위험한 장소라고 했다. 마당 전체가 뼈를 녹이는 연못이고 연못 맞은편에 일흔두 개의 오뚝이 청동 인형이 서 있는데, 오뚝이를 정확히 골라 흔들면 연못 바닥에서 길이 올라와 건너갈 수 있고 잘못 흔들면 뼈를 완전히 녹여버리는 연못 물이 올라온다고 했다.

어떤 오뚝이를 흔들어야 하는가는 수시로 바뀌는 암호처럼 매일 달라졌다. 하지만 성옥은 이미 그 순서를 다 외웠고 오뚝이를 맞출 새총과 금 탄환도 준비했다. 크게 어렵지 않게 넘어갈 줄 알았는데 갑자기 높은 담장이 나타나 묘실을 보호하는 마지막 난관인 마당으로 가지 못하도록 막았다.

담장을 지나지 못하면 이백 년 동안 무덤에 들어왔던 그 누구보다 깊숙이 왔다고 해도 아무 의미가 없었다.

성옥은 당연히 이대로 끝낼 수 없었다.

이백 년 전 그 장인이 새로 추가한 장치로 짐작되는 담장이 뜻밖에도 너무 컸다.

성옥은 손안의 야명주를 높이 들어올리고 입술을 앙다문 채 담장을 자세히 살펴보았다.

이음새가 전혀 보이지 않는 돌담이었다. 네모반듯한 거석을 통째로 마당과 동굴 사이에 세운 듯했다. 하지만 세상 어디에 이렇게 큰 돌덩이가 있단 말인가. 세로로 세 구역으로 나뉜 담장에는 어떤 용도인지 몰라도 가로 열여덟 줄짜리 격자판이 빽빽하게 그려져 있었다. 다른 것은 특별한 게 없었다.

남염족은 독을 많이 사용하기에 성옥은 만져볼 엄두가 나지 않아 비수 끝으로 돌담을 두드려봤다. 소리를 들어보니 놀랍게도 안이 비어 있었다. 몇 차례 더 두들기는데 돌담이 성옥 쪽으로 기우는 듯했다. 성옥은 깜짝 놀라 손을 멈추고 한 걸음 물러났다. 그 순간 돌담이 육안으로 식별할 수 있을 만큼 기울어져 성옥이 길을 잘못 들었고 걸음도 잘못 놀렸음을 알았다.

고개를 숙여 발밑을 내려다본 성옥은 자신이 칸을 하나 밟고 있음을 발견했다.

격자판이라.

성옥의 머릿속이 번뜩 밝아졌다. 성옥은 줄곧 격자 위를 밟아 지나왔다.

이 고분은 워낙 거대해서 묘도도 무척 넓고 길었다. 묘도에 처음 들어섰을 때 성옥은 그 위에 그려진 열여덟 칸짜리 격자판에 유의했다. 무덤 안으로 뻗은 묘도를 따라 격자판도 열여덟 칸씩 줄줄이 늘어선 바둑판처럼 담장 앞까지 뻗어 있었다.

고분의 장식이려니 생각하면서도 유심히 살펴보았는데, 돌담의 세 폭짜리 격자판을 다시 보니 세번째 격자판이 가장 짧고 두번째가 가장 길었다. 첫번째는 두번째의 절반이었다…… 첫번째 격자판은 고분 입구에서 연못까지, 묘도의 삼분의 일을 뜻하는 게 틀림없었다. 두번째 격자판은 연못에서 동굴까지로, 묘도의 삼분의 이였다. 세번째 격자판은 동굴에서 이 담장 앞까지가 분명하고 성옥의 기억에는 백스물한 걸음이었다.

성옥은 눈도 깜빡이지 않고 담장의 세번째 격자판을 바라보았다.

한 칸씩 세어보니 가로가 열여덟 칸, 세로가 백스물한 칸이었다.

성옥은 그 자리에서 한참을 서 있었다. 손이 조금 떨렸다. 측백나무의 말에 따르면 이 함정을 당시의 유명한 장인이 만들었다고 했다. 그렇다면 장인 중에서도 천재적인 인물일 게 분명했다. 천재가 아니고서는 이 무덤에서 재능을 발휘할 자격이 없었을 테니까. 천재들이 모두 복잡하고 어려운 방식을 선호하는 건 아니더라도 정교함은 놓칠 리 없었다.

이마에서 땀이 송골송골 비어져나왔다. 성옥은 만일을 위해 챙겨 온 굵은 밧줄을 자루에서 꺼내 고리를 만든 뒤 위쪽 연꽃 조각에 걸었다. 그런 다음 줄을 단단히 잡고 서서 비수를 들고 돌담 첫번째 격자판의 첫째 줄을 바라보았다.

한참 뒤 성옥은 숨을 죽인 채 비수로 첫째 줄 오른쪽에서부터 열두번째 칸을 살며시 쳤다. 성옥이 무덤에 들어와서 밟았던 첫번째 칸이었다. 쿵 하는 소리와 함께 성옥의 온몸이 흔들리고 돌담 안에서도 비수의 두드림에 호응하는 듯 쿵 소리가 울렸다. 성옥이 걸음을 잘못 내디뎠을 때와 달리 돌담은 아래로 기울어지지도, 흔들리지도 않았다.

성옥은 그제야 긴장이 조금 풀렸다. 비수를 북채처럼 든 채 기이한 형태의 격자판을 계속해서 두드려나갔다. 툭, 툭, 툭, 툭. 그 모든 위치는 성옥이 무덤에 들어와 밟았던 칸과 길 그대로였다.

성옥은 기억력이 무척 좋았다. 첫번째 길에서 이백열두 보 때 두 칸을 한꺼번에 뛰어넘고 두번째 길에서는 백열세 보 때 열세번째와 열네번째 칸 사이의 실선을 밟았다. 성옥은 그 모든 것을 기억하고 있었다. 신중해야 한다는 측백나무의 당부 때문에 쓸모없는 것들에까지 주의를 기울였다. 일단 유념하면 성옥은 잊어버리는 일이 거의 없었다.

마지막 칸을 두드렸을 때 갇혀 있는 짐승의 울부짖음처럼 우르릉 하는 소리가 바닥에서 울리더니 돌담 전체가 아래로 가라앉았다. 무방비 상태로 있던 성옥은 그대로 바닥으로 넘어졌다. 바닥에 부딪힌 오른쪽 어깨가 아팠지만 돌담 위를 딛고 일어선 뒤 드디어 한숨 돌릴 수 있었다. 성옥은 헉헉 숨을 몰아쉬었다.

예상이 맞았다. 담장은 묘도 전체와 연결되었고 담장을 무너뜨리려면 무덤에 걸어들어온 길을 그대로 맞혀야 했다. 말문이 막힐 만큼 정교한 기술이었다.

문득 소름이 오싹 끼쳤다. 그렇다면 오늘은 성옥 혼자 들어왔기에 그나마 목숨을 부지한 것이다.

묘도는 한 번에 한 사람의 걸음만 기록해 돌담으로 전달하는 게 분명했다. 무덤에 들어온 사람은 앞서 걸어온 길을 한 걸음도 틀리지 않고 외워 담장에 그대로 재현해야 통과할 수 있었다.

다른 사람이 성옥을 따라 들어왔다면 진작에 돌담 장치를 건드려, 두 사람이 길의 마지막 칸을 밟고 담장 앞에 섰을 때 돌담에 납작하게 깔려 죽었을지 모른다. 성옥 혼자 왔어도 담장의 비밀을 풀지 못해 되돌아가려 했다면, 격자판을 다시 밟는 순간 돌담이 성옥을 짓이겨놓았을 게 틀림없다. 성옥이 뒷걸음을 치다가 무심코 길 바닥의 마지막 줄을 밟자 돌담이 갑자기 기울어진 건 다름 아닌 경고였다.

그야말로 생사의 갈림길에서 성옥이 다행히도 수수께끼를 풀어낸 것이다.

하지만 이백 년 전의 그 장인이 무덤에 또다른 장치를 남겼을지 누가 알겠는가. 장인의 실력을 충분히 맛본 성옥은 감히 긴장을 풀 수 없었다. 이번 고비는 넘겼더라도 정신을 바짝 차려야 했다.

눈을 감고 한참 동안 숨을 고른 성옥은 또 어떤 난관이 기다리고 있을지 자세히 보려고 눈을 크게 떴다.

야명주의 희미한 빛 너머로 안개에 싸인 음산한 마당이 보였다. 하얀 연기가 피어오르는 연못이 있었는데, 연못 끝에 이상한 형태의 청동 인형 일흔두 개가 놓여 있었다. 연못 옆 돌비석에는 '옥허해玉虛海'라고 적혀 있었다.

성옥은 안도의 한숨을 내쉬었다.

나무들에게 들어 성옥도 잘 아는, 묘실을 지키는 마지막 관문이었다.

마음을 가라앉힌 성옥은 자루에서 새총과 금 탄환을 꺼내, 일흔두 개 인형 중 한가운데에 있는 인형을 겨눴다. 웃는 얼굴을 하고 말 위에서 해를 쏘는 인형이었다.

초사흘 초승달이 옥허해를 비출 때 말을 타고 해를 쏘면 황금 길이 열리리.

금 탄환이 날아갔다.

신시 삼각에 남염 고분의 문을 연 성옥은 유시 일각에 고분의 묘실로 무사히 들어가게 되었다.

전설에 따르면 고분에는 남염 부족의 천년 지혜를 담은 책이 소장되어 있다고 했다. 성옥은 묘실 안에 설령 책이 보이지 않더라도 관은 틀림없이 있을 테니 그 안에 책이 가득 담겼으리라 예상했다.

묘실에 들어서니 역시나 관은 있지만, 그 안에 들어 있는 건 책이 아니라 오래된 시신이었다.

관에는 뚜껑이 없었다.

성옥은 시신을 보고서야 이곳이 고분임을 실감했다.

고분은 책이 아니라 시신을 보관하는 장소였다.

시신이나 해골 같은 것을 무서워하는 성옥이었지만, 오늘밤은 위험한 일만 겪어서 무감각해졌는지 석관에 누운 시신을 보고도 그다지 무섭지 않았다. 심지어는 몸을 숙여 시신을 자세히 살펴보기까지 했다.

희미한 야명주 빛 속에서 황금 갑옷을 입고 황금 가면을 쓴 시신이 보였다. 오랜 세월 어둠 속에 갇혀 금빛은 바랬지만 존귀함과 화려함까지 사라지지는 않았다. 야명주를 좀더 가까이 가져가자 황금 가면의 모양이 똑똑히 드러났다. 한참을 살펴보니 그 오뚝한 콧날과 얇은 입술이 왠지 익숙했다. 눈을 감고 잠든 황금 가면의 얼굴이, 여천왕부의 계명풍과 상당히 비슷했다.

넋을 놓고 황금 가면을 쳐다보던 성옥은 시신의 자세 또한 어딘가 독특하다는 것을 깨달았다. 위용 넘치는 갑옷 차림과 상반되게 무사의 자세는 무척 다소곳했다. 가슴 위에 올려 모아진 두 손에 이미 소멸했을지 모를 손가락뼈에는 황금 골무가 끼워져 있었다. 무사라면 칼이나 검을 늘 소지했을 테니 관에 부장품을 넣을 때 옥검 한 자루라도 손 옆에 놓여 있어야 옳을 텐데, 황금 무사는 기이한 빛깔의 홍련 한 송이를 두 손으로 살포시 쥐고 있을 뿐이었다.

성옥이 가까이 다가가자 홍옥으로 조각된 연꽃이 야명주의 희미한 불빛 아래에서 은은한 광채를 뿜었다. 그 홍련이 어찌나 생동감 있던지 자세히 보지 않으면 새벽이슬로 덮인 연못에서 금방 따와 새벽의 첫 햇살과 온기, 진귀함을 고스란히 품은 채 잘생긴 무사의 손에 쥐어진 것으로 보일 듯했다.

계명풍을 닮은 황금 무사, 무사의 손에 쥐인 홍련, 수백 년 동안 아무도 다가간 적 없는 석관, 그리고 고분.

성옥은 묘실을 살폈지만 석관 속 인물의 기록은 찾지 못했다.

측백나무가 신비한 이민족 전설과 속세의 시작에 대해 들려준 바로는, 이 세상 최초의 인간 군왕은 인주 아포탁이라 불렸고 남염 고분은 그의 유해가 있는 곳이라고 했다.

하지만 속세의 시작이라면 아득하게 먼 옛날인데 어떻게 유해가 지금껏 보존될 수 있단 말인가? 때문에 이 가능성은 성옥의 머릿속에서 바로 지워졌다.

성옥은 계명풍의 조상이 남염 부족과 혼인했으며 관 속의 인물은 바로 계명풍의 먼 선조일 것으로 추측했다.

그렇게 정리한 뒤 더 고민하지 않고 남염족이 묘실에 숨겼다는 고서를 찾는 데만 집중했다.

고분 안에는 책으로 가득찬 방도 없고 관도 없었다. 상자나 책꽂이도 없었다. 묘실을 다 뒤졌지만 책이라고는 다섯 권밖에 찾지 못했다.

그 다섯 권은 먹물로 종이에 쓴 얇은 선장본이었다. 수백 년 세월이 지났을 텐데도 먹물이 전혀 바래지 않고 종이에도 좀 하나 슬지 않았으며 책을 묶은 끈도 끊어지지 않았다.

실로 놀라운 일이었다. 다섯 권밖에 되지 않았지만 성옥은 조금도 흥미를 잃지 않고 한참을 이리저리 뒤적여봤다. 그러다 표지에 아무것도 적혀 있지 않다는 것을 발견했다. 제목조차 없어서 대체 무슨 내용이 담겼는지 성옥은 한 권씩 찬찬히 넘겨보기 시작했다.

희미한 야명주 빛에 의지해 정신없이 읽다보니 자시 삼각 무렵에는 다섯 권을 모두 읽었다. 그제야 성옥은 묘실에 너무 오래 있었다는 생각이 들었다. 고분을 나갈 때였다.

다섯 권은 각각 『산천지리』 『역사와 전설』 『기문 둔갑』 『독전毒典』 『고부蠱簿』였다. 앞의 두 권은 무척 마음에 들었고, 뒤의 세 권은 잘 이해할 수는 없어도 재미있었다.

이후 성옥은 그때 왜 시간을 살피지 않았는지 수도 없이 자책했다. 좀더 일찍 묘실을 나왔더라면 청령은 죽지 않았을 터였다.

하지만 무엇도 되돌릴 수 없었다.

자시가 다 지나갈 무렵에야 성옥은 다섯 권의 고서를 안고 묘실을 나왔다. 길을 되짚어 거석 통로의 삼분의 이까지 나왔을 때 앞쪽에서 불빛이 보였다.

이어서 성옥이 무수한 밤 되풀이하는 악몽 속 바로 그 상황이 벌어졌다.

성옥이 무덤에 너무 오래 있는 바람에 그사이 잠에서 깨어난 청령이 모든 걸 눈치채고 고분으로 성옥을 찾으러 왔다.

고분의 비밀을 모르는 다른 사람들처럼 청령은 횃불을 켰다. 횃불의 열기와 송진 향기가 무덤 바닥에 잠든 독충을 깨웠고 곳곳에 발린 독약을 퍼뜨렸다. 그나마 다행히 청령이 고분 깊숙이 들어오지 않았고 성옥도 해독약을 많이 준비해뒀기에 둘은 중독되지 않을 수 있었다.

쉬지 않고 달린 두 사람은 입구 근처의 연못에 이르렀다. 이제 독충에서 벗어나 살 수 있겠다고 생각했지만, 하나뿐인 출렁다리가 누군가에 의해 끊겨 있었다.

성옥을 살리기 위해 청령은 사람을 뼈까지 녹여버리는 그 연못에서 죽었다.

"군주, 어서 뛰세요!" 등뒤에서 다급하게 들려온 그 잠긴 목소리가 성옥이 들은 청령의 마지막 음성이 되었다.

입구에서 들어온 희미한 빛이 비추는 가운데 연못에서 솟구친 하얀 물보라가 성옥이 본 청령의 마지막 모습이 되었다.

청령은 스물여덟 살도 되지 않은 나이였다.

현실에서든 꿈에서든 성옥은 그날 밤 자신이 어떻게 연못을 건너 고분 밖으로 나왔는지 전혀 기억하지 못했다.

성옥의 기억은 거기에서 끊겼다 이어졌다.

성옥은 덜덜 떨리는 목소리로 청령의 이름을 부르며 그녀를 녹여버린 연못으로 다가갔다.

정신이 맑을 때는 그 순간을 떠올릴 수 없었기에, 청령한테 떠밀려 연못을 건넌 뒤에 울면서 되돌아가 무엇을 하려 했는지도 성옥은 잘 알 수 없었다. 어쩌면 연못에서 청령을 끌어내려 했는지도 모르겠다.

연못에 다가갔을 때 수증기가 닿는 것만으로도 손에 물집이 잡혔으니, 연못에 빠진 청령은 이미 뼈조차 남지 않았을 게 확실했다. 아무리 붙잡고 싶어도 애당초 불가능한 일이거늘 그리 멍청하게 굴면 안 되었다. 원래 성옥은 그렇게 어리석지 않았지만 그 순간에는 어쩔 수 없었다. 그저 붙잡아야 한다는 생각뿐이었다. 청령이 살았든 죽었든 붙잡고 싶었다.

이후의 기억은 넋이 나갔던 것처럼 텅 비었다.

하지만 공백은 길지 않았다.

고분 밖에서의 기억은 달빛과 함께 떠올랐다.

하늘 높이 초승달이 떠 있었다. 아직 밤이었다.

고분 밖에 기병대가 일렬로 늘어서 있었다. 까만 옷차림의 왕부 호위병들이 말 위에 석고상처럼 경직되어 앉아 있고 손에 들린 횃불이 활활 타올랐다. 새벽 여명처럼 노르스름한 빛이 고분 문과 문을 지키는 동물 석상, 고분 앞의 음산한 숲을 환하게 밝혀주었다.

자홍색 준마를 탄 계명풍이 검은 옷의 호위병들 뒤에 있었다. 얼굴이 똑똑히 보이지는 않아도 성옥은 자신의 얼굴로 떨어지는 그의 차가운 시선을 느낄 수 있었다.

잠시 뒤 계명풍이 천천히 입을 열었다. "대체 여기서 뭐하는 겁니까?"

사흘 전 성옥은 거리에서 맹진을 데리고 음식점에 들어가는 계명풍을 보았다. 그는 성옥을 보지 못했다. 그들이 다시 고분에 들어가려 한다고 생각해 성옥은 초하룻날 수신의 열쇠를 구한 뒤 하루만 쉬고 취담산으로 들어온 거였다. 그들보다 먼저 고분에 들어가고 싶었다.

어젯밤까지만 해도 고서를 챙겨 고분에서 살아나올 수만 있으면 조용한 어느 밤에 계명풍에게 책을 넘겨주고 목숨을 구해준 은혜를 청산할 수 있겠다고 생각했다. 계명풍과 인연을 맺은 게 이월 보름밤이었다. 밝은 달밤에 인연을 맺고 또다른 밝은 달밤에 인연을 끊으면 숙명적 체념 같은 게 느껴져 아주 적합할 듯했다.

하지만 운명의 각본은 성옥 마음대로 쓰이지 않았다.

살아서 고분을 나왔고 고서를 가져왔지만 청령은 죽었다.

그래도 성옥은 일말의 기대감을 품고 힘겹게 입을 열었다. 동물 석상의 거대한 그림자 속에서 성옥이 몇 걸음 떨어진 계명풍에게 쉰 목소리로 물었다. "청령은요?"

말발굽 소리와 함께 계명풍이 다가오자 차갑게 굳은 얼굴이 불빛 속에서 똑똑히 드러났다. "죽었습니다. 군주 때문에 죽었어요!" 더없이 싸늘한 목소리였다.

"그날 군주가 『유산책』에 나오는 비밀스러운 장소로 데려가달라고 청령한테 말했을 때, 내가 괜한 일 만들지 말라고 경고했지요. 군주는 정말 그렇게 수없이 잘못하고도 뉘우칠 줄을 모르는군요."

비수처럼 날카로운 말에 성옥은 무겁게 숨을 내뱉었다.

그랬다, 청령은 죽었다.

청령이 연못에 빠지는 걸 본 순간 느꼈던 고통이 다시 한번 엄습해왔지만, 소리조차 내지 못하고 물집이 가득 잡힌 오른손으로 가슴께 옷섶만 꽉 쥐었다. 너무 세게 힘을 줘서 물집이 터지고 하얀 옷이 엉망이 되는데도 성옥은 아픈 줄도 몰랐다.

성옥은 한참 동안 숨을 몰아쉬어야 했지만 아무도 알아차리지 못하게 억눌렀다. 마침내 성옥이 다시 입을 열 수 있게 되었을 때 계명풍이 성옥에게로 다시 시선을 주었다.

성옥은 혼잣말인 듯 아닌 듯 물었다. "그런가요?" 사포를 문지르는 것처럼 갈라지고 가라앉은 목소리였다. 성옥은 계명풍이 옳다고, 청령은 자기 때문에 죽었다고 생각하며 스스로에게 답하듯 또 조용히 말했다. "맞아요, 이렇게 된 건 전부 제 탓이에요."

누구도 대답하지 않았다. 불빛은 멀리에 있고 달빛은 가까이에 있었다. 하지만 성옥은 자기 몸에 쏟아지는 모든 것이 차갑게만 느껴졌다.

"청령이……" 한참 뒤 계명풍이 다시 입을 열었다. 목소리는 아까보다 덜 싸늘했다. 계명풍은 두 눈을 감고 담담하게 말을 이었다. "군주를 위해 죽은 것은 본분을 다한 겁니다. 하지만 청령의 죽음이 헛되지 않도록 군주도 달라져야겠지요." 계명풍이 눈을 뜨고 압박하듯 성옥을 바라보며 물었다. "군주, 앞으로는 자중할 수 있겠습니까? 다시는 이처럼 경솔하게 굴지 않을 수 있겠습니까? 스스로를 지킬 수 없으면 멋대로 행동해 본인을 위험으로 내모는 일은 하지 말아야 하는 것 아닙니까?"

성옥은 한참 만에야 정신을 차리고 힘겹게 답했다. "그러니까 제가 쓸모없는 주제에 늘 민폐만 끼친다는 뜻인가요? 청령……" 그 이름을 입 밖에 내는 것만으로도 울컥했다. 성옥은 금방이라도 터져나올 듯한 울음을 억누르며 잔뜩 잠긴 목소리로 말했다. "청령의 죽음은 그렇게 가벼운 취급을 받아서는 안 됩니다. 한 군주의 고집과 무지 때문으로 치부되면 안 돼요." 성옥의 입술이 덜덜 떨렸다. "청령은 여기에서 헛된 희생만 한 게 아니에요. 저와 청령이 세자가 원하는 남염 고서를 가져왔어요."

성옥은 잘 움직이지 않는 손가락을 벌벌 떨면서 자루를 열었다.

성옥이 다섯 권의 고서를 꺼내려 할 때 여자의 다급한 목소리가 끼어들었다. "안 돼요!" 줄곧 계명풍과 나란히 고삐를 잡고 있던 맹진이었다.

그 차갑고 날카로운 외침과 함께 성옥은 눈 앞에서 다섯 권의 고서가 순식간에 먼지로 변하는 것을 지켜보아야 했다. 밤바람이 불어오자 폭죽이 터진 뒤 연기가 흩어지듯 먼지가 아득한 어둠 속으로 흩어졌다.

성옥은 먼지의 흔적을 멍하니 바라보았다.

거대한 침묵을 깨고 맹진이 이를 갈며 비난했다. "함정으로 가득한 묘실에서 우리 부족의 성서를 꺼내올 수 있는 능력은 있으면서, 그 성서를 묘실에서 베껴써야 한다는 건 몰랐습니까? 책마다 비술이 걸려서 바람을 쐬면 먼지가 된다는 건 왜 몰랐어요?"

맹진이 준마를 몰고 성옥 가까이 다가와 파랗게 질린 얼굴로 말했다. "군주의 이번 고분 탐방은 정말 훌륭했네요. 우리의 길을 깨끗하게 끊어놓았으니까요. 청령의 죽음이 이보다 더 헛될 수 있을까요……"

성옥의 낯빛이 창백해졌다.

그때 계명풍이 다시 한번 물었다. "대체 여기에서 뭘 하려 했습니까?" 아까 성옥을 보자마자 던졌던 질문이었다. 아까는 성옥이 대답하지 않았고 이번에는 대답할 필요가 없을 듯했지만, 계명풍은 도저히 이해할 수 없다는 듯 연거푸 물었다. "대체 뭘 하려고 했지요?"

성옥은 한 글자도 뱉을 수 없었다.

"남염 고서를 가지러 오면서 왜 내게 말하지 않았습니까? 이 책들이 얼마나 중요한지 압니까? 그게 있으면 전쟁에서 무고한 희생을 얼마나 많이 줄일 수 있는지 아느냐고요!"

"저는……" 성옥은 뭐라 답하려 했지만 더는 아무 말도 나오지 않았다.

계명풍은 성옥의 어떤 변명도 듣기 싫고 뉘우침조차 피곤하다는 듯 눈을 감았다가 결국 분노를 참을 수 없었는지 나직하게 말했다. "홍옥군주, 정말 겁도 없이 주제넘은 짓만 벌이는군요. 그렇게 잘못하고도 뉘우칠 줄 모르고요. 오늘은 청령이 군주 때문에 죽었고, 내일은 여천의 더 많은 장정들이 군주 때문에 목숨을 잃을지도 모릅니다. 이 많은 목숨을 감당할 수 있습니까?" 거기까지 말한 계명풍은 잔인한 추측까지 덧붙였다. "군주는 귀한 몸이라 그들의 목숨을 하찮게 여기는 거겠지요. 얼마나 많이 죽든 전혀 개의치 않는 것 아닙니까?"

성옥이 느끼는 고통은 이미 칼에 찔리는 수준이 아니었다.

성옥은 우두커니 그 자리에 주저앉아 있었다. 자신도 청령과 함께 연못으로 떨어진 기분이 들었다. 연못 밖으로 끌어올려져 죽지는 않았지만 뼈와 살이 분리된 것 같았다. 앞으로 평생 뼈와 살이 분리되는 이 고통을 감내하며 살아가야 할 듯했다. 죽는 것보다 더 힘든 일이었다.

고분 앞에서 울지도 않고 가만히 앉아 있는 성옥의 모습은 강하고 차갑게 보였다. 그래서 다들 성옥이 무척 강하고 냉정하다고만 생각했다. 그게 극도로 고통스러운 상황에서 나오는 반응이라는 걸 모르고 누구도 성옥의 고통에 신경쓰지 않았다.

계명풍은 성옥이 영원히 떨쳐낼 수 없을 말들을 퍼부은 뒤 더는 보기도 싫다는 듯 말머리를 돌리고 채찍을 휘둘렀다. 맹진과 호위병들도 뒤따라갔다.

성옥은 자신이 일을 망쳤으니 그가 분노할 만하다고 생각했다.

성옥은 그를 원망하지 않았다. 그저 아플 뿐이었다.

고분 앞은 순식간에 고요와 어둠에 잠겼다.

달빛도 차고 바람도 찼다. 간간이 들리는 밤새의 지저귐도 서글펐다.

성옥은 더는 버틸 수 없어 동물 석상의 그림자 속으로 쓰러졌다.

그림자 속에서 몸을 꽉 끌어안으며 작게 움츠렸다.

지난 한 달 동안 성옥이 얼마나 힘들고 괴로웠는지 아는 사람은 아무도 없었다. 그날 백란이 말한 것처럼 남염 고서를 가져오기 위해서는 성옥조차 엄청난 공력을 들여야 했다.

성옥이 희성을 뺀 뒤 매일같이 찾아오는 불면의 밤을 어떻게 보냈는지 누구도 몰랐다. 파도처럼 밀려오는 잡다한 소리들에 밤낮없이 시달리느라 얼마나 기진맥진했는지, 수신의 열쇠를 얻던 달밤에 얼마나 큰 위험을 무릅썼는지 역시 아무도 몰랐으며 오늘밤 성옥이 어떤 일을 겪었는지 아는 사람은 더더욱 없었다.

고분 안에서 생사의 갈림길에 섰던 매 순간마다 성옥은 정말 두려웠다.

이후 청령의 죽음과 재로 변한 고서, 계명풍의 가시 돋친 말까지 성옥은 어느 하나도 견뎌내기 힘들었다.

너무 아파서 죽을 것만 같았다.

고통을 덜어줄 누군가의 온기가 절실히 필요했지만, 여천에 온 이후 성옥에게 순수한 온기를 나눠준 사람은 청령뿐이었다. 청령을 떠올리자 더 고통스러워졌다. 한 가닥 온기를 찾아 성옥은 최근의 기억을 헤집어봤다. 차갑고 아픈 기억 속에서 그나마 포근한 기억이라면 어젯밤 꿈뿐이었다. 꿈속 장면이 따뜻한 구슬처럼 떠올라 성옥의 손가락을 건드리며 온기를 불어넣어주었다. 꿈속에서 본 따뜻하고 부드러운 사막에서는 달빛도, 바람도 온화했다. 성옥의 곁에 있던 그때 그 사람은 "시를 선사하지, 어때?"라고 부드럽게 말했다. 꿈속에서 만난 사람일 뿐이지만 성옥에게 무척 친절했다.

그 작은 온기 덕분에 성옥은 마침내 울음을 터뜨릴 기운을 찾았다. 어미를 잃은 어린 짐승의 울부짖음 같은 소리가 음산한 숲속에 메아리쳤다.

자책과 좌절로 무너졌을 때 성옥의 손을 잡고 위로해주는 사람이 없어서, 그렇게 심각한 잘못을 저지른 게 아니며 청령의 죽음은 누구도 예상하지 못한 사고였다고 말해주는 사람이 없어서, 그 기억 속 작은 온기를 통해 힘과 용기를 얻었음에도 성옥은 영원히 떨쳐낼 수 없을 그 말들을 가슴 깊이 새기게 되었다.

성옥의 이기심 때문에 청령이 죽었고, 성옥의 무지 때문에 청령의 죽음이 가치를 잃었으니, 그건 되돌릴 수 없는 잘못이자 평생 짊어져야 할 죄라는 그 말을.

이후의 일 역시 성옥은 흐릿하게만 기억했다.

그날 밤 왕부 사람이 성옥을 데리러 온 듯했다. 이틀 동안 마차를 타고 여천왕부로 돌아온 뒤에는 감금되었다.

병이 나서 정신이 혼미했기에 며칠이나 갇혀 있었는지도 알 수 없었다.

계명풍을 다시 본 것 같지는 않았다. 어느 날 성옥을 돌보는 시녀가 왕부에 좋은 일이 있다며 진 소저가 혼인해서 주인님이 된다고 했다. 몽롱한 머리를 한참 굴린 뒤에야 성옥은 진 소저가 누구인지 떠올릴 수 있었다. 진소미가 계명풍과 혼인하는 모양이었다. 성옥은 또 까무룩 잠에 빠져들었다. 그 며칠 내내 성옥은 잠이 부족한 사람처럼 졸음이 쏟아졌다.

그다음날쯤 주근과 이향이 몰래 성옥을 데리러 왔다. 주근을 보았을 때야 성옥은 몽롱함에서 벗어나 맑은 정신을 회복할 수 있었다. 주근이 깜짝 놀라 성옥을 끌어안으며 후회했다. "이렇게 고생할 줄 알았으면 절대 혼자 남겨두지 않았을 겁니다!" 주근은 원래 말만 무섭게 할 뿐 마음이 약했고, 성옥을 미워하는 듯 보여도 실은 그 누구보다 성옥을 아꼈다. 정신과 육체 모두 피폐해진 성옥은 자기 머릿속에 기억하고 있는 다섯 권의 남염 고서를 베껴쓴 뒤 여천왕부에 남겨둬야 한다고, 자신이 만든 사달이니 직접 해결해야 한다고 말한 뒤 정신을 잃었다.

다시 깨어났을 때 성옥은 이미 만앵산장에 와 있었다. 황가 별장인 만앵산장은 같은 여천이긴 해도 계명풍이 있는 함성과 멀리 떨어져 있었다.

성옥이 청령에 대한 죄책감으로 몹시 괴로워하자 주근은 상의도 없이 성옥의 기억을 봉인해버렸다. 감당하기 힘들 만큼 고통스러운 감정과, 잠들 때마다 눈앞에 펼쳐져 성옥을 괴롭히던 청령의 마지막 모습을 전부 성옥의 가슴 깊은 곳에 봉인했다. 여천에서 있었던 좋고 나쁜 일 모두 주근의 봉인술로 인해 무감각하고 막연한 잔상으로만 성옥의 기억에 남게 되었다.

반년 뒤 평안성으로 돌아온 성옥은 도로 이전의 성옥이 되어 있었다. 평안성에서 한 발짝도 나갈 수 없던 열다섯 살 이전으로, 성장하기 이전의 성옥으로.

백옥천 옆에서 수양버들이 한들거렸다. 어느새 밤이 깊어 김삼랑 누각에서 들려오던 비파 소리도 끊기고, 비파 소리에 실려 있던 화류가의 들뜬 기운도 밤과 작별한 뒤 아름다운 꿈속으로 가라앉았다. 백옥천 전체가 고요해지고 흘러가는 강물과 부드럽게 불어오는 강바람만 남았다.

풀밭에서 무릎을 구부린 채 한 손으로 턱을 괴고 앉아 있던 연삼이 살며시 눈살을 찌푸렸다.

성옥은 조금 당혹스러웠다.

그때의 일을 이렇게 온전히 떠올린 건 처음이었다. 전부는 아닐지라도 대략적인 내용을 모두 연삼에게 들려주었다. 다만 남들에게 드러낼 수 없는 비밀은 어느 순간에도 예외가 아니었기에, 십화루에서 맹세한 대로 화주나 희성, 고대 전설, 꽃이나 나무와의 교류, 고분의 시신에 관한 내용은 조금도 언급하지 않았다. 또 사막을 배경으로 펼쳐졌던 꿈은 소녀의 개인적인 비밀이라서 역시 일언반구도 꺼내지 않았다.

하지만 연삼이 보통 총명한가. 감출 건 감추고 그럴싸하게 내용을 꾸몄어도 과연 연삼을 속였을지 성옥은 자신할 수 없었다. 반쯤 숨긴 과거를 털어놓는 게 성실하게 자신을 직시하는 것인지도 알 수 없었다. 그래서 연삼이 눈살을 찌푸리는 걸 보았을 때 성옥은 가슴이 뜨끔해, 속이고 싶어서가 아니라 어쩔 수 없어서라고 속으로 서글프게 변명했다.

사실 연삼은 전혀 다른 생각을 하고 있었다.

그 무력했던 밤 음산한 고분 앞에서, 지금 붉어진 눈시울을 하고 자기 앞에 앉은 소녀가 어떤 모습으로 몸을 움츠리고 있었을까 하는 생각이었다. 성옥 내면의 사계절에서 보았던 것처럼 혼자 눈 내리는 거리에 쪼그려앉아 스스로 온기를 내기 위해 몸을 동글게 말고 있었던 걸까 생각하자 마음이 무거워졌다.

지금 봉인이 풀린 성옥이야말로 진정한 성옥, 성장과 동시에 날개가 꺾인 성옥이었다. 연약한 두 어깨로는 감당할 수 없는 고통에 짓눌려 어쩔 줄 몰라하는 성옥은 고치에서 벗어나자마자 날개가 꺾여 고통스러운 탈피 과정에 잔인하게 갇혀버린 나비 같았다.

다시 고치 속으로 들어가 걱정 없는 번데기가 될 수도, 날개를 펼치고 자유롭게 나는 나비가 될 수도 없었다. 성옥은 고통스럽게 그곳에 멈춰 있었다.

당황스러운 침묵을 먼저 깬 사람은 성옥이었다.

"내가 나빴던 거죠?"

연삼이 성옥의 어깨를 어루만졌다. 달빛 아래에서 영롱하게 빛나는 그의 손가락이 최상품 옥보다 더 투명하고 깨끗해 보였다. 연삼이 조용히 대꾸했다. "아니, 그들이 헛소리한 거다."

"하지만……" 성옥이 중얼거렸다.

연삼이 손가락으로 성옥의 어깨 옆을 건드렸다. "그런 감정과 기억을 다시 봉인하면 너는 다시 걱정 없이 지낼 수 있어." 성옥이 어리둥절한 표정으로 바라보자 연삼이 천천히 다가와 손을 잡고 나직하게 말했다. "하지만 아옥, 나는 네가 계속 성장하면 좋겠구나."

성옥은 귓가를 스쳐 나직하게 들려오는 목소리가 어딘가 익숙하게 느껴졌지만 정확히 감을 잡을 수 없었다. 곧이어 세상이 빙글빙글 돌았다.

16장
새로운 탄생을 축하하는 혼령의 나뭇잎

백옥천 옆에서 셋째 전하가 홍옥군주를 데리고 허공으로 사라지는 모습을 본 국사는 속으로 욕을 퍼부었다.

계명풍의 눈을 천으로 가렸기에 망정이지, 아니었으면 멀쩡하게 살아 있는 두 사람이 허공으로 사라지는 걸 어떻게 설명할 수 있었겠는가?

그래도 셋째 전하가 어디론가 사라졌다는 건 오늘밤의 유일한 희소식이라 할 수 있었다. 더는 따라갈 필요가 없다는 뜻으로 받아들였다. 이 재수없는 밤이 드디어 끝났다는 뜻이었다.

하지만 안도의 한숨을 내쉬기도 전에 검은 나비 두 마리가 눈앞으로 날아와 국사의 주변을 맴돌며 한일자를 그렸다가 다시 여덟 팔자를 그렸다.

한참을 멍하니 쳐다보던 국사는 두통이 도질 것만 같았다. 평생 처음으로 자신의 박학다식함이 원망스러웠다. 검은 나비는 저승인 명계冥界에서 혼백을 인도하러 온 인백접引魄蝶이었다. 그 나비가 어떤 능력을 가졌는지도 국사는 잘 알았다.

셋째 전하가 보낸 나비가 틀림없었다.

군주를 데리고 명계로 가면서 인백접 두 마리를 남겨두었다는 건 당연히 계명풍을 데리고 쫓아오라는 뜻이었다. 모르는 척할 수도 없었다.

국사와 계명풍이 앉아 있던 느티나무에서 백옥천 강변까지는 꽤 멀어서 군주와 전하가 무슨 얘기를 나누는지는 들리지 않았다. 때문에 국사는 왜 셋째 전하가 보통 인간을 데리고 명계에 갔으며, 왜 자기에게 또다른 보통 인간을 데리고 따라오라는지 이해할 수 없었다. 하지만 무슨 일인지 궁금해할 여유도 없었다. 계명풍에게 저승행을 어떻게 설명해야 할지 머리를 쥐어짜는 것만으로 이미 죽을 지경이었다.

인백접이 그들 두 사람 주변을 세 바퀴 돌았다. 검은 나비가 왔으니 더 고민해봐야 소용없었다. 결국 혼백을 뽑혀 끌려가거나, 자발적으로 육신도 함께 쫓아가거나 둘 중 하나였다.

왜 오늘밤 여기에서 셋째 전하한테 이렇게 시달려야 하는 걸까. 선제先帝가 일찍 세상을 떠난 탓일까? 폐하, 너무 일찍 가셨습니다. 가실 때 왜 저는 안 데려가셨습니까? 탄식하던 국사는 계명풍의 팔을 잡고 빈손으로 인계를 맺었다. 그러고는 셋째 전하의 지시에 따라 계명풍을 데리고 검은 나비를 따라 명계로 갔다.

속세에는 명계에 관한 전설이 무척 많았다. 대부분은 명계가 땅 밑 깊숙한 곳에 있어서 사람이 죽으면 영혼이 그곳으로 돌아간다고 했다.

하지만 실제로 명계는 땅 밑이 아니라 신선들이 사는 사해팔황과 인간들이 사는 십억 개 속세 밖의 혼돈 속에 독립적으로 존재했다. 백명주白冥主 사화루謝畵樓와 흑명주黑冥主 사고수謝孤州 남매가 함께 명계를 다스렸다.

천지창조 이후 까마득하게 긴 우주의 변화와 흐름 속에서 소관에 의해 속세로 보내진 인간들은 신앙을 바꾸었다. 그러다보니 명계의 진정한 유래와 의미도 잊었고 자신들이 어디에서 와서 어디로 가는지도 잊어버렸다.

국사는 견문이 무척 넓은 편이었지만 명계에 관해서는 사부득천思不得泉, 단생문斷生門, 망연도惘然道, 망천忘川, 억천憶川, 윤회대輪回臺, 인백접 정도밖에 몰랐다. 절반은 스승한테 들었고 절반은 예전에 셋째 전하에게 청해 알았다.

국사는 사부득천 앞에서 멍하니 서 있었다. 천泉으로 샘이리라 예상했는데 알고 보니 강이었다. 명계에는 해도 달도 없어서 강물이 동쪽에서 서쪽으로 흐르는지, 남쪽에서 북쪽으로 흐르는지 확인할 수 없었다.

하늘의 은색 별빛에 의지해 멀리 바라보니 강물은 자욱한 구름에서 흘러나와 구름 속으로 흘러들어가고 있었다.

국사는 문득 혼돈이란 저 짙은 구름을 지칭하는 것이겠다는 생각이 들었다.

마침내 자유로운 몸을 되찾고 눈가리개를 벗은 계명풍이 국사 옆 강가의 백 장 높이 비석을 올려다보며 거기에 쓰인 글자를 읽었다. "사부득." 그런 다음 주변을 둘러보며 눈살을 찌푸리고 물었다. "……여기가 어딥니까?"

국사는 머리가 터질 것 같았다.

사부득천은 명계의 첫번째 관문이었다. 사부득천을 지나야만 명계의 진정한 입구인 단생문에 이를 수 있었다.

국사가 어렸을 때 스승에게 들은 바로는, 명계에서 딱히 할일이 없는 이곳의 주인인 사화루와 사고수 남매가 인간들을 괴롭혀 깨우쳐주기를 좋아한다고 했다. 사부득천은 백명주 사화루의 회심작이었다.

죽은 뒤 명계로 돌아온 영혼은 사부득천에서 전생과 현생, 내생을 생각해야 했다. 각 생이 어떤 의미였는지를 고민해야 했는데, 이는 영혼이 일생을 돌아보며 자기 자신을 직시하고 스스로를 고문하는 관문이었다.

사부득천에 며칠 몸을 담그고 나면, 지성을 가진 영혼들은 전생에서 아무리 많은 원한을 품었더라도 기슭에 오를 때는 대부분 깨달음을 얻었다. 서로 사랑하는 남녀가 누구 한쪽이 먼저 죽어 망천 강변에서 삼 년을 기다리기로 약속한다 해도, 먼저 죽은 쪽이 사부득천에 몸을 담갔다가 나오면 깨달음을 얻어 그 약속을 깨뜨렸다. 망천은 근처에도 가지 못했다. 사부득천이 그렇게 끔찍한 곳이라는 점에서 백명주 사화루야말로 사랑에 빠진 연인들의 진정한 공적이라 할 수 있었다.

국사가 아무 대답이 없자 계명풍이 다시 물었다. "국사 대인, 여기가 어딥니까?"

국사는 침묵을 지키다가 마침내 입을 열었다. "아, 그러니까 여기는, 세자의 꿈속입니다. 세자는 꿈을 꾸고 있지요. 제가 왜 세자의 꿈속에 있느냐 하면, 그건 제가 어디든 마음대로 돌아다닐 수 있어서입니다." 그렇게 말한 뒤 국사는 대수롭지 않게 주변을 둘러보며 헛웃음을 지었다. "세자의 꿈속은 신비스럽군요. 하하하."

계명풍도 잠시 침묵했다가 국사를 바라보며 말했다. "제가 세 살 먹은 어린애도 아닌데 꿈속인지 아닌지도 구분하지 못하겠습니까? 전설에 따르면 사부득이라는 곳은 지부地府 입구라 했습니다. 사람이 죽으면 그 귀신이 사부득을 지나 지부로 돌아간다고요."

국사가 웃음을 멈췄다. "……세자는 정말 박학다식하군요." 계명풍을 속이기는 힘들겠다고 깨달은 국사는 자포자기의 심정으로 솔직히 털어놓았다. "세자가 생각하는 그곳이 맞습니다. 하지만 지부란 인간들의 표현이지요. 세상에 지부는 없고 명계만 있습니다. 귀신도 인간들의 표현이고요. 명계에서는 귀신이라 하지 않고 영혼이라 합니다."

계명풍은 현실을 받아들이기 힘든지 평온했던 얼굴을 일그러뜨렸다. "……왜 이런 곳으로 저를 데려온 겁니까?"

국사가 재빨리 계명풍을 부축했다.

계명풍은 정신을 차린 뒤에도 자신을 이런 곳으로 데려온 국사에게 검을 휘두르지 않았다. 예상과 다른 계명풍의 태도에 국사는 저도 모르게 온화한 투로 설명했다. "걱정하지 마십시오. 우리는 영혼이 아니고 여전히 육신을 갖고 있습니다. 일이 좀 있어서 꼭 와야 했습니다."

그 말로 계명풍을 안정시킬 수는 없었지만 다행히 주의는 돌릴 수 있었다. 계명풍이 눈살을 찌푸리며 물었다. "아옥이 여기 있다는 뜻입니까?"

국사는 계명풍의 예리함에 놀랐지만 탄복하고 있을 때가 아니었다. 국사가 맞은편을 쳐다보며 걱정스럽게 말했다. "우리를 기다리지 않고 이미 사부득천을 지나갔습니다. 지금쯤이면 단생문에 도착했겠군요. 그런데 사형의 도움 없이는……" 국사가 이마를 감싸쥐었다. "아, 제 사형은 대장군이십니다. 그래서 홍옥군주를 데리고 명계로 들어올 수 있었고요."

필사적으로 거짓말을 지어내던 중, 불현듯 인간의 눈에는 연삼이 자신보다 훨씬 어려 보인다는 게 떠올랐다. 국사는 입을 다물었다가 덧붙였다. "참, 저희 사문은 제자를 들일 때 근골을 따집니다. 근골이 훌륭한 사람이 사형이 되는 겁니다. 대장군은 근골이 무척 훌륭해서 제일 늦게 입문했어도 저희 대사형이 되었지요."

계명풍을 흘끗 쳐다보니 의심하지 않는 듯해 국사는 안도의 한숨을 내쉬었다. "대장군의 도움 없이는 저도 어떻게 사부득천을 지나야 하는지 알 수 없습니다. 다리도 없고 배도 없고 헤엄을 칠 수도 없으니. 아, 사부득천의 물은 건드리면 안 됩니다. 제 생각에……" 국사가 말을 멈췄다.

눈앞의 사부득천이 순식간에 얼어붙는 게 보여서였다. 얼어붙은 푸른 강물은 강줄기에 박힌 거대한 보석처럼 하늘의 별빛을 받아 그윽하고 차갑게 빛났다. 얼음 아래의 수많은 은색 그림자도 얼어붙었다. 강을 건너던 영혼들이었다.

수신은 천하의 하천을 관장했다. 순식간에 명계 강물을 얼릴 수 있는 인물은 수신뿐이었다. 그 둘을 기다려주지는 않았어도 강을 건널 수 있도록 술법을 걸어놓은 게 분명했다. 셋째 전하의 술법은 볼 때마다 경이로웠다. 역시 천신이었다.

국사는 멋지게 얼어붙은 강줄기를 잠시 쳐다본 뒤 말을 끝맺었다. "제 생각에…… 그냥 걸어가면 될 것 같습니다."

사부득천을 지나자 단생문이 나왔다. 속세에서는 사부득천보다 단생문이 더 유명했다. 인간들은 사부득천은 몰라도 토백土伯이라는 괴수가 지키는 단생문에 대해서는 많이들 알고 있었다.

전설 속 토백은 머리에 뿔이 있고 호랑이 얼굴에 거대한 소의 몸을 한 무서운 형상이었다. 단생문을 지키는 토백은 윤회의 열쇠를 따라 명계에 온 영혼만 통과시킨다고 했다.

계명풍은 활짝 열린 고풍스러운 문을 바라보았다.

육중한 석문이었다. 역시 돌로 만들어진 문머리에 '단생문'이라 새겨져 있었다. 황갈색 글자는 호방하고도 멋드러졌고 글씨 좌측에는 사화루의 붉은 낙관까지 있었다.

현실을 받아들이고 침착함을 되찾은 계명풍이 글자를 쳐다본 뒤 석문 앞에서 숨을 헐떡이는 뿔 달린 짐승에게로 시선을 주었다. 토백은 바닥에 엎드려 끙끙거리기만 할 뿐 몸을 일으키지 못했다. 계명풍은 눈살을 찌푸린 채 토백에게 검을 겨눴다. "대장군 솜씨인가요?"

국사도 짐승을 보며 셋째 전하의 솜씨겠다고 짐작했지만 조금 전에 그를 사형이라고 설명하지 않았던가. 신선도 아닌 일개 인간이 명계 짐승을 어떻게 이 지경으로 만들어놓을 수 있는지를 설명할 자신이 없었다. 국사는 익숙한 두통 기운을 느끼며 가만히 있다가 입을 열었다. "그럴 리가요. 분명 다른 존재도 명계에 침입했을 겁니다. 적인지 친구인지 모르겠고 군주에게 무슨 일이 생겼을지도 모르니 어서……"

과연 효과가 있었다. 성옥이 위험할지도 모른다는 말을 듣자마자 계명풍은 단생문을 훌쩍 뛰어넘어 황급히 망연도에 올랐다.

그런 계명풍의 뒷모습을 바라보던 국사의 머릿속에 불현듯 망연도에도 괴수가 있다는 게 떠올랐다. 큰일이군!

토백의 피가 아직 뜨겁다는 건 셋째 전하가 망연도에 오른 지 얼마 되지 않았다는 말이므로, 십중팔구 토백보다 더 무섭다는 다섯 괴수와 싸우고 있을 터였다. 계명풍이 무작정 들어갔다가 공덕을 지닌 영혼 외에는 전부 먹어치우는 괴수라도 만나면 그의 육체는 단숨에 끝장날 게 틀림없었다.

순간 두피가 저릿저릿해져 국사는 더 생각할 것도 없이 황급히 뒤따라갔다.

명칭만 복도일 뿐 망연도는 전혀 복도 같지 않았다. 무척 넓은데다 바닥은 자수정이고 벽은 흑수정이며 높은 들보에는 야명주가 무수히 박혀 있었다.

공간이 너무 넓어서인지 야명주가 밝혀주는데도 눈앞이 어두컴컴했다.

망연도에 들어서자마자 국사의 안색이 하얗게 변했다. 눈앞의 모든 형상이 사라지고 위험한 기운도 전혀 느껴지지 않아 마음을 놓은 순간, 눈에 보이지 않는 발톱이 국사의 왼쪽 어깨를 매섭게 찔렀다. 극심한 통증에 본능적으로 검을 뽑으며 맞섰지만 검광이 번쩍이는 곳에는 아무것도 없었다.

형체도 그림자도 없이 공격할 수 있다면, 그건 명계 괴수였다.

국사가 검을 버리고 인계를 맺으려 할 때 갑자기 하얀 그림자가 질풍처럼 다가왔다. 검은 부채가 그의 어깨를 찍어 뒤로 물러나게 했다. 국사의 눈앞이 아른아른 흔들리더니 맹수의 처절한 울음소리가 들리고 왼팔 옆에서 검은 연기가 피어올랐다. 연기는 새까만 새 모양이 되어 다급하게 사라졌다. 다섯 괴수 중 하나인 현조玄鳥였다.

"군주를 보고 있거라." 차가운 음성이 귓가를 스쳤다. 국사는 발톱에 찔린 통증이 순식간에 사라진 대신 가슴 앞으로 무언가 와 안기는 걸 느꼈다. 셋째 전하가 어느새 군주를 국사의 품에 넘겨준 것이다.

"장군!" 국사가 막 입을 여는데 수정 장벽이 휙 하고 앞쪽으로 몇 장을 뻗어나가더니 천장부터 바닥까지 순식간에 전부 막아섰다. 곁눈으로 보니 계명풍이 멀지 않은 곳에서 검을 든 채 꿇어앉아 있었다. 부상을 입은 듯했다. 갑자기 솟아난 수정 장벽이 그들을 위험에서 떨어뜨려주었다. 군주가 팔을 뻗어 셋째 전하의 소매를 잡으려 했지만 셋째 전하는 이미 장벽 너머 복도 깊은 곳으로 사라지고 없었다.

국사는 남의 속마음을 워낙 잘 읽기에 셋째 전하가 군주를 국사의 품에 넘겨줬어도 그렇게 안고 있으라는 뜻이 아님을 알았다. 그래서 오른팔을 들어 살짝 거리를 두고 성옥을 부축했다.

성년이 된 성옥을 가까이에서 보기는 이번이 처음이었다. 인간 아가씨가 명계에 들어온데다 아까 셋째 전하가 괴수와 싸우는 걸 보았으니 놀랐을 게 틀림없었다. 달래줘야겠다고 생각했는데 뜻밖에도 성옥은 국사의 손을 탁 뿌리치고 셋째 전하가 사라진 방향으로 뛰어갔다.

국사는 순간 얼떨떨해졌지만 도술이 높아 금세 따라잡을 수 있었다.

장벽 앞까지 달려간 성옥은 국사의 예상과 달리 벽을 마구 두드리거나 밀치지 않았다. 조용히 서서 입술을 살짝 오므린 채 복도 끝을 주시할 뿐이었다. 그 자리에서는 저멀리 안쪽에서 벌어지는 싸움이 보이지 않자 성옥이 두 손을 투명한 장벽에 대고 살며시 고개를 돌려 소리라도 들으려 했다.

국사는 호기심에 걸음을 멈췄다. 계명풍이 국사의 앞을 지나쳐 성옥에게 다가가서는 다짜고짜 성옥을 장벽에서 떼어놓으려 했다. "위험하니 너무 가까이 가지 마요!"

계명풍이 손을 뻗었을 때 성옥은 재빨리 두어 걸음 물러났지만 단단한 수정 장벽에서 몸을 떼지는 않았다. 계명풍을 발견한 성옥은 당황한 기색이었으나 조용히 하라고 손짓하며 장벽에 기댄 채 속삭였다. "말하지 마요."

국사는 잠시 생각한 뒤 장벽으로 다가가 군주처럼 몸을 밀착시켜봤다. 멀리에서 싸우는 소리가 어렴풋이 들려왔다. 그제야 군주가 무엇을 하고 있는지 이해되었다. 과연 성옥이 나직하게 설명했다. "연삼 오라버니가 안전한지 알고 싶을 뿐이에요."

계명풍이 좋지 않은 낯빛으로 잠시 서 있다가 양보하듯 말했다. "그럼 내가 여기서 지켜줄게요."

성옥은 그 말에 대답하는 대신 이상하다는 눈빛으로 계명풍을 쳐다보았다. 세자가 왜 자신에게 관심을 두는지 이해할 수 없다는 표정이었다.

국사는 두 사람의 기 싸움에는 관심이 없었다. 셋째 전하를 진심으로 걱정하는 성옥을 보면서, 셋째 전하의 안위가 아니라 괴수들 목숨을 걱정해줘야 할 거라고 시큰둥하게 생각했다.

아까 셋째 전하와 어깨만 스쳤을 뿐이지만 국사는 자신이 잘못 보지 않았음을 확신했다. 셋째 전하는 명계 괴수를 상대하면서도 부챗살이 스물일곱 개인 철부채만 사용했다. 단단한 철로 부챗살을 만들고 인어의 직물을 입힌 그 부채는 정말 보기 드문 법기였지만 셋째 전하가 사용하는 주무기는 아니었다. 지금 셋째 전하는 진지하게 싸운다기보다 괴수들과 장난을 치는 중이라 할 수 있었다.

복도 깊은 곳에서 맹수의 울부짖음이 터져나왔다. 셋째 전하가 우세를 점한 게 분명했다. 긴장했던 군주의 표정이 한결 편안해졌다.

상황이 안정되자 국사는 가만히 서 있는 것 외에는 다른 할일이 없으니 얘기라도 나누는 게 좋겠다고 생각했다. 국사가 기회를 틈타 군주에게 말을 붙였다.

"장군이 군주를 이곳으로 데려오실 때 어디인지 말씀해주셨습니까?"

"……명계 아닌가요?"

"그럼 어떻게 명계로 데려올 수 있는지 말씀하셨습니까?"

"……연삼 오라버니가 국사 대인의 동문 사제이기 때문 아닌가요?"

이런 상황을 해명하는 데 자신과 셋째 전하의 마음이 통할 줄 생각도 못한 국사는 잠시 할말을 잃었다. 하지만 정말 묻고 싶은 건 그게 아니었다. 국사는 정말 궁금했던 질문을 던졌다. "장군이 왜 군주를 명계로 데려오셨는지 아십니까?"

성옥은 곧장 대답하지 못했다. 계명풍을 힐끗 쳐다보았다가 계명풍이 고개를 들자 얼른 시선을 내리고 잠시 뒤에야 작게 말했다. "청령을 만나게 해준다고 했어요."

국사는 청령이 누구인지 몰라서 어리둥절했지만 계명풍은 별안간 표정이 굳었다.

국사가 말했다. "청령은……"

그때 계명풍이 굳은 음성으로 끼어들었다. "몰랐습니다. 군주가 청령의 죽음 때문에……"

국사는 군주의 눈빛이 또다시 이상해진 것을 발견했다. 계명풍의 말을 이해할 수 없다는 듯 성옥이 살며시 눈살을 찌푸리며 조용히 말했다. "어떻게 몰라요? 세자가 말했잖아요. 청령은 저 때문에 죽었다고, 제 이기심과 무지가 청령을 죽음으로 내몰았다고, 저는 백번을 잘못해도 뉘우칠 줄 모르는 사람이라고." 군주의 눈가가 갑자기 붉어졌다. "제가 그 죄를 영원히 짊어져야 한다는 거 알아요. 세자와 맹진이 제게 평생 그 죄를 짊어지라고 했던 말 잊지 않았다고요."

계명풍이 완전히 얼어붙은 채 하얗게 질린 얼굴로 뭔가 더 말하려 할 때였다. 엄청난 힘이 수정 장벽을 때렸다.

국사가 성옥의 팔을 붙잡았을 때는 이미 검은 연기가 장벽을 뚫고 나와 두 사람을 휘감은 뒤였다. 국사는 얼른 인계를 맺으며 안개 속으로 검을 날렸다. 명계 괴수가 울부짖었지만 급소를 맞은 것 같지는 않았다.

반쯤 실체를 드러낸 괴수가 국사를 바닥으로 내동댕이쳤다. 검은 여우 현호玄狐였다. 국사는 풀려났어도 성옥은 여전히 현호의 풍성한 꼬리에 잡혀 허공에 매달려 있었다. 국사가 손가락에서 피를 내 인계를 맺었지만 영민한 괴수의 속도를 따라가기에는 역부족이었다. 계명풍의 검술도 인간 중에서나 빠른 축이라 그 교활하고 재빠른 짐승의 털끝조차 건드리지 못했다.

셋째 전하의 결계를 뚫고 나왔다는 것만으로도 현호가 얼마나 무시무시한 놈인지 알 수 있었다. 셋째 전하가 다른 네 괴수를 상대하느라 구하러 올 수 없겠다는 생각이 들자 국사는 심장이 목구멍으로 튀어나올 것만 같았다.

괴수는 자기가 유리하다는 걸 알아차린 듯 의기양양하게 인간 모습으로 변해 허공에 장벽까지 쳤다. 흐릿한 장벽 뒤에서 놈이 꼬리로 성옥을 칭칭 감고 있는 게 보였다. 괴수는 손톱이 기다란 손가락으로 성옥의 얼굴을 쓰다듬으며 우아하게 웃기까지 했다. "그 신군은 내가 어쩌지 못해도 이 미인은 가능하지. 이제 내 손안에 있다고!"

성옥은 두려웠지만 아무 소리도 내지 않았다. 숨을 꽉 참으며 힘껏 고개를 뒤로 젖혀 인간 모습을 한 새까만 남자의 얼굴을 피하려 했다. "아가씨, 피하지 마." 현호가 놀리듯 말했다. 성옥은 그가 무엇을 하려는지 어렴풋이 눈치채고 힘껏 몸부림쳤다. 하지만 아무리 발버둥쳐봤자였다. 두려움 속에 눈을 질끈 감을 때 뒤쪽에서 익숙한 목소리가 들려왔다. "네놈이 죽고 싶구나!" 목소리에 노기가 잔뜩 서려 있었다.

성옥이 눈을 뜨자 옆에 있는 현호의 얼굴이 일그러지는 게 보였다. 긴 창이 왼쪽 가슴에 꽂혔다가 뽑히자 현호는 원래 모습으로 변해 수정 장벽의 결계 안으로 떨어졌다. 장벽도 세 겹으로 두꺼워졌다.

연삼은 여우 꼬리에서 풀려나 허공에서 떨어지는 성옥을 어두운 얼굴로 받았다. 하지만 잠시 안았을 뿐 성옥이 정신을 차리기도 전에 날듯이 달려온 국사에게 넘겨주었다.

성옥은 연삼의 손을 잡으려 본능처럼 오른손을 내밀었지만 그의 손가락에만 살짝 닿았을 뿐이다. 두려움에 떨었던 성옥에게는 그 약간의 온기마저 소중했다. 두 손가락은 아주 짧은 순간 닿았을 뿐 이내 멀어졌다. 다시 그의 손을 잡으려 했을 때는 아무것도 잡히지 않았다. 성옥이 섭섭하다고 느낄 때 연삼의 손이 갑자기 되돌아와 성옥의 손을 꽉 잡았다가 놓았다. "착하지." 연삼이 말했다.

모든 일이 순식간에 벌어졌다. 성옥은 연삼이 다시 장벽 너머로 돌아가는 것을 멍하니 바라보았다.

그 짧은 순간 셋째 전하와 군주의 일거수일투족을 옆에서 모두 지켜본 국사는 냉정해져야 한다고 되뇌었다. 하지만 냉정해질 겨를이 없었다. 바로 다음 순간 거대한 파도가 저멀리에서 밀려와 장벽 너머의 결계를 가득 메웠다.

결계가 심해로 변해버렸다.

세상에 있는 바다는 어디든 수신의 영토였다.

'네놈이 죽고 싶구나!' 국사는 조금 전 셋째 전하가 현호에게 한 말의 의미를 완전히 이해할 수 있었다.

그랬다. 국사는 이제 연삼이 철부채가 아니라 극월창戟越槍을 들고 있다는 것을 깨달았다. 극월창은 북해 심연의 만 년 된 강철로 만든 뒤 천 년 동안 잠재웠다가 천 마리 교룡의 피로 날을 세운 전설 속 최고의 무기였다. 셋째 전하가 평소에는 주로 부채를 쓰고 가끔 검을 쓰기도 했지만 그의 가장 유명한 병기는 바로 극월창이었다. 다시 말해, 셋째 전하가 진지해졌다는 뜻이었다.

국사의 추측을 증명하듯 허공에서 자유자재로 행적을 감추던 무형의 괴수들이 수신의 깊은 바닷속에서는 행적을 숨기지 못했다. 아주 작은 움직임도 극월창을 쥔 채 결계 중앙에 가만히 서 있는 셋째 전하에게로 물살을 통해 전해졌다. 하지만 괴수들은 전혀 알아차리지 못했다. 물속에서도 얼마든지 자기 재주를 발휘할 수 있다고 생각했는지 다섯 방향에서 힘을 합쳐, 갑자기 휴전상태에 들어간 듯 보이는 셋째 전하를 공격하려 했다. 조금 전 창에 찔려 결계로 떨어진 현호마저 셋째 전하를 사지로 내몰기 위해 중상 입은 몸을 움직였다.

괴수들이 공격하려는 순간, 잔잔하던 물살 밑바닥에서 갑자기 거대한 파도가 일더니 물기둥 다섯 개가 하늘을 찌를 듯 솟구쳤다. 물기둥은 괴수를 한 마리씩 잡아 수많은 배를 침몰시킨 심해의 무시무시한 소용돌이처럼 힘껏 끌어당겼다. 반면 물기둥 중간에 가만히 서 있는 셋째 전하는 시종일관 미동도 하지 않았다.

반항을 용납하지 않는 그 위세에 국사는 경탄을 금치 못했다. 천하의 물을 다스리고 조종하는 수신의 능력은 그저 경외스러울 뿐이었다. 인간의 법술은 감히 견줄 수 없는 장엄함에 국사는 눈이 즐겁기도 했지만 두렵기도 했다.

다섯 마리 괴수가 물기둥 속에서 원형을 드러냈다. 검은 호랑이와 검은 표범, 검은 여우, 검은 뱀, 검은 새였다. 오랫동안 명계에만 있어서 머리가 굳었는지 녀석들은 누구를 건드렸는지도 모르고 어리석게 큰 소리로 떠들었다. "멋대로 명계에 침입했으니 네놈을 혼내주는 게 우리 일이다. 그런데 이렇게 사악한 술수로 우리를 속박하다니, 이는 명계를 모독하는 중죄이다. 어서 속박을 풀고 잘못을 빌면 가벼운 처분으로 그치겠다!"

셋째 전하가 차갑게 웃었다. "괴수 주제에 감히 본 군에게 죄를 따지겠다니." 말이 끝나기가 무섭게 물기둥이 바깥쪽부터 조금씩 얼어붙기 시작했다. 안쪽까지 다 얼어붙으면 괴수들이 어떻게 될지는 안 봐도 뻔했다.

그제야 두려워진 괴수들은 명계 괴수의 품위를 지키겠다고 계속 거들먹거리다가는 물기둥과 함께 얼어붙겠다고 생각해 얼른 어투를 바꿔 애원했다. "우리를 죽이면 안 됩니다. 명계 괴수를 죽이는 건 엄청난 중죄입니다!"

"아, 그래?" 셋째 전하가 담담하게 대꾸했다. 그 심드렁한 반응 속에서 괴수들을 가둔 다섯 개의 물기둥이 갑자기 뒤틀렸다. 괴수들은 사지가 절단되기라도 하듯 고통스러운 비명을 내질렀다.

그런데 더 무서운 일이 기다리고 있었다. 뒤틀린 얼음 기둥이 바깥쪽에서부터 갈라지며 조각조각 떨어지기 시작하더니 얼음 속 괴수에게로 그 균열이 점점 다가가는 게 보였다. 당장 멈추지 않으면 다섯 마리 괴수도 얼음층처럼 쩍쩍 갈라져 툭툭 떨어져내릴 판이었다. 그러면 죽을 게 뻔했다.

국사의 이마에서 땀이 비어져나왔다. 셋째 전하가 정말로 명계와 척을 질 생각인 건지 감을 잡을 수 없었다. 군주를 희롱한 것 때문이라면 현호만 죽이면 되지 않겠는가. 국사가 말을 꺼내려 할 때

군주가 먼저 나섰다.

성옥은 아직 진정되지 않은 상태인데도 두꺼운 수정 장벽을 필사적으로 두드리며 연삼의 주의를 끌려 했다. "연삼 오라버니, 그러지 마세요!"

연삼이 고개를 들어 쳐다보자 성옥은 명계 주인에게 밉보이지 말고 괴수들을 살려달라고 설득하려 했다. 하지만 성옥의 목소리는 더 낭랑한 다른 목소리에 묻혔다. 망연도 안쪽에서 다급한 음성이 들려왔다. "공자, 용서해주십시오."

망연도 안쪽에서 별을 엮은 듯한 빛과 함께 검은 옷을 입은 여자가 모습을 드러냈다. 관리처럼 궁중 관복을 입었고 뒤쪽에는 같은 색 옷을 입은 명계 선녀들이 줄줄이 서 있었다. 하지만 연삼은 고개도 돌리지 않고 손을 들어 얼음으로 길을 막아버렸다. 선녀들은 느닷없이 불어닥친 눈보라에 가로막혔다.

성옥은 아연실색하며 눈보라를 바라보았다. 수정 장벽 너머에서 연삼이 다시 성옥에게 시선을 맞추며 입을 열었다. 연삼의 목소리는 그가 만든 두꺼운 결계를 뚫을 수 없을 정도로 작았지만 성옥에게는 그 목소리가 들리는 듯했다. 서늘한 음성이 평온하게 성옥의 머릿속으로 들어왔다. "방금 뭐라고 했는지 못 들었구나."

성옥이 얼른 대답했다. "죽이지 말라고요. 명계와 반목하지 마세요."

연삼이 웃으며 물었다. "왜? 내가 명주를 이기지 못할 것 같으냐?"

"그게……" 성옥이 잠시 머뭇거리다 말했다. "걱정돼서요." 그러고는 눈살을 찌푸리며 조금이라도 더 연삼에게 가까이 다가가려는 듯 두 손을 차가운 장벽에 꽉 붙였다. "명주를 이길 수 있다고 해도 걱정된다고요! 오라버니가 정말 걱정돼요. 저를 걱정시키지 마세요!" 성옥이 간절하게 말했다.

별로 크지 않은 음성이었음에도 성옥의 말이 떨어지기가 무섭게 결계 속 얼음 기둥의 균열이 멈췄다. 망연도의 세찬 폭설이 뚝 그쳐 흩날리던 눈송이는 순식간에 무수한 별빛으로 변해 떨어져내렸다.

나풀나풀 떨어지는 별빛 사이, 결계 속에서 강철 무기를 든 흰옷의 청년이 살며시 고개를 숙이고 입가를 올렸다. 그러고는 땅에 세운 채 다섯 손가락으로 꽉 쥐고 있던 극월창을 살짝 움직였다. 그러자 거대한 힘 다섯 줄기가 얼음 기둥으로 전해졌다. 대들보까지 솟은 얼음 기둥이 순식간에 기울어지면서 물살로 바뀌었다. 복도 대들보에서 폭포가 쏟아져내리는 것처럼 보였다.

그 장대한 변화는 자연의 힘처럼 보여도 실제로는 그렇지 않았기에 놀라움을 자아냈다. 겨우 한숨을 돌린 거대한 폭포 속 괴수들은 더이상 경솔하게 굴지 않았다.

줄줄이 서 있던 명계 선녀들도 무수한 별빛 속에서 정신을 차렸다. 괴수들이 허공의 물살 속에서 목숨을 부지한 걸 확인하고는 일제히 셋째 전하를 향해 예를 표했다. "자비를 베풀어주셔서 감사합니다."

제일 앞에 있는 관리는 모두의 인사가 끝난 뒤 따로 인사했다. "오래전 명주께서 규율을 정하시기를, 누구든 산 자가 부탁하고 싶은 일이 있을 때 홀로 단생문과 망연도를 통과하면 명계와 관련된 소원을 하나 들어준다 하셨습니다."

검은 옷의 관리가 무릎을 꿇고 또 예를 행했다. "토백과 짐승들이 공자를 막지 못했으니, 명주께 한 가지를 요청하실 수 있습니다. 표령飄零이 감히 여쭙겠습니다. 공자는 무슨 도움이 필요하셔서 명계에 오셨습니까?"

셋째 전하는 창을 거두고 다섯 괴수를 가둔 폭포 앞에 섰다. 예의바르게 말을 마친 표령이라는 검은 옷의 관리가 공손히 서서 기다리고 있었다. "윤회대에서 사람을 찾으려 하니 안내해주게." 셋째 전하는 정중한 말투였지만 고개를 숙인 채 소매를 정리하면서 검은 옷의 선녀들 쪽으로는 눈길조차 주지 않았다.

일개 인간이 선녀들에게 하는 행동이라기에는 지나치게 오만했다. 국사는 워낙 조심스러운 성격이라 그런 작은 부분들까지 신경이 쓰였다. 그래서 계명풍이 묻기도 전에 먼저 나서서 설명했다. "제 사형은, 에, 그러니까, 도법이 무척 뛰어나 자유롭게 오행과 육계를 오가십니다. 신선들도 무수히 만났기 때문에 명계 선녀들한테도 별 느낌이 없는 겁니다. 바로 그런 이유로 저리 담담하시지요." 국사는 경직된 분위기를 누그러뜨리려 억지로 웃기까지 했다. "하하."

계명풍은 국사의 말은 전혀 상관하지 않고 성옥만 쳐다보았다.

눈앞에 있던 수정 장벽이 갑자기 사라지자 치마를 들어올린 채 셋째 전하에게 달려가는 성옥이 보였다. 셋째 전하는 몸을 돌리고 별빛 속에서 팔을 벌려 품안으로 달려온 성옥을 꽉 안았다.

계명풍은 성옥이 그렇게 빨리 뛸 수 있는 줄 몰랐다. 문득 청령의 말이 떠올랐다.

'세상사가 그렇습니다. 전하께 적합한 것은 전하께서 원하시는 바가 아닐 수 있고, 전하께서 원하시는 것은 전하께 적합하지 않을

지도 모릅니다. 하지만 기어코 이런 선택을 하시겠다면 그저 영원히 후회하시지 않기를 바랄 뿐입니다.'

청령은 그때 계명풍을 동정하는 듯한 눈빛을 지었다. 그 연민의 눈빛이 무슨 의미인지 몰랐는데 오늘 불현듯 깨달았다. 후회해도 이미 늦었다.

성옥이 옆에 있을 때 그는 정말 못되게 굴었다.

모든 게 잘못된 마음 때문이었다. 기라산에서 처음 만났을 때 어리석음의 씨앗이 가슴속에 뿌리를 내렸다.

계명풍이 여인의 얼굴을 그렇게 자세히 살펴본 건 기라산에서의 그날 밤이 처음이었다.

맑고 차가운 달빛 아래에서 여인의 얼굴이 시야로 들어왔다. 새까만 눈썹과 반짝이는 눈동자, 엄청난 미인이었다. 산적 소굴에서 막 벗어났는데도 태연하게 그를 올려다보며 눈썹을 살짝 치켜올리고 웃음을 머금은 눈빛을 하고서 말했다. '세자와 만난 적은 없지요. 그러나 세자의 옥패를 보았고, 저는 마음에 들었던 물건은 평생 기억하거든요.' 쓸쓸한 산을 촉촉하게 적시는 비처럼 산뜻하고 매력적인 목소리였다.

이후 그는 성옥이 빙그레 웃으며 '저는 마음에 들었던 물건은 평생 기억하거든요'라고 말한 그때 이미 지옥 문턱에 들어섰던 거라고 수없이 생각했다. 그후 그녀를 생각하며 끊임없이 몸부림쳐야 하는 지옥에 빠진 건 너무도 당연한 수순이었다.

다만 모든 몸부림은 그 혼자만의 몫이었다. 성옥은 아무것도 몰랐다.

성옥이 온갖 궁리를 하며 다가올 때 기뻐했던 것도, 성옥이 약속을 어기고 꾀꼬리 소리를 들으러 갔을 때 실망했던 것도, 무의식 중에 내뱉은 성옥의 친근한 말에 넋이 빠졌던 것도, 성옥의 진심을 알고 분노한 것도 전부 그였다. 그저 친구가 되고 싶을 뿐이라는 성옥의 진심은 너무도 천진하고 잔인했다.

성옥의 천진함과 잔인함에 이성을 되찾은 계명풍은 북쪽 서재에서 대취했던 그날 밤 자신의 어리석음을 깨달았다. 정말 허망한 어리석음이었다.

그는 열여섯 부족의 통일이라는 대업을 완수해야 하는 여천왕부의 왕세자였다. 천진하고 단순하며 황성에서 응석받이로 자란 홍옥군주는 그와 동행할 수 있는 사람이 아니었다. 성옥은 친구를 원했지만 그는 친구이기 싫었다. 그는 성옥을 비로 맞이하고 싶었지만 그녀는 여천왕부의 세자빈 감이 아니었다. 계명풍은 선택의 기로에서 시간을 끌지 않고 과감하게 결단을 내리는 성격이었다. 그래서 성옥을 그 즉시 자기 인생에서 떼어내기로 했다. 천진하고 세상 물정 모르며 스스로를 보호할 수 없는 군주는 그의 대업에 함께 할 수 없다고 판단했다.

자신의 몸부림과 고통이 전부 성옥과 관련된 듯해도 실은 그것과 무관함을, 자기 스스로만 괴롭힐 뿐임을 그는 똑똑히 알고 있었다. 하지만 솟아오르는 원망을 억누를 수도 없어서 기어코 성옥을 계속 무시하도록 스스로를 내몰았다.

자신과 사이가 멀어진 뒤 성옥이 여천왕부에서 잘 지내지 못한다는 건 알았지만, 자신의 냉대가 성옥에게 얼마나 큰 상처를 주었는지는 알지 못했다.

성옥이 괴로울 리 있겠는가. 성옥은 사탕을 얻을 수 없으면 멋대로 떼를 쓰는 어린애에 불과한데 괴로움이 무언지 어떻게 알겠는가? 어려서부터 엄격한 왕부에서 자라 고통에 무감각해진 계명풍은 마음의 상처야말로 뼈를 에일 정도로 아프다는 것을 몰랐다.

둘이 함께 보낸 시간은 길지 않았다.

그리고 그 밤, 성옥은 남염 고분으로 들어갔다.

계명풍은 성옥이 보이는 반감과 거부감, 냉담함 모두 그날 밤의 일 때문임을 잘 알고 있었다. 그날 밤 자신이 내뱉은 말들로 두 사람은 완전히 멀어졌다. 그때는 자신의 말이 얼마나 큰 상처가 될 수 있는지 몰랐다. 성옥의 대담함에 이성을 잃었던 계명풍은 그 순간 성옥을 아프게, 더 아프게 만들고만 싶었다. 아파야 교훈을 얻을 테니까.

어린 나이에 왕부의 일을 맡은 이후 계획을 실행할 때면 의외의 사고가 생기곤 했다. 성옥이 혼자 고분에 들어가 그의 행보를 끊은 일도 실은 돌발 사고에 불과해 이성을 잃을 정도는 아니었다. 하지만 하필 성옥이었다. 또 무모하고 멋대로 굴어 성옥이 세자빈이라는 역할을 해낼 수 없음을 재차 증명해 보였다. 그래서 계명풍은 화가 나고 괴로웠으며 절망스럽기까지 했다. 그는 이미 결정을 내린 일에 연연하는 성격이 아니었지만 성옥에 관한 일에서만은 언젠가는 가능성이 생기지 않을까 하는 미련을 버리지 못했다. 그는 여전히 성옥과 관련된 지옥에서 출구를 찾지 못해 하릴없이 발버둥치고 있었다.

계명풍은 모든 분노와 고통이 자신의 어리석은 생각 때문임을 알면서도 성옥에게 화를 내고 말았다. 성옥에게 상처를 입혀야 자신이 나아질 수 있는 것처럼 말이다. 그날 밤 마지막으로 돌아보았을 때 성옥은 무덤 앞 석상의 거대한 그림자 속에 쓸쓸하게 앉아 있었다. 성옥의 텅 빈 눈빛을 보면서 계명풍은 불현듯 둘이 처음 만났을 때를 떠올렸다. 하얀 치마를 입고 달빛보다 환한 눈빛으로 웃으며 '저는 마음에 들었던 물건은 평생 기억하거든요'라고 말하던 성옥을. 채찍을 휘두르며 말머리를 돌릴 때 계명풍은 이제 둘 다 지옥에 있구나 하고 절망적으로 생각했다.

평생 처음으로 누군가를 좋아하게 된 그였지만 너무 많은 생각에 얽매여 그 사람을 선택할 수 없다고 단정하고 말았다. 그녀를 밀어내는 행동만 했고 그게 옳다고 생각했다. 하지만 누군가를 어떻게 사랑해야 하는지 모르는 그였으니 그게 옳은지 어떻게 알 수 있었겠는가.

청령의 말이 다시 한번 귓가를 맴돌았다. '기어코 이런 선택을 하시겠다면 그저 영원히 후회하시지 않기를 바랄 뿐입니다.'

영원히 후회하지 않기를……

명계 선녀들이 길을 안내했다. 망천을 지나 윤회대에 이르기까지 얼마 걸리지 않았다.

망천을 건널 때 국사와 계명풍은 연삼, 성옥과 같은 배에 타지 않았다. 하선한 뒤에도 셋째 전하는 군주를 데리고 곧장 윤회대로 갔고, 국사와 계명풍은 명계 선녀들의 안내에 따라 윤회대 부근 허공에 떠 있는 자수정 연잎 위에서 차를 마시며 쉬기로 했다.

국사는 셋째 전하와 계명풍이 한자리에 있으면 신경쓸 일이 너무 많아서 밤새 삼백 장쯤 멀리 떨어져 있으면 좋겠다고 생각했다. 오늘밤 셋째 전하는 유독 말과 행동이 거침없는데, 계명풍은 속이기 쉬운 상대가 아니었다. 아무 얘기나 지어낸다고 될 일이 아니라고 느낀 게 한두 번이 아니었다. 그나마 계명풍이 다른 곳에 정신이 팔려서 가까스로 고비를 넘길 수 있었다. 국사는 생각만 해도 머리가 아파 선녀들의 조치가 아주 마음에 들었다.

그런데 셋째 전하와 군주의 목소리가 윤회대에서 바람을 타고 연잎 위까지 들려오는 게 아닌가. 국사는 한 모금 머금었던 차를 그대로 내뿜고는 시중드는 선녀에게 절망적으로 물었다. "자수정 연잎을 윤회대에서 좀 멀리 옮길 수 없을까요?"

내내 조용히 있던 계명풍이 갑자기 입을 열었다. "지금이 딱 좋습니다."

윤회대는 국사와 계명풍이 있는 자수정 연잎에서 멀다고 하기도, 가깝다고 하기도 애매했다.

허공의 흑수정 연단에는 영혼을 내세來世로 보낼 수 있는 윤회수輪回樹가 있었다. 그 거대한 나무는 명계 하늘까지 높게 자라 우듬지가 은백색 구름에 느슨하게 감싸여 있었다. 그곳이 바로 내세로 들어가는 입구였다.

나뭇잎에는 은빛 영혼이 붙어 있었는데, 육안으로 보일 만큼 나무가 쑥쑥 자라났다. 나뭇가지가 끊임없이 하늘 위 은백색 구름으로 뻗어 들어가고, 새로운 영혼을 매단 가지와 잎이 끊임없이 밑동에서 자라났다.

셋째 전하와 홍옥군주는 나무 밑에 서 있었다.

계명풍은 아까 그 한마디만 한 뒤 입을 다물었다. 밤바람에 실려 오는 두 사람 대화에 조용히 귀를 기울이는 듯했다.

계명풍의 얼굴이 점점 숙연해지자 국사는 호기심을 참을 수 없어 찻잔을 내려놓고 귀를 쫑긋 세웠다.

군주의 목소리가 먼저 들렸다. 예전에 무슨 일이 있었는지는 몰라도 무척 슬픈 일을 얘기하는 게 분명했다. 국사의 귀에 청령이라는 이름이 또 들려왔다.

미풍에 실려오는 군주의 목소리는 꽉 잠겨 있었다. "……오라버니는 제가 옳은지 그른지 판단할 자격은 청령에게만 있다고 했지만 윤회대에서도 찾을 수 없잖아요. 분명 저를 보고 싶지 않은 거예요. 그날 밤 세자가 한 말이 옳았어요. 제 이기심과 무지가 청령을 죽음으로 내몰아서, 청령은 죽은 뒤에도 저를 보기 싫은 거예요. 저를 미워하니까요."

"다 헛소리라니까. 너를 미워할 이유가 없어." 셋째 전하가 나직하게 위로했다.

"있어요." 군주는 생각할 필요도 없다는 듯 곧장 반박하고는 짧게 훌쩍인 뒤 말을 이었다. "제가 죽음으로 내몰았으니까요, 제가…… 나빴으니까요. 저는 스스로를 보호할 능력도 없으면서 늘 위험한 곳으로 뛰어들고, 겁도 없이 주제넘은 짓만 벌이고, 백번을 잘못해도 뉘우칠 줄 모르니까요. 저는…… 죄인이니까요." 울음기 섞인 목소리로 그렇게 말한 군주가 셋째 전하에게 물었다. "보세요. 저를 미워할 이유가 아주 많죠?"

한동안 침묵이 이어진 뒤에야 셋째 전하의 음성이 들려왔다. "세자가 그렇게 말하더냐?"

군주는 그 말에 대답하지 않고 조금 떨리는 목소리로 말을 이었다. "그래서 저는 죄인이에요. 죽음의 연못에 떨어져야 했던 사람은 저예요. 죽었어야 할 사람은 저라고요. 그날 밤 무덤 앞 숲에 혼자 남겨졌을 때, 죽은 사람이 나였다면 얼마나 좋았을까, 왜 내가 살았을까 끊임없이 생각했어요."

또 잠시 침묵이 이어진 뒤 셋째 전하의 말이 들렸다. "그래서 주근이 그 기억을 봉인했구나? 그걸 봉인하지 않으면 네가 살아갈 수 없어서."

군주가 고개를 끄덕였는지 아닌지는 확인할 수 없었다. 그저 한 층 더 잠긴 군주의 목소리만 들려왔다. "세자가 말한 것처럼 정말 제가 나쁜 사람이라면 모든 것을 짊어진 채 잘살 수 있었겠지만 저는 그렇게 나쁘지 않아요. 저는……" 군주의 목소리가 심하게 떨렸다. "연삼 오라버니, 저는 잘살 수 없었어요. 그렇게 나쁜 사람이 아니라서 청령의 죽음을 아무렇지 않게 짊어질 수가 없었어요." 군주는 한참 동안 안간힘을 쓰며 호흡을 가다듬었다. 울음소리는 들리지 않았지만 꽉 잠기고 떨리는 목소리가 무척 절망적이고 비통했다. "어떻게 해야 할지 모르겠어요. 사는 게 너무 힘들어요."

국사는 맞은편에 앉은 계명풍이 덜덜 떠는 걸 발견했다. 좋지 않던 안색이 순식간에 하얗게 질리더니 "그런 게 아니야"라며 갈라진 목소리로 중얼거리는 게 들렸다. 애써 억누른 듯한 그 목소리에는 힘이 하나도 없었다.

당연히 윤회대의 두 사람은 세자의 말을 들을 수 없었다. 미풍 속에서 국사는 거의 동시에 셋째 전하가 계명풍과 똑같은 말을 하는 걸 들었다. "그런 게 아니야."

"그런 게 아니야."

아주 짧은 말이었지만 성옥은 한참 동안 아무 반응도 못하고 입술을 꽉 다문 채 자기 눈앞에 있는 흰옷의 청년을 멍하니 바라보았다. 그날 밤 일에 다른 가능성이 있을 수 있다고 생각해본 적이 없어서 성옥은 망연한 얼굴로 물었다. "그게 아니면…… 뭔데요?"

연삼의 담담한 목소리가 울렸다. "청령의 죽음은 절대 네 잘못이 아니야. 너도 죄인이 아니고. 알겠니?"

연삼은 마치 그게 불변의 진리이며 사건의 진실이라는 듯 담담한 표정으로 말했다. 그런 느긋함에 성옥도 연삼의 말이야말로 진실이라 믿고 싶었지만 그럴 수 없었다.

"아니요. 제 탓이에요." 성옥은 잠시 말을 끊고 울컥 올라오는 눈물을 삼킨 뒤 힘겹게 말을 이었다. "저도 이런저런 핑계를 대봤어요. 함정이 많은 걸 알면서도 기어코 무덤에 직접 들어갔던 건 자존심 때문이 아니었다고요, 제가 아는 걸 세자에게 알려주더라도 그들이 성공한다는 보장도 없었고요. 저 역시 전부 다 아는 건 아니었으니까요. 내 목숨을 걸 수는 있어도 다른 사람의 목숨을 걸고 도박을 할 수는 없잖아요. 저 자신을 위해 그런 핑계들을 댔어요."

연삼에게서는 바로 대답이 들려오지 않았다.

성옥은 눈가를 부드럽게 어루만지는 연삼의 손가락을 느꼈다. 눈물을 닦아주는 듯했다. 눈을 깜빡이니 언제 눈물이 맺혔던 건지 시야가 흐릿했다. 눈물이 흐르지 않도록 성옥이 고개를 들었을 때야 연삼의 목소리가 들려왔다. 여전히 느긋하고 담담한 말투였다. "네가 말한 그것들은 핑계가 아니야. 사실이지."

성옥은 눈을 꽉 감고 고개를 저었다. "아니요. 그건…… 저 스스로 만든 면죄부일 뿐이에요. 죄책감을 덜고 싶어서요. 세자 말이 옳아요. 저는 고분에 들어가지 않을 수도 있었어요. 제가 가지 않았다면 청령은 죽지 않았을 거고요."

성옥의 눈가에 머물러 있던 손가락이 멈칫했다. "또 세자 얘기로구나." 불쾌한 듯한 음성에 성옥이 눈을 떴다. 지금껏 연삼이 누군가를 비웃었던 기억이 없는데 지금은 그 아름다운 입술이 비웃듯 일그러져 있었다. "네가 남염 고분에 들어가지 않았다면 세자는 누구한테서도 남염 고서를 얻기 힘들었을 테고, 그럼 전쟁터에서 무고한 희생자가 더 많이 나왔을 게다. 그런데 그런 얘기는 네게 해주지 않은 모양이구나?"

성옥은 얼떨떨해졌다. 그런 얘기를 해준 사람은 없었다.

눈물을 닦아주던 손가락이 뺨에서 멈췄다가 왼쪽 어깨로 미끄러져내려가 성옥의 몸을 살며시 끌어당겼다. "오래전에 사라진 남염 고분의 출입법을 찾아낸 것만 해도 이미 대단한 일이다. 확실하지 않은 방법들을 찾아 주도면밀하게 준비하고 과감하게 뛰어든 건 더더욱 비범한 행동이었고. 게다가 무덤에서 갑자기 함정이 나타났을 때 영민하게 대응하기까지 했지. 내가 세자라면……" 연삼이 거기에서 말을 끊어 성옥이 고개를 들었다. 연삼이 살며시 몸을 숙여 성옥의 귓가에 대고 나직하게 말했다. "우리 아옥이 정말 총명해서 무사히 돌아올 수 있었구나, 하고 생각했을 거다."

우리 아옥이 정말 총명해서 무사히 돌아올 수 있었구나.

성옥은 목이 메어 아무 말도 할 수 없었다. 울먹임과 고통을 모두 목구멍 안으로 삼키려 애썼지만 성공하지 못했다. 오랫동안 억눌러왔던 눈물이 결국 주체할 수 없이 터져나왔다. 작은 소리로 흐느끼다 연삼의 팔이 어깨를 감쌌을 때는 대성통곡하고 말았다.

폭우에 시달려 엉망이 된 조각배가 마침내 정박할 수 있는 항구를 찾은 것처럼 성옥은 두 손으로 연삼의 가슴 앞자락을 꽉 쥐며 품을 파고들었다. 모든 억울함이 출구를 찾은 듯 눈물이 걷잡을 수 없게 터져나왔다. 그러면서도 의심스러워 성옥은 꺽꺽거리며 말했다. "연삼 오라버니는 항상 내 편이니까 그렇게 말하는 거죠……"

"아니야. 비록 청령은 죽었지만 더 많은 사람을 살렸으니 네 판단은 잘못된 게 아니다." 연삼이 조용히 말을 이었다. "나는 군대에서 수많은 결정을 내려야 하는데, 내 결정은 어떤 사람들을 죽음으로 내몰기도 하지. 더 많은 사람을 살리기 위해서 말이야. 하지만 나는 내 결정이 잘못됐다거나 문제가 있다고 여기지 않아. 청령이 너를 구하느라 죽었다는 이유로 네게 죄가 있다면, 나는 절대로 용서받을 수 없겠구나?"

성옥이 연삼의 품에서 천천히 고개를 들었다. 연삼의 말을 귀담아듣긴 했어도 여전히 의구심을 떨치지 못했다는 눈빛이었다.

그건 인간의 집착이었다. 구중천에서 동화제군과 토론할 때도 별로 입을 열지 않던 연삼이 그토록 많은 말을 쏟아냈음에도 성옥에게 깨우침을 주지 못한 듯했다. 예전이라면 진작에 싫증을 내며 손을 떴을 터였다. 하물며 인간의 고민들이란 연삼에게는 언급할 가치조차 없는 것들이었다.

그런데 오늘밤은 연삼에게 갑자기 무한한 인내심이 생긴 듯했다. 연삼은 최선을 다해 자신을 인간에 대입시키고 인간의 논리와 지혜로 성옥을 일깨우려 했다. "세상에는 피할 수 없는 죽음과 희생이 많아. 아옥, 그건 유감스러운 일일 뿐 죄가 될 수는 없단다."

마침내 성옥도 자신에게 죄가 없다고 받아들이는 듯했으나 그날 밤 상처가 너무 컸던 탓인지 매듭 하나를 풀자 또다른 매듭이 나왔다. "죄는 아니더라도 청령은 분명 나를 미워할 거예요. 그 생각만 하면 저는……"

"미워하지 않아. 심지어 여한도 없지." 그 말을 뱉는 순간 연삼은 오늘밤 자신이 엄청난 인내심을 발휘하고 있다는 사실을 깨닫고는 조금 당황했다. 만사가 무상하고 무상함은 공이니, '공'에 비할 때 이건 아무 의미도 없는 일이었다. 지금 연삼은 성옥이 이 무상함과 '공'에 맞서도록 돕는 중이었다. 연삼의 이성은 연삼이 지금 영문 모를 행동을 하고 있다고 계속해서 알려왔다. 하지만 성옥을 그 고통에서 벗어나게 하려면 이 일을 마무리지어야 했다. 오늘밤 성옥을 데리고 명계에 온 것도 바로 이를 위해서였다.

연삼은 이마를 문지른 뒤 성옥의 고통을 없애주기 위해 인간을 더 깊이 이해해보려 했다. "윤회대에 없는 영혼은 환생했거나 명계 괴수의 뱃속에 들어갔거나 둘 중 하나야. 청령은 명부에 이름이 기재되었으니 망연도를 무사히 통과해 윤회대에 왔을 거다. 그런데 윤회대에 없다면 이미 윤회에 들어갔다는 뜻이지. 너를 만나기 싫은 게 아니라. 그건 청령이 결정할 수 있는 일이 아니거든."

성옥이 눈을 동그랗게 뜨고 못 믿겠다는 듯 중얼거렸다. "그런 거라고요?"

연삼이 성옥을 바라보며 참을성 있게 설명했다. "여한이 있는 영혼은 윤회에 빨리 들어갈 수 없어. 청령이 여기 없다는 건 여한이 없다는 뜻이야. 그건 너를 구한 걸 후회하지 않는다는 말이지. 다시 선택권이 주어져도 청령은 너를 살리고 자신을 희생할 거다. 이 일에서는 너를 제외하면 누구도 여한이 없어." 연삼이 담담하게 마지막 한마디를 덧붙였다. "세자도 물론 여한이 없을 거다."

성옥은 입술이 덜덜 떨려서 말을 할 수 없었다.

연삼이 성옥을 지그시 내려다보다 물었다. "나를 믿느냐?"

성옥은 한참 뒤에야 살며시 고개를 끄덕였다.

연삼이 다시 입을 열었다. "이제 그 고통에서 벗어날 수 있겠느냐?"

성옥은 또 한참을 머뭇거렸지만 역시 고개를 끄덕였다. 연삼이 품안에서 성옥을 놓아주려는데 성옥이 조용히 물었다. "제가 나약해서 그렇게 후회했던 걸까요?"

순진한 질문이었다.

연삼은 성옥을 놓아주려던 동작을 멈추고 잠시 머뭇거렸다.

귀여울 정도로 순진했다.

성옥의 표정을 살피던 연삼은 그 눈에 드러난 의혹과 불안을 보았다. 어수룩해 보이는 눈빛이었지만 새까만 눈동자가 더는 아까처럼 멍하지 않았다. 그 사실만으로도 연삼은 기분이 좋아졌다.

연삼이 다시 한번 성옥의 어깨를 감싸고 이마를 자기 가슴 쪽으로 끌어당겼다. "어떤 일을 후회하는 건 결코 잘못이 아니야. 인간은 살면서 유감스러운 일을 많이 겪지. 너 자신 때문에 생긴 일로 평생 수없이 후회할 거라는 뜻이다. 그 후회를 받아들여야만 진정으로 성장할 수 있어." 성옥이 고개를 들기 전에 연삼이 마지막으로 한마디 덧붙였다. "인간은 전부 그렇게 성장하니까."

청령의 죽음은 유감스러운 일이고 성옥은 후회를 받아들여야 한다. 인간은 모두 그렇게 성장하니까.

그 비극을 어떻게 바라볼 것인지가 또다른 답안이었다. 계명풍과 맹진이 알려준 것과는 전혀 다른 답안.

꽤 긴 순간 성옥은 자신이 무슨 생각을 하는지 명확히 알 수 없었다. 문득 남염 고분 앞의 숲으로 돌아간 듯했다.

그 잔인한 밤, 모두 무덤을 떠나고 성옥 혼자 석상 그림자 속에 앉아 있었다. 성옥 곁에는 밝지만 차가운 달빛과 숲에서 들려오는 서글픈 짐승 울음소리뿐이었다. 죽을 것처럼 춥고 죽을 것처럼 아팠다. 몸을 꽉 끌어안고 통곡할 때 누군가 옆으로 다가왔다.

그가 손을 내밀고 안아주자 따뜻해졌다.

그 사람은 전부 성옥의 잘못이 아니라고, 이건 살면서 마주치는 유감스러운 일이며 이로 인한 후회를 받아들여야 성장할 수 있다고 말했다.

움츠리고 있던 나비가 마침내 고치를 찢고 나왔다.

성옥은 흰옷의 청년을 꽉 끌어안았다. 눈물 두 방울이 흘러내렸다. 성옥은 청령을 위해, 또 과거를 마주할 수 없었던 자신을 위해 흘리는 마지막 눈물이라고 생각했다. 이제는 성장해야 했다.

거대한 윤회수가 성옥과 연삼의 머리 위에서 푸른 구름처럼 가지를 펼치고 있었다. 미풍이 불어오자 영혼을 품은 나뭇잎들이 서로의 새로운 삶을 축하하듯 쏴아 소리를 냈다. 하늘에 가득한 은색 별빛은 무수한 반딧불처럼 어둠 속에서 춤추며 가없는 명계의 밤을 밝혀주었다.

17장
인간을 사랑해서는 안 되는 천신

십억 개 속세의 인간들은 죽으면 전부 명계로 들어왔다. 줄줄이 들어오는 영혼들을 모두 수용하기에는 공간이 턱없이 부족했기에 명계에서는 시간을 속세보다 훨씬 길게 적용했다. 명계에는 낮과 밤 없이 시진만 있었으며, 이곳에서 열두 시진이 흐르는 동안 속세에서는 차 한 잔 마실 정도의 시간밖에 흐르지 않는다.

셋째 전하가 군주를 데리고 명계에 보름을 머물러도 내일 아침 닭이 울기 전에 곡수원으로 돌아갈 수 있다는 의미였다. 국사는 안도의 한숨을 내쉬었다. 제때 돌아갈 수 없어 군주가 밤새 실종되었던 사실이 알려지면 소동이 벌어질 게 뻔했다. 그럴 경우 황제 앞에서 난장판을 수습할 사람은 다름 아닌 국사 자신일 터였다.

정말이지 운도 지지리 없는 국사였다.

한 시진 전에 셋째 전하가 군주를 데리고 윤회대에서 내려오자 명계 선녀들이 쉴 수 있는 궁전으로 안내해주었다. 군주는 쓰러져 잠들었지만 셋째 전하는 정원에서 혼자 바둑을 두었다.

셋째 전하야 신선이니 피로를 느끼지 않아도 전혀 이상하지 않았다. 하지만 계명풍은 보통 인간이었다. 밤새 시달렸는데도 쉬려 하지 않고 멀리 복도에서 군주가 쉬는 곳만 쳐다보고 있었다. 뒷모습이 무척 쓸쓸해 보였다.

하룻밤을 지켜보았기에 국사는 계명풍이 왜 상심했는지 짐작할 수 있었다. 국사는 사랑이란 역시 허탈한 감정에 불과하다고 생각하며, 자신은 젊었을 때 도사가 되어 다행이라고 가슴을 쓸어내렸다.

국사가 잠깐 졸다가 깼을 때 망연도에서 보았던 표령이라는 관리가 셋째 전하를 찾아왔다.

표령은 자신이 찾아온 이유를 밝힌 뒤 가만히 서 있고 셋째 전하는 계속 바둑을 두었다. 한 판이 끝난 뒤에야 자리에서 일어선 셋째 전하는 옆에서 기다리는 국사를 보고는 말했다. "같이 가지."

명계에는 망천과 억천, 두 개의 강이 있었다.

명계 앞쪽에 있는 망천은 영혼의 기억을 지우고 안쪽에 있는 억천은 기억을 불러냈다. 전설에 따르면 억천의 물을 한 모금 마시면 전생이, 한 사발 마시면 그간의 윤회가 전부 기억난다고 했다. 하지만 사부득천과 망천에서 시달린 영혼들은 하나같이 백지처럼 깨끗해져 억천으로 갈 생각 자체를 하지 않았다. 그래서 수만 년 동안 명주와 명주를 시중드는 선녀들 외에는 억천에 발을 들인 자가 거의 없었다.

명계 곳곳에 널린 은빛이 강 전체를 환하게 밝혀주었다.

억천은 강이라지만 통째로 얼어붙은 듯 물살이 전혀 보이지 않았다. 그렇다고는 해도 수면에 보라색 수련이 활짝 피어 있는 걸 보면 얼어붙은 물은 아닌 게 틀림없었다. 하늘 가득한 별빛을 받으며 보라색 수련이 거울처럼 푸른 강물에 그림자를 드리웠다. 별빛과 연꽃 그림자가 만나는 곳에 흑수정으로 된 육각정이 있었다.

표령이 걸음을 멈추고 육각정에 오르라고 손짓해 보였지만, 강기슭에서 강 한가운데의 정자까지 나아갈 수 있는 길이 보이지 않았다. 국사가 어떻게 강을 건너느냐고 물으려 할 때 셋째 전하가 수면의 보라색 수련을 밟고 올라섰다. 수련은 꽃잎 하나 상하지 않고 안정적으로 셋째 전하를 태웠다. 국사도 셋째 전하를 따라 보라색 수련에 올라서면서 참으로 사치스럽고 신기한 이동 방법이라고 생각했다. 국사는 다시 한번 속세와 신선의 세상이 매우 다르고, 인간과 천신도 정말 다르다고 절감했다.

정자 가까이 다가갔을 때 가벼운 기침소리가 들려와 국사는 생각을 멈췄다. 약간 쉰 목소리가 들려왔다. "표령한테 들으니 공자께서 인주 아포탁의 소혼책遡魂冊을 찾으신다고요." 국사는 '인주 아포탁'이라는 말에 깜짝 놀라 셋째 전하를 쳐다보았다.

셋째 전하가 정자로 들어가며 말했다. "고수 군을 마지막으로 만났을 때가 칠천 년 전 아바마마의 정회에서였지요."

"기억력이 좋으시군요." 정자에 있는 사람이 책상 앞에 서서 담담하게 웃으며 대꾸했다. 조금 전까지 그림을 그리고 있었던 듯했다. 책상도 흑수정으로 만들어졌는데 육각정보다 훨씬 투명했다. 책상 위에는 한란 화분이 놓여 있었다. 그가 붓을 대충 그릇에 던져넣으며 말했다. "사실 깨어난 지 오백여 년 되었습니다. 최근 몇

백 년 동안 공자께서 천군의 정회에 참석하지 않으셔서 만날 기회가 없었을 뿐입니다." 말을 마친 그는 또 한바탕 기침을 했다.

국사는 아연실색했다. 명계에서 구중천 조회에 참석할 수 있는 자는 명주뿐이었다. 속세에서는 명계를 관장하는 신을 염라대왕이라 불렀다. 속세의 사당에 모셔진 그의 초상을 보면 하나같이 무시무시했다. 그런데 이 병약하고 피부가 창백하며 잘생긴 청년은 무시무시한 초상과는 십만 팔천 리쯤 떨어진 모습이었다

셋째 전하가 담담하게 말했다. "정회는 명계와 속세를 위해 열리는 것이니 사해를 관장하는 저와는 관련이 없습니다. 수천 번 참가한 뒤 더이상 갈 필요가 없겠다고 생각했지요."

명주가 흑수정 의자를 가리키며 앉으라고 권했다. 그러고는 책상 위에 있는 그림을 접어서 치우고 다기를 꺼내 올린 뒤 차를 우리면서 말했다. "팔황에서 오로지 셋째 전하만 정회에 휴가를 낼 수 있지요. 그것도 한 번에 몇백 년씩이요." 안색만 창백하고 머리 위 관부터 옷 장식까지 온통 새까만 명주가 직접 차를 우리고 나서 다시 입을 열었다. "공자는 선견지명이 뛰어나시니 제가 왜 방문을 청했는지 짐작하시겠지요."

셋째 전하는 고개를 숙인 채 명주가 건네준 백수정 찻잔을 쓰다듬었다. "저와 거래하고 싶은 것 아닙니까?" 국사는 셋째 전하가 묻고 있지만 질문을 한 것이 아님을 알 수 있었다.

또 기침을 시작한 명주가 한참을 콜록거린 뒤 진지해진 표정으로 말했다. "맞습니다. 신족 중에서 마족과 교류가 활발한 분은 아무리 생각해봐도 셋째 공자뿐이어서요. 공자께서 저 대신 마족의 인물을 찾아주시면 아포탁의 소혼책을 반드시 안겨드리겠습니다."

셋째 전하는 백수정 찻잔 뚜껑을 만지작거렸다. "누구를 찾고 싶으십니까?"

명주는 잠시 감정을 추스르는 듯했다. "청지青之마군의 막내아들입니다."

"아, 남황 연씨 가문의 적자 말이군요." 그렇게 말한 셋째 전하가 국사를 힐끗 쳐다보며 물었다. "이름이…… 뭐였더라?"

국사는 당연히 대답할 수 없었다. 청지마군조차 어떤 작자인지 몰라서 국사는 억울하다는 눈빛으로 셋째 전하를 쳐다보았다.

"연지오燕池悟입니다." 명주가 국사 대신 대답했는데 이름을 입에 올리기도 싫다는 표정이었다.

셋째 전하가 웃으며 물었다. "신족한테 마족을 찾아달라니, 신분이 예사롭지 않은가보군요. 왜 그를 찾는 겁니까?"

명주는 잠시 침묵을 지키다가 대답했다. "제 누나가 그를 찾습니다." 그렇게 말하면서 치를 떠는 듯한 명주의 표정을 국사는 놓치지 않았다.

셋째 전하가 마침내 백수정 뚜껑을 열고 찻잔을 들어 한 모금 마셨다. "화루 여군이 남황을 여행할 때 우연히 소년 하나를 구했다는 소문은 들었습니다."

"역시 대단하시네요." 명주가 놀란 기색으로 말하고는 머뭇거리다가 입을 열었다. "바로 그래서입니다." 명주는 눈살을 찌푸린 채 또 한바탕 기침을 하고는 말을 이었다. "누나가 오만한 건 사해에서 모르는 사람이 없지요. 그런 누나가 대체 왜 마족을 구하고 제자로까지 들였는지 모르겠습니다. 이번에 깨어나서 누나가 잠들 때 남긴 편지를 보고 정말 당황했습니다. 그 연가 놈은 잘생긴 것 외에 아무것도 없다 들었고요." 명주는 그렇게라도 자기 뜻을 드러낼 수밖에 없다는 듯 미간을 잔뜩 찌푸리며 말했다. "지금도 누나가 그 멍청이를 왜 제자로 받아들였는지 이해할 수 없고 황당하지만 저는 최선을 다하지 않을 수 없습니다. 안 그럼 누나가 깨어났을 때 할말이 없으니까요."

셋째 전하가 국사를 힐끗 쳐다보았다. "할말이 있어 보이는데?"

국사는 이런 자리에서 입을 열 수 있는 신분이 아니었다. 셋째 전하와 사고수의 대화도 국사는 거의 이해할 수 없었다. 다만 사고수의 누나가 왜 멍청이를 제자로 들였을까에 대해서는 확실히 할말이 있었다. 국사는 잠시 망설이다가 사고수에게 말했다. "명주께서 연 공자가 잘생겼다고 하셨으니, 특출난 외모 때문에 누님도 예외적으로 받아들이셨던 게 아닐까 합니다." 그런 다음 셋째 전하를 보며 겸연쩍게 말했다. "전하도 이런 일이 저희 속세에 얼마나 많은지 아시잖습니까."

사고수가 곧장 콧방귀를 뀌었다. "용모를 논할 때 사해팔황의 최고 미인은 청구의 백천이고 둘째는 명계의 화루라고들 하지. 연지오가 아무리 잘생겼어도 미모로 화루 누나를 이길 수는 없다고. 누나가 왜 자기만도 못한 연지오의 외모를 특별대우하겠나?"

셋째 전하도 말했다. "팔황의 미인 계보에서 화루 여군은 청구의 백천 다음이라고 하지만 나는 백천이 최고라고 생각하지 않아. 그건 사람마다 관점이 다르거든."

그 말을 들은 사고수는 만족스러운 표정을 지으며 더는 국사를 몰아붙이지 않았다. 반면 국사는 속으로 고개를 저으며 중얼거렸다. 명주 전하, 셋째 전하가 은근슬쩍 누나를 칭찬했다고 받아들이

다니 너무 순진하시군요.

국사는 자신이 예리하다고 감탄하는 동시에 실의에 잠겼다. 도사라면 이런 일에 예리해서는 안 되었다. 훌륭한 도사라면 보통 이러지 않았다. 국사는 잠시 서글퍼졌다.

얼마 뒤 셋째 전하는 사고수에게 작별을 고했다.

돌아오는 길에 국사는 호기심을 억누를 수 없어 셋째 전하에게 계속 질문을 던졌다. 그 덕분에 백명주 사화루와 흑명주 사고수 남매가 독특한 방식으로 명계를 다스리는 걸 알 수 있었다. 그들 남매는 태어날 때부터 동시에 모습을 드러낼 수 없었다. 백명주가 명계를 다스릴 때는 흑명주가 잠에 빠지고 흑명주가 다스릴 때는 백명주가 잠들어서, 사고수는 누나한테 연지오를 보살펴달라는 편지를 받았노라 말했던 것이다.

국사는 셋째 전하가 왜 갑자기 인조 아포탁의 소혼책을 찾으려 하는지도 알 수 있었다.

명계에 올 때 셋째 전하가 남염 고서에 적힌 조제 신의 홍련 씨앗에 관해 홍옥군주에게 물었는데, 군주는 조제 신이 홍련 씨앗으로 변한 뒤 어떻게 되었는지에 대한 기록은 책에 전혀 없었던 것으로 기억했다. 그들이 보았던 공백은 원래부터 공백이었다. 조제 신에 대한 실마리가 그렇게 또 끊겼다.

그런데 때마침 인간의 소혼책이 있는 명계에 찾아왔으니, 셋째 전하는 명주에게 아포탁의 소혼책을 빌리기로 마음먹었다.

아포탁이 윤회에 들었다면 소혼책에서 그가 지금 어느 속세에서 어떤 사람으로 있는지 찾을 수 있었다. 그를 찾아 억천의 물을 한 사발 먹이면 홍련 씨앗의 행방은 물론 조제 신의 행방까지 찾을 수 있을지 몰랐다.

국사는 셋째 전하가 홍련 씨앗에 관한 일을 완전히 잊어버린 건 아닌가 의심하고 있다가 이렇게까지 진전시켰다는 말을 듣고 내심 흐뭇했다.

공적인 업무라면 국사는 얼마든지 도울 의향이 있었다. "그래서 저를 데려오셨군요. 아포탁의 소혼책을 거래할 때 제가 쓸모 있을 거라고 여기셨겠지요? 무슨 일이든 분부만 하시면 따르겠습니다."

무척 적극적으로 나오는 국사를 셋째 전하는 곤혹스러운 표정으로 바라보았다. "자네가 뭘 도울 수 있는데?"

국사는 셋째 전하보다 더 곤혹스러운 표정이 되었다. "아무 도움도 안 된다면 명주와 이 일을 논하시는데 저를 왜 데려오셨습니까?"

"내친김에."

국사는 어리둥절했다. "내친김에요? 내친김에라니…… 무슨 뜻입니까?"

셋째 전하는 그렇게 간단한 일도 모르냐는 듯 의아한 눈길로 쳐다보았다. "자네가 마당을 지키고 있으면 그 자존심 높은 세자가 아옥에게 제대로 사과할 수 있겠나?"

그는 늘 더할 나위 없는 국사였다. 그러지 않았으면 선제 때 그처럼 열심히 일했을 리 있겠는가. 하지만 도를 닦는 이들은 감정에 관심이 없어서 국사도 남의 마음을 이해하는 데는 젬병이었다. 국사는 무척 답답해졌다. "군주의 응어리가 풀렸으니 이 일도 마무리된 것 아닙니까?"

"아옥의 응어리는 세자로 인해 생겼으니, 세자가 똑똑히 말해주지 않으면 끝났다고 할 수 없지. 그게 아니면 내가 왜 자네를 여기로 데려왔겠나? 내가 싸우는 거나 지켜보라고?"

국사는 여전히 이해할 수 없었다. "하지만 윤회대에서 군주께 이제 벗어날 수 있겠느냐고 물어보셨잖습니까? 제가 군주의 대답을 듣지는 못했어도 윤회대에서 돌아오셨을 때 군주는 다 털어버린 듯 보였습니다. 그런데 왜 또 세자를 군주와 단독으로 만나게 하십니까? 괜히 덧나는 것 아닐까요?"

셋째 전하에게 대답하지 못하는 상황이 두려워 국사는 끊임없이 질문을 던졌다. 셋째 전하는 잠시 고민하다가 짜증을 억누르며 대답했다. "계명풍은 청령의 죽음에 누구 잘못이 제일 큰지 잘 알고 있어. 그때 아옥을 괴롭힌 건 사심 때문이지. 아옥은 나를 신뢰하니까 내가 아옥한테는 잘못이 없다고 하는 말을 일단 받아들였지만, 사달을 만든 계명풍이 나서서 누구한테 진짜 책임이 있는지 말해줘야만 완벽하게 벗어날 수 있지. 그 부당한 죄책감이 이미 아옥의 뼛속까지 스며들어서 완전히 없애기가 어렵거든. 내가 아옥을 여기까지 데려온 것도 그 죄책감을 완전히 없애기 위해서이고."

국사는 그제야 깨닫고 감탄을 금치 못했다. 셋째 전하와 계명풍이 군주 때문에 싸울까봐 내내 전전긍긍했는데, 셋째 전하가 그렇게까지 생각하는 줄은 몰랐다. 국사는 문득 스스로가 소인배처럼 느껴져 송구스러웠다. "전하는 정말 속이 깊으시고 매사를 철저히 꿰뚫어보시는군요. 그저 부끄러울 따름입니다."

셋째 전하가 고개를 끄덕이며 국사의 아첨을 받아들였다. 둘의 대화는 거기에서 끝났다.

마당으로 돌아와 안뜰로 들어가는 원형 문 앞에 이르자 과연 안쪽의 여의수如意樹 아래에 세자와 군주가 서 있었다. 국사는 셋째 전하가 걸음을 멈추는 걸 보고 따라서 멈췄다.

가만히 들여다보니 은빛으로 가득한 마당의 나무 그림자 속에 세자와 군주가 마주보며 서 있었다. 늘씬한 몸매의 두 사람이 밤바람 속에서 옷자락을 날리는 모습이 아름다운 꽃과 멋진 나무처럼 보였다.

군주는 문을 등지고 서 있어서 그들이 돌아온 걸 몰랐고, 세자도 군주에게 모든 신경을 집중하느라 문 옆의 그들을 보지 못한 듯했다.

국사는 아무리 귀기울여도 대화가 들리지 않아 무심코 고개를 돌렸다가 화들짝 놀랐다.

셋째 전하가 잔뜩 가라앉은 얼굴에 얼음처럼 차가운 표정을 짓고 있었다.

국사도 바보가 아닌지라 짚이는 바가 있어서 무겁게 가라앉았다. "두 사람이 완전히 매듭짓기를 바라신 것도 전하시고 군주의 응어리가 완전히 풀리기를 바라신 것도 전하이십니다. 그래서 저렇게 따로 만날 기회를 만들어주셨지요. 그런데 두 사람이 함께 있는 걸 보고 언짢아하시다니, 대체 왜 그러십니까?"

셋째 전하가 무표정하게 물었다. "내가 언짢아한다고?"

국사가 고개를 끄덕였다.

셋째 전하가 여전히 무표정하게 말했다. "생각하는 것과 직접 보는 것은 별개이기 때문 아닐까?"

국사는 감히 대답하지 못하고 눈치를 살피다 물었다. "군주를 모셔올까요?" 하지만 두어 걸음 가다가 도로 되돌아왔다. "역시 대사를 중시해야겠죠?"

셋째 전하는 굳은 얼굴로 아무런 대꾸도 하지 않았지만 대사를 중시하자는 말에 반대하지도 않았다. 한참 뒤 셋째 전하가 소매를 떨치며 말했다. "바람을 좀 쐬어야겠네."

국사는 여기도 바람이 많이 분다는 말이 목구멍까지 올라왔지만 꾹 참으며 순순히 고개를 끄덕였다. 아까 괜히 탄복하고 부끄러워했다는 생각이 들었다.

잠에서 깬 성옥은 궁에 아무도 없자 연삼을 찾으러 마당으로 나왔다. 마당을 한 바퀴 돌았을 때 연삼 대신 계명풍을 발견하고는 본능적으로 몸을 돌렸지만 여의수 아래에서 붙들리고 말았다. 계명풍의 낯빛이 별로 좋지 않았다.

계명풍과 딱히 할말이 없어서 성옥은 난감했다. 그 바람에 연삼이 들어온 것도 알아차리지 못했다.

성옥도, 계명풍도 입을 열지 않았다. 성옥이 조금 초조해졌을 때 계명풍이 마침내 침묵을 깼다. "군주가 과거를 떨쳐냈을 줄 알았습니다."

계명풍의 첫마디에 성옥은 당혹스러웠다. 순식간에 온몸이 차가워져 한참 뒤에야 대답할 수 있었다. "제가 과거에서 벗어날 자격이 없다고 생각해서 또 일깨워주러 오신 건가요?"

성옥의 눈에 다양한 감정들이 선명하게 떠올랐다. 처음에는 혼란에 가까웠던 감정들이 점점 고통으로 바뀌었다. "……그때 제가 세자의 일을 망치긴 했지만 나중에 남염 고서를 남겨드린 걸로 갚은 것 아닙니까? 세자는 왜 기어코 제 고통을 보려 하시나요?"

계명풍이 고개를 들어 핏기 없는 얼굴로 성옥을 보며 다급히 말했다. "군주가 고통받기를 바란 적 없습니다."

성옥의 반응은 계명풍의 예상을 완전히 빗나갔다. 그 말을 뱉기 전까지 수없이 상상했지만, 계명풍은 성옥이 자신을 미워하거나 책망할 줄만 알았다. 미워하지도 책망하지도, 심지어 원망하지도 않을 줄은 예상하지 못했다. 성옥은 오해하고 있었다. 차라리 화를 내거나 때리는 게, 욕을 퍼붓는 게 더 좋을 것 같았다. 무엇이든 이런 오해보다는 덜 아플 것 같았다. 예전에는 성옥을 멀리하는 게 좋다고만 생각했는데 지금은 성옥한테 그런 오해를 받는 것보다 더 고통스러운 건 없을 듯했다.

계명풍은 확연하게 잠긴 목소리로 말했다. "그날 밤 고분에서 내가 했던 말은 진심이 아니에요. 청령의 죽음이 군주 탓도 아니고요." 계명풍은 마침내 그가 진작 해야 했던 말을 했다. "연못의 다리를 끊은 사람이야말로 진짜 원흉이지요."

성옥이 당황해 고개를 번쩍 들었다.

계명풍의 말이 이어졌다. "맹진의 시녀가 다리를 끊었습니다. 그 시녀는 독에 정통하고 취담산에 대해서도 잘 알아서, 조계에 도착한 우리는 그 시녀에게 고분을 지키라고 했어요. 고분은 일단 열리면 들어간 자가 안에서 죽거나 성공하지 않는 이상 닫히지 않지요. 청령은 군주가 들어간 다음에 들어갔습니다. 청령이 들어가는 것을 본 시녀가 멋대로 다리를 끊었어요. 두 사람을 무덤에 가둬 죽이려고요."

창백한 안색의 계명풍이 고통스러운 눈빛으로 성옥의 당황한 얼굴을 바라보았다. "대장군의 말이 옳습니다. 청령은 여한이 없을 거예요. 군주를 보호하는 게 청령의 임무였으니까요. 비밀 호위무사로서 군주를 살렸으니 아무 여한도 없을 겁니다."

성옥은 한참을 얼어붙어 있다가 한 발짝 물러나 여의수에 몸을 기댔다.

성옥은 당시의 상황을 떠올렸다. '맞아, 그날 밤 누군가 다리를 끊었어. 그 바람에 나를 고분 밖으로 내보내기 위해 청령이 자신을 희생해야 했지.' 하지만 당시 계명풍은 그런 사실을 알려주지 않고 성옥 때문에 청령이 죽었다고 말했다. 엄청난 고통 속에서 그 말을 들은 성옥은 또다른 원흉이 있다는 걸, 다리를 끊은 사람이 진짜 원흉이라는 걸 간과하고 말았다. 청령의 죽음을 다른 원흉 탓으로 돌릴 생각을 해본 적도 없었다. 그건 자신의 죄를 비겁하게 전가하는 것이라 여겨서였다.

물론 지금도 그렇게 극단적으로 받아들이고 싶지는 않았다. 성옥은 한참 동안 조용히 있다가 입을 열었다. "그럼 세자는……" 처음부터 모든 걸 알았다면, 대체 왜 그랬느냐고 묻고 싶었다. 하지만 다 부질없다는 생각이 들었다. 전부 지나갔고 청령도 이미 윤회에 들었다는 사실을 알았으니 성옥은 더이상 고통스럽지 않았다. 여전히 청령이 그리웠지만 마음에 걸리는 건 없었다.

계명풍이 성옥의 생각을 읽은 듯 알아서 대답했다. "그날 밤 너무 화가 나서 아무 말이나 내뱉었던 건, 전부 내 사심 때문입니다. 나는……"

성옥은 아무 말 없이 조용히 듣고 있었다. 하지만 계명풍은 말을 이어갈 수 없었다. 대체 뭐라고 한단 말인가?

성옥에게 상처를 준 게 전부 자신의 어리석은 생각 때문이라고,

전부…… 성옥을 좋아해서라고? 그래봐야 졸렬한 핑계일 뿐이었다. 어쨌든 상처를 준 게 사실이고, 지난 일 년 동안 성옥이 악몽을 꾼 것도 그 때문이니까. 이것조차 직시할 수 없다면 앞으로 어떻게 감정을 다스리고 더는 성옥에게 상처를 주지 않을 수 있겠는가 하는 생각이 들어서 계명풍은 말을 이을 수 없었다.

계명풍은 한참을 조용히 있다가 입을 열었다. "해명할 필요도 없겠군요. 전부 제 잘못이니까." 그러고는 엄청난 노력을 한 뒤에야 정말 묻고 싶었던 질문을 입 밖으로 꺼낼 수 있었다. "나를 용서하고 다시 예전처럼 지낼 수 있을까요?"

성옥은 소스라치게 놀랐다. 계명풍이 사과하고 용서를 구하는 게, 청령을 죽인 원흉이 누구인지 알려준 것보다 훨씬 더 의아했다. 계명풍은 성옥의 세세한 표정을 유심히 살피고 있었기에 그 의아해하는 표정에 가슴이 묵직하게 아팠다.

마침내 성옥이 여의수에 기댄 채 고개를 숙이고 대답했다. "용서하고 말고 할 건 없어요. 그날 밤 세자는 제가 남염 고서를 망가뜨리고 왕부의 대사를 망쳤다고 생각했으니 그렇게 책망할 수 있어요. 이해해요. 그건 세자의 잘못이 아니고 저도 세자를 원망한 적 없어요. 다만……"

성옥이 고개를 들고 살며시 눈살을 찌푸렸다. "왜 저와 다시 잘 지내고 싶다는 거예요? 죄책감 때문에 보상해주고 싶어서라면, 예전에 제가 친구가 되고 싶어해서라면, 그럴 필요 없어요."

성옥은 여전히 눈살을 찌푸린 채 말을 이었다. "그때는 잘 몰랐지만 지금은 알거든요. 세자는 쓸모없는……" 그렇게 말하던 성옥은 문득 표현이 적절치 않다고 생각해 잠시 멈칫했다가 말을 바꾸었다. "세자는 함부로 친구를 사귀지 않으니까요. 저는 쓸모없는 군주이니 무리하실 필요 없어요. 저와 세자의 인연은 여천에서 끝난 채로 두는 게 좋을 듯해요."

계명풍은 성옥이 원래 하려던 말이 '쓸모없는 친구는 사귀지 않는다'는 말이었음을 눈치챘다. 혈관 마디마디가 서늘해지는 느낌이었다. 계명풍은 손가락이 하얘질 정도로 주먹을 꽉 쥐고 한참 동안 마음을 가라앉힌 뒤에야 대답할 수 있었다. "내가 쓸모없는 친구는 사귀지 않는다고 누가 그래요?"

성옥은 대답 대신 예의바르게 웃었다. 황실 아가씨다운 웃음이자 대답하고 싶지 않다는 완곡한 표현이었다.

계명풍은 온몸에 차오르는 서늘한 기운을 억누르고서 조용히 말했다. "군주는 쓸모없는 군주가 아닙니다."

윤회대에서 연송이 말했던 것처럼 남염 고분에서 고서를 가져오는 건 아무나 할 수 있는 일이 아니었다. 예전에 성옥을 천진난만하고 세상 물정 모른다고 평했던 건 계명풍 자신의 오만에 불과했다. 고서가 훼손된 줄 알았던 그 밤, 계명풍은 비밀 호위무사를 이끌고 세번째로 고분에 들어갔다.

앞선 두 차례 때 성옥은 여천왕부에 갇혀 있었고, 계명풍은 서른 명의 명장을 잃고도 고분의 석상 통로조차 지나가지 못했다. 그후 성옥은 직접 베껴쓴 다섯 권의 고서를 왕부에 남겨두고 떠났다. 맹진은 승복할 수 없었는지 이미 고서를 손에 넣었음에도 성옥과 우열을 가리기 위해 몰래 고분에 들어갔다. 계명풍은 호위병을 이끌고 들어가 석상 통로의 미로에서 맹진을 구해냈다. 겨우 정신을 차린 맹진은 그제야 자신이 그 중원의 유약한 군주보다 지혜와 능력이 부족하다고 인정했다. 맹진은 아쉬움을 간직한 채 고분에서 숨을 거두었다.

그들 모두 성옥을 과소평가했다. 황성에서 온 어린 군주는 누구보다 총명하고 용감했다. 연송은 그걸 비범하다고 말했다. 그랬다. 오직 성옥만이 고서를 가지고 그 고분에서 온전히 살아나왔으니 비범하다고밖에 할 수 없었다.

하지만 지금 성옥은 계명풍의 평가에 전혀 개의치 않았다. 예전에 그가 성옥더러 무능하고 약하다고 했을 때는 가슴에 그리 깊이 담아두었으면서 지금은 진심을 말해도 대수롭지 않게 여겼다.

성옥은 조용히 서 있다가 웃음을 지었다. "저는 특별하지 않아요. 세자도 아시겠지만." 진심이 없는 웃음이라 계명풍은 성옥의 눈에서 일말의 친근함도 찾을 수 없었다. 처음 만났던 그 달밤보다도 못했다. 그때는 최소한 신뢰라도 담겨 있었는데 지금은 아무것도 없었다.

성옥에게 상처를 주었기에 성옥은 다시는 계명풍을 믿지 않을 터였다.

성옥의 웃음에 계명풍은 비수에 찔린 듯 아팠다. 성옥은 계속해서 단정하고 예의바르게 말했다. "세자의 뜻은 알겠습니다만, 저는 이제 과거에 아무 응어리도 남지 않았으니 세자도 더는 개의치 마세요. 이 일도 앞으로 더는 거론하지 말고요. 그럼 저는 이만……" 말을 마친 성옥은 걸음을 돌렸다.

"친구가 되고 싶다는 내 말을 못 믿겠다면……" 계명풍이 얼른 다가가 성옥의 앞을 가로막고는 진지한 표정으로 말했다. "군주가 나를 쫓아다녔던 것처럼 이번에는 내가 쫓아다닐게요."

아까 놀랐던 건 지금의 놀라움에 비하면 아무것도 아니었다. 성옥은 한참을 멍하니 서 있다가 이해할 수 없다는 눈빛으로 입을 열었다. "왜요? 사실 우리는 친구로 지낼 만한 사이도 아니에요. 세자는 황성에 오래 머물 수도 없으니 차라리……"

계명풍이 성옥의 말을 끊었다. 손을 잡으려 했지만 성옥의 의아해하는 눈빛을 보자 소매 앞에서 손가락이 멈췄다. 계명풍이 눈살을 찌푸리며 맹세하듯 진지하게 되풀이했다. "이번에는 내가 쫓아다닐게요."

계명풍과 헤어진 뒤 성옥은 한참 동안 어찌된 일인지 영문을 알 수 없었다. 그동안 계명풍이 자신을 싫어한다고 확신했기에 조금 전 계명풍의 말은 의아하기만 했다.

애당초 성옥에게 싫다며 눈앞에 나타나지 말라고 했던 사람은 계명풍이었다. 순진하고 무능하다며 성옥을 얕잡아본 사람도, 어서 성옥이 여천왕부를 떠나 더는 귀찮게 굴지 않기를 바란 사람도 계명풍이었다. 성옥은 오늘밤 세자의 행동을 도무지 이해할 수 없었다. 모든 게 자기 잘못이라며 다시 친구가 되고 싶다니……

아까 성옥의 말은 모두 진심이었다. 성옥은 정말로 세자를 미워한 적이 없었다. 세자의 입장에서 생각해보면 당연히 성옥에게 편견을 가질 수 있고 친구가 되기 싫을 수 있었다. 성옥을 귀찮아한 것도 역시 그럴 수 있다고 생각했다.

그때 성옥이 얼마나 상심했는지는 세자와 아무 상관 없었다. 전부 성옥이 자초한 일이었다. 그래서 다 이해한 뒤 감정을 추스르고 담담해질 수 있었다.

일단 마음먹으면 그대로 실행하는 계명풍이 이제 와서 다시 친구가 되고 싶다고 번복했지만, 성옥은 이미 오래전에 두 사람이 친구로도 맞지 않다는 결론을 내렸다.

그래도 계명풍이 그토록 절절하게 말하면서 환심을 사려 하니, 거절하면 오히려 쩨쩨해 보일 것 같아서 성옥은 한숨을 내쉬었다. 친한 친구가 아니라 어쩌다 만나 인사를 주고받는 담담한 사이 정도라면 안 될 것도 없었다. 그렇게 생각하자 마음이 편해졌다.

고개를 들어보니 언제 왔는지 옆에 국사가 서 있었다. 성옥은 조금 전까지의 고민을 순식간에 잊어버리고 연삼의 행방을 물었다. 국사가 생각에 잠긴 얼굴로 성옥을 보며 "군주, 세자의 마음을 아십니까? 그게……"라고 말을 꺼내다가 삼켰다.

성옥은 영문을 모르겠다는 얼굴로 국사를 바라보았다. "세자는 죄책감을 느끼는 거잖아요? 그럴 필요가 전혀 없는데 말이에요. 그런데 국사 대인은 방금 무슨 말을 하시려던 거예요?"

국사는 속으로 세자를 동정하다가 군주가 그를 '국사 대인'이라고 칭하는 걸 듣자마자 자신이 도사임을 떠올렸다. 도사는 남녀 문제에 끼어들면 안 되기에 국사는 헛기침을 내뱉은 뒤 "아무것도 아닙니다" 하고 얘기를 매듭지었다. 그러고는 진지하게 원형 문을 가리키며 주의를 주었다. "장군은 밖에서 바람을 쐬고 계십니다. 기분이 별로 안 좋으니 조심하세요."

성옥은 연삼을 찾는 데 오래 걸리지 않았다.

명계 명주의 궁성은 윤회대 뒤쪽에 있었다.

성문으로 들어가자 허공에 떠 있는 섬이 보였다. 궁전은 모두 섬

위에 있고 지붕 덮인 교량이 섬들을 연결하고 있었다.

성옥은 감미로운 음악소리를 따라 온통 은빛에 뒤덮인 섬으로 다가갔다.

눈이 쌓인 줄 알았는데 자세히 보니 눈이 아니었다. 섬 나무들의 가지와 잎이 은빛이고 숲속의 오솔길도 하얀 돌로 만들어져 눈이 내린 듯 보였을 뿐이었다.

성옥은 음악소리를 따라 앞쪽의 흰 숲으로 들어갔다. 몇 걸음 안 가 눈앞이 훤히 트였다.

흰 나무로 둘러싸인 연못 위에서 붉은 옷을 입은 무희들이 나풀나풀 춤추고 있었다. 꽃잎 대열을 이뤘던 무희들이 흩어지는 순간, 성옥은 아까까지 무희들에게 가려 보이지 않았던 연삼을 발견했다. 연삼은 백옥 의자에 앉아 병째로 술을 마시고 있었다.

한 무희가 하얀 소매를 다정하게 연삼 쪽으로 뻗었다. 얇은 비단이 턱을 괸 연삼의 왼손을 스치고 손등을 스친 다음 얼굴을 스쳤다. 성옥이 본 적 있는 광경이었다. 임랑각 무희들도 그런 몸짓을 했다. 아가씨들이 그런 동작을 할 때면 부드러운 몸과 요염한 얼굴이 소매 속의 은은한 꽃향기와 섞여, 여자인 성옥마저 정신이 아뜩해지곤 했다.

연삼이 살며시 눈을 들자 무희가 허리를 비틀며 그의 품에 기대려 했다. 하지만 그 순간 무희가 뻗었던 순백의 소매가 산산이 부서져 눈송이로 변하더니 허공으로 흩날렸다. 연삼이 몸을 뒤로 기대며 차갑게 무희를 쏘아보았다.

무희는 연삼의 싸늘한 눈빛에 깜짝 놀라 그 자리에 얼어붙었다. 또다른 무희가 재빨리 몸을 돌려 흩날리는 눈송이 속에서 그 무희를 살며시 잡아당겼다. "춤 망치지 말고 어서 자리로 돌아가. 공자님 흥을 깨지 말라고."

무희들이 다시 춤추었고 흩날리던 눈송이도 모두 바닥으로 떨어졌다.

눈송이가 다 떨어진 뒤 성옥은 언제부터인지 연삼이 자신을 보고 있는 걸 발견했다. 연삼의 시선은 연못을 가로질러 성옥에게로 날아왔다. 어떤 의미가 담겼는지는 몰라도 그 시선을 느낀 성옥은 무겁게 가라앉는 느낌이 들었다.

국사에게 듣기로 연삼의 기분이 별로라고 했는데, 보아하니 정말로 그런 듯했다.

성옥이 연못을 돌아 가까이 다가갔을 때 연삼은 이미 시선을 거두고 계속해서 술을 마시는 중이었다. 성옥은 연삼이 화가 났든 기분이 안 좋든 한 번도 겁먹은 적이 없어서, 연삼이 앉은 긴 의자 옆을 대충 소매로 닦은 뒤 앉았다. 그러고는 아무렇지도 않은 듯 말을 붙였다. "바람을 쐬러 나갔다고 들었는데 왜 여기 있어요? 한참 찾았잖아요."

연삼이 담담하게 쳐다보았다. "여긴 뭐하러 왔느냐?"

연못 위 무희들의 춤이 한 곡 끝나자 유난히 아름답게 생긴 무희가 옆에 서 있는 시녀에게서 술과 안주, 과일을 받아들고 다가왔다. 성옥은 쟁반에서 과일을 고르며 말했다. "오라버니를 데리러 왔지요."

"데리고 가서 뭐하게?"

평소의 연삼답지 않은 질문이었다. 연삼은 원래 시작과 동시에 끝을 보고, 작은 부분에서 전체를 유추해내는 사람이 아니던가. 성옥은 포도송이를 집은 채 의아한 눈빛으로 연삼을 쳐다보았다. "조금 쉬고 나서 속세로 돌아가야지요."

연삼은 술만 마실 뿐 대꾸하지 않았다. 성옥은 조금 이상하다고 생각하며 연삼의 얼굴을 자세히 살펴보았다. 무척 잘생겼다는 것 외에는 다른 특별한 점은 찾아낼 수 없었다. 성옥이 잠시 생각한 뒤 또 물었다. "오라버니는 돌아가서 쉬고 싶지 않아요?"

연삼이 아무 대답이 없자 쟁반을 든 붉은 옷의 무희가 빙그레 웃었다. "공자님을 걱정하는 아가씨 마음이 정말 감동적이네요. 하지만 아가씨, 공자님은 여기에서 쉬고 계신 것 아닌가요?" 오래된 과일주처럼 진하고 듣기 좋은 목소리였다.

성옥이 붉은 옷의 무희에게로 시선을 돌렸다. 조금 전 연삼에게로 소매를 뻗었다가 낭패를 본 무희를 도와준 그 영민한 무희였다.

무희가 가만히 눈짓했다. "솔직히 말씀드리지요. 공자님이 모처럼 명계에 오셔서 저희는 각자 최고의 장기를 선보이려 준비하고 있습니다. 그런데 아가씨가 지금 공자님을 모셔가면 저희 소망은 물거품이 되지 않겠어요?" 사실 약간 무례한 말이었지만 눈앞의 무희가 말하자 별로 거슬리지 않았다.

성옥은 턱을 괸 채 무희의 다음 말을 기다렸다. 무희가 입을 오므리자 예쁜 보조개가 보였다. "오늘 저희 주인께서 공자님을 위해 무도회를 여셨습니다. 아무리 작은 잔치여도 명계의 규율을 따라야 하니, 아가씨가 중간에 공자님을 데려가시려면 저희와 겨뤄야 합니다. 그러니 저희와 춤 솜씨를 겨루는 게 어떻습니까? 대결해 주시면 저희는 공자님께 춤을 선보이겠다는 소망을 이루는 셈이지요. 아가씨가 이기면 공자님이 한층 기뻐하며 기꺼이 돌아가실 테고요. 어떻습니까?"

여기에서 결정권을 가진 사람이 연삼임을 분명히 알면서도 성옥에게 물은 건 연삼이 반대하지 않으리라는 것을 눈치채서였다. 확실히 조금 전 연삼의 태도는 중간에 자리를 뜨려는 기색이 전혀 보이지 않았다.

성옥은 포도 껍질을 까면서 정말 영리한 무희라고 생각했다. 자신이 춤을 전혀 추지 못하니 질 게 뻔하다는 게 문제라면 문제였지만, 늘 기루를 드나드는 군주로서 이런 일에 지는 건 아무렇지 않았다. 이렇게 많은 아가씨들이 연삼에게 춤을 보여주고 싶어한다니 놀랍고 흥미로울 뿐이었다. 성옥은 그 춤이 정말 보고 싶었다.

"좋은 제안이네요. 그렇게 해요." 성옥은 들고 있던 포도를 내려놓으며 흔쾌히 말했다.

연삼의 술병은 바닥에 온전히 서 있는 게 하나도 없었다.

음악소리가 울리자 무희들이 줄줄이 연못 위에서 춤추기 시작했다. 과연 장기가 각기 달랐다. 성옥은 춤을 출 줄은 몰라도 지금껏 구경은 많이 했다. 종실 제사 때의 제례무를 비롯해 궁중 연회의 궁중무나 조공 때의 이민족 전통춤까지 두루 보았고, 걸핏하면 기루에 가다보니 민간 무용은 더더욱 전문가라 할 수 있었다.

하지만 아무리 식견이 넓어도 지금 눈앞에서 펼쳐지는 명계 선녀들의 춤은 압도적이었다. 선녀들은 몸을 움직이기도 전에 매력을 발산하더니 유연하고 부드러운 춤사위를 펼쳤다.

성옥은 완전히 정신이 팔려 결정적인 순간에는 평까지 했다. "오라버니, 저 걸음걸이 좀 보세요. 정말로 구름을 밟는 듯 가볍고 우아하네요.” “다리를 쭉쭉 뻗으면서 제비처럼 날렵하게 뛰잖아요.” “아까 허리 숙일 때 오라버니도 봤어요? 세상에, 어쩜 허리가 저렇게 유연할 수 있죠……”

성옥은 포도를 먹으면서 춤을 감상했다. 차분하고 느긋한데다 자신만만한 성옥의 모습에 연삼이 눈살을 찌푸리며 물었다. “드디어 춤을 배웠구나. 저들보다 잘할 자신이 있는 게냐?”

“아니요.”

연삼이 술병을 내려놓았다. “그럼, 저들의 춤이 보고 싶어서 내기를 받아들인 거냐?”

“맞아요.” 성옥은 아무 생각 없이 대꾸했다가 아차 싶어 가슴이 철렁 내려앉았다.

뜻밖에도 연삼은 성옥을 쳐다보다가 피식 웃고 말했다. “그러니까, 그렇게 흔쾌히 제안을 받아들인 건, 애당초 저들과 겨룰 생각도 없고 나를 쟁취하겠다는 생각도 없어서라 이거지?”

성옥은 큰일이라고 생각하며 터질 듯한 머리를 한참 굴린 뒤에야 대답했다. “오라버니도 별로 돌아가고 싶지 않은 듯해서……”

연삼은 성옥이 얼렁뚱땅 넘어가도록 두지 않았다. “사실대로 말하거라.”

“그게……” 성옥은 한숨을 내쉬고는 두 손을 탑처럼 뾰족하게 모아 턱밑에 세웠다. “그러니까 그게……” 우물쭈물하던 성옥은 결국 연삼의 차가운 눈빛에 항복했다. “아름다운 걸 즐기고 싶은 마음은 누구한테나 있잖아요.”

성옥은 자포자기의 심정이 되었다. “아름다운 아가씨들이 오라버니한테 춤을 바치고 싶다니 그렇게 하도록 해줘야죠. 그럼 아가씨들은 더욱 기쁘게 춤출 수 있고 저도 흥겹게 감상할 수 있으니 다들 좋잖아요. 다 구경한 다음에 제가 졌다고 기꺼이 인정하면 되고요. 저는 정말로 춤을 못 추니까요. 게다가 방금 그 무희 말처럼 오라버니는 여기서도 쉴 수 있으니 꼭 돌아가야 하는 것도 아니잖아요. 그런데 오라버니는 왜 화가 났어요?" 성옥은 자기의 말이 구구절절 일리가 있다고 생각했다.

연삼의 이마에 핏줄이 불거졌다. "화 안 났다."

"알겠어요, 안 났어요." 성옥은 그렇게 중얼거린 뒤 포도를 한 알 입에 넣고 연삼에게도 하나 건네며 분위기를 누그러뜨리려 했다. "그럼 포도 드실래요?"

"안 먹는다." 연삼이 부채로 성옥의 손을 밀어냈다.

성옥은 전혀 무안해하지 않고 포도를 대신 먹었다. 화난 연삼을 어떻게 풀어줘야 하는지 여러 번 겪어봤지만, 오늘밤은 슬픔과 기쁨을 너무 큰 폭으로 번갈아 겪은 뒤여서 아직 감정이 가라앉지 않아 제대로 대처하지 못할 것 같았다. 괜히 연삼의 화를 풀어주지 못하고 더 망치기만 할까봐 성옥은 궁리 끝에 조금 놓아두기로 했다. 가만 내버려두면 저절로 풀릴지도 몰랐다.

성옥은 연삼을 내버려둘 생각이었지만 연삼은 성옥을 놓아줄 생각이 없는지 눈썹을 치켜올리며 따졌다. "나 혼자 여기에서 쉬게 됐다가 무슨 일이 생기면? 그건 걱정 안 된단 말이냐?"

성옥은 정말로 그런 걱정이 전혀 안 들었기 때문에 반문했다. "무희 언니들은 닭 한 마리 잡을 힘도 없는 아가씨들이잖아요. 명계 괴수도 무서워하지 않는 연삼 오라버니를 무희 언니들이 뭘 어쩌겠어요?"

음악소리가 갑자기 높아지더니 연못의 무희들이 펄쩍 뛰어올랐다. 붉은 비단 치마가 허공에서 펼쳐져 성옥은 곧장 시선을 그리로 돌렸다. 하지만 무표정하게 자신을 바라보는 연삼 때문에 성옥은 얼른 다시 연삼에게로 눈길을 되돌렸다.

연삼이 차갑게 성옥을 바라보았다. 성옥은 혹시라도 한 대 맞을까봐 본능적으로 의자 끝 쪽으로 피했다.

성옥의 행동을 본 연삼이 이마를 문지르며 연못을 향해 소리쳤다. "멈춰라!" 연못가의 음악소리가 뚝 끊기고 연못 한가운데의 무희들도 급히 동작을 멈추다가 물에 빠질 뻔했다.

성옥이 어리둥절한 표정으로 연삼을 바라보았다.

연삼은 성옥의 반응에 신경쓰지 않고 무희들에게 담담하게 명했다. "내기 방식을 바꾸도록 하지." 연삼이 쥘부채를 들자 허공에 책이 잔뜩 나타났다. "춤만 보고 있으니 어지럽구나. 책 암송으로 겨루는 게 낫겠다. 경서를 가장 빨리 외우는 사람이 이기는 거다."

성옥은 어안이 벙벙했다. 허공에 떠 있는 여러 권의 경서를 살펴보니 표지 제목이 아주 익숙했다. 『묘법연화경妙法蓮華經』. 성옥이 태황태후를 도와 필사했던 총 칠만 팔천여 자의 꽤 긴 책이었다.

한번 보면 잊어버리지 않는 성옥에게 암기는 무척 유리한 내기였다. 더군다나 그 경서라면 굳이 펼쳐보지 않아도 칠만 팔천여 자가 이미 머릿속에서 금방이라도 튀어나올 듯 준비하고 있었다.

하지만…… 왜 이런 대결을 하라는 거지?

어리둥절해하는 성옥에게 연삼이 손가락을 까닥거렸다. 성옥이 가까이 다가가자 연삼이 귀에 대고 앙갚음하듯 위협했다. "이것도 못 이기고 나를 여기 내버려둬봐라. 무도회가 끝난 뒤에는 내가 너를 명계에 내버릴 테니까. 알겠느냐?" 마지막에 묻는 말은 어투가 유난히 부드러웠다.

확실히 승산이 높은 내기이긴 해도 혹시 어느 선녀가 불심이 깊어 경서를 유창하게 외울 수 있을지도 몰랐다. 성옥은 덜덜 떨면서 입술을 핥았다. "오라버니…… 진심이에요?"

연삼이 부채로 성옥의 어깨를 살며시 두드린 뒤 귓가에 대고 웃었다. "어떤 것 같으냐?"

마당에서 한참을 기다려도 성옥이 연삼을 데려오지 않자 조급해진 국사는 직접 둘을 찾아 나섰다. 다만 성옥처럼 운이 좋지 못해 한참을 헤맨 뒤에야 그 섬을 발견할 수 있었다.

흰 숲을 지나자 셋째 전하와 군주가 보였다. 두 사람은 긴 의자에 앉아 얘기를 나누는 중이었다. 하지만 국사의 시선을 사로잡은 건 두 사람이 아니라 그들 맞은편 연못에 있는 붉은 옷의 아가씨들이었다.

무희 복장의 아가씨들이 연못에 앉아 있는데, 하나같이 손에 『묘법연화경』을 들고 열심히 외우고 있었다.

"이시여래 방미간백호상광 조동방만팔천불토." 무희들의 독경 소리에 국사는 당황했다. '대머리들 몸놀림이 어쩜 이렇게 빠르지? 경전을 명계에까지 전파했다고?'

한참을 쳐다보다가 겨우 정신을 차린 국사는 품에서 작은 책자를 꺼내 조용히 연못으로 다가가 제일 바깥쪽 무희의 어깨를 톡톡 건드렸다. "아가씨, 우리 도가의 『태평경太平經』도 좀 읽어보시겠어요?"

"……"

성옥은 역시나 실력을 발휘해 연삼한테 자신을 명계에 내버릴 기회를 주지 않았다.

성옥이 고작 삼천 자를 외웠을 때 무희들은 벌써 졌다고 두 손을 들며 내기를 계속하려 하지 않았다. 다들 책을 외우기 싫어서 얼른 졌다고 인정해버리고 끔찍한 고초에서 빨리 벗어나려는 기색이 역력했다. 나중에 연삼이 또 명계에 와도 다시는 이들 무희가 춤을 선보이겠다고 청할 것 같지 않았다. 칼을 들지 않는 것만으로도 다행일 듯싶었다.

연삼을 쟁취해 연못을 떠날 때 성옥은 그가 왜 그렇게 자신의 승리에 집착했는지 의아해졌다. 대체 무슨 생각이었을까? 또 무슨 병이 도졌담? 그런 생각에 빠져 성옥은 연삼이 취한 걸 알아차리지 못했다.

나중에야 명계 사고수가 술을 좋아해 창고에 좋은 술이 많으며, 그중에는 맛이 순해도 무척 독한 술도 있다는 것을 알았다. 그날 밤 연삼이 마신 술이 바로 그런 일품 술이었다.

처음에는 성옥과 국사 모두 연삼이 취한 걸 몰랐다. 겉으로는 머리부터 발끝까지 아주 멀쩡해 보여서였다.

교량에 오를 때까지 그랬다.

교량에 올랐을 때 연삼은 너무도 당당하게 원래 가야 하는 동쪽이 아니라 반대 방향을 택했다. "장군, 또 어디를 가려 하십니까?" 뒤따라가던 국사가 당황해 묻자 연삼이 딱딱하게 대꾸했다. "……궁으로 돌아가야지." 국사가 동쪽의 꽃밭을 가리키며 말했다. "궁전은 저쪽입니다."

성옥도 연삼이 갑자기 길을 틀리다니 이상하다는 생각이 들었다. 그들 궁전 앞에는 꽃밭이 있어서 눈이 멀지 않은 이상 길을 틀릴 수 없어서였다. 연삼한테 고민이 있어서 정신이 딴 데 팔렸나보다고 생각했다.

그런데 꽃밭을 지날 때 연삼이 또 엉뚱한 방향을 택했다. 뒤따라가던 국사가 냉정하게 주의를 주었다. "장군, 왼쪽으로 꺾어야 합니다." 이때는 성옥도 약간 의심스러웠다.

어렵게 궁문을 지난 뒤 연삼은 또 마당의 원형 문 앞에서 걸음을 멈추고 한참 동안 서 있었다. 국사는 눈을 내리깐 채 덩달아 서 있었지만, 성옥은 참을 수 없어 대담하게 물었다. "연삼 오라버니, 방이 어딘지 잊어버린 거 아니에요?"

연삼의 표정이 또 굳어졌다. 눈치 빠른 국사가 재빨리 상황을 파악하고 앞으로 나섰다. 국사는 길을 안내하면서 성옥을 꾸짖는 척했다. "장군이 어떻게 방이 어딘지 잊어버리셨겠습니까? 군주도 정말 엉뚱하시네요!" 연삼은 국사를 흘깃 쳐다보고 성옥을 차갑게 쏘아보았다. 그러고는 말없이 계단을 내려가 국사를 따라 본궁으로 들어갔다.

성옥은 연삼이 취했음을 확신했다.

취했어. 나도 취해봐서 잘 알지. 저렇게 표가 날 만큼 취하면 진짜 괴로운데. 얼굴은 멀쩡해 보여도 억지로 참고 있는 걸지 누가 알아?

이런 때 누가 옆에서 돌봐주지 않으면 안 되는데.

성옥은 얼른 뒤따라갔다.

성옥은 연삼이 국사 앞에서는 체면을 따져도 자기 앞에서는 체면 따위 따지지 않을 것이며, 따라 들어가 시중들겠다고 우기면 내쫓지 않을 거라고 생각했다. 역시 자신은 연삼에 대해 잘 안다고 뿌듯해하며 성옥이 연삼의 방으로 발을 들이미는 순간, 계명풍에게 가로막혔다.

계명풍은 성옥이 연삼의 방에 들어가는 것을 극구 반대했다. 설령 술에 취한 사람을 돌보는 일일지라도 아직 혼인도 하지 않은 아가씨가 혼자 한밤중에 남자 방에 있는 건 매우 부적절하다는 논리였다.

그래도 사려 깊은 사람답게 계명풍은 무조건 반대하는 게 아니라, 마침 성옥 외에 국사와 자신도 있으니 두 사람이 대신 연삼을 보살피면 된다고 그럴듯한 대안도 제시했다. 성옥이 자신과 연삼은 의남매여서 남녀유별 같은 격식을 따질 필요가 없다고 아무리 말해도 계명풍은 문 앞을 막은 채 물러서지 않았다.

국사는 계명풍이 등장한 뒤 셋째 전하의 안색이 한층 나빠지는 것과 군주가 의남매 사이라고 말할 때 전하의 안색이 더욱 차가워지는 것을 보았다. 국사는 이런 아수라장에 어떻게 대처해야 할지 알 수 없었지만, 그래도 중간에서 어떻게든 살아남기 위해 또다른 제안을 했다. "군주와 세자 모두 장군을 돌봐드리겠다는 마음이 절절하니 함께 돌봐드리면 되지 않겠습니까. 그럼 세자도 군주의 명성이 손상될까 걱정할 필요 없고, 군주도 두 남자가 장군을 제대로 돌보지 못할까 걱정할 필요가 없으니 모두 만족스러운……"

"입 다물어라." 연삼이 충분히 참았다는 듯 이마를 문지르며 짜증이 잔뜩 묻어나는 목소리로 말했다. "모두 나가거라." 그러고는 쾅 하고 문을 닫았다.

국사와 성옥은 한참 동안 서로의 얼굴만 쳐다보았다. 이어서 성옥은 고개를 돌려 여전히 문 앞에 서 있는 계명풍을 원망했다. "전부 세자 때문입니다. 술에 취했을 때 곁에서 돌봐주는 사람이 없으면 얼마나 힘든데요."

계명풍이 이번에는 목청을 낮추며 물러섰다. "아, 모두 내 탓이에요." 그러고는 성옥을 바라보며 나직하게 말했다. "하지만 저리 멀쩡해 보이시니 장군 혼자도 괜찮을 겁니다."

성옥이 걱정스럽게 말했다. "그건 세자가 몰라서 그래요. 연삼 오라버니는 억지로 버티는 것뿐이라고요."

계명풍은 더 대답하지 않았지만 눈살을 잔뜩 찌푸렸다.

국사는 그들 모습을 지켜보며 깊은 한숨을 내쉬었다.

연삼은 침대에 누워 생각에 잠겼다. 명계에는 낮과 밤의 구분이 없었고 사실 연삼도 쉴 필요가 없었다.

취한 건 맞지만 정신은 무척 또렷했다. 문득 오랫동안 떠올리지 않았던 장의가 생각났다.

왜 지금 장의가 생각날까? 연삼은 눈살을 찌푸리며 침대 휘장을 바라보았다. 자신이 '정'이라는 것을 인식하고 이해한 것은 모두 장의로 인해서였다는 생각이 들었다.

장의가 신선이 되는 데는 연삼의 공이 컸다.

장의를 처음 만난 건 남황 청라군의 술잔치가 파한 뒤였다. 장의는 오로지 백택을 얻기 위해 잠자리 시중을 자청하며 연삼의 방에서 기다리고 있었다. 두번째 만남은 얼마 뒤 연삼이 북황의 반란을 평정했을 때였다. 장의는 연삼의 장병 몇을 구해준 뒤 신선이 될 길을 열어달라고 부탁했다.

두 번 모두 장의의 어린 동생을 위해서였다. 장의의 남동생은 남황 칠유동에서 날개 달린 맹호의 공격을 받아 크게 다쳤다. 치료하려면 신족 성지인 제36천 무망해無妄海에서 자란 서용초西茸草를 백택에 섞어 태상노군의 팔괘 화로에서 단약으로 만든 뒤 하루에 한 알씩 삼백 년 동안 복용해야 했다. 백택과 서용초, 팔괘 화로 모두 신족의 물건이라 신선만 되면 그 세 가지 보물을 쉽게 얻을 수 있어서 장의는 그런 무리한 부탁을 했다.

그렇다면 나는 왜 도와주었을까?

연삼은 눈살을 찌푸리며 기억을 더듬어봤다. 아, 꽃을 피우지 못한다고 남황의 마족한테 무시당하는 홍련이 신선이 되면 재미있겠다고 생각했지.

이후 연삼은 꽤 많은 힘을 쏟아야 했다. 신선의 백택으로 장의의 몸속에 있는 요족의 비택을 없앤 뒤 벼락의 겁운을 피하도록 도와주고 나서야 장의를 하늘에 올릴 수 있었다. 그런 다음에는 신선의 자격을 관리하는 동화제군에게 소개해 화주의 자리에 앉히고 요지를 다스리게 했다. 장의를 그렇게 많이 도왔지만 그때나 그전이나 사실 연삼은 장의를 특별히 눈여겨본 적이 없었다. 예전에 보았던 수많은 신족이나 마족 여자들과는 확실히 달라 흥미로운 건 사실이었지만 그저 그뿐이었다.

연삼이 정말 주의를 기울이게 된 건 장의가 연삼의 둘째 형인 상적을 사랑하게 된 이후였다. 구중천의 수많은 규율 중에는 태생이 신선이 아닌 자, 즉 다른 종족이지만 수련을 통해 신선이 된 영물은 칠정과 육욕을 끊어야 한다는 규율이 있었다. 그러지 않으면 신선의 자격을 박탈당하고 윤회 속으로 떨어졌다. 그래서 장의는 상적을 사랑하게 되었어도 겉으로 드러내지 못하고 조용히 바라봐야만 했다.

연삼은 장의가 상적에게 감정을 품자마자 눈치챘다. 장의는 수백 년 동안 상적을 몰래 지켜보았고 연삼도 수백 년 동안 그들을 지켜보았다.

세상만사는 모두 무상하며, 무상함이란 생과 멸의 순환과 같았다. 사만여 년에 걸친 생멸의 순환 속에서 연삼은 영원한 일이나 영원한 사물을 단 한 번도 본 적이 없었다. 세상의 모든 일과 사물은 텅 비어 황량할 뿐이었고, 연삼의 마음도 마찬가지였다. 그런데 불법佛法이나 도법道法에 전혀 조예가 없는 화요 하나가 가장 무상하다는 연모의 감정을 수백 년 동안 간직하는데다 영원히 변치 않을 듯 구는 걸 보고 연삼은 놀라지 않을 수 없었다.

팔황 최고의 풍류가라 불렸어도 사실 연삼은 정이 뭔지 몰랐다.

장의는 소심할 때도 있었지만 기이할 만큼 대담할 때도 있었다. 감정에 대해 논하는 게 자기 같은 신선에게는 금기임을 잘 알면서도 하늘에 새로 올라온 어린 화선들이 몰래 그 화제를 속닥거리자 거침없이 떠들었다. "감정은 단순한 호감에서도 싹을 틔울 수 있어. 그러다 감정이 뿌리를 내리면 질투가 생기지. 감정이 푸른 잎을 울창하게 펼칠 때는 소유욕이 생기고, 그러다 감정의 잎사귀가 덩굴을 따라 온 마음을 뒤덮어 더는 없앨 수 없게 되면……" 어린 화선들이 잔뜩 흥분해 재촉했다. "그럼 어떻게 되는데요?"

"어떻게 되긴. 그때는…… 후회해도 소용없지. 아무 생각도 할 수 없어. 그 사람만 좋다면 다 상관없어진다고."

우연히 그 대화를 들었을 때는 별 느낌이 없었다. 그저 비유가 신선해서 기억하고 있을 뿐이다. 그런데 지금 그 말을 다시 떠올려보니 한마디 한마디가 연삼 자신에게 하는 말 같았다.

감정이 뿌리를 내리면 질투가 생긴다. 감정이 푸른 잎을 울창하게 펼칠 때는 소유욕이 생긴다.

질투심.

소유욕.

계명풍을 향한 질투심.

성옥에 대한 소유욕.

그건 감정이었다.

정말 감정이었다.

단순한 호감이나 감상이 아니었다. 하룻밤의 즐거움을 바라는 것도 아니었다. 연삼에게 성옥은 있어도 그만, 없어도 그만인 존재가 아니었다.

이건 감정이었다. 그의 가슴 밑바닥에서 자라난 감정. 이것 때문에 툭하면 화가 났지만 황량한 느낌이 들지는 않았다.

그런 결론이 나오자 연삼은 머릿속이 아뜩해지고 정신을 제대로 차릴 수 없었다.

그렇게 멍하니 있을 때 창문이 덜커덩거리는 소리가 나더니 누군가 안으로 들어왔다.

성옥은 연삼이 오늘밤 창문을 잠그는 걸 잊어서 다행이라고 생각했다.

원래는 계명풍과 국사가 방으로 돌아간 뒤 몰래 연삼을 살피러 올 계획이었다. 술에 취하면 어떤지 누구보다 잘 알아서 성옥은 영 마음이 놓이지 않았다. 하지만 계명풍이 성옥의 마음을 읽었는지 내내 성옥의 방문 앞을 지키고 있었다.

말싸움이면 몰라도 몸싸움으로는 계명풍을 이길 수 없으니, 성옥은 자포자기의 심정으로 선녀들에게 목욕물을 준비해달라고 부탁했다. 그런데 목욕을 마치고 나오자 계명풍이 보이지 않았다.

성옥은 기회를 놓칠세라 옷도 갈아입지 않고 벽을 따라 연삼의 창문 밑까지 왔다. 그런 다음 창문을 밀어젖혀 열고 사뿐히 안으로 들어왔다.

방안이 칠흑처럼 어두웠다. "연삼 오라버니." 성옥이 연삼을 불렀지만 대답이 없었다.

명계에는 해와 달이 없어 빛이라고는 하늘을 가득 메운 별빛이 전부였다. 그런데 별빛이 실내까지 밝혀주지 못해 방안은 야명주로 밝혀야 했다. 다급하게 오느라 야명주를 챙겨 오지 못한 성옥은 창문을 좀더 열고 바깥의 희미한 별빛에 기대어 침대 자리를 찾는 수밖에 없었다.

"연삼 오라버니, 자요?" 성옥이 옥침대를 향해 조용히 물었다. 대답이 없었다.

성옥은 연삼이 자신의 기척에 깼으려니 하면서도 워낙 특수한 상황이라 조급해져 연삼의 상태를 확인하기 위해 총총거리며 침대 앞으로 갔다. 침대는 희미한 별빛이 닿지 않는 안쪽 깊숙한 곳에 있었다. 너무 어두워 연삼이 대체 어떤 상태인지 보이지 않았다.

잠시 고민한 뒤 성옥은 신발을 벗고 침대로 올라가 땀을 흘리는지 보기 위해 연삼의 이마로 손을 뻗었다. 오른손으로 이마를 짚어 보자 땀은 없고 오히려 좀 차가웠다. 이마가 차갑다는 건 병이 날 징조였다. 예전에 이향이 술 취한 주근을 돌볼 때 이런 증상에 대해 알려준 적이 있었다. 어떤 사람들은 술을 너무 마시면 술기운이 퍼질 때 온몸이 차가워지는데 그걸 술오한이라 부르며 그럴 때는 생강차로 몸을 데워야 한다고 했다.

연삼이 병나기 직전이거나 술오한이 났다는 뜻이었다. 이마만 짚어봐서는 정확하지 않을 수도 있어서 성옥은 연삼의 얼굴을 더 듬어봤다. 뺨도 이마처럼 차가웠다. 이번에는 목으로 손을 옮겼다. 성옥이 연삼의 목에서 맥박을 짚으려 할 때 갑자기 손목을 잡혔다.

세상이 빙글 돌았다. 정신을 차리고 보니 연삼이 어느새 성옥의 오른손을 잡은 채 위로 올라와 있었다.

어두운 침대에서 두 사람은 그렇게 가까이에 있었다. 성옥은 연삼의 표정을 볼 수 없었다. 연삼에게 잡힌 오른쪽 손목의 서늘한 촉감과 커다란 몸이 주는 압박감, 천천히 다가오는 따뜻한 숨결만 느껴졌다.

연삼에게서는 술냄새가 났지만 그리 강하지는 않았다. 그보다는 연삼의 소매 속 백기남 향이 강하게 코끝을 찔러 성옥은 머릿속이 아득해졌다. 어떤 상황인지 파악하지 못하고 본능적으로 입을 열려고 할 때, 연삼의 다른 한 손이 갑자기 다가와 서늘한 손가락으로 성옥의 목덜미를 살며시 건드렸다.

너무 놀라서인지, 아니면 너무 긴장해서인지 성옥은 말을 할 수 없었다.

연삼을 쳐다보았지만 너무 어두워서 아무것도 보이지 않았다.

연삼은 내내 깨어 있었다.

어둠에 잠긴 옥침대 위에 누워서도 창문을 넘어 들어온 성옥의 일거수일투족을 똑똑히 볼 수 있었다. 성옥이 조용히 부르는 소리도 들었지만 대답하지 않고 창문 앞에 선 성옥을 가만히 지켜보기만 했다.

목욕을 했는지 나비와 꽃이 수놓인 하얀 비단 잠옷을 입고 머리카락을 길게 늘어뜨리고 있었다. 새까만 머리카락은 비단처럼 윤기가 흘렀다. 성옥의 머리카락이 그렇게 긴 줄은 몰랐다. 하얀 잠옷은 매듭단추로 여미는 비단 치마였다. 열두 개의 매듭단추가 옷깃에서 치맛단까지 달렸고, 옷깃이 나지막해 반듯한 쇄골이 드러났다.

새까맣고 긴 머리카락과 살짝 올라간 눈썹, 새하얀 잠옷, 은실로 수놓은 날아갈 듯한 나비와 꽃.

연삼은 어둠 속에서 성옥을 바라보았다. 눈을 뗄 수 없었다.

지금은 성옥을 만나기에 적합한 때가 아니라는 걸 잘 알았다. 자신이 성옥에게 어떤 마음인지 깨달은 조금 전은 물론이고 지금도 마찬가지였다. 좀더 생각해봐야 하는 일이 있었다. 아직 생각을 정리하지 못했는데, 어두운 방에 불쑥 나타난 성옥 때문에 생각 자체가 불가능할 것 같았다.

연삼은 성옥이 왜 왔는지 알고 있었기에 잠든 척하면 돌아갈 줄 알았다. 그런데 성옥이 종종거리며 침대로 다가와 주저하지 않고 신발을 벗은 뒤 침대 위로 올라오는 게 아닌가. 그 순간 연삼은 자신이 지금 어디에 있는지조차 잊어버렸다.

성옥이 맨발로 침대에 올라올 때 하얀 치맛자락이 올라가면서 더 새하얀 종아리가 드러났다. 너무도 생생해서, 너무도 하얗고 섬세해서 연삼은 눈이 아릴 지경이었다. 여자의 몸을 이렇게 의식해 본 적은 처음이었다. 연삼은 자신이 정말 취했다고 생각하며, 더이상 볼 수도 없어서 눈을 감아버렸다.

하지만 감각은 더 예민해졌다.

성옥이 다가오는 걸 느낄 수 있었다.

온몸에 촉촉한 물기를 머금은 듯한 성옥이 가까이 다가오자 따뜻한 물안개가 연삼의 몸을 감싸는 듯했다. 맑고 부드러운 물안개는 금방이라도 비가 될 것 같았다. 순수하고 가느다란 이슬비가 되어 세상 모든 존재 위에 흩뿌려질 것 같았다. 연삼의 상상을 실제로 보여주려는 듯 성옥의 손가락이 이마로 올라왔다.

연삼은 눈을 번쩍 떴다. 그 손가락은 아무것도 모른 채 연삼의 뺨으로 내려갔다.

연삼이 깰까봐 걱정하는지 깃털처럼 가벼운 손놀림이었다. 무정하면서 다정했다.

연삼은 성옥의 모든 행동에 단순한 의미만 담겼음을 잘 알았다. 술에 취해 괴로워할까봐 걱정할 뿐이었다. 하지만 그 단순한 동작이 거부할 수 없는 유혹으로 다가왔다. 감정적으로는 백지처럼 순수해도 성옥은 천성적으로 미혹의 재능을 갖고 있었다. 예전에는 성옥의 그런 모순성에 화가 났지만 지금은 걷잡을 수 없이 미혹되어 끌려갈 뿐이었다.

본능에 충실한 사냥꾼처럼 연삼은 성옥을 잡아 아래로 눌렀다.

성옥이 입을 열도록 둘 수는 없었다. 연삼은 성옥을 너무나 잘 알았다. 일단 입을 열면 연삼의 귀에 거슬리는 말들을 할 것이 뻔했다. 그래서 손가락으로 성옥의 목을 가볍게 건드렸다.

어둠 속 성옥의 살구씨 같은 눈에 놀란 기색이 나타났다. 이런 때 성옥은 늘 둔했다. 지금도 성옥 자신에게 문제가 생겨서 소리를 낼 수 없다고 생각하기 때문에 당황한 게 틀림없었다. 놀라고 당황한 그 모습이 무척 약해 보였다.

이전에도 두 사람의 몸이 이렇게 가까웠던 적이 있는데 그럴 때마다 성옥은 어린애처럼 순수하게 받아들이거나 부적절한 말을 장황하게 늘어놓아 연삼의 화를 돋우곤 했다. 그러느니 차라리 약한 모습을 보는 게 더 나았다.

새까만 머리카락이 침대 위에 먹물처럼 흐트러졌다. 꽃과 나비 문양 잠옷에 감싸인 성옥의 몸은 요염했다. 가늘면서도 풍만했다. 연삼이 손목을 놓아줬지만 성옥은 움직이지 않았다. 연삼의 왼손이 성옥의 소매 속에서 잠시 멈췄다가 손목을 따라 위로 올라갔다. 순간 성옥의 몸이 굳는 게 느껴졌다. 잠옷은 몸의 곡선이 드러날 만큼 성옥에게 딱 맞았지만 소매통은 이상하게 넓었다. 연삼의 손가락은 아무 방해도 받지 않고 성옥의 팔을 어루만지고 살짝 구부러진 팔꿈치로 나아간 뒤 팔뚝에 이르렀다가 어깨로, 날개뼈로 나아갈 수 있었다. 금방 목욕을 한 피부는 부드럽고 따뜻한데다 물안개처럼 촉촉하기까지 했다.

연삼의 또다른 손은 성옥의 검은 머리카락 사이로 들어갔다. 뼈마디가 또렷하고 새하얀 연삼의 손가락을 새까만 머리카락이 감싸자 마치 서로 연연해 뒤엉키는 듯한 느낌이 들었다. 연삼은 돌연 물기가 번지는 성옥의 두 눈을 일부러 무시한 채 유난히 붉게 찍은 미간의 곤지만 보았다.

연삼이 몸을 숙여 성옥의 미간에 입술을 가져다 댔다. 성옥이 살며시 떨었다. 칠현금을 한 음절 튕긴 듯한 그 가벼운 떨림은 감동적일 만큼 가냘팠다.

그 떨림에 이끌려 연삼은 성옥의 얼굴에서 멋대로 굴었다. 눈썹에 가볍게 입을 맞춘 뒤 눈과 콧날을 맴돌았다. 손바닥은 성옥의 작고 매끄러운 날개뼈를 부드럽게 어루만졌다. 원래는 안심시키려는 의도였지만 정욕이 멋대로 터져나온 듯한 느낌을 숨길 수 없었다.

연삼은 참을 수 없다는 듯 힘주어 입을 맞추고 어루만졌다. 그러다 자신의 입술을 성옥의 입술로 가져갈 때 그녀의 떨림이 한층 강렬해지는 것을 느꼈다. 성옥의 어깨와 몸 전체가 연삼의 밑에서 점점 굳어졌다. 연삼은 살며시 숨을 몰아쉬며 동작을 멈췄다. 성옥의 나직하고 조용한 숨소리가 들렸다. 연삼은 성옥의 귀에 대고 꽉 잠긴 목소리로 달랬다. "두려워하지 말거라." 하지만 아무 소용이 없었다. 성옥은 한층 더 심하게 떨었다.

연삼은 성옥에게서 조금 떨어졌다. 그리고 마침내 성옥의 눈을 똑똑히 보았다. 물안개가 번진 두 눈에 더는 놀란 기색도 당황한 기색도 없었다. 오로지 두려움만 가득했다.

얼음물을 뒤집어쓰기라도 한 듯 연삼은 얼어붙었다. 잠시 뒤 정신을 차리고 나서야 연삼은 자신이 무슨 짓을 했는지 알았다. 봉인했던 목소리를 풀어주자 성옥이 고통받는 작은 짐승처럼 겁먹고 절망적인 목소리로 그를 불렀다. "연삼 오라버니, 사람을 착각한 거죠? 저 아옥이에요."

성옥이 연삼을 위해 찾아내준 핑계였다.

연삼은 성옥을 놓아주었다. 익숙한 분노가 치밀어오르기 전에 끝없는 황량함이 먼저 밀려들었다. 자제력을 잃든 다정다감하게 굴든, 연삼의 그런 행동은 성옥에게 상처나 두려움을 줄 뿐이었다. 성옥은 늘 이해하지 못했다. 아무것도 몰랐다.

"아옥." 한참 뒤에야 연삼은 감정이 실리지 않은 목소리로 입을 뗐다.

성옥은 많이 놀랐는지 아직도 침대에 누워 숨을 작게 몰아쉬며 마음을 가라앉히고 있었다. 연삼이 자기 이름을 부르자 그제야 안도의 한숨을 내쉬는 듯했다. "응, 아옥이에요." 성옥은 여전히 떨리는 목소리로 대답한 뒤 덧붙였다. "오라버니가 저를 다른 사람으로 착각한 거 알아요. 그러니까 탓하지 않아요."

연삼은 성옥의 지레짐작에 짜증이 나 착각하지 않았다고 말하고 싶었지만 차마 그럴 수 없었다.

말해서 어쩌겠는가? 성옥이 뭘 할 수 있겠는가? 연삼 자신은 또 어쩌겠는가? 늘 똑똑하다고 자부하던 그였지만 이 문제만은 어떻게 해결해야 할지 도무지 알 수 없었다. 연삼은 한참을 침묵한 뒤에야 담담하게 말했다. "계명풍 말이 옳다. 앞으로는 한밤중에 남자 방에 있지 말거라. 위험하니까."

어느새 평정을 되찾은 성옥이 몸을 일으켜 연삼 옆에 앉은 뒤 눈살을 찌푸리며 변명했다. "한밤중에 남자 방에 있었던 적 없어요. 앞으로도 그러지 않을 거고요. 그저 연삼 오라버니를 돌봐주고 싶어서……"

연삼이 창밖에서 나풀거리는 별빛을 보며 성옥의 말을 잘랐다. "나도 위험하다는 얘기다."

"아니요." 성옥이 한층 더 눈살을 찌푸리며 무한히 신뢰하는 눈빛으로 연삼을 바라보았다. "연삼 오라버니는 나를 해칠 리 없어요. 이 세상에서 절대 나를 해칠 리 없는 사람 중 한 명이라고요."

연삼이 마침내 고개를 돌려 성옥을 바라보았다. "내가 방금……"

성옥이 확신에 차 말을 잘랐다. "오라버니가 착각했으니까요. 나인 줄 몰랐잖아요."

연삼은 평소 모순적인 감정을 느끼는 때가 거의 없었는데, 성옥 앞에서는 늘 모순적인 감정이 들었다. 조금 전만 해도 연삼은 성옥을 보내야 할지 말아야 할지 판단이 서지 않았다. 지금도 성옥의 신뢰에 기뻐해야 할지, 아니면 이런 상황에서 보이는 신뢰에 짜증을 내야 할지 알 수 없었다. 결국 연삼은 차갑게 명하는 수밖에 없었다. "앞으로는 내 방이라도 함부로 들어오지 말거라."

성옥이 몸을 똑바로 세워 앉으며 물었다. "왜요?"

연삼은 성옥의 그런 반응도 이미 예상했다. 성옥은 언제나 그랬다. 사실 성옥의 입을 막는 건 간단했다. 이치 같은 것을 따질 필요도 없었다. 연삼은 성옥을 어떻게 상대해야 하는지 잘 알았다. "왜는 없어. 안 된다면 안 돼."

과연 성옥은 의기소침하게 고개를 숙이고 물러섰다. "알았어요. 안 된다면 안 되는 거죠. 그럼……"

연삼은 성옥이 새로운 요구를 꺼내기 전에 재빨리 내쫓았다. "그만 돌아가거라."

성옥은 조금 망설이다가 침대에서 내려와 신발을 질질 끌며 창가로 가서는 또 고개를 돌리고 걱정스러운 듯 물었다. "연삼 오라버니, 괜찮은 거죠? 정말 생강차 필요 없어요?"

"필요 없어." 연삼은 성옥을 쳐다보지 않고 대답했다.

성옥이 창문으로 나가는 소리가 들린 뒤에야 연삼은 그쪽으로 시선을 돌렸다. 성옥이 떠나자 반딧불들이 지쳐서 휴식에 들어간 듯 별빛이 확 어두워진 기분이었다.

방안이 정적에 휩싸였다.

조금 전의 모든 일이 꿈 같았다. 아름다운 꿈.

성옥이 떠난 뒤에야 연삼은 생각을 이어갈 수 있었다.

연삼은 연정이 무엇인지 몰랐다. 그게 무엇 때문에 생기는지도 몰랐고, 어떻게 그와 성옥 사이에 그게 생길 수 있는지도 이해할 수 없었다. 이게 연정이라면 처음부터 틀렸다는 판단밖에 내릴 수 없었다.

이 일은 성옥의 잘못이 아니었다. 연삼을 오라비로만 생각하는 것도, 그녀가 순진하고 둔한 것도 전부 성옥의 잘못이 아니었다. 잘못은 연삼에게 있었다. 연삼이 성옥에게 감정을 느끼기 시작한 순간부터 모든 것이 잘못되었다. 천신인 그가 일개 인간에게 마음이 동하면 둘 모두에게 좋을 게 없었다. 성옥이 창문을 넘어 들어오기 전에 그걸 의식했어야 했다. 하지만 그때는 거기까지 생각하지 못했다.

마침내 그 사실을 깨닫자 이것이야말로 가장 중요한 문제라는 생각이 들었다.

곡수원에서 성옥이 웃으며 물은 말이 떠올랐다. "설마 오늘 황조모가 다시 혼사를 내리면, 오라버니는 생각을 바꿔 저랑 결혼할 거예요?"

그때 연삼은 당황했다. 결혼이란 걸 생각해본 적이 없어서였다.

신족으로서도 그는 아직 결혼 문제를 생각할 나이가 아니었다.

지금 처음 결혼이란 말을 직시해봤지만 짜증스럽고 실망스러울 뿐이었다.

성옥에게 감정이 생겼더라도 여기서 멈추는 게 최선이었다.

인간을 아내로 맞을 수 없기 때문이었다.

성옥의 천진함과 둔함에 늘 화가 나고 가끔은 주근이 바보로 키웠느냐고 묻고 싶을 때까지 있었지만, 지금은 주근이 성옥을 이렇게 키운 게 다행임을 인정하지 않을 수 없었다. 성옥이 연삼에게 연정을 느끼지 않아서 정말 다행이었다. 연삼에게든 성옥에게든 그게 좋았다.

(2권에 계속)

三生三世步生蓮

옮긴이 **문현선**
이화여자대학교 중어중문학과를 졸업하고 동 대학 통번역대학원 한중과를 졸업했다. 이화여자대학교 통번역대학원에서 강의하며 전문 번역가로 중국어권 도서를 기획 및 번역하고 있다. 옮긴 책으로 『삼생삼세 십리도화』 『오향거리』 『평원』 『마술 피리』 『작렬지』 『문학의 선율, 음악의 서술』 『열여섯 밤의 주방』 『제7일』 『경화연』 『사서』 『물처럼 단단하게』 등이 있다.

문학동네 세계문학
삼생삼세 보생연 1

초판 인쇄 2022년 9월 7일 | 초판 발행 2022년 9월 23일

지은이 당칠 | 옮긴이 문현선
기획 · 책임편집 박인숙 | 편집 이원주 고선향
디자인 고은이 이현정 유현아 | 저작권 박지영 형소진 이영은 김하림
마케팅 정민호 이숙재 박치우 한민아 안남영 김수현 정경주
브랜딩 함유지 함근아 김희숙 박민재 박진희 정승민
제작 강신은 김동욱 임현식 | 제작처 한영문화사

펴낸곳 (주)문학동네 | 펴낸이 김소영
출판등록 1993년 10월 22일 제2003-000045호
주소 10881 경기도 파주시 회동길 210
전자우편 editor@munhak.com | 대표전화 031) 955-8888 | 팩스 031) 955-8855
문의전화 031) 955-3578(마케팅) 031) 955-2699(편집)
문학동네카페 http://cafe.naver.com/mhdn
인스타그램 @munhakdongne | 트위터 @munhakdongne
북클럽문학동네 http://bookclubmunhak.com

ISBN 978-89-546-5300-8 04820
978-89-546-4605-5 (세트)

잘못된 책은 구입하신 서점에서 교환해드립니다.
기타 교환 문의 031-955-2661, 3580

www.munhak.com